Darren Shan
MITTERNACHTSZIRKUS 2
Die dunklen Geheimnisse
der Vampire

Darren Shan
MITTERNACHTSZIRKUS 2
Die dunklen Geheimnisse der Vampire

Drei Romane in einem Band
DER BERG DER VAMPIRE
DIE PRÜFUNGEN DER FINSTERNIS
DER FÜRST DER VAMPIRE

Aus dem Englischen von
Gerald Jung und Katharina Orgaß

Die englischen Originalausgaben von
Der Berg der Vampire, *Die Prüfungen der Finsternis* und *Der Fürst der Vampire* erschienen 2001 und 2002 unter den Titeln *Vampire Mountain*, *Trails of Death* und *The Vampire Prince* bei HarperCollins, London.
Die deutschen Erstausgaben erschienen 2001 und 2002 unter den Titeln *Darren Shan und der Berg der Vampire*, *Darren Shan und die Prüfungen der Finsternis* und *Darren Shan und der Fürst der Vampire* im Verlag der Vampire, München.

Besuchen Sie uns im Internet:
www.pan-verlag.de

Sammelband Februar 2010
Copyright © 2001 und 2002 by Darren Shan
Copyright © 2001 und 2002 der deutschsprachigen Ausgaben bei
Verlag der Vampire im Schneekluth Verlag GmbH, München.
Ein Unternehmen der Droemerschen Verlagsanstalt
Th. Knaur Nachf. GmbH & Co. KG, München.
Alle Rechte vorbehalten. Das Werk darf – auch teilweise – nur mit
Genehmigung des Verlags wiedergegeben werden.
Umschlaggestaltung: ZERO Werbeagentur, München
Umschlagabbildung: Gettyimages / Mike Kemp; FinePic®, München
Satz: Adobe InDesign im Verlag
Druck und Bindung: CPI – Ebner & Spiegel, Ulm
Printed in Germany
ISBN 978-3-426-28335-6

2 4 5 3 1

Der Berg der Vampire

Für:

Die Fitz-Freaks:
Ronan, Lorcan, Kealan, Tiernan & Meara
– ein Hoch auf das Shack Pack!!!

Die drei vom OBE
(Orden der Blutigen Eingeweide):
Ann »die Monstervatorin« Murphy
Moira »die Mediatrix« Reilly
Tony »Giggsy« Purdue

Meine Spießgesellen:
Liam & Biddy
Gillie & Zoë
Emma & Chris

Einleitung

»Pack deine Sachen«, befahl Mr. Crepsley eines Abends, bevor er sich in seinem Sarg schlafen legte. »Morgen machen wir uns auf den Weg zum Berg der Vampire.«
Ich hatte mich schon daran gewöhnt, dass mein Lehrmeister mir seine Entscheidungen ohne großartige Erklärungen mitteilte – er hielt nichts davon, mich vorher zu Rate zu ziehen –, aber diese Ankündigung überraschte mich trotzdem.
»*Zum Berg der Vampire?*«, rief ich schrill. »Was sollen wir denn *dort?*«
»Es wird langsam Zeit, dich dem Konzil vorzustellen«, sagte er.
»Dem Rat der Obervampire?«, fragte ich verblüfft. »Wieso müssen wir dorthin? Warum ausgerechnet jetzt?«
»Das ist nun mal so üblich. Außerdem tritt das Konzil nur alle zwölf Jahre zusammen. Wenn wir die diesjährige Versammlung verpassen, müssen wir bis zur nächsten ziemlich lange warten.«
Das war alles, was ich aus ihm herausbekam. Sämtlichen weiteren Fragen gegenüber stellte er sich taub, verkroch sich rechtzeitig vor Sonnenaufgang in seinen Sarg und ließ mich grübelnd zurück.

Ich heiße Darren Shan. Ich bin ein Halbvampir. Bis vor ungefähr acht Jahren war ich noch ein Mensch, aber dann wollte es das Schicksal, dass ich Mr. Crepsley begegnete und gegen

meinen Willen sein Gehilfe wurde. Anfangs fiel es mir ganz schön schwer, mich an das Vampirdasein und alles, was dazugehört, zu gewöhnen – besonders daran, Menschenblut zu trinken –, aber schließlich fügte ich mich in mein Los und versuchte, mich in meiner neuen Situation zurechtzufinden.
Wir zogen mit einer Truppe nicht alltäglicher Zirkusartisten durch die Lande, deren Direktor ein Mann namens Hibernius Riesig war. Wir bereisten die ganze Welt und begeisterten das Publikum mit der Zurschaustellung unserer außergewöhnlichen magischen Fähigkeiten.
Zuletzt hatten Mr. Crepsley und ich den Cirque du Freak vor sechs Jahren verlassen.
Damals mussten wir einem geisteskranken Vampyr namens Murlough das Handwerk legen, der Mr. Crepsleys Heimatstadt in Angst und Schrecken versetzte. Die Vampyre sind eine abtrünnige Untergruppe der Vampire, die ihre Opfer töten, wenn sie sich an ihnen gütlich tun. Vampire tun das nicht – wir trinken immer nur kleine Mengen Blut, damit niemand zu Schaden kommt. Die meisten Erzählungen oder Filme über Vampire handeln in Wirklichkeit von Vampyren.
In den vergangenen sechs Jahren war ich mit meinem Leben zufrieden gewesen. Ich trat regelmäßig bei den Zirkusvorstellungen auf und führte den staunenden Besuchern Madame Octa vor, Mr. Crepsleys dressierte Giftspinne. Außerdem hatte ich mir ein paar Zaubertricks beigebracht, die ich in meinen Auftritt einbaute. Mit den anderen Artisten verstand ich mich prima. Auch an das ständige Umherziehen hatte ich mich rasch gewöhnt und sogar Gefallen daran gefunden.
Aber jetzt, nach sechs Jahren eines vergleichbar ruhigen Lebens, sollten wir uns wieder einmal auf den Weg ins Unbekannte machen. Ich hatte schon das eine oder andere über das

Konzil der Vampire und ihren geheimnisvollen Berg gehört. Die Obervampire waren die Anführer der Vampire und achteten darauf, dass alle sich an die Gesetze hielten. Sie töteten geistesgestörte oder bösartige Vampire und sorgten unter den übrigen Untoten für Ordnung. Auch Mr. Crepsley war früher ein Obervampir gewesen, hatte dieses Amt aber schon vor langer Zeit aus Gründen, die er mir nie verraten hatte, niedergelegt.

In regelmäßigen Abständen – offenbar alle zwölf Jahre – versammelten sich die Obervampire in einer geheimen Festung, um sich zu beraten – was diese blutrünstigen Kreaturen der Nacht eben so zu beraten hatten. An dieser Versammlung nahmen jedoch nicht nur Obervampire teil. Auch ganz gewöhnliche Vampire waren zugelassen, aber die Obervampire waren in der Mehrheit. Ich hatte keine Ahnung, wo sich diese Festung befand oder wie wir dort hinkommen sollten, und schon gar nicht, warum ich dem Konzil unbedingt vorgestellt werden sollte – aber das würde ich sicher bald herausfinden!

1 Was die bevorstehende Reise betraf, schwankte ich zwischen Neugier und Furcht. Ich hatte keinen blassen Schimmer, was mich erwartete, aber ich ahnte schon, dass es kein Zuckerschlecken werden würde. Deshalb vertrödelte ich den ganzen Tag damit, die Rucksäcke für mich und Mr. Crepsley zu packen, damit die Zeit schneller herumging. (Richtige Vampire sterben, wenn sie der Sonne länger als ein paar Stunden ausgesetzt sind, aber Halbvampiren kann das Sonnenlicht nichts anhaben.)

Da ich unser Ziel nicht kannte, hatte ich auch keine Ahnung, was wir mitnehmen und was wir lieber dalassen sollten. Wenn es auf dem Berg der Vampire eiskalt und winterlich war, brauchte ich warme Kleidung und Stiefel; falls er aber in einer heißen, tropischen Gegend lag, waren eher T-Shirts und kurze Hosen angesagt.

Ich fragte ein paar Kollegen vom Zirkus, aber sie wussten auch nicht mehr als ich, mit Ausnahme von Meister Riesig, der mir dringend riet, Winterkleidung einzupacken. Meister Riesig zählte zu den Leuten, die über alles und jeden Bescheid wissen.

Auch Evra plädierte für warme Klamotten. »Ich glaube nicht, dass die lichtscheuen Vampire ihren Treffpunkt ausgerechnet in die sonnige Karibik verlegt haben!«, spottete er.

Evra Von war ein Schlangenjunge und hatte statt Haut Schuppen am ganzen Körper. Genau genommen war er ein

Schlangenjunge *gewesen* – inzwischen war er ein Schlangen-*mann*. In den letzten sechs Jahren war er deutlich größer, breitschultriger und erwachsener geworden. Ganz im Gegensatz zu mir. Als Halbvampir alterte ich nur ein Fünftel so schnell wie normale Menschen. Obwohl es schon acht Jahre her war, dass Mr. Crepsley mich angezapft hatte, sah ich höchstens ein Jahr älter aus.

Ich fand es grässlich, dass ich nicht ganz normal älter wurde. Früher war Evra mein bester Freund gewesen, aber das war vorbei. Wir waren immer noch gute Kumpel und teilten uns ein Zelt, aber er war jetzt ein junger Mann und interessierte sich mehr für Leute seines Alters – vor allem für Frauen! In Wirklichkeit war ich nur wenige Jahre jünger als Evra, aber ich sah immer noch aus wie ein Kind, und es fiel ihm schwer, mich wie einen Gleichaltrigen zu behandeln.

Ein Halbvampir zu sein hatte zwar auch seine Vorteile – ich war stärker und schneller als jeder Mensch und würde auch länger leben –, aber ich hätte das alles jederzeit dafür hergegeben, so alt auszusehen, wie ich wirklich war, und ein ganz normales Leben führen zu können.

Auch wenn Evra und ich uns nicht mehr so nahe standen wie früher, war er noch immer mein Freund und machte sich große Sorgen, als ich ihm von meinem bevorstehenden Aufbruch zum Berg der Vampire erzählte. »Nach allem, was ich darüber gehört habe, ist die Reise dorthin kein Kinderspiel«, warnte er mich mit der tiefen Stimme, die er vor ein paar Jahren gekriegt hatte. »Vielleicht sollte ich lieber mitkommen.«

Nur zu gern hätte ich sein Angebot angenommen, aber Evra hatte sein eigenes Leben. Zuzulassen, dass er meinetwegen dem Cirque du Freak Lebewohl sagte, wäre nicht fair gewesen. »Nein, danke«, lehnte ich deshalb ab. »Bleib du lieber

hier und halt mir meine Hängematte warm. Ich komme schon klar. Außerdem mögen Schlangen keine Kälte, oder?«
»Das stimmt allerdings«, lachte er. »Wahrscheinlich würde ich bis zum Frühling einfach in Winterschlaf fallen!«
Trotzdem half Evra mir beim Packen. Allerdings besaß ich nicht viel, was ich mitnehmen konnte: ein paar Klamotten, gefütterte Stiefel, spezielles Kochgeschirr, das sich ganz klein zusammenfalten ließ und bequem zu tragen war, mein Tagebuch (das nahm ich überallhin mit) und ein paar andere Kleinigkeiten. Evra drängte mich, ein Seil einzustecken. Er meinte, es könnte mir nützlich sein, vor allem beim Bergsteigen.
»Wir Vampire können ausgezeichnet klettern«, erinnerte ich ihn.
»Weiß ich ja«, erwiderte er, »aber möchtest du wirklich nur an den Fingernägeln in einer Steilwand hängen?«
»Klar will er das!«, ertönte eine dröhnende Stimme hinter uns, bevor ich selbst antworten konnte. »Vampire sind doch versessen auf Gefahren.«
Als ich mich nach dem Sprecher umdrehte, sah ich mich Auge in Auge mit dem unheimlichen Meister Schick und wäre vor Schreck fast zur Salzsäule erstarrt.
Meister Schick war ein kleiner, dicklicher Mann mit weißem Haar, dicken Brillengläsern und grünen Gummistiefeln. Seine Finger spielten meistens mit seiner herzförmigen Uhr. Er sah aus wie ein netter, alter Onkel, aber in Wirklichkeit war er ein grausamer, durch und durch böser Mann, der einem die Zunge herausschneiden konnte, bevor man Zeit hatte, auch nur »Hallo« zu sagen. Niemand wusste genauer über ihn Bescheid, aber alle fürchteten sich vor ihm. Sein Vorname lautete Salvatore, und wenn man die Kurzform Sal an den Nachnamen anhängte, kam dabei *Meister Schicksal* heraus.
Ich war Meister Schick bisher nur einmal begegnet, kurz

nachdem ich zum Cirque du Freak gestoßen war, aber ich hatte schon so manche Geschichte über ihn gehört: Zum Beispiel, dass er kleine Kinder zum Frühstück verspeiste oder ganze Städte niederbrannte, bloß um sich die Füße zu wärmen. Jetzt stand er nur wenige Meter von mir entfernt und hatte offenbar meine Unterhaltung mit Evra belauscht. Mir zog sich der Magen zusammen, aber er blinzelte mir zu und verschränkte die Hände hinter dem Rücken.
»Vampire sind wirklich seltsame Geschöpfe«, fuhr er fort und machte einen Schritt auf mich zu, als hätte er schon die ganze Zeit an unserem Gespräch teilgenommen. »Sie lieben die Herausforderung. Ich kannte mal einen, der so lange in der Sonne herumspaziert ist, bis er tot war, und das nur, weil jemand sich darüber lustig gemacht hatte, dass er nie vor Anbruch der Dunkelheit das Haus verließ.«
Er streckte mir die Hand entgegen, und ich war so verängstigt, dass ich sie automatisch ergriff und schüttelte. Ganz anders Evra – als Meister Schick dem Schlangenmann die Hand hinhielt, zitterte er zwar, schüttelte aber heftig den Kopf.
Meister Schick lächelte bloß und ließ die Hand wieder sinken.
»Soso, du willst also zum Berg der Vampire«, bemerkte er, hob meinen Rucksack hoch und spähte hinein, ohne mich vorher um Erlaubnis zu fragen. »Pack lieber noch Streichhölzer ein, Mr. Shan. Du hast einen langen, kalten Weg vor dir. Die Stürme, die um den Berg der Vampire brausen, lassen sogar einem abgehärteten jungen Mann wie dir das Blut in den Adern gefrieren.«
»Danke für den Tipp«, sagte ich.
Das war das Verwirrende an Meister Schick: Er war stets höflich und liebenswürdig. Obwohl man genau wusste, dass er vor keiner Grausamkeit zurückschreckte, musste man ihn manchmal einfach gern haben.

»Sind meine Kleinen Leute hier irgendwo in der Nähe?«, wechselte er das Thema. Die Kleinen Leute waren winzige Burschen in blauen Kapuzenkutten, die kein Wort sprachen und alles aßen, was sich bewegte (sogar Menschen!). Einige dieser rätselhaften Wesen hielten sich immer im Cirque du Freak auf. Derzeit waren es acht.

»Wahrscheinlich sitzen sie in ihrem Zelt«, meinte ich. »Ungefähr vor einer Stunde habe ich ihnen etwas zu essen gebracht. Ich nehme an, sie sind noch damit beschäftigt.« Es gehörte zu meinen täglichen Pflichten, für die Kleinen Leute Nahrung zu beschaffen. Früher hatte Evra mir dabei geholfen, aber mit zunehmendem Alter hatte er keine Lust mehr zu derart unappetitlichen Arbeiten. Inzwischen gingen mir dabei ein paar Jugendliche, allesamt Kinder von Zirkusarbeitern, zur Hand.

»Ausgezeichnet«, lobte Meister Schick und wandte sich zum Gehen. »Ach übrigens«, er blieb stehen, »eins noch: Richte Larten bitte aus, dass ich ihn vor eurer Abreise unbedingt sprechen muss.«

»Ich glaube, er hat es ziemlich eilig«, wandte ich ein. »Vielleicht haben wir keine Zeit mehr, um ...«

»Richte ihm einfach aus, dass ich ihn sprechen möchte«, fiel mir Meister Schick ins Wort. »Ich bin mir ganz sicher, dass er für *mich* einen Augenblick Zeit hat.« Er tippte grüßend an seine Brille, winkte zum Abschied und ging seines Weges. Evra und ich wechselten einen besorgten Blick, dann stopfte ich eine Schachtel Streichhölzer in meinen Rucksack und eilte los, um Mr. Crepsley zu wecken.

2 Der Vampir war ziemlich ungehalten, als ich ihn wachrüttelte – er stand nicht gern vor Sonnenuntergang auf –, aber er hörte auf zu grummeln, als ich ihm den Grund für meine Störung erklärte. »Meister Schick«, seufzte er und kratzte sich die lange Narbe, die sich über seine linke Gesichtshälfte zog. »Was mag ausgerechnet der von mir wollen?«
»Keine Ahnung«, antwortete ich. »Aber er bestand darauf, vor unserer Abreise mit Ihnen zu sprechen.« Ich senkte die Stimme zu einem Flüstern. »Wenn wir uns beeilen, können wir uns aus dem Staub machen, ohne dass uns jemand sieht. Es dämmert bald. Wenn wir immer im Schatten bleiben, macht Ihnen eine Stunde Sonnenlicht doch nichts aus, oder?«
»Nein«, bestätigte Mr. Crepsley. »Aber es ist nicht meine Art, mich wie ein geprügelter Hund mit eingezogenem Schwanz davonzuschleichen. Ich habe keine Angst vor Salvatore Schick. Bring mir meinen besten Umhang. Wenn ich auf Besuch gehe, mache ich mich immer fein.«
Diese Bemerkung war für seine Verhältnisse geradezu ein Scherz – normalerweise hatte er ziemlich wenig Sinn für Humor.
Eine Stunde später, bei Sonnenuntergang, betraten wir Meister Riesigs Wohnwagen. Meister Schick unterhielt den Direktor des Cirque du Freak gerade mit Anekdoten über ein noch nicht lange zurückliegendes Erdbeben, bei dem er dabei gewesen war.
»Ah, Larten!«, begrüßte er den Vampir strahlend. »Pünktlich wie immer.«
»Guten Abend, Salvatore«, erwiderte mein Lehrmeister ziemlich förmlich den Gruß.
»Nimm doch Platz«, forderte Meister Schick ihn liebenswürdig auf.

»Danke, ich stehe lieber.«
In der Anwesenheit dieses Mannes zogen alle es vor zu stehen – für den Fall, dass sie schnell die Flucht ergreifen mussten.
»Ich habe gehört, ihr wollt zum Berg der Vampire«, sagte Meister Schick im Plauderton.
»Wir wollten gerade aufbrechen«, bestätigte Mr. Crepsley.
»Das ist das erste Konzil, an dem du nach fast fünfzig Jahren wieder teilnimmst, nicht wahr?«
»Du bist gut informiert«, knurrte der Vampir.
»Ich höre eben das Gras wachsen.«
Es klopfte, und Meister Schick bat zwei der Kleinen Leute herein. Einer von ihnen zog das linke Bein nach. Er war schon fast so lange beim Cirque du Freak wie ich. Ich nannte ihn immer Lefty, aber das war nur sein Spitzname – die Kleinen Leute hatten keine richtigen Namen.
»Alles klar, Jungs?«, fragte Meister Schick. Die Kleinen Leute nickten. »Hervorragend!« Er schenkte Mr. Crepsley ein breites Lächeln. »Die Anreise zum Berg der Vampire ist so unwegsam wie eh und je, nicht wahr?«
»Es ist kein Spaziergang«, bestätigte mein Lehrer knapp.
»Ziemlich gefährlich für einen Grünschnabel wie Mr. Shan, meinst du nicht auch?«
»Darren kann bestens auf sich selbst aufpassen«, erwiderte der Vampir, und ich grinste stolz.
»Gewiss kann er das«, räumte Meister Schick ein, »aber es ist ungewöhnlich, dass sich ein so junger Bursche auf diese gefährliche Reise begibt, stimmt's?«
»Ja«, gab Mr. Crepsley widerwillig zu.
»Deshalb möchte ich euch diese beiden hier als Begleitschutz zur Verfügung stellen.« Der hinterhältige Mann deutete mit einer Handbewegung auf die beiden Kleinen Leute.
»*Begleitschutz?*«, blaffte Mr. Crepsley. »Darauf können wir

verzichten. Ich mache diese Reise schließlich nicht zum ersten Mal. Ich kann allein auf Darren aufpassen.«
»Zweifellos, zweifellos«, säuselte Meister Schick. »Aber ein bisschen Hilfe hat noch nie geschadet.«
»Sie wären bloß im Weg«, brummte der Vampir mürrisch. »Ich habe keine Lust, sie mitzuschleppen.«
»Meine Kleinen Leute? Im Weg?« Meister Schick klang schockiert. »Zu dienen ist ihr Lebenszweck. Wie zwei Schutzengel werden sie euren Schlaf bewachen.«
»Kommt nicht in Frage«, lehnte Mr. Crepsley mit fester Stimme ab. »Ich will ...«
»Es handelt sich nicht um ein Angebot«, schnitt ihm sein Gegenüber das Wort ab.
Seine Stimme klang freundlich, aber der warnende Unterton war nicht zu überhören.
»Die beiden begleiten euch, und damit basta. Sie kümmern sich um ihre eigene Verpflegung und teilen sich ihre Arbeit selbst ein. Ihr braucht nur dafür zu sorgen, dass ihr sie auf eurem Weg durch die Schneewüste nicht verliert.«
»Und wenn wir am Ziel sind?«, fauchte Mr. Crepsley. »Soll ich sie etwa mit in den Berg nehmen? Das ist streng verboten. Die Obervampire gestatten so etwas nicht.«
»Mach dir darüber mal keine Gedanken«, erwiderte Meister Schick. »Vergiss nicht, wer seinerzeit die Fürstenhalle erbaut hat. Paris Skyle und die anderen wissen sehr genau, wem sie das zu verdanken haben. Sie haben bestimmt nichts dagegen einzuwenden.«
Mr. Crepsley bebte förmlich vor Wut, aber sein Zorn verpuffte ins Leere, als er in Meister Schicks Augen las, dass der kleine Mann nicht mit sich handeln ließ. Schließlich nickte er und senkte den Blick, als schämte er sich, dem Ansinnen seines lästigen Widersachers nachgeben zu müssen.

»Ich wusste doch, dass du es zu guter Letzt einsiehst«, grinste Meister Schick zufrieden und musterte mich von oben bis unten. »Du bist erwachsener geworden«, stellte er dann fest. »Jedenfalls innerlich, und nur das zählt. Deine Auseinandersetzungen mit dem Wolfsmann und Murlough haben dich stärker gemacht.«
»Woher weißt du denn davon?« Der Vampir schnappte verdutzt nach Luft. Es war allgemein bekannt, dass ich eine blutige Auseinandersetzung mit dem Furcht einflößenden Wolfsmenschen gehabt hatte, aber die Sache mit Murlough hatten wir streng geheim gehalten. Wenn die Vampyre davon Wind bekamen, würden sie uns bis in den entlegensten Winkel der Erde verfolgen und töten.
»Ich weiß so allerhand«, kicherte Meister Schick in sich hinein. »Mir bleibt nichts verborgen. Du hast schon einen langen Weg hinter dir«, wandte er sich dann wieder an mich, »aber ein nicht minder langer Weg liegt noch vor dir. Die Zukunft birgt viele Gefahren für dich, und damit meine ich nicht nur die Reise zum Berg der Vampire. Du musst stark sein und fest an dich glauben. Gib dich niemals geschlagen, auch wenn die Niederlage unausweichlich scheint.«
Diese kleine Ansprache verblüffte mich. Ich lauschte ihr benommen und wunderte mich zugleich, dass Meister Schick mit einem Mal so einen feierlichen Ton anschlug.
»Das ist alles, was ich zu sagen habe«, schloss er, stand auf und befingerte seine herzförmige Uhr. »Die Zeit läuft. Wir alle haben unsere Ziele und Termine. Auch ich muss aufbrechen. Hibernius, Larten, Darren.« Er deutete vor jedem Einzelnen von uns eine Verbeugung an. »Wir haben uns bestimmt nicht zum letzten Mal gesehen.« Dann ging er zur Tür, wechselte noch einen Blick mit den Kleinen Leuten und verließ den Wohnwagen. Wir Zurückbleibenden starrten ei-

nander in der eintretenden Stille sprachlos an und fragten uns, was das alles bedeuten mochte.

Mr. Crepsley war unzufrieden, aber er konnte den Zeitpunkt unserer Abreise nicht länger hinausschieben. Pünktliches Erscheinen bei der Versammlung sei wichtiger als alles andere, erklärte er. Ich half ihm beim Packen, während die Kleinen Leute vor dem Wohnwagen warteten.
»Das hier kannst du nicht anziehen«, kommentierte er mein farbenprächtiges Piratenkostüm, das mir auch nach all den Jahren und Strapazen noch passte. »Da, wo wir hingehen, fällst du damit auf wie ein bunter Hund. Hier!« Er warf mir einen Packen Kleider zu. Ich wühlte ihn durch und fand darin einen hellgrauen Pullover, eine graue Hose und eine Wollmütze.
»Wie lange haben Sie diese Reise schon geplant?«, fragte ich überrascht.
»Eine ganze Weile«, erwiderte er ausweichend und streifte statt seiner üblichen roten Gewänder Hose und Pullover von ähnlichem Grau wie die meinen über.
»Hätten Sie mir nicht früher etwas davon sagen können?«
»Hätte ich«, erwiderte er in seiner gelassenen Art, die mich jedes Mal rasend machte.
Ich schlüpfte in meine neuen Kleider und sah mich nach Schuhen und Socken um, aber der Vampir schüttelte den Kopf.
»Keine Fußbekleidung«, sagte er. »Wir gehen barfuß.«
»Durch Schnee und Eis?«, japste ich.
»Vampire haben dickere Fußsohlen als Menschen«, klärte er mich auf. »Du wirst die Kälte kaum spüren, schon gar nicht, wenn du in Bewegung bist.«
»Und was ist mit Steinen und Dornen?«, murrte ich.
»Die härten deine Fußsohlen noch zusätzlich ab«, schmun-

zelte er und zog seine Schuhe aus. »Für alle Vampire gilt dasselbe. Diese Reise ist keine gewöhnliche Wanderung – sie ist eine Prüfung. Stiefel, Jacken, Seile: alles verboten.«
»Kommt mir ziemlich idiotisch vor«, maulte ich, holte aber das Seil, meine restlichen Kleider und die Stiefel wieder aus dem Rucksack. Als alles Übrige verstaut war, erkundigte mein Herr und Meister sich, wo Madame Octa sei. »Wollen Sie die Spinne etwa *mitnehmen?*«, fragte ich entsetzt. Ich wusste genau, wer sich in diesem Fall um das Tier kümmern musste – Mr. Crepsley bestimmt nicht!
»Ich möchte sie jemandem zeigen«, antwortete er.
»Hoffentlich frisst dieser Jemand Spinnen«, sagte ich naserümpfend und holte den Käfig hinter dem Sarg des Vampirs hervor, wo ich ihn in der Zeit zwischen den Vorstellungen aufbewahrte. Die Spinne krabbelte aufgeschreckt umher, als ich den Käfig hochhob und in meinen Rucksack steckte, beruhigte sich aber, sobald sie wieder im Dunkeln war.
Dann war es Zeit aufzubrechen. Von Evra hatte ich mich bereits verabschiedet – er musste sich schon auf die Abendvorstellung vorbereiten –, und Mr. Crepsley hatte Meister Riesig auf Wiedersehen gesagt. Sonst würde uns niemand groß vermissen.
»Fertig?«, vergewisserte sich der Vampir.
»Fertig«, seufzte ich.
Wir verließen die Sicherheit des Wohnwagens, überquerten ungesehen den Zeltplatz und begaben uns, gefolgt von den beiden stummen Kleinen Leuten, auf eine Reise in kalte, ferne, blutgetränkte Lande, was sich schon bald als höchst abenteuerlich und gefährlich herausstellen sollte.

3 Kurz vor Einbruch der Dunkelheit wachte ich auf, streckte meine steifen Glieder – was hätte ich nicht für ein Bett oder eine Hängematte gegeben! – und trat vor die Höhle, um den öden Landstrich, durch den wir gerade wanderten, näher in Augenschein zu nehmen. Da wir nachts unterwegs waren, hatte ich bisher kaum Gelegenheit gehabt, meine Umgebung zu betrachten. Nur manchmal, wenn wir irgendwo rasteten, konnte ich mich in Ruhe umsehen.
Wir waren noch unterhalb der Schneegrenze, hatten aber die Zivilisation schon beinahe hinter uns gelassen, denn in dieser felsigen, unwirtlichen Gegend lebten nur vereinzelt Menschen.
Sogar Tiere waren selten, obwohl einige besonders abgehärtete Arten sich auch hier in der rauen Natur behaupten konnten: vor allem Rotwild, Wölfe und Bären.
Wir waren bereits mehrere Wochen unterwegs, vielleicht sogar schon einen Monat, aber ich hatte nach ein paar Nächten jedes Zeitgefühl verloren. Immer, wenn ich Mr. Crepsley fragte, wie viele Kilometer wir noch vor uns hatten, antwortete er lächelnd: »Nur noch ein kleines Stück.«
Auf dem steinigen Boden hatte ich mir die Füße bald wund gelaufen. Mr. Crepsley träufelte mir den Saft von Heilkräutern, die er unterwegs pflückte, auf die Fußsohlen und trug mich ein paar Nächte huckepack, damit die Haut nachwachsen konnte (Wunden heilen bei mir schneller als bei gewöhnlichen Menschen). Danach hatte ich keine Beschwerden mehr.
Eines Nachts meinte ich, es sei doch schade, dass die Kleinen Leute uns begleiteten, sonst könnte Mr. Crepsley mich auf den Rücken nehmen und huschen. (Vampire beherrschen eine magische Methode der Fortbewegung und können so schnell rennen wie der Wind, indem sie elegant und lautlos über den

Boden gleiten wie Aale durchs Wasser. Sie nennen das »Huschen«.) Aber mein Lehrmeister erklärte mir, unser langsames Tempo habe nichts mit den Kleinen Leuten zu tun. »Huschen ist auf dem Weg zum Berg ebenfalls nicht gestattet«, erläuterte er. »Die beschwerliche Anreise dient dazu, die Schwachen auszusondern. Vampire sind manchmal ziemlich unbarmherzig. Wir dulden niemanden in unserer Gemeinschaft, der sich unter erschwerten Bedingungen nicht behaupten kann.«
»Das finde ich ungerecht«, sagte ich empört. »Was ist mit denen, die alt oder verletzt sind?«
Der Vampir zuckte die Achseln. »Entweder treten sie die Reise gar nicht erst an, oder sie sterben unterwegs.«
»Ich finde diese ganzen Vorschriften blöd«, meinte ich. »Wenn ich selbst huschen könnte, würde ich es einfach tun. Es würde bestimmt keiner merken.«
Mein Lehrmeister rollte mit den Augen. »Anscheinend hast du die Prinzipien unseres Clans immer noch nicht begriffen«, seufzte er. »Es ist unehrenhaft, seine Kameraden zu hintergehen. Wir sind stolze Geschöpfe, Darren, und leben nach strengen Gesetzen. Von unserem Standpunkt aus ist es besser, das Leben zu verlieren als die Ehre.«
Mr. Crepsley redete oft über Ehre, Stolz und Aufrichtigkeit. Vampire waren hart gegen sich selbst und führten ein möglichst naturverbundenes Leben. Das war ihre freie Entscheidung. »Das Leben ist eine Herausforderung«, hatte mein Meister mir einmal erklärt, »und nur diejenigen, die sich ihr stellen, wissen wirklich, was es heißt zu leben.«
Mittlerweile hatte ich mich an die Kleinen Leute gewöhnt, die uns Nacht für Nacht stumm und unbeirrt folgten. Tagsüber, wenn wir schliefen, gingen sie auf die Jagd nach Essbarem. Wenn wir aufwachten, hatten sie bereits gespeist, selbst ein paar Stunden geschlafen und waren bereit zum

Aufbruch. Wie Roboter marschierten sie stets im gleichen Tempo und mit ein paar Metern Abstand hinter uns her. Ich hatte angenommen, der Hinkende würde Schwierigkeiten haben mitzuhalten, aber er zeigte keinerlei Anzeichen von Ermüdung.

Mr. Crepsley und ich taten uns hauptsächlich am heißen Blut von Hirschen oder Rehen gütlich, das salzig und wohlschmeckend war. Zusätzlich hatten wir ein paar Flaschen Menschenblut dabei – Vampire brauchen in regelmäßigen Abständen eine Dosis Menschenblut. Sie trinken zwar lieber direkt aus der Ader, aber sie können das Blut auch in Flaschen abfüllen und aufbewahren. Wir verbrauchten so wenig wie möglich von unserem Vorrat und sparten ihn uns für Notfälle auf.

Mr. Crepsley hatte mir verboten, im Freien Feuer zu machen, damit niemand auf uns aufmerksam wurde, aber in Zwischenstationen war Feuermachen gestattet. Zwischenstationen waren Höhlen oder unterirdische Gänge, in denen für die Reisenden Flaschen mit Menschenblut und Särge bereitstanden. Dort konnten die Vampire ein oder zwei Tage Rast machen. Allerdings lagen diese Zwischenstationen weit voneinander entfernt – es dauerte eine oder zwei Wochen, von einer zur anderen zu gelangen –, auch waren einige von Tieren besetzt oder zerstört worden, seit Mr. Crepsley sie zuletzt aufgesucht hatte.

»Warum sind Zwischenstationen erlaubt, aber keine Schuhe und Seile?«, fragte ich eines Tages, als wir uns die Füße am Feuer wärmten und uns dabei gebratenes Wildbret schmecken ließen (normalerweise verzehrten wir es roh).

»Die Zwischenstationen wurden vor siebenhundert Jahren nach dem Krieg gegen die Vampyre eingerichtet«, gab mein Meister Auskunft. »In diesem Krieg verloren wir viele unserer Kameraden im Kampf, und fast noch mehr wurden von

den Menschen getötet. Unsere Zahl war gefährlich geschrumpft. Die Zwischenstationen sollten die Anreise zum Berg etwas erleichtern. Manche Vampire lehnen es ab, sie zu benutzen, aber die meisten nehmen sie gern in Anspruch.«
»*Wie viele* Vampire nehmen denn an der Versammlung teil?«, erkundigte ich mich neugierig.
»Zwischen zwei- und dreitausend«, antwortete Mr. Crepsley. »Vielleicht ein paar hundert mehr oder weniger.«
Ich pfiff anerkennend durch die Zähne. »Ganz schön viele.«
»Dreitausend ist gar nichts«, schnaubte der Vampir verächtlich. »Denk dran, wie viele Milliarden Menschen es gibt.«
»Es sind jedenfalls mehr, als ich dachte«, meinte ich.
»Früher einmal zählten wir über hunderttausend«, sagte Mr. Crepsley wehmütig. »Aber das ist schon lange her.«
»Was ist mit ihnen passiert?«
»Sie sind tot«, seufzte er. »Menschen mit spitzen Pfählen, Seuchen, Duelle … Vampire kämpfen nun einmal für ihr Leben gern. In den Jahrhunderten, bevor die Vampyre sich abspalteten und unsere Feinde wurden, haben wir unsere Kräfte untereinander im Zweikampf gemessen, und viele von uns kamen dabei ums Leben. Wir waren fast schon ausgestorben, aber wir sind ein zäher Haufen.«
»Wie viele Obervampire gibt es eigentlich?«, fragte ich weiter.
»Zwischen drei- und vierhundert.«
»Und Vampyre?«
»Etwa zweihundertfünfzig bis dreihundert – das weiß ich nicht so genau.«
Während ich mir diese schon länger zurückliegende Unterhaltung ins Gedächtnis rief, trat der Vampir hinter mir aus der Höhle und betrachtete den Sonnenuntergang. Der glühende Ball hatte die gleiche Farbe wie sein stoppeliges, rotes Haar. Der Vampir war glänzend gelaunt und groß in Form.

Je näher wir dem Berg kamen, desto länger wurden die Nächte, und er konnte sich viel freier bewegen als sonst.
»Ich sehe immer gern zu, wenn sie untergeht«, bemerkte er und meinte die Sonne.
»Müsste es nicht allmählich mal schneien?«, fragte ich.
»Das dauert nicht mehr lange«, erwiderte er. »Wir müssten die Schneefelder eigentlich noch diese Woche erreichen.«
Kritisch musterte er meine Füße. »Meinst du, du hältst die Kälte aus?«
»Bis hierhin habe ich es doch auch geschafft, oder?«
»Bis hierhin war es ja auch leicht«, schmunzelte er und tätschelte mir ermutigend den Rücken, als er mein entsetztes Gesicht sah. »Mach dir keine Sorgen. Du schaffst das schon. Aber sag mir rechtzeitig Bescheid, wenn deine Fußsohlen wieder aufgesprungen sind. Ab hier gibt es nicht mehr so viele Pflanzen, deren Saft die Poren verschließt.«
Jetzt traten auch die Kleinen Leute aus der Höhle, die Kapuzen tief ins Gesicht gezogen. Der mit dem Hinkebein trug einen toten Fuchs unter dem Arm.
»Kann's weitergehen?«, wandte sich der Vampir an mich.
Ich nickte und warf mir den Rucksack über die Schultern. Mit einem Blick über die felsige Landschaft vor mir stellte ich meine übliche Frage: »Ist es noch weit?«
Mr. Crepsley lächelte, setzte sich in Bewegung und erwiderte über die Schulter: »Nur noch ein kleines Stück.«
Sehnsüchtig warf ich einen letzten Blick auf die vergleichsweise bequeme Höhle, dann riss ich mich los und folgte meinem Meister. Die Kleinen Leute trotteten hinterher, und nach einer Weile hörte ich, wie sie knackend die Knochen ihrer Beute zermalmten.

Vier Nächte später gerieten wir in den ersten heftigen Schneefall. Eine ganze Weile stapften wir durch eine Wüste aus unberührtem Weiß, in der nichts Lebendiges zu sehen war, aber danach tauchten allmählich wieder Bäume, Pflanzen und Tiere auf.

Auf dem Weg durch das Schneefeld fühlten sich meine Füße wie Eisklumpen an, aber ich biss die Zähne zusammen und marschierte weiter. Am schlimmsten war es, in der Dämmerung aufzustehen, nachdem ich den ganzen Tag mit dicht an den Körper gezogenen Füßen verschlafen hatte. Nach einer Stunde Wandern brannten meine Zehen dermaßen, dass ich dachte, sie würden gleich abfallen. Dann kam das Blut allmählich wieder in Gang, und alles war in Ordnung – bis zur nächsten Nacht.

Unter freiem Himmel zu schlafen war furchtbar ungemütlich. Der Vampir und ich drängten uns in unseren Kleidern, die wir seit der Überquerung der Schneegrenze nicht mehr gewechselt hatten, aneinander und deckten uns mit grob zusammengenähten Hirschfelldecken zu. Aber obwohl wir uns gegenseitig wärmten, war es hundekalt. Madame Octa hatte es gut: Sie schlummerte sicher und geborgen in ihrem Käfig und wachte nur alle paar Tage kurz auf, um etwas zu fressen. Ich wünschte mir oft, ich könnte mit ihr tauschen.

Falls den Kleinen Leuten die Kälte zu schaffen machte, ließen sie es sich jedenfalls nicht anmerken. Sie brauchten keine Decken, sondern legten sich zum Schlafen einfach unter einen Busch oder vor einen schützenden Felsen.

Etwa drei Wochen nach unserer letzten Zwischenstation erreichten wir die nächste. Ich konnte es kaum erwarten, am Feuer zu sitzen und endlich wieder einmal gebratenes Fleisch zu essen. Ich freute mich sogar darauf, in einem Sarg zu schlafen – alles war besser als der harte, kalte Erdboden! Diesmal

war die Zwischenstation eine Höhle am Fuß einer Klippe, unter der sich ein breiter Fluss durch ein Wäldchen schlängelte. Mr. Crepsley und ich steuerten geradewegs darauf zu – der Vollmond am klaren Nachthimmel wies uns den Weg –, wohingegen die Kleinen Leute sogleich zur Jagd aufbrachen. Die Kletterpartie dauerte höchstens zehn Minuten. Als wir vor dem Höhleneingang standen, drängelte ich mich ungeduldig vor, um unverzüglich Feuer zu machen, aber der Vampir hielt mich an der Schulter zurück. »Warte«, sagte er leise.
»Wieso?«, fauchte ich. Ich hatte drei Wochen lang schlecht geschlafen und war ziemlich gereizt.
»Es riecht nach Blut«, raunte er.
Ich blieb stehen, hob witternd die Nase, und nach ein paar Sekunden roch ich es auch, stark und süßlich.
»Bleib dicht hinter mir«, flüsterte der Vampir. »Und renn sofort raus, wenn ich es dir sage.« Ich nickte gehorsam und folgte ihm, als er sich jetzt behutsam an die Höhlenöffnung heranpirschte und lautlos hineinschlüpfte.
Nach der mondhellen Nacht kam es mir in der Höhle stockfinster vor, und wir setzten vorsichtig einen Fuß vor den anderen, damit sich unsere Augen an die Dunkelheit gewöhnen konnten. Es war ein geräumiges Gewölbe, das erst ein Stück nach links führte und dann mindestens zwanzig Meter tief in den Fels hineinreichte. In der Mitte des Raumes gab es Podeste für drei Särge, aber einer davon lag mit halb abgerissenem Deckel auf dem Boden, den zweiten hatte jemand an der Wand zu unserer Rechten zertrümmert.
Wand und Boden um den zersplitterten Sarg herum waren dunkel von Blut. Es war nicht mehr frisch, aber dem Geruch nach nicht älter als ein paar Tage. Nachdem Mr. Crepsley sich rasch nach allen Seiten umgesehen und vergewissert hatte, dass wir allein waren, kniete er sich vor die Blutlache, um

sie näher zu untersuchen. Er tauchte einen Finger in die angetrocknete Pfütze und leckte daran.
»*Und?*«, flüsterte ich, als er wieder aufstand und Daumen und Zeigefinger aneinander rieb.
»Es stammt von einem Vampir«, sagte er gedämpft.
Ich spürte einen Stich im Magen. Ich hatte gehofft, dass es sich um Tierblut handelte. »Glauben Sie, dass ...«, setzte ich an, brach jedoch ab, als ich ein schlurfendes Geräusch hinter mir hörte. Ein kräftiger Arm schlang sich um meine Taille, und eine fleischige Hand umklammerte meine Kehle. Mr. Crepsley trat hastig vor, um mir beizustehen – in diesem Augenblick grunzte der Angreifer triumphierend: »*Ha!*«

4 Ich hing wie gelähmt im Würgegriff des Unbekannten, unfähig, mich zu wehren. Mr. Crepsley machte einen Hechtsprung, die Finger der rechten Hand wie eine Waffe vorgestreckt, und stieß über meinen Kopf hinweg zu. Der Angreifer wandte sich sofort von mir ab, duckte sich und ließ sich dann schwer auf den Boden fallen, sodass Mr. Crepsley über ihn hinwegschnellte. Als mein Meister wieder auf die Füße kam und herumwirbelte, um erneut zuzustoßen, brüllte der Mann, der mich gepackt hatte: »Halt, Larten! Ich bin's – Gavner!«
Mr. Crepsley hielt inne, und ich rappelte mich hoch. Zwar keuchte ich noch immer vor Schreck, aber meine Angst war verflogen.
Als ich mich umdrehte, erblickte ich einen stämmigen Mann mit vernarbtem, fleckigem Gesicht und dunklen Ringen unter den Augen. Er war genauso gekleidet wie wir und hatte die Mütze bis über die Ohren gezogen. Ich erkannte ihn so-

fort wieder: Es war Gavner Purl, ein Obervampir. Vor einigen Jahren, kurz vor meinem Zusammenstoß mit Murlough, war ich ihm schon einmal begegnet.
»Gavner, du verfluchter Schwachkopf!«, rief mein Meister aus. »Ich hätte dich beinahe umgebracht! Wieso hast du dich angeschlichen?«
»Ich wollte euch überraschen«, erklärte Gavner stolz. »Ich bin euch schon die halbe Nacht heimlich gefolgt, und jetzt schien mir der richtige Zeitpunkt zu sein, mich bemerkbar zu machen. Ich hatte natürlich nicht damit gerechnet, dabei fast aufgeschlitzt zu werden«, schloss er brummelnd.
»Du hättest dich lieber hier drinnen umsehen sollen, statt dich nur auf Darren und mich zu konzentrieren«, sagte Mr. Crepsley tadelnd und wies auf die Blutflecken an der Wand und auf dem Boden.
»Beim Blut der Vampyre!«, zischte Gavner.
»Allerdings handelt es sich um Vampirblut«, berichtigte mein Meister ihn sachlich.
»Hast du eine Ahnung, von wem es stammt?«, fragte Gavner und bückte sich, um die Lache zu untersuchen.
Mr. Crepsley verneinte.
Der Obervampir schlenderte zu dem zertrümmerten Sarg hinüber und musterte ihn von allen Seiten. Als er keinerlei Hinweise auf den Verursacher fand, kehrte er zu uns zurück und kratzte sich nachdenklich am Kinn.
»Bestimmt hat ein wildes Tier ihn bei Tag angegriffen, als er gerade schlief«, überlegte er laut. »Wahrscheinlich ein Bär, oder sogar mehrere.«
»Da bin ich mir nicht so sicher«, widersprach Mr. Crepsley. »Ein Bär hätte die gesamte Höhle verwüstet, nicht nur die beiden Särge.«
Gavner ließ seinen Blick noch einmal durch das Gewölbe

schweifen, bemerkte, dass alles andere unversehrt war, und nickte zustimmend. »Was glaubst du denn, was vorgefallen ist?«

»Ein Kampf«, sagte Mr. Crepsley. »Entweder zwischen zwei Vampiren oder zwischen dem getöteten Vampir und jemand anderem.«

»Wer außer uns sollte sich in diese gottverlassene Gegend verirren?«, gab ich zu bedenken.

Mr. Crepsley und Gavner wechselten einen viel sagenden Blick. »Vampirjäger vielleicht«, murmelte Gavner.

Ich schnappte nach Luft. Nach all den Jahren in Gesellschaft des Vampirs hatte ich ganz vergessen, dass es Leute gab, die uns für blutrünstige Monster hielten und es sich zur Aufgabe gemacht hatten, uns zur Strecke zu bringen und zu töten.

»Vielleicht waren es aber auch Menschen, die ihn hier zufällig aufgestöbert haben und dann in Panik geraten sind«, fuhr Mr. Crepsley fort. »Es ist lange her, seit uns Vampirjäger zuletzt gezielt nachgestellt haben. Vielleicht war es nur ein unglücklicher Zufall.«

»Wie dem auch sei«, sagte Gavner, »ich habe keine Lust, hier herumzustehen, bis es noch mal passiert. Eigentlich wollte ich mich in dieser Zwischenstation ein wenig ausruhen, aber ich glaube, wir sollten lieber das Weite suchen.«

»Einverstanden«, nickte Mr. Crepsley, und nach einem letzten Blick verließen wir die Höhle, die Ohren gespitzt und jeden Moment auf einen Überfall gefasst.

Wir schlugen unser Lager auf einer von mächtigen Bäumen umstandenen Lichtung auf und machten ausnahmsweise draußen Feuer, weil der Gedanke an die Höhle uns immer noch kalte Schauer über den Rücken jagte. Als wir gerade beratschlagten, wo wohl die Leiche des getöteten Vampirs geblieben war und ob wir die Umgebung danach absuchen sollten, kamen die Kleinen Leute mit einem erbeuteten Rehkitz von der Jagd zurück. Sie starrten Gavner misstrauisch an, und er erwiderte ihren Blick ebenso misstrauisch.

»Was machen *die* denn hier?«, zischte er.

»Meister Schick hat darauf bestanden, dass sie uns begleiten«, erwiderte Mr. Crepsley und hob abwehrend die Hand, als Gavner zu weiteren Fragen ansetzte. »Später«, versprach er. »Lasst uns erst etwas essen und unseres toten Kameraden gedenken.«

Die Bäume schützten uns vor der aufgehenden Sonne, sodass wir bis lange nach Tagesanbruch am Feuer saßen und über den Toten sprachen. Die beiden Vampire entschieden sich schließlich gegen die Suche nach der Leiche. Wir konnten sowieso nichts mehr für das bedauernswerte Opfer tun, außerdem hätte es uns zu lange aufgehalten. So wandte sich die Unterhaltung schließlich anderen Themen zu. Gavner erkundigte sich noch einmal nach den Kleinen Leuten, und Mr. Crepsley erklärte ihm, dass Meister Schick ihn zu sich beordert und uns die beiden aufgedrängt hatte. Dann fragte er seinerseits Gavner, warum dieser uns heimlich gefolgt war.

»Ich wusste, dass du vorhast, Darren den Oberen vorzustellen«, erklärte Gavner, »deshalb habe ich mich auf die Schwingungen deiner Aura eingestellt und dich ausfindig gemacht.« (Vampire können sich durch eine Art Gedankenübertragung miteinander verständigen.) »Ich war zwar gerade hundertfünfzig Kilometer weiter südlich, aber ich reise nicht gern allein. Es ist langweilig, wenn man sich mit niemandem unterhalten kann.«

Im Lauf des Gesprächs fiel mir auf, dass an Gavners linkem Fuß zwei Zehen fehlten, und ich fragte ihn nach dem Grund.

»Abgefroren«, entgegnete er fröhlich und wackelte mit den

drei verbliebenen Zehen. »Auf dem Weg zu einem früheren Konzil habe ich mir mal das Bein gebrochen. Ich bin fünf Nächte lang auf allen vieren gekrochen, bis ich die nächste Zwischenstation erreicht hatte. Es war reines Vampirglück, dass ich dabei nur ein paar Zehen eingebüßt habe.«

Die beiden Vampire plauderten noch lange über alte Zeiten, gemeinsame Bekannte und zurückliegende Konzile. Ich wartete darauf, dass einer von ihnen Murlough zur Sprache brachte – schließlich war es Gavner gewesen, der seinerzeit Mr. Crepsley auf den geisteskranken Vampyr aufmerksam gemacht hatte – aber sie erwähnten ihn mit keiner Silbe.

»Und wie ist es *dir* inzwischen so ergangen?«, wandte sich Gavner an mich.

»Ganz gut«, sagte ich.

»Hat dir das Zusammensein mit diesem alten Griesgram nicht die Laune vermiest?«

»Hab mich dran gewöhnt«, erwiderte ich grinsend.

»Irgendwelche Karrierepläne?«

»Wie bitte?«

Er hob die Hand und hielt mir seine vernarbten Fingerkuppen, das Erkennungszeichen der Vampire, unter die Nase. »Hast du vor, demnächst ein richtiger Vampir zu werden?«

»Nein«, erwiderte ich hastig und blickte meinen Meister Hilfe suchend an. »Stimmt doch, oder?«, vergewisserte ich mich ängstlich.

»Ja«, schmunzelte Mr. Crepsley. »Jedenfalls solange du noch minderjährig bist. Wenn wir dich jetzt schon zum vollwertigen Vampir machen würden, wärst du erst in sechzig oder siebzig Jahren erwachsen.«

»Wenn man noch so jung ist wie du, ärgert man sich bestimmt schrecklich darüber, dass man sich äußerlich so langsam verändert«, warf Gavner ein.

»Allerdings«, seufzte ich.
»Das gibt sich mit der Zeit«, tröstete mich mein Meister.
»Klar«, sagte ich sarkastisch. »Wenn ich erst mal ausgewachsen bin, in dreißig Jahren oder so.«
Ich stand auf und schüttelte genervt den Kopf. Jedes Mal, wenn ich an die Jahrzehnte dachte, die ich äußerlich noch ein Kind bleiben musste, wurde ich ganz deprimiert.
»Wo willst du hin?«, erkundigte sich Mr. Crepsley, als ich mich in Richtung Wald in Bewegung setzte.
»Zum Fluss, um die Feldflaschen aufzufüllen«, erwiderte ich.
»Vielleicht ist es besser, wenn einer von uns mitgeht«, meinte Gavner.
»Darren ist kein kleines Kind mehr«, kam mir Mr. Crepsley zuvor. »Er braucht keinen Aufpasser.«
Ich verkniff mir ein zufriedenes Grinsen, denn der Vampir lobte mich nur selten, und kletterte die Uferböschung hinunter. Das Wasser sprudelte mit reißender Strömung dahin. Es gurgelte laut, als ich die Flaschen füllte, und eiskalte Tropfen spritzten auf die Flaschenhälse und meine Finger. Wäre ich ein Mensch gewesen, hätte ich leicht Erfrierungen davontragen können, aber Vampire sind da unempfindlicher.
Während ich die zweite Feldflasche zukorkte, bemerkte ich aus dem Augenwinkel eine kleine, dampfende Atemwolke am gegenüberliegenden Ufer. Überrascht, dass ein wildes Tier sich so dicht an mich heranwagte, blickte ich hoch und starrte in die glühenden Augen eines zottigen Wolfes, der hungrig die scharfen Fänge bleckte.

5 Der Wolf rührte sich nicht und musterte mich prüfend. Mit bebenden Lefzen, die seine Reißzähne entblößten, nahm er meine Witterung auf. Ich legte die Flasche im Zeitlupentempo auf den Boden und überlegte, was ich jetzt machen sollte. Wenn ich um Hilfe rief, bekam der Wolf vielleicht Angst und lief davon – oder aber er ging zum Angriff über. Wenn ich mich dagegen ruhig verhielt, verlor er womöglich das Interesse und trollte sich – oder er fasste es als Zeichen von Schwäche auf und betrachtete mich als leichte Beute.

Ich schwankte noch immer zwischen beiden Möglichkeiten, als der Wolf plötzlich die Hinterläufe anspannte und den Kopf senkte. Mit einem einzigen Satz sprang er über den breiten Fluss, prallte gegen meine Brust und riss mich zu Boden. Ich wollte mich zur Seite rollen, aber das Untier hockte direkt auf mir drauf, und es war so schwer, dass ich es nicht abschütteln konnte. Fieberhaft tastete ich nach einem Stein, einem Ast oder sonst irgendeiner Waffe, aber meine Finger bohrten sich nur in kalten Schnee.

Aus der Nähe sah der Wolf noch bedrohlicher aus: Er hatte einen grauen Kopf, gelbe, leicht schräg stehende Augen, eine schwarze Schnauze und weiße Zähne, von denen manche bestimmt fünf oder sechs Zentimeter lang waren. Die Zunge hing ihm seitlich aus dem Maul, er hechelte stoßweise. Sein Atem stank nach Blut und rohem Fleisch.

Ich wusste nichts über Wölfe, abgesehen davon, dass Vampire ihr Blut nicht vertragen, und deshalb hatte ich keine Ahnung, wie ich reagieren sollte: War es besser, ihn am Kopf anzugreifen oder am Körper? Sollte ich lieber still liegen und hoffen, dass er sich davonmachte, oder ihn durch lautes Geschrei verscheuchen? Mein Gehirn arbeitete fieberhaft, aber da senkte der Wolf plötzlich den Kopf, streckte die lange, nasse Zunge heraus und ... *leckte mir über das Gesicht!*

Ich war so baff, dass ich stocksteif liegen blieb und in den Rachen des Untiers starrte. Der Wolf schleckte mich noch einmal ab, sprang dann von mir herunter, ließ sich am Flussufer nieder und schlabberte Wasser. Ich blieb noch ein paar Sekunden regungslos liegen, setzte mich dann auf und sah ihm beim Trinken zu. Jetzt erkannte ich auch, dass es ein männliches Tier war. Als der Wolf genug getrunken hatte, legte er den Kopf in den Nacken und heulte. Zwischen den Bäumen am gegenüberliegenden Ufer traten drei weitere Wölfe hervor und näherten sich dem Fluss, um ihren Durst zu löschen. Zwei davon waren Weibchen, der dritte noch ein Welpe, dunkler und kleiner als seine Gefährten.

Der Rüde beobachtete seine Artgenossen einen Augenblick lang beim Trinken und legte sich dann neben mir nieder. Er schmiegte sich an mich wie ein Hund, und ohne nachzudenken streckte ich die Hand aus und kraulte ihn hinter dem Ohr. Er winselte wohlig und drehte den Kopf, damit ich auch an das andere Ohr herankam.

Das eine Weibchen hatte fertig getrunken und sprang über den Fluss. Erst nachdem sie misstrauisch meine Füße beschnüffelt hatte, ließ sie sich auf meiner anderen Seite nieder und hielt mir ebenfalls den Kopf zum Kraulen hin. Der Rüde knurrte eifersüchtig, aber sie ignorierte ihn einfach.

Es dauerte nicht lange, bis auch die anderen beiden sich zu uns gesellten. Das zweite Weibchen war scheuer als ihre Gefährten und blieb unschlüssig mehrere Meter von mir entfernt stehen. Das Jungtier dagegen war völlig furchtlos. Es krabbelte über meine Beine und meinen Bauch und beschnüffelte mich so ausgiebig wie ein Jagdhund. Es hob sogar das Bein, um seine Duftmarke auf meinem linken Oberschenkel zu hinterlassen, aber der Rüde schnappte nach ihm, sodass es vor Schreck einen Purzelbaum schlug. Es bellte zwar ärgerlich, ließ aber von seinem Vorhaben ab und kletterte abermals auf mir herum, wobei es diesmal erfreulicherweise darauf verzichtete, sein Revier zu markieren!

Ich vergaß völlig die Zeit, während ich mit dem Welpen spielte und die beiden ausgewachsenen Tiere streichelte. Der Rüde rollte sich sogar auf den Rücken, damit ich ihm den Bauch kraulen konnte. Auf der Unterseite hatte er helleres Fell, abgesehen von einem schwarzen, wie ein Blitzstrahl gezackten Streifen, der sich über seinen halben Bauch zog und mich auf die Idee brachte, ihn »Blitz« zu taufen, denn ich fand, das war ein guter Name für einen Wolf.

Ich wollte feststellen, ob Wölfe wie Hunde gehorchten, nahm einen Stock und warf ihn. »Hol ihn, Blitz, hol ihn!«, rief ich, aber der Rüde rührte sich nicht von der Stelle. Dann versuchte ich, ihn zum Sitzen zu bewegen. »Mach Platz, Blitz!«, befahl ich. Er starrte mich verständnislos an. »Mach Platz – so.« Ich hockte mich wie ein Hund hin. Blitz wich misstrauisch ein Stück zurück, als sei ich plötzlich übergeschnappt. Das Junge dagegen fasste meine kleine Vorführung als Einladung zum Spielen auf und sprang mir auf den Rücken. Ich musste lachen und sah von weiteren Dressurversuchen ab.

Schließlich stand ich auf und schlug den Weg zum Lagerplatz ein, um den Vampiren von meinen neuen Freunden zu erzählen. Die Wölfe folgten mir, aber nur Blitz trottete an meiner Seite, die Übrigen hielten Abstand.

Als ich im Lager ankam, schliefen Mr. Crepsley und der lautstark schnarchende Gavner schon unter den dicken Felldecken, aus denen nur noch ihre Köpfe herausguckten. Sie sahen aus wie zwei besonders hässliche Riesenbabys! Leider kann man Vampire nicht fotografieren, sonst hätte ich diesen Anblick gern festgehalten.

Ich wollte gerade zu ihnen unter die Decken schlüpfen, als ich eine Idee hatte. Die Wölfe hatten am Rand der Lichtung zwischen den Bäumen Halt gemacht. Ich lockte sie heran. Blitz traute sich als Erster und beschnüffelte sorgfältig den Lagerplatz. Als er sich davon überzeugt hatte, dass alles in Ordnung war, knurrte er leise, woraufhin seine Gefährten herbeitrabten, um die schlafenden Vampire allerdings einen großen Bogen machten.

Ich legte mich auf die andere Seite des Feuers und lüftete einladend meine Decke, aber die Wölfe weigerten sich drunterzukriechen. Das Jungtier machte zwar Anstalten, aber seine Mutter zog es am Nackenfell zurück. Schließlich ließ ich mich zurücksinken und deckte mich zu; jetzt erst kamen die Wölfe herbei und legten sich auf mich, sogar das scheue Weibchen. Sie waren ganz schön schwer, und ihr Fell roch ziemlich streng, aber sie waren herrlich warm, und obwohl wir uns unweit einer Höhle befanden, in der vor kurzem ein Vampir gewaltsam ums Leben gekommen war, fühlte ich mich so sicher wie in Abrahams Schoß.

Wütendes Knurren riss mich aus dem Schlaf. Ich fuhr senkrecht in die Höhe und sah, dass die drei ausgewachsenen Wölfe sich im Halbkreis um meinen Schlafplatz aufgebaut hatten, mit dem Rüden in der Mitte. Das Junge kauerte hinter meinem Rücken. Vor uns standen die beiden Kleinen Leute. Ihre grauen Hände zuckten, und sie gingen langsam auf die Tiere zu.

»Halt!«, schrie ich und sprang auf. Auf der anderen Seite des Feuers, das inzwischen heruntergebrannt war, erwachten Mr. Crepsley und Gavner und wühlten sich unter ihren Decken hervor. Ich stellte mich schützend vor Blitz und stieß ein drohendes Zischen aus. Die Kleinen Leute starrten mich aus der Tiefe ihrer blauen Kapuzen an. Für den Bruchteil einer Sekunde erspähte ich die großen grünen Augen desjenigen, der mir am nächsten stand.

»Was ist denn hier los?«, rief Gavner und blinzelte verschlafen.

Der Kleine Kerl kümmerte sich nicht um ihn, sondern zeigte erst auf die Wölfe, dann auf seinen Magen und rieb sich den Bauch. Das war sein Zeichen für Hunger.

Ich schüttelte den Kopf. »Nicht die Wölfe«, erklärte ich. »Sie sind meine Freunde.« Unbeirrt wiederholte er die kreisenden Handbewegungen. »Nein!«, brüllte ich.

Der Kleine Kerl machte einen Schritt auf mich zu, aber der andere hinter ihm – der, den ich insgeheim Lefty getauft hatte – streckte die Hand aus und hielt ihn am Arm zurück. Der Erste zögerte, schlurfte dann aber zu einem Haufen toter Ratten hinüber, offenbar die Ausbeute der letzten Jagd. Lefty stand einen Moment lang unschlüssig da und sah mich aus dem Schatten seiner Kapuze mit grünen Augen an, dann gesellte er sich zu seinem Bruder (irgendwie kamen sie mir immer wie Brüder vor).

»Wie ich sehe, hast du unsere Verwandten getroffen«, begrüßte mich Mr. Crepsley und kam langsam durch die erkaltete Feuerstelle zu mir herüber, wobei er die Hände mit nach oben gerichteten Handflächen ausstreckte, um die Wölfe von seinen friedlichen Absichten zu überzeugen. Sie knurrten ihn zwar an, aber als sie seinen Geruch erschnupperten, beruhigten sie sich und legten sich wieder hin. Die mit vollen Backen kauenden Kleinen Leute ließen sie dabei allerdings nicht aus den Augen.

»*Verwandte?*«, wiederholte ich erstaunt.

»Wölfe und Vampire stammen voneinander ab«, erläuterte mein Lehrmeister. »Die Legende besagt, dass wir denselben

Ursprung haben, so ähnlich wie Menschen und Affen. Einige von uns lernten, auf zwei Beinen zu gehen, und wurden Vampire, die Übrigen blieben Wölfe.«
»Stimmt das?«, fragte ich.
Mr. Crepsley zuckte die Achseln. »Das weiß man bei diesen uralten Überlieferungen nie so ganz genau.« Er ging vor Blitz in die Hocke und betrachtete ihn schweigend. Das Tier setzte sich kerzengerade auf, sträubte das Fell und spitzte die Ohren. »Ein prächtiges Exemplar«, sagte der Vampir anerkennend und streichelte die lang gestreckte Schnauze des Wolfes. »Ein geborener Anführer.«
»Ich nenne ihn Blitz, weil er einen gezackten Streifen auf dem Bauch hat«, erklärte ich.
»Wölfe brauchen keine Namen«, verwies mich der Vampir streng. »Sie sind schließlich keine Hunde.«
»Sei kein Spielverderber«, mischte sich jetzt Gavner ein und trat neben seinen Freund. »Soll er ihnen doch Namen geben, wenn es ihm Spaß macht. Es schadet ja nichts.«
»Vermutlich nicht«, gab Mr. Crepsley zu. Er hielt den beiden Weibchen die Hand hin, und sie schleckten sie ab, auch die scheuere der beiden. »Ich hatte schon immer ein gutes Händchen für Wölfe«, bemerkte mein Meister nicht ohne Stolz.
»Wieso sind sie so zutraulich?«, fragte ich. »Ich dachte immer, Wölfe fürchten sich vor Menschen.«
»Vor Menschen schon«, bestätigte Mr. Crepsley. »Aber bei Vampiren ist das etwas anderes. Wir haben einen ähnlichen Geruch wie sie. Sie spüren, dass wir Blutsverwandte sind. Nicht alle Wölfe sind so zutraulich – diese hier müssen früher schon Vampiren begegnet sein –, aber kein Wolf würde jemals einen Vampir angreifen, es sei denn, er steht kurz vor dem Verhungern.«
»Hast du noch mehr von ihnen gesehen?«, erkundigte sich

Gavner. Ich schüttelte den Kopf. »Dann sind die hier bestimmt ebenfalls auf dem Weg zum Berg, um sich dort mit anderen Rudeln zu treffen.«

»Was haben sie denn ausgerechnet auf dem Berg der Vampire zu suchen?«, wunderte ich mich.

»Die Wölfe versammeln sich bei jedem Konzil dort«, erklärte mein Meister. »Sie wissen aus Erfahrung, dass dort jede Menge Leckerbissen zu holen sind. Die Wächter des Berges horten riesige Vorräte. Da bleibt immer etwas für die wilden Tiere übrig.«

»Ist das nicht ein ziemlich langer Weg, nur für ein paar Abfälle?«

»Den Wölfen geht es nicht nur ums Fressen«, erläuterte Mr. Crepsley. »Sie suchen Gesellschaft, begrüßen alte Freunde, finden neue Gefährten und schwelgen in Erinnerungen.«

»Können sich Wölfe denn miteinander verständigen?«

»Sie können einander einfache Gedanken übermitteln. Sie reden nicht wirklich miteinander – jedenfalls nicht mit Worten –, aber sie tauschen Bilder und Landkarten ihrer Streifzüge aus und teilen einander mit, wo sich die Jagd lohnt und wo nicht.«

»Apropos Streifzüge: Die Sonne geht schon unter. Wir sollten allmählich weiterwandern«, unterbrach ihn Gavner. »Du hast dir eine lange, umständliche Reiseroute ausgesucht, Larten. Wenn wir uns nicht beeilen, kommen wir zu spät.«

»Gibt es denn noch einen anderen Weg zum Konzil?«, fragte ich.

»Natürlich«, antwortete Gavner. »Es gibt Dutzende von Möglichkeiten. Deshalb sind wir ja bis jetzt auch noch keinem Vampir begegnet, von dem Toten einmal abgesehen. Jeder kommt aus einer anderen Richtung.«

Wir rollten unsere Decken zusammen und verließen die Lich-

tung. Mr. Crepsley und Gavner hielten immer noch nach Hinweisen auf den Mörder unseres getöteten Kameraden Ausschau. Die Wölfe trabten ein paar Stunden lang neben uns her, wobei sie sich tunlichst außer Reichweite der Kleinen Leute hielten, doch dann verschwanden sie vor uns in der Nacht.
»Wo laufen sie denn hin?«, fragte ich.
»Sie gehen auf die Jagd«, erwiderte mein Meister.
»Kommen sie zurück?«
»Das würde mich nicht wundern«, sagte er, und richtig: Bei Tagesanbruch tauchten die vier Wölfe wie Geister aus der Schneelandschaft auf und machten es sich neben und auf uns zum Schlafen bequem. So schlummerte ich auch am zweiten Tag dieser Reiseetappe tief und fest und wurde nur einmal von der kalten Schnauze des Welpen geweckt, der gegen Mittag unter meine Decke kroch und sich an mich kuschelte.

6 In den ersten Nächten nach der blutigen Entdeckung in der Höhle waren wir besonders vorsichtig, aber als wir keinerlei Spuren des Vampirjägers fanden, verdrängten wir unsere Befürchtungen und versuchten die anstrengende Wanderung trotz allem zu genießen.
Die Wölfe faszinierten mich. Ich lernte viel, indem ich sie beobachtete und Mr. Crepsley, der sich für einen Experten hielt, mit Fragen bombardierte.
Wölfe sind keine besonders schnellen, aber sehr ausdauernde Läufer und können bis zu vierzig oder fünfzig Kilometer am Tag zurücklegen. Ihre Jagdbeute besteht meist aus kleineren Tieren, aber ab und zu schließen sie sich auch zusammen und kreisen ein größeres Wild ein. Sie haben sehr empfindliche Sinnesorgane: scharfe Augen und Ohren und einen extrem

guten Geruchssinn. Jedes Rudel hat einen Anführer, die Beute wird unter allen Tieren geteilt. Außerdem können sie hervorragend klettern und sich auch erschwerten Lebensbedingungen anpassen.
Wir gingen oft gemeinsam mit ihnen auf die Jagd. Es machte einen Riesenspaß, an ihrer Seite durch die sternklare Nacht über die glitzernde Schneedecke zu rennen, ein Reh oder einen Fuchs zu Tode zu hetzen und sich anschließend die noch warme, blutige Beute zu teilen. So verging die Zeit wie im Flug, und ich merkte kaum, wie viele Kilometer wir zurücklegten.

In einer kalten, klaren Nacht erreichten wir ein Tal zwischen zwei hoch aufragenden Bergen, das mit dichtem Dornengestrüpp bewachsen war. Die Dornen waren ungewöhnlich groß und spitz und selbst für die Fußsohlen eines richtigen Vampirs gefährlich. Wir rasteten am Eingang des Tales, und Mr. Crepsley und Gavner hielten Kriegsrat.
»Wir könnten an den Felswänden entlangklettern«, überlegte Mr. Crepsley laut, »aber Darren ist kein so geübter Bergsteiger wie wir beide. Er könnte abstürzen und sich verletzen.«
»Und wenn wir einfach außen herumgehen?«, schlug Gavner vor.
»Das kostet zu viel Zeit.«
»Wir könnten doch einen Tunnel graben«, meinte ich.
»Das dauert ebenfalls zu lange. Es hilft nichts: Wir müssen uns so vorsichtig wie möglich einen Weg durch das Dickicht bahnen.«
Mr. Crepsley streifte seinen Pullover über den Kopf, und Gavner tat dasselbe.
»Wieso ziehen Sie sich aus?«, fragte ich überrascht.
»Die Kleider schützen uns zwar vor den Dornen«, erklärte

Gavner, »aber hinterher wären sie völlig zerfetzt. Es ist besser, wenn sie heil bleiben.«

Als der Obervampir aus seiner Hose schlüpfte, kamen gelbe Boxershorts zum Vorschein, die mit rosa Elefanten bestickt waren. Mr. Crepsley fielen fast die Augen aus dem Kopf. »Ein Geschenk«, murmelte Gavner verlegen und wurde knallrot.

»Von einer deiner Verehrerinnen aus der Menschenwelt, nehme ich an«, sagte mein Meister, und seine normalerweise schmalen, zusammengepressten Lippen verzogen sich unwillkürlich zu einem Lächeln.

»Sie war eine wunderbare Frau«, seufzte Gavner und fuhr mit dem Finger den Umriss eines Elefanten nach. »Nur was Unterwäsche angeht, hatte sie leider keinen Geschmack ...«

»Was ihre Liebhaber angeht, offenbar auch nicht«, setzte ich frech hinzu. Über diese Bemerkung musste Mr. Crepsley so lachen, dass er sich den Bauch hielt und ihm Tränen über das Gesicht liefen. Noch nie hatte ich den Vampir so ausgelassen erlebt – ich hatte immer angenommen, er sei total humorlos! Sogar Gavner sah verdutzt aus.

Es dauerte ziemlich lange, bis Mr. Crepsley sich von seinem Heiterkeitsausbruch erholt hatte. Schließlich wischte er sich die Tränen ab, setzte seine gewohnte ernste Miene auf und entschuldigte sich – als wäre Lachen ein Verbrechen. Dann rieb er mich am ganzen Körper mit einer stinkenden Flüssigkeit ein, die meine Poren versiegeln und die Haut unempfindlich machen sollte, und los ging's. Wir kamen nur langsam voran, und es war trotz Mr. Crepsleys Vorbeugungsmaßnahmen eine ziemlich schmerzhafte Angelegenheit. Wie sehr ich auch aufpasste – alle paar Meter trat ich in einen Dorn oder zog mir eine Schramme zu. Ich schützte mein Gesicht so gut es ging, aber schon auf halber Strecke waren meine Wangen mit blutigen Kratzern übersät.

Die Kleinen Leute hatten ihre blauen Kapuzenkutten anbehalten und scherten sich nicht darum, ob der Stoff aufgeschlitzt wurde. Nach einer Weile befahl Mr. Crepsley ihnen vorauszugehen. Auf diese Weise bekamen sie das meiste ab, während sie uns den Weg bahnten. Sie gehorchten schweigend und beschwerten sich nicht. Fast taten sie mir Leid.
Für die Wölfe war es noch am einfachsten. Sie waren von der Natur für unwegsames Gelände ausgerüstet und wanden sich leichtfüßig zwischen den Büschen hindurch. Aber irgendetwas stimmte mit ihnen nicht. Schon die ganze Nacht trotteten sie bedrückt neben uns her und hoben immer wieder misstrauisch witternd die Köpfe. Wir spürten ihre Angst, konnten sie uns aber nicht erklären.
Ich konzentrierte mich ganz auf meine Füße und machte gerade einen großen Schritt über eine besonders dornige Stelle, als ich plötzlich gegen Mr. Crepsley prallte, der unvermittelt stehen geblieben war. »Was ist los?«, fragte ich und spähte über seine Schulter.
»Gavner«, zischte er, ohne mich zu beachten.
Der Obervampir, den wir oft wegen seiner Kurzatmigkeit aufzogen, schob sich schnaufend an mir vorbei. Als er neben Mr. Crepsley stand, unterdrückte er einen Aufschrei.
»Was ist denn?«, wiederholte ich. »Lassen Sie mich durch.«
Die Vampire machten Platz, und ich erblickte ein kleines Stück Stoff, das sich im Gebüsch verfangen hatte. An den Dornen klebten noch ein paar angetrocknete Blutstropfen.
»Na und?«, fragte ich.
Die Vampire antworteten nicht sofort, sondern sahen sich beunruhigt nach allen Seiten um, genau wie die Wölfe.
»Riechst du es denn nicht?«, flüsterte Gavner.
»Was denn?«
»Das Blut.«

Ich schnupperte, nahm aber nur einen schwachen Geruch wahr, weil das Blut nicht mehr frisch war. »Was ist damit?«
»Weißt du nicht mehr? Vor sechs Jahren?«, sagte Mr. Crepsley. Behutsam löste er das Stoffstück aus den Dornen und hielt es mir unter die Nase. Die Wölfe knurrten inzwischen deutlich lauter. »Atme tief ein. Fällt der Groschen endlich?«
Es klingelte nicht sofort, denn meine Sinne waren nicht so untrüglich wie die eines richtigen Vampirs, aber dann erinnerte ich mich an jene inzwischen sechs Jahre zurückliegende Nacht in Debbies Schlafzimmer und den Geruch von Murloughs Blut, als der Wahnsinnige sterbend auf dem Boden lag. Ein eisiger Schreck durchfuhr mich: Das Blut auf dem Stofffetzen stammte von einem *Vampyr!*

7 Den Rest des Tales durchquerten wir im Eiltempo, ohne auf die spitzen Dornen zu achten. Am anderen Ende blieben wir kurz stehen, um uns wieder anzuziehen, dann hasteten wir ohne Pause weiter. Die nächste Zwischenstation war nicht mehr weit entfernt, und Mr. Crepsley wollte noch vor Tagesanbruch dort eintreffen. In unserem üblichen Tempo hätte der Weg bestimmt vier oder fünf Stunden gedauert, aber wir brauchten nur zwei. Kaum hatten wir die Höhle betreten und waren in Sicherheit, entspann sich zwischen den beiden Vampiren eine hitzige Diskussion. In diesem verlassenen Winkel der Erde waren noch nie zuvor Vampyre gesichtet worden. Die Vampire hatten mit ihren blutrünstigen Verwandten ein Abkommen getroffen, das derartige Grenzüberschreitungen verbot.
»Vielleicht ist es ein Verrückter, der sich verirrt hat«, meinte Gavner.

»Nicht einmal ein völlig verwirrter Vampyr würde sich in diese Gegend wagen«, widersprach Mr. Crepsley.
»Hast du eine bessere Erklärung?«
Mein Lehrmeister dachte nach. »Er könnte ja ein Spion sein.«
»Glaubst du wirklich, die Vampyre lassen es auf einen neuen Krieg ankommen?«, fragte Gavner zweifelnd. »Was könnte sie so brennend interessieren, dass sie ein solches Risiko eingehen würden?«
»Vielleicht suchen sie *uns*«, sagte ich leise. Ich wollte die beiden Freunde nicht unterbrechen, aber ich musste es einfach aussprechen.
Gavner wandte sich zu mir um. »Wie meinst du das?«
»Vielleicht haben sie Wind von der Sache mit Murlough bekommen.«
Gavner erbleichte, und Mr. Crepsleys Augen wurden schmal. »Wie denn?«, fauchte er.
»Meister Schick hat es schließlich auch irgendwie herausgekriegt«, erinnerte ich ihn.
»Meister Schick weiß über Murlough Bescheid?«, zischte Gavner.
Mr. Crepsley nickte langsam. »Aber selbst wenn er es den Vampyren verraten hätte, woher sollten sie wissen, dass wir ausgerechnet *diese* Route gewählt haben? Es gibt Dutzende von Wegen. Vampyre sind schließlich keine Hellseher.«
»Vielleicht überwachen sie ja die ganze Gegend«, meinte Gavner.
»Nein«, erwiderte mein Meister fest. »Das ist alles viel zu weit hergeholt. Was auch immer diesen Vampyr hierher verschlagen hat, ich bin überzeugt, dass es nichts mit *uns* zu tun hat.«
»Hoffentlich hast du Recht«, brummte Gavner.
Wir diskutierten noch eine Weile, besonders über die Frage, ob vielleicht der Vampyr unseren Kameraden in der vorigen

Zwischenstation auf dem Gewissen hatte, aber dann versuchten wir ein paar Stunden zu schlafen, wobei wir abwechselnd Wache hielten. Ich traute mich kaum, die Augen zu schließen, weil ich mir dauernd vorstellte, eine Bande mordlustiger Vampyre mit purpurroten Gesichtern sei mir auf den Fersen.

Als es dunkel geworden war, schlug Mr. Crepsley vor, uns vor dem Aufbruch noch einmal zu vergewissern, dass uns niemand auflauerte. »Wir können nicht riskieren, einer Horde Vampyre in die Arme zu laufen«, sagte er. »Bevor wir weitermarschieren, sollten wir die nähere Umgebung auskundschaften, um jede Gefahr auszuschließen.«

»Haben wir denn Zeit dazu?«, fragte Gavner.

»Wir müssen uns die Zeit eben nehmen«, beharrte Mr. Crepsley. »Lieber verlieren wir ein paar Nächte, als blindlings in eine Falle zu tappen.«

Während sie sich draußen umsahen, blieb ich in der Höhle. Das behagte mir zwar nicht, denn ich musste immer daran denken, was jenem unbekannten Vampir zugestoßen war, aber die beiden Freunde meinten, draußen sei ich ihnen nur hinderlich. Ein Vampyr würde mich schon aus hundert Metern Entfernung hören.

Die Kleinen Leute, die Wölfinnen und das Jungtier blieben bei mir. Nur Blitz begleitete die Vampire. Schließlich hatten die Wölfe den Vampyr zuerst gewittert, und Blitz konnte ihnen als Spürhund dienen.

Ohne die Vampire und Blitz fühlte ich mich einsam. Die Kleinen Leute waren so zurückhaltend wie immer. Sie vertrieben sich die Zeit damit, ihre blauen Kutten zu flicken, und die Wölfinnen nutzten die Gelegenheit zu einem Nickerchen.

Nur der Welpe leistete mir richtig Gesellschaft. Wir spielten stundenlang miteinander, erst in der Höhle, dann im nahen

Wald. Ich nannte ihn Rudi, nach Rudolf, dem kleinen Rentier mit der roten Nase, weil er mir mit Vorliebe seine kalte Schnauze in den Rücken stupste, wenn ich schlief.

Im Wald fing ich ein paar Eichhörnchen und briet sie, damit die Vampire etwas zu essen vorfanden, wenn sie gegen Morgen zurückkehrten. Dazu servierte ich heiße Beeren und Wurzeln (Mr. Crepsley hatte mich gelehrt, welche wild wachsenden Pflanzen essbar waren). Gavner bedankte sich für das Mahl, aber Mr. Crepsley schien in Gedanken ganz woanders zu sein und war ziemlich schweigsam. Sie hatten keine weiteren Hinweise auf den Vampyr entdeckt, und das beunuhigte sie. Ein geisteskranker Vampyr hätte seine Spuren bestimmt nicht so geschickt verwischt. Das bedeutete, dass wir es mit einem Exemplar zu tun hatten, das bei vollem Verstand war – oder mit mehreren.

Gavner wollte voraushuschen, um sich mit den anderen Vampiren zu beraten, aber Mr. Crepsley untersagte es ihm. Die Gesetze, die das Huschen auf dem Weg zum Berg verboten, hätten Vorrang vor unserer eigenen Sicherheit.

Ich wunderte mich darüber, dass Gavner sich den Anweisungen meines Meisters im Allgemeinen ohne Murren fügte. Schließlich war er ein Obervampir und hätte selbst das Kommando übernehmen können. Aber er machte Mr. Crepsley nie die Rolle des Anführers streitig.

Es mochte daran liegen, dass mein Lehrer früher ein sehr hochrangiger Obervampir gewesen war. Als er von seinem Amt zurückgetreten war, hatte seine Ernennung zum Fürsten unmittelbar bevorgestanden. Vielleicht betrachtete Gavner ihn deshalb noch immer als seinen Vorgesetzten.

Nachdem sie sich den Tag über ausgeschlafen hatten, zogen die Vampire erneut los, um die Umgebung unter die Lupe zu nehmen. Wenn sie auch diesmal nichts Verdächtiges fanden,

wollten wir unsere Reise in der darauf folgenden Nacht fortsetzen.
Nach einem einfachen Frühstück ging ich wieder mit Rudi in den Wald, um zu spielen. Der Kleine war immer ganz ausgelassen, wenn er der Aufsicht der älteren Wölfe entkommen war. Dann konnte er endlich überall herumschnüffeln, ohne dass jemand nach ihm schnappte oder ihm einen Nasenstüber versetzte. Er versuchte sogar, auf die Bäume zu klettern, hatte dabei aber nur selten Erfolg, weil er noch zu klein war. Schließlich entdeckte er einen Baum mit tief hängenden Zweigen und kletterte bis auf halbe Höhe empor. Von dort aus blickte er ängstlich nach unten und winselte.
»Na komm schon«, spottete ich liebevoll. »*So* hoch oben bist du nun auch wieder nicht. Du brauchst keine Angst zu haben.« Er hörte nicht auf mich und jaulte weiter. Dann fletschte er knurrend die Zähne.
Ich machte erstaunt einen Schritt auf ihn zu. »Stimmt was nicht?«, fragte ich. »Sitzt du fest? Soll ich dir helfen?« Der Welpe kläffte. Es klang, als hätte er Angst. »Schon gut, Rudi«, beruhigte ich ihn. »Ich komme hoch und ...«
Das Ende meines Satzes ging in ohrenbetäubendem Gebrüll unter. Als ich herumfuhr, erblickte ich einen riesigen Bären mit dunklem Fell, der über eine Schneewehe setzte. Er landete unbeholfen, schüttelte den mächtigen Kopf und fixierte mich mit drohendem Knurren. Dann stürzte er sich mit blitzenden Zähnen und ausgestreckten Krallen auf mich!

8 Wäre Rudi nicht gewesen, hätte der Bär mich mühelos zu Boden geworfen und getötet. Aber das Wolfsjunge sprang vom Baum und landete auf dem Kopf des Untiers, was diesem vorübergehend die Sicht raubte. Der Bär brüllte wütend und hieb mit der Tatze nach ihm, aber der Welpe duckte sich und biss ihm ins Ohr. Wieder brüllte der Bär und schüttelte wie rasend den Kopf. Rudi konnte sich noch ein paar Sekunden lang festklammern, dann flog er in hohem Bogen ins Gebüsch.

Nun wollte das Untier sich wieder mir widmen, aber ich hatte die Sekunden, die der Welpe mir verschafft hatte, genutzt, war hinter dem Baum in Deckung gegangen und rannte jetzt, so schnell ich konnte, auf die schützende Höhle zu. Der Bär setzte mir mit plumpen Sprüngen nach, merkte dann aber, dass ich schon zu weit weg war, knurrte zornig hinter mir her und wandte sich abermals Rudi zu.

Als ich ein ängstliches Jaulen vernahm, blieb ich sofort stehen. Mit einem Blick über die Schulter vergewisserte ich mich, dass der Welpe es abermals auf den Baum geschafft hatte, dessen Rinde der Bär nun mit gewaltigen Klauenhieben zerfetzte. Rudi schwebte nicht in unmittelbarer Gefahr, aber früher oder später würde er entweder abrutschen oder heruntergeschüttelt werden, und das wäre sein Ende gewesen.

Ich zögerte keine Sekunde. Ich drehte mich um, ergriff einen Steinbrocken und den dicksten Ast, den ich auf die Schnelle finden konnte, und rannte zurück, um dem Wolfsjungen beizustehen.

Als er mich kommen sah, ließ der Bär vom Baum ab, hockte sich auf sein Hinterteil und erwartete mich. Es war ein riesiges Tier, mindestens anderthalb Meter groß, mit schwarzem Fell, einem helleren Gesicht und einer weißen Zeichnung wie einem Viertelmond auf der Brust. Schaum troff ihm aus dem

Maul, und seine Augen funkelten so wild, als hätte er Tollwut.

Ich kam vor ihm zum Stehen und schlug mit dem Ast kräftig auf den Boden. »Na los, du Biest«, knurrte ich. Der Bär fauchte und schüttelte den Kopf. Ich warf einen kurzen Blick zu Rudi in den Baum hinauf, weil ich hoffte, er wäre schlau genug, von seinem Ast zu rutschen und sich so schnell wie möglich in die Höhle zu trollen, aber er blieb, wo er war, starr vor Angst und außer Stande, sich zu bewegen.

Der Bär holte mit der Pranke nach mir aus, aber ich duckte mich rechtzeitig. Daraufhin richtete er sich auf die Hinterbeine auf und ließ sich nach vorn fallen, mit der Absicht, mich unter seinem enormen Gewicht zu begraben. Wieder wich ich aus, doch diesmal war es ziemlich knapp.

Ich fuchtelte mit dem Astende vor seinem Gesicht herum und zielte dabei auf seine Augen, als plötzlich die beiden Wölfinnen auf dem Kampfplatz erschienen. Sie mussten Rudis Kläffen gehört haben. Der Bär heulte vor Schmerz auf, als eine der beiden ihn ansprang und ihre Fänge tief in seine Schulter grub, während die andere mit Zähnen und Klauen auf seine Hinterbeine losging. Der Bär schüttelte die Erste ab und wollte sich gerade zu der Zweiten hinunterbücken, da wagte ich einen Vorstoß und erwischte ihn mit dem Ast am linken Ohr.

Ich muss ihm ordentlich wehgetan haben, denn er verlor sofort jegliches Interesse an den Wölfen und stürzte sich wieder auf mich. Ich duckte mich unter seinem massigen Körper weg, doch eine seiner mächtigen Vorderpranken donnerte gegen meinen Kopf, und ich fiel benommen zu Boden.

Der Bär ließ sich auf alle viere nieder und kam auf mich zu, wobei er die Wölfe mit fast beiläufigen Hieben nach links und rechts ins Gebüsch schleuderte. Ich krabbelte rückwärts,

war jedoch nicht schnell genug. Mit einem Mal war der Bär über mir. Er stand aufrecht und ließ ein triumphierendes Brüllen ertönen. Endlich hatte er mich genau dort, wo er mich haben wollte. Voller Verzweiflung rammte ich ihm erst den Ast und dann den Stein in den Magen, aber er machte sich nicht viel aus diesen lächerlichen Attacken. Mit einem boshaften Grinsen ließ er sich auf mich herab …
… und genau in diesem Augenblick warfen sich die Kleinen Leute gegen seinen Rücken und brachten ihn aus dem Gleichgewicht. Sie hätten keine Sekunde später eintreffen dürfen.
Der Bär muss gedacht haben, die ganze Welt hätte sich gegen ihn verschworen. Jedes Mal, wenn er mich im Visier hatte, kam ihm etwas in die Quere. Er brüllte die Kleinen Leute wie rasend an und stürzte sich auf sie. Der mit dem Hinkebein konnte ausweichen, aber der andere wurde unter dem Untier begraben.
Der Kleine Kerl hob seine kurzen Arme und stemmte sie gegen die Brust des Bären, um ihn wegzuschieben. Er war stark, aber gegen diesen gewaltigen Gegner hatte er keine Chance. Der Bär krachte auf ihn nieder und zermalmte ihn.
Ein grässliches Knacken war zu hören, und als das mächtige Tier wieder auf die Beine kam, sah ich, dass die Blaukutte völlig zerquetscht war. Aus dem blutigen Körper ragten überall zersplitterte rote Knochen heraus.
Der Bär hob den Kopf und brüllte zornig den Nachthimmel an. Dann richtete er seine Augen auf mich, brummte hungrig und kam auf allen vieren näher. Die Wölfe sprangen ihn an, doch er schüttelte sie erneut ab wie lästige Fliegen. Ich sah noch immer Sternchen von dem Tatzenhieb, konnte nicht aufstehen und versuchte, kriechend zu entkommen.
Als der Bär direkt vor mir stand, baute sich der andere Klei-

ne Kerl – der, den ich Lefty nannte – vor ihm auf, packte ihn bei den Ohren und versetzte ihm einen *Kopfstoß!* Es war das Verrückteste, was ich je gesehen habe, aber es erfüllte seinen Zweck. Der Bär grunzte und blinzelte benommen. Lefty stieß noch einmal zu und legte gerade den Kopf in den Nacken, um zum dritten Mal auszuholen, als das Tier ihm wie ein Boxer mit der rechten Tatze einen Schwinger versetzte.

Der Hieb traf Lefty vor der Brust und warf ihn um. Im Kampfgetümmel war ihm die Kapuze vom Kopf gerutscht, und ich konnte sein graues, grob zusammengeflicktes Gesicht mit den runden grünen Augen sehen. Vor dem Mund trug er eine Maske, wie ein Chirurg im Operationssaal. Ohne ein Zeichen von Furcht sah er zu dem Bären auf und erwartete den tödlichen Hieb.

»*Nein!*«, schrie ich. Ich richtete mich auf den Knien auf und rammte dem Untier die Faust in die Flanke. Das Vieh knurrte mich an. Ich schlug noch einmal zu, nahm eine Hand voll Schnee und schleuderte sie ihm ins Gesicht.

Während der Bär noch blinzelnd den Kopf schüttelte, sah ich mich nach einer neuen Waffe um. Was, war mir egal – alles war besser als die bloßen Hände. Zuerst entdeckte ich nichts Brauchbares, aber dann fiel mein Blick auf die Knochen, die aus dem Brustkorb des toten Kleinen Kerls ragten. Ohne nachzudenken, hechtete ich zu der Leiche hinüber, packte den längsten Knochen und zog daran. Seine Oberfläche war blutig, und meine Finger rutschten ständig ab. Ich gab nicht auf, packte fester zu und bewegte den Knochen ruckartig von rechts nach links. Nach ein paar Versuchen brach er am unteren Ende durch, und ich hatte endlich meine Waffe.

Der Bär konnte inzwischen wieder sehen und trottete auf

mich zu. Lefty lag immer noch am Boden. Die Wölfe bellten wie rasend, aber das Untier ließ sich nicht ablenken. Der Welpe kläffte von seinem Sitz im Baum herunter.
Ich war ganz auf mich selbst gestellt. Allein gegen den Bären. Niemand konnte mir jetzt noch helfen.
Ich sammelte meine überdurchschnittlichen Vampirkräfte, wirbelte herum, rollte mich unter den scharfen Krallen meines Gegners hindurch, sprang auf die Füße, fasste mein Ziel fest ins Auge und stieß den spitzen Knochen tief in die ungeschützte Kehle des riesigen Raubtiers.
Der Bär erstarrte mitten in der Bewegung. Seine Augen traten aus den Höhlen, und die Vorderpfoten sackten herab. Einen Augenblick hielt er sich noch aufrecht und rang nach Luft. Der Knochen ragte aus seinem Pelz. Dann fiel er krachend zu Boden, wurde ein paar grauenvolle Sekunden von Krämpfen geschüttelt – und war tot.
Ich stürzte auf ihn und blieb einfach liegen. Ich zitterte und weinte, allerdings mehr aus Angst als vor Schmerzen. Ich hatte zwar schon früher dem Tod ins Auge gesehen, aber das war der brutalste Kampf gewesen, den ich jemals hatte ausfechten müssen.
Irgendwann kam eine der Wölfinnen, und zwar die scheuere von beiden, zu mir herüber, schmiegte sich an mich und leckte mir das Gesicht, um sich zu vergewissern, dass ich noch lebte. Um ihr zu zeigen, dass ich unverletzt war, tätschelte ich ihr die Flanke. Dann grub ich mein Gesicht in ihr Fell und trocknete meine Tränen. Sobald ich mich kräftig genug fühlte, stand ich auf und sah mich um.
Die andere Wölfin stand neben dem Baum und forderte das Junge, das fast noch heftiger zitterte als ich, mit kurzen Kläfflauten zum Herunterklettern auf. Unweit davon lag die zerquetschte Blaukutte. Blut sickerte in den Schnee und färbte

ihn rot. Lefty saß daneben auf dem Boden und untersuchte seine Arme und Beine, um festzustellen, ob er verwundet war.

Ich trat zu ihm, um mich dafür zu bedanken, dass er mir das Leben gerettet hatte. Ohne seine Kapuze war er unvorstellbar hässlich: Seine Haut war grau, sein Gesicht ein formloser Klumpen voller Narben und Nähte. Ich konnte weder Ohren noch Nase erkennen, und seine runden grünen Augen saßen ziemlich weit oben im Kopf, nicht mitten im Gesicht wie bei den meisten Leuten. Außerdem hatte er überhaupt keine Haare.

Zu jedem anderen Zeitpunkt wäre ich wahrscheinlich zu Tode erschrocken, aber dieses Geschöpf hatte sein Leben riskiert, um meines zu retten, und ich verspürte ihm gegenüber nichts anderes als unendliche Dankbarkeit. »Alles okay, Lefty?«, fragte ich. Er blickte auf und nickte. »Das war knapp«, sagte ich mit einem kurzen Auflachen. Er nickte wieder. »Danke, dass du mir geholfen hast. Wenn du nicht rechtzeitig eingegriffen hättest, wäre ich jetzt tot.« Ich ließ mich neben ihn auf den Boden sinken und betrachtete erst den Bären, dann die Leiche der Blaukutte. »Das mit deinem Freund tut mir echt Leid, Lefty«, sagte ich leise. »Sollen wir ihn begraben?«

Der Kleine Kerl schüttelte verneinend den großen Kopf und machte Anstalten aufzustehen, hielt dann aber inne. Er schaute mich eindringlich an, und ich erwiderte fragend seinen Blick. Es sah fast so aus, als wollte er etwas sagen.

Dann hob er die Hand, zog vorsichtig die Maske herunter, die seine untere Gesichtspartie verdeckte, und entblößte einen breiten Mund voller scharfer gelber Zähne. Er streckte die Zunge heraus, die dieselbe merkwürdig graue Farbe hatte wie seine übrige Haut, und leckte sich die Lippen. Als er sie genügend befeuchtet hatte, verzog er den Mund probehalber ein paarmal und tat dann etwas, was ich für unmöglich gehalten hatte. Es klang kratzig, stockend und mechanisch – aber der Kleine Kerl *redete*.

»Heiß ... nicht Lefty. Heiß ... Harkat ... Harkat Mulds.«

Dann verzog er die Lippen zu einem schiefen Grinsen, das einem Lächeln ziemlich nahe kam.

9

Mr. Crepsley, Gavner und Blitz kundschafteten gerade ein Labyrinth von Gängen im oberen Berghang aus, als sie schwache Kampfgeräusche vernahmen. Sie rannten zurück und erreichten den Schauplatz etwa fünfzehn Minuten, nachdem ich den Bären zur Strecke gebracht hatte. Als ich ihnen schilderte, was passiert war, und von Harkat Mulds' Eingreifen erzählte, waren sie total baff.

Der Kleine Kerl hatte seine Kutte wieder angelegt und die Kapuze tief ins Gesicht gezogen, und als sie ihn fragten, ob er wirklich sprechen könne, schwieg er so lange, dass ich schon befürchtete, er würde überhaupt nicht antworten. Aber dann nickte er und krächzte: »Ja.«

Gavner sprang vor Schreck sogar ein paar Schritte zurück. Mr. Crepsley schüttelte bloß erstaunt den Kopf. »Darüber unterhalten wir uns später«, sagte er. »Zuerst ist der Bär dran.«

Er kniete sich neben das tote Untier und musterte es aufmerksam. »Beschreib bitte noch einmal genau, wie er dich angegriffen hat«, forderte er mich auf, und ich berichtete noch einmal von vorn, wie der Bär aus dem Nichts aufgetaucht war und mich wie rasend attackiert hatte.

»Das ist merkwürdig.« Mein Lehrmeister runzelte die Stirn. »So verhalten Bären sich normalerweise nicht, es sei denn,

man reizt sie oder sie sind völlig ausgehungert. Hunger kann er nicht gehabt haben – seht euch nur seinen prallen Wanst an –, und wenn du ihn nicht geärgert hast ...«
»Er hatte Schaum vor dem Maul«, meinte ich. »Wahrscheinlich hatte er Tollwut.«
»Das werden wir gleich wissen.« Mit seinen scharfen Fingernägeln schlitzte der Vampir dem toten Bären den Bauch auf. Er hielt die Nase an den Schnitt und schnupperte an dem austretenden Blut. Nach ein paar Sekunden verzog er angewidert das Gesicht und erhob sich.
»Und?«, fragte Gavner erwartungsvoll.
»Der Bär war tatsächlich wahnsinnig«, bestätigte Mr. Crepsley. »Aber er hatte keine Tollwut. Er hat Vampyrblut zu sich genommen.«
»Wieso das denn?«, japste ich.
»Ich bin mir nicht sicher«, erwiderte Mr. Crepsley und warf einen prüfenden Blick zum Himmel. »Uns bleibt noch etwas Zeit, bis es hell wird. Lasst uns der Spur des Bären folgen. Dann erfahren wir vielleicht mehr.«
»Was ist mit der Leiche da drüben?«, fragte Gavner. »Sollen wir die Blaukutte begraben?«
»Willst du ihn begraben ... *Harkat?*«, wandte sich Mr. Crepsley an meinen Retter.
Harkat Mulds schüttelte den Kopf. »Nein.«
»Dann lassen wir ihn eben liegen«, sagte der Vampir kurz angebunden. »Sollen die Raubtiere und Vögel seine Knochen blank putzen. Wir haben keine Zeit zu verlieren.«
Der Spur des Bären zu folgen, war nicht schwer. Selbst für einen unerfahrenen Spurenleser wie mich waren die tiefen Fußabdrücke und geknickten Zweige nicht zu übersehen.
Es dämmerte schon, als wir unter einem kleinen Steinhügel das fanden, was den Bären so krank gemacht hatte. Halb un-

ter Felsbrocken begraben lag eine tiefrote Leiche mit rotem Haar – ein Vampyr!

»So wie sein Kopf aussieht, ist er gestürzt und hat sich dabei den Schädel eingeschlagen«, meinte mein Meister, nachdem er den Toten untersucht hatte. »Irgendjemand hat ihn begraben, und anschließend hat ihn der Bär wieder ausgebuddelt. Man kann noch sehen, wo er Fleischfetzen aus der Leiche gerissen hat.« Er zeigte auf die tiefen Löcher im Bauch des Vampyrs. »Das hat das Tier verrückt gemacht: Vampirblut und auch das von Vampyren ist giftig. Hättest du das Biest nicht erlegt, Darren, wäre es in ein oder zwei Tagen von selbst verendet.«

»Hier hat unser mysteriöser Vampyr sich also versteckt«, brummelte Gavner. »Kein Wunder, dass wir ihn nicht gefunden haben.«

»Jetzt brauchen wir wenigstens keine Angst mehr zu haben«, seufzte ich erleichtert.

»Im Gegenteil«, widersprach Mr. Crepsley barsch. »Wir haben weit mehr Grund zur Besorgnis als vorher.«

»Warum? Er ist doch tot.«

»So weit hast du zwar Recht«, nickte mein Meister zustimmend. Dann deutete er auf den Steinhaufen. »*Aber wer hat ihn begraben?*«

Wir schlugen unser Lager unterhalb eines Felsens auf und bauten aus Ästen und Blättern ein Dach, unter dem die Vampire beim Schlafen vor der Sonne geschützt waren. Sie zogen sich in die Dunkelheit zurück, und Harkat und ich hockten uns vor den Eingang.

Dann erzählte uns der Kleine Kerl seine unglaubliche Lebensgeschichte.

Die Wölfe waren auf die Jagd gegangen. Nur Rudi war dageblieben und döste zusammengerollt auf meinem Schoß.

»Ich ... erinnere ... mich nicht ... an alles«, begann der Kleine Kerl stockend.
Das Sprechen fiel ihm immer noch schwer, und er musste oft kleine Pausen zum Luftholen einlegen.
»Das meiste ... ist ... ziemlich verschwommen. Ich erzähle ... euch, was ... ich noch weiß. Zunächst mal – ich bin ein ... Geist.«
Wir trauten unseren Ohren nicht.
»Ein Geist!«, rief Mr. Crepsley aus. »Das ist doch lächerlich!«
»Da hast du vollkommen Recht«, pflichtete Gavner grinsend bei. »Wir Vampire glauben nicht an Geister und andere Ammenmärchen, stimmt's, Larten?«
Bevor Mr. Crepsley etwas erwidern konnte, stellte Harkat seine Behauptung richtig. »Ich meine ... ich ... *war* ein Geist. Alle ... Kleinen Leute ... waren Geister. Bis sie ... einen Vertrag ... mit Meister Schick ... geschlossen haben.«
»Das verstehe ich nicht«, sagte Gavner. »Was für einen Vertrag denn?«
»Meister Schick ... kann mit den ... Toten sprechen«, erläuterte Harkat. »Ich habe die Erde ... nicht verlassen, als ... ich starb. Meine Seele ... schaffte es nicht. Ich saß ... fest. Meister Schick hat ... mich gefunden. Er sagte, er ... gibt mir ... einen Körper, damit ich ... wieder leben kann. Zum Dank ... müsste ich ihm ... dienen.«
Harkat erklärte uns, alle Kleinen Leute hätten ein Abkommen mit Meister Schick getroffen, allerdings jeder zu anderen Bedingungen.
Sie brauchten ihm nicht für immer und ewig zu dienen. Früher oder später ließ er sie wieder frei. Manche von ihnen entschieden sich dafür, in ihren kleinen grauen Körpern weiterzuleben, einige wurden noch einmal geboren, wieder andere

gingen in den Himmel oder das Paradies ein, dorthin, wo die Seelen der Toten eben hinkommen.

»Und das alles kann Meister Schick bewerkstelligen?«, vergewisserte sich Mr. Crepsley.

Harkat nickte.

»Was für einen Vertrag hast *du* denn mit ihm getroffen?«, erkundigte ich mich neugierig.

»Ich weiß … nicht mehr. Ich kann mich nicht … erinnern.«

Harkat konnte sich an vieles nicht erinnern. Er hatte vergessen, wer er gewesen war, als er noch lebte, wann und wo er gelebt hatte und wie lange er schon tot war. Er wusste nicht einmal mehr, ob er früher ein Mann oder eine Frau gewesen war! Die Kleinen Leute waren nämlich geschlechtslos, das bedeutete, sie waren weder männlich noch weiblich.

»Was sollen wir denn sagen, wenn wir von dir sprechen?«, fragte Gavner. »Er? Sie? Es?«

»*Er* … ist schon in Ordnung«, krächzte Harkat.

Ihre blauen Kapuzenkutten waren nur eine effektvolle Kostümierung. Die Masken dagegen waren lebensnotwendig, und sie trugen stets mehrere Ersatzmasken bei sich. Einige davon waren unter ihre Haut eingenäht, damit sie nicht verloren gehen konnten! Sauerstoff war tödlich für sie. Wenn sie zehn oder zwölf Stunden lang normale Luft atmeten, mussten sie sterben. Ihr Mundschutz war deshalb mit speziellen Chemikalien getränkt, um die Luft zu filtern.

»Aber wie kannst du sterben, wenn du doch schon tot bist?«, wunderte ich mich.

»Mein Körper kann … sterben wie jeder … andere. Wenn das passiert … sitzt meine Seele … wieder genauso fest wie … zuvor.«

»Könntest du dann nicht einfach einen neuen Vertrag mit Meister Schick schließen?«, meinte Mr. Crepsley.

Harkat schüttelte den Kopf. »Bin mir nicht ... sicher. Nehm's ... nicht an. Mehr als ein zusätzliches ... Leben ... kriegen ... wir nicht ... glaube ich.«

Die Kleinen Leute verständigten sich durch Gedankenübertragung. Deshalb sagten sie auch nie etwas. Es war Harkat nicht bekannt, ob die anderen sprechen konnten oder nicht. Als wir wissen wollten, warum er bis jetzt geschwiegen hatte, verzog er die Lippen zu einem verzerrten Grinsen und meinte, er habe bis jetzt noch keinen Anlass gehabt zu sprechen.

»Aber es muss doch einen Grund geben«, bohrte Mr. Crepsley. »In den vielen hundert Jahren, die ich die Kleinen Leute jetzt schon kenne, hat noch nie einer von ihnen gesprochen, nicht einmal, wenn er große Schmerzen hatte oder im Sterben lag. Warum hast ausgerechnet *du* das Schweigen gebrochen? Und *wieso*?«

Harkat zögerte. »Ich habe ... eine Botschaft«, stammelte er schließlich. »Meister Schick ... hat mir befohlen ... sie den Vampirfürsten ... auszurichten. Insofern ... hätte ich sowieso ... demnächst ... sprechen müssen.«

»Eine *Botschaft*?« Mein Lehrer beugte sich gespannt vor, zog sich aber sofort in den Schatten zurück, als ein Sonnenstrahl ihn traf. »Was für eine Botschaft?«

»Sie ist für ... die Fürsten bestimmt«, wehrte Harkat ab. »Ich glaube nicht ... dass ich sie euch ... verraten darf.«

»Komm schon, Harkat«, ermunterte ich ihn. »Wir sagen es auch nicht weiter. Du kannst uns vertrauen.«

»Ihr ... behaltet es bestimmt ... für euch?«, wandte er sich an die beiden Vampire.

»Ich schweige wie ein Grab«, versprach Gavner.

Mr. Crepsley zögerte erst, aber schließlich nickte auch er.

Harkat machte einen tiefen, bebenden Atemzug. »Die Nacht

des … Lords der Vampyre … ist nah, soll ich … den Fürsten ausrichten. Mehr hat … Meister Schick … nicht gesagt.«
»Die Nacht des Lords der Vampyre?«, wiederholte ich erstaunt. »Was soll das denn heißen?«
»Ich weiß … nicht, was es … bedeutet«, nuschelte der Kleine Kerl. »Ich bin bloß … der Bote.«
»Gavner, wissen Sie vielleicht …«, fing ich an, unterbrach mich aber, als ich die Gesichter der Vampire sah. Ich verstand Harkats Botschaft zwar nicht, aber ihnen schien sie eine Menge zu sagen. Sie waren noch bleicher als sonst und zitterten vor Angst. Sie hätten nicht entsetzter aussehen können, wenn sie jemand kurz vor Sonnenaufgang mit einem angespitzten Pfahl durchs Herz am Erdboden festgenagelt hätte!

10 Mr. Crepsley und Gavner klärten mich nicht sofort über Harkats Botschaft auf. Dafür waren sie viel zu bestürzt. Erst nach und nach, im Lauf der nächsten drei oder vier Nächte, erfuhr ich, was sie zu bedeuten hatte.
Das meiste der ganzen Geschichte erzählte mir Gavner Purl. Es hing offenbar damit zusammen, dass Meister Schick den Vampiren vor Hunderten von Jahren, kurz nach der Abspaltung der Vampyre, etwas Wichtiges mitgeteilt hatte. Nach Ende des Krieges hatte er die Fürsten im Berg der Vampire aufgesucht und ihnen mitgeteilt, dass die Vampyre keine Hierarchie hatten (das war Mr. Crepsleys Ausdruck), was bedeutete, dass es keine Obervampyre oder Fürsten gab. Bei den Vampyren erteilte niemand Befehle oder kommandierte die anderen herum.
»Das war auch einer der Gründe, weshalb sie sich von uns

getrennt haben«, führte Gavner aus. »Unsere strenge Rangordnung passte ihnen nicht. Sie fanden es ungerecht, dass die gewöhnlichen Vampire den Oberen Rechenschaft abzulegen hatten und diese wiederum den Fürsten.«
Er senkte die Stimme, damit Mr. Crepsley ihn nicht hören konnte, und fuhr fort: »Um ehrlich zu sein, ich kann sie sogar verstehen. Einige unserer Gesetze sind tatsächlich überholt. Unser System funktioniert zwar schon Jahrhunderte, aber das bedeutet noch lange nicht, dass es perfekt ist.«
»Wollen Sie damit etwa sagen, dass Sie lieber ein Vampyr wären?«, fragte ich entsetzt.
Er lachte. »Natürlich nicht! Vampyre töten ihre Opfer, lassen geisteskranke Artgenossen wie Murlough frei herumlaufen und tun, was ihnen gefällt. Da bin ich doch lieber ein Vampir. Trotzdem kann ich die Kritik der Vampyre nachvollziehen.
Nimm nur mal die Regel, dass man auf dem Weg zum Berg nicht huschen darf – eine absolut unsinnige Vorschrift, die nur von den Fürsten aufgehoben werden kann. Doch die Fürsten brauchen nichts zu ändern, was sie nicht wollen, ganz egal, wie der Rest des Clans darüber denkt. Die Oberen sind den Fürsten zu bedingungslosem Gehorsam verpflichtet, und gewöhnliche Vampire müssen sich wiederum den Obervampiren unterordnen.«
Obwohl die Vampyre also nichts von Anführern hielten, hatte Meister Schick prophezeit, dass eines Nachts ein unbesiegbarer Held auftauchen würde. Er würde sich »Lord der Vampyre« nennen, und die Vampyre würden ihm blindlings gehorchen.
»Was ist daran so schlimm?«, fragte ich.
»Wart's ab«, sagte Gavner bedeutsam. Angeblich würde der Lord der Vampyre, sobald er zu Amt und Würden gelangt

war, seine Untertanen in einen neuen Krieg gegen uns Vampire führen. Diesen Krieg könnten wir nicht gewinnen, so Meister Schicks Warnung. Wir würden bis zum letzten Mann ausgerottet.
Ich erschrak. »Stimmt das?«
Gavner zuckte die Achseln. »Das fragen wir uns jetzt schon seit siebenhundert Jahren. Niemand bezweifelt Meister Schicks Fähigkeiten – er hat schon früher unter Beweis gestellt, dass er die Zukunft voraussagen kann –, aber manchmal lügt er auch absichtlich. Er ist eine hinterhältige, falsche Schlange.«
»Warum habt ihr die Vampyre dann nicht gleich allesamt umgebracht?«, fragte ich weiter.
»Meister Schick verkündete, dass einige von ihnen überleben würden und der Lord der Vampyre in jedem Fall auftauchen würde. Außerdem wäre ein zweiter Krieg mit den Vampyren zu riskant gewesen. Die Menschen setzten uns schon heftig genug zu. Deshalb beschlossen wir, einen Waffenstillstand zu vereinbaren und abzuwarten.«
»Gibt es denn gar keine Möglichkeit, die Vampyre ein für alle Mal zu besiegen?«
»Ich weiß nicht.« Gavner kratzte sich nachdenklich am Kopf. »Wir sind zwar in der Überzahl und genauso stark wie sie, demnach gibt es eigentlich keinen Grund, warum wir ihnen nicht den Garaus machen sollten. Aber Meister Schick meinte, auf die zahlenmäßige Überlegenheit käme es dabei nicht an.
Eine Hoffnung haben wir allerdings noch«, fügte er hinzu. »Den Stein des Blutes.«
»Was ist das denn?«
»Den siehst du, sobald wir im Berg angekommen sind. Der Stein des Blutes ist ein magischer Gegenstand und unser

wertvollster Besitz. Meister Schick sagte, wenn wir verhindern können, dass der Stein den Vampyren in die Hände fällt, würden wir zwar die Schlacht gegen sie verlieren, aber es bestünde die Möglichkeit, dass unser Geschlecht sich lange Zeit danach aus der Asche erhebt und zu neuer Blüte gelangt.«
»Und wie soll das vor sich gehen?«
Gavner lächelte. »*Das* ist genau die Frage, die uns seit Meister Schicks Besuch beschäftigt. Sag mir Bescheid, falls du zufällig die Antwort herausfindest.« Er zwinkerte mir zu und beendete das beunruhigende Gespräch.

Eine Woche darauf erreichten wir endlich den Berg der Vampire.
Es war nicht der höchste Berg der Umgegend, aber er war steil, stark zerklüftet und wirkte unbezwinglich.
»Wo ist der Palast?«, erkundigte ich mich und spähte blinzelnd zu dem schneebedeckten Gipfel empor, der direkt auf den Dreiviertelmond am Himmel zu zeigen schien.
»Welcher Palast?«, fragte Mr. Crepsley verständnislos zurück.
»Der Palast der Vampirfürsten natürlich«, erklärte ich. Die beiden Freunde brachen in schallendes Gelächter aus. »Was ist daran so komisch?«, fauchte ich beleidigt.
»Was glaubst du wohl, wie lange man uns in Ruhe lassen würde, wenn wir unseren Palast auf einem Berggipfel errichtet hätten, wo ihn jeder schon von weitem sehen kann?«, schmunzelte mein Lehrmeister.
»Aber wo …?« Plötzlich ging mir ein Licht auf. »Der Palast ist im *Inneren* des Berges.«
»Du hast's erfasst«, sagte Gavner. »Der ganze Berg ist wie ein riesiger Bienenstock, voller Höhlen und Kammern.

Darin befindet sich alles, was ein Vampirherz sich nur wünschen kann: massenhaft Särge, Fässer mit Menschenblut, Essen und Wein. Nur bei der Ankunft oder wenn wir zwischendurch auf die Jagd gehen, lassen wir uns draußen blicken.«

»Und wo ist der Eingang?«

Mr. Crepsley tippte sich mit dem Zeigefinger viel sagend an die Nasenspitze. »Das wirst du schon noch früh genug merken.«

Wir wanderten am Fuß des Berges entlang. Die beiden Vampire wurden immer aufgeregter, aber nur Gavner ließ sich etwas anmerken. Der ältere Vampir gab sich so gelassen wie immer, und nur wenn er sich unbeobachtet glaubte, grinste er vor sich hin und rieb sich voller Vorfreude die Hände.

Nach einer Weile kamen wir an einen etwa sechs oder sieben Meter breiten Fluss. Er strömte schnell dahin und verlor sich irgendwo in der Ebene unter uns. Flussaufwärts marschierten wir weiter. Plötzlich tauchte in der Ferne ein einzelner Wolf auf und heulte. Unsere vierbeinigen Begleiter blieben wie angewurzelt stehen. Blitz spitzte die Ohren, lauschte gespannt und antwortete schließlich. Dann blickte er mich schwanzwedelnd an.

»Er will dir auf Wiedersehen sagen«, erläuterte mein Meister, aber das hatte ich bereits befürchtet.

»*Müssen* sie uns denn verlassen?«, fragte ich.

»Sie sind extra hergekommen, um sich mit ihresgleichen zu treffen. Deshalb haben sie sich uns ja angeschlossen. Es wäre grausam, von ihnen zu verlangen, dass sie bei uns bleiben.«

Ich nickte traurig und kraulte Blitz hinter den Ohren. »War schön, deine Bekanntschaft zu machen, mein Guter«, seufzte ich. Dann tätschelte ich Rudi den Rücken. »Ich werde dich vermissen, du kleiner Frechdachs.«

Die älteren Wölfe trabten los. Rudi zögerte noch und blickte unschlüssig zwischen mir und seinen Artgenossen hin und her. Einen kurzen Augenblick lang hoffte ich, er würde sich für mich entscheiden, aber dann bellte er, rieb seine feuchte Schnauze ein letztes Mal an meinen nackten Füßen und folgte seinen Gefährten.

»Du triffst ihn bestimmt wieder«, tröstete Gavner mich. »Wir sehen noch mal nach ihnen, bevor wir den Heimweg antreten.«

»Schon in Ordnung«, schniefte ich und gab mir größte Mühe, gleichgültig zu erscheinen. »Es sind nur ein paar blöde Viecher. Macht mir überhaupt nichts aus.«

»Was natürlich nicht stimmt«, sagte Gavner mit verständnisvoller Miene.

»Kommt jetzt«, mahnte Mr. Crepsley und setzte sich wieder in Bewegung. »Wir können nicht die ganze Nacht hier herumstehen und ein paar räudigen Wölfen nachtrauern.« Ich sah ihn gekränkt an, und er hüstelte verlegen. »Wölfe haben ein hervorragendes Gedächtnis«, setzte er hinzu. »Der Kleine wird sich noch an dich erinnern, wenn er schon alt und grau ist.«

»Wirklich?«

»Ganz bestimmt«, versprach er, wandte sich dann ab und marschierte weiter. Gavner und Harkat schlossen sich ihm an. Ich drehte mich ein letztes Mal nach den davontrottenden Wölfen um, seufzte betrübt und schulterte meinen Rucksack.

11 Wir überquerten den Fluss an der Stelle, wo er brausend aus dem Berg schoss. Der Lärm war ohrenbetäubend, besonders für unser superempfindliches Vampirgehör, und wir beeilten uns, so gut es ging. Die Felsen waren feucht und glitschig, und an besonders gefährlichen Stellen bildeten wir eine Kette. Auf einem dick vereisten Vorsprung rutschten Gavner und ich gleichzeitig aus. Ich hatte Mr. Crepsleys Hand gefasst, aber als ich überraschend stürzte, löste sich sein Griff. Zum Glück hielt Harkat Gavner fest und zog uns beide wieder hoch.

Etwa eine Viertelstunde später erreichten wir eine Öffnung in der Bergflanke. Wir waren noch nicht sehr hoch geklettert, aber als ich nach unten blickte, ging es ganz schön steil in die Tiefe. Ich war froh, dass wir nicht noch höher steigen mussten.

Mr. Crepsley betrat den Gang als Erster, ich folgte ihm. Es war sehr dunkel. Ich wollte gerade vorschlagen, Fackeln anzuzünden, als ich bemerkte, dass es umso heller wurde, je tiefer der Tunnel in den Berg hineinführte.

»Woher kommt das Licht?«, fragte ich.

»Schimmerschimmel«, erwiderte mein Meister.

»Ist das eine Antwort oder ein Zungenbrecher?«, fauchte ich ärgerlich.

»Es ist ein bestimmter Pilz, der Licht abstrahlt«, erklärte Gavner. »Wächst in Höhlen und manchmal auch auf dem Meeresgrund.«

»Ach so. Gibt's den überall in diesen Gängen?«

»Leider nicht. Aber zur Not haben wir ja noch die Fackeln.«

Vor uns blieb Mr. Crepsley plötzlich stehen und fluchte.

»Stimmt was nicht?«, erkundigte sich Gavner.

»Der Gang ist eingestürzt«, seufzte mein Meister. »Es geht nicht weiter.«

»Heißt das, wir kommen nicht in den Palast hinein?«, fragte ich entgeistert. Hatten wir die anstrengende Reise etwa unternommen, um kurz vor dem Ziel unverrichteter Dinge umzukehren?

»Es gibt noch andere Gänge«, beschwichtigte Gavner. »Der Berg ist ein einziges Labyrinth. Wir müssen einfach zurückgehen und unser Glück woanders versuchen.«

»Beeilt euch«, mahnte Mr. Crepsley. »Es wird bald hell.«

Wir trabten zu unserem Ausgangspunkt zurück. Diesmal ging Harkat voran. Wieder im Freien, kletterten wir weiter hinauf, so schnell es die vereisten Felsen zuließen, und stießen bald auf den Zugang zu einem zweiten Tunnel. Die Sonne ging schon auf. Dieser Gang war nicht so hoch wie der erste, und die beiden ausgewachsenen Vampire konnten sich nur gebückt fortbewegen. Harkat und ich dagegen mussten lediglich ein wenig den Kopf einziehen. Hier gedieh der Schimmerschimmel nur spärlich, aber für unsere überscharfen Augen reichte das Dämmerlicht aus.

Nach einer Weile fiel mir auf, dass der Gang abwärts führte. Ich machte Gavner darauf aufmerksam. »Das hat nichts zu bedeuten«, erwiderte er. »Irgendwann geht es auch wieder aufwärts.«

Ungefähr eine halbe Stunde später zeigte sich, dass er Recht gehabt hatte. Der Tunnel führte auf einmal fast senkrecht in die Höhe, und das Klettern wurde schwierig. Die Felswände schlossen sich immer enger um uns, und ich war bestimmt nicht der Einzige, der vor Nervosität einen trockenen Mund hatte. Aber schon nach kurzer Zeit erweiterte sich der Tunnel zu einer kleinen Höhle, in der wir erst einmal Rast machten. Irgendwo tief unter uns hörte ich den Fluss rauschen, den wir draußen durchquert hatten.

Von dieser Höhle führten insgesamt vier Gänge in verschie-

dene Richtungen. Ich fragte Gavner leise, woher Mr. Crepsley wusste, welcher davon der richtige war. »Der Weg ist gekennzeichnet«, erklärte Gavner und wies mich auf einen kleinen Pfeil hin, der in Bodennähe in die Wand des einen Ganges geritzt war.
»Und wohin führen die anderen drei?«
»Manche sind Sackgassen, die Übrigen führen zu weiteren Gängen und zu den Hallen.« (»Hallen« nannte man den Teil des Berges, in dem die Vampire hausten.) »Viele dieser Tunnel sind noch unerforscht, und es gibt keine Karte. Zieh also niemals auf eigene Faust los«, warnte Gavner mich. »Man kann sich in null Komma nichts verirren.«
Während die anderen sich noch ausruhten, holte ich Madame Octa hervor, um festzustellen, ob sie Hunger hatte. Da sie sehr kälteempfindlich war, hatte sie fast die ganze Reise verschlafen und war nur gelegentlich zum Fressen aufgewacht. Als ich das Tuch über ihrem Käfig wegzog, krabbelte plötzlich eine Spinne über den Felsboden auf uns zu. Sie war zwar nicht so groß wie Madame Octa, sah aber trotzdem ziemlich gefährlich aus.
»Gavner!«, rief ich erschrocken aus und wich einen Schritt von dem Käfig zurück.
»Was ist denn?«
»Eine Spinne!«
»Ach so.« Er grinste. »Keine Angst. Davon gibt es hier Hunderte.«
»Sind sie giftig?«, fragte ich und beugte mich zu dem Tier hinunter, das Madame Octas Käfig mit großem Interesse inspizierte.
»Nein«, beruhigte er mich. »Ihr Biss ist nicht schlimmer als ein Wespenstich.«
Ich zog das Tuch ganz weg, weil ich neugierig war, wie

Madame Octa auf die fremde Artgenossin reagieren würde. Sie nahm keine Notiz von ihr, sondern blieb einfach sitzen, während die andere Spinne über das Käfigdach krabbelte. Ich wusste eine ganze Menge über Spinnen (als Kind hatte ich massenhaft Bücher darüber gelesen und mir außerdem oft Tierfilme im Fernsehen angeschaut), aber ein solches Exemplar war mir noch nie untergekommen. Es war ungewöhnlich stark behaart und hatte eine merkwürdige gelbe Farbe.
Schließlich verzog sich die fremde Besucherin, und ich fütterte Madame Octa mit Insekten und deckte den Käfig anschließend wieder zu. Dann legte ich mich neben meine Reisegefährten auf den Boden und döste ein. Plötzlich war mir, als hätte ich aus einem der Gänge Kinderlachen gehört. Ich setzte mich auf und horchte, aber das Geräusch wiederholte sich nicht.
»Was ist denn jetzt schon wieder?«, ächzte Gavner und öffnete verschlafen ein Auge.
»Nichts«, erwiderte ich zögernd, aber dann fragte ich ihn doch, ob es im Berg auch Vampirkinder gab.
»Nein«, murmelte er und schloss das Auge wieder. »Soweit ich weiß, bist du das einzige angezapfte Kind.«
»Dann habe ich mich wohl verhört«, gähnte ich, legte mich wieder hin und nickte ein, spitzte aber vorsichtshalber noch im Schlaf die Ohren.

Nachdem wir uns ein paar Stunden ausgeruht hatten, setzten wir unseren Marsch fort, wobei wir uns an die mit Pfeilen gekennzeichneten Gänge hielten. Nach einer halben Ewigkeit versperrte uns eine schwere Holztür den Weg. Mr. Crepsley zupfte seinen Pullover zurecht, glättete sein struppiges Haar und klopfte kräftig an. Als keine Antwort erfolgte, klopfte er ein zweites und drittes Mal.

Schließlich war auf der anderen Seite der Tür ein Geräusch zu vernehmen, und sie wurde geöffnet. Gleißendes Licht fiel in den Tunnel. Nach der langen Wanderung durch die dunklen Gänge waren wir wie geblendet und hielten schützend die Hände vor die Augen, bis wir uns an die Helligkeit gewöhnt hatten. Ein hagerer, dunkelgrün gekleideter Vampir trat heraus und musterte uns prüfend. Als er Harkat und mich erblickte, runzelte er die Stirn und packte den langen Speer, den er bei sich trug, fester. Hinter ihm erspähte ich weitere grün gekleidete Gestalten, allesamt bewaffnet.

»Stellt euch der Wache vor«, befahl er barsch.

Auf diese Begrüßungsformel hatten mich die Vampire schon vorbereitet.

»Mein Name ist Larten Crepsley, und ich suche den Rat des Konzils«, erwiderte mein Lehrmeister. So lautete die vorgeschriebene Antwort.

»Mein Name ist Gavner Purl, und ich suche den Rat des Konzils«, echote sein Freund.

Jetzt war ich an der Reihe. »Mein Name ist Darren Shan, und ich suche den Rat des Konzils.«

»Mein Name ... Harkat Mulds. Suche ... das Konzil«, keuchte Harkat.

»Larten Crepsley ist uns bekannt«, gab der Wächter zurück. »Gavner Purl ist uns ebenfalls bekannt. Aber die beiden da ...« Er deutete mit dem Speer auf den Kleinen Kerl und mich und schüttelte missbilligend den Kopf.

»Das sind unsere Reisegefährten«, erklärte Mr. Crepsley. »Der Junge ist ein Halbvampir und mein Gehilfe.«

»Kannst du dich für ihn verbürgen?«, fragte der Wächter streng.

»Ja.«

»Dann ist auch Darren Shan uns von nun an bekannt.« Die

Spitze der Waffe zeigte jetzt auf Harkat. »Aber *der da* ist kein Vampir. Was hat er auf dem Konzil zu suchen?«

»Er heißt Harkat Mulds und gehört zu den Kleinen Leuten. Er ...«

»Ein Kleiner Kerl!« Der Grüngekleidete schnappte nach Luft und ließ sofort den Speer sinken. Er ging in die Hocke und musterte flüchtig Harkats Gesicht (der Kleine Kerl hatte seine Kapuze im Bergesinneren wieder abgesetzt, um im Dämmerlicht besser sehen zu können). »Ziemlich hässlicher Bursche«, sagte der Wachposten. Wäre er nicht bewaffnet gewesen, hätte ich ihn für diese taktlose Bemerkung zurechtgewiesen. »Ich dachte immer, die Kleinen Leute könnten nicht sprechen.«

»Das dachten wir auch«, sagte mein Herr und Meister zustimmend. »Aber wir wurden eines Besseren belehrt. Dieser hier kann jedenfalls sprechen. Er hat den Auftrag, den Fürsten persönlich eine Botschaft zu überbringen.«

»Eine Botschaft?« Der Wächter kratzte sich mit der Speerspitze am Kinn. »Von wem?«

»Von Salvatore Schick«, antwortete Mr. Crepsley.

Der Torwächter erbleichte, nahm Haltung an und sagte hastig: »Der Kleine Kerl namens Harkat Mulds ist uns von nun an bekannt. Euch allen stehen die Hallen offen. Tretet ein und gehabt euch wohl.«

Er machte Platz und ließ uns durch. Die Tür schloss sich wieder, und unsere Reise zu den Hallen der Vampire war beendet.

12 Ein anderer grün gekleideter Wächter geleitete uns zur Osca-Velm-Halle, in der die Neuankömmlinge begrüßt wurden (die meisten Hallen waren nach berühmten Vampiren benannt). Bei dieser hier handelte es sich um eine eher kleine Höhle, deren grob behauene Wände von jahrhundertealtem Schmutz und Ruß geschwärzt waren. Mehrere Feuer sorgten für Licht und Wärme, und die Luft war angenehm verräuchert (der Qualm der Feuerstellen zog nur langsam durch die natürlichen Spalten im Felsen ab). Außerdem standen ein paar grob gezimmerte Bänke und Tische mit aus großen Tierknochen geschnitzten Beinen herum, an denen die müden Reisenden sich ausruhen und etwas essen konnten. An den Wänden hingen handgeflochtene Körbe mit Schuhen, aus denen sich jeder bedienen durfte. In eine Wand war eine große schwarze Steinplatte eingelassen, in die der Name jedes Besuchers eingeritzt wurde, sodass man feststellen konnte, wer schon da war. Als wir uns gerade an einem der langen Holztische niederließen, stieg ein Vampir auf die Leiter und setzte unsere Namen auf die Liste. Hinter Harkats Namen schrieb er in Klammern »Kleiner Kerl«.

Außer uns waren in der ruhigen Halle nur wenige Vampire: noch ein paar andere Neuankömmlinge und einige grün uniformierte Wachen. Ein Vampir mit langem Haar und nacktem Oberkörper trat mit zwei runden Fässern an unseren Tisch. Das eine war randvoll mit harten Brotlaiben, das andere zur Hälfte mit knorpeligen, teils rohen, teils gebratenen Fleischstücken gefüllt.

Wir nahmen uns aus beiden Behältern, so viel wir wollten, legten das Essen einfach vor uns auf den Tisch (Teller gab es nicht) und rissen uns mit Fingern und Zähnen Brocken heraus.

Kurz darauf kam der Vampir mit drei großen Krügen voller

Menschenblut, Wein und Wasser zurück. Ich fragte nach einem Becher, aber Gavner erklärte mir, dass man direkt aus dem Krug trank. Das war gar nicht so einfach, wie es sich anhörte. Beim ersten Versuch lief mir das Wasser über das Kinn bis auf die Brust, aber es machte viel mehr Spaß, als aus einem Becher zu trinken.

Das Brot war altbacken, aber der Vampir brachte uns Schalen mit heißer Suppe (die Gefäße waren aus verschiedenen Tierschädeln geschnitzt), und wenn man ein Stück Brot abbrach und es in die dunkle, dicke Flüssigkeit tunkte, schmeckte es gar nicht so übel.

»Lecker«, brachte ich mit vollem Mund hervor, während ich meine dritte Scheibe Brot mampfte.

»Wirklich köstlich«, pflichtete Gavner mir bei, der schon die fünfte Scheibe verschlang.

»Warum essen Sie keine Suppe?«, fragte ich Mr. Crepsley, der sein Brot trocken aß.

»Ich mache mir nichts aus Fledermauseintopf«, gab er zurück.

Meine Hand erstarrte auf halbem Weg zwischen Schüssel und Mund, das voll gesogene Stück Brot fiel auf den Tisch.

»*Fledermauseintopf?*«, kreischte ich schrill.

»Na klar«, schmatzte Gavner. »Was hast du denn gedacht?«

Ich starrte in meine Schüssel. Es war ziemlich schummrig in der Höhle, aber als ich genauer hinsah, entdeckte ich, dass ein dunkler, lederiger Flügel aus der dunklen Flüssigkeit ragte.

»Ich glaube, mir wird übel«, ächzte ich.

»Sei nicht albern«, schnaubte Gavner naserümpfend. »Als du noch nicht wusstest, was es ist, hat es dir prima geschmeckt. Schluck's einfach runter und stell dir vor, es wäre eine schöne, frische Hühnersuppe. Hier kriegst du noch ganz andere Dinge vorgesetzt, bevor wir wieder abreisen.«

Ich schob die Schüssel beiseite. »Ich bin sowieso schon satt«, murmelte ich. Ich warf einen Blick zu Harkat hinüber, der gerade seine Schüssel mit der letzten Brotscheibe auswischte. »Macht es dir nichts aus, Fledermäuse zu essen?«, fragte ich. Harkat zuckte die Achseln. »Ich hab keine … Geschmacksknospen. Für mich … schmeckt … alles gleich.«

»Du schmeckst *überhaupt* nichts?«

»Fledermauseintopf … Hundefleisch … Schlamm … kein Unterschied. Ich habe … auch keinen … Geruchssinn. Deswegen auch … keine Nase.«

»Das wollte ich dich immer schon mal fragen«, warf Gavner ein. »Wenn du ohne Nase nichts riechst, wie kannst du dann ohne Ohren hören?«

»Ich habe … Ohren«, stammelte Harkat. »Unter … der Haut.« Er zeigte auf zwei Stellen neben seinen grünen Augen (er hatte die Kapuze immer noch nicht wieder aufgesetzt).

Gavner lehnte sich neugierig über den Tisch. »Da sind sie ja!«, rief er begeistert aus, und wir alle beugten uns vor. Harkat machte es nichts aus, angeglotzt zu werden – im Gegenteil, er genoss die allgemeine Aufmerksamkeit. Seine »Ohren« sahen aus wie getrocknete Datteln und waren unter der grauen Haut kaum zu erkennen.

»Und du kannst damit hören, obwohl Haut darüber gespannt ist?«, vergewisserte sich Gavner noch einmal.

»Ich kann … gut hören«, bestätigte die Blaukutte. »Nicht so gut wie ein … Vampir. Jedoch besser … als ein Mensch.«

»Wie kommt es dann, dass du zwar Ohren, aber keine Nase hast?«, forschte ich weiter.

»Meister Schick … hat mir keine … gegeben. Hab nie … gefragt, wieso … nicht. Vielleicht … wegen Luft. Bräuchte … noch eine Maske … für Nase.«

Es war eine komische Vorstellung, dass Harkat weder die stickige Luft in der Halle riechen noch die Suppe schmecken konnte. Kein Wunder, dass die Kleinen Leute sich nie beschwert hatten, wenn ich ihnen verfaultes, stinkendes Aas zum Mittagessen angeschleppt hatte.
Ich wollte Harkat gerade eingehender über seine eingeschränkten Sinneswahrnehmungen ausfragen, als ein Vampir in altmodischer roter Kleidung gegenüber von Mr. Crepsley Platz nahm und ihn ansprach: »Ich erwarte dich schon seit Wochen«, sagte er. »Was hat dich so lange aufgehalten?«
»Seba!«, rief mein Meister erfreut aus und sprang auf, um den Älteren zu umarmen. Ich war verblüfft. Ich hatte Mr. Crepsley seine Zuneigung noch nie so offen zeigen sehen. Als er den Vampir wieder losließ, strahlte er übers ganze Gesicht. »Lange nicht gesehen, alter Freund.«
»Viel zu lange«, stimmte sein Gegenüber zu. »Ich habe mich die ganze Zeit auf deine Aura konzentriert, weil ich hoffte, dass du schon im Anmarsch bist. Als ich deine Schwingungen endlich lokalisiert hatte, konnte ich es kaum glauben.«
Dann fiel sein Blick auf Harkat und mich.
Sein Gesicht war zwar runzlig und sein Rücken vom Alter gebeugt, doch seine Augen leuchteten so feurig wie die eines jungen Mannes.
»Willst du mir nicht deine Freunde vorstellen, Larten?«, fragte er.
»Selbstverständlich«, erwiderte Mr. Crepsley rasch. »Gavner Purl kennst du ja schon.«
»Gavner«, wiederholte der Ältere und nickte.
»Seba«, entgegnete der Obervampir.
»Und das hier ist Harkat Mulds«, fuhr mein Lehrer fort.
»Ein Kleiner Kerl«, staunte Seba. »Seit Meister Schick uns seinerzeit besucht hat, habe ich keine Kleinen Leute mehr

gesehen. Aber damals war ich noch ein Kind. Sei mir gegrüßt, Harkat Mulds.«
»Hallo«, erwiderte Harkat.
Seba blinzelte überrascht. »Er kann *sprechen*?«
»Warte nur, bis du hörst, was er zu sagen hat!«, meinte Mr. Crepsley mit ernster Miene. Dann drehte er sich zu mir um und stellte mich vor: »Das ist mein Gehilfe Darren Shan.«
»Sei mir ebenfalls gegrüßt, Darren Shan«, wandte sich Seba nun freundlich an mich, musterte meinen Meister jedoch befremdet. »Du und ein Gehilfe, Larten?«
»Ich weiß, ich weiß«, hüstelte der Angesprochene betreten. »Ich habe immer gesagt, ich würde mir niemals einen zulegen.«
»Und dazu noch einen so jungen«, setzte Seba hinzu. »Die Fürsten werden nicht gerade erfreut sein.«
»Wahrscheinlich nicht«, seufzte Mr. Crepsley bedrückt. Aber dann gab er sich einen Ruck. »Darren, Harkat: Das ist Seba Nile, unser Quartiermeister. Lasst euch nicht von seinem Alter täuschen – er ist so gerissen, gewitzt und schnell wie nur irgendein Vampir. Mit dem Burschen ist nicht zu spaßen.«
»Wie du selbst aus Erfahrung nur zu gut weißt«, gluckste Seba belustigt. »Erinnerst du dich noch daran, wie du mir ein halbes Fass von meinem besten Wein stehlen und durch billigen Fusel ersetzen wolltest?«
»Seba, bitte«, murmelte Mr. Crepsley verlegen. »Damals war ich jung und dumm. Du brauchst es mir nicht jedes Mal wieder unter die Nase zu reiben.«
»Was ist denn damals vorgefallen?«, fragte ich, jetzt erst recht neugierig.
»Erzähl's ihm, Larten«, sagte der Ältere, und mein Meister gehorchte widerspenstig wie ein gescholtenes Kind.

»Seba ist mir zuvorgekommen«, brummte er. »Er hat das Fass heimlich geleert und mit Essig aufgefüllt. Bevor ich etwas merkte, hatte ich schon eine halbe Flasche ausgetrunken. Ich musste mich die halbe Nacht übergeben.«
»Ehrlich?« Gavner brach in schallendes Gelächter aus.
»Wie gesagt: Ich war jung«, brummte Mr. Crepsley. »Ich wusste es nicht besser.«
»Aber es ist dir eine Lehre gewesen, nicht wahr, Larten?«, bemerkte Seba.
»Allerdings.« Mr. Crepsley lächelte wieder. »Seba war mein Lehrmeister. Fast alles, was ich weiß und kann, hat er mir beigebracht.«
Ich hörte schweigend zu, wie die drei Vampire weiter über alte Zeiten plauderten und dabei allerlei Namen von Personen und Orten, die mir nichts sagten, erwähnten. Nach einer Weile lehnte ich mich zurück und ließ den Blick durch die Höhle schweifen. Ich beobachtete den flackernden Widerschein des Feuers und die Form der Rauchwolken, und erst als Mr. Crepsley mich sanft schüttelte und ich die Augen aufriss, merkte ich, dass ich beinahe eingeschlafen wäre.
»Der Junge ist müde«, meinte Seba nachsichtig.
»Er hat die Reise zum ersten Mal mitgemacht«, erklärte Mr. Crepsley. »Er ist solche Strapazen nicht gewöhnt.«
»Kommt«, sagte der ältere Vampir und erhob sich. »Ich zeige euch ein paar freie Zimmer. Darren ist nicht der Einzige, der sich ausruhen muss. Wir können uns morgen weiter unterhalten.«
Als Quartiermeister des Berges war Seba für die Vorräte und die Schlafräume zuständig. Er hatte dafür zu sorgen, dass Essen, Getränke und Blut für alle ausreichten und jeder Vampir einen Schlafplatz hatte. Ihm stand zwar eine Hilfstruppe von anderen Vampiren zur Verfügung, aber er war der Boss. Mit

Ausnahme der Fürsten war Seba der angesehenste Vampir im ganzen Berg.

Unterwegs zu den Schlafgemächern winkte er mich zu sich. Er zeigte mir die anderen Hallen, an denen wir vorbeikamen und nannte ihre Namen. Die meisten konnte ich nicht einmal aussprechen oder behalten, geschweige denn mir einprägen, welchen Zwecken die verschiedenen Räumlichkeiten dienten.

»Es wird eine Weile dauern, bis du dich eingewöhnt hast«, tröstete Seba mich, als er meine Verwirrung bemerkte. »Die ersten paar Nächte kommst du dir bestimmt ziemlich fremd vor. Aber bald fühlst du dich hier wie zu Hause.«

In dem Gewirr der Gänge, die von den Hallen zu den Schlafräumen führten, herrschte trotz der Fackeln klamme Kälte, aber die kleinen Zimmer – allesamt in den Fels gehauene Nischen – waren hell und warm und wurden jeweils von einer großen Fackel erleuchtet. Seba fragte, ob wir uns lieber ein großes Schlafzimmer teilen wollten oder getrennte Räumlichkeiten vorzogen.

»Getrennt«, erwiderte mein Meister wie aus der Pistole geschossen. »Ich habe die Nase voll von Gavners Geschnarche.«

»Na, das ist ja reizend!«, schmollte der Obervampir beleidigt.

»Harkat und ich vertragen uns gut, stimmt's?«, warf ich hastig ein. Die Vorstellung, an einem so merkwürdigen Ort allein zu schlafen, gefiel mir gar nicht.

»Ist … mir recht«, stimmte der Kleine Kerl zu.

Statt mit Betten waren die Räume mit Särgen ausgestattet, doch als Seba meine finstere Miene bemerkte, meinte er lachend, ich könne auch eine Hängematte bekommen. »Morgen schicke ich einen meiner Mitarbeiter vorbei«, versprach er. »Sagt ihm einfach, was ihr braucht, und er bringt es euch. Meine Gäste sollen sich schließlich wohl fühlen.«

»Danke«, erwiderte ich erleichtert.
Seba wollte schon wieder gehen, aber Mr. Crepsley hielt ihn zurück. »Warte«, bat er. »Ich möchte dir noch etwas zeigen.«
»Ja?«
»Darren«, forderte Mr. Crepsley mich auf. »Hol Madame Octa.«
Als Seba Nile die Spinne erblickte, schnappte er nach Luft und starrte wie hypnotisiert auf den Käfig. »O Larten«, ächzte er. »Was für ein prächtiges Tier!« Er nahm mir den Käfig mit übertriebener Vorsicht aus der Hand und öffnete die Tür.
»Halt!«, rief ich warnend. »Nicht rauslassen – sie ist giftig!«
Seba lächelte nur und langte in den Käfig. »Bis jetzt bin ich noch mit jeder Spinne klargekommen«, beruhigte er mich.
»Aber ...«, hob ich an.
»Ist schon gut, Darren«, unterbrach mich mein Meister. »Seba weiß, was er tut.«
Der alte Vampir lockte die Spinne auf seinen Finger und hob sie aus dem Behältnis. Sie ließ sich mit angezogenen Beinen in seiner Handfläche nieder. Seba beugte sich über sie und pfiff leise. Madame Octas Beine zuckten, und aus ihrem gespannten Blick schloss ich, dass der Vampir sich gedanklich mit ihr verständigte.
Dann hörte Seba auf zu pfeifen, woraufhin Madame Octa seinen Arm entlang bis zur Schulter krabbelte und es sich auf seinem Kinn bequem machte. Ich konnte es nicht fassen! Wenn ich mit ihr arbeitete, durfte ich keine Sekunde aufhören zu pfeifen – noch dazu mit einer Flöte, nicht mit den Lippen – und musste mich ununterbrochen darauf konzentrieren, dass sie mich nicht biss, aber bei Seba war sie zahm wie ein schnurrendes Kätzchen.
»Sie ist wunderbar«, murmelte der Alte und streichelte sie

behutsam. »Wenn wir mal Zeit haben, musst du mir unbedingt mehr über dieses Exemplar erzählen. Ich dachte immer, ich kenne sämtliche Arten, die es gibt, aber so eine ist mir noch nie untergekommen.«

»Ich wusste doch, dass sie dir gefallen würde«, strahlte sein Freund. »Deshalb habe ich sie ja mitgebracht. Ich möchte sie dir schenken.«

»Du willst dich von so einer wunderbaren Spinne trennen?«

»Für dich ist mir nichts zu kostbar, alter Freund.«

Seba lächelte Mr. Crepsley an und betrachtete wieder Madame Octa. Dann schüttelte er bedauernd den Kopf. »Ich kann dein Geschenk leider nicht annehmen«, seufzte er. »Ich bin alt und nicht mehr so gut in Form wie früher. Ich brauche stundenlang für Arbeiten, die ich sonst im Handumdrehen erledigt habe. Mir fehlt einfach die Zeit, mich um ein so exotisches Haustier zu kümmern.«

»Bist du sicher?«, fragte mein Meister enttäuscht.

»Ich würde dein Angebot liebend gern annehmen, aber es geht wirklich nicht.« Er setzte Madame Octa in den Käfig zurück und händigte ihn mir wieder aus. »Nur junge Leute haben genug Energie, eine Spinne dieser Größenordnung angemessen zu versorgen. Pass gut auf sie auf, Darren: Sie ist ein schönes und seltenes Exemplar.«

»Ich werde sie wie meinen Augapfel hüten«, versicherte ich. Auch ich hatte die Spinne früher einmal wunderschön gefunden, bis sie meinen besten Freund biss, was wiederum indirekt dazu führte, dass ich ein Halbvampir wurde.

»Jetzt muss ich aber wirklich gehen«, riss Seba sich los. »Ihr seid schließlich nicht die einzigen Neuankömmlinge. Bis später.«

Die kleinen Kammern hatten keine Türen. Mr. Crepsley und Gavner wünschten Harkat und mir angenehme Ruhe, bevor

sie sich in ihre Särge zurückzogen. Wir gingen in unser Zimmer und musterten unsere Schlafgelegenheiten.
»Ich glaube nicht, dass du es darin bequem hast«, meinte ich zu Harkat.
»Macht ... nichts. Ich kann ... auf dem Boden ... schlafen.«
»Na dann bis morgen früh.« Ich sah mich noch einmal in der Höhle um. »Oder bis morgen Nacht? Das kann man hier drin nicht so genau sagen.«
Ich legte mich nur ungern in den Sarg, tröstete mich aber damit, dass es ja nur für dieses eine Mal war. Den Deckel ließ ich offen und starrte an die graue Felsdecke über mir. Nach all den aufregenden neuen Eindrücken rechnete ich nicht damit, jemals einzuschlafen, aber nach wenigen Minuten war ich weggetreten und schlummerte so tief und fest wie seinerzeit in meiner Hängematte im Cirque du Freak.

13

Als ich aufwachte, stand Harkat mit weit aufgerissenen grünen Augen neben seinem Sarg.
Ich reckte mich gähnend und wünschte ihm einen guten Morgen.
Er antwortete nicht sofort, schüttelte dann den Kopf und sah mich an. »Guten Morgen«, erwiderte er.
»Bist du schon lange wach?«, fragte ich.
»Grade erst ... aufgewacht. Als du ... mich angesprochen hast. Hab ... im Stehen geschlafen.«
Ich runzelte die Stirn. »Aber deine Augen waren offen.«
Der Kleine Kerl nickte. »Sind ... immer offen. Hab keine ... Wimpern oder Lider. Kann sie ... nicht zumachen.«
Je länger ich Harkat kannte, desto mehr staunte ich über ihn!

»Heißt das etwa, dass du alles um dich herum siehst, während du schläfst?«

»Ja, aber ich ... kümmer mich ... nicht drum.«

Jetzt erschien Gavner im Eingang unserer Kammer. »Marsch aus den Federn, Jungs«, polterte er. »Die Nacht ist schon angebrochen. Es gibt viel zu tun. Hat einer von euch Appetit auf eine Schüssel Fledermauseintopf?«

Ich erkundigte mich nach der Toilette. Gavner führte mich zu einer kleinen Tür, in die die Buchstaben »WC« eingeritzt waren. »Was bedeutet das denn?«, erkundigte ich mich vorsichtshalber.

»Wasserklosett – was denn sonst?«, erwiderte er und setzte hinzu: »Pass auf, dass du nicht reinfällst.«

Ich hielt es für einen Witz, aber als ich die Tür öffnete, stellte ich fest, dass es eine ernst gemeinte Warnung war: Es gab keinen Toilettensitz, sondern nur ein rundes Loch im Boden, unter dem gurgelnd ein unterirdischer Fluss dahinströmte. Ich starrte auf das Loch – es war nicht so groß, dass ein Erwachsener hineinfallen konnte, aber ich hätte vielleicht gerade hindurchgepasst –, und ein Schauder überlief mich, als ich in das tiefe, dunkle Wasser blickte. Ich scheute davor zurück, mich über die Öffnung zu hocken, aber mir blieb wohl nichts anderes übrig.

»Sehen hier alle Toiletten so aus?«, fragte ich, als ich wieder herauskam.

»Ja«, bestätigte Gavner belustigt. »Es ist die einfachste Lösung. Aus diesem Berg entspringen mehrere große Flüsse. Die Toiletten wurden einfach über ihren Quellen errichtet. Das Wasser transportiert alles ab.«

Anschließend führte Gavner Harkat und mich zur Khledon-Lurt-Halle. Seba hatte mich bereits bei unserer Ankunft darauf hingewiesen, dass dort die Mahlzeiten serviert wurden.

Er hatte mir auch erzählt, dass Khledon Lurt ein berühmter Obervampir war, der starb, als er seinen Kameraden in der Schlacht gegen die Vampyre das Leben rettete.

Vampire erzählten gern von ihren Vorfahren. Nur wenige dieser Geschichten waren schriftlich niedergelegt, die meisten wurden von Generation zu Generation mündlich weitergegeben, wenn die Vampire bei Tisch oder um ein Feuer saßen.

Von der Decke der Khledon-Lurt-Halle hingen rote Tücher, weitere Tücher verhüllten die Wände, und in der Mitte ragte ein großes Standbild des Helden auf, das wie die meisten Kunstgegenstände im Berg aus Tierknochen geschnitzt war. Der Saal wurde von riesigen Fackeln erleuchtet, und als wir ankamen, waren schon fast alle Plätze besetzt. Gavner, Harkat und ich saßen mit Mr. Crepsley, Seba Nile und einer Menge Vampire, die ich nicht kannte, an einem Tisch. Sie unterhielten sich ziemlich laut in rauem Ton. Die meisten Gespräche drehten sich um Kämpfe und andere Heldentaten.

Zum ersten Mal sah ich so viele Vampire auf einmal, und ich kam vor lauter Beobachten kaum zum Essen. Eigentlich wirkten sie nicht viel anders als Menschen, abgesehen davon, dass viele von ihnen aus Kämpfen und den Widrigkeiten ihres harten Lebens etliche Narben davongetragen hatten. Außerdem war kein Einziger von ihnen sonnengebräunt, aber das versteht sich wohl von selbst!

Allerdings müffelten sie ziemlich. Sie benutzten keinerlei Deodorant, nur einige trugen Ketten aus Wildblumen oder duftenden Kräutern um den Hals. In der Menschenwelt waschen sich Vampire zwar regelmäßig – schließlich könnte der Körpergeruch Vampirjäger auf ihre Spur führen –, aber hier im Berg hielten sie sich mit solchem Luxus nicht auf. Die Hallen waren ohnehin so schmutzig und verrußt, dass alle Mühe umsonst gewesen wäre.

Zuerst bemerkte ich überhaupt keine Frauen. Aber nachdem ich mich eine Weile umgeschaut hatte, entdeckte ich in einer entfernten Ecke eine und dann noch eine zweite, die das Essen auftrug. Die übrigen Vampire waren alles Männer. Es gab auch kaum ältere Leute: Seba schien unter den Anwesenden der Betagteste zu sein. Ich fragte ihn, woran das lag.

»Vampire erreichen nur selten ein hohes Alter«, erwiderte er. »Wir leben zwar viel länger als Menschen, aber in Vampirjahren gerechnet, wird kaum einer von uns älter als sechzig oder siebzig.«

»Das verstehe ich nicht.«

»Vampire berechnen ihr Alter auf zwei Arten«, erläuterte er, »in Erdenjahren und in Vampirjahren. Das Vampiralter ist das physische Alter: Körperlich gesehen bin ich ungefähr achtzig Jahre alt. Das Erdenalter bemisst sich danach, wie lange man schon Vampir ist. Als ich angezapft wurde, war ich noch ein kleiner Junge, und so gerechnet bin ich siebenhundert Jahre alt.«

Siebenhundert! Das war unglaublich.

»Auch wenn viele Vampire nach Erdenjahren bemessen mehrere hundert Jahre alt werden«, fuhr Seba fort, »erreichen die meisten in Vampirjahren gerechnet gerade mal die sechzig.«

»Woran liegt das?«

»Wir Vampire führen ein anstrengendes Leben. Wir gehen immer wieder bis an unsere Grenzen und stellen uns ständig neuen Herausforderungen, die Kraft, Klugheit und Mut erfordern. Kaum einer von uns sitzt in Morgenrock und Pantoffeln im Lehnstuhl und wird in Frieden alt. Wenn Vampire zu betagt sind, um noch für sich selbst sorgen zu können, suchen sie lieber freiwillig den Tod, als sich von ihren Freunden helfen zu lassen.«

»Aber wie sind *Sie* dann so alt geworden?«, erkundigte ich mich.
»Darren!«, zischte Mr. Crepsley und funkelte mich warnend an.
»Schimpf nicht mit dem Jungen, Larten. Ich finde seine Neugier erfrischend. Ich habe mein hohes Alter meiner Stellung zu verdanken«, setzte Seba zu mir gewandt hinzu. »Vor vielen Jahren forderte man mich auf, das Amt des Quartiermeisters zu übernehmen. Dieser Posten ist nicht besonders begehrt, denn er bringt es mit sich, dass man den Berg fast nie verlässt, außer gelegentlich zum Jagen oder Kämpfen. Aber der Quartiermeister ist eine wichtige und angesehene Persönlichkeit. Es wäre sehr unhöflich gewesen, dieses Angebot auszuschlagen. Draußen im Freien wäre ich bestimmt längst umgekommen, aber wer sich auf Grund gewisser Umstände gar nicht erst in Gefahr begeben kann, lebt oft länger als andere.«
»Ich finde das alles ziemlich verrückt«, meinte ich. »Warum sind Vampire bloß so versessen auf ein möglichst hartes Leben?«
»Das ist eben unsere Natur«, entgegnete Seba. »Außerdem steht uns mehr Lebenszeit zur Verfügung als den Menschen, deshalb kommt es uns auf ein paar Jahre mehr oder weniger nicht so an. Wenn ein sechzigjähriger Mann, in Vampirjahren gerechnet, als Zwanzigjähriger angezapft wurde, hat er bereits über vierhundert Erdenjahre gelebt. Nach so langer Zeit wird man des Ganzen allmählich überdrüssig.«
Es fiel mir schwer, die Sache von diesem Standpunkt aus zu betrachten. Aber vielleicht dachte ich ja später genauso, wenn ich meine ersten zweihundert Jährchen auf dem Buckel hatte!
Gavner stand auf, bevor wir mit dem Essen fertig waren, und meinte, er müsse jetzt gehen. Er forderte Harkat auf, ihn zu begleiten.

»Wohin wollen Sie?«, fragte ich.

»In die Fürstenhalle«, antwortete er. »Ich muss den Fürsten von den beiden Toten, die wir unterwegs entdeckt haben, Bericht erstatten. Außerdem möchte ich ihnen bei dieser Gelegenheit gleich Harkat vorstellen, damit er endlich seine Botschaft loswerden kann. Je früher wir das hinter uns bringen, desto besser.«

Als sie fort waren, fragte ich Mr. Crepsley, warum wir nicht mitgegangen waren. »Es steht uns nicht zu, den Fürsten unaufgefordert unsere Aufwartung zu machen«, erklärte mein Meister. »Gavner ist ein Oberer und kann um eine Audienz ersuchen. Wir gewöhnlichen Vampire müssen abwarten, bis die Fürsten uns von sich aus rufen lassen.«

»Aber Sie waren doch selbst einmal Obervampir«, erinnerte ich ihn. »Die Fürsten hätten sicher nichts dagegen, wenn Sie kurz vorbeischauen würden, um mal eben Hallo zu sagen, oder?«

»O doch«, knurrte Mr. Crepsley. Dann nickte er Seba seufzend zu: »Für einen Schüler ist er ziemlich schwer von Begriff.«

Seba lachte. »Und *du* für einen Lehrer. Du hast offenbar schon vergessen, wie heftig du selbst dich gegen unsere Regeln und Gesetze aufgelehnt hast, als du frisch angezapft warst. Ich erinnere mich noch gut an jene Nacht, in der du in mein Zimmer gestürmt bist und geschworen hast, du würdest nie im Leben Obervampir werden. Die Obervampire seien allesamt rückständige Dummköpfe, und wir sollten endlich in die Zukunft blicken, statt uns immer nur mit der Vergangenheit zu beschäftigen.«

»So etwas habe ich nie gesagt!«, protestierte Mr. Crepsley empört.

»Aber sicher«, nickte Seba unbeirrt. »Und noch einiges

andere! Du warst ein richtiger Hitzkopf, und ich zweifelte manchmal daran, ob du wohl jemals Vernunft annehmen würdest. Oft war ich kurz davor, dich aus meiner Verantwortung zu entlassen, aber ich tat es dann doch nicht. Ich habe dich deine Fragen stellen und deinen Zorn austoben lassen, und mit der Zeit hast du begriffen, dass du nicht in allem Recht hattest, sondern auch so manches für die alten Bräuche spricht.
Schüler wissen ihre Lehrer nie zu schätzen, solange sie noch in der Ausbildung sind. Erst später, wenn sie in der Welt herumkommen, begreifen sie, was sie ihnen zu verdanken haben. Ein guter Lehrer erwartet weder Anerkennung noch Zuneigung von seinem Schüler. Er wartet ab, bis der Schüler von selbst seine Einstellung ändert.«
»Willst du mir etwa eine Standpauke halten?«, fragte Mr. Crepsley.
Seba lächelte. »Du bist ein guter Vampir, Larten, aber über die Aufgaben eines Lehrers musst du noch viel lernen. Sei nicht immer sofort mit Kritik bei der Hand. Akzeptiere Darrens Fragen und seinen Eigensinn. Antworte geduldig und weise ihn nicht zurecht, wenn er etwas anders beurteilt als du. Nur so kann er sich entwickeln und erwachsen werden, genau wie du seinerzeit.«
Zu hören, wie der Alte meinem Meister einen Dämpfer verpasste, bereitete mir ein diebisches Vergnügen. Ich mochte den Vampir mittlerweile sehr gern, aber seine Überheblichkeit ging mir manchmal ziemlich auf die Nerven. Endlich klopfte ihm mal jemand auf die Finger!
»Grins nicht so«, fuhr er mich an, als er mein Gesicht sah.
»Na, na«, sagte ich tadelnd. »Sie haben doch gehört, was Mr. Nile gesagt hat – Sie sollen *geduldig* sein und versuchen, mich zu *verstehen*.«

Mr. Crepsley bekam einen roten Kopf und holte gerade tief Luft, um mich anzubrüllen, als Seba diskret hüstelte. Der Vampir blickte seinen ehemaligen Lehrmeister an, sackte in sich zusammen und grinste dümmlich. Dann bat er mich betont höflich, ihm das Brot zu reichen.
»Mit dem größten Vergnügen, Larten«, antwortete ich spöttisch, und wir drei lachten leise in uns hinein, während die anderen Vampire um uns herum lärmend durcheinander brüllten, Anekdoten zum Besten gaben und derbe Witze rissen.

14 Nach dem Frühstück gingen Mr. Crepsley und ich duschen, weil wir von der Reise ziemlich schmutzig waren. Er meinte zwar, hier im Berg nähme auch er es mit der Reinlichkeit nicht so genau, trotzdem sei eine Dusche zu Beginn unseres Aufenthaltes keine schlechte Idee. Die Perta-Vin-Grahl-Halle war eine geräumige Höhle mit mehreren bescheidenen Stalaktiten und zwei natürlichen Wasserfällen gleich rechts neben dem Eingang. Das Wasser stürzte aus großer Höhe in ein von Vampirhand geschaffenes Becken und floss durch ein Loch im hinteren Teil des Gewölbes wieder ab, um sich mit den anderen unterirdischen Flüssen zu vereinen.
»Na, wie findest du die Wasserfälle?«, fragte Mr. Crepsley mit lauter Stimme, um das Getöse des Wassers zu übertönen.
Ich bewunderte gerade, wie sich der Fackelschein funkelnd in den Kaskaden brach. »Sehr schön«, brüllte ich zurück. »Aber wo sind die Duschen?«
Mr. Crepsley grinste schadenfroh, und mir dämmerte es endlich.

»Kommt nicht in Frage!«, protestierte ich energisch. »Das Wasser ist bestimmt eiskalt!«
»Allerdings«, erwiderte der Vampir gelassen und entledigte sich seiner Kleider. »Aber andere Waschgelegenheiten gibt es hier nicht.«
Bevor ich etwas erwidern konnte, ging er zu einem der Wasserfälle und stellte sich in die Gischt. Der Anblick allein ließ mich frösteln, aber zum einen hatte ich eine Dusche dringend nötig, zum anderen würde mein Meister sich während unseres ganzen Aufenthaltes über mich lustig machen, wenn ich mich jetzt drückte. Also schlüpfte ich aus meinen Klamotten, trat an den Beckenrand, streckte den großen Zeh hinein – brrr! –, machte einen beherzten Satz und ergab mich dem Guss des Wasserfalls.
»Himmel noch mal!«, japste ich, als der eisige Strahl auf mich niederprasselte. »Das ist ja die reinste Folter!«
»Jetzt begreifst du vielleicht, warum wir Vampire uns hier unten so selten waschen!«, brüllte mein Meister zurück.
»Gibt es etwa auch ein Gesetz, das warmes Wasser verbietet?«, rief ich schrill und schrubbte mir wie verrückt Brust, Rücken und Achselhöhlen, um möglichst schnell fertig zu sein.
»Nicht direkt«, entgegnete Mr. Crepsley, trat aus seinem Becken, fuhr sich mit der Hand durch das orangerote Stoppelhaar und schüttelte sich dann wie ein nasser Hund. »Aber schließlich ist kaltes Wasser für alle anderen Geschöpfe der Wildnis gut genug, deshalb erwärmen wir es absichtlich nicht, jedenfalls nicht hier, im Herzen unseres Heimatlandes.«
Neben den Becken lag ein Stapel rauer Handtücher bereit. Ich trat unter dem Wasserstrahl hervor, schnappte mir zwei davon und wickelte mich sofort hinein. Ein paar Minuten lang kam es mir vor, als sei mein Blut zu Eis geworden, dann

ließ das taube Gefühl nach, und ich genoss die Wärme der dicken Tücher.
»Himmlisch«, kommentierte Mr. Crepsley und rubbelte sich trocken.
»Ich finde es eher teuflisch«, grummelte ich, aber insgeheim hatte mir diese primitive Duschmethode Spaß gemacht.
Während wir uns wieder anzogen, musterte ich die felsigen Wände und die Decke der Halle und überlegte, wie alt sie wohl sein mochte. Schließlich fragte ich Mr. Crepsley danach.
»Man weiß nicht genau, wann die ersten Vampire hierher kamen oder wie sie den Berg überhaupt entdeckten. Die ältesten Gebrauchsgegenstände sind über dreitausend Jahre alt, aber dem Anschein nach wurden die Höhlen lange Zeit nur gelegentlich genutzt, und dann auch nur von kleinen Gruppen umherziehender Vampire.
Vor etwa vierzehnhundert Jahren wurde der Berg zur ständigen Basis ausgebaut. Damals ließen sich die ersten Fürsten hier nieder, um Ratsversammlungen abzuhalten. Seither wurden die Hallen ständig erweitert. Sogar heute noch höhlen Vampirtruppen immer neue Gewölbe aus, erweitern alte und graben neue Gänge in den Fels. Es ist eine anstrengende und langwierige Arbeit, denn Hilfswerkzeuge sind nicht gestattet – aber wir haben ja Zeit genug.«
Als wir die Perta-Vin-Grahl-Halle wieder verließen, hatte sich die Kunde von Harkats Botschaft bereits wie ein Lauffeuer verbreitet. Wie befohlen, hatte er den Vampirfürsten ausgerichtet, dass die Nacht des Lords der Vampyre nahe sei, was alle in helle Aufregung versetzte. Die Vampire wuselten wie aufgescheuchte Ameisen durch die Gänge, gaben die Nachricht an jene weiter, die sie noch nicht mitbekommen hatten, redeten sich die Köpfe heiß und schmiedeten die

abwegigsten Pläne, wie man am besten ausschwärmte und sämtliche Vampyre, die einem über den Weg liefen, niedermetzelte.

Mr. Crepsley hatte mir eigentlich noch eine Führung durch die übrigen Hallen versprochen, verschob sie aber wegen des allgemeinen Tumults. Er meinte, sobald wieder Ruhe eingekehrt sei, würden wir alles nachholen. Jetzt sei die Gefahr zu groß, dass ich im Gewühl versehentlich totgetrampelt würde. Ich war zwar enttäuscht, sah aber ein, dass er Recht hatte. Es war nicht gerade der geeignete Zeitpunkt für eine Besichtigungstour.

Als wir meine Schlafnische wieder betraten, hatte ein junger Vampir die Särge bereits weggeräumt und war gerade dabei, zwei Hängematten zu befestigen. Er fragte uns, ob wir saubere Wäsche wünschten. Wir nahmen das Angebot dankend an und begleiteten ihn zu den Vorratsräumen, um uns neu einkleiden zu lassen. Die Lager des Berges waren voller Schätze: Lebensmittel, Fässer mit Blut und kistenweise Waffen, aber das alles nahm ich nur flüchtig zur Kenntnis, denn der junge Gehilfe führte uns direkt in die Kleiderkammer und ließ uns dort allein, damit wir uns etwas Passendes heraussuchen konnten.

Ich hielt nach einem Piratenkostüm Ausschau wie jenem, das ich beim Cirque du Freak getragen hatte, aber so etwas gab es leider nicht. Schließlich entschied ich mich für einen braunen Pullover und eine dunkle Hose. Mr. Crepsley kleidete sich wie üblich ganz in seine Lieblingsfarbe Rot, nur dass seine neuen Sachen schlichter geschnitten waren als sonst.

Während er seinen Umhang zurechtrückte, fiel mir auf, dass er offenbar denselben Kleidergeschmack wie Seba Nile hatte. Als ich ihn darauf ansprach, lächelte er. »Ich habe mir viel von Seba abgeschaut«, gab er zu. »Nicht nur seine Art, sich zu kleiden, sondern auch seine Art zu sprechen. Nicht immer habe ich mich so korrekt und in wohlgesetzten Worten ausgedrückt. Als ich so alt war wie du, habe auch ich dahergeredet, wie mir der Schnabel gewachsen war. Aber die Jahre in Sebas Obhut haben mich gelehrt, erst gründlich nachzudenken, bevor ich den Mund aufmache.«

»Wollen Sie damit sagen, dass ich auch eines Tages so rede wie Sie?«, fragte ich, entsetzt über die Vorstellung, mich irgendwann so steif und geschraubt auszudrücken.

»Schon möglich«, erwiderte mein Meister, »aber ich würde meine Hand nicht dafür ins Feuer legen. Ich hatte vor Seba stets die allergrößte Hochachtung, deshalb nahm ich ihn mir zum Vorbild. Du hingegen scheinst entschlossen zu sein, immer genau das Gegenteil von dem zu machen, was ich will.«

»*So* schlimm ist es nun auch wieder nicht«, grinste ich, aber ich wusste, dass ein Körnchen Wahrheit in seinen Worten lag. Ich war schon immer ein Dickschädel gewesen. Ich bewunderte Mr. Crepsley mehr, als er ahnte, aber ich wollte kein Streber sein, der brav alles befolgt, was der Lehrer ihm sagt. Manchmal gehorchte ich dem Vampir absichtlich nicht, damit er nicht dachte, ich hörte ihm ständig zu!

»Und außerdem«, fuhr Mr. Crepsley fort, »bringe ich es sowieso nicht übers Herz, dich so zu bestrafen, wie Seba es damals mit mir getan hat.«

»Wie denn?«, fragte ich neugierig.

»Er war ein gerechter, aber strenger Lehrer«, erklärte Mr. Crepsley. »Als ich ihm gestand, dass ich so werden wolle wie er, fing er plötzlich an, auf meine Ausdrucksweise zu achten. Jedes Mal, wenn ich »nöö!« oder »weiß nich« oder »is« sagte, riss er mir ein Nasenhaar aus.«

»Sie wollen mich wohl veralbern!«
»Leider ist es nur zu wahr«, seufzte der Vampir.
»Hat er dafür extra eine Pinzette benutzt?«
»Nein – seine Fingernägel.«
»Aua!«
Mr. Crepsley nickte. »Ich habe ihn angefleht, damit aufzuhören. Ich sagte, ich hätte es mir anders überlegt und wolle ihm nicht länger nacheifern, aber das interessierte ihn nicht. Seiner Meinung nach muss man das, was man angefangen hat, auch zu Ende bringen. Nach mehreren Monaten Quälerei hatte ich die rettende Eingebung: Ich sengte mir die Nasenhaare einfach mit einem glühenden Eisenstab weg, damit sie nicht mehr nachwuchsen – eine Methode, die ich dir allerdings nicht zur Nachahmung empfehlen würde.«
»Und dann?«
Der Vampir errötete. »Danach riss Seba mir die Haare an einer noch empfindlicheren Stelle aus.«
»Wo denn?«, hakte ich nach.
Sein Gesicht wurde noch röter. »Das verrate ich nicht. Es ist mir zu peinlich.«
(Später, als ich mit Seba allein war, fragte ich ihn. Er kicherte hämisch und sagte: »Aus den *Ohren*.«)
Gerade als wir dabei waren, uns die Schuhe wieder anzuziehen, stürmte ein schlanker, blonder Vampir in einem hellblauen Gewand herein und knallte die Tür hinter sich zu. Er lehnte sich keuchend mit dem Rücken dagegen, ohne von uns Notiz zu nehmen, bis Mr. Crepsley das Wort ergriff: »Bist du das, Kurda?«
»Nein!«, stieß der Vampir hervor und packte die Türklinke. Dann hielt er inne und warf vorsichtig einen Blick über die Schulter. »Larten?«
»Ja.«

»Das ist natürlich etwas anderes.« Erleichtert ließ er die Klinke los und schlenderte zu uns herüber. Als er näher kam, bemerkte ich drei kleine rote Narben auf seiner linken Wange. Das erinnerte mich irgendwie an etwas, aber ich wusste nicht, woran. »Genau dich habe ich gesucht. Ich wollte dich nach diesem Harkat Mulds und seiner Botschaft fragen. Stimmt das, was er da sagt?«

Mein Lehrmeister zuckte die Achseln. »Ich kenne auch nur die Gerüchte. Auf dem Weg hierher hat er uns nichts verraten.« Offenbar hatte Mr. Crepsley das Versprechen, das er dem Kleinen Kerl gegeben hatte, nicht vergessen.

»Er hat überhaupt nicht darüber geredet?«, fragte der Jüngere, der es sich inzwischen auf einem umgedrehten Fass bequem gemacht hatte.

»Er meinte, die Botschaft sei ausschließlich für die Fürsten bestimmt«, warf ich ein.

Der fremde Vampir musterte mich neugierig. »Du musst Darren Shan sein. Ich habe schon viel von dir gehört.« Er schüttelte mir die Hand. »Ich heiße Kurda Smahlt.«

»Wovor bist du weggerannt?«, erkundigte sich Mr. Crepsley.

»Vor den ständigen Fragen«, ächzte Kurda. »Kaum hatte sich die Nachricht von dem Kleinen Kerl und seiner Botschaft verbreitet, sind sie alle zu mir gelaufen, um mich zu fragen, ob er die Wahrheit sagt.«

»Aber warum gerade zu *dir*?«

»Weil ich mich besser mit Vampyren auskenne als die meisten anderen. Und wegen meiner bevorstehenden Ordination. Es ist erstaunlich, für wie viel klüger einen die Leute halten, bloß weil man demnächst in eine höhere Position aufsteigt.«

»Gavner Purl hat es erwähnt. Meinen Glückwunsch«, sagte Mr. Crepsley ziemlich steif.

»Du bist anscheinend nicht damit einverstanden.«
»Das habe ich nicht gesagt.«
»Das brauchst du auch nicht. Ich sehe es dir an der Nasenspitze an. Aber es macht mir nichts aus. Du bist nicht der Einzige, der dagegen ist. Daran bin ich inzwischen gewöhnt.«
»Entschuldigen Sie«, unterbrach ich die beiden, »aber was ist eine Ordination?«
»Das bedeutet, dass man innerhalb der Rangordnung aufsteigt«, erläuterte Kurda. Er sprach ganz unbefangen, und seine Miene war gleich bleibend freundlich. Er erinnerte mich ein bisschen an Gavner, und ich mochte ihn sofort.
»Und in welchen Rang steigen Sie denn auf?«, erkundigte ich mich.
»In den höchsten.« Er lächelte. »Ich werde demnächst Fürst. Es gibt eine Riesenfeier mit allem Tamtam.« Er verzog das Gesicht. »Wahrscheinlich wird es stinklangweilig, aber ich kann mich nicht davor drücken. Jahrhundertealte Tradition, heilige Werte und so weiter.«
»Sprich nicht so abfällig über deine Ordination«, tadelte Mr. Crepsley ihn. »Es ist eine große Ehre.«
»Ich weiß«, seufzte Kurda. »Ich wünschte nur, die Leute würden nicht so viel Aufhebens darum machen. Ich habe schließlich keine Wundertaten vollbracht.«
»Wieso werden Sie dann zum Fürsten ernannt?«, hakte ich rasch nach.
»Wieso?«, wiederholte Kurda augenzwinkernd. »Wolltest du dich etwa selbst um den Posten bewerben?«
Ich musste lachen. »Nein. Ich bin bloß neugierig.«
»Dafür gibt es keine festen Regeln«, erklärte Kurda. »Um Obervampir zu werden, bereitet man sich ein paar Jahre lang vor und löst dann mehrere festgelegte Aufgaben. Zum Fürs-

ten dagegen wird man aus ganz unterschiedlichen Gründen und zu keinem bestimmten Zeitpunkt ernannt.

Normalerweise wird jemand Fürst, wenn er sich in zahlreichen Schlachten ausgezeichnet hat und seine Mitstreiter ihm Vertrauen und Bewunderung entgegenbringen. Dann schlägt ihn einer der bereits amtierenden Fürsten vor. Wenn alle anderen Fürsten damit einverstanden sind, wird er automatisch befördert. Ist die Wahl nicht einstimmig, werden die Obervampire befragt, und die Mehrheit entscheidet. Stimmen aber zwei oder mehr Fürsten dagegen, ist der Antrag endgültig abgelehnt. Bei mir stand es auf Pfahles Spitze«, grinste er. »Vierundfünfzig Prozent der Obervampire hielten mich für das Amt eines Fürsten geeignet. Das bedeutet allerdings, dass praktisch jeder Zweite mich ungeeignet findet!«

»Ich habe noch nie eine so spannende Wahl erlebt«, bestätigte Mr. Crepsley. »Kurda ist erst hundertzwanzig Jahre alt und damit einer der jüngsten Fürsten, der je gewählt wurde. Deswegen nehmen ihn viele Oberen nicht ganz ernst. Wenn er erst einmal in Amt und Würden ist, werden sie ihm gehorchen, keine Frage, aber glücklich sind sie über diese Entscheidung nicht.«

»Na, komm schon«, warf Kurda amüsiert ein. »Du brauchst mich nicht vor deinem Gehilfen in Schutz zu nehmen und alles auf mein jugendliches Alter zu schieben. Schau her, Darren.« Er winkte mich zu sich und winkelte den rechten Arm an, sodass der Bizeps hervortrat. »Was hältst du davon?«

»Nicht sehr eindrucksvoll«, sagte ich wahrheitsgemäß.

»Kindermund tut Wahrheit kund!«, jammerte Kurda mit gespielter Verzweiflung. »Aber du hast absolut Recht: Mit meiner Körperkraft ist es wirklich nicht weit her. Alle anderen Fürsten haben Muskeln so dick wie Bowlingkugeln. Von

alters her werden nur die stärksten, ausdauerndsten und tapfersten Vampire zu Fürsten gewählt. Ich bin der erste Kandidat, bei dem *das hier* den Ausschlag gegeben hat.« Er tippte sich demonstrativ an die Schläfe.
»Meinen Sie damit, dass Sie schlauer sind als die anderen?«
»Viel schlauer«, prahlte er, aber dann schnitt er eine Grimasse. »Eigentlich nicht«, gab er seufzend zu. »Ich gebrauche meinen Verstand nur öfter als die meisten. Ich halte nichts davon, dass wir Vampire uns an die alten Bräuche klammern. Ich finde, wir sollten fortschrittlich denken und unsere Lebensweise endlich an das einundzwanzigste Jahrhundert anpassen. Und das Wichtigste: Ich bin der Meinung, wir sollten Frieden mit unseren abtrünnigen Brüdern, den Vampyren, schließen.«
»Kurda ist der erste Vampir seit der Unterzeichnung des Waffenstillstandes, der auf Verständigung mit den Vampyren aus ist«, sagte Mr. Crepsley unwirsch.
»Was meinen Sie mit Verständigung?«, fragte ich nach.
»Ich treffe mich gelegentlich mit ihnen«, erläuterte Kurda. »Die letzten dreißig oder vierzig Jahre habe ich damit verbracht, sie aufzuspüren, mit ihnen zu reden und sie besser kennen zu lernen. Dabei habe ich mir auch die Narben geholt.« Er berührte seine linke Wange. »Ich musste einwilligen, mich von ihnen zeichnen zu lassen. Es war eine Art Friedensangebot, mit dem ich mich ihnen auf Gedeih und Verderb auslieferte.«
Jetzt fiel mir auch wieder ein, woher mir die Narben so bekannt vorgekommen waren. Dieselben Narben hatte ich vor sechs Jahren bei dem dicken Mann gesehen, den der wahnsinnige Vampyr Murlough sich zum Opfer auserkoren hatte! Vampyre hatten feste Gewohnheiten und zeichneten ihre Opfer stets, bevor sie ihnen den Garaus machten, und zwar immer mit drei Kratzern auf der linken Wange.

»Die Vampyre unterscheiden sich gar nicht so sehr von uns, wie die meisten Vampire glauben«, fuhr Kurda fort. »Viele von ihnen warten nur auf eine Gelegenheit, sich mit uns auszusöhnen. Natürlich sind Kompromisse dabei unumgänglich – beide Seiten müssen einander in bestimmten Punkten entgegenkommen –, aber ich bin mir sicher, dass wir zu einer Verständigung gelangen und wieder als ein vereintes Volk leben könnten.«

»Deshalb wurde Kurda ja auch gewählt«, setzte mein Meister hinzu. »Viele Obervampire – jedenfalls mindestens vierundfünfzig Prozent – finden es ebenfalls an der Zeit, dass wir uns wieder mit den Vampyren versöhnen. Kurda hat sich deren Vertrauen zwar inzwischen erworben, aber sie weigern sich, mit irgendeinem anderen Obervampir zu verhandeln. Ist Kurda aber erst einmal Fürst, hat er die absolute Befehlsgewalt über die Oberen, und die Vampyre wissen genau, dass kein Obervampir sich dem Befehl eines Fürsten widersetzt. Wenn Kurda ihnen dann einen Unterhändler schickt, werden die Vampyre ihn anhören. Jedenfalls glauben das Kurdas Anhänger.«

»Du etwa nicht, Larten?«, fragte Kurda.

Mr. Crepsley wiegte sorgenvoll den Kopf. »Die Vampyre haben viele bewundernswerte Eigenschaften, und ich war nie gegen Gespräche zur Überbrückung der Kluft zwischen ihnen und uns. Aber es erscheint mir voreilig, ihnen eine Stimme im Rat der Fürsten einzuräumen.«

»Du glaubst also, sie benutzen mich nur als Mittel zum Zweck, um uns mehr von ihren Überzeugungen aufzuzwingen als wir ihnen von unseren?«

»So ungefähr.«

Kurda schüttelte den Kopf. »Mein Ziel ist es, einen Zusammenschluss gleichberechtigter Parteien zu bewirken. Ich werde

nicht mit Gewalt Beschlüsse durchdrücken, mit denen die anderen Fürsten und Obervampire nicht einverstanden sind.«
»Wenn das so ist, wünsche ich dir viel Glück. Mir geht das alles zu schnell. Wäre ich noch Obervampir, ich hätte alles versucht, um deine Ordination zu verhindern.«
»Hoffentlich lebe ich lange genug, um dir zu beweisen, dass dein Misstrauen unbegründet ist«, sagte Kurda achselzuckend und wandte sich mir zu. »Was sagst *du* dazu, Darren? Wird es nicht langsam Zeit für eine Versöhnung?«
Ich zögerte. »Ich weiß nicht genug über Vampire und Vampyre, um dazu eine Meinung zu haben«, antwortete ich schließlich ausweichend.
»Unsinn«, schnaubte Kurda ärgerlich. »Jeder hat das Recht auf eine Meinung. Na los, Darren, sag mir, was du darüber denkst. Ich weiß immer gern, was in den Köpfen der Leute vorgeht. Das Leben wäre angenehmer und friedlicher, wenn wir alle unsere Gedanken offen aussprechen würden.«
»Also gut«, begann ich langsam. »Ich weiß nicht recht, ob mir die Idee gefällt, ein Abkommen mit den Vampyren zu treffen. Ich finde es falsch, Menschen umzubringen, wenn man sich an ihnen labt. Aber wenn Sie die Vampyre tatsächlich davon überzeugen könnten, nicht mehr zu töten, halte ich es für eine gute Sache.«
»Der Junge hat wirklich Köpfchen«, lobte Kurda. »Was du eben gesagt hast, bringt meine Ansicht genau auf den Punkt: Menschen zu töten, ist in der Tat verabscheuenswert, und damit aufzuhören, ist eine der wichtigsten Voraussetzungen für jede Art von Abkommen mit unseren irregeleiteten Verwandten. Aber wenn wir nicht auf sie zugehen, stellen sie das Töten niemals ein. Ist es nicht ein geringer Preis, einige unserer Grundsätze über Bord zu werfen, wenn wir damit dem blutigen Morden Einhalt gebieten können?«

»Auf jeden Fall«, stimmte ich zu.
»Hrmm!«, knurrte Mr. Crepsley. Das war alles, was er abschließend zu diesem Thema äußerte.
Kurda gab sich einen Ruck. »Wie dem auch sei, ich kann mich hier nicht ewig verkriechen. Ich muss wieder zurück und weitere Fragen über mich ergehen lassen. Seid ihr ganz sicher, dass ihr mir nicht mehr über die Blaukutte und ihre Botschaft erzählen könnt?«
»Leider nicht«, sagte Mr. Crepsley kurz angebunden.
»Macht nichts. Ich finde bestimmt mehr heraus, wenn ich den Fürsten Bericht erstatte und selbst mit dem Kleinen Kerl sprechen kann. Ich hoffe, es gefällt dir hier, Darren. Wenn sich der ganze Trubel gelegt hat, müssen wir mal in Ruhe miteinander plaudern.«
»Gern«, sagte ich erfreut.
»Larten«, verabschiedete sich der Jüngere von meinem Meister.
»Kurda.«
Und fort war er.
»Ich finde Kurda nett«, meinte ich. »Ich mag ihn.«
Nachdenklich rieb Mr. Crepsley die Narbe auf seiner linken Wange, betrachtete zweifelnd die Tür, die Kurda eben hinter sich geschlossen hatte, und machte noch einmal: »Hrmm!«

15 Es folgten einige lange, ziemlich ereignislose Nächte. Harkat war noch immer in der Fürstenhalle, um weitere Fragen zu beantworten. Gavner musste seinen Pflichten als Obervampir nachgehen, und wir bekamen ihn nur noch zu Gesicht, wenn er völlig erledigt in seinen Sarg kroch, um zu schlafen. Ich lungerte die meiste Zeit in der Khledon-

Lurt-Halle herum, wo Mr. Crepsley endlose Gespräche mit alten, lange entbehrten Freunden führte, oder ich hielt mich mit ihm und Seba Nile unten in den Lagerräumen auf.
Den betagten Vampir schien Harkats Botschaft am meisten zu beunruhigen. Er war der zweitälteste Vampir im ganzen Berg (der älteste war Paris Skyle, einer der Fürsten, der über achthundert Jahre alt war), und der Einzige, der seinerzeit Meister Schicks Besuch miterlebt und dessen düstere Prophezeiung mit eigenen Ohren gehört hatte.
»Heutzutage glauben viele Vampire nicht mehr an die alten Überlieferungen«, sagte er bedauernd. »Sie denken, wir hätten Meister Schicks Warnung nur erfunden, um jungen Vampiren damit Angst zu machen. Aber ich erinnere mich noch sehr genau daran, wie er aussah. Ich höre noch seine Worte in der Fürstenhalle nachklingen, und es läuft mir wie damals eiskalt den Rücken hinunter. Der Lord der Vampyre ist keine Sagengestalt. Es gibt ihn tatsächlich. Und wie es scheint, wird er bald leibhaftig vor uns stehen.«
Seba versank in düsteres Schweigen. Er hatte an einem Krug Bier genippt, aber jetzt schien er das Trinken ganz vergessen zu haben.
»Bis jetzt ist er jedenfalls noch nicht aufgetaucht«, versuchte Mr. Crepsley ihn aufzumuntern. »Meister Schick ist so alt wie die Zeit selbst. Wenn er verkündet, dass die bewusste Nacht nahe ist, meint er damit vielleicht in Hunderten oder Tausenden von Jahren.«
Seba schüttelte den Kopf. »Wir haben jetzt Hunderte von Jahren Zeit gehabt, genau genommen siebenhundert Jahre, um etwas gegen die Vampyre zu unternehmen. Wir hätten sie allesamt umbringen sollen, ohne vor den Folgen zurückzuschrecken. Immer noch besser, von den Menschen ausgerottet zu werden als von den Vampyren.«

»Unsinn«, brauste mein Meister auf. »Ich nehme es lieber mit dem legendären Lord der Vampyre auf als mit Pfähle schwingenden Menschen. Und du auch.«

Seba nickte bedrückt und trank einen kleinen Schluck Bier. »Wahrscheinlich hast du Recht. Ich bin alt, und mein Verstand rostet allmählich ein. Vielleicht bin ich nur ein betagter Mann, der das Leben satt hat und sich unnötige Sorgen macht. Aber trotzdem ...«

So endeten die meisten Gespräche. Sogar diejenigen, die sich offen über das Schauermärchen vom Lord der Vampyre lustig machten, hängten ein »trotzdem«, ein »aber« oder ein »wer weiß« an. Die staubige Luft in den Gängen und Hallen schien zunehmend mit einer Angst getränkt, die jede Aktivität lähmte.

Der Einzige, den die Gerüchte offenkundig völlig kalt ließen, war Kurda Smahlt. Drei Nächte, nachdem Harkat den Fürsten seine Botschaft überbracht hatte, tauchte der junge Vampir so aufgekratzt wie immer im Eingang zu unseren Schlafnischen auf.

»Hallihallo!«, begrüßte er uns fröhlich. »Die letzten beiden Nächte waren ziemlich hektisch, aber jetzt kehrt allmählich wieder Ruhe ein, und ich habe ein paar Stunden frei. Ich wollte Darren zu einer kleinen Besichtigungstour durch die Hallen einladen.«

»Au ja!«, rief ich begeistert. »Mr. Crepsley hat mir schon ewig eine Führung versprochen, aber irgendwie sind wir nie dazu gekommen.«

»Du hast doch nichts dagegen, wenn ich dir den Jungen eine Weile entführe, Larten?«

»Nicht im Geringsten«, erwiderte mein Meister. »Ich bin überwältigt, dass Dero Eminenz so kurz vor Dero Ordination Zeit für etwas derartig Nebensächliches erübrigen können.«

Sein Tonfall triefte vor Hohn, aber Kurda ließ sich nicht provozieren.
»Du kannst uns gern begleiten«, bot er an.
»Nein, besten Dank.« Mr. Crepsley lächelte verkniffen.
»Dann eben nicht. Selber schuld«, konterte Kurda. »Wollen wir los, Darren?«
»Klar«, sagte ich, und wir machten uns aus dem Staub.

Zuerst zeigte mir Kurda die Küchen. Sie waren in riesigen Höhlen untergebracht und weiter unten im Berg gelegen als die meisten Hallen. Die Herdfeuer loderten hell, denn während des Konzils arbeiteten die Köche schichtweise rund um die Uhr, um alle Besucher satt zu bekommen.
»Sonst geht es hier ruhiger zu«, erläuterte Kurda. »Zwischen den Konzilen halten sich selten mehr als dreißig Vampire gleichzeitig im Berg auf. Wenn man dann nicht zu den festgelegten Zeiten mit den anderen speisen will, muss man sich eben selbst was brutzeln.«
Nach den Küchen besuchten wir die Stallungen, in denen Schafe, Ziegen und Kühe gezüchtet wurden. »Wir könnten niemals genug Milch und Fleisch für alle Vampire heranschaffen«, erklärte Kurda, als ich mich darüber wunderte, dass im Berg lebendige Tiere gehalten wurden. »Der Berg ist schließlich kein Hotel, wo man eine Lieferfirma anrufen und die Vorräte jederzeit wieder auffüllen kann. Es wäre viel zu aufwendig, Lebensmittel hierher zu transportieren. Da ist es einfacher, die Tiere selbst aufzuziehen und bei Bedarf zu schlachten.«
»Aber woher kommt das Menschenblut?«
»Von edlen Spendern«, erwiderte Kurda mit einem Augenzwinkern und ging weiter. (Erst viel später fiel mir wieder ein, wie geschickt er einer Antwort ausgewichen war.)

Die Einäscherungshalle war unser nächstes Ziel. Hier wurden jene Vampire verbrannt, die während ihres Aufenthaltes im Berg starben. »Und was ist, wenn sie gar nicht verbrannt werden wollen?«, fragte ich.

»Ich weiß nicht, warum, aber kaum ein Vampir möchte begraben werden«, erwiderte Kurda nachdenklich. »Vielleicht liegt es daran, dass wir schon zu Lebzeiten so viele Stunden in Särgen zubringen. Aber wenn jemand ausdrücklich um ein Begräbnis bittet, kommen wir seinem Wunsch natürlich nach.

Noch vor gar nicht langer Zeit warfen wir die Toten einfach in einen unterirdischen Fluss, der sie davonschwemmte. Tief unter den Hallen gibt es eine Höhle, in der einer der größeren Flüsse offen zugänglich ist. Man nennt sie ›Halle der Letzten Reise‹, obwohl sie heutzutage nicht mehr benutzt wird. Wenn wir mal zufällig dort vorbeikommen, zeige ich sie dir.«

»Wieso sollten wir dort vorbeikommen? Ich dachte, die Gänge sind nur dazu da, um den Berg zu betreten oder zu verlassen.«

»Eins meiner Hobbys ist Karten zeichnen«, gestand Kurda. »Ich versuche schon seit Jahrzehnten, exakte Karten des Berges zu erstellen. Die Hallen einzuzeichnen ist nicht schwer, aber das Gangsystem ist schrecklich kompliziert. Es wurde noch nie kartographisch erfasst, und viele Tunnel sind in erbärmlichem Zustand. Jedes Mal, wenn ich hierher komme, steige ich hinunter, um noch unbekannte Regionen zu erforschen, aber ich habe leider viel zu wenig Zeit. Wahrscheinlich wird das noch schlimmer, wenn ich erst Fürst bin.«

»Klingt spannend«, meinte ich. »Kann ich nächstes Mal mitkommen, wenn Sie wieder Karten zeichnen gehen? Ich wüsste gern, wie man so etwas macht.«

»Interessiert dich das wirklich?« Kurda schien überrascht.
»Wieso nicht?«
Er lachte. »Die meisten Vampire schlafen ein, wenn ich mich mit ihnen über Karten unterhalten will. Es langweilt sie zu Tode, außerdem halten sie es für überflüssig. Es gibt eine Redensart bei uns: ›Karten sind nur was für Menschen‹. Die meisten Vampire würden lieber auf eigene Faust unbekanntes Gelände erforschen, statt sich an eine Karte zu halten, auch wenn das viel gefährlicher ist.«
Die Einäscherungshalle war ein geräumiges, achteckiges Gewölbe mit einer hohen, von zahllosen Rissen durchzogenen Decke. In der Mitte befand sich eine Feuergrube, und an der hinteren Wand standen mehrere lange, aus Tierknochen grob geschnitzte Bänke. Zwei Frauen und ein Mann hatten darauf Platz genommen und unterhielten sich im Flüsterton. Zu ihren Füßen spielte ein kleines Kind mit Knochensplittern. Die drei sahen nicht wie Vampire aus. Sie waren mager und kränklich, hatten strähniges Haar und zerlumpte Kleider, totenblasse Haut und merkwürdig weißliche Augen. Als wir die Halle betraten, sprangen die Erwachsenen auf, schnappten sich das Kind und verschwanden fluchtartig durch eine Tür ganz hinten in der Höhle.
»Wer war das denn?«, fragte ich verwundert.
»Die Wächter dieser Halle«, antwortete Kurda knapp.
Ich ließ nicht locker. »Aber sie sahen gar nicht aus wie Vampire. Außerdem dachte ich immer, ich sei das einzige Vampirkind weit und breit.«
»Bist du ja auch.«
»Aber wer ...«
»Frag mich später!«, fauchte Kurda ungewöhnlich gereizt. Als er bemerkte, dass ich zusammenzuckte, setzte er sofort ein entschuldigendes Lächeln auf. »Ich erzähl's dir, wenn wir

die Führung beendet haben«, versprach er gedämpft. »In diesem Raum über die Wächter zu sprechen, bringt Unglück. Ich bin zwar von Natur aus nicht abergläubisch, aber ich möchte das Schicksal nicht herausfordern.«

(Trotz meiner Neugier sollte ich erst lange Zeit später mehr über die so genannten Wächter erfahren, denn am Ende unserer Besichtigungstour war ich nicht mehr in der Lage, Fragen zu stellen, und hatte die ganze Angelegenheit völlig vergessen.)

Zunächst einmal bezähmte ich meine Wissbegier und betrachtete die Verbrennungsgrube, eine schlichte Mulde im Felsboden, in der trockene Blätter und Zweige aufgehäuft waren. Rund um die Grube standen große Gefäße, und aus jedem ragte eine Art Knüppel heraus. Ich erkundigte mich, wozu sie dienten.

»Das sind Knochenmörser.«

»Was für Knochen denn?«

»Die Knochen der toten Vampire. Sie zerfallen nicht in den Flammen. Man lässt das Feuer herunterbrennen, sammelt die Knochen ein, wirft sie in die Behälter und zerstößt sie mit den Mörsern zu Staub.«

»Und was passiert mit dem Staub?«, fragte ich weiter.

»Damit wird der Fledermauseintopf angedickt«, sagte Kurda mit ernster Miene. Als er sah, dass ich grün im Gesicht wurde, brach er in schallendes Gelächter aus. »Das war nur ein Witz! Der Staub wird vom Berg aus in alle Winde gestreut, um die Seelen der Vampire zu befreien.«

»Ich weiß nicht, ob ich damit einverstanden wäre«, meinte ich zögernd.

»Immer noch besser, als die Toten in der Erde zu verscharren und den Würmern zum Fraß vorzuwerfen«, konterte Kurda. »Ich selbst möchte allerdings am liebsten ausgestopft und ausgestellt werden, wenn mein letztes Stündlein geschlagen hat.« Er machte eine bedeutungsvolle Pause und prustete dann wieder los.

Wir verließen die Einäscherungshalle und machten uns auf den Weg zu den drei Sporthallen (eigentlich hießen sie Basker-Wrent-Halle, Rush-Flon'x-Halle und Oceen-Pird-Halle, aber die meisten Vampire nannten sie einfach Sporthallen). Ich freute mich schon darauf, doch plötzlich blieb Kurda vor einer kleinen Tür stehen, senkte den Kopf, schloss die Augen und berührte seine Augenlider mit den Fingerspitzen.

»Was tun Sie da?«, erkundigte ich mich.

»So will es der Brauch«, antwortete er und ging weiter. Diesmal ließ ich mich nicht einfach so abwimmeln.

»Was ist hinter der Tür? Eine Halle?«, beharrte ich.

Kurda zögerte. »Das ist nichts für dich«, wich er schließlich aus.

»Warum nicht?«

»Man nennt sie Todeshalle«, sagte er schließlich.

»Noch eine Einäscherungshalle?«

Kurda schüttelte den Kopf. »Dort finden die Hinrichtungen statt.«

»*Hinrichtungen?*« Jetzt wurde ich erst recht neugierig.

Kurda seufzte ergeben. »Willst du einen Blick hineinwerfen?«

»Ist das denn gestattet?«

»Gewiss, aber es ist kein schöner Anblick. Lass uns lieber zu den Sporthallen weitergehen.«

Diese Warnung stachelte meine Neugier nur noch mehr an! Als Kurda merkte, dass ich nicht nachgab, öffnete er die Tür. Die Halle war ziemlich schummrig, und erst dachte ich, wir seien die einzigen Anwesenden. Dann bemerkte ich einen der bleichen Wächter, der im Schatten an der Rückwand des

Raumes hockte. Er stand nicht auf und gab auch sonst nicht zu erkennen, ob er unser Eintreten bemerkt hatte. Ich setzte gerade zu einer Frage an, als der junge Obervampir nachdrücklich den Kopf schüttelte und zischte: »*Hier* schon gar nicht!«

Sonst konnte ich in der Halle nichts Furcht einflößendes entdecken. In der Mitte des Fußbodens befand sich ebenfalls eine Grube, und an der Wand lehnten ein paar grob zusammengenagelte Holzkäfige. Das war alles.

»Und was ist hier nun so schrecklich?«, fragte ich.

»Ich zeig's dir«, gab Kurda zurück und führte mich an den Rand der Grube. Ich spähte hinein und sah, dass aus dem Boden der Aushöhlung Dutzende von bedrohlich angespitzten Holzstangen aufragten.

Ich schnappte nach Luft. »Pfähle!«

»Allerdings«, bestätigte Kurda im Flüsterton. »Hier in diesem Gewölbe hat die Legende, dass man Vampire mit einem Pfahl durch das Herz umbringen kann, ihren Ursprung. Wenn ein Vampir in die Todeshalle gebracht wird, steckt man ihn in einen der Käfige, die du dort drüben an der Wand siehst. Der Käfig wird über der Grube an Seilen unter die Decke gezogen und dann aus großer Höhe fallen gelassen, sodass der Insasse aufgespießt wird. Es ist ein langsamer und qualvoller Tod, und manchmal muss die Prozedur drei- oder viermal wiederholt werden, bis der Vampir sein Leben aushaucht.«

»Aber *warum*?«, fragte ich entsetzt. »Was hat derjenige denn verbrochen?«

»Hierher kommen die Alten oder Verkrüppelten, die Geisteskranken und Verräter. Alte oder verwundete Vampire bitten freiwillig darum, getötet zu werden. Wenn sie noch kräftig genug sind, versuchen sie, im Zweikampf zu sterben oder ziehen sich in die Wildnis zurück, um bei der Jagd ihr Leben zu lassen. Wer dazu nicht mehr in der Lage ist, kommt hierher, wo er dem Tod ins Gesicht sehen und seine Tapferkeit ein letztes Mal unter Beweis stellen kann.«

»Aber das ist doch grausam!«, rief ich aus. »Nur weil jemand alt ist, braucht man ihn doch nicht umzubringen!«

»Ich bin ganz deiner Meinung«, pflichtete Kurda mir bei. »Ich finde, hier ist der typische Stolz unserer Sippe fehl am Platze. Oftmals könnten wir gerade von den Alten und Schwachen viel lernen, und ich persönlich hoffe, ein hohes Alter zu erreichen. Aber die meisten Vampire leben noch nach dem antiken Grundsatz, dass nur derjenige, der kämpfen und für sich selbst sorgen kann, zu leben verdient.

Bei Vampiren, deren Geist sich verwirrt hat, ist das natürlich etwas anderes. Anders als die Vampyre lassen wir unsere geistesgestörten Artgenossen nicht auf die Menschenwelt los, damit sie dort Blutbäder anrichten. Da man einen Verrückten nicht einfach einsperren kann – er würde sich mit den Fingernägeln sogar durch eine Steinmauer graben –, ist die Hinrichtung noch die barmherzigste Lösung.«

»Wie wäre es mit Zwangsjacken?«, schlug ich vor.

Kurda schüttelte bedauernd den Kopf. »Leider wurde noch keine Zwangsjacke erfunden, die einen verwirrten Vampir bändigen könnte. Glaub mir, Darren, in solchen Fällen ist der Tod eine Erlösung, und zwar nicht nur für den Erkrankten selbst, sondern auch für seine Umgebung.

Dasselbe gilt für Verräter«, fuhr er fort. »Die sind zum Glück sehr selten, denn auf Loyalität legen Vampire großen Wert – das ist einer der Vorteile, wenn man sich an die alten Traditionen hält. Abgesehen von Vampyren, die nach ihrer Abspaltung ebenfalls als Verräter galten, die den Tod verdienten, sind in den letzten vierzehnhundert Jahren in diesem Berg nur sechs Verräter hingerichtet worden.«

Ich starrte schaudernd in die Grube hinab und stellte mir vor, wie ich selbst in einem Käfig über den Pfählen baumelte und auf den tödlichen Sturz wartete.

»Werden den Verurteilten die Augen verbunden?«, erkundigte ich mich.

»Den Geisteskranken schon, aus Mitleid. Wer dagegen die Todeshalle aus freien Stücken aufsucht, zieht es vor, offenen Auges zu sterben, um noch einmal seinen Mut zu demonstrieren. Verräter allerdings werden mit dem Gesicht nach oben in die Käfige gesteckt, damit sie mit dem Rücken auf den Pfählen landen. Für einen Vampir ist es außerordentlich schmachvoll, durch Pfahlwunden im Rücken sein Leben zu lassen.«

»Ich würde auch lieber auf dem Rücken liegen«, sagte ich.

Kurda lächelte. »Hoffentlich kommst du niemals in diese Situation!« Dann klopfte er mir auf die Schulter und meinte: »Dies ist kein Ort, an dem man länger als unbedingt nötig verweilen sollte. Lass uns lieber zu den Wettkämpfen gehen.« Und damit schloss er die Tür hinter dem geheimnisvollen Wächter, den Käfigen und den mörderischen Pfählen.

16 Die Sporthallen waren riesige Gewölbe, in denen sich durcheinander rufende, jubelnde, bestens gelaunte Vampire tummelten. Genau das, was ich nach der seltsamen Einäscherungshalle und der unheimlichen Todeshalle brauchte, um meine bedrückte Stimmung abzuschütteln.

In jeder der drei Sporthallen fanden unterschiedliche Wettkämpfe statt. Bei den meisten ging es um reines Kräftemessen: Ringen, Boxen, Karate, Gewichtheben und so weiter, aber auch Blitzschach erfreute sich großer Beliebtheit, weil es Reaktionsvermögen und Intelligenz erforderte.

Kurda erspähte zwei freie Sitzplätze bei den Ringern, und wir sahen einigen anderen Vampiren dabei zu, wie sie versuchten, ihre Gegner zu Boden zu zwingen oder von der Matte zu stoßen. Es war nicht leicht, dem Geschehen mit bloßen Augen zu folgen, da sich Vampire viel schneller bewegen als Menschen. Es kam mir vor, als beobachtete ich einen Wettkampf auf Video und hielte dabei die ganze Zeit die Vorlauftaste gedrückt.

Die Boxer dagegen bewegten sich kaum flinker als ihre menschlichen Kollegen, aber sie kämpften weitaus brutaler. Gebrochene Knochen, blutige Nasen und zerschrammte Gesichter waren an der Nachtordnung. Kurda erzählte mir, dass es oft noch viel rauer zuging. Manchmal wurde sogar jemand getötet oder so übel zugerichtet, dass man ihn nur noch in die Todeshalle bringen konnte.

»Warum trägt niemand Schutzkleidung?«, fragte ich.

»Davon halten unsere Sportler nichts. Lieber lassen sie sich den Schädel einschlagen, als einen Schutzhelm aufzusetzen.« Kurda verzog verdrossen das Gesicht. »Manchmal kann ich meine Mitvampire einfach nicht verstehen. Vielleicht wäre ich doch besser ein Mensch geblieben.«

Wir wechselten zu einem anderen Spielfeld über. Dort gingen die Gegner mit Speeren aufeinander los. Die Regeln erinnerten mich ans Fechten: Sieger war derjenige, dem es gelang, seinen Kontrahenten dreimal zu verwunden – nur dass es auch hier deutlich riskanter und blutiger zuging.

»Das ist ja entsetzlich«, keuchte ich, als einem Vampir der halbe Oberarm aufgeschlitzt wurde, aber der Verwundete lachte nur und gratulierte seinem Gegner zu der gelungenen Finte.

»Du solltest mal sehen, wenn sie Ernst machen«, sagte jemand hinter uns. »Im Moment wärmen sie sich bloß auf.«

Als ich mich umdrehte, erblickte ich einen Vampir mit rotbraunem Haar und nur noch einem Auge. Er trug dunkelblaue Lederkleidung. »Man nennt diese Disziplin auch ›Augenroulette‹«, setzte er hinzu, »weil schon viele dabei ein Auge eingebüßt haben – oder sogar beide.«

»Haben Sie Ihres auch beim Fechten verloren?«, erkundigte ich mich und starrte wie gebannt auf seine leere, von Narben gesäumte linke Augenhöhle.

»Nein«, schmunzelte er. »Das ist ein kleines Andenken an eine Meinungsverschiedenheit mit einem Löwen.«

»Ehrlich?«, japste ich beeindruckt.

»Ehrlich.«

»Darren, das ist Vanez Blane«, stellte Kurda vor. »Vanez, das ist …«

»… Darren Shan«, beendete Vanez den Satz und schüttelte mir kräftig die Hand. »Er ist ja zurzeit eins der Hauptgesprächsthemen. Es ist lange her, seit jemand seines Alters unsere Hallen betreten hat.«

»Vanez ist Wettkampfaufseher«, erläuterte Kurda.

»Heißt das, Sie sind Schiedsrichter?«

»So würde ich es nicht nennen. Die Wettkämpfe unterliegen keinerlei Regeln, nicht einmal die Fürsten mischen sich da ein. Vampire raufen nun einmal miteinander – das liegt uns irgendwie. Hier drinnen kümmert sich wenigstens hinterher jemand um die Verletzten, draußen sind hingegen schon welche verblutet. Ich passe nur ein bisschen auf, das ist alles.« Er grinste.

»Außerdem trainiert er die Kämpfer«, ergänzte Kurda. »Vanez ist einer unserer besten Trainer. In den letzten hundert Jahren hat er fast alle Obervampire unterrichtet. Mich selbst natürlich auch.« Er rieb sich den Hinterkopf und schnitt eine schiefe Grimasse.

»Na, schmerzt dein Schädel immer noch von dem Knüppel, mit dem ich dich seinerzeit k.o. geschlagen habe?«, erkundigte sich Vanez höflich.

»Das ist dir nur gelungen, weil du mich überrumpelt hast«, schmollte Kurda. »Ich dachte, du hättest einen Aschenmörser unter dem Arm!«

Vanez lachte bellend und schlug sich auf die Knie. »Du warst schon immer ein heller Kopf, Kurda – bloß von Waffen hast du keinen blassen Schimmer. Dein Begleiter hier war nämlich einer meiner schlechtesten Schüler«, wandte er sich vertraulich an mich. »Flink wie ein Aal und drahtig wie ein Fuchs, aber er machte sich nicht gern die Finger blutig. Wirklich eine Schande. Er hätte ein hervorragender Speerfechter werden können, wenn er nur gewollt hätte.«

»Mein Augenlicht war mir dafür ein zu hoher Preis«, brauste Kurda auf.

»Wer gewinnen will, muss eben bereit sein, ein Risiko einzugehen«, gab Vanez zurück. »Ein Sieg rechtfertigt jede Art von Verwundung.«

Wir sahen den Vampiren noch eine halbe Stunde lang dabei zu, wie sie sich gegenseitig in Stücke hackten (allerdings wurde während unserer Anwesenheit keinem ein Auge ausgestochen), dann führte Vanez uns durch die beiden anderen Sporthallen, erklärte mir die Wettkämpfe und erläuterte, wie sie die Vampire auf das harte Leben außerhalb des Berges vorbereiteten.

Die Hallenwände waren mit einer Vielzahl an Waffen dekoriert, manche davon altertümlich, andere noch in Gebrauch. Vanez nannte mir ihre Namen und ihren Verwendungszweck; er nahm sogar einige von der Wand, um mir ihre Handhabung zu demonstrieren. Es waren wahrhaftig Furcht erregende Werkzeuge der Vernichtung: gezackte Speere, rasiermesser-

scharfe Äxte, lange, blitzende Messer, geschliffene Bumerangs, die einen Gegner auf achtzig Meter Entfernung töten konnten, mit langen Stacheln gespickte Knüppel und zu guter Letzt Kriegskeulen mit steinernen Köpfen, die einem Vampir mit einem einzigen gezielten Schlag den Schädel zertrümmern konnten.
Irgendwann fiel mir auf, dass es weder Gewehre noch Pfeil und Bogen gab, und ich erkundigte mich nach dem Grund.
»Vampire bevorzugen den Nahkampf«, antwortete Vanez. »Wir benutzen keinerlei Schusswaffen wie Gewehre, Pfeile oder Schleudern.«
»Unter keinen Umständen?«, vergewisserte ich mich.
»Niemals!«, bestätigte Vanez mit Nachdruck. »Dieser Grundsatz ist uns absolut heilig – den Vampyren übrigens auch. Ein Vampir, der zu einer Schusswaffe greift, macht sich für den Rest seines Lebens zum Gespött seiner Kameraden.«
»Früher waren die Vorschriften sogar noch strenger«, ergänzte Kurda. »Bis vor zweihundert Jahren waren nur selbst gefertigte Waffen erlaubt. Jeder Vampir stellte seine eigenen Messer, Speere und Keulen her. Erfreulicherweise wurde diese Regel aufgehoben, sodass wir unsere Waffen jetzt auch käuflich erwerben dürfen, obwohl sich viele von uns noch an die alten Bräuche halten und handgearbeitete Waffen zum Konzil mitbringen.«
Wir gingen weiter und hielten erst wieder vor einem aus einer Reihe schmaler, übereinander gelegter Holzplanken gefertigten Steg an. Vampire balancierten über die schwankenden Bretter, wechselten von einem zum anderen und versuchten dabei, ihre Gegner mit langen, an den Enden abgerundeten Holzstangen in die Tiefe zu stoßen. Bei unserer Ankunft nahmen noch sechs Vampire an dem Wettkampf teil. Minuten später stand der Sieger fest: eine Frau.

»Gut gemacht, Arra.« Vanez applaudierte. »Dein Gleichgewichtssinn ist so hervorragend wie eh und je.«
Die Vampirin sprang von dem wackligen Steg und landete vor unseren Füßen. Sie trug ein weißes Hemd und eine beigefarbene Hose. Das lange, dunkle Haar war zu einem Pferdeschwanz zusammengebunden. Sie war nicht direkt hübsch, dafür waren ihre Züge zu hart und ihre Haut zu wettergegerbt, aber nach den vielen hässlichen, narbenbedeckten männlichen Vampiren kam sie mir vor wie eine Schönheitskönigin.
»Kurda, Vanez«, begrüßte sie meine Begleiter. Dann heftete sie ihre kühlen grauen Augen auf mich. »Du bist also Darren Shan.« Es klang betont gleichgültig.
»Darren, das ist Arra Sails«, stellte Kurda vor. Ich streckte der Frau die Hand hin, aber sie übersah die Geste.
»Arra gibt niemandem die Hand, vor dem sie keine Hochachtung hat«, flüsterte Vanez.
»Und das sind nicht besonders viele von uns«, ergänzte Kurda. »Na, gibst du auch *mir* immer noch nicht die Hand, Arra?«
»Ich gebe niemandem die Hand, der sich vor dem Kämpfen drückt«, zischte sie. »Wenn du Fürst bist, verbeuge ich mich meinetwegen vor dir und befolge deine Befehle, aber die Hand schüttle ich dir trotzdem nicht. Nicht einmal, wenn darauf die Todesstrafe stünde.«
»Anscheinend hat Arra bei der Wahl gegen mich gestimmt«, sagte Kurda in scherzhaftem Ton.
»*Ich* übrigens auch«, warf Vanez hämisch grinsend ein.
»Da siehst du, was ich für ein Hundeleben führe, Darren«, grummelte Kurda. »Meine Gegner reiben mir ständig unter die Nase, dass sie nicht für mich gestimmt haben, und die Befürworter meiner Ordination reden nicht darüber, aus Angst, die anderen könnten die Nase darüber rümpfen.«

»Mach dir nichts draus«, gluckste Vanez. »Wenn du erst mal Fürst bist, küssen wir dir trotzdem alle die Füße. Wir wollen dich bloß ein bisschen ärgern, solange wir das noch dürfen.«
»Ist es denn strafbar, sich über einen Fürsten lustig zu machen?«, fragte ich.
»Ausdrücklich verboten ist es zwar nicht«, erwiderte Vanez. »Aber es kommt so gut wie nie vor.«
Während Arra einen Splitter aus dem stumpfen Ende ihres Stabes entfernte, musterte ich sie verstohlen. Sie wirkte genauso durchtrainiert wie ihre männlichen Mitstreiter, nicht ganz so stämmig, doch ebenso muskulös. Wieder fiel mir ein, dass ich bisher kaum weibliche Vampire zu Gesicht bekommen hatte, und der Zeitpunkt schien mir geeignet, mich nach dem Grund zu erkundigen.
Langes Schweigen war die Antwort. Den beiden Männern schien die Situation peinlich zu sein.
Ich wollte es schon dabei bewenden lassen, als Arra mir schließlich einen schelmischen Blick zuwarf und sagte: »Frauen eignen sich nicht zu Vampiren. Unsere Sippe ist unfruchtbar, und das stört die meisten Frauen.«
»Unfruchtbar?«, wiederholte ich verständnislos.
»Vampire können keine Kinder bekommen«, erläuterte sie.
»Was – überhaupt nicht?«
»Es liegt irgendwie an unserem Blut«, bestätigte Kurda. »Vampire können keine Kinder zeugen oder austragen. Wir können unsere Reihen nur auffüllen, indem wir Menschen anzapfen.«
Ich war wie vor den Kopf gestoßen. Schon längst hätte mir einfallen müssen, warum ich nirgendwo Vampirkindern begegnet war und dass alle, die mich sahen, sich über einen so jungen Halbvampir wie mich wunderten. Ich hatte jedoch so viel anderes im Kopf gehabt, dass ich nie richtig darüber nachgedacht hatte.

»Gilt das auch für Halbvampire?«, fragte ich.
»Ich fürchte, schon.« Kurda runzelte die Stirn. »Hat Larten denn nie mit dir darüber gesprochen?«
Ich schüttelte den Kopf. Ich konnte keine Kinder haben! Ich hatte mich bisher zwar kaum mit diesem Thema beschäftigt, denn da ich fünfmal so langsam alterte wie ein gewöhnlicher Mensch, würde es noch lange dauern, bis ich die Elternrolle ausfüllen konnte, allerdings hatte ich selbstverständlich angenommen, dass die Möglichkeit dazu bestand. Jetzt war ich bestürzt darüber, dass ich niemals einen Sohn oder eine Tochter haben würde.
»Das ist schlimm«, murmelte Kurda. »Sehr, sehr schlimm.«
»Wie meinen Sie das?«
»Vampire sollten neue Anwärter eigentlich über diese Begleiterscheinungen informieren, bevor sie jemanden anzapfen. Das ist ja auch einer der Gründe, weshalb wir nur selten Kinder in unsere Mitte aufnehmen: Wir finden es besser, wenn frisch gebackene Vampire abschätzen können, was ihnen bevorsteht und was sie dafür aufgeben müssen. Einen Jungen deines Alters anzuzapfen, war leichtsinnig genug, dir dann auch noch die Konsequenzen zu verschweigen ...«
Kurda schüttelte vorwurfsvoll den Kopf und wechselte einen fragenden Blick mit Arra und Vanez.
»Du musst den Fürsten darüber Bericht erstatten«, meinte Arra spitz.
»Natürlich müssen sie davon erfahren«, stimmte Kurda zu, »doch ich bin sicher, dass Larten das lieber selbst erledigt. Ich möchte erst einmal abwarten. Es wäre nicht fair, damit herauszuplatzen, bevor er selbst mit den Fürsten gesprochen hat. Könnt ihr beiden die Sache solange für euch behalten?«
Vanez nickte, und Arra schloss sich ihm nach kurzem Zögern

an. »Aber wenn Larten nicht bald mit der Sprache herausrückt ...«, knurrte die Vampirin warnend.

»Ich verstehe das nicht ganz«, meldete ich mich zu Wort. »Kriegt Mr. Crepsley jetzt Ärger, weil er mich angezapft hat?«

Wieder schauten die drei Vampire einander an. »Wahrscheinlich nicht«, erwiderte Kurda dann leichthin. »Larten ist ein gerissener, alter Fuchs. Er kann die Fürsten bestimmt von seinen Beweggründen überzeugen.«

»Na, Darren«, wechselte Vanez das Thema, »wie wär's mit einem kleinen Wettkampf?«

Ich schluckte. »Wollen Sie damit etwa sagen, ich soll gegen Arra antreten?«

»Wir finden bestimmt eine passende Ausrüstung für dich. Was meinst du dazu, Arra? Was dagegen, zur Abwechslung mal mit einem kleineren Gegner zu kämpfen?«

»Warum nicht?«, sagte die Vampirin gedehnt. »Ich bin es gewöhnt, Männern gegenüberzustehen, die größer sind als ich. Ein kleinerer Gegner ist bestimmt eine interessante Erfahrung.«

Sie sprang auf die schwankenden Bretter und wirbelte ihren Stab über den Kopf und unter den Armen hindurch. Die Holzstange drehte sich so schnell, dass mein Blick ihr kaum folgen konnte. Mir wurde etwas mulmig zu Mute, aber ich wollte kein Feigling sein.

Vanez trieb eine Stange auf, die kurz genug für mich war, und zeigte mir ein paar Minuten lang, wie man sie benutzte. »Fass sie in der Mitte an«, befahl er. »Auf diese Weise kannst du mit beiden Enden zustoßen. Hol jedoch nicht zu weit aus, sonst gibst du dir eine Blöße. Ziel auf ihre Beine und ihren Magen. Du brauchst gar nicht erst zu versuchen, sie am Kopf zu erwischen, dafür bist du noch nicht groß genug. Versuch lieber,

sie zu Fall zu bringen. Stoß nach Knien und Zehen, das sind die schwachen Punkte.«
»Solltest du ihm nicht eher beibringen, wie er sich verteidigt?«, unterbrach ihn Kurda. »Das ist wichtiger. Seit elf Jahren ist Arra auf den Planken unbesiegt. Zeig ihm, wie er sich schützen kann, damit sie ihm nicht den Schädel einschlägt, Vanez, und vergiss den ganzen anderen Kram.«
Also zeigte mir Vanez, wie man Tiefschläge, Ausfälle und plötzliche Hiebe auf den Kopf abwehrte. »Du darfst niemals das Gleichgewicht verlieren«, schärfte er mir ein. »Auf den Planken zu fechten ist ganz anders als auf festem Boden. Du musst den Schlag des Gegners nicht nur abfangen – du musst vor allem auf den Füßen bleiben, um auf die nächste Attacke gefasst zu sein. Manchmal ist es besser, einem Hieb nicht auszuweichen, als sich zu ducken.«
»Unsinn«, schnaubte Kurda. »Duck dich, wann immer du willst, Darren. Ich möchte dich Larten nicht auf einer Krankentrage abliefern.«
»Arra will mir doch nicht richtig wehtun, oder?«, fragte ich ängstlich.
Vanez lachte. »Keine Sorge. Kurda will dich bloß einschüchtern. Du hast bestimmt kein leichtes Spiel mit ihr – niemand hat mit Arra leichtes Spiel –, aber sie hat gewiss nicht vor, dich ernstlich zu verletzen.« Er hob den Blick und schaute Arra eindringlich an. Mir raunte er ins Ohr: »Jedenfalls *hoffe* ich das.«

17 Ich zog die Schuhe aus und kletterte auf die Bretter. Um mich an das Schwanken zu gewöhnen, machte ich ein paar vorsichtige Schritte. Ohne die Stange war es einfach, die Balance zu halten (Vampire haben einen besonders ausgeprägten Gleichgewichtssinn), mit der Waffe dagegen fast unmöglich. Ich hieb versuchsweise ein paarmal in die Luft und wäre dabei fast heruntergefallen.

»Nicht so weit ausholen!«, schnauzte Vanez mich an und sprang vor, um mich aufzufangen. »Sonst hast du gleich verloren.«

Ich befolgte seinen Rat und bekam allmählich ein Gefühl für die Technik. Nach ein paar Sprüngen von einer Planke zur anderen war ich so weit.

Wir standen uns in der Mitte des wackligen Steges gegenüber und schlugen zur Begrüßung unsere Stangen aneinander. Die Vampirin lächelte – offenbar glaubte sie sich mir haushoch überlegen.

Dann machten wir jeder einen Schritt zurück, und Vanez gab das Startsignal, indem er in die Hände klatschte. Arra griff sofort an und zielte mit dem Ende ihrer Stange auf meinen Magen. Als ich auswich, wirbelte sie die Waffe heimtückisch herum und ließ sie auf meinen Kopf niedersausen – ein richtiger Schädelspalter! Ich schaffte es, den gefährlichen Hieb mit meiner Stange abzuwehren, doch die Wucht des Aufpralls übertrug sich durch das Holz und meine Finger in meinen ganzen Körper und zwang mich in die Knie. Fast wäre mir die Holzstange entglitten, aber ich fing sie rechtzeitig wieder auf.

»Willst du den Jungen umbringen?«, brüllte Kurda aufgebracht.

»Wir sind hier nicht auf dem Kinderspielplatz«, schnaubte Arra.

»Ich erkläre den Wettkampf für beendet«, sagte Kurda ärgerlich und machte einen Schritt auf mich zu.

»Wie du willst«, gab die Vampirin kühl zurück, senkte ihre Waffe und kehrte mir den Rücken zu.

»Nein!«, knurrte ich, stand wieder auf und hob meine Stange.

Kurda blieb stehen. »Darren, du musst nicht ...«, hob er an.

»Ich will aber«, fiel ich ihm ins Wort. Dann rief ich Arra herausfordernd zu: »Na los – ich bin bereit.«

Wieder spielte ein Lächeln um die Lippen der Vampirin, als sie mich ansah, diesmal war es nicht geringschätzig, sondern anerkennend. »Der kleine Halbvampir hat Mumm. Wirklich beruhigend, dass der Nachwuchs heutzutage nicht aus lauter Schlappschwänzen besteht. Dann wollen wir mal versuchen, dir den Mumm wieder auszutreiben.«

Diesmal attackierte sie mich mit kurzen, abrupten Stößen und wechselte dabei überraschend von rechts nach links. Ich fing die Schläge ab, so gut ich konnte, aber sie erwischte mich trotzdem ein paarmal an Armen und Schultern. Ich wich langsam und vorsichtig ans äußerste Ende des Steges zurück und sprang dann beiseite, als sie einen schwungvollen Ausfall auf meine Beine machte.

Arra hatte meine Reaktion nicht vorhergesehen und verlor das Gleichgewicht. Diese Sekunde nutzte ich, um meinen ersten Hieb zu platzieren, und traf sie hart am linken Oberschenkel. Anscheinend hatte ich ihr nicht besonders wehgetan, dennoch stieß sie einen verblüfften Schrei aus.

»Eins zu null für Darren!«, jubelte Kurda.

»Wir kämpfen nicht nach Punkten«, fauchte Arra.

»Konzentrier dich lieber, Arra«, kicherte Vanez, und sein einziges Auge funkelte schadenfroh. »Sonst beziehst du noch mehr Prügel. Du kannst dich nie wieder in den Hallen sehen lassen, wenn ein minderjähriger Halbvampir dich auf den Planken besiegt.«

»Wenn ich mich von so einem unterkriegen lasse, könnt ihr mich gleich in der Todeshalle in einen Käfig stecken und aufspießen«, knurrte die Vampirin. Der Spott machte sie erst richtig wütend, und als sie mir das Gesicht wieder zuwandte, war ihr Lächeln erloschen.

Ich war auf der Hut. Ein gelungener Schlag hatte noch nichts zu bedeuten. Wenn ich jetzt unvorsichtig wurde und meine Wachsamkeit aufgab, hatte sie mich in null Komma nichts erledigt. Als sie auf mich zuging, wich ich wieder zurück. Ich ließ sie ein paar Meter herankommen und sprang dann auf ein benachbartes Brett. Dieses Manöver wiederholte ich mehrmals: Zurückweichen – Springen, Zurückweichen – Springen.

Ich wollte erreichen, dass sie ungeduldig wurde. Wenn ich ihre Angriffe immer wieder vereitelte, verlor sie vielleicht die Nerven und gab sich eine Blöße. Aber Vampire verfügen über eine sprichwörtliche Geduld, und Arra war da keine Ausnahme. Sie verfolgte mich so unbeirrt wie eine Katze einen Vogel und kümmerte sich nicht um die höhnischen Zwischenrufe der Zuschauer, die inzwischen dicht gedrängt den Schauplatz umringten. Sie ließ sich Zeit, machte mein Ausweichspielchen mit und wartete auf den günstigsten Moment, um erneut zuzustoßen.

Schließlich hatte sie mich in eine Ecke gedrängt, und ich musste mich verteidigen. Wie Vanez mir geraten hatte, führte ich eine Serie tiefer Schläge gegen ihre Knie und Zehen aus, aber ich hatte kaum noch Kraft, und sie nahm die Hiebe hin, ohne mit der Wimper zu zucken. Als ich mich gerade bückte, um erneut nach ihren Füßen auszuholen, sprang sie auf eine benachbarte Planke und zog mir ihre Stange kräftig über den

Rücken. Ich heulte vor Schmerz auf und fiel platt auf den Bauch. Meine Waffe polterte auf den Boden.
»Darren!«, rief Kurda aus und stürzte vor.
»Lass ihn in Ruhe«, blaffte Vanez und packte den Obervampir am Arm.
»Aber er ist verletzt!«
»Er wird schon nicht dran sterben. Demütige ihn nicht vor den ganzen Zuschauern. Lass ihn weiterkämpfen.«
Kurda schien skeptisch, aber er gehorchte.
Inzwischen war Arra offenbar zu der Überzeugung gelangt, dass ich genug hatte. Sie schlug nicht mehr zu, sondern schob mir das Ende ihrer Stange unter den Bauch und versuchte, mich von meinem Brett herunterzurollen. Jetzt leuchteten ihre Augen wieder siegesgewiss. Ich ließ meinen Rumpf von ihr bewegen, klammerte mich jedoch mit Händen und Füßen an die Planke, um nicht herunterzufallen. Dann schwang ich mich herum, bis ich mit dem Kopf nach unten hing, schnappte mir mit einer Hand meine Waffe und rammte sie Arra zwischen die Waden. Mit einer scharfen Drehung brachte ich sie zu Fall.
Sie kreischte auf, und für den Bruchteil einer Sekunde glaubte ich mich schon als Sieger, doch im Fallen griff auch sie nach ihrem Brett und hielt sich fest. Ihre Stange allerdings polterte zu Boden und rollte außer Reichweite.
Die etwa zwanzig oder dreißig versammelten Vampire applaudierten laut, als wir beide wieder auf die Füße kamen und einander misstrauisch beäugten. Ich hob grinsend meine Waffe. »Scheint so, als wäre *ich* jetzt im Vorteil«, triumphierte ich.
»Aber nicht mehr lange«, zischte Arra. »Ich kriege deine Stange schon noch zu fassen, und dann schlage ich dir den Schädel ein!«

»Ach ja?«, konterte ich. »Versuchen Sie's doch!«

Arra kam mit ausgebreiteten Armen auf mich zu. Ich hatte nicht erwartet, dass sie auch ohne Waffe weiterkämpfen würde, und wusste nicht, was ich tun sollte. Ich mochte keinen wehrlosen Gegner schlagen, schon gar nicht eine Frau.

»Sie können Ihre Stange aufheben, wenn Sie wollen«, bot ich ihr an.

»Es ist nicht erlaubt, die Planken zu verlassen«, gab sie zurück.

»Dann soll Ihnen eben jemand die Waffe hochreichen.«

»Das ist ebenfalls nicht gestattet.«

Ich trat einen Schritt zurück. »Ich kann nicht zuschlagen, wenn Sie unbewaffnet sind«, sagte ich. »Wie wär's, wenn ich meine Stange ebenfalls wegwerfe und wir mit bloßen Händen weitermachen?«

»Ein Vampir, der freiwillig seine Waffe wegwirft, ist ein Dummkopf«, schnaubte Arra verächtlich. »Wenn du das tust, schnappe ich mir nach dem Kampf deine Stange und ramme sie dir in den Schlund, damit du das ein für alle Mal kapierst.«

»Schon gut«, fauchte ich gereizt. »Sie wollen es offenbar nicht anders.« Ich blieb stehen, hob die Waffe und holte aus. Arra duckte sich, sodass ihr Schwerpunkt tiefer lag und sie nicht so leicht aus dem Gleichgewicht zu bringen war; das verschaffte mir endlich Gelegenheit, auf ihren Kopf zu zielen. Ich stieß mit dem Ende meiner Stange nach ihrem Gesicht.

Den ersten beiden Hieben konnte sie ausweichen, der dritte traf ihre Wange. Sie blutete zwar nicht, aber eine rote Strieme zeichnete sich ab.

Jetzt war es Arra, die zurückwich, wenn auch nur widerstrebend. Meine schwächeren Schläge fing sie mit Armen und Händen ab und ließ sich nur von den kräftigeren zurückdrängen. Wider besseres Wissen machte mich dieser scheinbare Erfolg übermütig, und ich glaubte, den Sieg schon in der Tasche zu haben. Anstatt mir Zeit zu lassen und sie durch Beharrlichkeit zum Aufgeben zu zwingen, holte ich zum endgültigen Schlag aus und machte damit alles wieder zunichte.

Ich zielte mit der Stange seitlich auf ihren Kopf, um sie am Ohr zu treffen, aber ich führte den Stoß weder kräftig noch schnell genug aus und streifte sie bloß. Bevor ich die Waffe für den nächsten Hieb zurückziehen konnte, schossen Arras Hände vor.

Mit der Rechten packte sie das Ende meiner Stange und hielt sie fest. Die Linke ballte sie zur Faust und versetzte mir einen Kinnhaken. Beim zweiten Kinnhaken tanzten bereits bunte Sternchen vor meinen Augen. Als sie zum dritten ausholte, trat ich instinktiv zurück. Das nutzte sie aus, um mir mit einer geschickten Handbewegung die Waffe zu entwinden.

»So!«, grölte sie und wirbelte die Holzstange über dem Kopf. »Wer ist jetzt im Vorteil?«

»Ganz ruhig, Arra«, sagte ich nervös und zog mich dabei so schnell wie möglich zurück. »Ich habe Ihnen vorhin angeboten, dass Sie sich Ihre Stange zurückholen, erinnern Sie sich noch?«

»Und ich habe abgelehnt«, konterte sie.

»Lass dem Jungen seine Waffe, Arra«, mischte Kurda sich ein. »Du kannst nicht erwarten, dass er sich mit bloßen Händen verteidigt. Das ist nicht fair.«

»Na schön, *mein Kleiner*«, zischte sie mit ätzendem Spott. »Von mir aus darfst du um eine Ersatzstange bitten.« Ihre Stimme triefte vor Verachtung.

Ich schüttelte den Kopf. Zwar wünschte ich mir nichts sehn-

licher als eine neue Waffe, doch ich wollte nicht hinter meiner Gegnerin zurückstehen, die schließlich auch nicht um eine Sonderregelung ersucht hatte. »Schon okay«, erwiderte ich. »Ich kämpfe auch ohne Stange weiter.«
»Darren!«, rief Kurda entsetzt. »Du bist wohl lebensmüde. Brich den Kampf ab, wenn du keine neue Waffe willst. Du hast dich bis jetzt tapfer geschlagen, und niemand hier zweifelt an deinem Mut.«
»Du vergibst dir nichts, wenn du jetzt aufhörst«, pflichtete Vanez ihm bei.
Die Augen der Vampirin funkelten siegessicher, und ich blieb stehen. »Nein«, sagte ich fest. »Ich gebe nicht auf. Ich verlasse diese Bretter erst, wenn ich herunterfalle.«
Damit ging ich langsam vorwärts, wobei ich mich genauso duckte wie Arra zuvor.
Die Vampirin blinzelte verdutzt und hob dann ihre Stange, um dem Kampf ein rasches Ende zu bereiten. Den ersten Stoß parierte ich mit der Linken, nahm den zweiten in den Magen in Kauf, duckte mich unter dem dritten durch und wehrte den vierten mit der rechten Hand ab. Der fünfte jedoch erwischte mich mit voller Wucht am Hinterkopf. Benommen sank ich auf die Knie. Ich hörte noch ein sausendes Geräusch, dann traf mich das stumpfe Ende von Arras Waffe an der linken Wange, und ich fiel krachend zu Boden.
Als ich wieder zu mir kam, blickte ich an die Decke, umringt von besorgten Vampirgesichtern. »Darren?«, fragte Kurda ängstlich. »Hörst du mich?«
»Was ... ist passiert?«, ächzte ich.
»Sie hat dich k.o. geschlagen. Du warst bestimmt fünf Minuten bewusstlos. Wir wollten schon Hilfe herbeirufen.«
Ich richtete mich auf und zuckte vor Schmerz zusammen. »Warum dreht sich alles?«

Vanez lachte und half mir aufzustehen. »Kein Grund zur Beunruhigung«, verkündete er laut. »Eine kleine Gehirnerschütterung hat noch keinen Vampir umgebracht. Wenn der Junge sich einen Tag lang richtig ausschläft, ist er wieder so munter wie eine Fledermaus um Mitternacht.«
»Wie weit ist es noch zum Berg der Vampire?«, fragte ich.
»Das arme Kind weiß schon nicht mehr, wo es ist!«, raunzte Kurda den Wettkampfaufseher an und zog mich mit sich.
»Halt!«, rief ich, als mein Kopf etwas klarer wurde, und sah mich nach Arra Sails um. Sie hockte auf dem Steg und schmierte sich Salbe auf die zerschrammte Wange. Ich befreite mich aus Kurdas Griff, bahnte mir einen Weg durch die Menge und stellte mich so aufrecht wie möglich vor die Vampirin hin.
»Ja?«, sagte sie wachsam.
Ich streckte ihr die Hand hin und forderte sie auf: »Schlagen Sie ein.«
Arra blickte erst auf meine Hand und dann in meine verquollenen Augen. »Ein guter Kampf macht aus dir noch keinen Krieger.«
»Schlagen Sie ein!«, wiederholte ich wütend.
»Und wenn nicht?«
»Dann komme ich noch mal rauf und mache Sie fertig«, knurrte ich.
Arra musterte mich von oben bis unten, nickte schließlich und reichte mir die Hand. »Kraft und Sieg, Darren Shan«, sagte sie barsch.
»Kraft und Sieg«, antwortete ich schwach. Dann brach ich in ihren Armen zusammen. Mir wurde schwarz vor Augen, und ich kam erst in der folgenden Nacht in meiner Hängematte wieder zu Bewusstsein.

18 Zwei Nächte nach meinem Zweikampf mit Arra Sails ließen die Fürsten Mr. Crepsley und mich endlich rufen. Ich war immer noch so steif und zerschlagen, dass mein Meister mir beim Ankleiden helfen musste. Als ich meine mit blauen Flecken übersäten Arme über den Kopf reckte, stöhnte ich vor Schmerz.

»Ich kann's immer noch nicht fassen, dass du Arra Sails zum Kampf herausgefordert hast«, sagte Mr. Crepsley kopfschüttelnd. Er zog mich schon die ganze Zeit damit auf, dass ich so größenwahnsinnig gewesen war, mich mit der Vampirin anzulegen, aber aus seinem Spott hörte ich heraus, dass er insgeheim doch stolz auf mich war. »Sogar *ich* würde mir zweimal überlegen, mit ihr auf die Planken zu gehen.«

»Ich bin eben mutiger als Sie«, konterte ich.

»Dummheit und Mut sind zwei Paar Schuhe«, tadelte er. »Du hättest dich schwer verletzen können.«

»Sie reden ja schon wie Kurda.«

»Was das Kämpfen betrifft, teile ich keineswegs Kurdas Einstellung. Er ist aus Überzeugung friedfertig, was meiner Ansicht nach unserer Vampirnatur widerspricht. Aber er hat schon Recht, wenn er sagt, dass es manchmal besser ist, einer Auseinandersetzung aus dem Weg zu gehen. Nur ein Dummkopf kämpft weiter, wenn die Lage aussichtslos ist und nichts Wichtiges auf dem Spiel steht.«

»Meine Lage war nicht aussichtslos!«, rief ich gekränkt. »Ich hätte sie beinahe besiegt!«

Mein Lehrmeister lächelte nachsichtig. »Mit dir kann man einfach nicht reden. Nun ja, die meisten Vampire sind schrecklich stur. Ein Zeichen dafür, dass du allmählich dazulernst. Jetzt zieh dich aber endlich an. Wir dürfen die Fürsten nicht warten lassen.«

Die Fürstenhalle befand sich am höchsten Punkt im Inneren des Vampirberges. Es gab nur einen einzigen Zugang: einen langen, breiten Gang, der von einer Truppe Wachposten kontrolliert wurde. Ich selbst war noch nie so hoch oben gewesen, denn der Zutritt war nur jenen gestattet, die ausdrücklich in die Halle beordert wurden.
Die Grüngekleideten beobachteten uns auf Schritt und Tritt. Waffen und sämtliche Gegenstände, die als solche dienen konnten, waren in der Fürstenhalle verboten. Sogar Schuhe waren untersagt, denn man hätte ja einen Dolch in der Sohle verstecken können, und wir wurden an drei verschiedenen Kontrollstationen von Kopf bis Fuß abgetastet. Die Posten fuhren uns sogar mit Kämmen durch die Haare, um sich zu vergewissern, dass wir keine Drahtschlingen mitführten!
»Was sollen diese ganzen Sicherheitsvorkehrungen?«, zischte ich meinem Meister zu. »Ich dachte, die Fürsten werden von allen Vampiren respektiert?«
»Das stimmt auch«, gab er im Flüsterton zurück. »Es geschieht eher um der Tradition willen.«
Der Tunnel mündete in eine riesige Höhle, in deren Mitte eine seltsame, weiß glänzende Kuppel aufragte. So ein Gebäude hatte ich noch nie gesehen: Die Wände pulsierten, als wären sie lebendig, und wiesen keinerlei Fugen oder Risse auf.
»Was ist das?«, fragte ich verwundert.
»Die Fürstenhalle«, erwiderte mein Meister.
»Woraus besteht sie? Stein, Marmor, Metall?«
Mr. Crepsley zuckte die Achseln. »Das weiß niemand.«
Er ging ungehindert darauf zu (die einzigen Wachen an diesem Ende des Tunnels waren an der Eingangspforte der Kuppel postiert) und forderte mich auf, die Hände auf die Außenwand zu legen.

»Es fühlt sich warm an!«, japste ich verblüfft. »Und es zuckt! Was um alles in der Welt *ist* das?«
»Früher einmal sah die Fürstenhalle wie jede andere Höhle aus«, erklärte Mr. Crepsley in seiner üblichen weitschweifigen Art. »Dann tauchte eines Nachts Meister Schick auf und verkündete, er habe ein paar Geschenke für uns. Das war kurz nachdem sich die Vampyre von uns losgesagt hatten. Die ›Geschenke‹ waren diese Kuppel – die seine Kleinen Leute erbauten, ohne dass ein Vampir dabei zusehen durfte – und der Stein des Blutes. Kuppel und Stein sind magische Objekte. Sie ...«
Einer der Türwächter rief laut unsere Namen auf: »Larten Crepsley! Darren Shan!«
Eilig gingen wir zu ihm hinüber.
»Ihr dürft jetzt eintreten«, verkündete der Grüngekleidete und pochte viermal mit seinem langen Speer an die Pforte, die so lautlos aufglitt wie eine Automatiktür. Wir traten ein. Obwohl keine Fackeln brannten, war es im Inneren der Fürstenhalle taghell, viel heller als überall sonst im Berg. Das Licht schien den Kuppelwänden selbst zu entströmen, aber das war zweifellos Meister Schicks Geheimnis. Lange Bänke, die an Kirchengestühl erinnerten, standen kreisförmig um eine große, freie Fläche in der Mitte der Kuppel, auf der lediglich ein Podest mit vier hölzernen Thronsesseln errichtet war. Auf dreien davon hatten Vampirfürsten Platz genommen. Mr. Crepsley hatte mir schon erklärt, dass immer ein Fürst dem Konzil fernblieb, falls den drei anderen während der Sitzung etwas zustoßen sollte. Die Wände waren kahl; es gab weder Gemälde noch Fahnen oder Standbilder – es war ein sehr nüchterner Ort, nicht gedacht für prunkvolle Zeremonien.
Die meisten Bänke waren bereits besetzt. Gewöhnliche Vampire saßen hinten, die mittleren Plätze waren für das Personal

des Berges, Wachen und dergleichen reserviert. In den vorderen Reihen drängten sich die Obervampire. Mr. Crepsley und ich gingen zur dritten Reihe von vorn durch und schoben uns auf die Plätze neben Kurda Smahlt, Gavner Purl und Harkat Mulds, die uns bereits erwarteten.
Ich freute mich, die Blaukutte wieder zu sehen, und erkundigte mich, wie es ihm in der Zwischenzeit ergangen war.
»Musste … Fragen beantworten«, erwiderte er stockend. »Hab immer … dasselbe gesagt.«
»Konntest du dich dabei wieder an deine Vergangenheit erinnern?«
»Nein.«
»Jetzt quäl du den Ärmsten nicht auch noch«, lachte Gavner, beugte sich vor und drückte mir zur Begrüßung freundschaftlich die Schulter. »Wir haben Harkat praktisch mit Fragen gefoltert, damit er sich erinnert. Aber er hat sich nicht ein einziges Mal beklagt. Ich an seiner Stelle wäre längst ausgerastet. Nicht einmal schlafen durfte er!«
»Brauch nicht … viel Schlaf«, murmelte Harkat bescheiden.
»Hast du dich von deinem Kämpfchen mit Arra erholt, Darren?«, erkundigte sich Kurda.
Bevor ich antworten konnte, dröhnte Gavner: »Hat sich schon überall rumgesprochen! Was um alles in der Welt hast du dir bloß dabei gedacht? Ich würde mich lieber mit nacktem Hintern in eine Grube voller Skorpione setzen, als Arra Sails auf den Planken herauszufordern. Ich habe mit eigenen Augen gesehen, wie sie in einer einzigen Nacht zwanzig erfahrene Vampire zu Hackfleisch gemacht hat.«
»Mir war grade danach«, grinste ich.
Gavner wurde abgelenkt, als einige angeregt diskutierende Obervampire um seine Meinung ersuchten (überall in der Fürstenhalle redeten sich kleine Gruppen von Vampiren die

Köpfe heiß), was wiederum Mr. Crepsley Gelegenheit verschaffte, seine unterbrochene Erklärung wieder aufzunehmen.

»Die Kuppel ist magisch. Es gibt nur den einen Eingang. Die Wände sind unzerstörbar, weder Werkzeug, noch Sprengstoff oder Säure können ihnen etwas anhaben. Sie bestehen aus dem stabilsten Material, das Menschen und Vampiren bekannt ist.«

»Woher stammt es?«

»Das wissen wir nicht. Die Kleinen Leute haben es in verschlossenen Wagen hierher transportiert. Sie brauchten Monate, um das Gewölbe Abschnitt für Abschnitt hochzuziehen. Sie haben uns verboten, dabei zuzusehen, wie sie es verfugten. Seitdem haben sich unsere besten Baumeister darüber den Kopf zerbrochen, aber keiner konnte das Geheimnis seiner Entstehung lüften.

Nur Vampirfürsten können die Tür öffnen«, fuhr er fort. »Sie legen entweder die Handflächen direkt auf die Türflügel oder bedienen sie von ihren Thronen aus, indem sie die Hände auf die Armlehnen pressen.«

»Dann funktioniert es wahrscheinlich elektronisch«, meinte ich. »Die Türen ›lesen‹ ihre Fingerabdrücke, stimmt's?«

Mein Meister schüttelte den Kopf. »Diese Halle wurde vor vielen hundert Jahren erbaut, lange bevor die Elektrizität überhaupt entdeckt wurde. Hier sind entweder übersinnliche Kräfte am Werk oder eine überaus fortschrittliche Technologie, die wir noch nicht kennen.

Siehst du den roten Stein hinter den Fürsten?«, fragte er mich dann. Der Stein ruhte auf einem Sockel etwa fünf Meter hinter dem Podest mit den Thronsesseln. Er war eiförmig und ungefähr doppelt so groß wie ein Fußball. »Das da ist der Stein des Blutes. Er ist der wahre Schlüssel, nicht nur zu die-

ser Kuppel, sondern zur Perpetuierung des Geschlechts der Vampire selbst.«
»Perpe... was?«
»Perpetuierung. Das bedeutet, dass unser Clan nicht ausstirbt.«
»Was hat denn ein Stein damit zu tun?« Ich war verwirrt.
»Der Stein besitzt verschiedene Fähigkeiten«, erläuterte Mr. Crepsley. »Jeder Vampir, der in unsere Gemeinschaft aufgenommen wird, muss sich vor den Stein stellen und die Hände darauf legen. Die Oberfläche sieht zwar so glatt aus wie eine Glaskugel, aber sie ist schärfer als jede Messerklinge. Sie saugt das Blut auf – daher auch der Name des Steins – und verbindet den Vampir auf diese Weise für immer mit dem mentalen Kollektiv unseres Geschlechts.«
»Mentales Kollektiv? Was ist das denn schon wieder?«, fragte ich und wünschte mir zum hundertsten Mal, dass mein Lehrmeister sich verständlich ausdrücken würde.
»Du weißt doch, dass ein Vampir den Aufenthaltsort eines anderen feststellen kann, sobald er mental, also geistig, mit ihm verbunden ist, nicht wahr?«
»Ja.«
»Nun, mit der Methode der Triangulation können wir auch jene Personen ausfindig machen, mit denen wir *nicht* verbunden sind, und dazu brauchen wir den Stein.«
»Triang... *häh?*«, stöhnte ich entnervt.
»Nehmen wir mal an, du wärst ein richtiger Vampir und der Stein hätte dein Blut aufgesogen. Mit deinem Blut gibst du auch deinen Namen in den Stein ein, unter dem dich die anderen Vampire und der Stein selbst von nun an identifizieren können. Wenn ich also wissen will, wo du dich aufhältst, brauche ich nur meine Hände auf den Stein des Blutes zu legen und mir deinen Namen ins Gedächtnis zu rufen. In

Sekundenschnelle verrät mir der Stein deinen exakten Aufenthaltsort, ganz egal, wo auf der Welt du dich gerade befindest.«

»Auch wenn ich gar nicht entdeckt werden will?«

»Ja. Aber es würde mir nichts nützen, lediglich deinen Aufenthaltsort zu ermitteln, denn bis ich mich selbst dorthin begeben hätte, wärst du längst weitergezogen. Deshalb wendet man in solchen Fällen die Triangulation an, was einfach bedeutet, dass drei Personen beteiligt sind. Wenn ich dich also finden will, nehme ich zunächst Kontakt zu einer anderen Person auf, mit der ich geistig verbunden bin, zum Beispiel zu Gavner, übermittle ihm gedanklich deinen Standort und dirigiere ihn mit Hilfe des Steines zu dir hin.«

Ich dachte einen Augenblick lang schweigend nach. Es war eine raffinierte Methode, dennoch schien sie mir ein paar Schwachstellen zu haben. »Kann jeder Beliebige den Stein benutzen, um einen bestimmten Vampir ausfindig zu machen?«, fragte ich.

»Jeder, der die Kunst der mentalen Verständigung beherrscht.«

»Auch Menschen oder Vampyre?«

»Vampyre auf jeden Fall, Menschen beherrschen diese Technik nur selten.«

»Ist der Stein dann nicht ziemlich gefährlich? Wenn ein Vampyr die Hände darauf legt, kann er doch jeden Vampir aufspüren, dessen Namen er kennt, und seine Artgenossen auf ihn hetzen.«

Mr. Crepsley lächelte grimmig. »Die Prügel, die du von Arra Sails bezogen hast, haben deinem Verstand offenbar nicht geschadet. Du hast ganz Recht. Wenn der Stein des Blutes in die falschen Hände gelangt, könnte es das Ende unserer Sippe bedeuten. Mit seiner Hilfe könnten die Vampyre uns bis zum

letzten Mann ausrotten. Sie könnten sogar Vampire ausfindig machen, deren Namen sie nicht kennen, denn mit Hilfe des Steins kann man nicht nur Namen, sondern auch Orte überprüfen. Das heißt, sie könnten die ganze Welt nach uns durchforsten und uns von ihren Kameraden umbringen lassen. Deshalb bewahren wir den Stein ja auch in dieser Kuppel auf und lassen ihn keine Sekunde lang unbewacht.«
»Wäre es nicht besser, ihn zu vernichten?«, meinte ich.
Kurda hatte zugehört und nickte zustimmend. »Genau das habe ich den Fürsten schon vor langer Zeit vorgeschlagen. Der Stein kann zwar ebenso wie diese Kuppel nicht mit gewöhnlichen Werkzeugen oder Sprengstoffen zerstört werden, aber das bedeutet noch lange nicht, dass es keine sichere Methode gibt, ihn wieder loszuwerden. ›Schmeißt das verdammte Ding in einen Vulkankrater‹, habe ich sie angefleht, ›oder versenkt es im Meer.‹ Aber sie wollten nicht auf mich hören.«
»Wieso nicht?«, fragte ich verwundert.
»Dafür gibt es mehrere Gründe«, kam Mr. Crepsley Kurda zuvor. »Erstens kann man den Stein auch dazu benutzen, Vampire ausfindig zu machen, die sich verirrt haben oder Hilfe brauchen, ebenso solche, deren Verstand sich getrübt hat und die eine Gefahr für andere darstellen. Auf diese Weise sind wir nicht nur durch Tradition an die Gesetze unserer Sippe gebunden, sondern können jederzeit mit Beistand rechnen, wenn wir ein anständiges Leben führen, müssen aber auch Bestrafung fürchten, wenn wir gegen die Regeln verstoßen. Der Stein sorgt innerhalb unseres Clans für Ordnung.
Außerdem brauchen wir ihn noch, um die Pforte der Kuppel zu bedienen. Wenn ein Vampir zum Fürsten ordiniert wird, ist der Stein ein wichtiger Bestandteil der Zeremonie. Der

Thronanwärter stellt sich zusammen mit zwei anderen Fürsten im Kreis um den Stein auf. Die bereits amtierenden Fürsten pumpen mit einer Hand ihr Blut in den Neuling hinein und legen dabei die andere auf den Stein. Auf diese Weise entsteht ein Kreislauf: Das Blut fließt von den alten Fürsten in den neuen, dann in den Stein und wieder zurück. Ist die Zeremonie beendet, kann auch der neue Fürst die Tür der Halle öffnen und schließen. Ohne den Stein hätte er zwar einen hohen Rang, aber keine Macht.

Und dann gibt es noch einen dritten Grund, weshalb der Stein des Blutes für uns unentbehrlich ist – den Lord der Vampyre.« Mr. Crepsleys Gesicht verdüsterte sich. »Die Legende besagt, dass der Lord der Vampyre unser Geschlecht bei seinem Erscheinen auslöschen wird. Nur der Stein kann uns helfen, eines Nachts wieder aufzuerstehen.«

»Aber wie?«

»Das wissen wir leider nicht«, seufzte mein Lehrer. »Aber Meister Schick hat es prophezeit, und da er den Stein schließlich mit seinen magischen Fähigkeiten ausgestattet hat, haben wir ein gewisses Vertrauen in das, was er sagt. Offensichtlich müssen wir den Stein von nun an noch schärfer als zuvor bewachen. Harkats Botschaft von der bevorstehenden Ankunft des Lords bereitet vielen von uns schlaflose Tage. Aber solange wir den Stein besitzen, besteht noch Hoffnung. Ihn jetzt zu vernichten, wäre unser sicheres Ende.«

»Bei Charnas Eingeweiden!«, schnaubte Kurda abfällig. »Ich glaube nicht an diese alten Geschichten. Meiner Meinung nach sollten wir den Stein so schnell wie möglich loswerden, diese Kuppel hier schließen und eine neue Fürstenhalle bauen. Abgesehen von allem, was sonst noch dafür spricht, ist der Stein einer der Hauptgründe, weswegen die Vampyre zögern, sich mit uns auszusöhnen. Sie schrecken davor zurück,

sich einem von Meister Schicks magischen Werkzeugen zu unterwerfen. Ich kann es ihnen nicht verdenken. Wenn sie sich geistig mit dem Stein verbinden, wären sie ein für alle Mal unauflöslich mit unserer Sippe vereint. Wir könnten den Stein genauso gut dazu benutzen, sie allesamt aufzustöbern und abzuschlachten. Ohne den Stein würden sie sich vielleicht wieder mit uns zusammentun, und dann gäbe es keine zwei verfeindeten Sippen mehr. Vampyre und Vampire wären wie früher eine große Familie, und damit wäre zugleich die Bedrohung durch den Lord der Vampyre aus der Welt geschafft.«
»Soll das etwa heißen, dass du den Stein des Blutes vernichten willst, wenn du erst Fürst bist?«
»Ich werde es zumindest anregen«, bestätigte Kurda. »Es ist ein heikles Thema, und ich erwarte von den Obervampiren keine sofortige Zustimmung, aber ich hoffe, dass ich sie im Verlauf der Verhandlungen mit den Vampyren davon überzeugen kann.«
»Hast du das vor deiner Wahl bekannt gegeben?«, hakte Mr. Crepsley nach.
Kurda trat verlegen von einem Fuß auf den andern. »Na ja, nicht direkt, aber so läuft es nun mal in der Politik. Man darf nicht gleich alle Karten auf den Tisch legen. Wenn mich jemand gefragt hätte, wie ich über den Stein denke, hätte ich die Wahrheit gesagt. Aber ... es hat niemand gefragt«, schloss er lahm.
»*Politik!*«, schnaubte mein Meister verächtlich. »Es ist wahrlich eine traurige Nacht für die Vampire, wenn unsere Fürsten sich schon freiwillig in den verhängnisvollen Netzen der Politik verstricken.« Er wandte Kurda demonstrativ den Rücken zu und blickte stur geradeaus auf das Podium.
»Jetzt habe ich ihn verärgert«, zischte Kurda mir zu.

»Das geht schnell bei ihm«, zischte ich zurück und erkundigte mich flüsternd, ob auch *ich* mich mit dem Stein des Blutes verbinden müsse.

»Nicht bevor du ein vollwertiger Vampir bist«, beruhigte mich Kurda. »Gelegentlich haben zwar schon Halbvampire an der Zeremonie teilgenommen, aber das waren Ausnahmen.«

Bevor ich ihn weiter über den geheimnisvollen Stein des Blutes und die Kuppel ausquetschen konnte, schlug ein offiziell aussehender Obervampir mit einem schweren Stab dröhnend auf den Boden des Podiums und rief mich und meinen Lehrmeister auf.

Das Verhör begann.

19 Die drei anwesenden Fürsten waren Paris Skyle, Mika Ver Leth und Pfeilspitze (der Vierte, Vancha March, war dem Konzil ferngeblieben).

Paris Skyle hatte einen langen grauen Bart, wehendes weißes Haar, nur ein Ohr und war mit über achthundert Jahren der älteste noch lebende Vampir. Er wurde von seinen Artgenossen nicht nur wegen seines ehrwürdigen Alters und hohen Ranges verehrt, sondern auch wegen der Heldentaten seiner Jugend. Der Legende zufolge war Paris Skyle überall dabei gewesen und hatte immerzu mitgemischt. Einige dieser Geschichten waren sehr fantasievoll – zum Beispiel war Paris angeblich mit Kolumbus nach Amerika gesegelt und hatte auf diese Weise den Vampirismus auch in die Neue Welt gebracht. Danach hatte er Seite an Seite mit Johanna von Orléans gekämpft (die offenbar nichts gegen Vampire einzuwenden hatte) und zu guter Letzt noch das Vorbild für Bram

Stokers berühmten Roman *Dracula* geliefert. Aber das musste nicht bedeuten, dass diese Erzählungen allesamt erfunden waren.

Vampire sind schließlich von Natur aus fantastische Geschöpfe.

Mika Ver Leth war mit »nur« zweihundertsiebzig Jahren der jüngste derzeit amtierende Fürst. Er hatte glänzendes schwarzes Haar, Augen wie glühende Kohlen und war dazu noch ganz in Schwarz gekleidet. Er sah sogar noch strenger aus als Mr. Crepsley. Auf der Stirn und um die Mundwinkel hatte er tiefe Falten, und ich vermutete, dass er nur selten lächelte, wenn überhaupt.

Pfeilspitze war ein gedrungener Mann, auf dessen Arme und Wangen lange Pfeile tätowiert waren. Er war ein gefürchteter Krieger und für seinen Hass auf die Vampyre berüchtigt. Vor seinem Aufstieg zum Obervampir war er mit einer Menschenfrau verheiratet gewesen, bis ein Vampyr, der Pfeilspitze zum Kampf herausgefordert hatte, sie umbrachte. Danach war Pfeilspitze verbittert und wortkarg in den Schoß seiner Sippe zurückgekehrt und hatte sich auf seine Ausbildung zum Obervampir konzentriert. Seither gab es für ihn nur noch seine Arbeit.

Alle drei Fürsten waren breitschultrig und muskulös. Sogar der greise Paris Skyle sah immer noch aus, als könnte er mit einer Hand einen ausgewachsenen Ochsen stemmen.

»Sei uns gegrüßt, Larten«, wandte sich Paris in herzlichem Ton an meinen Meister und strich sich den Bart. »Schön, dass du dich mal wieder in der Fürstenhalle blicken lässt. Ich dachte schon, ich würde dich nicht mehr wieder sehen.«

»Ich hatte doch geschworen zurückzukommen«, erwiderte Mr. Crepsley und verbeugte sich respektvoll.

»Ich hatte auch nicht angenommen, dass du deinen Schwur

brichst«, sagte der Alte lächelnd. »Ich dachte nur, dass ich es vielleicht nicht mehr erlebe. Ich bin alt und klapprig geworden, mein Freund. Meine Nächte sind gezählt.«

»Du wirst uns alle überleben, Paris«, widersprach mein Meister.

»Warten wir's ab«, seufzte der Greis und musterte mich forschend, während Mr. Crepsley sich auch vor den anderen Fürsten verneigte. Als er schließlich wieder neben mir stand, fuhr der weißhaarige Fürst fort: »Das muss dein Gehilfe Darren Shan sein. Gavner Purl hat mir schon viel Lobenswertes über ihn erzählt.«

»Er hat gutes Blut und ein tapferes Herz«, bestätigte der Angesprochene. »Darren ist ein ausgezeichneter Gehilfe und wird eines Nachts einen erstklassigen Vampir abgeben.«

»*Eines Nachts* – in der Tat!«, schnaubte Mika Ver Leth mit einem unfreundlichen Seitenblick auf mich. »Er ist ja noch ein Kind! Jetzt ist wahrhaftig nicht der geeignete Zeitpunkt, kleine Jungs in unsere Reihen aufzunehmen. Wie um alles in der Welt bist du bloß auf die Idee gekommen ...«

»Bitte, Mika«, unterbrach ihn Paris Skyle. »Hüte dich vor einem vorschnellen Urteil. Wir alle kennen und schätzen Larten Crepsley und wollen ihn mit dem Respekt behandeln, der ihm gebührt. Ich weiß zwar auch nicht, was ihn dazu bewogen hat, ein Kind anzuzapfen, aber ich bin sicher, dass er uns seine Beweggründe schlüssig darlegen kann.«

»Ich finde es nur total verrückt, ausgerechnet in diesen Nächten und Zeiten«, murrte Mika Ver Leth, schwieg dann aber. Jetzt wandte sich Paris mir zu.

»Entschuldige, wenn wir dir unhöflich vorkommen, Darren. Wir sind keine Kinder gewöhnt. Es ist schon lange her, seit uns zuletzt jemand deines Alters vorgestellt wurde.«

»Ich bin kein Kind mehr«, schmollte ich. »Ich bin schon seit

acht Jahren Halbvampir. Es ist nicht meine Schuld, dass man mir das nicht ansieht.«
»*Sehr richtig!*«, rief Mika Ver Leth dazwischen. »Die Schuld trägt dieser Vampir dort, der dich angezapft hat. Er ...«
»Mika!«, zischte Paris ungehalten. »Dieser Vampir, dessen Verhalten stets über jeden Tadel erhaben war, und sein Gehilfe treten vertrauensvoll vor uns hin und bitten um Gehör. Ob wir nun mit Larten Crepsleys Entscheidung einverstanden sind oder nicht, die beiden haben ein Anrecht auf höfliche Behandlung und dürfen nicht auf diese Weise vor ihresgleichen gedemütigt werden.«
Mika gab sich einen Ruck, stand auf und verbeugte sich vor uns. »Tut mir Leid«, knurrte er mit zusammengebissenen Zähnen. »Ich habe mich vergessen. Soll nicht wieder vorkommen.«
Ein Raunen ging durch die Halle. Aus dem Gemurmel schloss ich, dass es absolut unüblich für einen Fürsten war, sich bei jemandem zu entschuldigen, der im Rang unter ihm stand, zumal wenn derjenige ein ehemaliger Obervampir war.
Man brachte uns zwei Stühle.
»Also, Larten«, sagte Paris. »Setz dich und erzähl uns, was seit unserer letzten Begegnung so alles passiert ist.«
Mr. Crepsley begann zu berichten. Er schilderte den Fürsten sein Leben beim Cirque du Freak, die Orte, an denen er gewesen war, und die Menschen, mit denen er zu tun gehabt hatte. Als er auf Murlough zu sprechen kam, trat er dicht vor das Podest und wandte sich im Flüsterton an die Fürsten, sodass die übrigen Anwesenden nicht mithören konnten. Er erzählte Paris und den beiden anderen von dem geisteskranken Vampyr und dass wir ihn getötet hatten. Diese Nachricht beunruhigte die Fürsten zutiefst.
»Das ist sehr bedenklich«, meinte Paris stirnrunzelnd. »Wenn

die Vampyre Wind davon bekommen, könnten sie es als Vorwand für einen neuen Krieg benutzen.«
»Aber ich bin kein reguläres Mitglied der Gemeinschaft mehr«, gab mein Meister zu bedenken.
»Wenn sie so richtig wütend sind, dürften sie diesen Umstand gern übersehen«, konterte Mika Ver Leth. »Falls das Gerücht über den Lord der Vampyre auf Tatsachen beruht, müssen wir in Zukunft im Umgang mit unseren Blutsverwandten äußerste Vorsicht walten lassen.«
»Trotzdem finde ich, dass Larten richtig gehandelt hat«, meldete sich Pfeilspitze jetzt zum ersten Mal zu Wort. »Wenn er noch Obervampir wäre, würde ich die Sache anders sehen, aber als unabhängig Handelnder unterliegt er nicht mehr unseren Gesetzen. Ich an seiner Stelle hätte dasselbe getan. Er ist sehr umsichtig zu Werke gegangen. Wir dürfen ihm keinen Vorwurf daraus machen.«
»Nein«, stimmte auch Mika zu. Mit einem Seitenblick auf mich setzte er hinzu: »*Daraus* jedenfalls nicht.«
Nachdem die Angelegenheit mit Murlough fürs Erste geklärt schien, kehrten wir auf unsere Plätze zurück und sprachen wieder so laut, dass uns alle verstehen konnten.
»Nun müssen wir uns mit deinem Gehilfen befassen«, sagte Paris mit ernster Miene. »Wir alle wissen, dass die Welt sich im Lauf der letzten Jahrhunderte gewandelt hat. Die Menschen halten enger zusammen und haben ihre Gesetze, besonders die zum Schutz ihrer Nachkommen, verschärft. Aus diesem Grund verzichten wir inzwischen darauf, Kinder anzuzapfen. Auch in der Vergangenheit ist dergleichen nur selten vorgekommen. Es ist neunzig Jahre her, seit wir zuletzt ein Kind in unsere Gemeinschaft aufgenommen haben. Erläutere uns bitte, warum du mit dieser Tradition gebrochen hast, Larten.«

Mr. Crepsley räusperte sich und sah den drei Fürsten nacheinander fest in die Augen, zuletzt Mika. »Dafür habe ich keine akzeptable Begründung«, sagte er dann ruhig, und aus den Reihen der Zuhörer ertönten unterdrückte Ausrufe und erregtes Flüstern.

»Ich darf um Ruhe bitten!«, rief Paris laut, worauf es schlagartig still wurde. Als der alte Fürst sich uns wieder zuwandte, hatte er die Stirn in sorgenvolle Falten gelegt. »Heraus mit der Sprache, Larten. Ohne triftigen Grund hättest gerade du niemals ein Kind angezapft. Hast du vielleicht versehentlich seine Eltern getötet und dich verpflichtet gefühlt, dich von da an um ihn zu kümmern?«

»Seine Eltern erfreuen sich bester Gesundheit«, verneinte der Befragte.

»Alle beide?«, raunzte Mika.

»Jawohl.«

»Suchen sie etwa nach ihm?«, fragte Paris.

»Nein. Wir haben seinen Tod vorgetäuscht. Sie haben ihn bestattet.«

»Immerhin etwas«, murmelte der Alte. »Aber noch einmal: Warum hast du ihn überhaupt angezapft?«

Als Mr. Crepsley schwieg, sah Paris mich an: »Kennst *du* vielleicht den Grund, Darren?«

Um meinem Meister beizustehen, sagte ich: »Ich hatte die Wahrheit über ihn herausgefunden. Vielleicht blieb ihm nur die Wahl, mich entweder umzubringen oder zu seinem Gehilfen zu machen.«

»Diese Begründung leuchtet mir ein«, nickte der weißhaarige Fürst.

»Aber sie entspricht leider nicht der Wahrheit«, seufzte Mr. Crepsley. »Ich hatte niemals Angst, dass Darren mich entlarvt. Außerdem hat er die Wahrheit über mich nur herausgefunden, weil ich versucht habe, seinen gleichaltrigen Freund anzuzapfen.«

Diese Erklärung führte zu erneuten Zwischenrufen, und es dauerte ein paar Minuten, bis die Fürsten Ruhe und Ordnung wieder hergestellt hatten. Dann nahm Paris das Verhör mit noch besorgterer Miene wieder auf. »Du wolltest ursprünglich einen *anderen* Jungen anzapfen?«

Mein Meister nickte. »Aber er hatte schlechtes Blut. Aus ihm wäre kein guter Vampir geworden.«

»Noch mal der Reihe nach«, unterbrach ihn Mika barsch. »Du hast erfolglos versucht, den ersten Jungen anzuzapfen, und als sein Freund das herauskriegte, hast du dir stattdessen *ihn* vorgeknöpft.«

»So könnte man es ungefähr ausdrücken«, bestätigte Mr. Crepsley. »Außerdem musste ich so schnell handeln, dass ich es unverzeihlicherweise unterlassen habe, Darren reinen Wein über die Folgen einzuschenken. Zu meiner Verteidigung darf ich anführen, dass ich ihn zuvor gründlich beobachtet und mich von seiner Zuverlässigkeit und Charakterstärke überzeugt habe.«

»Und wie bist du auf den ersten Jungen verfallen, den mit dem schlechten Blut?«, hakte Paris nach.

»Er wusste, wer ich bin. Er hatte in einem alten Buch ein Bild von mir gesehen, das zu der Zeit entstanden sein muss, als ich noch Vur Horston hieß. Daraufhin hat er mich ausdrücklich darum ersucht, mein Gehilfe zu werden.«

»Warum hast du ihm nicht einfach gesagt, dass wir keine Kinder anzapfen?«, mischte sich Mika wieder ein.

»Ich habe es ja versucht, aber ...« Mr. Crepsley schüttelte niedergeschlagen den Kopf. »Es war, als hätte ich mich plötzlich nicht mehr unter Kontrolle. Ich wusste genau, dass es falsch war, aber wenn er nicht schlechtes Blut gehabt hätte, hätte ich

ihn auf der Stelle angezapft. Besser kann ich es nicht erklären, weil ich es selbst nicht begreife.«
»Das willst du uns doch nicht im Ernst erzählen«, brauste Mika auf.
»Doch«, sagte Mr. Crepsley leise.
Hinter uns hüstelte jemand, und Gavner Purl trat vor. »Ist es mir gestattet, etwas zu Gunsten meines Freundes vorzubringen?«, erkundigte er sich höflich.
»Jederzeit«, sagte Paris rasch. »Alles ist willkommen, was zur Aufklärung dieses Falles beiträgt.«
»Das kann ich natürlich nicht garantieren«, erwiderte Gavner, »aber ich möchte noch einmal bestätigen, dass Darren wirklich ein außergewöhnlicher Junge ist. Trotz seiner Jugend hat er die anstrengende Reise hierher ohne Klagen durchgestanden und hat unterwegs sogar mit einem toll gewordenen Bären gekämpft, der sich an Vampyrblut vergiftet hatte. Sicher ist Euch inzwischen auch seine Fechtpartie mit Arra Sails zu Ohren gekommen.«
Paris nickte und lachte leise in sich hinein.
»Er ist intelligent, tapfer und ehrlich. Ich glaube, dass er das Zeug zu einem guten Vampir hat, ja, dass er sich bei passender Gelegenheit sogar auszeichnen wird. Er ist zwar noch sehr jung, aber wir haben schon Jüngere als ihn in unsere Reihen aufgenommen. Ihr selbst wart sogar erst zwei Jahre alt, als Ihr angezapft wurdet, nicht wahr, Euer Gnaden?«
»Darum geht es hier nicht!«, rief Mika Ver Leth dazwischen. »Selbst wenn dieser Knabe ein zweiter Khledon Lurt wäre – das spielt jetzt keine Rolle. Hier geht es um Fakten: Vampire zapfen keine Kinder mehr an. Wir schaffen einen gefährlichen Präzedenzfall, wenn wir diese Verletzung unserer Regeln einfach so durchgehen lassen.«

»Ich teile Mikas Ansicht«, pflichtete Pfeilspitze ihm bei. »Es geht hier nicht um die Tapferkeit und die Fähigkeiten des Jungen. Larten hat einen schweren Fehler begangen. Das ist unser Thema.«

Paris nickte bedächtig. »Die beiden haben Recht, Larten. Wir können deine Tat nicht einfach so hinnehmen. Du an unserer Stelle würdest einen solchen Verstoß gegen die Gesetze auch nicht dulden.«

»Ich weiß«, nickte mein Meister. »Ich hoffe auch nicht um Vergebung, nur auf Verständnis. Und ich möchte darum bitten, dass Darren aus meinem voreiligen Entschluss keine Nachteile entstehen. Der Fehler liegt einzig und allein bei mir, ich allein verdiene Bestrafung.«

»Ich habe nicht von *Bestrafung* gesprochen«, sagte Mika jetzt verlegen. »Ich will an dir kein Exempel statuieren, und es liegt mir fern, deinen guten Namen in den Schmutz zu ziehen.«

»Keiner von uns möchte das«, bestätigte Pfeilspitze. »Aber was sollen wir tun? Larten hat nun mal gegen die Gesetze verstoßen, und wir müssen angemessen darauf reagieren.«

»Wir sollten dabei allerdings Nachsicht walten lassen«, warf Paris ein.

»Ich habe nicht um Nachsicht gebeten«, erwiderte Mr. Crepsley steif. »Ich bin kein junger, unbesonnener Vampir mehr und erwarte keine Sonderbehandlung. Wenn ihr meine Hinrichtung beschließt, werde ich euren Urteilsspruch akzeptieren. Falls ...«

»Ich will aber nicht der Grund für Ihren Tod sein!«, rief ich verzweifelt dazwischen.

»... Falls ihr beschließt, mich auf die Probe zu stellen«, fuhr mein Meister unbeirrt fort, »werde ich mich jeder Herausforderung stellen und dabei nötigenfalls auch mein Leben riskieren.«

»Niemand will dich auf die Probe stellen«, sagte Paris ärgerlich. »So etwas heben wir uns für Vampire auf, die sich in der Schlacht nicht bewährt haben. Ich wiederhole es noch einmal: Keiner von uns zweifelt an deinem guten Ruf.«
»Vielleicht ...«, begann Pfeilspitze zögernd, unterbrach sich aber sofort wieder. Nach einer Pause versuchte er es noch einmal. »Ich glaube, ich habe die Lösung. Als Larten eben von einer Probe gesprochen hat, ist mir etwas eingefallen. Es gibt tatsächlich eine Möglichkeit, dieses Problem zu lösen, ohne unseren alten Freund zu töten oder seine Ehre zu besudeln.« Er beugte sich vor, zeigte auf mich und sagte kalt: »Wie wäre es, wenn wir den *Jungen* auf die Probe stellen?«

20

Es war lange still. Schließlich brach Paris Skyle das Schweigen. »Warum nicht?«, sagte er nachdenklich. »Stellen wir den Jungen auf die Probe.«
»Ich hatte doch ausdrücklich darum gebeten, Darren aus dem Spiel zu lassen!«, protestierte Mr. Crepsley.
»O nein«, widersprach Mika. »Du hast gesagt, er soll nicht *bestraft* werden. Das wird er auch nicht – eine Probe ist keine Bestrafung.«
»Es ist ein faires Angebot, Larten«, bestätigte Paris. »Wenn der Junge die Probe besteht, werden wir deine Entscheidung, ihn anzuzapfen, respektieren und kein Wort mehr über die Angelegenheit verlieren.«
»Außerdem ist es *sein* Ruf, der dann auf dem Spiel steht«, ergänzte Pfeilspitze.
Mr. Crepsley strich sich über seine lange Narbe. »Das leuchtet mir zwar ein«, meinte er, »aber Darren muss selbst entscheiden, ob er darauf eingehen will. Ich zwinge ihn zu nichts.«

Er drehte sich nach mir um. »Bist du einverstanden, dass die Gemeinschaft dich auf die Probe stellt, damit unsere guten Namen wieder reingewaschen werden?«

Ich rutschte verlegen auf meinem Stuhl herum. »Ähem … von was für einer Art Probe ist hier überhaupt die Rede?«, fragte ich schließlich.

»Gute Frage«, meinte der alte Fürst kopfnickend. »Ihn zum Zweikampf mit einem unserer Krieger zu verurteilen, wäre unfair. Gegen einen Oberen hat ein Halbvampir keine Chance.«

»Und eine Mission dauert zu lange«, spann Pfeilspitze den Faden weiter.

»Bleiben noch die Prüfungen«, sagte Mika dumpf.

»Nein!«, brüllte jemand hinter uns. Ich drehte mich um und sah, wie Kurda sich mit hochrotem Gesicht durch die Reihen drängte. »Einspruch! Der Junge ist noch nicht bereit für die Prüfungen. Wenn es unbedingt sein muss, wartet wenigstens ab, bis er älter ist.«

Mika stand auf und trat an den Rand des Podiums. »*Wir* treffen hier die Entscheidungen, Kurda Smahlt«, knurrte er drohend. »Noch bist du kein Fürst, also spiel dich gefälligst nicht so auf.«

Der Zurechtgewiesene blieb stehen und funkelte Mika wütend an.

Dann ließ er sich widerstrebend auf ein Knie nieder und neigte den Kopf. »Bitte entschuldigt meinen Zwischenruf, Euer Gnaden.«

»Schon gut«, brummte Mika und setzte sich wieder.

»Ich bitte die Fürsten um das Wort«, sagte Kurda formell. Paris wechselte einen Blick mit Mika, der die Achseln zuckte.

»Sprich«, sagte der Alte schließlich.

»Die Prüfungen der Einweihung sind auf erfahrene Vampire

ausgerichtet, nicht auf Kinder«, gab Kurda zu bedenken. »Mikas Vorschlag ist Darren gegenüber nicht fair.«
»Für einen Vampir ist das Leben niemals *fair*«, mischte sich jetzt Mr. Crepsley wieder ein. »Aber es kann trotzdem *gerecht* sein. Mir gefällt Mikas Idee zwar auch nicht besonders, aber es ist eine gerechte Entscheidung, und ich werde dafür stimmen, wenn Darren selbst einverstanden ist.«
»Entschuldigung«, meldete ich mich jetzt wieder zu Wort, »um was für Prüfungen handelt es sich eigentlich?«
Paris sah mich freundlich an. »Die Prüfungen der Einweihung sind bestimmte Proben, die ein Vampir bestehen muss, wenn er zum Obervampir aufsteigen möchte«, erläuterte er.
»Und was genau soll ich tun?«
»Du musst fünf Aufgaben lösen, um dein Geschick und deinen Mut unter Beweis zu stellen. Um was für Aufgaben es sich handelt, ist zufällig und von Vampir zu Vampir unterschiedlich. Eine besteht zum Beispiel darin, auf den Grund eines tiefen Beckens zu tauchen und ein Medaillon heraufzuholen. Bei einer anderen geht es darum, herabstürzenden Felsbrocken auszuweichen. Vielleicht musst du auch eine Halle voller glühender Kohlen durchqueren. Manche Prüfungen sind schwieriger als andere, aber alle haben es in sich. Die meisten Vampire kommen mit dem Leben davon, doch es hat auch schon Tote gegeben.«
»Du brauchst nicht einzuwilligen, Darren«, zischte Kurda mir zu. »Diese Prozedur ist nicht für Halbvampire vorgesehen. Du bist dafür noch nicht stark, schnell und erfahren genug. Wenn du ja sagst, unterschreibst du damit dein eigenes Todesurteil.«
»Da muss ich widersprechen«, warf mein Meister ein. »Darren ist durchaus in der Lage, die Prüfungen zu absolvieren. Es wird ihm zwar nicht leicht fallen, und er muss sich be-

stimmt anstrengen, doch ich würde niemals mein Einverständnis geben, wenn ich der Meinung wäre, dass er damit völlig überfordert ist.«

»Lasst uns abstimmen«, sagte Mika. »Ich bin für die Prüfungen. Pfeilspitze?«

»Ich bin auch dafür.«

»Paris?«

Der älteste noch lebende Vampir wiegte zweifelnd das weißhaarige Haupt. »Kurda hat nicht ganz Unrecht mit seinem Einwand, dass die Prüfungen nicht für Kinder gedacht sind. Ich vertraue deinem Urteil, Larten, fürchte jedoch, du bist zu optimistisch.«

»Hast du einen besseren Vorschlag?«, blaffte Mika unfreundlich.

»Nein, aber ...« Der Greis seufzte schwer. »Was meinen die Obervampire dazu?«, wandte er sich dann an die Anwesenden. »Wie Kurda und Mika darüber denken, haben wir jetzt gehört. Hat jemand dem noch etwas hinzuzufügen?«

Die Obervampire tuschelten miteinander, und schließlich erhob sich eine mir wohl bekannte Gestalt und räusperte sich: Arra Sails. »Ich schätze Darren Shan«, begann sie. »Ich habe ihm die Hand geschüttelt, und wer mich kennt, weiß, was das bedeutet. Ich glaube Gavner Purl und Larten Crepsley, dass er eine wertvolle Bereicherung unserer Gemeinschaft wäre. Dennoch stimme ich auch Mika Ver Leth zu: Darren muss erst beweisen, dass er würdig ist, aufgenommen zu werden. Wir alle mussten uns seinerzeit den Prüfungen unterziehen. Durch sie sind wir erst zu dem geworden, was wir heute sind. Ich als Frau hatte es besonders schwer, aber ich habe bestanden und meinen Platz in dieser Halle als Ebenbürtige eingenommen. Wir dürfen keine Ausnahme machen. Ein Vampir, der sich vor dieser Herausforderung drückt, nützt uns nichts.

Wir brauchen keine Wickelkinder, die beim ersten Sonnenstrahl mit einem Wiegenliedchen in den Sarg gebracht werden müssen.
Trotz allem«, schloss sie, »bin ich davon überzeugt, dass Darren uns nicht enttäuschen und die Prüfungen bestehen wird. Er hat mein vollstes Vertrauen.« Sie lächelte mich an und schoss Kurda einen giftigen Blick zu. »Wir sollten uns nicht von gewissen Leuten beirren lassen, die den Jungen am liebsten in Watte packen würden. Darren das Recht auf die Prüfungen zu verweigern, wäre für ihn eine Schmach.«
»Große Worte«, schnaubte Kurda. »Könntest du diese erhebende Ansprache bitte bei seiner Bestattung wiederholen?«
»Lieber aufrecht sterben, als in Schande leben«, konterte Arra.
Kurda fluchte unterdrückt. »Nun, Darren?«, fragte er dann. »Willst du wirklich dein Leben aufs Spiel setzen, nur um diesen Schwachköpfen etwas zu beweisen?«
»Nein«, erwiderte ich und sah aus dem Augenwinkel, wie mein Meister schmerzlich das Gesicht verzog. »Ich werde mein Leben aufs Spiel setzen, um *mir selbst* etwas zu beweisen.« Als der Vampir in dem roten Umhang das hörte, strahlte er vor Stolz und salutierte mir mit erhobener Faust.
»Die ganze Halle soll abstimmen«, ordnete Paris an. »Wer ist dafür, dass Darren sich den Prüfungen der Einweihung unterzieht?« Alle außer Kurda hoben die Hand. Der junge Vampir drehte sich empört nach mir um. »Ist das wirklich dein Ernst, Darren?«
Ich machte Mr. Crepsley ein Zeichen, sich zu mir herunterzubeugen. Flüsternd erkundigte ich mich, was passieren würde, wenn ich ablehnte. »Du wärst für immer entehrt und müsstest den Berg mit Schimpf und Schande verlassen«, sagte er bedeutungsvoll.

»Wäre damit zugleich auch Ihre Ehre befleckt?«, fragte ich weiter, denn ich wusste, dass er großen Wert auf seinen makellosen Ruf legte.

Er nickte. »In den Augen der Fürsten wohl nicht, in meinen eigenen Augen hingegen schon. Da ich dich nun einmal erwählt und angezapft habe, fällt deine Schande auch auf mich zurück.«

Ich dachte nach. Ich diente dem Vampir jetzt schon acht Jahre als Gehilfe und kannte ihn inzwischen ziemlich gut. »Diese Schande könnten Sie nicht ertragen, stimmt's?«

Seine Züge wurden weicher. »Nein«, gab er leise zu.

»Sie würden losziehen und den Tod suchen, nicht wahr? Sich mit wilden Tieren und Vampyren anlegen, bis Sie dabei draufgehen.«

Er nickte. »So was in der Art.«

Das gab für mich den Ausschlag. Vor sechs Jahren hatte der geisteskranke Vampyr Murlough meinen Freund Evra gekidnappt und mit dem Tode bedroht, und Mr. Crepsley hatte sich selbst als Geisel im Austausch für den Schlangenjungen angeboten. Dasselbe hätte er für mich getan, wäre ich in die Hände des Wahnsinnigen gefallen. Diese Prüfungen hörten sich zwar ziemlich ungemütlich an, doch wenn ich dadurch den Ruf meines Lehrmeisters retten konnte, so war ich ihm das schuldig.

Ich gab mir einen Ruck, sah den Fürsten offen ins Gesicht und verkündete mit fester Stimme: »Ich bin mit den Prüfungen einverstanden.«

»Dann ist der Fall klar«, schmunzelte Paris Skyle zufrieden. »Darren wird morgen wieder hier vor uns erscheinen und sich der ersten Prüfung unterziehen. Jetzt geh und ruh dich aus, mein Junge.«

Damit war ich entlassen. Gavner, Harkat und Kurda beglei-

teten mich. Mr. Crepsley hatte noch etwas Dienstliches mit den Fürsten zu besprechen; ich nahm an, dass es mit Meister Schick, Harkats Botschaft und den beiden Leichen auf unserem Weg hierher zu tun hatte.
»Bin froh ... dass wir endlich ... da raus sind«, ächzte Harkat. »War verdammt langweilig ... immer dieselben Gesichter ... zu sehen.«
Wider Willen musste ich grinsen, dann wandte ich mich besorgt an Gavner: »Wie schwer ist es denn nun tatsächlich, diese Prüfungen zu bestehen?«, erkundigte ich mich.
»Ziemlich schwer«, seufzte er.
»Ungefähr so schwer, wie ein Loch in die Wände der Fürstenhalle zu bohren«, setzte Kurda schlecht gelaunt hinzu.
»*So* schlimm ist es nun auch wieder nicht«, beschwichtigte Gavner. »Übertreib mal nicht, Kurda – du machst dem Jungen nur unnötig Angst.«
»Das wollte ich nicht«, entschuldigte sich der Jüngere. »Aber es stimmt schon: Die Prüfungen sind für vollwertige Vampire bestimmt. Ich habe mich sechs Jahre lang darauf vorbereitet, wie die meisten von uns, und ich wäre trotzdem fast durchgefallen.«
»Darren schafft das schon«, beharrte Gavner, der den Zweifel in seiner Stimme nicht recht verbergen konnte.
»Na ja, ich kann die Sache ja immer noch abbrechen, wenn sie mir über den Kopf wächst«, wollte ich ihn aufmuntern.
Kurda starrte mich fassungslos an. »Hast du denn nicht zugehört? Anscheinend hast du es immer noch nicht begriffen!«
»Was denn?«
»Man bricht die Prüfungen nicht einfach so ab«, erklärte Gavner. »Man kann sehr wohl dabei versagen, aber man kann deswegen nicht abbrechen – das erlauben die Obervampire nicht.«

»Dann falle ich eben absichtlich durch«, sagte ich achselzuckend. »Wenn es mir zu brenzlig wird, werfe ich einfach das Handtuch. Ich kann ja so tun, als hätte ich mir den Knöchel verstaucht oder so was.«

»Er *will* es offenbar nicht kapieren!«, knurrte Gavner. »Vielleicht hätten wir es ihm noch mal erklären sollen, bevor er eingewilligt hat. Jetzt hat er sein Wort gegeben, und es gibt kein Zurück mehr. Beim Schwarzen Blut von Harnon Oan!«

»*Was* habe ich denn nicht kapiert?« Ich wurde immer verwirrter.

»Bei den Prüfungen bedeutet *jedes* Versagen den Tod!«, sagte Kurda grimmig. Mir blieb die Spucke weg, und ich starrte ihn sprachlos an. »Fast alle, die dabei sterben, kommen bei dem Versuch um, eine der Proben zu bestehen. Wer aber versagt und nicht gleich tot ist, den bringt man in die Todeshalle, steckt ihn in einen Käfig, zieht ihn über die Grube und ...« Er schluckte, heftete den Blick fest auf mich und beendete den Satz im Flüsterton: »*... lässt ihn so oft auf die Pfähle fallen, bis er sein Leben ausgehaucht hat!*«

Die Prüfungen der Finsternis

*Für Nora & Davey –
meine stets liebenswürdigen Gastgeber*

*OBEs (Orden der Blutigen Eingeweide)
gebühren diesmal:*

*der grässlichen, grauenhaften Emily Ford
Kellee »Gefangene werden nicht
gemacht« Nunley*

*den Mechanikern des Makabren:
Biddy & Liam
Gillie & Zoë
Emma & Chris*

1 Die Khledon-Lurt-Halle, eine geräumige, fast unmöblierte Höhle, war nahezu leer. Abgesehen von meinen Tischnachbarn Gavner, Kurda und Harkat war nur noch ein einziger anderer Vampir im Raum, ein Wachposten, der allein an einem Tisch saß und an einem Krug Bier nippte. Dabei pfiff er tonlos vor sich hin und klopfte ab und zu mit seinem nackten großen Zeh gegen die Tischbeine, die genau wie bei unserem Tisch aus Tierknochen geschnitzt waren.

Vor ungefähr vier Stunden hatte ich zugestimmt, die Einweihungsprüfungen zu absolvieren. Ich wusste zwar immer noch nichts Genaues darüber, aber aus den bedrückten Gesichtern meiner Kameraden und dem, was ich in der Fürstenhalle gehört hatte, schloss ich, dass ich im besten Falle eine minimale Chance hatte, die Prüfungen erfolgreich zu bestehen.

»Hast du … viele Hallen … besichtigt?«, fragte Harkat, der mich offenbar ablenken wollte. Er trug immer noch seine übliche blaue Kutte, hatte aber die Kapuze nicht aufgesetzt. Anscheinend hielt er es nicht mehr für nötig, sein graues, narbenübersätes, grob zusammengeflicktes Gesicht zu verstecken. Harkat hatte keine Nase, und seine Ohren waren unter seine Haut eingenäht. Seine großen, runden grünen Augen lagen ungewöhnlich weit oben in seinem Schädel, sein Mund war schief und voller scharfer Zähne. Normale Atemluft war Gift für ihn, weil sie ihn nach zehn oder höchstens

zwölf Stunden umgebracht hätte, deshalb trug er eine spezielle Filtermaske über dem Mund. Wenn er aß oder sprach, zog er sie bis zum Kinn herunter und schob sie danach wieder hoch. Früher war er einmal ein Mensch gewesen. Nach seinem Tod war er jedoch in seinem jetzigen Körper wieder auferstanden, weil er mit Meister Schick einen Vertrag geschlossen hatte. Er konnte sich allerdings beim besten Willen nicht mehr daran erinnern, wer er vor seinem Tod gewesen war und wie der Vertrag lautete.
»Die meisten«, beantwortete ich seine Frage.
»Du musst ... mal ... eine Führung ... mit mir machen.« Harkat hatte den Fürsten eine Botschaft von Meister Schick überbracht, die besagte, dass der Lord der Vampyre demnächst erscheinen werde. Der Lord der Vampyre war eine sagenumwobene Gestalt, deren Auftauchen einen neuerlichen Krieg zwischen Vampiren und Vampyren auslösen würde. Aus diesem Krieg würden die Vampyre als Sieger hervorgehen, nachdem sie die Streitkräfte der Vampire bis zum letzten Mann vernichtet hatten – jedenfalls hatte Meister Schick das prophezeit. Seit unserer Ankunft hatte sich Harkat fast die ganze Zeit über in der Fürstenhalle aufgehalten, wo er von den Fürsten und den Obervampiren verhört wurde.
»Für so was hat Darren jetzt keine Zeit mehr«, seufzte Kurda trübsinnig. »Er muss sich auf die Prüfungen vorbereiten.«
»Erzählt mir doch endlich, worum es dabei überhaupt geht«, bat ich meine Freunde.
»Die Einweihungsprüfungen gibt es schon, solange sich irgendein Vampir erinnern kann«, begann Gavner. Gavner Purl war ein Obervampir von gedrungener, kräftiger Statur und mit kurz geschnittenem braunem Haar. Sein Gesicht wies, wie bei den meisten Vampiren, die Spuren unzähliger Kämpfe auf. Mr. Crepsley machte sich oft über seine Kurz-

atmigkeit und sein lautes Schnarchen lustig. »In den guten alten Nächten wurden sie bei jedem Konzil abgehalten, und alle Anwesenden mussten sich ihnen unterziehen, auch wenn sie die Aufgaben bereits ein Dutzend Mal gelöst hatten.
Vor ungefähr tausend Jahren wurden die Prüfungsbedingungen dann geändert. Etwa ab diesem Zeitpunkt gibt es überhaupt erst Obervampire. Davor unterteilte sich der Clan nur in Fürsten und gewöhnliche Vampire. Nach den neuen Regeln brauchten nur noch Vampire, die zum Obervampir aufsteigen wollten, die Prüfungen abzulegen. Trotzdem nehmen auch heute noch viele gewöhnliche Vampire freiwillig daran teil, weil sie sich dadurch den Respekt ihrer Kameraden erwerben, aber es ist nicht mehr Vorschrift.«
»Das verstehe ich nicht«, sagte ich. »Ich dachte, wenn man die Prüfungen besteht, wird man automatisch Obervampir.«
»Nein«, kam Kurda Gavner zuvor. Er fuhr sich mit der Hand durch das blonde Haar. Kurda Smahlt war nicht so kräftig gebaut wie die meisten Vampire – ihm war Grips wichtiger als Muskeln –, und sein Gesicht wies kaum Kampfspuren auf. Nur auf der linken Wange hatte er drei kleine rote Narben, das Zeichen der Vampyre (Kurda träumte nämlich davon, Vampire und Vampyre wieder miteinander zu versöhnen, und er verhandelte schon seit Jahren mit den rotgesichtigen Mördern über die Bedingungen für einen Friedenspakt). »Die Einweihungsprüfungen sind nur der Anfang einer Reihe von Proben, die ein zukünftiger Obervampir bestehen muss. Anschließend muss er weitere Beweise seiner Körperkraft, Ausdauer und Klugheit liefern. Die Prüfungen bestanden zu haben, verbessert lediglich den Ruf innerhalb des Clans.«
Ihr guter Ruf bedeutete den meisten Vampiren sehr viel, Ansehen und Ehre waren ihnen außerordentlich wichtig. Einen

guten Ruf zu haben bedeutete, von seinen Mitvampiren geschätzt und geachtet zu werden.
Ich ließ nicht locker. »Aber worum geht es denn nun wirklich?«
»Es gibt ganz unterschiedliche Aufgaben«, ergriff Gavner wieder das Wort. »Insgesamt fünf davon muss man lösen. Sie werden nach dem Zufallsprinzip ausgewählt, immer eine nach der anderen. Die Auswahl reicht vom Kampf mit wütenden Wildschweinen über das Besteigen eines steilen Berges bis hin zum Durchqueren einer Schlangengrube.«
»Schlangengrube?«, wiederholte ich entsetzt. Evra Von, mein bester Freund im Cirque du Freak, besaß eine riesige Schlange, an die ich mich zwar notgedrungen gewöhnt hatte, die ich aber insgeheim aus tiefster Seele verabscheute. Bei der bloßen Vorstellung einer ganzen Grube voller geschuppter, zuckender Leiber lief es mir kalt den Rücken herunter.
»Die Schlangenprüfung kommt für Darren sowieso nicht infrage«, warf Kurda ein. »Unser letzter Schlangenwärter ist vor neun Jahren gestorben, und sein Posten wurde nicht wieder besetzt. Wir halten hier im Berg zwar noch ein paar Schlangen, aber mit denen könnte man noch nicht mal eine Badewanne füllen, geschweige denn eine Grube.«
»Die Prüfungen finden in fünf aufeinander folgenden Nächten statt«, fuhr Gavner unbeirrt fort. »Dazwischen hat man jeweils nur einen Tag Pause. Deshalb muss der Prüfling bei den ersten Aufgaben besonders gut aufpassen – wenn man sich schon zu Beginn eine Verletzung zuzieht, hat man nicht genug Zeit, sich wieder zu erholen.«
»Was das betrifft, könnte Darren ebenfalls Glück haben«, überlegte Kurda laut. »Schließlich steht das Fest der Untoten vor der Tür.«
»Was ist das für ein Fest?«, fragte ich erstaunt.

»Sobald alle Vampire, die zum Konzil kommen, hier eingetroffen sind, steigt ein rauschendes Fest«, erklärte Kurda. »Vor ein paar Nächten haben wir den Stein des Blutes befragt, ob noch irgendwelche Nachzügler hierher unterwegs sind, und konnten nur drei Vampire ausfindig machen. Wenn der Letzte von ihnen den Berg betritt, wird der Ball eröffnet, und alle offiziellen Angelegenheiten müssen drei Tage und Nächte warten.«

»Kurda hat Recht«, bestätigte Gavner. »Wenn das Fest tatsächlich in deine Prüfungszeit fällt, hast du ausnahmsweise drei Nächte Pause. Das wäre ein nicht zu unterschätzender Vorteil.«

»Aber nur, wenn die Nachzügler einigermaßen pünktlich eintrudeln«, murmelte Kurda düster.

Offenbar war er schon jetzt davon überzeugt, dass ich keine Chance hatte, die Prüfungen zu bestehen. »Warum sind Sie so sicher, dass ich versage?«, fragte ich ihn.

»Du musst nicht denken, dass ich dir nichts zutraue«, erwiderte er. »Ich halte dich nur für viel zu jung und unerfahren. Mal abgesehen davon, dass du völlig untrainiert bist, hast du keine Zeit gehabt, dich mit den verschiedenen Aufgaben zu beschäftigen und dafür zu üben. Du sollst einfach ins kalte Wasser springen, und das finde ich unfair.«

»Na, reitest du immer noch darauf herum, ob die Entscheidung der Fürsten fair war oder nicht?«, spottete jemand hinter uns. Es war Mr. Crepsley in Begleitung seines Freundes Seba Nile, dem Quartiermeister des Vampirberges. Die beiden nickten uns zu und setzten sich an unseren Tisch.

»Du hattest es ziemlich eilig, dem Beschluss der Fürsten zuzustimmen, Larten«, bemerkte Kurda missbilligend. »Meinst du nicht, du hättest Darren vorher die Regeln etwas ausführlicher erläutern sollen? Er hat ja nicht einmal gewusst, dass jedes Versagen bei den Prüfungen den sicheren Tod bedeutet!«

»Stimmt das, Darren?«, wandte sich Mr. Crepsley an mich. Ich nickte. »Ich dachte, ich könnte das Ganze einfach abbrechen, wenn es mir über den Kopf wächst.«

»Ach so. Dann habe ich mich wohl nicht klar genug ausgedrückt. Tut mir Leid.«

»Jetzt ist es leider ein bisschen spät für Entschuldigungen«, schnaubte Kurda.

»Wie dem auch sei«, sagte Mr. Crepsley gelassen, »ich stehe zu meiner Entscheidung. Es war eine heikle Situation. Natürlich war es ein Fehler von mir, Darren anzuzapfen – daran gibt es nichts zu rütteln. Deshalb ist es für uns beide wichtig, dass einer von uns beiden unseren guten Ruf wieder reinwäscht, meine Ehre wiederherstellt und Darren sich einen Namen macht. Hätte ich die Wahl, würde ich die ersten beiden Punkte selbst übernehmen, aber die Fürsten haben nun mal den Jungen dazu bestimmt. Was mich betrifft, ist ihr Wort Gesetz.«

»Außerdem hat Darren gute Karten«, fügte Seba Nile hinzu. »Als ich die Neuigkeit hörte, bin ich sofort zu den Fürsten geeilt und habe sie gebeten, in Darrens Fall die alte, fast vergessene Klausel der so genannten Präparationsfrist anzuwenden.«

»Die *was*?«, fragte Gavner irritiert.

»Bevor es Obervampire gab, bereiteten sich die Vampire nicht jahrelang auf die Prüfungen vor. Die Aufgaben wurden zwar genau wie heute nach dem Zufallsprinzip ausgewählt, aber sie mussten nicht sofort gelöst werden, sondern der Prüfling hatte eine Nacht und einen Tag Zeit, sich vorzubereiten und zu trainieren. Die meisten Vampire, vor allem jene, die schon früher an den Prüfungen teilgenommen hatten, machten zwar keinen Gebrauch von diesem Anrecht, aber es galt durchaus nicht als unehrenhaft, die Präparationsfrist in Anspruch zu nehmen.«

»Von dieser Klausel habe ich noch nie etwas gehört«, sagte Gavner kopfschüttelnd.

»Ich schon«, mischte sich Kurda wieder ein, »aber es war mir längst wieder entfallen. Ist diese Regelung denn überhaupt noch gültig? Schließlich ist sie seit über tausend Jahren nicht mehr zur Anwendung gekommen.«

»Nur weil sie in Vergessenheit geraten ist, muss sie noch lange nicht ungültig sein«, erwiderte Seba schmunzelnd. »Die Präparationsfrist wurde niemals offiziell abgeschafft. Da ich finde, dass Darren ein Sonderfall ist, habe ich die Fürsten gebeten, sie ihm zu gewähren. Mika hatte natürlich wieder etwas dagegen – dieser Kerl hat ja an allem etwas auszusetzen –, aber Paris hat ihn schließlich überredet.«

»Das bedeutet also, Darren hat jeweils vierundzwanzig Stunden Zeit, um sich auf eine Prüfung vorzubereiten«, fasste Mr. Crepsley zusammen. »Und dazu weitere vierundzwanzig Stunden, um sich hinterher auszuruhen – macht achtundvierzig Stunden zwischen zwei Aufgaben.«

»Das ist wirklich eine gute Nachricht«, stimmte Gavner zu. Sein Gesicht hellte sich auf.

»Es kommt noch besser«, fuhr Mr. Crepsley fort. »Außerdem konnten wir die Fürsten dazu bewegen, einige der schwierigeren Prüfungen wegzulassen, die Darrens Fähigkeiten eindeutig übersteigen.«

»Hattest du nicht ausdrücklich erwähnt, dass du nicht bevorzugt behandelt werden willst?«, grinste Gavner.

»Will ich auch nicht«, gab mein Meister zurück. »Ich habe die Fürsten lediglich gebeten, ihren gesunden Vampirverstand zu benutzen. Es ist witzlos, einen Beinamputierten

zum Tanzen oder einen Stummen zum Singen aufzufordern. Genauso unlogisch wäre es, von einem Halbvampir dasselbe zu verlangen wie von einem richtigen Vampir. Die meisten Aufgaben können durchaus bleiben. Nur diejenigen, die Darrens Körpergröße nicht angemessen sind, fallen weg.«
»Ich finde es trotzdem unfair«, murrte Kurda. Er blickte den ehrwürdigen Quartiermeister hoffnungsvoll an. »Fallen dir nicht noch ein paar andere, verstaubte Klauseln ein, die uns nützlich sein könnten, Seba? Irgendwas in der Art, dass es Kindern untersagt ist, an den Prüfungen teilzunehmen, oder dass sie wenigstens nicht hingerichtet werden dürfen, wenn sie scheitern?«
»Ich wüsste keine«, bedauerte Seba. »Die einzigen Vampire, die nicht hingerichtet werden dürfen, wenn sie die Prüfungen nicht bestehen, sind die Fürsten selbst. Alle anderen werden ausnahmslos gleich behandelt.«
»Warum sollte sich ein Fürst den Prüfungen unterziehen?«, wunderte ich mich.
»Früher mussten auch die Fürsten bei jedem Konzil an den Prüfungen teilnehmen«, antwortete Seba. »Manche von ihnen tun das heute noch gelegentlich, wenn sie ihre Fähigkeiten unter Beweis stellen wollen. Andererseits ist es verboten, einen Fürsten zu töten. Versagt demnach ein Fürst bei einer Aufgabe und kommt nicht bereits bei dem Versuch, sie zu lösen, zu Tode, wird er trotzdem nicht hingerichtet.«
»Was geschieht in solchen Fällen?«
»So etwas kommt zum Glück nicht oft vor. Die paar Male, die mir bekannt sind, entschlossen sich die betreffenden Fürsten freiwillig, den Berg zu verlassen und den Tod in der Wildnis zu suchen. Nur ein Einziger, Fredor Mors, nahm seinen Platz in der Fürstenhalle wieder ein. Das war allerdings zu dem Zeitpunkt, als sich die Vampyre abspalteten und wir auf

keinen unserer Anführer verzichten konnten. Nachdem die unmittelbare Gefahr vorüber war, zog er in die Welt hinaus, wo ihn sein Schicksal ereilte.«

»Kommt«, gähnte Mr. Crepsley und stand auf. »Ich bin müde. Es ist schon Tag – höchste Zeit, schlafen zu gehen.«

»Ich kann bestimmt kein Auge zumachen«, meinte ich.

»Musst du aber. Wenn du die Prüfungen bestehen willst, musst du ausgeruht sein und einen klaren Kopf haben.«

»Na gut«, seufzte ich und stand ebenfalls auf. Auch Harkat erhob sich. »Bis morgen«, verabschiedete ich mich von den anderen Vampiren, und sie winkten mir aufmunternd zu.

In der Schlafkammer machte ich es mir in meiner Hängematte bequem. (Die meisten Vampire ruhten in Särgen, aber ich fühle mich darin unwohl.) Harkat kletterte in die benachbarte Hängematte. Ich brauchte eine Ewigkeit, um einzudämmern, aber schließlich gelang es mir doch. Ich schlief zwar nicht den ganzen Tag, aber bei Einbruch der Dunkelheit fühlte ich mich trotzdem einigermaßen frisch und machte mich in Begleitung meines Meisters auf den Weg zur Fürstenhalle, um meine erste Prüfungsaufgabe in Empfang zu nehmen.

2 Draußen vor der Halle wurden wir von Arra Sails begrüßt. Arra war eine der wenigen weiblichen Vampire im Berg. Sie war eine ausgezeichnete Kämpferin, den meisten männlichen Vampiren ebenbürtig, wenn nicht sogar überlegen. Zu Beginn meines Aufenthaltes im Berg hatte ich einen Wettkampf mit ihr ausgetragen und mir dabei ihren Respekt erworben, mit dem sie nicht gerade freigebig war.

»Wie geht's dir, Darren?«, fragte sie und schüttelte mir kräftig die Hand.

»Ganz gut«, gab ich zurück.
»Aufgeregt?«
»Ja.«
»Bei meiner ersten Prüfung war ich auch nervös«, schmunzelte sie. »Nur Dummköpfe haben in einem solchen Augenblick keine Angst. Du darfst bloß nicht in Panik geraten.«
»Ich werd's versuchen.«
Arra räusperte sich. »Ich hoffe, du nimmst mir nicht übel, was ich gestern in der Fürstenhalle gesagt habe.« Es war nämlich Arra gewesen, die die anderen Obervampire überredet hatte, mich auf die Probe zu stellen. »Vielleicht hast du ja erwartet, ich würde dafür eintreten, dich zu verschonen, aber ich halte nichts davon, Vampire mit Samthandschuhen anzufassen. Auch Kinder nicht. Wir Vampire führen ein hartes Leben, und Schwächlinge haben bei uns nichts zu suchen. Wie schon gesagt: Ich traue dir durchaus zu, die Prüfungen zu bestehen, aber wenn du scheiterst, werde ich mich nicht für deine Begnadigung einsetzen.«
»Verstehe«, nickte ich.
»Sind wir trotzdem Freunde?«
»Ja.«
Sie lächelte erleichtert. »Sag Bescheid, wenn du Hilfe bei der Vorbereitung brauchst. Ich habe die Prüfungen insgesamt dreimal absolviert. Nicht so sehr, weil ich den anderen beweisen wollte, dass ich eine gute Vampirin bin – ich habe es in erster Linie für mich selbst getan. Deswegen kenne ich mich ziemlich gut damit aus.«
»Wir werden zu gegebener Zeit darauf zurückkommen«, sagte Mr. Crepsley und verbeugte sich vor ihr.
»Galant wie immer, Larten«, gab Arra zurück. »Und natürlich ebenso gut aussehend.«
Ich hätte beinahe laut gelacht. Mr. Crepsley – ein gut ausse-

hender Mann? Jeder Affe im Zoo sah besser aus als dieser Vampir! Aber mein Meister nahm das Kompliment entgegen, ohne eine Miene zu verziehen, als sei er derartige Schmeicheleien gewöhnt, und verbeugte sich erneut.

»Und du wirst jede Nacht schöner, Arra«, revanchierte er sich.

»Ich weiß«, grinste sie und wandte sich zum Gehen. Mein Meister sah ihr nach, und sein sonst so strenges Gesicht bekam einen verträumten Ausdruck. Als er merkte, dass ich mich über ihn amüsierte, verfinsterte sich seine Miene.

»Was findest du denn so furchtbar komisch?«, fuhr er mich an.

»Nichts«, erwiderte ich unschuldig und fügte hinterhältig hinzu: »Ist sie eine alte Freundin von Ihnen?«

»Wenn du's unbedingt wissen willst«, entgegnete er steif, »Arra war früher mal meine Gefährtin.«

»Ihre Gefährtin?«, wiederholte ich erstaunt. »Heißt das, sie war Ihre Frau?«

»So könnte man es ausdrücken.«

Mir fiel die Kinnlade herunter. »Sie haben mir nie erzählt, dass Sie verheiratet sind!«

»Bin ich ja auch nicht. Jedenfalls nicht mehr.«

»Und warum nicht? Haben Sie sich scheiden lassen?«

Er schüttelte den Kopf. »Bei uns Vampiren gibt es weder Heirat noch Scheidung. Wir treffen mit unseren Gefährtinnen eine vorübergehende Vereinbarung.«

Ich runzelte verwirrt die Stirn. »Das verstehe ich nicht.«

»Wenn sich zwei Vampire zusammentun wollen«, erläuterte mein Meister, »legen sie einen bestimmten Zeitraum fest, üblicherweise fünf oder zehn Jahre, in dem sie zusammenleben. Ist diese Zeit um, können sie sich entweder für weitere fünf oder zehn Jahre verpflichten oder sich wieder

trennen. Wir pflegen andere Beziehungen als die Menschen. Da wir keine Kinder haben können und außerdem sehr alt werden, dauern unsere Verbindungen meistens nicht ein Leben lang.«
»Klingt reichlich merkwürdig.«
Mr. Crepsley zuckte die Achseln. »So sind nun mal die Vampirsitten.«
Ich ließ seine Erklärung einen Augenblick auf mich wirken. »Empfinden Sie für Arra noch Zuneigung?«, fragte ich dann.
»Ich schätze und bewundere sie«, erwiderte er zurückhaltend.
»Das meine ich nicht. Lieben Sie Arra?«
Mein Meister errötete wie ein Schuljunge. »Oje«, sagte er dann rasch. »Es ist höchste Zeit. Komm schon! Die Fürsten warten nicht gern.« Mit einem Mal hatte er es furchtbar eilig.

In der Fürstenhalle winkte uns Vanez Blane, der Wettkampfaufseher, zu sich. Seine Aufgabe war es, die drei Sporthallen im Berg zu überwachen und die Kämpfer zu betreuen. Er hatte nur noch ein Auge, und seine linke Gesichtshälfte sah ziemlich Furcht einflößend aus. Aber wenn man ihn von vorn oder von rechts betrachtete, erkannte man auf den ersten Blick, dass er ein freundlicher, anständiger Mann war.
»Und? Wie fühlst du dich?«, erkundigte er sich. »Bist du für die Prüfungen bereit?«
»Geht so«, gab ich zurück.
Er nahm mich beiseite und senkte die Stimme. »Du kannst natürlich Nein sagen, wenn du nicht willst, aber ich habe mit den Fürsten gesprochen, und sie haben nichts dagegen, wenn du mich für die Dauer der Prüfungen zu deinem Tutor bestimmst. Das bedeutet, ich erkläre dir die einzelnen Aufga-

ben und helfe dir, dich darauf vorzubereiten. So ähnlich wie ein Sekundant bei einem Duell oder ein Trainer beim Boxkampf.«

»Klingt gut«, meinte ich.

»Du hast doch nichts dagegen, Larten?«, wandte sich Vanez zuvorkommend an Mr. Crepsley.

»Nicht im Geringsten«, verneinte mein Meister. »Ich hätte mich Darren selbst als Tutor angeboten, aber du bist für dieses Amt viel besser geeignet. Schaffst du das denn neben deinen sonstigen Pflichten?«

»Kein Problem.«

»Also abgemacht.«

Wir schüttelten uns alle drei die Hand und lächelten einander an.

»Ich bin es nicht gewöhnt, im Mittelpunkt zu stehen«, sagte ich verlegen. »Dass sich so viele Leute die Mühe machen, mir zu helfen. Werden hier alle Neulinge so zuvorkommend behandelt?«

»Die meisten schon«, erklärte Vanez. »Vampire können durchaus fürsorglich miteinander umgehen. Was bleibt uns auch anderes übrig – alle anderen Bewohner dieser Erde hassen oder fürchten uns schließlich. Ein Vampir kann sich hundertprozentig auf seine Kameraden verlassen.« Augenzwinkernd setzte er hinzu: »Das gilt sogar für Kurda Smahlt, diesen feigen Schuft.«

Vanez hielt Kurda nicht wirklich für einen Feigling – er wollte sich nur ein wenig über den neunmalklugen zukünftigen Fürsten lustig machen –, aber viele Vampire im Berg waren tatsächlich dieser Ansicht. Kurda verabscheute alles, was mit Kämpfen und Krieg zu tun hatte, und wollte sogar mit den verhassten Vampyren Frieden schließen. Dergleichen war für die meisten Vampire völlig undenkbar.

Ein Wachsoldat rief meinen Namen auf, und ich ging an den kreisförmig angeordneten Bänken vorbei zum Podest in der Mitte der Halle, auf dem die Thronsessel der Fürsten standen. Vanez folgte mir und stellte sich dicht hinter mich, Mr. Crepsley dagegen blieb sitzen, denn es war nur Tutoren erlaubt, die Prüflinge zum Podium zu begleiten.

Paris Skyle, der weißhaarige Fürst mit dem langen grauen Bart (er war der älteste noch lebende Vampir), fragte mich sodann, ob ich bereit war, jede Prüfungsaufgabe zu akzeptieren, ganz gleich, worin sie bestand. Ich bejahte. Daraufhin verkündete er der ganzen Halle, dass mir eine Präparationsfrist gewährt werde und einige Aufgaben aufgrund meiner Jugend und Körpergröße ausschieden. Er fragte die Anwesenden, ob jemand etwas dagegen einzuwenden habe. Mika Ver Leth, der seinerzeit als Erster auf die Idee mit den Prüfungen gekommen war, sah zwar ziemlich unzufrieden aus und zupfte gereizt an seinem schwarzen Hemd herum, sagte aber nichts. »Nun denn«, verkündete Paris zufrieden. »Lasst uns die erste Prüfung auswählen.«

Ein grün uniformierter Wachposten brachte einen Beutel mit nummerierten Steinen herbei. Meine Freunde hatten mir erklärt, dass sich darin siebzehn Kiesel befanden, jeder mit einer anderen Zahl beschriftet. Jede Zahl wiederum bezeichnete eine Prüfungsaufgabe, und der Stein, den ich aus dem Beutel zog, entschied darüber, welche Probe ich als erste zu bestehen hatte.

Der Wachposten schüttelte den Beutel und fragte, ob jemand den Inhalt zu prüfen wünsche. Ein Obervampir hob die Hand. Das war eine reine Formalität; die Steine wurden immer überprüft. Ich starrte auf den Boden und versuchte, das nervöse Rumoren in meinen Eingeweiden zu besänftigen. Nachdem die Steine kontrolliert worden waren, schüttelte

der Uniformierte den Beutel noch einmal und hielt ihn mir dann hin. Ich schloss die Augen, steckte die Hand hinein, ergriff den ersten Stein, den meine Finger berührten, und zog die Hand wieder heraus. »Nummer elf«, verkündete der Posten laut. »Das Wasserlabyrinth.«
Gedämpftes Gemurmel breitete sich aus.
»Ist das gut oder schlecht?«, fragte ich Vanez im Flüsterton, während der Stein an die Fürsten zur Begutachtung weitergereicht wurde.
»Kommt drauf an«, raunte er zurück. »Kannst du schwimmen?«
»Ja.«
»Dann ist es als erste Aufgabe nicht schlecht. Es hätte schlimmer kommen können.«
Nachdem der Stein auch von den Fürsten für rechtmäßig befunden und anschließend beiseite gelegt worden war, damit er kein zweites Mal gezogen werden konnte, erklärte mir Paris, dass ich mich am nächsten Abend zur Prüfung einzufinden hätte. Er wünschte mir bereits jetzt viel Glück, denn wichtige Geschäfte hielten ihn davon ab, der Prüfung persönlich beizuwohnen. An seiner statt werde jedoch ein anderer Fürst anwesend sein. Damit war ich entlassen. In Begleitung von Vanez und Mr. Crepsley verließ ich die Halle unverzüglich, um mich vorzubereiten.

3 Das Wasserlabyrinth war ein künstliches Gewölbe mit einer niedrigen Decke und wasserabweisenden Wänden. In jeder der vier Außenwände befand sich eine Tür, die zugleich Eingang und Ausgang war. Vom Zentrum des Labyrinths aus, in das man mich zu Beginn der Prüfung bringen würde,

dauerte es normalerweise fünf oder sechs Minuten, um wieder herauszufinden, vorausgesetzt natürlich, man verirrte sich nicht.
Ein Prüfling brauchte allerdings länger, weil er einen Stein von etwa der Hälfte seines Körpergewichts hinter sich herschleppen musste. Mit dem Stein waren acht oder neun Minuten eine gute Zeit.
Doch nicht nur der Stein erschwerte die Aufgabe; da war natürlich noch das Wasser. Mit Beginn der Prüfung füllte sich das Labyrinth mit Wasser, das aus unterirdischen Rohren hochgepumpt wurde. Dadurch kam der Prüfling noch langsamer voran und benötigte ungefähr eine Viertelstunde.
Wenn man länger brauchte, wurde es kritisch, denn das Labyrinth lief in genau siebzehn Minuten bis unter die Decke voll.
»Hauptsache, du gerätst nicht in Panik«, schärfte mir Vanez ein. Wir befanden uns in einem Übungslabyrinth, das eine verkleinerte Nachbildung des Prüfungslabyrinths darstellte. Der Weg hinaus war allerdings nicht derselbe, denn die Wände des großen Labyrinths waren beweglich, so dass die Gänge jedes Mal anders angeordnet werden konnten; dennoch vermittelte das Übungslabyrinth eine gute Vorstellung von dem, was mich erwartete. »Die meisten Prüflinge, die bei dieser Aufgabe umkommen, verlieren irgendwann die Nerven«, fuhr Vanez fort. »Natürlich bekommt man es mit der Angst zu tun, wenn das Wasser steigt und es immer schwieriger wird, sich fortzubewegen. Aber du musst diese Angst besiegen und dich einzig und allein auf den Weg konzentrieren. Sobald du dich vom Wasser ablenken lässt, verlierst du die Orientierung – und dann ist es aus mit dir.«
Die erste Hälfte der Nacht verbrachten wir damit, kreuz und quer durch das Labyrinth zu wandern, immer wieder von

neuem, und Vanez brachte mir bei, wie man sich in Gedanken eine Karte anlegt. »Auf den ersten Blick sehen alle Gänge gleich aus«, erklärte er, »aber das täuscht. Es gibt winzige Unterschiede: ein andersfarbiger Stein in der Wand, eine Unebenheit des Bodens, ein Riss im Mauerwerk. Diese kleinen Einzelheiten musst du dir einprägen und in deine gedachte Karte eintragen. Wenn du dich dann in einem Gang befindest, in dem du schon einmal gewesen bist, erkennst du ihn wieder und kannst, ohne kostbare Zeit zu verlieren, einen anderen Weg nach draußen suchen.«

Es dauerte Stunden, bis ich begriffen hatte, wie man eine geistige Karte erstellt. Das war nämlich viel schwieriger, als es sich anhört. Die ersten paar Gänge waren leicht zu merken: In der oberen linken Ecke des einen war ein Mauerstein beschädigt; auf dem Boden des zweiten wuchs ein kleines Moospolster; in die Decke des dritten war ein unregelmäßig geformter Stein eingelassen –, aber je mehr Gänge ich durchstreifte, desto mehr Einzelheiten musste ich mir einprägen und desto verwirrender wurde das Ganze. Ich musste jedem Abschnitt des Labyrinths ein anderes Merkmal zuordnen, denn wenn ich mir etwas einprägte, was in meinem Geist bereits einen anderen Gang kennzeichnete, verwechselte ich die beiden Gänge und lief im Kreis.

»Du konzentrierst dich nicht richtig!«, schalt mich Vanez, als ich zum siebten oder achten Mal kurz hintereinander verwirrt stehen blieb.

»Ich versuche es ja«, jammerte ich, »aber es ist schrecklich kompliziert.«

»Versuchen reicht nicht«, schnauzte er mich an. »Du darfst an nichts anderes denken. Vergiss die Prüfung und das Wasser und das, was dich erwartet, wenn du versagst. Vergiss Abendessen und Frühstück und alles andere, was dich ablenken könnte. Konzentrier dich ausschließlich auf das Labyrinth. Es muss dein ganzes Denken beherrschen, sonst hast du schon verloren.«

Es war furchtbar anstrengend, aber ich tat mein Bestes, und innerhalb der nächsten Stunde machte ich beträchtliche Fortschritte. Vanez hatte Recht: Es kam darauf an, alle anderen Gedanken auszublenden. Es war ziemlich langweilig, stundenlang dasselbe Labyrinth abzulaufen, aber genau diese Langeweile würde mir letztlich zugute kommen. Später im Wasserlabyrinth durfte ich mich durch nichts aus der Ruhe bringen lassen.

Schließlich war Vanez mit meinem Orientierungssinn zufrieden und ging zum nächsten Trainingsabschnitt über: Er schlang mir ein langes Seil um die Taille, an dessen anderes Ende ein Felsbrocken gebunden war. »Dieser Stein wiegt nur ein Viertel so viel wie du«, merkte er an. »Später probieren wir es mit einem schwereren, aber ich möchte dich so kurz vor der Prüfung nicht unnötig ermüden. Wir fangen mit dieser Größe an, machen mit einem Stein von einem Drittel deines Körpergewichts weiter und lassen dich erst ganz zum Schluss mit einem Felsen üben, der den tatsächlichen Bedingungen entspricht, damit du einen realistischen Eindruck bekommst.«

Der Felsbrocken war nicht besonders schwer (Halbvampire sind kräftiger als Menschen), aber er behinderte mich. Ich kam nicht nur langsamer voran, sondern das Seil hatte auch die lästige Eigenschaft, sich an Ecken oder in Mauerspalten zu verfangen, sodass ich immer mal wieder stehen bleiben und es losmachen musste.

»Wenn du spürst, dass du festsitzt, musst du sofort umkehren«, betonte Vanez. »Zwar rät dir dein Instinkt vielleicht, weiterzugehen und einfach kräftig am Seil zu ziehen, aber oft macht das alles nur noch schlimmer, und du brauchst letztlich länger, um das Seil wieder zu entwirren. Im Wasserlabyrinth zählt jede Sekunde. Geh lieber umsichtig vor und lass dir vier oder fünf Sekunden Zeit, um dich loszumachen, als vor lauter Eile schließlich zehn oder zwanzig Sekunden zu verlieren.«

Vanez zeigte mir aber auch ein paar Tricks, mit denen man verhinderte, dass sich das Seil mit dem Stein allzu oft verhedderte. An Wegbiegungen oder Ecken sollte ich den Felsbrocken näher zu mir heranziehen, dann war die Gefahr geringer, dass ich hängen blieb. Außerdem war es ratsam, das Seil alle paar Meter auszuschütteln, damit es locker blieb.

»Das muss ganz automatisch ablaufen«, sagte Vanez streng. »Deine Gedanken befassen sich ausschließlich mit deiner inneren Karte. Alles Übrige erledigst du rein instinktiv.«

»Es hat alles keinen Sinn«, ächzte ich und ließ mich ermattet auf den Boden sinken. »Ich bräuchte Monate, um mich auf diese Prüfung vorzubereiten. Ich habe nicht die geringste Chance.«

»Natürlich hast du eine Chance!«, schnauzte mich Vanez an. Er ging neben mir in die Hocke und bohrte mir unsanft den Zeigefinger in die Rippen. »Spürst du das?«, fragte er und pikte mich fest in die Magengrube.

»Au!« Ich schlug nach seiner Hand. »Lassen Sie das!«

»Tut's weh?«, fragte er und stieß wieder zu. »Na?«

»Ja!«

Er grunzte, piesackte mich ein letztes Mal und stand wieder auf. »Die Pfähle in der Todeshalle sind noch viel spitzer.«

Seufzend rappelte ich mich auf, wischte mir den Schweiß von der Stirn, ergriff mein Seil, schüttelte es aus und quälte mich weiter durch das Labyrinth, wobei ich mir im Geist die Gänge einprägte und den Felsen hinter mir herschleifte.

Irgendwann machten wir eine Pause und trafen uns mit Mr. Crepsley und Harkat in der Khledon-Lurt-Halle zum Essen. Ich hatte zwar keinen Hunger, dafür war ich viel zu aufgeregt, aber Vanez bestand darauf, dass ich etwas herunterwürgte. Er meinte, für die Prüfung benötigte ich meine gesamte Energie.

»Na, wie macht sich Darren so?«, fragte mein Meister. Er hätte gern beim Training zugesehen, aber Vanez hatte gemeint, er sei uns nur im Weg.

»Gar nicht übel«, stieß der Tutor etwas undeutlich hervor, da er gerade die Knochen einer gegrillten Ratte abnagte. »Ehrlich gesagt habe ich zwar zuversichtlich getan, als er ausgerechnet diese Prüfung gezogen hat, aber insgeheim hatte ich befürchtet – entschuldigt das kleine Wortspiel –, dass Darren im Ernstfall ruck, zuck das Wasser bis zum Hals steht. Auf den ersten Blick ist das Labyrinth eine der harmloseren Prüfungen, dafür bedarf es jedoch intensiver Vorbereitung. Darren lernt wirklich bemerkenswert schnell. Wir sind zwar noch lange nicht fertig – er hat noch keinmal im Wasser geübt –, aber ich bin jetzt viel optimistischer als noch vor ein paar Stunden.«

Harkat hatte Madame Octa, Mr. Crepsleys dressierte Spinne, mit in die Halle gebracht und fütterte sie mit in Fledermauseintopf eingeweichten Brotkrumen. Er hatte sich bereit erklärt, sich während meiner Prüfungen um sie zu kümmern. Ich rückte ein Stück von den Vampiren ab. »Kommst du mit ihr klar?«, wandte ich mich mit gedämpfter Stimme an den Kleinen Kerl.

»Ja. Sie ist … sehr … pflegeleicht.«

»Lass sie bloß nicht aus dem Käfig«, warnte ich ihn. »Sie sieht hübsch aus, aber ihr Biss ist absolut tödlich.«

»Ich weiß. Ich … hab euch oft … auf der Bühne … beobachtet ... wenn ihr ... im Cirque ... du Freak ... aufgetreten seid.«

Harkat sprach von Nacht zu Nacht besser und nuschelte schon viel weniger als früher, aber er musste immer noch mitten im Satz längere Pausen einlegen, um Luft zu holen.

»Glaubst du ... du schaffst ... die Prüfung?«, erkundigte er sich.

Ich zuckte die Achseln. »Darüber denke ich im Moment überhaupt nicht nach. Ich weiß ja noch nicht mal, ob ich das Training überlebe! Vanez ist ein richtiger Leuteschinder. Wahrscheinlich muss er mich so hart rannehmen, aber ich bin total erledigt. Am liebsten würde ich mich gleich hier unter den Tisch legen und eine Woche lang nur schlafen.«

»Ich hab ... die Vampire ... belauscht«, stammelte Harkat. »Viele von ihnen ... haben Wetten ... auf dich abgeschlossen.«

Plötzlich war ich wieder munter. »Wirklich? Wie hoch sind die Einsätze?«

»Sie wetten ... nicht um ... richtige Einsätze. Sie setzen ... Kleider und ... Schmuckstücke. Die meisten ... schätzen ... dass du es nicht schaffst. Kurda und Gavner ... und Arra ... nehmen fast alle ... Wetten an. Sie ... glauben an dich.«

»Das freut mich«, lächelte ich. »Was ist mit Mr. Crepsley?«

Harkat schüttelte den Kopf. »Der sagt ... er wettet ... nicht. Schon gar nicht ... auf Kinder.«

»Das sieht dem alten Spielverderber ähnlich«, schnaufte ich und gab mir Mühe, meine Enttäuschung zu verbergen.

»Aber ich ... habe zugehört, als er ... mit Seba Nile ... sprach«, fuhr Harkat fort. »Er meinte ... wenn du ... versagst ... frisst er ... seinen Umhang.«

Ich musste lachen.

»Was habt ihr beiden da zu tuscheln?«, fragte mein Meister misstrauisch.

Ich grinste ihn an. »Nichts.«
Als wir mit Essen fertig waren, gingen Vanez und ich ins Übungslabyrinth zurück, um mit schwereren Steinen und anschließend im Wasser zu trainieren. Die folgenden Stunden gehörten zu den anstrengendsten meines ganzen Lebens, und als Vanez schließlich meinte, es sei jetzt genug, und mich zum Schlafen in meine Kammer schickte, war ich so müde, dass ich auf halbem Wege zusammenklappte und von ein paar mitleidigen Wachposten in meine Hängematte getragen werden musste.

4 Als ich wieder aufwachte, war ich so steif und zerschlagen, dass ich das Gefühl hatte, noch nicht einmal den Hinweg zum Labyrinth zu schaffen, geschweige denn den Weg hinaus! Aber nachdem ich ein paar Minuten auf und ab gegangen war, wurden meine Muskeln wieder geschmeidig, und ich fühlte mich rundum fit. Vanez hatte mich zwar bis zur Erschöpfung getriezt, aber er hatte offenbar genau gewusst, wann er aufhören musste. Ich nahm mir vor, nie wieder an seinen Methoden zu zweifeln.
Ich war hungrig, aber mein Tutor hatte mir verboten, etwas zu essen – wenn es darauf ankam, konnten ein paar Pfund mehr oder weniger über Leben und Tod entscheiden.
Mr. Crepsley und Vanez holten mich pünktlich ab. Beide hatten ihre besten Kleider angezogen. Mr. Crepsley trug ein prächtiges hellrotes Gewand, Vanez ein unauffälligeres braunes Hemd und eine gleichfarbige Hose.
»Alles klar?«, erkundigte sich mein Tutor. Ich nickte. »Hast du Hunger?«
»Mir knurrt der Magen!«

»So ist es richtig«, lächelte er. »Nach der Prüfung serviere ich dir die beste Mahlzeit deines Lebens, das verspreche ich dir. Erinnere dich daran, wenn du in Schwierigkeiten gerätst. Es ist immer gut, wenn man sich auf etwas freuen kann.«

Wir schlängelten uns durch die fackelerhellten Gänge, die zum Wasserlabyrinth führten. Vanez ging voran, dann folgte ich, und die Nachhut bildeten Mr. Crepsley und Harkat. Vanez schulterte eine rote Fahne, das Zeichen, dass er einen Vampir zur Prüfung begleitete. Die meisten Vampire, denen wir begegneten, vollführten eine merkwürdige Geste, wenn sie mich sahen: Sie legten den rechten Mittelfinger an die Stirn, pressten die Kuppen der benachbarten Finger auf die geschlossenen Augenlider und spreizten Daumen und kleinen Finger weit ab.

»Was bedeutet das?«, fragte ich meinen Tutor.

»Das ist ein alter Brauch«, erklärte er. »Man nennt es den Todesgruß. Er besagt: Sei siegreich noch im Tod.«

Das Wasserlabyrinth war in den ausgehobenen Boden einer großen Höhle eingelassen. Von oben sah es wie eine lang gestreckte, rechteckige Kiste aus. Rings um die Ausschachtung drängten sich vierzig oder fünfzig Vampire, so viel der Raum fassen konnte. Ich erspähte Gavner und Kurda, Seba Nile und Arra Sails – und Mika Ver Leth, den Vampirfürsten, der mich zu den Prüfungen verdonnert hatte.

Mika winkte uns heran, nickte Vanez und Mr. Crepsley bedeutungsvoll zu und heftete dann seinen eisigen Blick auf mich. Er trug seine üblichen schwarzen Gewänder und sah noch strenger aus als Mr. Crepsley. »Hast du dich gut auf die Prüfung vorbereitet?«, fragte er barsch.

»Jawohl.«

»Du weißt, was dich erwartet?«

»Ja.«

»Außer den vier Türen gibt es keine Möglichkeit, das Labyrinth zu verlassen. Gelingt es dir nicht, die Aufgabe zu lösen, bleibt dir die Todeshalle demnach erspart.«

»Ich würde mich lieber aufspießen lassen, als zu ertrinken«, erwiderte ich mürrisch.

»Da bist du mit den meisten Vampiren einer Meinung«, gab Mika zurück. »Aber keine Sorge – es ist stehendes Wasser, kein fließendes.«

Ich runzelte verwirrt die Stirn. »Worin besteht da der Unterschied?«

»Stehendes Wasser gibt Vampirseelen wieder frei.«

»Ach, dieses alte Märchen«, lachte ich. Viele Vampire glaubten, beim Ertrinken in einem fließenden Gewässer bliebe die Seele für immer darin gefangen. »Das ist mir egal. Ich habe bloß keine Lust zu ersaufen!«

»Wie auch immer, ich wünsche dir jedenfalls viel Glück.«

»Sie lügen«, sagte ich verächtlich.

»Darren!«, zischte Mr. Crepsley warnend.

»Schon gut.« Mit einer unwirschen Handbewegung gebot Mika meinem Meister Schweigen. »Lass den Jungen ruhig reden.«

»*Sie* haben mich zu den Prüfungen gezwungen«, sagte ich wütend. »Und Sie halten mich für unwürdig, ein Vampir zu sein. Außerdem freuen Sie sich doch, wenn ich versage, weil Sie dann Recht behalten.«

»Dein Gehilfe hat offenbar keine besonders hohe Meinung von mir, Larten«, stellte Mika fest.

»Er ist jung, Mika. Er weiß noch nicht, was sich gehört.«

»Du brauchst ihn nicht in Schutz zu nehmen. Ich finde, junge Leute sollten ihre Ansichten ruhig ungeniert äußern dürfen.« Er wandte sich wieder mir zu. »In einem hast du absolut Recht, Darren Shan: Ich glaube tatsächlich nicht, dass

du das Zeug zu einem richtigen Vampir hast. Aber was du da eben noch gesagt hast ...« Er schüttelte den Kopf. »Kein Vampir freut sich über das Scheitern eines Kameraden. Ich hoffe wirklich, dass ich mit meiner Einschätzung falsch liege. Tapferen Nachwuchs können wir immer gebrauchen, besonders in Zeiten wie diesen. Wenn du die Prüfungen wirklich bestehst, werde ich dir mit einem Glas Blut zuprosten und öffentlich zugeben, dass ich mich in dir getäuscht habe.«
Ich war verblüfft. »Ach so ist das. In diesem Fall nehme ich alles zurück. Sind wir damit wieder quitt?«
Der schwarzhaarige Fürst mit den stechenden Augen verzog die schmalen Lippen zu einem flüchtigen Lächeln. »In Ordnung.« Dann klatschte er kräftig in die Hände, rief in schneidendem Ton: »Mögen die Götter dir Vampirglück bescheren!«, und die Prüfung begann.

Damit ich mir den Hinweg nicht einprägen konnte, wurde ich mit verbundenen Augen auf eine Trage gelegt und von vier Uniformierten ins Zentrum des Labyrinths gebracht. Am Ziel stellten sie die Trage hin und nahmen mir die Augenbinde ab. Ich befand mich in einem engen Gang, etwa anderthalb Meter breit und keine zwei Meter hoch. Bei dieser speziellen Prüfung gereichte mir meine geringe Größe ausnahmsweise zum Vorteil: Hoch gewachsene Vampire mussten sich zu allem anderen auch noch die ganze Zeit bücken.
»Bist du bereit?«, fragte einer der Posten.
»Ich bin bereit«, bestätigte ich, wobei ich den Blick schon auf der Suche nach irgendeiner Besonderheit über die Mauern schweifen ließ. In der Wand zu meiner Linken entdeckte ich einen helleren Stein und begann unverzüglich, mir in Gedanken eine Karte anzulegen.

»Du musst so lange hier stehen bleiben, bis das Wasser einläuft«, erklärte der Uniformierte. »Das gilt bei dieser Prüfung als Startsignal. Sobald wir weg sind, bist du unbeobachtet. Nur dein eigenes Gewissen kann dich davon abhalten zu mogeln.«
»Ich hatte nicht vor zu mogeln«, fauchte ich gekränkt. »Selbstverständlich warte ich auf das Wasser.«
»Ich weiß, ich weiß«, beschwichtigte mich der Vampir mit entschuldigendem Lächeln. »Ich muss dich trotzdem darauf hinweisen – so will es der Brauch.«
Damit ergriffen die vier Grüngekleideten die Trage und verschwanden. Sie hatten Schuhe mit extra weichen Sohlen an, damit ihre Schritte nicht zu hören waren.
In die Decke des Labyrinths waren gläserne Bullaugen eingelassen, in denen kleine Fackeln brannten. Auf diese Weise konnte der Prüfling auch noch gut sehen, wenn das Wasser stieg.
Während ich auf das Einlaufen des Wassers wartete, waren meine Nerven zum Zerreißen gespannt. Eine leise, feige Stimme in meinem Inneren versuchte mich zu überreden, schon jetzt mit der Suche nach dem Ausgang zu beginnen. Niemand würde je davon erfahren. Lieber mit einer heimlichen Schande weiterleben, als vor lauter Stolz ertrinken.
Ich hörte nicht darauf. Wenn ich jetzt schummelte, konnte ich Mr. Crepsley, Gavner und den anderen für den Rest meines Lebens nicht mehr ins Gesicht sehen.
Endlich hörte ich ein gurgelndes Geräusch, und Wasser blubberte aus einem Rohr im Boden. Mit einem erleichterten Seufzer hastete ich ans Ende des Ganges, wobei ich meinen Felsbrocken hinter mir herzerrte und das Seil in regelmäßigen Abständen ausschüttelte, wie Vanez es mir beigebracht hatte.

Anfangs kam ich gut voran. Das Wasser störte mich kaum, und es gab haufenweise auffällige Steine, anhand deren ich mir die verschiedenen Gänge einprägen konnte. Ich ließ mich auch nicht beirren, wenn ich in einer Sackgasse landete oder denselben Gang wieder zurücklaufen musste, sondern schlug einfach eine andere Richtung ein.

Nach fünf oder sechs Minuten wurde das Gehen allmählich anstrengend. Das Wasser reichte mir jetzt bis an die Knie, und jeder Schritt erforderte erheblichen Kraftaufwand. Der Felsbrocken schien plötzlich eine Tonne zu wiegen. Ich atmete schwer, und meine Muskeln schmerzten, besonders im Rücken und in den Beinen.

Trotzdem bewahrte ich Ruhe. Vanez hatte mich auch darauf vorbereitet. Ich musste mich dem Wasser anpassen, nicht dagegen ankämpfen. Ich verlangsamte mein Tempo.

Viele Prüflinge machen den Fehler, sich in diesem Stadium zu sehr zu beeilen – nach kurzer Zeit sind sie total ausgelaugt und schaffen es noch nicht mal mehr in die Nähe des Ausgangs.

Das Wasser stieg stetig weiter, und allmählich wurde ich unruhig. Ich hatte keine Ahnung, wie weit der Ausgang noch entfernt war. Vielleicht trennte mich nur eine Wegbiegung von der rettenden Tür, ohne dass ich es ahnte – vielleicht ging ich aber auch in die völlig falsche Richtung. Wenigstens würde ich den Ausgang sofort als solchen erkennen – auf alle vier Türen war ein großes weißes X gemalt, in dessen Mitte ein großer schwarzer Knopf angebracht war. Ich brauchte nur auf diesen Knopf zu drücken, dann öffnete sich die Tür, das Wasser lief ab, und ich war gerettet.

Das Problem war nur, die Tür zu finden. Inzwischen reichte mir das Wasser schon bis zur Brust, und der Felsbrocken schien von Minute zu Minute schwerer zu werden. Ich hatte

es aufgegeben, das Seil ständig auszuschütteln – es war einfach zu anstrengend –, und fühlte, wie es hinter mir durchs Wasser glitt und sich um meine Beine zu schlingen drohte. Es war tatsächlich schon vorgekommen, dass sich Prüflinge so hoffnungslos darin verheddert hatten, dass sie nicht mehr weitergehen konnten und ertranken.
Als ich um eine Ecke bog, saß der Stein plötzlich fest. Vergeblich zerrte ich am Seil. Mir blieb nichts anderes übrig, als tief Luft zu holen und den Kopf unter Wasser zu strecken, um nachzusehen, was los war. Der Felsbrocken hatte sich in einer breiten Mauerritze verkeilt. Es dauerte nur ein paar Sekunden, ihn zu befreien, aber als ich wieder auftauchte, war mein Kopf mit einem Mal wie leer gefegt. War ich schon einmal in diesem Gang gewesen? Ich hielt Ausschau nach einem besonderen Merkmal, konnte aber keines entdecken. Ziemlich hoch oben in der Wand befand sich zwar ein gelber Stein, der mir irgendwie bekannt vorkam, aber sicher war ich mir nicht.
Ich hatte mich verlaufen!
Ich hastete zum Ende des Ganges und bog in den nächsten ein, um festzustellen, in welchem Teil des Labyrinths ich mich befand. Panik überwältigte mich. »Ich muss ertrinken! Ich muss ertrinken!«, dachte ich unaufhörlich. Ich war so durcheinander, dass ich noch nicht einmal gemerkt hätte, wenn ich an einem Dutzend Wegmarkierungen vorbeigekommen wäre.
Wasser umspülte mein Kinn und schwappte mir in den offenen Mund. Keuchend und spuckend schlug ich mit den Händen danach, als könnte ich die Flut auf diese Weise aufhalten. Ich stolperte und fiel hin. Tauchte prustend und nach Luft schnappend wieder auf. Völlig außer mir fing ich zu schreien an ...

... und das brachte mich zur Besinnung. Der Widerhall meines eigenen Gebrülls ließ mich wieder Vernunft annehmen. Ich erinnerte mich an Vanez' Rat, blieb stehen, schloss die Augen und rührte mich nicht eher, als bis ich mich wieder im Griff hatte. Ich stellte mir den Festschmaus vor, den mein Tutor mir versprochen hatte. Lammbraten und Grillhähnchen (abgesehen von den großen Mengen an Ratten und Fledermäusen wurden im Berg auch gewöhnliche Schlachttiere gehalten, die für besondere Gelegenheiten reserviert waren), dampfende Kartoffeln und ein Glas Wein. Hinterher ein Fläschchen Menschenblut, damit ich wieder zu Kräften kam. Und zum Nachtisch schließlich heiße, saftige Waldbeeren mit frischem, warmem Brot.
Ich öffnete die Augen. Mein Herz hämmerte nicht mehr wie verrückt, und die schlimmste Angst war vorüber. Langsam stapfte ich durch den Gang und hielt nach einem Anhaltspunkt Ausschau. Hatte ich den erst gefunden, konnte ich meine gedachte Karte wieder rekonstruieren, davon war ich fest überzeugt. Ich erreichte das Ende des Ganges – nichts. Auch der davon abzweigende Gang kam mir vollkommen unbekannt vor. Der nächste auch. Der übernächste ebenfalls.
Wieder stieg Panik in mir auf, da erspähte ich plötzlich eine Deckenleuchte, die in einen hellgrauen, nahezu runden Stein eingelassen war. Diese Lampe kannte ich! Ein paar endlose Sekunden lang war mein Gedächtnis noch leer – dann kehrte die Erinnerung allmählich zurück. Um ganz sicherzugehen, blieb ich noch einen Augenblick stehen, bevor ich weitermarschierte.
Das Wasser kitzelte mich jetzt schon an der Unterlippe, und ich schaffte es kaum noch, einen Fuß vor den anderen zu setzen. Um den Kopf über Wasser zu halten, bewegte ich mich

wie ein Känguru in kurzen Sprüngen fort, wobei ich Acht gab, nicht an die niedrige Decke zu stoßen. Wie viele Minuten blieben mir wohl noch, bis ich keine Luft mehr bekam? Drei? Vier? Viel länger konnte es nicht dauern. Ich musste den Ausgang finden – und zwar schnell!
Ich ging im Geist meine Karte durch und versuchte herauszufinden, wie weit ich mich inzwischen von meinem Ausgangspunkt im Zentrum des Labyrinths entfernt hatte. Nach meiner Einschätzung musste ich mich bereits in der Nähe der Außenwände befinden. Wenn das stimmte und die Tür nicht mehr fern war, hatte ich noch eine Chance. Falls ich mich allerdings verschätzt hatte, war die Prüfung so gut wie vorbei.
Hinter der nächsten Ecke stieß ich tatsächlich auf ein Stück Außenwand. Ich erkannte sie sofort, weil die Mauersteine hier dunkler und unregelmäßiger waren als überall sonst. Zwar sah ich nirgendwo ein weißes X, trotzdem schlug mein Herz vor Freude höher. Ich löschte die Karte aus meinen Gedanken – sie hatte ihren Zweck erfüllt – und eilte zur nächsten Wegbiegung, in der Hoffnung, dahinter das rettende X zu erspähen.
Insgesamt viermal stieß ich auf verschiedene Abschnitte der Außenmauer, aber in keinem davon befand sich ein Ausgang. Das Wasser reichte schon fast bis zur Decke. Ich bewegte mich eher schwimmend als laufend fort und musste die Lippen an die Decke des Labyrinths pressen, um überhaupt noch Luft zu bekommen. Wäre nur der verfluchte Stein nicht gewesen! Immer wenn ich richtig schwimmen wollte, zerrte er an mir und verdammte mich zu einem unbeholfenen Kraulen.
Als ich wieder einmal Halt machte, um Luft zu holen, wurde mir klar, dass ich eine Entscheidung treffen musste. Vanez

hatte im Übungslabyrinth mit mir darüber gesprochen. Er hatte zwar gehofft, dass es gar nicht erst so weit kommen würde, aber falls doch, war es überlebenswichtig, das Richtige zu tun.

Wenn ich so weitermachte wie bisher, würde ich elend ertrinken. Ich kam kaum noch von der Stelle, und bald würde das Wasser endgültig über mir zusammenschlagen. Jetzt musste ich alles auf eine Karte setzen. Es ging um Leben und Tod. War mir das Vampirglück hold, kam ich vielleicht mit dem Leben davon. Falls nicht ...

Ich holte ein paarmal tief Luft und füllte meine Lungen bis zum Platzen, dann tauchte ich unter, bis ich den Boden berührte. Ich nahm den Felsbrocken auf die Arme, drehte mich auf den Rücken und hievte mir den Stein auf den Bauch. In dieser Stellung versuchte ich zu schwimmen. Das war nicht ganz einfach, weil mir das Wasser in die nach oben gerichtete Nase drang, aber es war die einzige Methode, bei der mich der Stein nicht allzu sehr behinderte.

Vampire können viel länger die Luft anhalten als Menschen – fünf oder sechs Minuten sind normalerweise kein Problem –, aber da ich auf dem Rücken schwamm und mir Wasser in die Nasenlöcher lief, musste ich ständig Luft durch die Nase pusten. Deshalb hatte ich höchstens noch zwei oder drei Minuten, bevor mir der Sauerstoff ausging.

Ich paddelte um die nächste Ecke, und vor mir erstreckte sich ein langer Gang. An seinem Ende konnte ich undeutlich ein Stück Außenwand ausmachen, aber ich war noch zu weit weg, um zu erkennen, ob irgendwo ein X aufgemalt war. Ich glaubte einen weißen Schimmer zu erspähen, aber vielleicht spielten mir meine Augen einen Streich. Auch unter Wasser konnte man Halluzinationen haben, hatte mich Vanez gewarnt.

Ich schwamm den Gang entlang. Auf halber Strecke musste ich feststellen, dass das vermeintliche X nur ein langer Riss in der Mauer war. Rasch machte ich kehrt und ruderte wieder zurück. Das Gewicht des Felsbrockens drückte mich tief unter Wasser. Ich hielt inne, stellte die Füße auf den Boden und stieß mich kräftig ab, dann legte ich mich wieder auf den Rücken und paddelte weiter.
Verzweifelt hielt ich Ausschau nach einem weiteren Stück Außenmauer, aber die nächsten beiden Gänge erwiesen sich als Fehlanzeige. Allmählich wurde der Sauerstoff knapp. Meine Arme und Beine waren schwer wie Blei.
Die nächste Abzweigung führte zwar auch nicht zur Außenwand, aber ich hatte keine Zeit mehr weiterzusuchen. Ich schwamm ans Ende des kurzen Ganges und bog nach rechts ab. Dabei geriet der Stein ins Rutschen und schürfte mir im Fallen den Bauch auf. Unwillkürlich stieß ich einen Schrei aus. Wasser schwappte mir in den Mund und verdrängte lebensnotwendigen Sauerstoff.
Hustend tastete ich nach der Decke, um neuen Atem zu schöpfen, musste aber feststellen, dass das Wasser inzwischen so hoch stand, dass kein luftgefüllter Zwischenraum mehr vorhanden war!
Einen Moment lang ließ ich mich unschlüssig treiben. Das war das Ende. Ich hatte mein Letztes gegeben, aber das genügte offenbar nicht. Am besten öffnete ich einfach den Mund, schluckte so viel Wasser, wie ich konnte, und brachte die Sache so schnell wie möglich hinter mich. Das hätte ich auch getan, wäre nicht ausgerechnet dieser Gang so schlecht beleuchtet gewesen. Ich wollte nicht im Dunkeln sterben.
Obwohl mir alles wehtat, tauchte ich noch einmal unter, packte den Felsbrocken, drehte mich wieder auf den Rücken, legte mir den Stein auf den Bauch und paddelte mit letzter

Kraft weiter, um mir ein helleres Plätzchen zum Sterben zu suchen.

Als ich am Ende des Ganges nach links abbog, erkannte ich von weitem das dunklere Mauerwerk der Außenwand. Ich lächelte gequält, als ich mir vorstellte, wie sehr ich mich noch vor ein paar Minuten über diesen Anblick gefreut hätte. Ich wollte mich gerade auf den Bauch drehen, damit ich wenigstens aufrecht sterben konnte, da hielt ich plötzlich inne.

Auf der Wand leuchtete ein weißes X!

Verdutzt stierte ich es an, während eine Luftblase nach der anderen aus meinem Mund quoll. War das etwa wieder eine Sinnestäuschung? Ein trügerischer Mauerspalt? Es gab keine andere Erklärung. So viel Glück konnte ich gar nicht haben. Am besten, ich sah einfach weg und …

Nein! Es war eindeutig ein X!

Eigentlich hatte ich weder genug Luft noch Kraft, aber dieser Anblick löste bei mir einen wahren Energieschub aus, und ich spürte plötzlich Reserven, von deren Existenz ich bis dahin nichts geahnt hatte. Mit einem kräftigen Beinschlag schoss ich wie ein Pfeil auf die Wand zu, schlug mit dem Kopf dagegen und prallte ab. Dann rollte ich mich herum, ohne mich um den Felsbrocken zu kümmern, der dumpf auf den Boden polterte, und starrte wie gebannt auf das große, unbeholfen gepinselte X.

Ich war so entzückt, endlich den ersehnten Ausgang gefunden zu haben, dass ich fast vergessen hätte, den Knopf auf der Schnittstelle der weißen Balken zu drücken. Was für eine Ironie des Schicksals wäre das gewesen – nach all den Strapazen in letzter Minute das Ziel zu erreichen, um dort den Geist aufzugeben! Zum Glück blieb mir dieses würdelose Ende erspart. Wie von selbst streckte sich meine linke Hand aus, befühlte den Knopf und drückte ihn schließlich. Knopf und X verschwanden, als das Wandstück beiseite glitt.

Mit ohrenbetäubendem Gurgeln schoss das Wasser durch die Öffnung. Ich wurde einfach mitgerissen, kam aber direkt hinter der Tür mit einem Ruck zum Stillstand, als sich der Felsbrocken irgendwo verkeilte. Mund und Augen hatte ich fest geschlossen, und als die Flut über meinem Kopf zusammenschlug, glaubte ich einen Moment lang, mich noch immer im Labyrinth zu befinden. Erst als der Wasserspiegel allmählich sank, merkte ich, dass ich wieder atmen konnte.

Ich holte so tief Luft wie noch nie zuvor in meinem Leben und schlug blinzelnd die Augen auf. Die Höhle außerhalb des Labyrinths wirkte jetzt viel heller als vor einer halben Stunde, als Vanez mich zur Prüfung geführt hatte. Es kam mir vor, als säße ich an einem warmen Sommertag am Strand.

Hochrufe und Beifall drangen an mein Ohr. Ich glotzte um mich wie ein Fisch und erblickte lauter freudestrahlende, jubelnde Vampire, die plantschend und spritzend auf mich zurannten. Ich war viel zu erschöpft, um ihre Gesichter zu erkennen, aber der Haarschopf des Anführers leuchtete orangerot – es war Mr. Crepsley.

Das Wasser sank stetig, und ich rappelte mich auf. Einfältig grinsend stand ich vor der Tür des Wasserlabyrinths und rieb die Beule auf meiner Stirn, wo ich mit dem Kopf gegen die Mauer geschlagen war. »Du hast es geschafft, Darren!«, brüllte mein Meister und umarmte mich in einem seiner seltenen Gefühlsausbrüche.

Der nächste Vampir umarmte mich ebenfalls und dröhnte: »Du bist so lange dringeblieben, dass ich schon dachte, du wärst abgesoffen!«

Immer noch blinzelnd erkannte ich jetzt Kurda, Gavner und hinter ihnen Vanez und Arra Sails. »Mr. Crepsley? Kurda?

Vanez? Was habt ihr denn am helllichten Tag am Strand zu suchen? Wenn ihr nicht aufpasst, verbrutzelt ihr in der Sonne.«

»Er fantasiert!«, lachte jemand.

»Kein Wunder bei dem, was er durchgemacht hat«, konterte Mr. Crepsley und klopfte mir stolz auf die Schulter.

»Ich glaube, ich setze mich lieber einen Augenblick hin«, murmelte ich. »Wenn ihr eine Sandburg bauen wollt, könnt ihr mich ja rufen.« Ich ließ mich einfach auf den Hintern plumpsen, starrte an die Höhlendecke, die in meinen Augen wie ein strahlend blauer Sommerhimmel aussah, und summte zufrieden vor mich hin, während die Vampire aufgeregt um mich herumwuselten.

5

Als ich spät in der darauf folgenden Nacht aufwachte, fühlte ich mich so schwach wie ein neugeborenes Kätzchen. Ich hatte mindestens fünfzehn Stunden geschlafen! Vanez saß an meinem Bett, begrüßte mich, reichte mir einen kleinen Becher mit einer dunklen Flüssigkeit und forderte mich auf, ihn auszutrinken.

»Was ist das?«, fragte ich misstrauisch.

»Schnaps«, erwiderte er kurz angebunden. Ich hatte noch nie in meinem Leben Schnaps getrunken. Beim ersten Schluck musste ich würgen, beim zweiten schmeckte es richtig gut.

»Langsam«, lachte Vanez, als ich den Rest auf einen Zug herunterkippte. »Sonst kriegst du noch einen Schwips!«

Ich stellte den Becher ab, rülpste und grinste ihn an. Dann fiel mir plötzlich die Prüfung wieder ein. »Ich hab's geschafft, Vanez!«, jubelte ich und sprang mit einem Satz aus meiner Hängematte. »Ich habe den Ausgang gefunden!«

»Sieht ganz so aus«, lächelte er. »Aber es war verdammt knapp. Du hast fast zwanzig Minuten gebraucht. Musstest du zum Schluss schwimmen?«
Ich nickte und schilderte ihm ausführlich den Verlauf der Prüfung.
»Du hast deine Sache gut gemacht«, lobte mich Vanez, als ich fertig war. »Verstand, Kraft und Glück – diese drei Dinge braucht ein Vampir.«
Anschließend gingen wir zum Essen in die Khledon-Lurt-Halle. Bei meinem Eintreten applaudierten die Vampire und kamen einer nach dem anderen zu mir herüber, um mir zu gratulieren. Ich dankte bescheiden und ging nicht weiter darauf ein, aber insgeheim fühlte ich mich als Held. Als ich gerade die dritte Schüssel Eintopf und die fünfte Scheibe Brot verschlang, trat Harkat Mulds an unseren Tisch. »Ich bin … froh … dass du … noch lebst«, sagte er in seiner schlichten, direkten Art.
»Ich auch«, lachte ich.
»Jetzt, wo du … die erste Prüfung … geschafft hast … wettet kaum noch … jemand gegen … dich. Die meisten Vampire … glauben inzwischen … dass du die … anderen … auch noch bestehst.«
»Das freut mich. Hast du denn auch auf mich gewettet?«
»Ich habe … nichts, was … ich setzen könnte«, erwiderte Harkat verlegen. »Sonst hätte … ich es längst … getan.«
Während wir uns noch unterhielten, wurde es mit einem Mal unruhig in der Halle, und die Vampire schienen ganz aufgeregt zu sein. Wir erkundigten uns nach dem Grund und erfuhren, dass die letzten Nachzügler kurz vor Tagesanbruch eingetroffen waren. Sie hatten unverzüglich um eine Audienz ersucht und den Fürsten gemeldet, dass sie unterwegs auf Vampyrspuren gestoßen waren.

»Vielleicht stammen die Spuren ja von dem toten Vampyr, den wir unter dem Steinhaufen gefunden haben«, meinte ich.
»Kann sein«, brummte Vanez, aber es klang nicht besonders überzeugt. »Ich bin gleich wieder da. Wartet hier auf mich, es dauert nicht lange.« Als er wiederkam, schien er noch beunruhigter. »Patrick Goulder hat die Spuren entdeckt«, berichtete er. »Er hat einen ganz anderen Weg genommen als wir, und die Spuren waren noch frisch. Es ist ziemlich unwahrscheinlich, dass es sich um denselben Vampyr handelt.«
»Was folgt daraus?«, fragte ich, über das angstvolle Gemurmel der Vampire um uns herum besorgt.
»Das weiß ich auch nicht so genau«, gab Vanez zu. »Aber dass sich zwei Vampyre gleichzeitig zu unserem Berg aufmachen, kann kein Zufall mehr sein. Dazu noch Harkats Ankündigung, dass der Lord der Vampyre bald erscheinen wird … Das hört sich alles gar nicht gut an, wenn du mich fragst.«
Auch mir fielen jetzt Harkats Botschaft und Meister Schicks unheilvolle Prophezeiung wieder ein. Ich hatte zwar genug eigene Sorgen – schließlich hatte ich die Prüfungen noch längst nicht hinter mir –, aber diese Bedrohung galt dem gesamten Vampirclan, und ich konnte sie nicht einfach ignorieren.
»Für uns gibt es jetzt Wichtigeres als die Vampyre«, sagte mein Tutor betont munter. »Wir müssen uns auf deine nächsten Aufgaben konzentrieren. Alles andere überlassen wir lieber denen, die sich besser damit auskennen.«
Obwohl wir versuchten, das Thema zu vermeiden, verfolgten uns die Gerüchte überallhin, ganz gleich, wo wir uns befanden, und meine erfolgreich absolvierte Prüfung schien niemanden mehr zu interessieren. Wen kümmerte schon das Schicksal eines einzelnen Halbvampirs, wenn die Zukunft der gesamten Sippe auf dem Spiel stand!

Als ich gegen Abend in Vanez Blanes Schlepptau die Fürstenhalle betrat, nahm kaum jemand von mir Notiz. Ein paar Vampire nickten mir flüchtig zu, als sie die rote Fahne sahen, aber sie waren viel zu sehr mit anderen Dingen beschäftigt, um mir Glück zu wünschen oder mich nach meiner ersten Prüfung auszufragen. Wir mussten lange warten, bevor uns die Fürsten baten vorzutreten – sie diskutierten mit den Obervampiren darüber, was die Vampyre wohl vorhatten und wie viele von ihnen sich in der Gegend herumtreiben mochten. Kurda hingegen nahm seine entarteten Verbündeten in Schutz.

»Wenn sie uns wirklich überfallen wollten«, rief er dazwischen, »hätten sie uns schon unterwegs aufgelauert, als wir einzeln oder paarweise angereist sind.«

»Wahrscheinlich warten sie unsere Rückreise ab«, warf jemand ein.

»Wozu?« Kurdas Ton war scharf. »Sie haben uns all die Jahre über in Ruhe gelassen. Wieso sollten sie uns ausgerechnet jetzt angreifen?«

»Vielleicht hat sie der Lord der Vampyre aufgehetzt«, meinte ein alter Obervampir, und ein nervöses Raunen ging durch die Reihen.

»Unsinn!«, schnaubte Kurda. »Das sind doch alles Ammenmärchen. Selbst, wenn sie wahr wären – Meister Schick hat nur gesagt, die Nacht des Lords sei nah. Er hat nicht behauptet, sie sei bereits über uns hereingebrochen.«

»Da hat Kurda allerdings Recht«, ergriff Paris Skyle das Wort. »Außerdem wäre es ziemlich feige, uns einzeln auf dem Hinweg zum Konzil oder bei der Abreise zu überfallen. Die Vampyre sind keine Feiglinge.«

»Aber warum kommen sie dann hierher?«, rief jemand. »Was führen sie im Schilde?«

»Möglicherweise wollen sie ja mich sprechen«, sagte Kurda. Alle Augen richteten sich auf ihn.
»Was könnte sie dazu veranlassen?«, fragte Paris bedächtig.
»Wir sind Freunde.« Kurda seufzte. »Mich hat die Sage vom Lord der Vampyre zwar nie überzeugt, aber viele Vampyre glauben daran und sind darüber genauso beunruhigt wie wir. Auch sie wollen keinen neuen Krieg. Ich halte es durchaus für denkbar, dass Meister Schick den Vampyren dieselbe Nachricht gesandt hat wie uns und dass es sich bei den beiden Vampyren, deren Spuren wir gefunden haben, um Boten handelt, die mich warnen oder mit mir verhandeln sollten.«
»Aber Patrick Goulder hat vergeblich nach dem zweiten Vampyr gesucht«, wandte Mika Ver Leth ein. »Glaubst du nicht, dass er längst mit dir Kontakt aufgenommen hätte, wenn er noch am Leben wäre?«
»Wie denn?«, fragte Kurda zurück. »Ein Vampyr kann nicht einfach an die Pforte klopfen und nach mir fragen. Die Wachen würden ihn auf der Stelle erstechen. Wenn es sich wirklich um einen Boten handelt, hält er sich bestimmt irgendwo in der Nähe versteckt, um mich abzupassen, wenn ich die Rückreise antrete.«
Diese Erklärung schien vielen Vampiren einzuleuchten, aber andere widersprachen Kurda heftig. Dass sich ein Vampyr über die alte Feindschaft hinwegsetzte, um einem seiner Gegner zu helfen, überstieg ihr Vorstellungsvermögen. Die Diskussion entbrannte von neuem.
Mr. Crepsley beteiligte sich kaum daran. Er saß einfach auf seinem Platz in den vorderen Reihen, hörte zu und dachte nach. Das schien ihn so in Anspruch zu nehmen, dass er mein Kommen überhaupt nicht bemerkte.
Schließlich machte sich Vanez eine Pause zunutze, trat ans Podium und flüsterte Paris Skyle etwas ins Ohr (in das linke,

denn das rechte hatte der alte Fürst schon vor langer Zeit bei einem Kampf eingebüßt). Paris nickte und klatschte laut in die Hände. Stille trat ein.

»Wir vernachlässigen unsere Pflichten, liebe Freunde«, sagte er. »Die neuesten Nachrichten sind zwar bedenklich, aber wir müssen dennoch zur Nachtordnung zurückkehren. Hier ist ein junger Halbvampir, der keine Zeit zu verlieren hat. Könnten wir unsere Überlegungen bitte für einen Augenblick unterbrechen und uns mit seinem Anliegen befassen?«

Nachdem alle Vampire ihre Plätze wieder eingenommen hatten, geleitete mich Vanez aufs Podium.

»Herzlichen Glückwunsch zu deiner ersten Prüfung, Darren«, gratulierte mir Paris.

»Vielen Dank«, antwortete ich höflich.

»Ich habe nie Schwimmen gelernt. Umso mehr bewundere ich dich«, warf Pfeilspitze, der hoch gewachsene, kahlköpfige Fürst mit den Pfeiltätowierungen auf Armen und Gesicht, ein. »Ich an deiner Stelle wäre bestimmt ertrunken.«

»Du hast dich tapfer geschlagen, Mr. Shan«, schloss sich ihm Mika Ver Leth an. »Gut begonnen ist halb gewonnen. Das war zwar erst der Anfang, aber ich halte es inzwischen für möglich, dass ich dich tatsächlich unterschätzt habe.«

»Wir hätten gern mehr über deine Erlebnisse im Wasserlabyrinth gehört«, seufzte Paris, »aber das müssen wir uns leider für später aufheben. Bist du bereit, deine nächste Prüfung auszuwählen?«

»Ja.«

Der Beutel mit den nummerierten Steinen wurde geholt und kontrolliert. Diesmal grub ich die Finger tief in die Kiesel und zog einen Stein vom Boden des Beutels heraus. »Nummer dreiundzwanzig«, verkündete der Wachposten. »Der Nadelpfad.«

»Ich dachte, es gibt nur siebzehn Prüfungsaufgaben«, zischte ich Vanez zu, während die Fürsten den Stein begutachteten.
»Siebzehn, die für dich infrage kommen«, gab er zurück. »Insgesamt sind es über sechzig. Einige wurden weggelassen, weil die äußeren Bedingungen zu ihrer Durchführung im Moment nicht gegeben sind – wie zum Beispiel die Schlangengrube –, andere scheiden aufgrund deiner Jugend und Körpergröße aus.«
»Gehört der Nadelpfad zu den schwierigen Aufgaben?«
»Nicht so schwierig wie das Wasserlabyrinth. Und auch diesmal kommt es dir zugute, dass du noch nicht ausgewachsen bist. Du hättest es schlechter treffen können.«
Nach eingehender Prüfung legten die Fürsten den Stein zurück, erklärten ihr Einverständnis und wünschten mir viel Erfolg. Sie waren ziemlich kurz angebunden, aber ich konnte verstehen, dass sie Dringlicheres zu besprechen hatten, und war nicht gekränkt.
Als ich hinter Vanez die Halle verließ, hörte ich noch, wie die Diskussion über die Absichten der Vampyre wieder aufflammte. Die stickige Luft war so geladen, dass mir das Atmen fast so schwer fiel wie im Wasserlabyrinth.

6 Der Nadelpfad war eine enge, schlauchförmige, über und über mit Stalagmiten und Stalaktiten gespickte Tropfsteinhöhle. Vanez ließ mich einen kurzen Blick hineinwerfen, bevor wir uns in einer benachbarten Höhle ans Training machten. »Ich soll einfach nur von einem Ende zum anderen laufen?«, vergewisserte ich mich.
»Ja, das ist alles.«

»Hört sich wirklich nicht schwierig an«, sagte ich zuversichtlich.

»Wir werden ja sehen, ob du morgen immer noch der gleichen Ansicht bist«, brummte mein Tutor. »Die Stalagmiten sind sehr glitschig – du brauchst nur einmal auszurutschen, schon durchbohren sie dich. Außerdem sind manche Stalaktiten ziemlich lose und nur noch locker mit der Höhlendecke verbunden. Ein lautes Geräusch genügt, und sie brechen ab. Falls du zufällig darunter stehst, schneiden sie dich glatt entzwei.«

Trotz seiner Warnungen war ich überzeugt, dass diese Prüfung im Vergleich zu der vorigen ein Kinderspiel war. Am Ende der ersten Übungsrunde hatte ich meine Meinung allerdings gründlich geändert.

Die Stalagmiten in der Trainingshöhle waren längst nicht so spitz und rutschig wie die auf dem Nadelpfad, und auch die Stalaktiten brachen nicht einfach ab und sausten von oben herunter. Aber trotz der günstigeren Bedingungen hätte ich mich ein paarmal fast aufgespießt. Nur das beherzte Zupacken meines Tutors rettete mich.

»Du musst dich besser festhalten«, schimpfte er, als ich mir beinahe ein Auge ausstach. Zum Glück hatte ich mir nur die Wange an der scharfkantigen Kalksäule aufgeschürft, und Vanez rieb seinen Speichel in die Wunde, um die Blutung zu stillen (da ich nur ein Halbvampir bin, besitzt mein Speichel keine Heilkraft).

»Genauso gut könnte ich versuchen, mich an einer eingeölten Eisenstange festzuklammern«, verteidigte ich mich.

»Genau deshalb sollst du ja fester zupacken.«

»Aber das tut weh. Meine Hände sind bald im Eimer, wenn ich ...«

»Was ist dir lieber«, unterbrach mich mein Tutor barsch. »Blutige Hände oder ein Pfahl durchs Herz?«

»Dumme Frage«, murrte ich.
»Dann stell dich gefälligst nicht so an!«, fauchte er. »Auf dem Nadelpfad schlitzt man sich die Hände bis auf die Knochen auf – das ist unvermeidlich. Aber du bist schließlich ein Halbvampir, und deine Wunden heilen schnell. Also kümmere dich nicht um den Schmerz und konzentriere dich lieber darauf, dich richtig festzuhalten. Nach der Prüfung kannst du von mir aus stundenlang über deine armen kleinen Pfötchen jammern und darüber, dass du nie wieder Klavier spielen kannst.«
»Ich kann sowieso nicht Klavier spielen«, erwiderte ich ärgerlich. Aber ich gehorchte und hielt mich von nun an besser fest.
Am Ende der ersten Trainingsrunde legte mir Vanez spezielle Kräuter und Blätter auf die kaputten Handflächen, um die Schmerzen zu lindern und die Wunden für die Prüfung notdürftig wieder zu schließen. Zuerst brannte es höllisch, aber allmählich ließ der Schmerz nach, und als es Zeit für die zweite Runde war, spürte ich nur noch ein dumpfes Pochen am Ende meiner Arme.
Diesmal sollte ich lernen, mich möglichst vorsichtig zu bewegen. Vanez brachte mir bei, jeden Stalagmiten erst zu überprüfen, bevor ich ihn mit meinem Gewicht belastete. Zerbrach nämlich eine der Mineralsäulen, konnte ich mich erstens zu Tode stürzen, und zweitens war es möglich, dass die Tropfsteine über mir durch das Geräusch abbrachen und auf mich herabsausten, was nicht weniger gefährlich war.
»Du darfst die Höhlendecke keine Sekunde aus den Augen lassen«, schärfte mir mein Tutor ein. »Meistens kann man sich noch rechtzeitig wegducken, wenn ein Stalaktit herunterfällt.«
»Und wenn nicht?«

»Dann hast du ein echtes Problem. Wenn du nicht mehr ausweichen kannst, musst du ihn entweder mit einem Fausthieb abwehren oder ihn auffangen. Das Letztere ist zwar schwieriger, aber unbedingt vorzuziehen: Wenn du den Stalaktiten nämlich nur abwehrst, kracht er zu Boden und zersplittert. Das macht einen Höllenlärm, der unter Umständen das ganze Gewölbe zum Einsturz bringt.«

»Sie haben doch gesagt, diese Prüfung sei leichter als das Wasserlabyrinth«, protestierte ich.

»Ist sie auch«, antwortete mein Tutor. »Im Wasserlabyrinth spielt der Zufall eine große Rolle. Auf dem Nadelpfad dagegen hast du viel mehr Einfluss auf das Prüfungsergebnis. Du hast dein Leben sozusagen selbst in der Hand.«

In der dritten Etappe des Trainings übernahm Arra Sails das Kommando. Nun ging es darum, meinen Gleichgewichtssinn zu schulen. Die Vampirin ließ mich mit verbundenen Augen über eine Reihe stumpfer Tropfsteine kriechen. Ich sollte lernen, mich ausschließlich mit Hilfe meines Tastsinnes zu orientieren. »Er hat wirklich ein gutes Gefühl dafür«, meinte Arra zufrieden zu meinem Tutor. »Wenn er nicht zurückzuckt, weil er sich die Finger zerschneidet, müsste er die Prüfung eigentlich spielend schaffen.«

Schließlich schickte mich Vanez in meine Kammer, damit ich vor der Prüfung noch etwas Schlaf bekam. Er war wirklich ein unerbittlicher Trainer. Aber obwohl ich völlig verausgabt und am ganzen Leib zerschunden war, fühlte ich mich nach ein paar Stunden in meiner Hängematte wieder frisch und voller Tatendrang.

Zu meiner zweiten Prüfung hatten sich nur wenige Zuschauer eingefunden. Die meisten Vampire hockten noch immer in der Fürstenhalle oder hatten sich in einen der zahlreichen

Versammlungsräume des Berges zurückgezogen und redeten sich die Köpfe heiß. Mr. Crepsley war natürlich erschienen, um mich anzufeuern, und auch Gavner Purl und Seba Nile hatten es sich nicht nehmen lassen. Abgesehen von den dreien war Harkat das einzige mir bekannte Gesicht in dem kleinen Grüppchen.

Ein Wachposten richtete mir aus, dass sich diesmal alle drei Fürsten entschuldigen ließen. Vanez erhob sofort Einspruch und verlangte, die Prüfung zu verschieben, aber der Uniformierte führte mehrere Fälle aus der Vergangenheit an, bei denen Prüfungen stattgefunden hatten, obwohl kein Fürst dabei gewesen war. Daraufhin fragte mich Vanez, ob ich damit einverstanden sei. Er meinte, wenn wir uns nur standhaft genug weigerten, könnten wir die Fürsten bestimmt dazu bewegen, den Termin ein oder zwei Nächte hinauszuschieben, bis einer von ihnen Zeit hatte, aber ich wollte die Prüfung so schnell wie möglich hinter mich bringen.

Der Bote der Fürsten vergewisserte sich noch einmal, dass ich wusste, was ich zu tun hatte, und wünschte mir Glück. Dann führte er mich zum Eingang der Höhle und gab das Startsignal.

Ich kletterte auf den ersten Stalagmiten und ließ von dort aus den Blick über die Landschaft aus glitzernden Eiszapfen wandern. Die Höhle trug ihren Namen zu Recht: Von hier oben sahen die Tropfsteine tatsächlich wie spitze, funkelnde Nadeln aus. Ich unterdrückte ein Schaudern und machte mich im Schneckentempo auf den Weg.

Auf dem Nadelpfad konnte übergroße Eile tödliche Folgen haben. Es kam vielmehr darauf an, sich vorsichtig, aber stetig fortzubewegen. Ich prüfte jeden Stalagmiten auf seine Tragfähigkeit, bevor ich mein Gewicht auf ihn verlagerte.

Die Beine hochzuziehen war schwierig. Ich konnte mich

nicht mit den Zehen an den Spitzen der steinernen Säulen festklammern, sondern musste die Füße weiter unten ansetzen und manchmal auch zwischen zwei Tropfsteine zwängen. So entlastete ich zwar meine Arme und Hände, aber meine Knie und Schenkel waren im Nu voller Kratzer.
Richtig schwierig wurde es, wenn direkt über dem nächsten Stalagmiten ein Stalaktit hing. Dann musste ich mich so weit vorbeugen, bis ich fast bäuchlings auf dem Stalagmiten lag, und langsam vorwärtsrobben. Trotz aller Vorsicht zog ich mir an Brust, Bauch und Rücken tiefe Schnittwunden zu. Zum ersten Mal in meinem Leben bewunderte ich alle Fakire, die sich ohne mit der Wimper zu zucken rücklings auf ein Nagelbett legen!
Als ich ungefähr ein Fünftel der Strecke bewältigt hatte, rutschte ich mit dem linken Fuß ab und prallte mit dem Bein geräuschvoll gegen die benachbarte Kalksäule. Über mir ertönte ein vibrierendes Klirren. Ich blickte auf und sah, dass mehrere Stalaktiten heftig bebten. Einen Augenblick lang hoffte ich, sie würden hängen bleiben, aber da löste sich schon der Erste und zerschellte auf dem Boden. Das Geräusch seines Aufpralls erschütterte die übrigen, und plötzlich hagelte es Stalaktiten wie Pfeile.
Ich blieb ruhig. Zum Glück sausten nur wenige der gefährlichen Geschosse in meiner unmittelbaren Nähe herunter. Dennoch hätte einer fast meinen rechten Arm durchtrennt, wenn ich ihn nicht gerade noch rechtzeitig weggezogen hätte, und ich musste schnell den Bauch einziehen, damit mir ein kleiner, aber scharfkantiger Stalaktit nicht einen zusätzlichen Nabel verpasste. Aber im Großen und Ganzen blieb ich, wo ich war, beobachtete aufmerksam die Höhlendecke und wartete ab.
Irgendwann hörte das Tropfsteingewitter auf, und das Split-

tern und Krachen verebbte. Sicherheitshalber verharrte ich noch ein paar Minuten lang reglos – Vanez hatte mich davor gewarnt, dass sich manche Felsnadeln mit Verspätung lösten –, aber als alles ruhig blieb, setzte ich meine Kletterpartie so gemächlich und vorsichtig wie zuvor fort.
Wenigstens hatte mich der lebensgefährliche Nadelschauer so abgelenkt, dass ich meinen zerschundenen, blutigen Körper vorübergehend nicht mehr spürte. Natürlich kehrte das Gefühl zurück, als ich weiterkroch, aber ich zuckte nur noch zusammen, wenn sich ein besonders spitzer Stalagmit tief in meine Haut bohrte.
Etwa nach der Hälfte der Strecke erreichte ich eine Stelle, an der meine Füße besser Halt fanden als sonst, so dass ich eine kurze Pause einlegte. In diesem Abschnitt der Höhle war die Decke so hoch, dass ich mich aufrichten, Arme und Kopf kreisen lassen und meine verspannten Muskeln lockern konnte. Es war ziemlich heiß, und der Schweiß lief mir in Strömen herunter. Zum Teil lag das an dem engen Lederanzug, den ich trug, der aber wiederum den Vorteil hatte, dass ich mich nicht an den Stalaktiten verhakte, wie es mit lockerer Kleidung leicht passiert wäre.
Die meisten Vampire beschritten den Nadelpfad sogar nackt oder in Unterwäsche. Ich hatte mich zwar während unserer Reise zum Berg vor meinen Gefährten entkleidet, um ein mit Dornengestrüpp bewachsenes Tal zu durchqueren, aber ich dachte gar nicht daran, mich vor einem Haufen Fremder auszuziehen!
Ich wischte mir die Hände an der Hose ab, doch das Leder war inzwischen so blutverschmiert, dass meine Finger nur noch feuchter wurden. Ich sah mich um, entdeckte etwas staubige Erde in einer Mulde und rieb mir damit die Hände trocken. Dabei geriet natürlich Schmutz in die offenen Wunden, und

meine Hände brannten so scheußlich, als hätte ich einen großen Strauß Brennnesseln gepflückt, aber nach einer Weile ließ das Brennen nach, und ich konnte weiterklettern.
Ich kam zügig voran und hatte schon drei Viertel der Strecke zurückgelegt, als ich den ersten entscheidenden Fehler machte. Die Höhlendecke war zwar immer noch relativ hoch, aber die Stalagmiten wuchsen hier dichter, und ich musste bäuchlings über sie hinwegkriechen. Dabei gruben sich ihre Spitzen tief in meine Brust, und ich beschleunigte unwillkürlich mein Tempo, um diesen unangenehmen Abschnitt des Weges schneller hinter mich zu bringen.
Ich streckte die linke Hand aus und prüfte die Festigkeit eines relativ dicken Stalagmiten, allerdings nur flüchtig, denn ich war eigentlich überzeugt, dass er mein Gewicht auf jeden Fall aushalten würde. Als ich mich jedoch auf ihn stützte, ertönte ein scharfes Knacken, und die Spitze zersplitterte mir zwischen den Fingern. Mir war sofort klar, was passieren würde, doch da war es schon zu spät. Die Spitze brach ab, ich verlor den Halt und fiel polternd in die benachbarten Stalagmiten.
Der Aufprall war nicht besonders laut, aber das Echo verwandelte ihn in ein wahres Donnergrollen, und schon vernahm ich über mir das wohl bekannte Klirren. Ich schaute nach oben und sah, wie sich die ersten Stalaktiten selbstständig machten und am Boden zerschellten. Zwar trafen sie mich nicht und waren auch zu klein, um ernsthaft Schaden anzurichten, aber der riesige Stalaktit direkt über mir ließ mich vor Schreck erstarren. Zunächst wirkte er noch stabil, das Geräusch meines Fallens hatte ihn noch nicht einmal in Schwingung versetzt, doch als sich ein kleinerer Stalaktit nach dem anderen löste und zersprang, fing auch der große zu vibrieren an, zuerst leicht, dann immer heftiger.

Ich wollte ausweichen, aber ich hing fest. Bevor ich weiterklettern konnte, musste ich mich erst einmal losmachen. Ich wälzte mich auf die Seite, um mehr Bewegungsspielraum zu haben, heftete den Blick fest auf die bedrohliche Felsnadel über mir und versuchte abzuschätzen, wie lange ich brauchen würde, mich zu befreien. Plötzlich wurde mir klar, dass der große Stalaktit keineswegs das einzige Problem war. Wenn er herunterfiel und zerschellte, würde die Erschütterung wahrscheinlich sämtliche kleineren Stalaktiten in diesem Teil der Höhle gleichzeitig auf mich herunterprasseln lassen!
Während ich noch über einen Ausweg aus meiner misslichen Lage nachdachte, brach der große Stalaktit auf einmal mitten entzwei, und die untere Hälfte sauste wie ein Pfeil auf mich zu. Die rasiermesserscharfe Spitze zielte direkt auf meine Magengrube – und würde mich im nächsten Augenblick erdolchen!

7 Ich musste im Bruchteil einer Sekunde reagieren. Jeder Mensch wäre rettungslos verloren gewesen. Als Halbvampir dagegen hatte ich noch eine winzige Chance. Zum Ausweichen war keine Zeit – deshalb ließ ich mich auf den Rücken fallen und legte mich flach auf das stumpfe Ende der verhängnisvollen Kalksäule, deren Spitze ich versehentlich beschädigt hatte. Dann ließ ich die benachbarten Tropfsteine los, auf denen ich mich währenddessen abgestützt hatte, ignorierte den Schmerz, als sich ein Dutzend scharfe Spitzen in meinen Rücken bohrten, reckte die Arme und haschte nach dem herabsausenden Stalaktiten.
Ich erwischte ihn mitten in der Luft, kurz über der Spitze. Er hatte so viel Schwung, dass er noch ein Stück durch meine

zerschundenen Hände glitt und dabei meine offenen Wunden mit winzigen silbrigen Splittern spickte. Ich musste mir auf die Zunge beißen, um einen Schmerzensschrei zu unterdrücken.

Ich presste die Handflächen so fest ich konnte zusammen und brachte die tödliche Spitze ein paar Zentimeter über meinem Bauch zum Stillstand. Meine Armmuskeln brannten wie Feuer von der Anstrengung, den schweren Mineralbrocken in der Luft zu halten, doch sie ließen mich nicht im Stich.

In Zeitlupe, mit zitternden Armen, legte ich den Stalaktiten geräuschlos neben mich auf den Boden. Dann stemmte ich mich hoch und pustete auf meine blutigen Handflächen, in denen unzählige Schnitte klafften. Zwar war mir das Vampirglück auch diesmal hold gewesen – immerhin hatte ich bei der Aktion keinen Finger eingebüßt –, aber das war auch das einzig Gute daran.

Mein übriger Körper war genauso übel zugerichtet wie meine Hände. Es fühlte sich an, als hätte ein Verrückter mit einem Messer wie von Sinnen auf mich eingestochen. Blut rann aus meinem Rücken, meinen Armen und Beinen, und am unteren Ende der Wirbelsäule spürte ich eine tiefe Druckstelle vom stumpfen Ende des abgebrochenen Stalaktiten.

Aber ich war noch am Leben!

Für den Rest dieses Abschnittes ließ ich mir reichlich Zeit, auch wenn es mir schwer fiel. Als ich ihn endlich hinter mich gebracht hatte, hielt ich kurz an, wischte mir erneut das Blut von den Händen und leckte im wahrsten Sinne des Wortes meine Wunden, indem ich Speichel in die tiefsten Schnitte rieb. Mein Speichel verschloss zwar keine Wunden wie der von richtigen Vampiren, aber die Feuchtigkeit linderte den Schmerz ein wenig. Ich konnte nicht verhindern, dass mir ein paar Tränen über die Wangen rollten, doch ich wusste, dass Selbstmitleid zwecklos war. Deshalb wischte ich sie weg und riss mich zusammen – schließlich hatte ich den Ausgang der Höhle noch nicht erreicht.

Ich erwog kurz, mein Lederoberteil auszuziehen, es in Streifen zu reißen und meine Hände damit zu umwickeln, um fester zupacken zu können. Aber das wäre eine Art Betrug gewesen, und mein Vampirstolz lehnte sich dagegen auf. Stattdessen trocknete ich mir die Finger noch einmal mit einer Hand voll Erde ab und rieb auch die Wunden auf meinen Füßen und Unterschenkeln damit ein, um die ärgsten Blutungen zu stillen.

Anschließend nahm ich meine beschwerliche Kletterpartie wieder auf. Die Abstände zwischen den Stalagmiten waren jetzt wieder größer, aber ich war inzwischen in so miserabler Verfassung, dass ich am liebsten das Handtuch geworfen hätte. Ich kam nur langsam voran und überprüfte jede vor mir aufragende Steinsäule dreimal, um bloß kein Risiko einzugehen.

Endlich, nach über anderthalb Stunden (die meisten Vampire brauchten für den Nadelpfad höchstens vierzig Minuten), krabbelte ich mit letzter Kraft durch den Ausgang am anderen Ende der Höhle und wurde von der kleinen Schar meiner treuen Anhänger freudig begrüßt.

»Na?«, scherzte Vanez und legte mir ein raues Handtuch um die Schultern. »War es wirklich ein Kinderspiel?«

Ich warf meinem Tutor einen finsteren Blick zu.

»Wenn ich noch einmal solchen Blödsinn rede, dürfen Sie mir die Zunge herausschneiden und den Mund zunähen!«

Er lachte. »Komm«, sagte er dann. »Erst mal waschen wir dir das Blut und den Schmutz ab, dann verarzte und verbinde ich deine Wunden.«

Auf Vanez und Mr. Crepsley gestützt, humpelte ich davon und flehte die Götter der Vampire im Stillen an, die nächste Prüfung möge nichts mit engen Höhlen und nadelspitzen Hindernissen zu tun haben. Ich konnte ja nicht ahnen, dass sie mein stummes Gebet erhören würden!

Wie sich herausstellte, brauchte ich mir über die mir nun bevorstehende Aufgabe nicht sofort Gedanken zu machen. Während ich noch unter einem eiskalten Wasserfall in der Perta-Vin-Grahl-Halle duschte, sprach sich herum, dass nunmehr auch der allerletzte Vampir im Berg angekommen war. Das bedeutete, dass bei Sonnenuntergang des folgenden Tages das Fest der Untoten eröffnet würde.
»Herrlich!«, strahlte Vanez. »Drei Nächte und Tage nur Trinken, Spaß haben und Ausspannen. Der Zeitpunkt könnte nicht besser gewählt sein.«
»Ich weiß nicht«, ächzte ich und pulte mit den Fingernägeln Dreck aus den Schnittwunden in meinen Beinen und Füßen. »Ich brauche bestimmt ein paar Wochen, um mich wieder zu erholen – mindestens!«
»Unsinn«, gab mein Tutor zurück. »Ein, zwei Nächte, und du bist wieder auf dem Damm. Ein bisschen zerstochen und zerkratzt, aber das schadet nichts.«
»Steht mir über die drei Festnächte hinaus noch die übliche Vorbereitungszeit zu?«
»Selbstverständlich. Alle geschäftlichen Angelegenheiten werden zurückgestellt. Beim Fest der Untoten wird nur gerauft, getrunken und erzählt. Sogar die Debatte über die Vampyre muss drei Nächte und Tage warten.
Ich freue mich schon seit Monaten darauf«, fuhr Vanez fort und rieb sich erwartungsvoll die Hände. »Da ich offizieller Wettkampfaufseher bin, brauche ich mich beim Fest der

Untoten ausnahmsweise nicht um die Organisation der Kämpfe zu kümmern. Endlich darf ich mal selbst mitmachen und mich amüsieren.«

»Können Sie mit einem Auge denn überhaupt kämpfen?«, erkundigte ich mich.

»Aber klar. Es gibt zwar ein paar Disziplinen, bei denen man beide Augen braucht, aber das ist eher die Ausnahme. Wart's nur ab – bis zum großen Ball habe ich bestimmt dem einen oder anderen Gast den Schädel eingeschlagen. Bei ihrer Abreise werden Dutzende von Vampiren die Nacht verfluchen, in der sie mir begegnet sind.«

Als ich fertig geduscht hatte, trat ich unter dem Wasserfall hervor, wickelte mich in Handtücher und stellte mich zum Trocknen unter eine Reihe großer Fackeln. Anschließend verband Vanez meine Wunden und brachte mir saubere, locker sitzende Kleidung. Aber obwohl der Stoff hauchdünn war, fühlte ich mich unbehaglich, und sobald ich in meinem Schlafraum angekommen war, riss ich mir alles wieder vom Leib und legte mich in meiner Hängematte nackt auf den Bauch.

Diesmal schlief ich schlecht; mein Körper war eine einzige offene Wunde. Ich gab mir Mühe, ganz still zu liegen, aber ich schaffte es nicht. Mein unruhiges Herumwälzen hielt mich wach. Irgendwann gab ich es auf, kletterte aus der Hängematte, zog eine kurze Hose an und ging Harkat suchen. Leider stellte sich heraus, dass er zu den Fürsten gerufen worden war, die ihn vor dem Fest der Untoten ein letztes Mal über Meister Schicks Botschaft ausfragen wollten. Enttäuscht kehrte ich in meine Kammer zurück und vertrieb mir die Zeit damit, vor dem Spiegel die Kratzer auf der Rückseite meiner Arme und Beine zu zählen.

Am Nachmittag legte ich mich wieder in meine Hängematte und unternahm einen letzten Versuch zu schlafen. (Nachdem ich in der ersten Zeit im Berg nicht zwischen Tag und Nacht hatte unterscheiden können, hatte ich mich inzwischen an den dortigen Lebensrhythmus gewöhnt.) Diesmal nickte ich ein. Ich schlief zwar unruhig, aber ein paar Stunden kamen doch zusammen, bevor das Fest eröffnet wurde.

8 Das Fest der Untoten fand in der riesigen Stahrvos-Glen-Halle statt, die auch Versammlungshalle genannt wurde. Sowohl die ständigen Bewohner des Berges als auch die Besucher des Konzils nahmen daran teil. Obwohl die Halle ellenlang war, standen wir so dicht gedrängt wie die Ölsardinen und warteten gemeinsam auf den Sonnenuntergang. Ich schätzte die Anzahl der Versammelten auf vier- bis fünfhundert.
Alle Gäste waren in lebhafte Blau-, Grün- und Orangetöne gehüllt. Die wenigen weiblichen Vampire waren in bodenlangen, wallenden Kleidern erschienen, die meisten Männer in eleganten, wenn auch etwas staubigen Umhängen. Mr. Crepsley und Seba Nile trugen aufeinander abgestimmte rote Gewänder und sahen, als sie so nebeneinander standen, wie Vater und Sohn aus. Sogar Harkat hatte sich von irgendwoher eine neue hellblaue Kutte beschafft.
Ich wirkte als Einziger fehl am Platze. Die vielen Schnitt- und Schürfwunden juckten wie verrückt, und ich trug noch immer das dunkle, weite Hemd und die kurze Hose, die ich in der Badehalle von Vanez bekommen hatte. Doch selbst dieser dünne Stoff scheuerte unangenehm auf meinen Wunden, und ich zupfte ständig an meinem Hemdrücken herum. Mr. Crepsley ermahnte mich mehrmals, nicht so herumzuzappeln, aber ich konnte einfach nicht stillstehen.

»Komm nachher mal zu mir«, flüsterte mir Seba zu, als ich zum hundertsten Mal an meinem Hemd zerrte. »Ich gebe dir etwas gegen den Juckreiz.«

Gerade wollte ich mich bei dem ehrwürdigen Quartiermeister bedanken, da schnitt mir das laute Scheppern eines Gongs das Wort ab. Die Anwesenden verstummten. Kurz darauf betraten die drei Vampirfürsten die Halle und bestiegen ein Podium, auf dem sie von überall gut zu sehen waren. Das Fest der Untoten und der große Ball, mit dem das Konzil endete, waren die einzigen Gelegenheiten, zu denen sämtliche Fürsten den Schutz ihrer Halle ganz oben im Berggipfel verließen. Ansonsten hielt immer einer von ihnen dort die Stellung.

»Liebe Freunde! Ich freue mich, dass ihr so zahlreich erschienen seid«, begrüßte der greise Paris Skyle die Gäste mit strahlendem Lächeln.

»Wir heißen euch im Berg der Vampire willkommen«, fuhr Mika Ver Leth fort.

»Und wünschen euch einen angenehmen Aufenthalt«, setzte Pfeilspitze hinzu.

»Ihr alle habt das Gerücht vernommen, dass die Vampyre womöglich etwas im Schilde führen«, begann Paris von neuem. »Es sind unruhige Zeiten, und wir haben viel zu besprechen und zu planen. Aber nicht heute Nacht, und auch nicht in der nächsten und der übernächsten. Denn hiermit beginnt das Fest der Untoten, bei dem alle Rangunterschiede aufgehoben sind und wir uns alle nach Kräften amüsieren wollen.«

»Sicher wartet ihr schon ungeduldig darauf, dass das Fest endlich seinen Lauf nimmt«, kam jetzt wieder Mika an die Reihe. »Aber vorher wollen wir noch die Namen jener Vampire verlesen, die seit dem letzten Konzil ins Paradies eingegangen sind.«

Pfeilspitze verkündete die Namen von neun Vampiren, die im Laufe der letzten zwölf Jahre das Zeitliche gesegnet hatten. Bei jedem Namen senkten die Anwesenden die Köpfe und murmelten im Chor: »Friede seiner Seele.«
Nach dem letzten Namen klatschte Paris in die Hände und sagte: »Das war die letzte Amtshandlung bis zum Ende des Festes. Glück zu, liebe Freunde.«
»Glück zu!«, riefen die versammelten Vampire im Chor, warfen ihre Umhänge ab, umarmten einander stürmisch und jubelten aus voller Kehle: »Glück zu! Glück zu! Glück zu!«

Die folgenden Stunden waren so turbulent, dass ich meine Blessuren und das lästige Jucken beinahe vergaß. Ich wurde von einem Strom von Vampiren fortgeschwemmt, die es kaum erwarten konnten, in den Sporthallen ihre Kräfte mit alten Freunden und Widersachern zu messen. Manche fingen sogar schon unterwegs an, miteinander zu boxen oder zu ringen. Sie wurden von besonneneren Kameraden getrennt und trotz ihres heftigen Protestes mit Gewalt in die Hallen befördert, wo sie unter angemessenen Bedingungen und zur Belustigung der Zuschauer weiterkämpfen konnten.
In allen drei Sporthallen war die Hölle los. Da keiner der offiziellen Wettkampfaufseher während des Festes Dienst hatte, brüllte auch niemand Kommandos oder kümmerte sich um die Einhaltung der Regeln. Aufgekratzte Vampire liefen von einer Halle in die nächste, schubsten und rempelten andere Vampire an, forderten jeden, der ihnen in die Quere kam, sofort zum Duell heraus und teilten nach allen Seiten übermütige Faustschläge aus.
Mr. Crepsley bildete keine Ausnahme. Mit einem Mal war seine steife Würde wie weggeblasen, und er rannte wie ein Wilder hin und her, brüllte, boxte um sich und machte die

tollsten Luftsprünge. Sogar die Fürsten hatten sich von der allgemeinen Hochstimmung anstecken lassen, nicht zuletzt Paris Skyle, der immerhin schon achthundert Jahre alt war.

Ich schob mich, so gut es ging, durch die brodelnde Menge und passte auf, dass ich nicht über den Haufen gerannt wurde.

Zuerst hatte mich dieser plötzliche Ausbruch ungezügelter Ausgelassenheit erschreckt, weil er so unerwartet kam, aber schon bald fand ich Gefallen daran, schlüpfte zwischen den Beinen raufender Vampire hindurch, rannte Leute um, zwickte Vampire, die älter und größer waren als ich, ins Ohr und flitzte davon, ehe sie mich zu fassen bekamen.

Irgendwann fand ich mich Rücken an Rücken mit Harkat wieder. Wie alle anderen war er von der Menge mitgerissen worden und vertrieb sich die Zeit damit, Vampire wie Wäschesäcke rechts und links über seine Schulter zu schleudern. Das machte den Vampiren einen Heidenspaß – sie konnten nicht begreifen, wie jemand, der so klein war, derartige Bärenkräfte besitzen konnte –, und sie standen Schlange, um gegen ihn anzutreten.

Hinter Harkats schützendem Rücken konnte ich mich endlich ein paar Minuten ausruhen. Wer interessierte sich schon für einen Halbvampir, wenn er stattdessen mit einem Kleinen Kerl raufen konnte! Nach einer kurzen Verschnaufpause machte ich mich davon und stürzte mich wieder ins Gewühl.

Allmählich legte sich das Durcheinander. Viele Vampire hatten sich beim Kämpfen Verletzungen zugezogen und schleppten sich zu den Aushilfssanitätern, um sich verarzten zu lassen. Ihre siegreichen Gegner nutzten die Unterbrechung, um sich den Schweiß von der Stirn zu wischen und ihren Durst zu löschen.

Kurz darauf gingen die Wettkämpfe richtig los. Jeweils zwei oder drei Vampire betraten miteinander die Matten, Boxringe oder Planken und gingen nach den üblichen Regeln aufeinander los. Diejenigen, die zu erschöpft oder zu angeschlagen waren, um selbst mitzumachen, scharten sich um die Kämpfenden und feuerten sie an.
Zuerst sah ich bei Mr. Crepsley zu. Seine Disziplin erinnerte mich entfernt an Karate, und er war darin ein echter Crack. Sogar nach Vampirmaßstäben wirbelten seine Hände atemberaubend schnell durch die Luft, und er schickte seine Gegner meist innerhalb weniger Sekunden einen nach dem anderen auf die Matte.
Nicht weit davon entfernt beteiligte sich Vanez an einem Ringkampf. Wie er vor dem Fest angekündigt hatte, amüsierte sich der einäugige Wettkampfaufseher prächtig. Während der kurzen Zeit, in der ich dort stand, wankten drei Vampire mit blutigen Nasen aus dem Ring, und als ich ging, hatte Vanez gerade den vierten in der Mangel.
Als ich weiterschlenderte, packte mich plötzlich ein lachender Vampir am Arm und zog mich mit sich. Ich protestierte nicht, denn auf dem Ball galt das ungeschriebene Gesetz, dass man jede Herausforderung anzunehmen hatte. »Wie lauten die Regeln?«, brüllte ich, um den Lärm zu übertönen.
»Siehst du die beiden Seile an dem Balken da oben?«, brüllte der Vampir zurück. Ich nickte. »Schnapp dir eins und stell dich auf dieser Seite auf das Podest. Dein Gegner nimmt sich das andere und stellt sich dir gegenüber auf. Dann holt ihr beide Schwung, stoßt in der Mitte zusammen und tretet und boxt so lange aufeinander ein, bis einer von euch sein Seil loslässt.«
Mein Gegner war ein hünenhafter, stark behaarter Vampir, der wie ein Monster aus einem Comicheft aussah. Ich war

ihm hoffnungslos unterlegen, wollte aber nicht gleich kneifen. Deshalb umklammerte ich tapfer mein Seil, schwang mich auf ihn zu und versuchte, seinen Füßen und Fäusten auszuweichen. Es gelang mir sogar, ihn ein paarmal zu ohrfeigen und in die Rippen zu boxen, doch er wehrte mich ab wie eine lästige Fliege, verpasste mir einen prachtvollen Kinnhaken, und ich flog in hohem Bogen auf den Boden.
Sofort eilten hilfsbereite Zuschauer herbei, um mich hochzuziehen. »Alles in Ordnung?«, fragte der Vampir, der mich zum Mitmachen aufgefordert hatte, besorgt.
»Bestens«, murmelte ich undeutlich und fuhr mit der Zungenspitze prüfend über meine Vorderzähne. »Wie viele Runden sind bei dieser Sportart üblich? Drei oder fünf?«
Die Vampire johlten und schlugen mir anerkennend auf die Schultern – sie wussten einen guten Verlierer zu schätzen. Ich ergriff wieder mein Seil und stellte mich dem Gorilla gegenüber auf. Diesmal hielt ich mich nur ein paar Sekunden oben, aber etwas anderes hatte auch niemand erwartet. Nichtsdestotrotz wurde ich wie ein Sieger gefeiert und bekam als Belohnung einen Krug Bier überreicht. Ich mochte zwar kein Bier, aber es abzulehnen, wäre unhöflich gewesen, deshalb leerte ich den Krug unter allgemeinem Jubel auf einen Zug, lächelte den Umstehenden zu und torkelte davon, um mich irgendwo hinzusetzen und wieder zu Atem zu kommen.
Es wurde jede Menge Bier, Wein, Whisky und Schnaps ausgeschenkt (Blut natürlich sowieso!), aber kaum ein Vampir wurde davon betrunken. Das liegt daran, dass Vampire aufgrund ihres Stoffwechsels mehr Alkohol vertragen als Menschen. Ein normaler Vampir kann ein ganzes Fass Bier in sich hineinkippen, bevor er einen Schwips bekommt. Da ich jedoch nur ein Halbvampir bin, stieg mir der Alkohol schneller zu Kopf. Schon nach dem einen Krug Bier fühlte ich mich

benebelt, und ich nahm mir vor, nichts Gehaltvolles mehr zu trinken – jedenfalls nicht in dieser Nacht.
Während ich mich noch ausruhte, gesellte sich Kurda zu mir. Er hatte hochrote Wangen und grinste mich breit an. »Irre, oder?«, sagte er. »Ausgewachsene Vampire, die sich wie ungezogene kleine Kinder aufführen. Stell dir nur vor, wenn uns jemand so sehen könnte!«
Ich lachte. »Aber es macht doch Spaß, oder etwa nicht?«
»Allerdings«, bestätigte er. »Trotzdem bin ich froh, dass ich den ganzen Trubel nur alle zwölf Jahre über mich ergehen lassen muss.«
»Kurda Smahlt!«, rief jemand laut. Wir drehten uns um und erblickten Arra Sails, die breitbeinig auf ihrem Brettersteg stand und eine Holzstange über dem Kopf kreisen ließ. »Na wie wär's mit uns beiden, Kurda – traust du dich?«
Der Angesprochene verzog das Gesicht. »Hab mir leider den Fuß verstaucht, Arra«, brüllte er zurück.
Die Zuschauer buhten.
Arra gab nicht auf. »Komm schon, Kurda«, forderte sie ihn heraus. »Beim Fest der Untoten darf nicht mal ein Pazifist wie du eine Herausforderung ablehnen.«
Seufzend zog sich Kurda die Schuhe aus und stand auf. Die Umstehenden grölten begeistert, und es sprach sich in Windeseile herum, dass Kurda Smahlt gegen Arra Sails antreten wollte. Unmassen von Zuschauern drängten sich um den wackligen Steg, die meisten davon Kurdas Gegner, die dem künftigen Fürsten einen Denkzettel gönnten.
»Seit elf Jahren ist Arra auf den Planken unbestrittene Siegerin«, raunte ich meinem Freund zu, während er sich eine Holzstange aussuchte.
»Weiß ich«, brummte er.
»Kommen Sie ihr am besten nicht zu nahe«, riet ich ihm (ich

tat wie ein Experte, dabei hatte ich selbst erst ein einziges Mal auf den Planken gestanden). »Je mehr Abstand Sie halten, desto länger können Sie das Ganze hinauszögern.«

»Ich werde daran denken.«

»Und seien Sie bloß vorsichtig«, warnte ich. »Sobald Sie sich eine Blöße geben, schlägt sie Sie ohne mit der Wimper zu zucken zu Brei.«

»Willst du mir Angst einjagen oder Mut machen?«, fauchte Kurda gereizt.

»Mut natürlich«, grinste ich.

»Dann stellst du es aber nicht besonders schlau an!«

Prüfend wog er eine Stange in der Hand, nickte zufrieden und sprang mit einem Satz auf den Steg. Die Zuschauer jubelten und wichen zurück, damit er Platz zum Fallen hatte.

»Ich dachte schon, du bewegst dich überhaupt nicht mehr hier herüber«, sagte Arra spitz, wirbelte ihre Stange wieder herum und ging auf ihn los.

»Hoffentlich findest du nachher, dass sich das Warten gelohnt hat«, konterte Kurda, wehrte ihren ersten Stoß ab und tänzelte rückwärts.

»Heute kommst du mir nicht so glimpflich davon wie beim letzten Mal. Ich …«

Kurda machte ein paar unerwartete Ausfallschritte, und die Vampirin sprang verblüfft zurück. »Wollen wir reden oder kämpfen?«, erkundigte sich der junge Obervampir liebenswürdig.

»Kämpfen!«, knurrte Arra und konzentrierte sich.

Eine Weile umkreisten die beiden einander lauernd und versuchten, sich gegenseitig aus der Reserve zu locken. Dann erwischte Arra Kurda am Knie. Der Hieb wirkte harmlos, aber der Vampir verlor einen Moment lang das Gleichgewicht und gab seine Deckung auf. Arra grinste siegessicher, stürzte vor und setzte zum entscheidenden Stoß an. Aber da sprang Kurda plötzlich auf eine benachbarte Planke und holte mit seiner Stange weit aus.

Arra war völlig überrumpelt und konnte nichts mehr dagegen unternehmen, dass ihr Kurdas Schlag die Beine wegriss. Mit lautem Gepolter krachte sie auf den Boden. Sie war besiegt! Die Zuschauer brauchten einen Augenblick, um sich von ihrer Überraschung zu erholen, dann brachen sie in Beifallsrufe aus und umringten Kurda, um ihn zu beglückwünschen. Der junge Vampir kümmerte sich nicht darum und bahnte sich einen Weg zu Arra, um festzustellen, ob sie verletzt war. Doch als er sich bückte, um ihr hochzuhelfen, schlug sie seine Hand weg.

»Fass mich nicht an!«, zischte sie.

»Ich wollte doch nur …«

»Du hast mich reingelegt!«, fiel sie ihm ins Wort. »Du hast so getan, als hättest du dir den Fuß verstaucht. Ich verlange noch zwei Runden.«

»Es war ein fairer Kampf«, sagte Kurda mit Nachdruck. »Es ist nicht verboten, eine Verletzung vorzutäuschen. Du hast dir eine Blöße gegeben, weil du zu versessen darauf warst, kurzen Prozess mit mir zu machen. Wärst du nicht unvorsichtig geworden, hätte meine Taktik nicht funktioniert.«

Arra funkelte den zukünftigen Fürsten trotzig an, doch dann wandte sie den Blick ab und murmelte betreten: »Da ist was Wahres dran.« Sie hob den Kopf wieder und blickte Kurda direkt in die Augen. »Entschuldige, dass ich dich beleidigt habe, Kurda Smahlt. Ich sprach im Zorn. Verzeihst du mir noch einmal?«

»Nur, wenn du mir dafür endlich die Hand gibst«, erwiderte Kurda lächelnd.

Arra schüttelte den Kopf. »Ich kann nicht«, sagte sie kläglich. »Du hast mich besiegt, und ich schäme mich dafür, deine Aufforderung abzulehnen, aber ich bringe es einfach nicht über mich.«

Der Vampir sah gekränkt aus, aber er lächelte gezwungen. »Schon in Ordnung«, sagte er. »Ich nehme deine Entschuldigung trotzdem an.«

»Danke«, stieß Arra hervor, drehte sich um und rannte aus der Halle. Ich glaube, sie weinte.

Als Kurda sich wieder zu mir setzte, wirkte er niedergeschlagen. »Sie tut mir Leid«, seufzte er. »Es muss schrecklich sein, wenn man so stur ist. Sie wird sich ihr Leben lang Vorwürfe machen, dass sie meine Hand zurückgewiesen hat. In ihren Augen und in den Augen derer, die so sind wie sie, ist so etwas ein Zeichen von Charakterschwäche. Mir persönlich ist es ziemlich egal, ob sie mir die Hand gibt oder nicht, aber sie selbst wird es sich nie verzeihen.«

»Niemand hat damit gerechnet, dass Sie Arra besiegen würden«, tröstete ich ihn. »Sogar ich nicht, weil Sie doch nun mal nichts vom Kämpfen halten.«

Kurda lachte »Dass ich es im Allgemeinen vorziehe, nicht zu kämpfen, bedeutet noch lange nicht, dass ich es nicht kann! Ich bin kein Held und habe wenig Übung, aber ich bin auch nicht der erbärmliche Feigling, für den mich die meisten halten.«

»Wenn Sie öfter kämpften, würden die anderen ihre Meinung bestimmt ändern.«

»Vermutlich«, gab er zu. »Aber die Meinung anderer interessiert mich nicht besonders.« Er legte mir die Hand auf die Brust und drückte sanft auf meine Herzgegend. »*Darauf* kommt es an, nicht auf das, was ein Mann im Kampfring oder auf dem Schlachtfeld leistet. Nur dein eigenes Herz kann dir sagen, ob du ehrlich und tapfer bist, sonst niemand.

Von den neun Vampiren, die seit dem letzten Konzil gestorben sind, könnten fünf noch am Leben sein und an diesem Fest teilnehmen, hätten sie sich nicht unbedingt vor ihren Kameraden hervortun wollen. Sie fanden einen frühen Tod, weil ihnen die Bewunderung ihrer Mitvampire wichtiger war als ihr eigenes Leben.« Kurda senkte betrübt den Kopf. »Wie dumm«, sagte er leise. »Dumm, sinnlos und traurig. Eines schönen Nachts wird diese Einstellung unserem ganzen Geschlecht zum Verhängnis werden.«
Er stand auf und ging mit hängenden Schultern langsam davon. Ich blieb noch lange sitzen, beobachtete die raufenden, blutig geschlagenen Kämpfer und dachte über die Worte des friedliebenden jungen Vampirs nach.

9 Als der Tag heraufzog, legten sich die meisten Vampire ein paar Stunden in ihre Särge. Sie hätten noch länger fröhlich weitergefeiert und getrunken, wollten sich aber vor dem ersten der offiziellen Bälle, der bei Sonnenuntergang eröffnet wurde, noch etwas ausruhen. Insgesamt gab es beim Fest der Untoten drei Bälle, jeweils am Ende des Tages. Sie wurden in zwei riesigen, direkt aneinander grenzenden Hallen abgehalten, in denen alle Vampire bequem Platz fanden.
In meinen Augen war der Ball eine reichlich merkwürdige Angelegenheit. Die meisten Gäste trugen noch dieselben Gewänder wie zu Beginn des Festes, aber die farbenfrohen Hemden, Hosen und Umhänge waren inzwischen zerrissen, durchlöchert und blutverkrustet, die Gesichter, Arme und Beine der Anwesenden zerkratzt und voller blauer Flecken. Viele Vampire hatten sich bei den Kämpfen Knochenbrüche

zugezogen, aber alle strömten unverdrossen auf die Tanzfläche, sogar diejenigen, die auf Krücken humpelten.

Pünktlich bei Sonnenuntergang fing die Kapelle zu spielen an, und der Tanz begann. Es war keine große Kapelle: ein paar Schlagzeuger, drei Harfenisten und ein Geiger. Sie spielten langsame, getragene Weisen, und es klang gar nicht schlecht – wenn man auf Trauermusik stand!

Im Takt dazu vollführten die Vampire kurze, steife Tanzschritte, verbeugten sich voreinander und schwenkten ab und zu gemessen die Arme über dem Kopf. Es war ein sonderbarer, schlurfender Tanzstil, und das Ganze wirkte umso befremdlicher, weil es praktisch keine Frauen gab.

Mr. Crepsley war einer der wenigen, die eine Partnerin abbekommen hatten. Er tanzte mit Arra Sails. Sie sah von ihrer Niederlage gegen Kurda noch immer ziemlich mitgenommen aus, und Mr. Crepsley tat sein Bestes, um sie aufzuheitern. Er flüsterte ihr etwas ins Ohr und lächelte sie strahlend an, was sonst überhaupt nicht seine Art war.

Auch ich schwang wie alle anderen das Tanzbein, denn sogar die Musiker ließen von Zeit zu Zeit ihre Instrumente im Stich und begaben sich auf die Tanzfläche, aber ich machte dabei keine besonders gute Figur. Zu schneller, lauter Musik herumzuspringen, fiel mir nicht schwer, aber wenn man den hier angesagten Tanzstil nicht richtig beherrschte, sah man einfach nur albern aus. Außerdem juckten meine Wunden beim Tanzen noch stärker, und ich musste dauernd stehen bleiben und mich kratzen.

Daher entschuldigte ich mich nach kurzer Zeit, verließ die Tanzfläche und machte mich auf die Suche nach Seba Nile, dem Quartiermeister des Vampirberges, der mir ein Mittel gegen den Juckreiz versprochen hatte. Schließlich entdeckte ich ihn im zweiten Ballsaal. Auch er tanzte, deshalb hockte

ich mich an den Rand der Tanzfläche und wartete darauf, dass er eine Pause machte.
Gavner Purl war ebenfalls anwesend. Nach einer Weile erblickte er mich und setzte sich zu mir. Er sah ziemlich erledigt aus und war völlig außer Puste. »Ich konnte mich gerade mal eine Stunde in den Sarg legen«, schnaufte er. »Ein paar meiner ehemaligen Tutoren hatten mich mit Beschlag belegt, und ich musste mir den ganzen Tag ihre alten Geschichten anhören.«
Als die Musik aussetzte, weil die Musiker die Notenblätter auswechseln mussten, verbeugte sich Seba höflich vor seinem Partner und verließ die Tanzfläche. Um mich bemerkbar zu machen, winkte ich heftig. Der alte Quartiermeister holte sich erst noch einen Krug Bier, dann schlenderte er gemächlich zu uns herüber. »Na, Gavner, Darren – amüsiert ihr euch gut?«
»Ich bin total geschafft«, ächzte Gavner.
»Und du, Darren?«, wandte sich Seba an mich. »Wie gefällt dir unser Fest?«
»Ehrlich gesagt, wundere ich mich ein wenig«, gestand ich. »Letzte Nacht sind noch alle aufeinander losgegangen wie wilde Tiere, und jetzt tanzen sie auf einmal so steif wie Roboter.«
Seba verkniff sich ein Grinsen. »Sag das bloß nicht laut«, tadelte er mich scherzhaft. »Sonst sind sie beleidigt. Die meisten Vampire bilden sich Wunder was auf ihre Tanzkünste ein – sie finden sich absolut göttlich.«
»Seba«, unterbrach ich ihn und kratzte mich am Bein. »Haben Sie nicht gesagt, Sie hätten ein Mittel gegen Juckreiz?«
Der Quartiermeister nickte.
»Könnten Sie es mir vielleicht jetzt geben?«
»Das ist nicht so einfach«, erwiderte Seba bedächtig. »Dazu müssen wir erst einen kleinen Spaziergang in die Tunnel unter den Hallen machen.«

»Nehmen Sie mich mit, wenn Sie Zeit haben?«, bat ich.
»Ich habe jetzt Zeit«, entgegnete er. »Aber du musst zuerst Kurda Smahlt auftreiben. Ich habe ihm neulich versprochen, dass er mich begleiten darf, wenn ich diesen Teil des Berges das nächste Mal aufsuche – er möchte nämlich eine Karte davon erstellen.«
»Was soll ich sagen, wenn er fragt, wohin wir gehen?«
»Sag ihm einfach, wir gehen zu den Arachniden. Dann weiß er schon Bescheid. Und bring Lartens Prachtexemplar mit – Madame Octa. Ich möchte sie ebenfalls mitnehmen.«
Als ich Kurda fand, lauschte er gerade einigen Vampiren, die alte Sagen zum Besten gaben. Erzähler erfreuten sich auf dem Ball großer Beliebtheit. Vampire machen sich nicht viel aus Büchern. Sie erhalten ihre Tradition lieber durch mündliche Überlieferung lebendig. Ich glaube nicht, dass die gesamte Historie des Vampirgeschlechts jemals schriftlich aufgezeichnet wurde. Ich zupfte Kurda am Ärmel und richtete ihm im Flüsterton Sebas Botschaft aus. Kurda flüsterte zurück, er wolle uns gern begleiten, müsse aber erst noch seine Kartographenausrüstung holen. Wir wollten uns dann vor Sebas Gemächern unten im Berg wieder treffen. Der Quartiermeister wohnte nämlich ganz in der Nähe der Lagerräume, über die er Aufsicht führte.
Als ich mit Madame Octas Käfig unter dem Arm zu Seba zurückkehrte, teilte mir Gavner mit, er habe ebenfalls beschlossen mitzukommen. Er meinte, wenn er noch länger in den durch die vielen Gäste und die zahlreichen Fackeln aufgeheizten Tanzhallen bliebe und der Musik zuhörte, würde er eindösen. »Der Käpten hat eine kleine Spritztour ins Unterdeck befohlen«, ahmte er mit rauer Stimme einen alten Seebären nach.
Ich sah mich noch nach Harkat um – der Kleine Kerl war

bestimmt ebenfalls neugierig, wie die unteren Gefilde des Vampirberges aussahen –, aber er war von Bewunderern umringt. Sein Stoffwechsel war noch unempfindlicher als der eines Vampirs, und er konnte vierundzwanzig Stunden lang Alkohol in sich hineinschütten, ohne dass es ihm das Geringste ausmachte. So etwas hatten die Vampire noch nie gesehen, und sie begleiteten jeden Krug Bier, den er hinunterstürzte, mit anfeuernden Zurufen. Da ich Harkat seinen neuen Freunden nicht entreißen wollte, störte ich ihn nicht.
Als sich alle Beteiligten vor Sebas Gemächern eingefunden hatten, brachen wir auf. Statt von den üblichen Torhütern wurde die Pforte zwischen den Hallen und dem Tunnelsystem von Ersatzleuten bewacht – während des Balls kam kein Vampir seinen offiziellen Pflichten nach. Die Ersatzleute waren nicht so ordentlich gekleidet wie die regulären Posten, und einige von ihnen hatten getrunken, was eigentlich während der Dienstzeit streng verboten war. Seba erläuterte ihnen, was wir vorhatten. Sie winkten uns lässig durch und schärften uns noch ein, wir sollten uns bloß nicht verirren.
»Danke für den Tipp«, schmunzelte Kurda. »Nach eurer Fahne zu urteilen, könntet ihr noch nicht einmal einen Apfel auf dem Grund eines Fasses voller Apfelwein wieder finden.«
Die Torhüter lachten und drohten scherzhaft, uns auf dem Rückweg nicht wieder einzulassen. Der Nüchternste von ihnen fragte, ob wir Fackeln bräuchten, aber Seba lehnte dankend ab – in diesem Teil des Berges gedieh reichlich Schimmerschimmel.
Ungefähr nach einer Viertelstunde drangen wir in Regionen vor, die Kurda noch unbekannt waren, und er holte seine Ausrüstung heraus. Sie bestand lediglich aus einem Bleistift

und einem Stück Papier, das mit einem Netz aus Quadraten überzogen war. Alle paar Meter blieb er stehen und verlängerte die Linie, die den Tunnel bezeichnete, in dem wir uns gerade befanden, um ein paar Zentimeter.

»Ist das alles, was man zum Kartenzeichnen braucht?«, fragte ich. »Es sieht nicht besonders schwer aus.«

»Tunnel zu erfassen, ist wirklich nicht schwer«, bestätigte Kurda. »Ein Stück Land oder ein Küstenabschnitt ist viel komplizierter.«

»Hör nicht auf ihn«, mischte sich Gavner ein. »Auch Tunnel können ganz schön vertrackt sein. Ich habe ein einziges Mal versucht, eine Karte zu zeichnen, und bin kläglich gescheitert. Man muss die Gänge maßstabsgetreu verkleinern. Die kleinste Abweichung genügt, und man kann die ganze Karte wegschmeißen.«

»Wenn man den Bogen erst einmal raushat, ist es ganz einfach«, tröstete ihn Kurda. »Wenn du dich richtig hineinknien würdest, könntest du es bald genauso gut wie ich.«

»Nein, danke«, gab Gavner zurück. »Ich habe nicht die Absicht, den Rest meines Lebens hier unten herumzuirren und Karten zu kritzeln. Ich begreife nicht, was du daran findest.«

»Es ist einfach faszinierend. Es schärft den Orientierungssinn, und außerdem ist es enorm befriedigend, wenn eine Karte fertig ist. Nicht zu vergessen der praktische Vorteil.«

»Der praktische Vorteil!«, schnaubte Gavner abfällig. »Außer dir selber interessiert sich niemand für deine Karten!«

»Das stimmt nicht ganz«, widersprach Kurda. »Es hat zwar niemand Lust, mir zu helfen, aber die fertigen Karten benutzen viele Vampire recht gern. Hast du mitbekommen, dass demnächst eine neue Halle weiter unten als die bisherigen gebaut werden soll?«

»Eine Lagerhalle«, nickte Gavner. »Ich habe davon gehört.«

»Man will dafür eine von mir entdeckte Höhle ausbauen. Diese Höhle ist durch einen Gang mit den übrigen Hallen verbunden, von dem niemand etwas wusste, bis ich dort unten ein bisschen herumgeschnüffelt habe.«

»Vergiss nicht die Geheimgänge«, warf Seba ein.

»Was für Geheimgänge denn?«, fragte ich.

»Das sind Tunnel, die abseits der Haupteingänge direkt zu den Hallen führen. Man kann die Hallen nämlich nicht nur durch die offiziellen Pforten betreten. Auf viele dieser Tunnel hat erst Kurda uns aufmerksam gemacht. Ihm ist es zu verdanken, dass sie gegen Eindringlinge verbarrikadiert werden konnten.«

Ich sah den alten Quartiermeister verständnislos an. »Was für Eindringlinge?«

»Seba meint wilde Tiere«, erklärte Kurda. »Früher sind oft streunende Wölfe, Ratten oder Fledermäuse in die Vorratskammern eingedrungen. Im Lauf der Zeit wurden sie zu einer ziemlichen Plage. Mit Hilfe meiner Karten konnten wir ihrem Treiben ein Ende bereiten.«

»Schon gut, schon gut«, schmunzelte Gavner. »Ich sehe es ein, deine Karten haben auch Vorteile. Trotzdem könnten mich keine zehn Pferde dazu bringen, dir dabei zur Hand zu gehen.«

Wir wanderten schweigend weiter. Hier unten waren die Gänge ziemlich schmal und niedrig, und die ausgewachsenen Vampire mussten die Köpfe einziehen. Als sich die Tunnel kurzfristig etwas verbreiterten, hatten sie es etwas leichter, aber bald ging das geduckte Schlurfen wieder los. Außerdem war es inzwischen ziemlich dunkel. Wir konnten zwar noch sehen, wohin wir gingen, aber Kurda hatte nicht mehr genug Licht zum Zeichnen. Er kramte eine Kerze aus der Tasche und wollte sie anzünden, doch Seba hielt ihn zurück.

»Keine Kerzen«, befahl er.
»Aber ich kann nichts mehr sehen«, beschwerte sich Kurda.
»Tut mir Leid, es geht nun mal nicht anders.«
Der Vampir gehorchte murrend. Er beugte sich so tief über seine Karte, dass er sie fast mit der Nasenspitze berührte, und zeichnete weiter. Dabei stolperte er oft, weil er nicht auf den Weg achtete.
Am Ende eines besonders engen Tunnels erreichten wir schließlich eine mittelgroße Höhle, die vom Boden bis zur Decke voller Spinnweben hing. »Seid ganz leise«, flüsterte Seba. »Wir wollen die Bewohner nicht stören.«
Mit »Bewohnern« meinte er die Spinnen. Es waren Tausende, ja Abertausende. Die Höhle wimmelte nur so von ihnen. Sie baumelten von der Decke, hockten in ihren Netzen, huschten über den Boden. Sie waren genauso gelb und behaart wie die unbekannte Spinne, die mir bei meiner Ankunft im Berg über den Weg gelaufen war, und deutlich größer als normale Spinnen. Madame Octa war allerdings noch ein ganzes Stück größer.
Einige von ihnen krabbelten auf uns zu. Seba ließ sich vorsichtig auf ein Knie nieder und pfiff leise. Die Spinnen verharrten kurz und verzogen sich dann wieder in ihre Schlupfwinkel. »Das waren Wachposten«, erläuterte Seba. »Sie hätten ihre Artgenossen verteidigt, falls wir feindliche Absichten hegten.«
»Ich denke, sie sind nicht giftig«, sagte ich.
»Einzeln sind sie harmlos«, bestätigte der Quartiermeister. »Aber wenn sie zu mehreren angreifen, können sie ziemlich ungemütlich werden. Ihr Biss ist zwar nicht tödlich – jedenfalls nicht für Vampire –, aber er hat ernste Folgen, bis hin zur teilweisen Lähmung.«
»Jetzt verstehe ich auch, warum ich keine Kerze anzünden

durfte«, sagte Kurda. »Ein Funke reicht aus, und die ganze Höhle brennt wie Zunder.«

»Ganz genau.« Seba führte uns langsam in die Mitte des Gewölbes. Madame Octa spähte durch die Gitterstäbe ihres Käfigs und musterte die anderen Spinnen aufmerksam. »Sie leben schon seit uralten Zeiten in dieser Höhle«, raunte Seba ehrfürchtig und ließ einige der Achtfüßler über seine Hände und Arme kriechen. »Wir nennen sie Ba'Halens-Spinnen, nach dem Vampir, der sie, einer alten Legende zufolge, hierher gebracht hat. Die Menschen wissen nichts von ihrer Existenz.«

Mich störte es nicht weiter, dass mir die Spinnen die Beine hochkrochen – das war ich von Madame Octa gewöhnt, und bevor ich sie betreute, hatte ich mich als Hobby viel mit Spinnen beschäftigt –, aber Gavner und Kurda schienen sich dabei ziemlich unwohl zu fühlen. »Bist du auch ganz sicher, dass sie nicht beißen?«, vergewisserte sich Gavner.

»Es würde mich jedenfalls sehr überraschen«, meinte Seba. »Normalerweise sind sie friedlich. Sie greifen nur an, wenn sie sich bedroht fühlen.«

»Ich glaube, ich muss niesen«, sagte Kurda gepresst, als ihm eine Spinne über die Nase krabbelte.

»Das würde ich an deiner Stelle lieber bleiben lassen«, warnte Seba ihn. »Sie könnten es missverstehen.«

Kurda hielt die Luft an. Er zitterte vor Anstrengung, den Niesreiz zu unterdrücken. Als die Spinne endlich weiterkroch, war er puterrot im Gesicht. »Lasst uns hier verschwinden«, ächzte er und stieß zischend die Luft aus.

»Prima Idee«, stimmte Gavner zu.

»Nicht ganz so eilig, Freunde«, schmunzelte Seba. »Wir sind schließlich nicht zum Vergnügen hierher gekommen. Wir haben eine wichtige Mission – zieh bitte dein Hemd aus, Darren.«

»Hier?«, fragte ich verblüfft.
»Du willst doch, dass das Jucken aufhört, oder nicht?«
»Schon, aber ...« Seufzend gehorchte ich.
Als ich den Oberkörper frei gemacht hatte, hob Seba ein paar alte, leere Spinnennetze auf. »Bück dich«, befahl er. Dann zerrieb er die Spinnweben zwischen den Fingern und streute die Krümel auf meinen geschundenen Rücken.
»Was machst du da?«, erkundigte sich Gavner interessiert.
»Ich kuriere Darrens Juckreiz.«
»Mit Spinnweben?«, kicherte Kurda. »Also wirklich, Seba. Ich hätte nicht gedacht, dass du an solche Ammenmärchen glaubst.«
»Das sind keine Märchen«, gab Seba zurück und massierte die Krümel sorgfältig in meine Haut ein. »Diese Spinnweben enthalten bestimmte Stoffe, die den Heilungsprozess beschleunigen und die Reizung lindern. Nach höchstens einer Stunde ist der Juckreiz verschwunden.«
»Meinen Sie wirklich?«, fragte ich zweifelnd.
»Sonst lass ich mich aufspießen!«
Als mein ganzer Rücken mit Krümeln übersät war, packte Seba zusätzlich noch ein paar dicke, unversehrte Netze auf die schlimmsten Entzündungen und umwickelte auch meine Hände damit. »An der Pforte zu den Hallen nehmen wir die Netze wieder ab«, erklärte er, »aber an deiner Stelle würde ich mich ein, zwei Nächte nicht waschen, sonst kehrt der Juckreiz vielleicht zurück.«
»Das ist doch alles Humbug«, brummelte Gavner. »Es funktioniert bestimmt nicht.«
»Ehrlich gesagt, verspüre ich bereits jetzt eine gewisse Besserung«, widersprach ich. »Als wir hier hereingekommen sind, haben mich meine Beine fast wahnsinnig gemacht, und jetzt juckt es kaum noch.«

»Wenn diese Methode so wirkungsvoll ist, warum habe ich dann noch nie etwas davon gehört?«, fragte Kurda.
»Ich rede nicht gern darüber«, entgegnete Seba. »Wenn die Heilkräfte der Spinnweben allgemein bekannt wären, würden die Vampire diese Höhle in Scharen aufsuchen. Dadurch würde jedoch der Lebensrhythmus der Spinnen gestört; sie würden sich tiefer in den Berg zurückziehen, und die wertvollen Vorräte wären innerhalb weniger Jahre aufgebraucht. Daher führe ich nur wirklich dringende Fälle hierher und bitte sie, strengstes Stillschweigen über das Gesehene zu bewahren. Ich hoffe doch sehr, dass ihr mein Vertrauen nicht enttäuscht.«
Wir versprachen einhellig, nichts zu verraten.
Nachdem er mich verarztet hatte, holte Seba Madame Octa aus dem Käfig und setzte sie behutsam auf den Boden. Sie wurde sofort von ihren neugierigen Artgenossen umringt, blieb aber zunächst unentschlossen hocken. Eine fremde Spinne mit hellgrau geflecktem Rücken unternahm einen Scheinangriff auf den Eindringling. Mein Schützling wehrte sie mühelos ab, woraufhin sich die übrigen Spinnen zurückzogen. Danach schien sich Madame Octa sicherer zu fühlen, denn sie ging auf Entdeckungsreise. Sie krabbelte die Wände hoch und kletterte in fremde Netze, ohne sich um deren Besitzer zu scheren. Diese versuchten zuerst, sie zu vertreiben, beruhigten sich aber wieder, als sie merkten, wie groß die Besucherin war und dass sie ihnen offenbar nicht feindlich gesinnt war.
»Sie haben ein Gespür für wahre Majestät«, sagte Seba leise und wies auf den Spinnenschwarm, der Madame Octa inzwischen durch die ganze Höhle folgte. Die Graugefleckte krabbelte an der Spitze. »Sie würden sie zur Königin machen, wenn wir sie hier ließen.«

»Könnten sie denn Nachkommen mit ihr zeugen?«, fragte Kurda neugierig.

»Wahrscheinlich nicht«, erwiderte Seba nachdenklich. »Aber wer weiß? Es wäre ein Experiment wert. Seit ewigen Zeiten ist kein frisches Erbgut mehr in diese Kolonie eingeflossen. Es wäre doch spannend zu sehen, was bei einer Kreuzung herauskäme.«

»Bloß nicht«, sagte Gavner schaudernd. »Stellt euch nur vor, die Kinder würden genauso giftig wie ihre Mutter. Auf der Suche nach Opfern würden sie zu Tausenden durch die Gänge krabbeln!«

»Wohl kaum«, lächelte der alte Quartiermeister. »Spinnen greifen niemanden an, der größer ist als sie selbst, solange sie leichtere Beute finden. Aber Madame Octa gehört nicht mir. Wenn überhaupt, muss Darren das entscheiden.«

Ich beobachtete Madame Octa. Sie schien sich in Freiheit unter ihresgleichen sehr wohl zu fühlen. Aber ich kannte die verheerenden Folgen ihres Bisses nur zu gut. Es war zu riskant. »Ich glaube, wir sollten sie lieber wieder mitnehmen«, sagte ich.

»Eine weise Entscheidung«, nickte Seba zustimmend, spitzte die Lippen und pfiff. Sofort kehrte Madame Octa in ihren Käfig zurück, blieb allerdings am Gitter sitzen, als bedaure sie den Abschied. Einen Augenblick lang tat sie mir Leid, doch dann machte ich mir klar, dass sie schließlich nur eine Spinne war und keine menschlichen Gefühle hatte.

Seba spielte noch ein Weilchen mit den anderen Spinnen. Er lockte sie mit leisen Pfiffen und ließ sie überall auf sich herumkrabbeln. Ich holte Madame Octas Flöte aus dem Käfig – eigentlich war es eher eine billige Blechpfeife – und machte mit. Es dauerte zwar einen Moment, bis ich mich gedanklich mit den fremden Spinnen verständigen konnte – sie waren

nicht so leicht zugänglich wie mein Schützling –, aber dann hatten Seba und ich viel Spaß miteinander. Wir ließen die Spinnen zwischen uns hin und her springen und ein großes Netz weben, das uns beide von Kopf bis Fuß einhüllte.
Gavner und Kurda sahen uns staunend zu. »Würden sie mir auch gehorchen?«, fragte Gavner schließlich.
»Wahrscheinlich nicht«, verneinte Seba. »Es ist nicht so leicht, wie es aussieht. Was Spinnen betrifft, ist Darren ein echtes Naturtalent. Ist dir das überhaupt bewusst, mein Junge?« Ich schüttelte den Kopf. »Nur wenigen Menschen gelingt es, sich mit Spinnen zu verständigen, sogar wenn sie so empfänglich dafür sind wie Madame Octa. Du kannst wirklich stolz darauf sein.«
Seit jenem schrecklichen Zwischenfall mit Madame Octa und meinem besten Freund Steve Leopard vor vielen Jahren mochte ich keine Spinnen mehr, aber Sebas Worte ließen meine alte Leidenschaft für die achtbeinigen Räuber noch einmal aufflackern. Ich nahm mir vor, mich in Zukunft wieder mehr mit der spannenden Welt der Spinnen zu beschäftigen.
Schließlich wurde Seba und mir unser Spiel langweilig. Wir befreiten uns von den Spinnweben, wobei ich darauf achtete, die heilenden Netze auf meinen Wunden nicht versehentlich mit abzustreifen, und traten, gefolgt von Kurda und Gavner, den Heimweg an. Eine kleine Spinnenschar krabbelte noch ein Stück weit hinter uns her, kehrte aber um, als sie merkte, dass wir ihr Reich endgültig verließen. Nur die Graugefleckte folgte uns fast bis zum Ende des Tunnels, als sei sie von Madame Octa so hingerissen, dass sie sich nicht mehr von ihr trennen konnte.

10 Auf dem Rückweg fiel mir die alte Bestattungshalle wieder ein, von der mir Kurda kurz nach meiner Ankunft im Berg erzählt hatte. Ich fragte Seba, ob wir sie besichtigen könnten. Er hatte nichts dagegen einzuwenden und Kurda auch nicht. Gavner war von der Idee zwar nicht sonderlich angetan, wollte aber mitkommen. »Friedhöfe machen mich immer ganz trübsinnig«, meinte er.
»Komische Einstellung für einen Vampir«, sagte Kurda kopfschüttelnd. »Schläfst du etwa nicht gern in Särgen?«
»Das ist etwas anderes. Särge finde ich sehr gemütlich. Aber Friedhöfe, Leichenhallen und Krematorien kann ich nicht ausstehen.«
Die Halle der Letzten Reise war ein geräumiges Gewölbe mit kuppelförmiger Decke. Ihre Wände waren üppig mit Schimmerschimmel bewachsen. Mitten hindurch strömte ein breiter, reißender Fluss, der durch einen Tunnel unterirdisch ins Freie geleitet wurde. Um das Tosen des Wassers zu übertönen, mussten wir uns fast schreiend verständigen.
»Früher wurden die Verstorbenen hierher gebracht«, erklärte Kurda. »Sie wurden entkleidet, ins Wasser gehievt und einfach losgelassen. Der Fluss trug sie aus dem Berg in die Wildnis hinaus.«
»Und was passierte dort mit ihnen?«, fragte ich.
»Sie wurden weit weg von hier ans Ufer gespült, als Festmahl für wilde Tiere und Raubvögel.« Als er sah, dass ich grün im Gesicht wurde, prustete er: »Kein schöner Tod, was?«
»Aber auch kein besonders schlechter«, widersprach Seba. »Ich persönlich möchte gern auf diese Weise bestattet werden. Aas ist ein wichtiger Bestandteil der biologischen Nahrungskette. Leichenverbrennung ist die reinste Verschwendung.«
»Warum wird der Fluss dann inzwischen nicht mehr benutzt?«, erkundigte ich mich.

»Irgendwann verstopften die Leichen den Abfluss«, kicherte Seba. »Es stank entsetzlich. Ein Trupp Arbeiter musste sich Seile um den Bauch binden, in den Tunnel hineinschwimmen und die Leichen in kleine Stücke zerhacken. Anschließend wurden die Betreffenden von ihren Kameraden wieder ans Ufer gezogen, denn gegen diese Strömung kann man nicht anschwimmen.

Ich war damals selbst dabei«, fuhr er fort. »Zum Glück brauchte ich nur ein Seil festzuhalten und gehörte nicht zu denen, die ins Wasser mussten. Die Ärmsten haben nie darüber gesprochen, was sie dort unten erlebt haben.«

Schaudernd spähte ich in die dunklen Fluten. Als ich mir vorstellte, ich müsste in den Tunnel hinabtauchen, um halb verweste Leichen zu beseitigen, fiel mir etwas ein, und ich drehte mich nach Kurda um. »Sie haben doch eben gesagt, dass wilde Tiere über die angespülten Leichen herfielen – ich dachte immer, Vampirblut ist giftig?«

»In den Leichen war kein Blut mehr«, entgegnete Kurda.

»Wieso nicht?« Ich runzelte die Stirn. »Wo ist es denn geblieben?«

Kurda druckste herum, und Seba kam ihm zuvor. »Es wurde den Toten von den Hütern des Blutes abgezapft, die übrigens auch die meisten inneren Organe entfernten.«

»Wer sind diese Hüter des Blutes?«

»Erinnerst du dich noch an die Leute in der Einäscherungshalle und der Todeshalle, denen wir neulich auf unserem kleinen Rundgang begegnet sind?«, fragte Kurda.

Ich rief mir die rätselhaften, unnatürlich blassen Geschöpfe mit den unheimlichen weißen Augen und den zerlumpten Kleidern ins Gedächtnis, die vereinzelt und stumm in den düsteren Hallen herumhockten.

Damals hatte sich Kurda geweigert, mir mehr über sie zu erzählen, mir allerdings versprochen, das bei passender Gelegenheit nachzuholen. Aber inzwischen war so viel geschehen, dass ich ganz vergessen hatte, der Sache auf den Grund zu gehen. »Wer sind sie?«, wiederholte ich. »Was haben sie hier zu suchen?«

»Man nennt sie Hüter des Blutes«, erläuterte Kurda. »Vor ungefähr tausend Jahren tauchten sie in unserem Berg auf – von woher, wissen wir nicht – und ließen sich einfach hier nieder. Alle paar Jahre verschwinden kleinere Trupps und bringen bei ihrer Rückkehr gelegentlich neue Mitglieder mit. Sie wohnen in ihren eigenen Gewölben unter den Hallen und bleiben meistens unter sich. Außerdem haben sie eine eigene Sprache, eigene Bräuche und eine eigene Religion.«

»Sind es Menschen?«

»Es sind Ghuls!«, grunzte Gavner.

»Sei nicht ungerecht«, wies ihn Seba zurecht. »Sie haben uns von jeher treu gedient, und wir sind ihnen zu großem Dank verpflichtet. Sie bereiten unsere Toten auf die Verbrennung vor, und das ist eine durchaus verdienstvolle Tätigkeit. Aber vor allem versorgen sie uns mit Blut; der überwiegende Teil des im Berg eingelagerten Menschenblutes stammt nämlich von ihnen. Allein könnten wir niemals genug Blut heranschaffen, um alle Teilnehmer des Konzils zu ernähren. Da sind uns die Hüter wirklich eine große Hilfe. Wir dürfen uns allerdings nicht direkt an ihnen laben. Sie entziehen sich das Blut selbst und reichen es an uns weiter.«

»Aber wieso?«, fragte ich verständnislos. »Das kann doch keinen Spaß machen – in einem Berg zu hausen und sich Blut abzuzapfen. Was haben sie denn davon?«

Kurda räusperte sich verlegen. »Weißt du, was Saprobien sind?«, fragte er. Ich schüttelte den Kopf. »Saprobien sind Lebewesen oder kleine Organismen, die sich von den Aus-

scheidungen oder dem Aas anderer Lebewesen ernähren. Die Hüter sind solche Saprobien. Sie verzehren die inneren Organe der toten Vampire, samt Herz und Gehirn.«
Ich starrte Kurda sprachlos an. Wollte er mich auf den Arm nehmen? Doch der bittere Zug um seinen Mund verriet, dass er es ernst meinte. Mir drehte sich der Magen um. »Warum lasst ihr das zu?«, rief ich entsetzt aus.
»Wir brauchen sie eben«, antwortete Seba schlicht. »Ihr Blut ist für uns lebensnotwendig. Außerdem haben sie uns nie etwas Böses getan.«
»Ist Leichenschändung etwa nichts Böses?«, japste ich.
»Bis jetzt hat sich noch kein toter Vampir darüber beklagt«, scherzte Gavner, aber es klang ziemlich gezwungen. Ihm schien das alles genauso wenig zu behagen wie mir.
»Die Hüter gehen sehr respektvoll mit den Toten um«, erklärte Seba. »Sie verehren uns fast wie Heilige. Erst zapfen sie das Blut ab und füllen es in spezielle Behälter – daher auch ihr Name. Dann trennen sie Leib und Schädel der Leiche kunstvoll auf und entnehmen Organe und Gehirn. Vor dem Verzehr kochen sie die Leichenteile allerdings, denn unser Blut ist für sie ebenso giftig wie für alle anderen Lebewesen.«
»Und davon ernähren sie sich?«, stöhnte ich.
Seba schüttelte den Kopf. »Nein. Das würden sie nicht lange durchhalten. Die meiste Zeit essen sie ganz normal; unsere Organe heben sie sich für besondere Gelegenheiten auf – für Hochzeiten, Trauerfeiern und dergleichen.«
»Das ist doch ekelhaft!«, stieß ich hervor. »Warum tun sie so etwas?«
»Das wissen wir nicht genau«, räumte Kurda ein. »Möglicherweise erhöht sich dadurch ihre Lebenserwartung. Ein Hüter wird im Durchschnitt mindestens hundertsechzig Jahre alt. Vampire werden natürlich noch viel älter, aber sich von einem

Vampir anzapfen zu lassen, ist für die Hüter ein absolutes Tabu.«

»Aber warum duldet ihr sie überhaupt hier? Warum werft ihr diese Ungeheuer nicht raus?«

»Es sind keine Ungeheuer«, widersprach Seba. »Sie haben nur einen etwas gewöhnungsbedürftigen Speiseplan – genau wie wir Vampire! Außerdem stellen sie uns schließlich ihr Blut zur Verfügung. Es ist ein fairer Tausch – unsere Organe gegen ihr Blut.«

»›Fair‹ würde ich das gerade nicht nennen«, brummte ich. »Für mich ist so etwas Kannibalismus!«

»Nicht richtig«, mischte sich Kurda wieder ein. »Immerhin verzehren die Hüter nicht ihre eigenen Artgenossen, sind also keine Kannibalen im eigentlichen Sinne des Wortes.«

»Das ist für mich kein großer Unterschied«, murmelte ich.

»Ich gebe zu, die Grenze ist fließend«, beschwichtigte Seba, »doch auch ich sehe da einen Unterschied. Ich persönlich würde zwar nicht mit den Hütern tauschen wollen und pflege auch keinen Umgang mit ihnen, aber im Grunde sind sie einfach ein etwas sonderbarer Menschenschlag, der versucht, so gut wie möglich zurechtzukommen. Vergiss nicht, dass auch wir uns in gewisser Weise von Menschen ernähren, Darren. Wenn du die Hüter wegen ihrer Lebensweise verurteilst, bist du genauso ungerecht wie die Menschen, die uns Vampire hassen.«

»Ich hatte euch ja gewarnt, dass diese Halle ein trübsinniger Ort ist«, gluckste Gavner belustigt.

»Du hattest Recht«, pflichtete ihm Kurda lächelnd bei. »Dies ist eine Stätte der Toten, nicht der Lebenden. Wir sollten ihre Ruhe nicht länger stören und zum Ball zurückgehen.«

»Hast du genug gesehen, Darren?«, wandte sich Seba an mich.

»Ja.« Mich überlief es kalt. »Gesehen und gehört!«
»Dann kommt.«
Seba ging voran, Kurda und Gavner folgten ihm. Ich zögerte noch einen Augenblick, betrachtete den Fluss und lauschte, wie das Wasser brausend in die Höhle hinein- und wieder aus ihr herausschoss. Dann grübelte ich über die seltsamen Hüter nach und stellte mir vor, wie meine blutleere, ausgeweidete Leiche von der Strömung wie eine Puppe gegen die Felsen geschleudert wurde.
Ein schrecklicher Gedanke. Ich schüttelte ihn mit Gewalt ab und lief hinter meinen Freunden her, ohne zu ahnen, dass ich diesen schaurigen Ort nur wenige Nächte später zum zweiten Mal betreten sollte, aber nicht, weil ich einen Verstorbenen betrauerte, sondern weil mein eigenes Leben auf dem Spiel stand!

11 Am dritten Tag fand das Fest der Untoten seinen grandiosen Abschluss. Diesmal begannen die Feierlichkeiten schon lange vor Sonnenuntergang, und obwohl der Ball offiziell mit Einbruch der Nacht endete, feierten einige Vampire bis zum späten Morgen durch.
Am letzten Veranstaltungstag wurde nicht gekämpft. Nun kamen Geschichtenerzählen, Musizieren und Singen an die Reihe. Ich erfuhr viel Wissenswertes über unsere Vorfahren und unsere Geschichte, hörte von berühmten Vampirfeldherrn und siegreichen Schlachten gegen Menschen und Vampyre – und wäre gewiss bis zum Morgengrauen sitzen geblieben, hätte ich nicht meine nächste Prüfung auswählen müssen.
Das Los fiel auf die Flammenhalle. Als das Ergebnis ausgeru-

fen wurde, machten alle anwesenden Vampire betretene Gesichter.

»Diesmal ist es eine happige Prüfung, stimmt's?«, wandte ich mich an meinen Tutor.

Der Wettkampfaufseher nickte. »Deine schwerste bisher. Wir fragen Arra, ob sie noch einmal dein Training übernimmt. Mit ihrer Hilfe kannst du es eventuell schaffen.«

Das Wort »eventuell« betonte er dabei besonders Unheil verkündend.

Fast die ganze Nacht und den größten Teil des darauf folgenden Tages lernte ich, mit Feuer umzugehen. Die Flammenhalle war eine weitläufige Metallkammer mit löchrigem Boden. Bei der Prüfung wurden vor der Halle riesige Feuer entfacht, und mehrere Vampire pumpten die Flammen dann mit Blasebälgen durch Fußbodendüsen ins Innere der Kammer. Da ein Gewirr von Rohren das Feuer zu den Düsen leitete, war es unmöglich vorherzusagen, welchen Weg die Flammen jeweils nahmen und an welcher Stelle sie aus dem Boden schossen.

»Du musst nicht nur die Augen, sondern auch die Ohren aufsperren«, schärfte mir Arra ein, als wir den Raum gemeinsam betraten. Die Vampirin hatte sich auf dem Ball verletzt und trug den rechten Arm in einer Schlinge. »Du hörst die Flammen, bevor du sie siehst.«

Zu Übungszwecken war draußen vor der Halle eine der Feuerstellen in Betrieb genommen worden, und freiwillige Helfer pumpten emsig, damit ich mich mit dem Geräusch, das die Flammen in den Rohren verursachten, vertraut machen konnte. Arra stand dicht hinter mir und stieß mich beiseite, wenn ich nicht schnell genug auswich.

»Hörst du das Zischen?«, fragte sie.

»Ja.«

»So klingt es, wenn das Feuer an dir vorbeiläuft. Aber wenn du ein kurzes Pfeifen hörst ... So wie jetzt!«, fauchte sie und riss mich zurück, als eine Flammengarbe vor meinen Füßen aufloderte. »Hast du den Unterschied kapiert?«
»Glaub schon«, sagte ich mit zitternder Stimme.
»›Glaub schon‹ reicht nicht«, brummte sie missbilligend. »Du hast nicht viel Zeit zum Ausweichen. Jede Sekunde zählt. Es nützt nichts, schnell zu reagieren – du musst die Gefahr vorhersehen.«
Nach ein paar Stunden hatte ich den Bogen raus und hüpfte zwischen den Flammen hin und her, ohne mir auch nur eine Brandblase zu holen. »Nicht schlecht«, lobte mich Arra in einer Pause. »Aber im Moment brennt draußen nur ein einziges Feuer. Bei der Prüfung sind es fünf. Dann kommen die Flammenstöße in kürzeren Abständen und lodern viel höher. Du hast noch eine Menge zu lernen.«
Nach einer weiteren Trainingsrunde führte mich die Vampirin aus der Halle und ganz dicht an die Feuerstelle heran. Sie fischte einen brennenden Ast aus der Glut und fuhr mir damit über Arme und Beine. »Aua!«, brüllte ich. »Ich bin doch kein Spanferkel!«
»Halt still!«, befahl sie. »Du musst dich an die Hitze gewöhnen. Deine Haut ist zäh – die hält was aus. Auf die innere Einstellung kommt es an. Niemand verlässt die Flammenhalle unversehrt. Brandwunden sind unvermeidlich. Ob du die Prüfung überlebst, hängt einzig und allein davon ab, wie du mit deinen Verbrennungen umgehst. Wenn du den Schmerz zulässt und die Nerven verlierst, stirbst du auf jeden Fall. Wenn du ihn ignorierst, kommst du vielleicht mit dem Leben davon.«
Ich wusste, dass sie nicht übertrieb. Deshalb biss ich die Zähne zusammen und zuckte nicht zurück, als sie mich erneut

mit dem glimmenden Holzstück berührte. Zu allem Übel peinigte mich auch der grässliche Juckreiz, der nach Sebas Spinnwebkur verschwunden war, von neuem.
Arra gönnte mir eine kurze Verschnaufpause, was mir Gelegenheit verschaffte, meine Brandwunden eingehend zu betrachten. An den betreffenden Stellen war die Haut abstoßend rosa und schmerzte bei der leisesten Berührung wie ein besonders übler Sonnenbrand. »Halten Sie diese Methode wirklich für sinnvoll?«, fragte ich skeptisch.
»Du musst dich an das Feuer gewöhnen«, wiederholte Arra unbeirrt. »Je mehr du deinen Körper im Vorfeld dem Schmerz aussetzt, umso leichter hast du es später. Machen wir uns nichts vor: Die Flammenhalle ist nun mal eine der gefährlichsten Prüfungen. Das hier ist nur ein kleiner Vorgeschmack.«
»Sehr viel Mut machen Sie mir ja nicht gerade«, maulte ich.
»Es ist nicht meine Aufgabe, dir Mut zu machen«, konterte die Vampirin augenzwinkernd. »Ich habe dafür zu sorgen, dass du nicht als Häufchen Asche endest.«
Nach einer kurzen Unterredung kamen Vanez und Arra zu dem Schluss, dass ich auf meine üblichen paar Stunden Schlaf verzichten und weiterüben sollte. »Wir brauchen die Zeit«, meinte Vanez. »Du hattest drei Nächte und Tage Gelegenheit, dich auszuruhen. Das Training ist jetzt wichtiger.«
Darum begaben wir uns nach kurzer Unterbrechung wieder in die Halle zurück, wo ich übte, den Flammen erst im letzten Moment auszuweichen. Es war ohnehin empfehlenswert, sich während der Prüfung so wenig wie möglich von der Stelle zu rühren. Auf diese Weise konnte man sich nämlich besser auf die Geräusche konzentrieren und vorausahnen, wo der nächste Flammenstrahl wohl auflodern würde. Dabei wurde man zwar angesengt, aber das war immer noch besser, als einen falschen Schritt zu machen und sich in Rauch aufzulösen.

Erst eine halbe Stunde vor der Prüfung beendeten wir das Training, und ich verzog mich in meine Schlafkammer, um mich noch einmal kurz auszuruhen und umzuziehen – in der Flammenhalle war nur eine kurze Lederhose gestattet. Als ich wieder zurückkam, hatte sich vor der Halle bereits eine ansehnliche Menge Vampire versammelt, um mir die Daumen zu drücken.

Diesmal war Pfeilspitze, der glatzköpfige, tätowierte Fürst, abkommandiert worden, die Prüfung zu beaufsichtigen. »Tut mir wirklich Leid, dass beim letzten Mal keiner von uns dabei sein konnte«, entschuldigte er sich.

»Kein Problem«, winkte ich ab. »Hat mir nichts ausgemacht.«

»Das nenne ich Sportsgeist«, sagte Pfeilspitze anerkennend. »Also: Du kennst die Regeln?«

Ich nickte. »Ich soll eine Viertelstunde lang da drinnen schmoren und möglichst lebendig wieder herauskommen.«

»Gut gesagt«, grinste der Fürst. »Bist du so weit?«

»Gleich«, erwiderte ich mit schlotternden Knien. Ich wandte mich nach meinem Meister um. »Falls ich es nicht schaffe, möchte ich, dass Sie …«, setzte ich an, aber er schnitt mir barsch das Wort ab.

»Red keinen Quatsch! Immer positiv denken!«

»Ich denke ja positiv«, verteidigte ich mich, »ich bin nur realistisch. Ich wollte bloß sagen, dass ich nachgedacht habe und Sie bitten möchte, meine Leiche auf den Friedhof meiner Heimatstadt zu bringen und unter meinem Grabstein zu bestatten, falls ich umkomme. Dann wäre ich wieder in der Nähe von Mama, Papa und Annie.«

Mr. Crepsley blinzelte (hatte er etwa Tränen in den Augen?) und räusperte sich. »Ich werde deinem Wunsch Folge leisten«, krächzte er feierlich und wollte mir zur Bekräftigung die

Hand reichen. Aber ich schob sie weg und umarmte ihn stattdessen.

»Ich bin stolz darauf, dass ich Ihr Gehilfe sein durfte«, flüsterte ich ihm ins Ohr. Dann riss ich mich los, bevor er etwas erwidern konnte, und betrat mit hoch erhobenem Kopf die Flammenhalle.

Die Tür fiel krachend ins Schloss und übertönte das Geräusch der Blasebälge. Vor Hitze und Angst schon jetzt in Schweiß gebadet, ging ich bis zur Mitte der Kammer. Der Fußboden erwärmte sich rasch. Zur Abkühlung hätte ich meine Fußsohlen gern mit Spucke befeuchtet, aber Arra hatte mir geraten, damit vorerst zu warten. Im Verlauf der Prüfung würde es noch viel heißer werden – es war besser, sich diesen Trick bis zum Schluss aufzuheben.

Unter mir ertönte ein blubberndes Geräusch. Ich erstarrte, aber noch vibrierten die Röhren nur. Ich beruhigte mich wieder, schloss die Augen und machte ein paar tiefe Atemzüge, solange noch genug Luft vorhanden war. Das war nämlich das zweite Problem – Wände und Boden der Kammer waren zwar mit Löchern versehen, aber durch das Feuer wurde der Sauerstoff trotzdem knapp. Wenn ich zwischen den Flammen nicht ab und zu eine Luftblase fand, musste ich ersticken.

Während ich noch über das Sauerstoffproblem nachgrübelte, vernahm ich plötzlich ein bösartiges Zischen. Ich riss die Augen auf und sah, wie ein paar Meter links von mir eine Flammenfontäne aufsprühte.

Es ging los!

Ich kümmerte mich nicht um die lodernden Flammen, die viel zu weit weg waren, um Schaden anzurichten, und lauschte angespannt. Die nächste Garbe schoss aus einer Düse in einer Ecke des Raumes. Ich hatte Glück. Arra hatte erzählt, dass manche Prüflinge schon ganz zu Anfang von Flammen eingeschlossen wurden und bis zum Ende der Prüfung keine Sekunde zur Ruhe kamen. Ich dagegen hatte wenigstens Zeit, mich langsam an die Hitze zu gewöhnen.

Rechts neben mir ertönte ein pfeifendes Geräusch. Instinktiv sprang ich zur Seite, als die Flamme emporloderte, ärgerte mich aber sofort über mich selbst – der Abstand war immer noch groß genug, dass mir nichts passieren konnte. Ich hätte einfach stehen bleiben oder einen kleinen Schritt zur Seite treten sollen. Mein unüberlegtes Ausweichen hätte mich in viel größere Gefahr bringen können.

Überall in der Halle wurden nun Düsen aktiv. Die Luft erhitzte sich schlagartig, und das Atmen fiel mir bereits jetzt ziemlich schwer. Ein paar Zentimeter vor meiner rechten Fußspitze fing eine Düse zu zischen an. Diesmal rührte ich mich nicht, als das Feuer mein Bein versengte – solche kleineren Verbrennungen waren auszuhalten. Aus einer größeren Düse hinter mir brach jetzt ein kräftigerer Flammenstoß hervor. Trotzdem bewegte ich mich gerade so weit, dass ich einigermaßen verschont blieb. Ich spürte, wie die Flammen meinen nackten Rücken hochzüngelten, aber sie richteten keinen ernsthaften Schaden an.

Am schlimmsten war es, wenn gleichzeitig zwei oder noch mehr Flammengarben aus benachbarten Düsen sprühten. War ich in solchen Fällen zwischen mehreren Feuersäulen eingeschlossen, konnte ich nur noch den Bauch einziehen und mich an einer halbwegs durchlässigen Stelle durch die Flammenwand schlängeln.

Nach wenigen Minuten schmerzten meine Füße unerträglich – sie hatten am meisten unter dem Feuer zu leiden. Nun gestattete ich mir doch, meine Fußsohlen mit Spucke einzureiben, um mir wenigstens vorübergehend Linderung zu verschaffen. Am liebsten wäre ich auf den Händen weitergelaufen, aber damit hätte ich Kopf und Haare den Flammen ausgesetzt.

Die meisten Vampire schoren sich schon Monate vor ihren Prüfungen regelmäßig den Kopf kahl. Falls sie dann den Kiesel mit der Nummer der Flammenhalle zogen, hatten sie einen gewissen Vorteil, denn Haare fangen nun einmal viel leichter Feuer als Haut. Es war allerdings nicht erlaubt, sich unmittelbar vor der Prüfung den Kopf zu rasieren, und bei mir war alles so schnell gegangen, dass offenbar niemand daran gedacht hatte, mich auf diese Vorsichtsmaßnahme hinzuweisen. Inzwischen hatte ich jedes Zeitgefühl verloren. Die über den gesamten Fußboden verteilten Düsen erforderten meine ganze Konzentration. Die kleinste Unaufmerksamkeit konnte tödliche Folgen haben.

Plötzlich spuckten mehrere Düsen vor mir gleichzeitig Feuer. Ich wollte gerade zurückweichen, als ich auch hinter mir das gefürchtete Pfeifen vernahm. Also zog ich wieder den Bauch ein und machte ein paar Schritte nach links, wo weniger Düsen tätig waren als rechts von mir.

Die unmittelbare Gefahr war damit gebannt, doch jetzt saß ich in einer Ecke des Raumes in der Falle. Davor hatte mich Vanez eindringlich gewarnt, und zwar schon, bevor er Arra gebeten hatte, mit mir zu trainieren. »Meide die Ecken«, hatte er gesagt. »Bleib möglichst immer in der Mitte. Wenn du doch einmal in eine Ecke gedrängt wirst, versuch sie so schnell wie möglich wieder zu verlassen. Die meisten Vampire, die diese Prüfung nicht überlebt haben, landeten versehentlich in einer Ecke, wurden von den Flammen eingeschlossen und gingen elend zugrunde.«

Ich versuchte, die gleiche Strecke zurückzugehen, die ich gekommen war, aber immer noch sprühten die Düsen Feuer

und versperrten mir den Weg. Schließlich gab ich es auf, zog mich wieder in meine Ecke zurück und wartete darauf, dass sich irgendein Durchschlupf in den Flammen auftat. Das Dumme war bloß – es gab keinen.
Als ich direkt hinter mir ein gurgelndes Geräusch vernahm, blieb ich abrupt stehen. Ein Flammenstrahl schoss empor und versengte mir den ungeschützten Rücken. Ich verzog vor Schmerz das Gesicht, wich aber nicht aus – wohin auch? Allmählich wurde der Sauerstoff in der Ecke knapp. Ich wedelte mit den Händen vor meinem Gesicht herum, um auf diese Weise einen Luftzug zu erzeugen, aber es nützte nichts.
Die Flammensäulen vor mir waren inzwischen zu einer lodernden Wand verschmolzen, deren Durchmesser mindestens zwei oder drei Meter betrug. Durch die wabernde Hitze konnte ich den übrigen Raum kaum noch erkennen. Während ich noch dastand und darauf wartete, dass sich endlich ein Durchgang öffnete, zischten vor mir plötzlich mehrere Düsen gleichzeitig. Offenbar bahnte sich unter meinen Füßen ein gigantischer Feuerball seinen Weg, der jeden Augenblick explodieren konnte. Mir blieb nur der Bruchteil einer Sekunde, um mich zu entscheiden.
Blieb ich stehen – verbrannte ich.
Ging ich rückwärts – verbrannte ich auch.
Wich ich seitlich aus – verbrannte ich ebenfalls.
Sollte ich mit einem Satz durch die glühende Wand springen? Wahrscheinlich verbrannte ich auch dann, aber dahinter lockten sicherer Boden und frische Luft – falls ich es überhaupt bis dorthin schaffte. Ich war in einer Zwickmühle, doch ich hatte jetzt keine Zeit, lange zu überlegen. Deshalb kniff ich Augen und Lippen fest zusammen, legte schützend die Arme vors Gesicht und stürzte mich in die knisternden Flammen.

12 Das Feuer hüllte mich ein wie ein gefräßiger gelbroter Heuschreckenschwarm. Nicht einmal in meinen schlimmsten Alpträumen hatte ich mir eine derart höllische Hitze ausgemalt. Zum Glück konnte ich einen Aufschrei gerade noch unterdrücken, denn dann wären mir die Flammen sofort in den offenen Mund gedrungen und hätten mich von innen gegrillt.

Als ich aus der lodernden Wand heraustrat, glich mein Haar einer Flammenkrone, und kleine Flammenzungen schienen wie Pilze aus meiner nackten Haut zu sprießen. Ich ließ mich fallen, wälzte mich auf dem Boden und schlug wie von Sinnen mit beiden Händen nach meinem Haar, um die Flammen zu ersticken. Dabei vergaß ich völlig, auf das Zischen und Pfeifen der Düsen um mich herum zu achten. Hätte eine von ihnen in diesem Augenblick Feuer gespuckt, wäre das mein Ende gewesen. Aber ich hatte Glück. Darren Shan, der Glückspilz. Echtes Vampirglück.

Schließlich hatte ich die meisten Flammen gelöscht und richtete mich stöhnend auf den Knien auf. Gierig sog ich die heiße, dünne Luft ein und betastete meinen versengten Schopf, um ganz sicherzugehen, dass er nicht von einem übrig gebliebenen Funken erneut in Brand gesetzt wurde.

Ich war am ganzen Körper schwarz und rot. Schwarz von Ruß, rot von den unzähligen Brandwunden. Aber trotz meiner schlechten Verfassung gab ich nicht auf. Jede Bewegung schmerzte unerträglich, aber Selbstmitleid war jetzt nicht angebracht.

Ich stand auf und versuchte, das Knistern der Flammen auszublenden und mich wieder auf die Düsengeräusche zu konzentrieren. Ich hatte schwere Verbrennungen an den Ohrmuscheln davongetragen, und mein Gehör hatte gelitten – trotzdem nahm ich das leise, die Gefahr ankündigende

Zischen und Pfeifen bald wieder wahr, und nach den ersten, noch ziemlich wackligen Schritten wich ich den Flammenstößen so gewandt aus wie zuvor.

Der einzige Vorteil an meinem Sprung durch die glühende Wand war, dass ich unterhalb der Knie und in den Füßen fast kein Empfindungsvermögen mehr hatte und praktisch schmerzfrei war. Das war zwar gleichzeitig ein Zeichen, dass ich ernsthafte Verbrennungen davongetragen hatte, und ich machte mir insgeheim Sorgen, was nach der Prüfung auf mich zukam – womöglich waren meine Füße ja so schwer verletzt, dass sie amputiert werden mussten? –, aber auch für solche Überlegungen war jetzt nicht der richtige Zeitpunkt. Ich war einfach nur erleichtert, dass mir die Hitze nicht mehr so viel anhaben konnte.

Dafür machten mir meine Ohren ziemlich zu schaffen. Ich hätte sie gern mit Spucke betupft, doch mein Mund war wie ausgedörrt. Ich rieb die Ohrmuscheln sanft zwischen den Fingern, aber davon schmerzten sie nur noch heftiger. Schließlich gab ich es auf und versuchte, nicht mehr daran zu denken.

Schon wieder drängten mich die Flammen in eine Ecke des Raumes. Aber diesmal passte ich auf, nahm die unvermeidlichen Schmerzen in Kauf und hechtete geduckt durch die Feuerwand.

So oft es ging, schloss ich kurz die Augen. Die Hitze bekam ihnen gar nicht gut. Sie waren fast so trocken wie mein Mund, und ich hatte Angst zu erblinden.

Gerade war ich geschickt einer heimtückischen Fontäne ausgewichen, da hatte ich plötzlich den Eindruck, als würden die Flammenstöße allmählich schwächer. Misstrauisch blieb ich stehen. War das womöglich ein schlechtes Zeichen? Würde als Nächstes ein gigantischer Feuerball explodieren und mich in die Luft jagen?

Während ich mich noch nach allen Seiten umsah und angestrengt horchte, öffnete sich plötzlich die Tür der Kammer, und eine kleine Schar Vampire in schweren, feuerfesten Umhängen betrat den Raum. Ich starrte sie an wie Außerirdische. Was wollten sie hier? Handelte es sich vielleicht um einen verirrten Löschtrupp? Jemand musste sie warnen. Dieser Ort war verdammt gefährlich.
Die Vampire gingen auf mich zu. Ich wich zurück. Ich wollte ihnen zurufen, sie sollten die Kammer schleunigst wieder verlassen, bevor alles in die Luft flog, doch ich brachte keinen Ton heraus, nicht einmal ein Quieken. »Es ist vorbei, Darren«, sagte einer von ihnen. Er klang wie Mr. Crepsley, aber ich fiel nicht darauf herein. Mr. Crepsley würde niemals einfach so in eine Prüfung hereinplatzen.
Ich wedelte abwehrend mit meiner verbrannten Hand und formte mit den Lippen die stummen Worte: »Raus! Nichts wie raus hier!«
»Darren«, wiederholte der Anführer unbeirrt, »es ist vorbei. Du hast bestanden!«
Seine Worte ergaben für mich keinen Sinn. Ich war völlig von dem Gedanken beherrscht, dass ein gewaltiger Ausbruch unmittelbar bevorstand, dem ich nicht ausweichen konnte, wenn diese Schwachköpfe noch länger hier herumstanden. Mit letzter Kraft schlug ich nach ihnen und schlängelte mich zwischen ihnen hindurch, um mich in Sicherheit zu bringen. Der Anführer wollte mich festhalten, aber ich duckte mich rechtzeitig. Da packte mich ein anderer am Nacken. Sein fester Griff tat furchtbar weh, und ich sackte mit einem stummen Schrei zusammen.
»Nicht so grob!«, raunzte der Anführer und beugte sich über mich. Es war tatsächlich Mr. Crepsley! »Darren«, sagte er leise, »alles ist gut. Du hast es überstanden.«

Ich schüttelte benommen den Kopf und wiederholte tonlos: »Feuer! Feuer! Feuer!«
Sogar als ich auf einer Trage aus der Halle gebracht wurde, konnte ich damit nicht aufhören, und auch nicht, als die Sanitäter meine Wunden versorgten. Wie von selbst formten meine Lippen die immer gleiche Warnung, während meine Augen unkontrolliert in ihren Höhlen hin und her rollten und angstvoll nach dem tödlichen gelbroten Flackern Ausschau hielten.

13 Mein Schlafraum. Ich liege auf dem Bauch. Sanitäter untersuchen meinen Rücken und betupfen die verbrannte Haut mit kühlenden Flüssigkeiten. Jemand hebt meine verkohlten Füße an, schnappt vernehmlich nach Luft und ruft entsetzt die anderen herbei.

Ich starre an die Decke. Jemand leuchtet mir mit einem grellen Licht in die Augen. Ein Rasiermesser schabt die letzten versengten Stoppeln von meinem Schädel. Gavner Purls besorgtes Gesicht schwebt über mir. »Ich glaube, er …«, setzt er an. Dunkelheit.

Alpträume. Die ganze Welt steht in Flammen. Ich renne. Brenne. Schreie. Rufe um Hilfe. Aber alle anderen brennen auch.

Ich schrecke hoch. Vampire um mich herum. Alpträume schnüren mir die Kehle zusammen. Meine Kammer steht in Flammen. Ich versuche, mich loszureißen. Sie halten mich fest. Ich beschimpfe sie. Kämpfe. Schmerz durchzuckt mich. Ich krümme mich. Gebe nach. Träume weiter.

Irgendwann erwachte ich aus meinem Fieberwahn und war wieder ich selbst. Ich lag auf dem Bauch. Mühsam hob ich den Kopf und sah mich um. Mr. Crepsley und Harkat Mulds hielten an meinem Lager Wache. Zwei Vampirsanitäter beobachteten mich von weitem.
»War ... Gavner ... nicht eben noch ... hier?«, stöhnte ich.
Mr. Crepsley und Harkat sprangen auf und lächelten mich zugleich erfreut und besorgt an. »Er hat vorhin nach dir geschaut«, erklärte Mr. Crepsley. »Kurda, Vanez und Arra ebenfalls. Aber die Sanitäter haben sie wieder weggeschickt.«
»Habe ... ich ... bestanden?«
»Ja.«
»Bin ich ... schwer ... verletzt?«
»Ziemlich«, sagte mein Meister ernst.
»Du siehst aus ... wie ein ... verbrutzeltes Würstchen«, witzelte Harkat.
Ich lachte kläglich. »Jetzt ... spreche ich ... wie du.«
Er nickte. »Aber ... dir geht's ... bestimmt ... bald besser.«
»Ehrlich?« Ich blickte Mr. Crepsley fragend an.
»Ganz bestimmt«, sagte er und nickte zur Bekräftigung. »Du hast schwere Verbrennungen erlitten, aber du wirst dich wieder davon erholen. Am schlimmsten hat es deine Füße erwischt, doch die Sanitäter konnten sie retten. Deine Genesung wird eine Weile dauern, und vielleicht wächst dein Haar nicht mehr nach, aber du schwebst nicht mehr in Lebensgefahr.«
»Ich ... fühle ... mich schrecklich«, jammerte ich.
»Sei froh, dass du überhaupt noch etwas fühlst«, konterte er.
»Was ist ... mit meiner nächsten ... Prüfung?«
»Denk jetzt nicht dran.«
»Aber ich muss«, keuchte ich. »Wird mir ... Aufschub ... gewährt?«
Mein Meister antwortete nicht.

»Sagen Sie mir ... die Wahrheit!«, forderte ich ihn auf.
»Ich fürchte, nein«, seufzte er. »Kurda ist zwar gerade bei den Fürsten, um deinen Fall noch einmal mit ihnen zu erörtern, aber es ist unwahrscheinlich, dass er sie überreden kann, deine nächste Prüfung zu verschieben. So etwas ist seit alters bei uns noch nie vorgekommen. Wenn ein Prüfling nicht weitermachen kann, dann ...« Er verstummte.
»... wird er ... in die ... Todeshalle gebracht«, beendete ich den Satz.
Ich sah meinem Meister an, dass er sich vergeblich bemühte, ein tröstendes Wort zu finden. Da stürmte Kurda mit vor Aufregung geröteten Wangen herein. »Ist er endlich wach?«, keuchte er.
»Ja«, beantwortete ich die Frage selbst.
Kurda ging neben meinem Krankenlager in die Hocke. »Es ist kurz vor Sonnenuntergang. Entweder wählst du jetzt deine nächste Prüfung aus, oder du verkündest, dass du aufgibst, und wirst hingerichtet. Angenommen, wir tragen dich bis zur Fürstenhalle, glaubst du, du könntest dann ein paar Minuten ohne fremde Hilfe stehen?«
»Ich ... weiß nicht genau«, sagte ich ehrlich. »Meine Füße tun ... sehr weh.«
»Ist mir klar«, nickte der junge Obervampir. »Aber es ist wichtig. Ich habe eine Möglichkeit gefunden, dir Aufschub zu verschaffen, aber dafür musst du so tun, als wärst du wieder gesund.«
»Und dann?«, fragte Mr. Crepsley erstaunt.
»Kann ich jetzt nicht erklären«, winkte Kurda ungeduldig ab. »Willst du es versuchen, Darren?«
Ich nickte schwach.
»Gut. Larten und ich bringen dich auf einer Trage zur Fürstenhalle. Wir dürfen nicht zu spät kommen.«

Die beiden Vampire schleppten mich im Eiltempo durch die Gänge, und wir trafen pünktlich bei Sonnenuntergang an der Pforte der Fürstenhalle ein. Dort erwartete uns bereits Vanez Blane mit der roten Fahne. »Was soll das denn bedeuten, Kurda?«, fragte er irritiert. »Darren kann unmöglich morgen zu seiner nächsten Prüfung antreten.«

»Vertraut mir«, sagte Kurda beschwörend. »Eigentlich war es Paris' Idee, aber das darf niemand merken. Wir müssen uns so verhalten, als wollten wir trotz allem weitermachen. Alles hängt davon ab, dass Darren sich hinstellt und den nächsten Kiesel zieht. Also, kommt jetzt. Und denkt daran – wir müssen unbedingt so tun, als wäre alles in bester Ordnung.«

Die Sache wurde immer rätselhafter, aber wir gehorchten wohl oder übel. Kaum hatten wir die Halle betreten, verstummten die anwesenden Vampire schlagartig, und alle Blicke richteten sich auf uns. Kurda und Mr. Crepsley trugen mich nach vorn zum Podium der Fürsten. Harkat und Vanez folgten.

»Ist das der junge Mr. Shan?«, fragte Paris.

»Jawohl, Euer Gnaden«, antwortete Kurda.

»Er sieht ziemlich mitgenommen aus«, stellte Mika Ver Leth fest. »Meint ihr wirklich, dass er mit den Prüfungen fortfahren kann?«

»Er ruht sich nur ein wenig aus, Euer Gnaden«, erwiderte Kurda leichthin. »Er markiert gern ein wenig den Kranken, damit wir ihn herumtragen wie einen feinen Herrn.«

»Ach ja?« Mika lächelte schmal. »Na, wenn das so ist, soll der Junge mal aufstehen und seine nächste Prüfung auswählen. Ihr wisst«, setzte er Unheil verkündend hinzu, »was ihm sonst blüht?«

»Selbstverständlich«, versicherte Kurda eilfertig und gab Mr. Crepsley ein Zeichen, die Trage abzusetzen. Dann halfen mir

die beiden Vampire hoch und ließen mich vorsichtig los. Ich schwankte bedenklich und wäre beinahe hingefallen. Nur die vielen Zuschauer hielten mich davon ab, meiner Schwäche nachzugeben – ich wollte mich vor ihnen nicht blamieren.
Mit schmerzverzerrtem Gesicht stolperte ich auf das Podium zu. Es dauerte lange, bis ich die Stufen erklommen hatte, aber schließlich war ich oben. Niemand sagte etwas, während ich mich abquälte, und der Beutel mit den Kieselsteinen wurde geholt und geprüft wie sonst auch. »Nummer vier«, verkündete der Vampir, der den Beutel hielt, nachdem ich einen Stein gezogen hatte. »Die Rasenden Eber.«
»Keine leichte Aufgabe«, sagte Paris Skyle nachdenklich, nachdem der Stein an die Fürsten weitergereicht worden war. »Nimmst du die Wahl an, Darren?«
»Ich weiß … zwar nicht … was ich … zu tun habe«, brachte ich mühsam heraus. »Aber ich … stehe … wie üblich … morgen Nacht … bereit.«
Paris lächelte zufrieden. »Sehr schön.« Dann räusperte er sich gewichtig und setzte eine übertrieben bekümmerte Miene auf. »Leider kann ich nicht dabei sein. Dringende Geschäfte halten mich davon ab, der Prüfung beizuwohnen. Gewiss ist mein Kollege Mika so freundlich, mich zu vertreten.«
Mika blickte ebenso belämmert drein wie Paris. »Zu dumm, aber auch ich kann diese Halle morgen unmöglich verlassen. Der Lord der Vampyre geht leider vor. Wie sieht's bei dir aus, Pfeilspitze?«
Der Glatzkopf wiegte mit gespieltem Bedauern den geschorenen Schädel. »Wirklich schade …, aber ich muss mich ebenfalls entschuldigen. Mein Terminkalender ist sozusagen voll.«
Jetzt trat Kurda vor. »Euer Gnaden«, ergriff er wieder das Wort. »Ihr habt bereits eine von Darrens Prüfungen versäumt.

Seinerzeit waren wir damit einverstanden, aber bei insgesamt fünf Prüfungen gleich zweimal fernzubleiben, ist unverzeihlich und für unseren jungen Freund hier eine schwere Beleidigung. Ich muss auf das Schärfste dagegen protestieren.«
Beinahe hätte Paris gelächelt, doch er hatte sich rechtzeitig wieder im Griff und blickte Kurda stattdessen finster an. »Da hast du nicht ganz Unrecht«, murmelte er.
»Ich finde auch, dass wir nicht noch eine Prüfung des Jungen versäumen dürfen«, pflichtete ihm Mika bei.
»Es muss auf jeden Fall einer von uns anwesend sein«, ergänzte Pfeilspitze.
Die drei Fürsten steckten die Köpfe zusammen und berieten sich flüsternd. Daran, wie sie dabei schmunzelten und Kurda zuzwinkerten, merkte ich, dass sie etwas aushecken.
»Nun gut«, sagte Paris schließlich laut. »Darren hat sich pünktlich zu seiner nächsten Prüfung zurückgemeldet. Aber da meine Kollegen und ich bedauerlicherweise verhindert sind, haben wir beschlossen, die Prüfung zu verschieben. Es tut uns wirklich Leid, dass wir dir solche Umstände machen, Darren. Kannst du uns verzeihen?«
»Ich will ... es noch einmal ... durchgehen lassen«, grinste ich.
»Wie lange müssen wir voraussichtlich warten, Euer Gnaden?«, fragte Kurda stirnrunzelnd. »Darren möchte seine Prüfungen möglichst bald abschließen.«
»Nicht lange«, entgegnete Paris. »In zweiundsiebzig Stunden bei Sonnenuntergang steht euch einer von uns zur Verfügung. Seid ihr damit einverstanden?«
»Das ist natürlich äußerst ärgerlich, Euer Gnaden«, seufzte Kurda theatralisch, »aber wenn es nun mal nicht anders geht ...«
Er verneigte sich, führte mich die Stufen hinunter, half mir,

mich wieder auf die Trage zu legen, und schleppte mich zusammen mit Mr. Crepsley aus der Halle.
Kaum waren wir draußen, setzten mich die Vampire ab und brachen in brüllendes Gelächter aus. »Kurda Smahlt, du alter Gauner!«, grölte mein Meister. »Wie um alles in der Welt bist du bloß auf diese Idee gekommen?«
»Paris hatte den Einfall«, erwiderte Kurda bescheiden. »Die Fürsten wollten Darren gern helfen, aber sie konnten ihm nicht einfach anbieten, mit der nächsten Prüfung abzuwarten, bis er sich von seinen Verletzungen erholt hat. Sie brauchten einen Vorwand. Aber weil Darren so getan hat, als wollte er unbedingt weitermachen, hatten sie die Möglichkeit, die nächste Prüfung aufzuschieben und gleichzeitig ihr Gesicht zu wahren.«
Mir ging ein Licht auf. »Deshalb ... sollte ich mich ... also dort hinstellen«, sagte ich. »Damit niemand ... Verdacht schöpft.«
»Du hast es erfasst«, strahlte Kurda. »Natürlich war jedem der Anwesenden klar, was gespielt wird, aber solange nach außen hin alles seine Richtigkeit hat, dürfte niemand etwas dagegen einzuwenden haben.«
»Drei Nächte ... und Tage«, dachte ich laut nach. »Ob das ... reicht?«
»Wenn nicht, kannst du die Angelegenheit gleich vergessen«, erwiderte Mr. Crepsley grimmig. Die beiden Vampire hoben die Trage auf und marschierten weiter, damit mich die Sanitäter wieder aufpäppeln konnten, bevor ich es mit den Rasenden Ebern aufnehmen musste.

14

Wieder lag ich in meiner Hängematte. Sanitäter schwirrten geschäftig um mich herum, betupften meine verbrannten Hautpartien mit Tinkturen, wechselten die Verbände und säuberten die Wunden, damit sie sich nicht entzündeten. Sie machten oft Bemerkungen darüber, dass ich großes Glück gehabt hätte. Schließlich hätte ich keine bleibenden Schäden davongetragen, abgesehen vielleicht vom Verlust meiner Haare. Meine Füße würden wieder heilen, meine Lungen seien in Ordnung, die Haut werde fast überall nachwachsen. Im Großen und Ganzen sei ich prima in Form und sollte meinem Schicksal gefälligst dankbar sein.

Leider fühlte ich mich überhaupt nicht fit. Ich hatte ununterbrochen Schmerzen.

Lag ich still, war es schon schlimm genug, aber sobald ich mich bewegte, litt ich unerträgliche Qualen. Oft weinte ich in mein Kissen und wünschte mir, einfach einzuschlafen und erst aufzuwachen, wenn der Schmerz nachgelassen hatte; aber sogar im Schlaf quälten mich die Nachwirkungen meines Erlebnisses in Gestalt schrecklicher Alpträume, die mich immer wieder hochschrecken ließen.

Zum Glück bekam ich oft Besuch, was mich ein wenig von den Schmerzen ablenkte. Seba und Gavner saßen stundenlang an meinem Krankenlager und erzählten mir Geschichten und Witze. Gavner verpasste mir den Spitznamen »Toasti«, weil ich ihn angeblich an eine verkohlte Scheibe Toastbrot erinnerte. Außerdem bot er mir an, sich von einer der Vampirinnen den Schminkkoffer auszuborgen und mir neue Augenbrauen aufzumalen, da meine eigenen zusammen mit meinem Haupthaar weggesengt waren. Ich sagte, er könne sich seinen Schminkkoffer sonst wohin stecken, woraufhin er in gespielter Empörung aus dem Zimmer stürmte.

Ich fragte Seba, ob er nicht auch eine Spezialkur für Verbrennungen habe, und hoffte, der alte Vampir wüsste von einem traditionellen Wundermittel, das den Sanitätern nicht geläufig war. »Leider nein«, bedauerte er, »aber sobald deine Wunden verheilt sind, machen wir noch mal einen Ausflug zu den Ba'Halens-Spinnen und holen dir ein paar Netze, damit der Juckreiz gar nicht erst wieder ausbricht.«
Auch Arra schaute oft bei mir herein, doch sie unterhielt sich mehr mit Mr. Crepsley als mit mir. Ich hatte fast den Eindruck, als hätten sich die beiden wieder ineinander verliebt. Ich fragte mich, was wohl passieren würde, falls sie sich zu einer »Wiederheirat« entschlössen. Würde Arra dann mit uns beim Cirque du Freak wohnen oder würden wir ihr in ihre Heimat folgen, wo auch immer das sein mochte? Da sie im Gegensatz zu meinem Meister Obervampirin war, tippte ich auf Letzteres.
Als ich Mr. Crepsley darauf ansprach, wurde der sonst so verdrießliche Vampir knallrot und wies mich zurecht, ihn gefälligst nicht mit solchem Unsinn zu behelligen. Arra und er seien lediglich gute Freunde, weiter nichts, und würden sich auf gar keinen Fall wieder zusammentun.
Schooon guuut!!!
Kurda kam seltener vorbei. Jetzt, wo das Fest der Untoten zu Ende war, hatten die Vampire eine Menge zu klären und zu beraten, vor allem im Hinblick auf die Vampyre. Als hochrangiger Obervampir und Vampyrexperte verbrachte Kurda viel Zeit auf Versammlungen und Besprechungen.
Bei einer seiner Stippvisiten saß Arra gerade bei mir. Als sie den jungen Fürstenanwärter erblickte, zuckte sie sichtlich zusammen, woraufhin er auf dem Absatz kehrtmachte, um ihr die peinliche Begegnung zu ersparen.
Aber sie rief ihn zurück. »Warte!«, sagte sie. »Ich möchte dir dafür danken, dass du dich für Darren eingesetzt hast.«

»Ach, nicht der Rede wert«, winkte Kurda verlegen ab.
»Das finde ich nicht«, widersprach sie ernst. »Viele von uns haben Darren gern, aber du warst der Einzige, der in dieser Situation genug Verstand hatte, ihm aus der Patsche zu helfen. Wir anderen hätten geschwiegen und seiner Hinrichtung tatenlos zugesehen. Im Allgemeinen gehen mir deine Methoden zwar gegen den Strich – in meinen Augen ist es von Diplomatie zu Feigheit nur ein kleiner Schritt –, aber manchmal scheinen sie doch ganz nützlich zu sein.«
Mit diesen Worten verabschiedete sie sich, und Kurda sah ihr lächelnd nach. »Weißt du was, Darren?«, meinte er versonnen, »ich glaube fast, das ist ihre Art, mir zu sagen, dass sie mich mag.«
Kurda flößte mir etwas Wasser ein, denn die Sanitäter hatten mich auf eine Flüssigkeitsdiät gesetzt, und berichtete mir, was seit meinem Auftritt in der Fürstenhalle alles passiert war. Man hatte einen Ausschuss gegründet, der sich mit den Vampyren und der Frage, was im Falle des Auftauchens ihres geheimnisvollen Lords zu tun sei, beschäftigte. »Es ist das erste Mal, dass die anderen Vampire ernsthaft in Erwägung ziehen, mit den Vampyren Frieden zu schließen«, meinte Kurda.
»Darüber freuen Sie sich bestimmt.«
Der zukünftige Vampirfürst seufzte. »Vor ein paar Jahren hätte ich bestimmt einen Freudentanz aufgeführt. Aber dafür ist die Lage zu kritisch. Ich glaube, angesichts dieser Bedrohung reicht es nicht, einen Ausschuss zu gründen, um die verfeindeten Parteien zu versöhnen.«
»Ich dachte, Sie halten den Lord der Vampyre für ein Hirngespinst«, wandte ich ein.
Kurda zuckte die Achseln. »Nach außen hin schon. Aber unter uns gesagt …« Er dämpfte die Stimme. »Wenn ich ehrlich bin, habe ich schreckliche Angst.«

»Sie glauben also, dass er tatsächlich existiert?«, hakte ich nach.
»Wenn Meister Schick es prophezeit hat … ja. Ganz gleich, was ich persönlich glaube oder nicht glaube – Meister Schicks hellseherische Kräfte stehen außer Frage. Deshalb müssen wir schleunigst etwas unternehmen, um den Lord daran zu hindern, überhaupt Unruhe zu stiften. Ihm Einhalt zu gebieten, noch bevor er loslegen kann, verlangt uns möglicherweise ein schreckliches Opfer ab, aber wenn wir auf diese Weise einen Krieg vermeiden können, müssen wir es eben riskieren.«
Kurdas Geständnis beunruhigte mich zutiefst. Wenn sogar er als ausgesprochener Vampyrfreund sich Sorgen machte, mussten die anderen Vampire geradezu panische Angst haben. Bisher hatte ich nicht viel auf das Gerede vom Lord der Vampyre gegeben, aber ich nahm mir vor, in Zukunft besser hinzuhören.
In der darauf folgenden Nacht – der letzten vor den Rasenden Ebern – besuchte mich Mr. Crepsley, nachdem er eine Unterredung mit Vanez Blane gehabt hatte. Harkat saß bereits neben meiner Hängematte. Von allen meinen Freunden hatte der Kleine Kerl die meisten Stunden an meinem Krankenlager zugebracht. »Vanez und ich sind zu dem Schluss gekommen, dass du dich auf die Rasenden Eber am besten vorbereitest, indem du dich so lange wie möglich ausruhst und nicht wie sonst vorher trainierst«, begann mein Meister. »Die bevorstehende Prüfung erfordert keine besonderen Fertigkeiten. Es geht lediglich darum, zwei Wildschweine zu töten, die in künstliche Raserei versetzt werden, indem man ihnen eine Portion Vampirblut einflößt. Ein offener, ehrlicher Kampf auf Leben und Tod.«
»Wenn ich einen toll gewordenen Bären besiegt habe, werde ich ja wohl mit zwei Wildschweinen fertig werden«, erwiderte

ich forsch. (Den Bären hatte ich auf unserer Reise zum Berg der Vampire erlegt.)
»Ich zweifle nicht daran«, nickte mein Meister. »Hättest du keine Verbrennungen, wäre ich jede Wette eingegangen, dass du es sogar schaffst, wenn man dir vorher einen Arm auf den Rücken bindet.«
Ich musste grinsen, doch dann schüttelte mich ein Hustenanfall. Seit meinem Aufenthalt in der Flammenhalle hustete ich oft – kein Wunder bei dem vielen Rauch. Da aber meine Lungen keinen ernsthaften Schaden genommen hatten, musste der Husten eigentlich bald aufhören. Mr. Crepsley reichte mir ein Glas Wasser. Ich nippte daran. Inzwischen konnte ich wieder selbstständig essen und trinken und hatte zu Beginn dieser Nacht endlich wieder eine richtige Mahlzeit zu mir genommen. Zwar war ich immer noch in schlechter Verfassung, aber dank meiner zähen Vampirnatur machte meine Genesung rasche Fortschritte.
»Meinst du, du bist für die Prüfung kräftig genug?«, erkundigte sich Mr. Crepsley.
»Ich würde lieber noch vierundzwanzig Stunden warten«, seufzte ich, »aber es muss auch so gehen. Nach dem Frühstück war ich fast eine Viertelstunde auf den Beinen und fühlte mich dabei ganz gut. Wenn meine Beine und Füße mitmachen, müsste ich es eigentlich schaffen – dreimal auf Holz geklopft.«
»Ich habe mich vorhin lange mit Seba Nile unterhalten«, wechselte mein Meister das Thema. »Nach diesem Konzil möchte er sein Amt niederlegen. Er findet, er war lange genug Quartiermeister unseres Berges. Er möchte vor seinem Tod noch etwas von der Welt sehen.«
»Er könnte doch mit uns zum Cirque du Freak zurückkehren«, schlug ich vor.

»Nun ja«, sagte Mr. Crepsley gedehnt und sah mich prüfend an, »möglicherweise kehren wir gar nicht zum Cirque du Freak zurück.«
»Nicht?« Ich runzelte verwirrt die Stirn. »Wieso das denn?«
»Seba hat mir angeboten, sein Nachfolger zu werden. Ich ziehe ernsthaft in Erwägung, das Angebot anzunehmen.«
»Aber ich dachte, Quartiermeister ist ein unbeliebter Posten.«
»Er ist nicht gerade sehr begehrt«, gab mein Meister zu, »aber der Quartiermeister genießt trotzdem hohes Ansehen. Die Verwaltung des Berges ist eine verantwortungsvolle Aufgabe. Außerdem ist es eine durchaus interessante und lohnende Tätigkeit – schließlich hat man als Quartiermeister viele Jahrhunderte lang großen Einfluss auf die neuen Obervampire.«
»Warum hat Seba ausgerechnet Ihnen seinen Posten angeboten?«, wollte ich wissen. »Warum nicht einem seiner Gehilfen?«
»Seine Gehilfen sind noch jung. Sie träumen davon, Obervampir zu werden oder in die Welt hinauszuziehen und sich einen Namen zu machen. Es wäre nicht fair, sie an der Verwirklichung ihrer Zukunftspläne zu hindern. Ich dagegen bin sowohl für dieses Amt geeignet als auch bereit, jederzeit einzuspringen.«
»Sie möchten Sebas Vorschlag gern annehmen, habe ich Recht?«, fragte ich, denn das sah ich ihm an der Nasenspitze an.
Er nickte. »Vor zehn oder zwanzig Jahren hätte mir nichts ferner gelegen. Aber seitdem ich kein Obervampir mehr bin, ist mein Leben ziemlich eintönig geworden. Erst im Lauf dieses Konzils habe ich gemerkt, wie sehr es mir fehlt, Teil einer Gemeinschaft zu sein. Quartiermeister zu werden, wäre

für mich eine ideale Gelegenheit, mich wieder in den Clan einzugliedern.«

»Dann sagen Sie doch einfach zu«, ermutigte ich ihn.

»Aber was wird dann aus dir? Als mein Gehilfe müsstest du bei mir bleiben, bis du alt genug bist, um allein zurechtzukommen. Möchtest du wirklich die nächsten zwanzig oder dreißig Jahre in diesem Berg eingesperrt sein?«

»Ich weiß nicht«, erwiderte ich zögernd. »Ich habe mich inzwischen gut eingelebt und fühle mich hier wohl – von den Prüfungen einmal abgesehen. Aber wahrscheinlich wird es auf die Dauer ziemlich langweilig.« Nachdenklich fuhr ich mir mit der Hand über den kahlen Kopf. »Wir dürfen auch Harkat nicht vergessen. Wie soll er jemals zum Cirque du Freak zurückfinden, wenn wir beide hier bleiben?«

»Wenn du … hier bleibst … bleibe ich auch«, meldete sich der Kleine Kerl schüchtern zu Wort.

»Ist das dein Ernst?« Ich war verblüfft.

»Meine … Erinnerung kehrt … allmählich zurück. Das meiste … ist zwar noch … verschwommen … aber mir ist … wieder eingefallen … dass Meister Schick gesagt hat … ich könnte nur … herausfinden … wer ich vor meinem … Tod war … wenn ich … bei dir bleibe.«

»Wie soll *ich* dir denn dabei helfen herauszufinden, wer du früher warst?«

Harkat zuckte die Achseln. »Weiß ich … auch nicht. Aber ich bleibe … so lange bei dir … bis du … mich wegschickst.«

»Und es würde dir nichts ausmachen, dass du den Berg nicht verlassen dürftest?«

Harkat lächelte flüchtig. »Wir Kleinen Leute … sind nicht … anspruchsvoll.«

Ich ließ mich in die Hängematte zurücksinken und wog das Für und Wider gegeneinander ab. Wenn ich bei Mr. Crepsley blieb, lernte ich die Vampire und ihre Lebensweise noch besser kennen, ja, eventuell konnte ich sogar eines Tages zum Obervampir aufsteigen. Diese Vorstellung gefiel mir. Ich malte mir aus, wie ich an der Spitze einer Vampirtruppe in die Schlacht gegen die Vampyre zog, so ähnlich wie ein Piratenkapitän oder ein Offizier in der Armee.

Andererseits würde ich Evra Von, Meister Riesig und meine anderen Freunde beim Cirque du Freak vielleicht niemals wieder sehen. Dann wäre ein für alle Mal Schluss mit dem Umherziehen und dem Beifall des staunenden Publikums, Schluss mit Kinobesuchen und chinesischen Imbissbuden. Jedenfalls für die nächsten zwanzig oder dreißig Jahre, wenn nicht noch länger.

»Das ist wirklich eine schwierige Entscheidung«, sagte ich laut. »Gestatten Sie mir etwas Bedenkzeit?«

»Selbstverständlich«, nickte mein Meister. »Wir brauchen nichts zu überstürzen. Seba rechnet erst nach dem Konzil mit meiner Antwort. Wenn du deine Prüfungen bestanden hast, können wir uns darüber noch einmal in Ruhe unterhalten.«

»*Wenn* ich sie überhaupt bestehe«, grinste ich nervös.

»Wenn du sie *bestanden* hast«, wiederholte der Vampir nachdrücklich und schenkte mir ein zuversichtliches Lächeln.

15 Die vierte Prüfung: die Rasenden Eber.

Diesmal hatte sich mindestens die Hälfte aller derzeit im Berg hausenden Vampire eingefunden, um meinem Kampf mit den beiden Wildschweinen beizuwohnen. Daraus schloss ich, dass das allgemeine Interesse an meiner Person inzwischen seinen Höhepunkt erreicht hatte. Die meisten hatten schon bei der ersten Prüfung fest mit meinem Scheitern gerechnet und waren sehr erstaunt, dass ich sogar die Flammenhalle überlebt hatte.

Schon begannen die Erzähler, meine Abenteuer zu einer modernen Legende umzudichten. Zufällig hatte ich mit angehört, wie einer von ihnen meine Prüfung auf dem Nadelpfad schilderte. Seiner Version zufolge hatte ich insgesamt zehn Stalaktitengewitter ausgelöst. Dabei habe eine der spitzen Felsnadeln meinen Magen durchbohrt und sei auf der anderen Seite wieder zum Vorschein gekommen, so dass sie anschließend in einer komplizierten Operation herausgeschnitten werden musste!

Es machte mir Spaß, den Geschichten zuzuhören, die sich wie ein Lauffeuer in der wartenden Menge verbreiteten, auch wenn die meisten davon kompletter Unsinn waren. Ich fühlte mich fast wie König Artus oder Alexander der Große!

Als Gavner merkte, wie gebannt ich lauschte, musste er lachen. »Werd bloß nicht eingebildet«, neckte er mich. Er leistete mir Gesellschaft, während Vanez als mein Tutor die Waffen für die Prüfung aussuchte. »Alle Legenden beruhen auf Übertreibung. Wenn du heute oder in deiner letzten Prüfung versagst, werden sie dich plötzlich als faulen, dummen Nichtsnutz hinstellen und dich künftigen Generationen als abschreckendes Beispiel vorhalten. ›Trainiert tüchtig, Jungs‹, wird es dann heißen, ›sonst endet ihr wie weiland jener Tunichtgut Darren Shan.‹«

»Von mir kann wenigstens niemand behaupten, dass ich schnarche wie ein alter Bär«, konterte ich frech.

Gavner verzog das Gesicht. »Du treibst dich zu viel mit diesem alten Nörgler Larten herum«, brummte er ärgerlich.

Vanez kehrte mit einer handlichen Holzkeule und einem kurzen Speer zurück. »Was Besseres konnte ich nicht finden«, sagte er und kratzte sich mit der Speerspitze unter der

leeren linken Augenhöhle. »Es ist nicht überwältigend, aber du wirst schon damit zurechtkommen.«
»Vielen Dank«, sagte ich höflich, obwohl ich insgeheim auf etwas Wirkungsvolleres gehofft hatte.
»Du kennst den Ablauf?«, vergewisserte sich mein Tutor noch einmal.
»Beide Wildschweine werden gleichzeitig in die Arena gelassen. Zuerst gehen sie vielleicht aufeinander los, aber sobald sie mich wittern, greifen sie mich an.«
»Richtig. Genauso hat sich der Bär verhalten, der dich auf dem Hinweg zum Berg angefallen hat. Vampirblut schärft das Wahrnehmungsvermögen der Tiere, besonders den Geruchssinn. Sie greifen immer das Objekt an, dessen Witterung am stärksten ist.
Um den Viechern den Garaus zu machen, musst du dich so dicht wie möglich an sie heranwagen. Am besten zielst du mit dem Speer auf ihre Augen. Die Keule solltest du dir für ihre Schnauzen und Schädel aufheben. Um den restlichen Körper kümmere dich am besten gar nicht, damit verschwendest du nur deine Zeit.
Normalerweise stimmen die Tiere ihre Angriffstaktik nicht aufeinander ab. Wenn eines von ihnen einen Vorstoß unternimmt, hält sich das andere meistens zurück. Sollten doch einmal beide gleichzeitig auf dich losgehen, kannst du Glück haben, und sie behindern sich gegenseitig. Dann musst du ihre Verwirrung rasch zu deinem Vorteil ausnutzen.
Nimm dich vor allem vor den Hauern in Acht. Wenn sie dich damit aufspießen, musst du dich schleunigst wieder losmachen, auch wenn du dabei deine Waffen verlierst. Wenn du dich aber immer schön außer Reichweite hältst, können sie nicht viel Schaden anrichten.«
Ein Hornsignal kündigte die Ankunft von Mika Ver Leth

an, der diesmal wieder die Oberaufsicht über die Prüfung hatte.
Der schwarz gekleidete Fürst begrüßte mich und fragte wie üblich, ob ich bereit sei. Das bestätigte ich. Daraufhin wünschte er mir viel Glück, durchsuchte mich, um sicherzugehen, dass ich keine verborgenen Waffen bei mir trug, und ging zu seinem Platz. Ich dagegen wurde in die Arena geführt. Die Arena war eine große, runde Grube im Felsboden, umgeben von einem stabilen Holzgatter, damit die Eber nicht ausbrechen konnten. Hinter dem Gatter drängten sich die Vampire und johlten wie seinerzeit die Zuschauer in einem römischen Zirkus.
Probehalber reckte ich die Arme über den Kopf, zuckte aber sofort zusammen. Meine Haut war noch immer sehr empfindlich, und die Wunden hatten zum Teil unter den Verbänden zu eitern angefangen. Meine Füße machten mir noch die wenigsten Probleme – die meisten Nervenbahnen waren durch die Verbrennungen zerstört, und es konnte Wochen, ja Monate dauern, bis sie sich neu bildeten –, aber sonst brannte und stach es mich am ganzen Körper.
Die Tore des Gatters flogen auf, und die Wachen schleiften die Wildschweinkäfige herein, woraufhin die wartende Menge verstummte. Die Wachen machten nun kehrt und schlossen die Tore hinter sich. Dann wurden die Käfige mittels von oben zu bedienender Drähte entriegelt und aus der Arena gezogen. Die befreiten Wildschweine grunzten bösartig und fingen auf der Stelle an, mit den Schädeln gegeneinander anzurennen und ihre Hauer ineinander zu verhaken. Es waren zwei eindrucksvolle Biester, etwa anderthalb Meter lang und vielleicht einen Meter hoch.
Kaum witterten sie mich, hörten sie schlagartig zu kämpfen auf und wichen voreinander zurück. Der eine Eber sah mich

und quiekte durchdringend. Der zweite folgte dem Blick seines Artgenossen, fixierte mich kurz und stürmte los. Abwehrend hob ich meinen Speer. Ein paar Meter vor mir bog das Untier ab und trabte unter drohendem Schnauben davon.
Der andere Eber trottete verdächtig langsam auf mich zu. Dicht vor mir blieb er stehen, funkelte mich giftig an, scharrte mit den Hufen und ging unvermittelt zum Angriff über. Ich wich ihm mühelos aus und erwischte ihn sogar mit der Keule am Ohr, als er an mir vorbeischoss. Er grunzte schmerzlich, fuhr herum und nahm wieder Kurs auf mich. Diesmal sprang ich über ihn hinweg und stach mit dem Speer nach seinen Augen, verfehlte sie jedoch. Kaum war ich wieder auf dem Boden aufgekommen, griff das zweite Biest an. Während es auf mich zurannte, öffnete und schloss es das Maul wie ein hungriger Hai. Seine Hauer blitzten gefährlich.
Ich sprang zur Seite, stolperte aber. Erst jetzt merkte ich, dass ich mich wegen der tauben Nerven nicht so auf meine Füße verlassen konnte wie sonst. Da meine Sohlen gefühllos waren, merkte ich nicht rechtzeitig, wenn ich fehltrat. Ich musste höllisch aufpassen, um nicht hinzufallen.
Der eine Eber hatte mitbekommen, dass ich unsicher auf den Beinen war, und rammte mich von der Seite. Glücklicherweise trafen seine Hauer ins Leere. Mir blieb zwar einen Moment lang die Luft weg, und ich schwankte, aber ich verlor nicht das Gleichgewicht.
Ich hatte nicht viel Zeit, mich zu erholen, denn der nächste Angriff folgte unverzüglich. Ehe ich mich versah, preschte ein schnaufender Berg geballte Muskelkraft auf mich zu. Instinktiv machte ich einen Schritt zur Seite und stieß mit dem Speer zu. Ein gellendes Jaulen ertönte, und als ich die Waffe wieder hochriss, war die Spitze rot von Blut.

Die beiden Tiere umkreisten mich irritiert, was mir eine kurze Atempause verschaffte. Es war unschwer zu erkennen, welches der beiden ich verwundet hatte, denn über seine Schnauze verlief eine lange, klaffende Wunde, aus der Blut auf den Boden tropfte. Aber die Verletzung war nicht allzu schlimm und würde das Vieh wohl kaum an weiteren Attacken hindern.

Der verletzte Keiler startete einen halbherzigen Angriff in meine Richtung. Ich schwenkte die Keule, und er stob schnaubend davon. Der andere unternahm einen entschlosseneren Versuch, senkte aber den Kopf zu früh, so dass ich nur rasch beiseite springen musste.

Aus den Sitzreihen über mir erschollen warnende und anfeuernde Rufe, aber ich ließ mich davon nicht ablenken und konzentrierte mich ganz auf meine beiden Gegner. Sie umkreisten mich jetzt wieder lauernd, wühlten mit ihren Hufen den Staub auf und schnauften entschlossen.

Überraschend ging der unverletzte Eber wieder auf mich los.

Ich wich zwar aus, aber diesmal behielt er den Kopf oben und verfolgte mich. Ich spannte die Beinmuskeln an, machte einen Satz und versuchte, ihm mit der Keule den Schädel zu zertrümmern. Doch ich hatte den Zeitpunkt falsch berechnet, und nicht ich erwischte den Eber, sondern der Eber erwischte mich.

Der Aufprall seines mächtigen Schädels riss mir die Beine weg, und ich plumpste wie ein Stein zu Boden. Der Eber wirbelte herum. Bevor ich mich aufrappeln konnte, war er schon über mir. Sein heißer Atem streifte mein Gesicht, und seine Hauer funkelten im Dämmerlicht.

Ich drosch mit der Keule auf das Biest ein, konnte in dieser Haltung jedoch nicht kräftig genug ausholen. Das Borstentier

schüttelte sich bloß leicht und stieß mit den Hauern nach mir. Ich spürte, wie ein Zahn die Verbände um meinen Bauch aufschlitzte und die verbrannte Haut darunter anritzte. Wenn ich mich nicht bald aus meiner misslichen Lage befreien konnte, würde der Eber mich ernsthaft verletzen.
Entschlossen umklammerte ich den Griff der Keule und rammte sie dem Untier in das geifernde Maul. Es wich mit wütendem Grunzen zurück, und ich sprang auf die Füße. Aber kaum stand ich wieder, rannte das zweite Tier von hinten in mich hinein. Ich schwankte, stolperte über den ersten Angreifer, schlug einen unfreiwilligen Purzelbaum und krachte gegen die Umzäunung.
Benommen setzte ich mich auf, da hörte ich erneut Hufgetrappel. Ohne hinzusehen, warf ich mich auf gut Glück nach links. Das Tier verfehlte mich, und ein dumpfes Poltern ertönte, als es mit voller Wucht gegen das Holzgatter raste.
Bei meinem Ausweichmanöver hatte ich den Speer fallen gelassen, konnte ihn jedoch wieder aufheben, während der Eber mit verwirrtem Kopfschütteln rückwärts taumelte und versuchte, sich wieder zurechtzufinden. Ich hoffte schon, er würde endgültig zusammenbrechen, aber nach ein paar Sekunden hatte er sich erholt und sah genauso bösartig und heimtückisch aus wie zuvor.
Meine Keule steckte immer noch im Maul seines Artgenossen, und ich würde sie wohl erst wiederbekommen, wenn sie von selbst herausfiel.
Allmählich hatte ich die Nase voll davon, mich von den beiden Schwarzkitteln durch die Arena scheuchen zu lassen. Ich packte meinen Speer fester und beschloss, die Initiative zu ergreifen. Geduckt und mit vorgestreckter Waffe ging ich auf die Tiere zu. Die beiden wussten offenbar nicht recht, was sie von meinem seltsamen Benehmen halten sollten. Sie machten

ein paar unentschlossene Vorstöße, zogen sich dann aber misstrauisch zurück. Anscheinend hatten sie deutlich weniger giftiges Blut im Leib als der Bär, der mich auf dem Weg zum Vampirberg angefallen hatte, anderenfalls hätten sie mich ununterbrochen attackiert, ohne dabei auf ihre eigene Sicherheit bedacht zu sein.

Während ich die schnaubenden Tiere ans hintere Ende der Grube trieb, beobachtete ich den Eber mit der blutigen Schnauze besonders aufmerksam. Er war längst nicht so angriffslustig wie sein Gefährte, ja, er wirkte fast ein wenig feige.

Ich startete einen Scheinangriff auf den Mutigeren, aus dessen Maul immer noch die Keule ragte, indem ich den Speer wild schwenkte. Der Keiler drehte bei und gab Fersengeld. Als der andere zögerte, wechselte ich unvermutet die Richtung und stürzte mich auf ihn. Ich packte ihn am Nackenfell und ließ ihn auch nicht los, als er sich grunzend aufbäumte. Er schleifte mich beinahe einmal um das ganze Rund, bevor ihm die Puste ausging und er stehen bleiben musste. Dann versuchte er, mich mit seinen Hauern zu verletzen, aber ich zielte gleichzeitig mit dem Speer nach seinen Augen. Ich verfehlte sie, traf stattdessen noch einmal seine Schnauze und schlitzte ihm das Ohr auf, stach noch einmal daneben –, aber beim dritten Mal landete ich endlich einen satten Treffer direkt in seinem rechten Auge.

Sein Gebrüll war ohrenbetäubend. Wie toll schüttelte er den mächtigen Kopf, und seine Hauer zerkratzten mir Brust und Bauch, zum Glück nur oberflächlich. Ich umklammerte noch immer die Schwarte in seinem Nacken und lockerte meinen Griff auch nicht, als die Brandwunden an meinen Händen und Armen durch die Erschütterung aufplatzten und zu bluten begannen.

Die Vampire auf der Zuschauertribüne waren außer Rand und Band. »Gib's ihm!«, und »Mach ihn fertig!«, erscholl es von allen Seiten. Mir tat der Eber zwar etwas Leid – schließlich hatte er mich nur angegriffen, weil ich ihn gereizt hatte –, aber jetzt hieß es: Er oder ich. Mitgefühl konnte ich mir nicht erlauben.

Ich ließ den Eber los, stellte mich direkt vor ihn hin – ein nicht ungefährliches Manöver – und traf Anstalten für einen Frontalangriff. Zu diesem Zweck machte ich ein paar Schritte nach rechts, so dass er mich nicht mehr sehen konnte, hob den Speer hoch über den Kopf und wartete auf den richtigen Moment, um zuzustechen.

Mitten in seiner Raserei streifte mich der Blick seines linken Auges, und er blieb verwirrt stehen. Das war meine Chance. Ich nahm meine ganze Kraft zusammen und stieß ihm den Speer durch die blutverschmierte rechte Augenhöhle tief in das vom Wahnsinn getrübte Gehirn.

Ein scheußliches, schmatzendes Geräusch ertönte, dann geriet das Tier total außer Kontrolle. Es stellte sich auf die Hinterbeine, quiekte so schrill, dass mir beinahe das Trommelfell platzte, und ließ sich wieder fallen. Ich duckte mich unter seinen Vorderbeinen weg, aber kaum hatten sie den Boden berührt, galoppierte das Biest wie ein bockendes Wildpferd los.

Hastig wich ich zurück, doch der Eber folgte mir. Er konnte mich zwar nicht sehen, schließlich war er jetzt völlig blind, und sein Schmerzensgebrüll übertönte jedes Geräusch, das ich verursachte, aber er schien trotzdem genau zu wissen, wo ich mich befand. Als ich mich gerade zur Flucht wenden wollte, sah ich, dass sein Gefährte erneut zum Angriff überging.

Unschlüssig hielt ich inne, da prallte das sterbende Tier gegen mich. Ich fiel hin und verlor meinen Speer. Bevor ich mich wegrollen konnte, brach der Eber über mir zusammen, zuckte krampfhaft und bewegte sich nicht mehr. Er war tot – und ich saß in der Falle!

Ächzend versuchte ich, den gewaltigen Fleischberg von mir herunterzuwälzen, aber er war zu schwer. In normaler Verfassung hätte ich es bestimmt geschafft, aber ich war zerschrammt, verbrannt und blutete aus zahlreichen Wunden. Ich hatte einfach nicht genug Kraft.

Endlich ließ ich mich ermattet zurücksinken, doch bevor ich einen weiteren Befreiungsversuch unternehmen konnte, stand unvermittelt der zweite Eber neben mir und versetzte mir einen kräftigen Kopfstoß. Ich jaulte auf und versuchte auszuweichen, aber ich konnte mich kaum rühren. Das Untier schien mich höhnisch anzugrinsen, aber das mochte an der Keule liegen, die noch immer quer in seinem Maul steckte. Es senkte den Kopf und wollte mich beißen, wurde jedoch von der Waffe daran gehindert. Mit einem gefährlichen Brummen wich es ein Stück zurück, schüttelte das zottige Haupt, trat noch ein paar Schritte zurück, scharrte mit den Hufen, senkte die blitzenden Hauer – und brauste wie eine Dampfwalze auf mich zu.

16 Ich hatte schon manche kritische Situation gemeistert, doch diesmal kam mir kein glücklicher Zufall zu Hilfe. Ich war meinem borstigen Gegner auf Gedeih und Verderb ausgeliefert, und ich wusste, dass er mit mir nicht gnädiger verfahren würde als ich zuvor mit seinem Artgenossen.

So lag ich also reglos da, die Augen fest auf das wütende Tier geheftet, und erwartete mein Ende, als plötzlich über mir ein

lauter Schrei ertönte. Das übrige Publikum war verstummt, deshalb hallte es vernehmlich in der Höhle wider: »Neiiin!« Eine schattenhafte Gestalt hechtete über den Zaun, warf sich zwischen mich und das Untier, schnappte sich meinen Speer, rammte den Schaft in den Boden und richtete die scharfe Spitze auf den heranstürmenden Eber. Dieser konnte nicht mehr ausweichen oder bremsen. Er rannte mit vollem Schwung in den Speer hinein und spießte sich auf. Dabei prallte er gegen meinen Beschützer, der ihn mit einem Ruck zur Seite riss, damit nicht auch noch das zweite Tier auf mir landete. Ineinander verschlungen, rollten die beiden über den Boden. Der Eber versuchte sich mit letzter Kraft zu befreien, aber die Beine knickten ihm weg. Er grunzte noch einmal schwach und verendete.
Als sich die Staubwolke verzogen hatte, wälzten kräftige Hände den schweren Kadaver von mir herunter, packten mich an den Handgelenken und zogen mich hoch. Blinzelnd kniff ich die Augen zusammen und erkannte meinen Lebensretter – es war Harkat Mulds!
Der Kleine Kerl tastete mich von Kopf bis Fuß ab, um festzustellen, ob ich mir etwas gebrochen hatte, dann legte er den Arm um mich und führte mich von den toten Tieren weg. Das Publikum war sprachlos vor Verblüffung. Als wir uns dem Gattertor näherten, erholten sich einige Zuschauer und pfiffen höhnisch. Vereinzelte Buhrufe folgten. Bald erfüllten Protestrufe und schrille Pfiffe die Halle. »Foul!«, brüllten die Zuschauer. »Schiebung!«, »Tötet sie beide!«
Harkat und ich blieben stehen und drehten uns verwundert nach den aufgebrachten Vampiren um. Eben hatten sie mich noch als Helden gefeiert – und jetzt lechzten sie nach meinem Blut?
Doch nicht alle Anwesenden beteiligten sich an der allgemei-

nen Entrüstung. Mr. Crepsley, Gavner und Kurda schwiegen. Der alte Seba schüttelte bloß betrübt den Kopf und wandte sich ab.

Als der Aufruhr kein Ende nehmen wollte, kletterte Vanez Blane über die Umzäunung und trat in die Arena. Mit erhobener Hand gebot er dem Publikum Schweigen, und es wurde allmählich still. »Euer Gnaden!«, wandte sich der Wettkampfaufseher an Mika Ver Leth, der aufgestanden war und die Empörung seiner Obervampire mit eisiger Miene zur Kenntnis genommen hatte. »Ich bin ebenso überrascht wie wir alle. Aber das hier war weder geplant, noch ist es Darrens Schuld. Der Kleine Kerl kennt unsere Sitten und Gebräuche nicht und hat eigenmächtig in das Geschehen eingegriffen. Ich bitte Euch inständig, sein Verhalten nicht uns zu Last zu legen.«

Wieder ertönten vereinzelte Buhrufe, aber Mika Ver Leth brachte sie mit einer herrischen Handbewegung zum Verstummen. »Darren«, sagte der Fürst dann gedehnt, »hast du den Kleinen Kerl zu dieser Tat veranlasst?«

Ich schüttelte verneinend den Kopf. »Ich bin genauso verblüfft wie Ihr.«

»Harkat«, funkelte Mika meinen Retter an. »Hast du aus eigenem Entschluss in das Geschehen eingegriffen, oder hat dich jemand damit beauftragt?«

»Kein Auftrag«, erwiderte Harkat stockend. »Darren … mein Freund. Konnte nicht … zusehen, wie … er stirbt.«

»Du hast gegen unsere Regeln verstoßen«, sagte Mika streng.

»Eure Regeln«, gab Harkat zurück. »Nicht meine. Darren … Freund.«

Der Fürst runzelte die Stirn und strich sich nachdenklich mit dem Zeigefinger über die schmale Oberlippe.

»Die beiden haben den Tod verdient!«, rief ein Obervampir erbost dazwischen. »Ab mit ihnen in die Todeshalle und ...«
»Wäre es nicht etwas voreilig, Salvatore Schicks Boten hinzurichten?«, unterbrach ihn Mr. Crepsley leise, aber bestimmt. Der Obervampir, der unseren Tod gefordert hatte, schwieg. Mr. Crepsley erhob sich und wandte sich an die johlende Meute. »Wir sollten nichts überstürzen. Eine Entscheidung darf erst nach reiflicher Überlegung und einer öffentlichen Anhörung in der Fürstenhalle getroffen werden. Harkat ist nun mal kein Vampir, für ihn gelten unsere Regeln nicht. Wir haben kein Recht, ihn zu verurteilen.«
»Was ist mit dem Halbvampir?«, meldete sich ein anderer Obervampir zu Wort. »Er ist unseren Gesetzen sehr wohl unterworfen. Er hat in dieser Prüfung eindeutig versagt. Darauf steht der Tod.«
»Er hat nicht versagt!«, protestierte Kurda. »Die Prüfung wurde unterbrochen. Darren hatte bereits den einen Eber erlegt – wieso hätte er da mit dem zweiten nicht fertig werden sollen?«
»Er konnte sich nicht mehr bewegen!«, blaffte der Obervampir. »Der Eber hätte ihn auf jeden Fall getötet.«
»Gut möglich«, stimmte Kurda zu, »aber keineswegs sicher. In den vorhergehenden Prüfungen hat Darren seinen Mut und seine Findigkeit ja wohl genügend unter Beweis gestellt. Vielleicht wäre es ihm im letzten Moment gelungen, sich zu befreien. Vielleicht hätte er auch seinen Speer wieder an sich bringen können.«
»Blödsinn!«, schnaubte der Angesprochene.
»Ach wirklich?«, fauchte Kurda. Mit einem Satz sprang er über den Zaun in die Arena und stellte sich zu Harkat, Vanez und mir. »Kann irgendjemand hier beweisen, dass Darren den Kampf verloren hätte?« Er drehte sich langsam um sich

selbst und sah die Vampire der Reihe nach herausfordernd an. »Kann jemand mit Sicherheit sagen, dass Darrens Lage tatsächlich aussichtslos war?«

Betretenes Schweigen war die Antwort. Da brach eine Frauenstimme die Stille – Arra Sails. »Ich muss Kurda zustimmen«, sagte sie laut. Die Vampire rutschten unbehaglich auf ihren Sitzen hin und her. Sie hatten nicht damit gerechnet, dass ausgerechnet Arra die Partei des zukünftigen Fürsten ergreifen würde. »Die Lage des Jungen war zwar brenzlig, aber nicht zwangsläufig ausweglos. Er hätte es schaffen können.«

»Ich schlage vor, dass Darren die Prüfung wiederholt«, machte sich Kurda die allgemeine Verblüffung zu Nutze. »Wir vertagen die Sache einfach.«

Alle Blicke richteten sich auf Mika Ver Leth. Der Fürst versank ein paar Minuten in dumpfes Brüten. Dann hob er den Kopf und sah meinen Meister an. »Was sagst du dazu, Larten?«

Mr. Crepsley zuckte die Achseln. »Es stimmt zwar, dass Darren den Kampf nicht richtig verloren hat. Dennoch wird ein Verstoß gegen die Regeln normalerweise genauso mit dem Tode bestraft wie ein Versagen. Meine Beziehung zu Darren verpflichtet mich, ein gutes Wort für ihn einzulegen. Doch weiß ich in diesem Fall nichts zu seinen Gunsten vorzubringen. Wie man es auch dreht und wendet – er hat die Prüfung nicht bestanden.«

»Larten!«, rief Kurda entsetzt. »Du weißt nicht, was du da sagst!«

»O doch«, seufzte ich. »Und er hat leider Recht.«

Ich befreite mich aus Harkats stützendem Griff und sah Mika Ver Leth offen in die Augen. »Ich glaube nicht, dass ich mich ohne fremde Hilfe hätte befreien können«, gab ich ehrlich zu. »Ich will zwar nicht sterben, aber ich wünsche auch keine

Sonderbehandlung. Wenn es möglich ist, wiederhole ich die Prüfung. Wenn nicht, auch gut.«

Aus den Zuschauerreihen erklang zustimmendes Gemurmel. Diejenigen, die vor lauter Entrüstung aufgesprungen und an die Umzäunung getreten waren, kehrten wieder zu ihren Plätzen zurück und blickten Mika gespannt an.

»Du sprichst wie ein echter Vampir«, sagte der Fürst schließlich anerkennend. »Ich mache dich nicht für das verantwortlich, was passiert ist. Auch deinen Freund nicht. Da er keiner von uns ist, können wir von ihm nicht erwarten, dass er unsere Regeln kennt. Harkat Mulds hat nichts zu befürchten. Darauf gebe ich dir mein höchstpersönliches Ehrenwort. Hat jemand etwas dagegen einzuwenden?«

Einige Vampire musterten Harkat missgünstig, aber niemand widersprach. »Was hingegen dich betrifft, Darren«, begann Mika zögernd, »muss ich mich erst mit meinen Kollegen, den anderen Fürsten, und den Obervampiren beraten, bevor wir ein Urteil fällen. Ich fürchte zwar, deine Hinrichtung ist unausweichlich, aber vielleicht ist an Kurdas Vorschlag ja etwas dran. Eventuell lässt sich die Prüfung tatsächlich wiederholen. Nach allem, was ich weiß, ist so etwas zwar noch nie vorgekommen, aber vielleicht fällt einem von uns noch ein in Vergessenheit geratenes Gesetz oder eine Zusatzregelung ein, das oder die in deinem Fall zur Anwendung kommen könnte.

Geht jetzt in eure Schlafkammer zurück, ihr beiden«, schloss der Fürst seine Rede. »Wir berufen inzwischen eine Versammlung ein. Sobald wir eine Entscheidung getroffen haben, erhaltet ihr Bescheid. Ich würde euch allerdings raten«, setzte er im Flüsterton hinzu, »vorsichtshalber schon einmal euren Frieden mit den Göttern zu machen, denn ich fürchte, ihr werdet ihnen bald von Angesicht zu Angesicht gegenüberstehen.«

Ich nickte gehorsam und hielt den Kopf so lange gesenkt, bis Mika Ver Leth und die anderen Vampire die Halle verlassen hatten.

»So schnell gebe ich nicht auf«, raunte mir Kurda zu, als er an mir vorbeiging. »Wir finden bestimmt einen Ausweg. Es *muss* einen geben.«

Dann war er fort und mit ihm Vanez Blane, Mr. Crepsley und die Übrigen. Harkat und ich blieben mit den beiden Kadavern allein zurück. Mein Retter sah ziemlich kleinlaut aus, als ich mich nach ihm umdrehte. »Ich wollte ... keinen Ärger ... machen«, sagte er leise. »Ich wollte dir ... einfach ... nur helfen.«

»Mach dir keine Sorgen«, tröstete ich ihn. »Ich an deiner Stelle hätte wahrscheinlich dasselbe getan. Schlimmstenfalls werden sie mich hinrichten, aber wenn du mir nicht zu Hilfe gekommen wärst, wäre ich genauso gestorben.«

»Du bist mir ... wirklich ... nicht böse?«, vergewisserte sich der Kleine Kerl noch einmal.

»Natürlich nicht.« Ich lächelte ihn an, und wir gingen in Richtung Tor.

Allerdings verschwieg ich Harkat, dass es mir lieber gewesen wäre, er hätte nicht eingegriffen. Im Kampf mit dem Eber hätte ich einen raschen, leichten und ehrenvollen Tod gefunden. Jetzt dagegen musste ich die lange Qual des Wartens erdulden, auf die höchstwahrscheinlich der Gang in die grausige Todeshalle folgte. Dort würde man mich in einem Käfig über die Pfahlgrube ziehen, und mein Ende würde schmerzhaft, grausam und schmachvoll sein.

17 Schweigend saßen wir in unseren Hängematten. Die Flure und Nebenräume waren leer. Die meisten Vampire waren in die Fürstenhalle gegangen oder warteten draußen vor der Pforte auf den Urteilsspruch. Auf Skandale sind Vampire fast so scharf wie auf Raufereien, und natürlich wollten alle die Neuigkeit aus erster Hand erfahren.
»Hattest du denn gar keine Angst, mir zu helfen?«, erkundigte ich mich nach einer Weile, um die nervenaufreibende Stille zu brechen. »Schließlich hättest du dabei draufgehen können.«
»Um ehrlich … zu sein«, gestand Harkat betreten, »hab ich's … eher … für mich selbst … getan. Wenn du stirbst … finde ich vielleicht … nie raus … wer ich … mal war.«
Ich musste lachen. »Das erzähl bloß nicht den Vampiren. Du bist nur deshalb so glimpflich davongekommen, weil Mut und Hilfsbereitschaft bei ihnen hoch im Kurs stehen. Wenn sie herauskriegen, dass du nur auf deinen eigenen Vorteil bedacht warst, sind sie zu allem fähig!«
»Bist du jetzt … böse auf mich?«
»Nein.« Ich grinste. »Gute Taten zählen mehr als gute Absichten.«
»Wenn sie dich … zum Tode verurteilen … wirst du das Urteil … dann annehmen?«
»Was bleibt mir anderes übrig?«
»Aber wirst … du … Widerstand leisten?«
»Ich weiß nicht«, seufzte ich. »Hätten sie mich sofort abgeführt, wäre ich widerspruchslos mitgegangen – ich war vom Kampf mit dem Eber noch so in Fahrt, dass ich keine Angst vor dem Sterben hatte. Aber jetzt, da ich wieder zum Nachdenken komme, habe ich schreckliche Angst. Ich hoffe zwar, dass ich die Todeshalle mit hoch erhobenem Kopf betrete, aber ich fürchte, dass ich zusammenbrechen und um Gnade winseln werde.«

»Du nicht«, widersprach Harkat bestimmt. »Du bist … viel zu tapfer.«

»Glaubst du wirklich?« Ich lachte bitter.

»Du hast … mit Wildschweinen … gekämpft und bist durch … Feuer und Wasser gegangen. Da … hattest du … auch keine Angst. Warum … also jetzt?«

»Das ist etwas anderes«, erwiderte ich. »Bei den Prüfungen hatte ich eine faire Chance. Wenn man mich jedoch zum Tode verurteilt, kann ich nichts dagegen unternehmen. Dann bin ich verloren.«

»Kein Problem«, meinte Harkat aufmunternd. »Vielleicht kannst du … ja als … Kleiner Kerl … wieder auferstehen.«

Ich starrte in Harkats von Narben entstelltes Gesicht mit den grünen Augen und dem unvermeidlichen Mundschutz.

»Schöner Trost«, sagte ich sarkastisch.

»Wollte dich … nur aufheitern.«

»Na, vielen Dank auch!«

Die Minuten verstrichen unerträglich langsam. Allmählich hoffte ich, dass die Vampire rasch zu einer Einigung kamen, selbst wenn das mein Todesurteil bedeutete – alles war besser, als untätig hier herumzuhocken und zu warten.

Endlich, nach einer halben Ewigkeit, hörten wir Schritte auf dem Gang. Wir sprangen aus den Hängematten und stellten uns an die Tür. Harkat grinste nervös. Ich zwang mich zurückzulächeln.

»Jetzt geht's um die Wurst«, flüsterte ich.

»Toi, toi, toi«, zischte er zurück.

Die Schritte wurden langsamer, verstummten, gingen gedämpft weiter. Im Eingang des dämmrigen Tunnels erschien ein Vampir, der sofort in unsere Kammer schlüpfte. Es war Kurda.

»Und?«, fragte ich mit angehaltenem Atem.

»Ich wollte nur mal nachsehen, wie's dir so geht«, sagte er betont locker.

»Mir geht's prima!«, fauchte ich. »Ganz großartig. Hab mich noch nie besser gefühlt.«

»Das habe ich mir gedacht.« Er sah sich nervös nach allen Seiten um.

»Wurde schon ... eine Entscheidung getroffen?«, erkundigte sich Harkat.

»Nein. Aber es kann nicht mehr lange dauern. Man ...« Kurda räusperte sich. »Man wird dich zum Tode verurteilen, Darren.«

Ich hatte zwar nichts anderes erwartet, aber es war trotzdem wie ein Schlag in die Magengrube. Ich wich einen Schritt zurück, und meine Knie gaben nach. Hätte mich Harkat nicht rechtzeitig am Arm gepackt, wäre ich hingefallen.

»Ich habe mir den Mund fusslig geredet«, berichtete der junge Obervampir. »Und ich war nicht der Einzige. Gavner und Vanez haben für dich sogar ihren Posten aufs Spiel gesetzt. Aber es gibt nun mal in der Vergangenheit keinen vergleichbaren Fall. Die Rechtslage ist eindeutig: Wer bei den Prüfungen versagt, wird hingerichtet. Wir wollten die Fürsten überreden, dich die Prüfung wiederholen zu lassen, aber sie haben sich unseren Argumenten gegenüber einfach taub gestellt.«

»Warum kommt man mich dann nicht gleich holen?«, fragte ich mit zitternder Stimme.

»Die Versammlung ist immer noch im Gange. Larten befragt gerade die älteren Vampire, ob sie sich an ähnliche Vorkommnisse erinnern können. Er lässt nichts unversucht. Wenn es auch nur ein halbwegs legales Hintertürchen gibt, findet er es.«

»Aber es gibt keins, stimmt's?«, murmelte ich düster.

Kurda schüttelte betrübt den Kopf. »Wenn nicht mal Paris

Skyle eine Idee hat, wie du noch zu retten wärst, wird es den anderen erst recht nicht gelingen, fürchte ich. Schließlich ist es nur seinem Scharfsinn zu verdanken, dass du vor dieser Prüfung eine Frist von drei Tagen und Nächten bekommen hast, um dich von deinen Verbrennungen zu erholen. Wenn er dir nicht helfen kann, kann es niemand.«

»Das war's dann also. Mit mir ist es aus.«

»Nicht unbedingt«, widersprach Kurda und wandte dabei verlegen den Blick ab.

Ich war verwirrt. »Wie meinen Sie das? Sie haben doch eben selbst gesagt ...«

»Das Urteil steht fest«, unterbrach er mich. »Aber das bedeutet noch lange nicht, dass du hier bleiben und dich wie ein Opferlamm abführen lassen musst.«

»Kurda!«, japste ich empört, als mir klar wurde, was er andeuten wollte.

»Du kannst fliehen«, zischte er. »Ich kenne einen unbewachten Geheimgang, von dem ich niemandem erzählt habe. Auf dem Weg dorthin könnten wir selten begangene Tunnel benutzen, das spart Zeit. Bald geht die Sonne auf. Wenn du erst einmal im Freien bist, hast du bis zum Abend Vorsprung, ehe man dich verfolgen kann. Dabei glaube ich nicht einmal, dass sich jemand die Mühe machen wird. Du stellst für unseren Clan weiter keine Gefahr dar, und man wird dich ungeschoren laufen lassen. Falls du später einmal zufällig einem Vampir begegnen solltest, versucht er vielleicht, dich umzubringen, aber bis dahin ...«

»Das kann ich nicht machen«, fiel ich ihm ins Wort. »Mr. Crepsley würde sich zu Tode schämen. Schließlich bin ich sein Gehilfe. Er müsste dafür geradestehen.«

Kurda schüttelte heftig den Kopf. »Nein. Larten ist nicht für dein Verhalten verantwortlich, jedenfalls nicht mehr, seit du

in die Prüfungen eingewilligt hast. Natürlich würden die anderen hinter seinem Rücken darüber lästern, aber niemand würde es wagen, seinen guten Ruf in aller Öffentlichkeit anzuzweifeln.«
»Ich kann trotzdem nicht fliehen«, wiederholte ich, aber es klang schon viel weniger überzeugend. »Was würde aus Ihnen? Wenn die anderen herausbekommen, dass Sie mir zur Flucht verholfen haben ...«
»Um mich mach dir mal keine Sorgen«, winkte der junge Obervampir ab. »Ich verwische meine Spuren. Solange du dich nicht schnappen lässt, kann mir nichts passieren.«
»Und wenn ich doch gestellt und zu einem Geständnis gezwungen werde?«
Kurda zuckte die Achseln. »Das Risiko muss ich eben eingehen.«
Ich war hin- und hergerissen. Meine Vampirnatur gebot mir, dazubleiben und meine Strafe auf mich zu nehmen. Mein gesunder Menschenverstand dagegen riet mir, kein Dummkopf zu sein, die günstige Gelegenheit zu ergreifen und mich so schnell wie möglich aus dem Staub zu machen.
»Du bist noch jung, Darren«, redete mir Kurda zu. »Du wärst verrückt, dein Leben einfach so wegzuwerfen. Verlass den Berg der Vampire. Fang noch einmal von vorn an. Du hast genug durchgemacht, um allein zurechtzukommen. Du brauchst keinen Larten, der auf dich aufpasst. Viele Vampire haben sich von unserer Gemeinschaft losgesagt und sich eine unabhängige Existenz aufgebaut. Schließ dich ihnen an. Leb dein eigenes Leben. Lass dir nicht den Verstand vom übertriebenen Stolz anderer Leute vernebeln.«
»Was meinst du dazu?«, wandte ich mich Hilfe suchend an Harkat.
»Ich finde ... Kurda hat Recht«, stammelte der Kleine Kerl.

»Dein Tod ... wäre sinnlos. Lauf weg. In die Freiheit. Ich komme ... mit und helfe dir. Später ... kannst du ... vielleicht mir ... helfen.«

»Harkat kann leider nicht mitkommen«, unterbrach ihn Kurda. »Er ist zu breitschultrig für die Tunnel, die ich als Fluchtweg vorgesehen habe. Ihr könnt euch nach dem Konzil irgendwo treffen, sobald Harkat den Berg verlassen kann, ohne Verdacht zu erregen.«

»Der ... Cirque du Freak«, stammelte Harkat. »Glaubst du ... du findest ihn wieder?«

Ich nickte. Im Lauf der Jahre, die ich mit dem Zirkus unterwegs gewesen war, hatte ich eine Menge Leute kennen gelernt, die Meister Riesig und seinen Artisten halfen, wenn der Zirkus in ihre Stadt kam. Sie konnten mir bestimmt sagen, in welche Richtung meine Freunde weitergezogen waren.

»Nun – hast du dich entschieden?«, drängte Kurda. »Wir haben jetzt keine Zeit, lange zu diskutieren. Entweder du kommst mit, oder du bleibst hier und wartest, bis du abgeführt wirst. Du hast die Wahl.«

Ich schluckte schwer und starrte zu Boden. Dann gab ich mir einen Ruck. Ich hob den Kopf, sah Kurda in die Augen und sagte mit fester Stimme: »Ich komme mit.« Ich schämte mich zwar entsetzlich, aber das war immer noch besser, als auf den spitzen Pfählen der Todeshalle langsam zu verbluten.

18 Wir eilten durch die leeren Korridore zu den Lagerräumen hinunter. In einem davon ging Kurda zielstrebig auf die hintere Wand zu und zerrte ein paar große Säcke beiseite, woraufhin eine kleine Öffnung im Fels sichtbar wurde. Er machte unverzüglich Anstalten, sich hindurchzuzwängen,

aber ich hielt ihn zurück und bat um eine kurze Pause. Ich hatte starke Schmerzen.
»Meinst du, du schaffst es?«, fragte er besorgt.
»Ich glaube schon, aber ich muss mich zwischendurch öfter ausruhen. Jede Minute zählt, ich weiß, aber ich bin einfach zu erschöpft.«
Sobald ich mich wieder kräftig genug fühlte, kroch ich hinter Kurda durch die Öffnung und fand mich in einem engen Schacht wieder, der steil bergab führte. Ich schlug vor, ihn wie eine Rutschbahn im Sitzen hinabzugleiten, aber der Vampir widersprach. »Wir wollen nicht bis ganz nach unten«, meinte er. »Auf halber Strecke trifft der Tunnel auf einen anderen Gang. Den nehmen wir.«
Und wirklich erreichten wir nach kurzer Zeit eine Abzweigung, bogen ab und liefen auf ebenem Boden weiter.
»Wie haben Sie diesen Weg entdeckt?«, erkundigte ich mich neugierig.
»Bin einer Fledermaus gefolgt«, erwiderte Kurda augenzwinkernd.
Als wir an eine Kreuzung kamen, holte Kurda eine Karte hervor. Nach einem kurzen Blick darauf bog er nach links ab.
»Sie wissen wirklich, wie wir gehen müssen?«, fragte ich ängstlich.
»Nicht hundertprozentig«, lachte er. »Deshalb habe ich ja auch meine Karten eingesteckt. Manche dieser Gänge habe ich zuletzt vor vielen Jahren betreten.«
Beim Laufen versuchte ich vergeblich, mir den Weg einzuprägen. Schließlich konnte Kurda etwas zustoßen, und dann musste ich allein zurückfinden, aber wir gingen derartig kreuz und quer, dass nur ein Genie den Rückweg gefunden hätte.
Unterwegs überquerten wir etliche schmale Wasserläufe. Kurda erklärte mir, dass sie sich irgendwann mit anderen

Bächen zu jenem reißenden Strom vereinigten, in dem früher die Toten beigesetzt wurden. »Wir könnten doch nach draußen *schwimmen*«, schlug ich scherzhaft vor.

»Warum versuchen wir's nicht gleich mit Fliegen?«, gab Kurda zurück.

Einige Tunnel waren stockfinster, dennoch zündete mein Retter keine Kerze an, denn die Wachstropfen hätten eventuellen Verfolgern verraten können, welche Route wir eingeschlagen hatten.

Je länger wir marschierten, desto schwerer fiel es mir, mich dem Tempo des jungen Vampirs anzupassen. Wir mussten oft anhalten, damit ich mich kurz ausruhen und neue Kräfte sammeln konnte.

»Wenn hier mehr Platz wäre, würde ich dich tragen«, sagte Kurda in einer der Pausen und wischte mir mit seinem Hemd fürsorglich Schweiß und Blut vom Nacken. »Aber bald werden die Tunnel wieder breiter. Dann kann ich dich Huckepack nehmen, wenn du möchtest.«

»Au ja«, ächzte ich.

»Wie wollen wir draußen verfahren?«, fragte Kurda. »Soll ich dich noch ein Stück begleiten, um ganz sicherzugehen, dass du alleine klarkommst?«

Ich schüttelte den Kopf. »Wenn die Obervampire Sie schnappen, sind Sie dran. Im Freien komme ich allein zurecht. Die frische Luft tut mir bestimmt gut. Erst suche ich mir einen Platz zum Schlafen und ruhe mich ein paar Stunden aus, und dann ...«

Ich stockte. In einem der hinter uns liegenden Gänge prasselte eine Hand voll kleiner Steine auf den Boden. Kurda hatte es auch gehört. Blitzschnell huschte er zur Mündung des betreffenden Tunnels und hockte sich angestrengt lauschend auf die Fersen. Dann sprang er auf und rannte zu mir zurück.

»Da kommt jemand!«, zischte er und zerrte mich hoch. »Schnell! Wir müssen weiter!«
»Nein«, seufzte ich und ließ mich erschöpft zurücksinken.
»Darren!« Am liebsten hätte er mich angebrüllt. »Du kannst nicht hier bleiben. Wir müssen uns beeilen, sonst …«
»Ich kann nicht mehr«, erklärte ich. »In normalem Tempo zu gehen, fällt mir schon schwer genug, aber eine Verfolgungsjagd übersteigt meine Kräfte. Wenn man uns findet, müssen wir beide dran glauben. Laufen Sie weg und verstecken Sie sich irgendwo. Ich werde so tun, als sei ich auf eigene Faust geflohen.«
»Du weißt ganz genau, dass ich dich nicht im Stich lassen kann«, erwiderte der junge Vampir empört und kauerte sich neben mich.
Schweigend horchten wir auf die nahenden Schritte. Es hörte sich an, als sei uns nur eine Person auf den Fersen. Hoffentlich war es nicht Mr. Crepsley – nach meinem Fluchtversuch konnte ich ihm nicht mehr unter die Augen treten.
Unser Verfolger blieb an der Tunnelmündung stehen, spähte geduckt aus der Dunkelheit zu uns herüber und gab sich schließlich zu erkennen. Es war Gavner Purl! »Ihr beiden sitzt ganz schön in der Tinte!«, knurrte er. »Wer von euch ist denn auf diese Schnapsidee gekommen, einfach abzuhauen?«
»Ich!«, sagten wir wie aus einem Mund.
Gavner schüttelte fassungslos den Kopf. »Ihr seid mir vielleicht ein schönes Paar! Heraus damit: Wer war's?«
»Es war meine Idee«, verkündete Kurda und drückte warnend meinen Arm, als ich zum Protest ansetzte. »Ich habe Darren überredet zu fliehen. Es ist alles meine Schuld.«
»Du verdammter Schwachkopf!«, fuhr ihn Gavner an. »Wenn irgendjemand Wind davon bekommt, ist deine Karriere im Eimer. Dann kannst du deine Ordination zum Fürsten getrost

vergessen. Stattdessen stecken sie dich zusammen mit Darren in einen Käfig und schaffen euch alle beide in die Todeshalle.«

»Nur, wenn du mich verrätst«, sagte Kurda trocken.

»Was meinst du wohl, warum ich hier bin«, konterte Gavner. »Wenn du wirklich wolltest, dass wir bestraft werden, wärst du nicht allein gekommen.«

Gavner starrte sein Gegenüber verdutzt an, dann fluchte er unterdrückt. »Meinetwegen«, brummte er. »Ich will nicht, dass du hingerichtet wirst. Wenn ihr mit mir zurückkommt, wird niemand je erfahren, dass du etwas mit Darrens Flucht zu tun hattest. Es braucht überhaupt niemand davon zu erfahren. Im Moment sind Harkat und ich noch die Einzigen, die euer Verschwinden bemerkt haben. Wenn wir sofort aufbrechen, können wir Darren rechtzeitig zur Urteilsverkündung zurückbringen.«

»Wozu?«, fragte Kurda. »Damit er hingerichtet wird?«

»Wenn das Urteil so ausfällt … ja.«

Der junge Vampir schüttelte den Kopf. »Genau deshalb sind wir ja geflohen. Ich lasse es nicht zu, dass Darren zurückgeht und umgebracht wird. Es ist nicht recht, ein junges Leben so grausam zu beenden.«

»Recht oder unrecht«, blaffte Gavner. »In dieser Angelegenheit haben die Fürsten das letzte Wort!«

Kurda sah ihn aus schmalen Augen an. »In Wirklichkeit bist du nämlich meiner Meinung«, sagte er leise. »Du willst genauso wenig wie ich, dass Darren stirbt.«

Gavner nickte widerstrebend. »Aber das ist meine persönliche Meinung. Deswegen stelle ich nicht gleich die Befehlsgewalt der Fürsten in Frage.«

»Wieso nicht?«, fragte Kurda. »Sollen wir ihnen etwa auch dann gehorchen, wenn sie einen Fehler machen und jemanden zu Unrecht verurteilen?«

»So will es nun mal unsere Tradition«, erwiderte Gavner mürrisch.
Kurda ließ sich nicht beirren. »Traditionen können sich wandeln. Unsere Fürsten laufen mit Scheuklappen durch die Gegend. Sie sind rückständig und klammern sich an überholte Bräuche. In ein paar Wochen bin ich selbst Fürst und kann endlich längst überfällige Reformen in die Wege leiten. Wenn du Darren laufen lässt, schaffe ich das Gesetz, das ihn verurteilt, einfach ab und gebe ihm Gelegenheit, zurückzukehren und seine Prüfungen zu Ende zu führen. Drück dieses eine Mal ein Auge zu, Gavner, und du wirst es nicht bereuen.«
Gavner war sichtlich verwirrt. »Aber es ist verboten, sich den Fürsten zu widersetzen«, protestierte er halbherzig.
»Es braucht ja niemand zu wissen«, beruhigte ihn Kurda. »Die anderen glauben, dass Darren aus eigenem Antrieb geflohen ist. Niemand kommt auf die Idee, dass wir beide etwas damit zu tun haben.«
»Es verstößt gegen alles, was uns heilig ist«, seufzte der stämmige Vampir.
»Manchmal muss man dem Fortschritt sogar die heiligsten Grundsätze opfern«, konterte Kurda.
Gavner kratzte sich unschlüssig am Kopf, da ergriff ich das Wort. »Wenn Sie darauf bestehen, komme ich mit zurück. Ich fürchte mich vor dem Sterben, deshalb konnte mich Kurda auch zur Flucht überreden. Aber wenn Sie zu dem Schluss kommen, dass ich mich meinem Urteil stellen soll, werde ich mich nicht länger dagegen sträuben.«
»Ich will ja auch nicht, dass du hingerichtet wirst!«, rief Gavner völlig verzweifelt aus. »Aber einfach weglaufen ist doch auch keine Lösung.«
»Quatsch!«, schnaubte Kurda. »Wir Vampire wären viel besser dran, wenn wir ab und zu so vernünftig wären, unsinnigen

Auseinandersetzungen aus dem Weg zu gehen. Wenn wir Darren jetzt zurückbringen, ist das sein sicherer Tod. Wem ist damit gedient?«

Gavner dachte eine Weile schweigend nach, dann nickte er verdrießlich.

»Es passt mir zwar nicht, aber es scheint mir immer noch das kleinere Übel zu sein. Ich werde euch nicht verraten. Aber«, setzte er hinzu, »nur unter der Bedingung, dass du sofort nach deiner Ordination mit der Wahrheit herausrückst, Kurda. Wir gestehen alles, stellen Darrens guten Ruf möglichst wieder her, und wenn uns das nicht gelingt, akzeptieren wir unsere Bestrafung. Okay?«

»Einverstanden«, sagte Kurda.

»Ehrenwort?«

Kurda nickte. »Ehrenwort.«

Gavner stieß zischend die Luft durch die Zähne und musterte mich im Dämmerlicht kritisch. »Ach übrigens – wie geht's dir so?«

»Ganz gut«, log ich.

»Aussehen tust du, als ob du jeden Moment umkippst«, meinte er zweifelnd.

»Das täuscht«, schwindelte ich. Dann fragte ich ihn, wie er uns gefunden habe.

»Ich wollte mit Kurda reden«, erzählte er. »Ich hoffte, wir könnten gemeinsam einen Ausweg aus dieser verfahrenen Situation finden. Sein Kartenschrank stand offen. Zuerst dachte ich mir nichts dabei, aber als ich dann in deine Schlafkammer kam und Harkat allein vorfand, konnte ich mir zusammenreimen, was passiert war.«

»Aber woher wusstest du, welchen Weg wir eingeschlagen haben?«, wunderte sich Kurda.

Gavner deutete auf den Boden. »Darren hinterlässt die ganze

Zeit Blutspuren. Und zwar so unübersehbar, dass jeder Dummkopf euch gefunden hätte.«
Kurda schloss die Augen und schnitt eine Grimasse. »Bei Charnas Eingeweiden! Geheimnistuerei war noch nie meine Stärke.«
»Allerdings!«, schnaubte der Ältere verächtlich. »Wenn wir die Sache zu einem guten Ende bringen wollen, sollten wir schleunigst aufbrechen. Sobald die anderen nämlich herausfinden, dass Darren geflohen ist, ist uns in null Komma nichts ein Trupp Fährtensucher auf den Fersen, und die brauchen nicht lange, bis sie hier sind. Unsere einzige Chance ist, Darren so schnell wie möglich ins Freie zu schaffen und zu hoffen, dass die Sonne die Verfolger abschreckt.«
»Genau das wollte ich auch gerade vorschlagen«, sagte Kurda und setzte sich in Bewegung. Ich folgte ihm, so schnell ich eben konnte, und der schnaufende Gavner bildete das Schlusslicht.
An der nächsten Kreuzung wandte sich Kurda nach links. Ich wollte gerade hinterher, da hielt mich Gavner am Arm zurück und musterte prüfend den Tunneleingang zu unserer Rechten. Als Kurda merkte, dass wir nicht mehr hinter ihm waren, machte er Halt und drehte sich nach uns um. »Wo bleibt ihr denn?«, fragte er unwirsch.
»In diesem Teil des Berges bin ich schon einmal gewesen«, sagte Gavner. »Und zwar während meiner eigenen Prüfungen. Ich wurde ausgeschickt, um einen versteckten Edelstein zu finden.«
»Tatsächlich?«
»Ich kenne den Weg nach draußen«, fuhr der bullige Vampir fort. »Ich weiß, wo der nächste Ausgang ist.«
»Ich auch«, entgegnete der Jüngere spitz. »Nämlich hier lang.«

Gavner schüttelte den Kopf. »Das ist *eine* Möglichkeit. Aber wenn wir nach rechts abbiegen, sind wir schneller da.«
»Nein!«, blaffte Kurda. »Diese Flucht war meine Idee. Ich bin dafür verantwortlich, dass sie gelingt. Wir können es uns nicht leisten, uns zu verlaufen. Wenn du dich irrst, verlieren wir kostbare Zeit. Mein Weg ist auf jeden Fall richtig.«
»Meiner auch«, beharrte Gavner, und bevor Kurda widersprechen konnte, bückte er sich und zerrte mich mit sich in den rechten Gang. Kurda stieß einen Fluch aus und rief uns zurück, aber da Gavner einfach weiterging, musste er wohl oder übel hinter uns herlaufen.
»Das ist doch totaler Quatsch«, keuchte Kurda, als er uns eingeholt hatte. Er versuchte, sich an mir vorbei zu Gavner durchzudrängen, aber der Tunnel war zu eng. »Warum halten wir uns nicht an meine Karte? In dieser Richtung gibt es nichts als Sackgassen.«
»Stimmt nicht«, hielt Gavner dagegen. »Hier entlang sparen wir mindestens vierzig Minuten.«
»Aber wenn ...«
»Schluss jetzt«, unterbrach ihn der stämmige Vampir barsch. »Je länger wir diskutieren, desto langsamer kommen wir voran.«
Kurda brummte etwas Unverständliches, protestierte aber nicht mehr. Trotzdem war ihm deutlich anzumerken, dass er ganz und gar nicht einverstanden war.
Wir betraten einen schmalen Gang, der unter einem der unterirdischen Flüsse verlief. Das Rauschen des Wassers klang so nah, dass ich befürchtete, die Decke könnte jeden Moment einstürzen und der Tunnel würde überflutet. Es war so laut, dass ich nichts anderes hören konnte, außerdem war es stockdunkel, so dass man die Hand vor Augen nicht sah. Ich kam mir vor, als sei ich ganz allein auf der Welt.

Umso erleichterter war ich, als am Ende des Ganges ein schwaches Licht zu sehen war, und beschleunigte sofort mein Tempo. Auch die beiden Vampire schritten schneller aus, woraus ich schloss, dass auch sie froh waren, diesen Tunnel zu verlassen.

Während Gavner und ich uns noch den Staub und Schmutz von den Tunnelwänden aus den Kleidern klopften, überholte uns Kurda und setzte sich wieder an die Spitze. Wir befanden uns in einer kleinen Höhle, von der insgesamt drei Gänge abzweigten. Kurda ging zu der ganz links gelegenen Öffnung. »Wir nehmen diesen«, sagte er in bestimmtem Ton, um klarzustellen, dass er immer noch der Anführer war.

Gavner grinste. »Ganz meiner Meinung.«

»Dann kommt«, befahl Kurda verärgert.

»Was ist los mit dir?«, fragte Gavner. »Du benimmst dich ziemlich seltsam.«

»Unsinn!«, verwahrte sich der junge Obervampir, doch dann verzog er den Mund zu einem ziemlich kläglichen Lächeln. »Tut mir Leid. Es ist wegen dem Gang vorhin, der unter dem Fluss entlangführt. Deshalb wollte ich einen anderen Weg nehmen ...«

»Hattest du etwa Angst, dass die Decke einkracht?«, prustete Gavner.

»Ja«, gestand Kurda verlegen.

»Ich hatte auch Angst«, nickte ich. »Hoffentlich kommen nicht noch mehr solche Gänge.«

»Feiglinge«, kicherte Gavner. Immer noch lächelnd, schloss er zu Kurda auf, blieb aber plötzlich stehen und legte den Kopf schief.

»Ist was?«, fragte ich.

»Ich dachte, ich hätte etwas gehört.«

»Was denn?«

»Es klang wie ein Husten. Es kam aus dem rechten Tunnel.« Ich erschrak. »Ein Suchtrupp?«
Gavner runzelte die Stirn. »Unwahrscheinlich. Ein Suchtrupp müsste von hinten kommen.«
»Was ist denn jetzt schon wieder?«, fragte Kurda gereizt.
»Gavner hat etwas gehört«, erklärte ich, denn der gedrungene Vampir war schon zur Mündung des betreffenden Ganges geschlichen und lauschte gespannt.
»Das ist nur der Fluss«, winkte Kurda ab. »Wir haben jetzt keine Zeit, um …«
Aber es war schon zu spät. Gavner war verschwunden. Kurda hastete zu mir herüber und spähte in den finsteren Tunnel. »Dann gehen wir eben ohne ihn weiter«, brummelte er. »Er hält uns sowieso nur auf.«
»Aber wenn nun wirklich jemand da drin ist?«, wandte ich ein.
»Außer uns ist hier unten niemand«, schnaubte Kurda. »Lass uns ohne diesen Trottel weitergehen. Er kommt schon von alleine nach.«
»Nein«, sagte ich fest. »Ich warte hier.«
Kurda verdrehte genervt die Augen, blieb jedoch neben mir stehen. Gavner verweilte nur ein paar Minuten in dem Tunnel, aber als er wieder herauskam, schien er um Jahre gealtert. Seine Knie zitterten wie Espenlaub, und er ließ sich unmittelbar hinter dem Tunneleingang auf den Boden sinken.
»Stimmt was nicht?«, erkundigte ich mich besorgt.
Er schüttelte nur stumm den Kopf.
»Hast du etwas Verdächtiges entdeckt?«, fragte Kurda.
»Da … da …« Gavner räusperte sich. »Seht selbst nach«, flüsterte er dann heiser. »Aber seid vorsichtig, damit euch niemand sieht.«

»Wer könnte uns denn sehen?«, hakte ich nach, doch ich bekam keine Antwort.
Neugierig machte ich ein paar Schritte in die Dunkelheit hinein. Kurda hielt sich dicht hinter mir. Der Gang war nicht besonders lang, und als ich mich seinem Ende näherte, bemerkte ich in der sich anschließenden Höhle Fackelschein. Sofort ließ ich mich auf den Bauch fallen und robbte geräuschlos weiter, bis ich die ganze Höhle überblicken konnte.
Was ich sah, ließ mir das Blut in den Adern gefrieren.
Die Höhle war von etwa zwanzig bis dreißig Gestalten bevölkert. Manche von ihnen hockten einfach nur herum, andere lagen auf Matratzen, einige spielten Karten. Ein ungeübtes Auge hätte sie aus dieser Entfernung leicht für Menschen oder Vampire halten können, aber als Halbvampir hatte ich wahre Adleraugen, und außerdem war mir ihr Anblick nur zu vertraut. Der Fackelschein zuckte über die dunkelroten Gesichter mit dem rötlichen Haar und den roten Augen, und ich erkannte sie sofort: unsere Todfeinde – die Vampyre!

19 Kurda und ich krochen langsam rückwärts, bis wir wieder bei Gavner in der kleinen Höhle ankamen. Wir setzten uns neben ihn, und lange sprach niemand ein Wort.
Schließlich sagte Gavner in zerstreutem, fast gleichgültigem Ton: »Ich habe vierunddreißig gezählt.«
»Als wir nachgesehen haben, waren es fünfunddreißig«, erwiderte Kurda.
»Dahinter sind noch zwei genauso große Höhlen«, informierte uns Gavner. »Vielleicht halten sich dort noch mehr von ihnen auf.«

»Was können sie hier bloß wollen?«, fragte ich im Flüsterton.

Die beiden Vampire wandten sich nach mir um.

»Na, was meinst du wohl?«, fragte Gavner zurück.

Nervös fuhr ich mir mit der Zunge über die Lippen. »Uns überfallen?«, rief ich.

»Volltreffer«, knurrte Gavner grimmig.

»Es könnte auch andere Gründe haben«, widersprach Kurda. »Vielleicht wollen sie bloß mit uns verhandeln.«

»Das glaubst du doch nicht im Ernst!«, schnaubte Gavner.

»Nein«, gab Kurda zu. »Eigentlich nicht.«

»Wir müssen die anderen Vampire warnen«, sagte ich. Der angehende Fürst nickte. »Aber was wird aus dir? Einer von uns könnte dich ins Freie bringen, wenn du …«

»Vergessen Sie's«, fiel ich ihm ins Wort. »Unter diesen Umständen kann ich nicht einfach abhauen.«

»Dann wollen wir mal«, ächzte Kurda, stand auf und ging auf den Tunnel zu, der unter dem Fluss entlangführte. »Je eher wir den anderen davon erzählen, desto eher können wir zurückkommen und …« Er wollte sich gerade bücken, um den Tunnel zu betreten, da blieb er abrupt stehen und trat rasch einen Schritt zur Seite. Er gab uns ein Zeichen, zu bleiben, wo wir waren, lugte vorsichtig in den Gang und eilte zu uns zurück. »Da ist jemand!«, zischte er.

»Vampire oder Vampyre?«, fragte Gavner leise.

»Zu dunkel. Sollen wir abwarten, bis sie näher kommen?«

»Nein«, entschied Gavner. »Wir verschwinden lieber.« Er musterte die drei Tunneleingänge. »Wir könnten den Mittelgang zurück zu den Hallen nehmen«, überlegte er, »aber das würde zu lange dauern. Wenn die Vampyre Darrens Blutspuren entdecken und uns verfolgen …«

»Dann nehmen wir eben den linken Tunnel«, meinte Kurda.

»Der führt aber nicht aus dem Berg heraus«, gab Gavner zu bedenken.

»Nach meiner Karte schon«, widersprach der Jüngere. »Es gibt einen kleinen Verbindungstunnel, den man leicht übersehen kann. Ich habe ihn selbst nur durch Zufall entdeckt.«

»Bist du dir wirklich ganz sicher?«, vergewisserte sich Gavner noch einmal.

»Karten lügen nicht.«

»Also, auf geht's«, kommandierte Gavner, und wir marschierten los.

Obwohl wir im Laufschritt voranhasteten, vergaß ich meine Schmerzen völlig. Ich hatte schließlich gar keine Zeit, mich mit mir selbst zu beschäftigen. Der gesamte Vampirclan schwebte in größter Gefahr, und ich hatte nur einen einzigen Gedanken: so schnell wie möglich zur Fürstenhalle zurückzukehren und die anderen zu warnen.

Aber als wir die von Kurda versprochene Abkürzung erreichten, standen wir vor einer Sackgasse. Bestürzt starrten wir auf den Haufen Geröll, der uns den Weg versperrte. Kurda fluchte und trat wütend mit dem Fuß gegen die Gesteinsbrocken.

»Tut mir echt Leid«, entschuldigte er sich zerknirscht.

»Ist ja nicht deine Schuld«, beschwichtigte Gavner. »Du konntest nicht wissen, dass die Decke eingestürzt ist.«

»In welche Richtung sollen wir jetzt gehen?«, fragte ich.

»Zurück zur Höhle?«, schlug Gavner vor.

Kurda schüttelte den Kopf. »Falls sie uns bemerkt haben, kommen sie von dort. Es gibt noch einen anderen Gang. Er führt in dieselbe Richtung und mündet in die Tunnel, die zu den Hallen führen.«

»Was stehen wir dann noch hier herum?«, sagte Gavner.

Beim Laufen sprachen wir nur das Nötigste miteinander und blieben immer wieder stehen und horchten, um festzustellen,

ob uns die Vampyre bereits auf den Fersen waren. Wir hörten nichts, aber das bedeutete noch lange nicht, dass wir nicht verfolgt wurden – wenn sie sich Mühe geben, können sich Vampyre genauso lautlos fortbewegen wie Vampire.
Nach einer Weile machte Kurda Halt und winkte uns heran. »Wir befinden uns jetzt direkt hinter der Höhle, in der sich die Vampyre aufhalten«, raunte er. »Bewegt euch leise und vorsichtig. Wenn sie uns entdecken – kämpft um euer Leben und dann rennt wie der Teufel!«
»Wartet«, sagte ich. »Falls es tatsächlich zum Kampf kommt, habe ich keine Waffe.«
»Ich habe nur das eine Messer«, bedauerte Kurda. »Gavner?«
»Ich habe zwei, aber ich brauche beide.«
»Und womit soll ich mich dann verteidigen?«, sagte ich beleidigt. »Etwa mit Mundgeruch?«
Gavner musste grinsen. »Nimm's mir nicht übel, Darren, aber wenn Kurda und ich die Vampyre nicht in die Flucht schlagen können, wird es dir erst recht nicht gelingen. Wenn wir wirklich in Schwierigkeiten geraten, schnappst du dir Kurdas Karten und flitzt zu den Hallen zurück, während wir die Angreifer in ein Gefecht verwickeln.«
»Das kann ich doch nicht machen«, japste ich empört.
»Du tust gefälligst, was ich dir sage«, befahl Gavner in einem Ton, der keinen Widerspruch duldete.
Noch geräuschloser als zuvor schlichen wir weiter. Aus der Höhle drangen gedämpfte Stimmen und leises Gelächter an unser Ohr.
Wäre ich allein unterwegs gewesen, wäre ich vielleicht voller Panik losgerannt, aber Kurda und Gavner waren da abgebrühter, und ihre Gelassenheit beruhigte mich wenigstens insoweit, dass ich nicht völlig durchdrehte.

Das Glück wandte sich erst gegen uns, als wir in einen langen Gang einbogen und plötzlich einen einzelnen Vampyr auf uns zuschlendern sahen, der den Kopf gesenkt hielt, weil er an seinem Gürtel herumfingerte. Wir erstarrten vor Schreck. Der Näherkommende blickte auf, erkannte sofort, dass wir keine Vampyre waren, und riss den Mund auf, um einen Warnschrei auszustoßen.

Gavner stürzte sich mit blitzenden Messern auf ihn. Das eine rammte er dem Vampyr tief in den Bauch, mit dem anderen schnitt er ihm die Kehle durch, bevor er auch nur einen Ton von sich geben konnte.

Das war gerade noch einmal gut gegangen, und wir waren so erleichtert, als Gavner die Leiche auf den Boden gleiten ließ, dass wir einander unwillkürlich zulächelten. Aber als wir eben über den Toten steigen und weitergehen wollten, tauchte am Ende des Tunnels ein zweiter Vampyr auf, erblickte uns und schlug mit einem markerschütternden Schrei Alarm.

»Das wär's dann wohl«, brummte Gavner resigniert, als immer mehr Vampyre in den Tunnel strömten und auf uns zuliefen.

Er stellte sich breitbeinig in die Mitte des Ganges, musterte prüfend die Wände zu beiden Seiten und sagte über die Schulter nach hinten: »Verschwindet, ihr beiden. Ich halte sie so lange auf wie möglich.«

»Ich kann dich doch nicht hier allein lassen«, protestierte Kurda.

»Hau schon ab, du Pfeife«, schnauzte ihn Gavner an. »Der Gang ist nicht sehr breit. Eine Person kann sie ebenso gut aufhalten wie zwei. Klemm dir Darren unter den Arm und lauf zu den Hallen zurück, so schnell du kannst.«

»Aber ...«, setzte Kurda wieder an.

»Wenn du noch länger dummes Zeug quasselst, verschenkst du unsere letzte Chance!«, brüllte Gavner, stach mit dem

Messer nach dem vordersten Vampyr und scheuchte ihn zurück. »Schaff den Toten hinter mir ein Stück beiseite, damit ich nicht über ihn stolpere – und dann verdufte gefälligst!«
Kurda nickte bekümmert. »Glück zu, Gavner Purl«, sagte er.
»Glück zu«, erwiderte Gavner kurz angebunden und wehrte den nächsten Angreifer ab.
Wir zerrten den Toten an die Wand und liefen zum Eingang des Tunnels zurück. Dort blieb Kurda noch einmal stehen und sah sich nach Gavner um. In jeder Hand ein Messer, hieb und hackte der gedrungene Vampir auf die Angreifer ein. Noch gelang es ihm, sie auf Armeslänge von sich fern zu halten, aber es war nur eine Sache von Minuten, bis sie ihn überwältigen, entwaffnen und umbringen würden.
Kurda wandte sich ab und setzte sich wieder in Bewegung, blieb jedoch noch einmal stehen und zog eine Karte aus der Tasche. »Erinnerst du dich noch an die alte Bestattungshalle, die wir neulich besichtigt haben?«, fragte er. »Die Halle der Letzten Reise?«
Ich nickte.
»Findest du von dort aus den Rückweg zu den anderen Hallen?«
»Glaub schon.«
Kurda steckte die Karte wieder ein und wies auf das Ende des Ganges. »Geh dort entlang bis zur nächsten Kreuzung«, befahl er. »Danach rechts, wieder rechts und viermal links. Dann erreichst du die Halle. Dort wartest du einen Moment, ob einer von uns nachkommt. Ruh dich aus und befestige deine Verbände wieder richtig, damit du keine Blutspuren mehr hinterlässt. Dann lauf weiter.«
»Was haben Sie vor?«, fragte ich.
»Ich helfe Gavner.«

»Aber er hat doch gesagt ...«
»Ich weiß, was er gesagt hat!«, schnitt mir Kurda barsch das Wort ab. »Aber es ist mir egal. Zu zweit können wir sie länger aufhalten.«
Der junge Fürstenanwärter drückte mir kurz die Schulter. »Glück zu, Darren Shan«, sagte er feierlich.
»Glück zu«, erwiderte ich kläglich.
»Sieh dich nicht um. Lauf einfach weiter.«
»Mach ich«, versicherte ich und setzte mich in Trab.
Erst an der zweiten Abzweigung nach rechts blieb ich stehen. Ich wusste, dass es vernünftiger gewesen wäre, Kurdas Anweisung zu befolgen und die anderen Vampire zu warnen, aber ich konnte meine Freunde nicht einfach so ihrem Schicksal überlassen. Ich war schließlich der Auslöser für alle ihre Schwierigkeiten. Sie riskierten ihr Leben, damit ich mit heiler Haut davonkam. Natürlich musste jemand die anderen Vampire benachrichtigen, aber warum ausgerechnet ich? Ich brauchte Kurda nur weiszumachen, dass ich seine Wegbeschreibung vergessen hatte. Dann musste er selbst gehen, und ich konnte bei Gavner bleiben und ihn unterstützen.
Ich lief zu dem Tunnel zurück, in dem der Kampf noch immer tobte. Als ich näher kam, sah ich, dass Gavner die Angreifer immer noch allein in Schach hielt. Kurda wollte sich vordrängen, aber Gavner machte ihm keinen Platz. Die beiden zankten sich lautstark. »Ich hab dir doch gesagt, du sollst verduften!«, brüllte der stämmige Vampir aufgebracht.
»Und ich habe dir gesagt, das kommt überhaupt nicht in Frage!«, gellte Kurda zurück.
»Wo ist Darren?«
»Ich habe ihm den Rückweg beschrieben.«
»Du bist wirklich ein Schwachkopf, Kurda.«

»Ich weiß«, lachte der Jüngere. »Lässt du mich jetzt endlich mitmachen, oder muss ich zuerst dir eins verpassen, bevor ich es den Vampyren heimzahlen kann?«

Gavner wehrte einen Vampyr ab, der ein dunkelrotes Muttermal auf der linken Wange hatte, und trat dann ein paar Schritte zurück. »Okay«, grunzte er. »Wenn sie mir das nächste Mal eine kleine Verschnaufpause gönnen, kannst du meinetwegen an meine rechte Seite kommen. Wir dürfen sie nicht vorbeilassen.«

»Das ist ein Angebot«, erwiderte Kurda zustimmend und wartete auf Gavners Zeichen.

Ich schlich mich lautlos an, denn ich wollte die beiden nicht ansprechen und womöglich ablenken. Ich war schon ganz dicht hinter ihnen, da wichen die Vampyre ein Stück zurück und Gavner brüllte: »Jetzt!«

Er trat ein Stück nach links, und Kurda zwängte sich in die Lücke zwischen seinem Mitstreiter und der Tunnelwand. Ich begriff, dass es jetzt zu spät war, Kurdas Platz einzunehmen. Deshalb warf ich einen letzten Blick auf die Kämpfenden und wollte widerstrebend den Rückzug antreten. Doch da geschah etwas so Verrücktes, dass ich mitten in der Bewegung innehielt und wie angewurzelt stehen blieb.

Als sich Kurda neben Gavner schob, riss er im selben Augenblick den Arm hoch und holte mit dem Messer weit aus. Die Klinge drang bis zum Heft in den Leib seines Opfers und hinterließ eine tödliche Wunde. Ein wunderbarer Treffer – hätte Kurda auf einen Vampyr gezielt. Aber der Hieb galt nicht etwa einem der rotgesichtigen Angreifer. Kurdas Klinge stak in den Eingeweiden von Gavner Purl!

20 Zuerst begriff ich nicht, was passiert war. Gavner selbst auch nicht. Er torkelte gegen die Wand und starrte verblüfft auf den Knauf, der aus seinem dicken Bauch ragte. Dann ließ er seine eigenen Messer fallen, packte den Knauf und versuchte, die Waffe herauszuziehen, aber seine Hände versagten ihm den Dienst, und er sackte hilflos auf dem Boden zusammen.

So entgeistert Gavner und ich auch waren, die Vampyre schien der Vorfall nicht im Mindesten zu überraschen. Sie stellten ihren Angriff ein, und die hintersten gingen sogar in die Höhle zurück. Der Große mit dem roten Muttermal spazierte gemächlich zu Kurda hinüber und betrachtete zusammen mit ihm den sterbenden Vampir. »Einen Moment lang dachte ich schon, du wolltest ihn wirklich verteidigen«, meinte der Vampyr.

»Nein«, entgegnete Kurda. Es klang traurig. »Ich hätte ihn lieber k. o. geschlagen und irgendwo gefesselt liegen gelassen, aber die anderen hätten seine mentalen Signale empfangen können. Weiter vorn ist noch ein Junge, ein Halbvampir. Er ist verletzt – es wird nicht schwer sein, ihn einzufangen. Aber lasst ihn am Leben. Er kann sich sowieso nicht mental verständigen.«

»Meinst du etwa den Burschen da hinter dir?«, fragte der Vampyr.

Kurda fuhr herum und schnappte nach Luft. »Darren! Wie lange stehst du schon hier? Was hast du ...«

Gavner röchelte. Dieser Laut rüttelte mich endlich auf. Ohne mich um Kurda und den Vampyr zu kümmern, lief ich zu meinem sterbenden Freund und kniete mich neben ihn. Seine Augen waren weit aufgerissen, aber er schien mich nicht zu sehen. »Gavner?«, fragte ich leise und nahm seine Hände, die von dem Versuch, das Messer herauszuziehen, ganz blutver-

schmiert waren. Der untersetzte Vampir hustete schwach, ein Zittern überlief ihn. Ich spürte förmlich, wie das Leben aus ihm wich. Mir strömten die Tränen über die Wangen.
»Ich bin bei Ihnen, Gavner«, flüsterte ich. »Sie sind nicht allein. Ich werde ...«
»Tu-tu-tu«, stammelte er.
»Wie bitte?«, schluchzte ich. »Sprechen Sie ruhig langsam. Sie haben viel Zeit.« Das war eine glatte Lüge.
»Tu-tut mir Leid, wenn mein Schn-Schn-Schnarchen dich auf-aufgeweckt hat«, stieß der Sterbende keuchend hervor. Ich wusste nicht, ob er mit mir sprach oder jemand anderen meinte, doch bevor ich nachfragen konnte, erstarrten seine Züge, und seine Augen erloschen.
Ich presse meine Stirn an seine, schlang die Arme um seinen massigen Leib und heulte laut los. Jetzt hätten mich die Vampyre mühelos überwältigen können, aber die Situation schien ihnen peinlich zu sein, und keiner rührte einen Finger, um mich gefangen zu nehmen. Sie standen einfach um mich herum und warteten darauf, dass ich aufhörte zu weinen.
Als ich den Kopf wieder hob, wagte niemand, mir in die Augen zu sehen. Alle wandten rasch den Blick ab und starrten betreten auf den Boden, Kurda als Erster. »Sie haben ihn umgebracht!«, zischte ich.
Der Vampir schluckte schwer. »Ich hatte keine andere Wahl«, sagte er heiser. »Hätte ich ihm einen ehrenvollen Tod im Kampf gegen die Vampyre gegönnt, wärst du vielleicht in der Zwischenzeit entkommen.«
»Sie haben die ganze Zeit gewusst, dass die Vampyre in den Berg eingedrungen sind«, flüsterte ich fassungslos.
Kurda nickte. »Das war der wahre Grund, weshalb ich den Tunnel unter dem Fluss vermeiden wollte. Hätten wir den

Weg genommen, den ich vorgeschlagen hatte, wäre das alles nicht passiert.«
»Sie stecken mit ihnen unter einer Decke!«, rief ich empört. »Sie sind ein Verräter!«
»Das verstehst du nicht«, seufzte er. »Es sieht vielleicht so aus, aber es ist nicht so einfach, wie du glaubst. Ich versuche, unsere Sippe zu retten, nicht sie auszurotten. Es gibt da einiges, was du nicht weißt ... was kein Vampir weiß. Gavners Tod ist bedauerlich, aber wenn ich es richtig erklä...«
»Zum Kuckuck mit Ihren Erklärungen!«, brüllte ich außer mir. »Sie sind ein Verräter und ein Mörder obendrein! Ich hasse Sie!«
»Ich habe dir das Leben gerettet«, erinnerte mich Kurda leise.
»Und Gavner hat den Preis dafür bezahlt«, schluchzte ich.
»Warum haben Sie das getan? Er war Ihr Freund. Er ...« Ich schüttelte den Kopf und riss mich zusammen, bevor Kurda antworten konnte. »Ist ja auch egal. Ich will es gar nicht wissen.« Ich bückte mich, hob eins von Gavners Messern auf und schwenkte es drohend. Sofort griffen die Vampyre zu den Waffen und traten auf mich zu.
»Nein!«, rief Kurda schrill und stellte sich schützend vor mich. »Ich habe euch doch erklärt, dass ich ihn lebendig brauche.«
»Er hat ein Messer«, knurrte der Große mit dem Muttermal. »Sollen wir uns etwa die Finger abhacken lassen, wenn wir es ihm abnehmen?«
»Keine Sorge, Glalda«, besänftigte ihn Kurda. »Ich habe alles unter Kontrolle.« Er ließ sein eigenes Messer fallen und ging langsam mit ausgebreiteten Händen auf mich zu.
»Halt!«, gellte ich. »Kommen Sie bloß nicht näher!«
»Ich bin unbewaffnet.«
»Na und? Ich bringe Sie trotzdem um. Sie haben es verdient.«

»Schon möglich«, nickte Kurda, »aber ich glaube nicht, dass du einen Unbewaffneten tötest, ganz egal, was er deiner Meinung nach verbrochen hat. Sollte sich irgendwann herausstellen, dass ich tatsächlich einen Fehler gemacht habe, trage ich selbstverständlich die Konsequenzen. Aber das glaube ich nicht.«

Ich holte mit dem Messer aus und wollte zustechen, doch dann ließ ich die Hand wieder sinken. Er hatte mich richtig eingeschätzt. Obwohl er Gavner kaltblütig ermordet hatte, konnte ich mich nicht überwinden, das Gleiche zu tun. »Ich hasse Sie!«, schrie ich noch einmal und schleuderte das Messer ohne hinzusehen in seine Richtung. Als er sich instinktiv duckte, wirbelte ich herum und rannte den Tunnel wieder zurück, bog nach rechts ab und floh.

Ich hörte noch, wie Kurda den Vampyren nachrief, mir nichts zu tun. Ich sei verletzt und würde sowieso nicht weit kommen. Ein Vampyr antwortete, er werde mir mit ein paar Kameraden den Weg abschneiden und die Tunneleingänge zu den Hallen versperren. Ein anderer wollte wissen, ob ich noch weitere Waffen bei mir trug.

Dann war ich außer Hörweite. Blindlings hastete ich durch die Dunkelheit und weinte hemmungslos um meinen toten Freund – den armen, tapferen Gavner Purl!

21 Mit meiner Verfolgung hatten es die Vampyre nicht besonders eilig. Sie wussten genau, dass ich ihnen nicht entkommen konnte. Ich war in schlechter körperlicher Verfassung und außerdem völlig überanstrengt. Sie brauchten nur in meiner Nähe zu bleiben und mich langsam einzukreisen. Auf meiner wilden Flucht durch das Tunnellabyrinth

orientierte ich mich am immer lauter werdenden Brausen des Flusses, bis ich schließlich merkte, dass ich unwillkürlich den Weg zur alten Bestattungshalle eingeschlagen hatte. Einen Moment lang erwog ich, die Richtung zu ändern, um Kurda auszutricksen, aber so hätte ich mich bloß verirrt und erst recht nicht zu den Hallen zurückgefunden. Meine einzige Chance bestand darin, mich an mir bekannte Gänge zu halten und zu hoffen, dass ich einen davon blockieren konnte, indem ich ihn hinter mir zum Einsturz brachte.
Keuchend stürmte ich in das Gewölbe namens »Halle der Letzten Reise« und ließ mich auf den Boden sinken, um wieder zu Atem zu kommen. Hinter mir hörte ich bereits das Getrampel der Vampyre. Es klang beunruhigend nah. Eigentlich hatte ich eine Pause dringend nötig, aber daran war jetzt nicht zu denken. Deshalb erhob ich mich mühsam und sah mich nach dem Ausgang um.
Zuerst kam mir der Raum gänzlich unbekannt vor, und ich glaubte schon, versehentlich in der falschen Höhle gelandet zu sein. Dann merkte ich, dass ich lediglich auf der anderen Flussseite stand. Als ich zum Wasser hinunterging und zum gegenüberliegenden Ufer hinüberspähte, entdeckte ich auch den Tunnel, der zu den Hallen führte. Aber ich sah noch etwas: Ein bleiches, zerlumptes Geschöpf mit weißen Augen hockte an der Wand auf einem Stein – ein Hüter des Blutes!
»Hilfe!«, schrie ich, woraufhin der dürre Mann erschrocken in die Höhe fuhr und in meine Richtung blinzelte. »Vampyre!«, krächzte ich rau. »Sie sind in den Berg eingedrungen! Benachrichtigen Sie sofort die Fürsten!«
Die Augen des Hüters wurden schmal. Er schüttelte den Kopf und sagte etwas Unverständliches. Ich öffnete den Mund und wollte meine Warnung wiederholen, da machte er mir mit der Hand ein Zeichen, schüttelte noch einmal den

Kopf und verschwand in dem dunklen Tunnel, der von der Höhle abging.

Ich stieß ein paar kräftige Flüche aus – offenbar waren die Hüter des Blutes ebenfalls heimliche Verbündete der Vampyre! – dann betrachtete ich schaudernd das schwarze Wasser zu meinen Füßen. Der Fluss war nicht sehr breit. Normalerweise wäre es für mich ein Leichtes gewesen hinüberzuspringen. Leider war meine Verfassung alles andere als normal. Ich war todmüde, von Schmerzen gepeinigt und verzweifelt. Am liebsten hätte ich mich auf den Boden gelegt und auf meine Verfolger gewartet. Alles kam mir so sinnlos vor. Sie würden mich sowieso schnappen, ganz gleich, was ich unternahm. War es da nicht besser, einfach aufzugeben?

»Nein!«, rief ich laut. Die Vampyre und der verräterische Kurda hatten bereits Gavner auf dem Gewissen, und sie würden die übrigen Vampire, darunter auch Mr. Crepsley, ebenfalls töten, wenn ich die Hallen nicht rechtzeitig erreichte und sie warnte. Ich durfte jetzt nicht schlappmachen. Ich trat ein paar Schritte zurück und schätzte die Breite des Stromes ab. Über die Schulter sah ich schon die ersten Vampyre in die Höhle stürmen. Ich machte noch ein paar Schritte rückwärts, nahm Anlauf und sprang.

Im gleichen Augenblick wusste ich, dass ich es nicht schaffen würde. Entweder hatte ich nicht ausreichend Anlauf genommen oder mich nicht kräftig genug abgestoßen. Ich ruderte mit den Armen, aber bis zur Uferkante fehlte fast ein ganzer Meter, und ich plumpste wie ein Stein in das eiskalte Wasser.

Sofort riss mich die Strömung mit. Als ich wieder an die Oberfläche kam, war ich schon fast an der Öffnung des Tunnels angelangt, durch den der Fluss aus der Höhle hinaus- und unterirdisch weiterströmte. Entsetzt warf ich die Arme

hoch und bekam einen überhängenden Felsen zu fassen. Mit letzter Kraft krallte ich mich fest und kämpfte gegen die Strömung an, bis ich schließlich mit dem Oberkörper auf dem Felsen lag und mich an ein paar Unkrautbüschel klammerte. Meine Lage war noch immer riskant, aber ich hätte es vielleicht geschafft, mich endgültig in Sicherheit zu bringen – wäre da nicht das Dutzend Vampyre gewesen. Sie hatten den Fluss überquert und sahen mir mit vor der Brust verschränkten Armen gelassen zu. Einer von ihnen zündete sich sogar eine Zigarette an und schnippte das brennende Streichholz in meine Richtung. Zum Glück verfehlte es mein Gesicht, fiel ins Wasser und verschwand mit beängstigender Geschwindigkeit im Inneren des Berges.
Während ich noch klatschnass und durchgefroren an meinem Felsen hing und mich fragte, was um alles in der Welt ich jetzt machen sollte, drängte sich Kurda durch die Vampyre und kniete sich auf die Uferböschung. Er streckte die Hand aus, um mich aus dem Wasser zu ziehen, doch die Entfernung war zu groß. »Kann einer von euch mich an den Knöcheln festhalten und langsam herunterlassen?«, wandte er sich Hilfe suchend an seine Spießgesellen.
»Wozu?«, gab der Vampyr, der offenbar Glalda hieß, zurück. »Lass ihn doch ersaufen. Ist doch viel einfacher.«
»Nein«, widersprach Kurda verärgert. »Sein Tod nützt uns nichts. Im Gegenteil – er ist jung und neuen Ideen gegenüber aufgeschlossener als die meisten Vampire. Wir brauchen Leute wie ihn, wenn wir …«
»Schon gut, schon gut«, brummte Glalda genervt und gab zwei Untergebenen ein Zeichen, Kurda an den Beinen zu fassen und zu mir herunterzulassen.
Ich starrte erst auf Kurdas Hände, die sich mir entgegenstreckten, dann in sein Gesicht, das nur wenige Zentimeter

von meinem entfernt war. »Sie haben Gavner ermordet«, fauchte ich wütend.

»Darüber können wir uns später unterhalten«, sagte er beschwichtigend und versuchte, meine Handgelenke zu erwischen. Ich zog die Hände weg und spuckte nach seinen Fingern, obwohl ich dabei fast den Halt verloren hätte. Die Vorstellung, dass er mich anfasste, war mir unerträglich. »Warum haben Sie das bloß getan?«, jammerte ich.

Kurda schüttelte den Kopf. »Das führt jetzt zu weit. Nun gib mir endlich die Hand, ich erkläre es dir später. Wenn du erst trocken und ausgeruht bist und etwas gegessen hast, setzen wir uns in Ruhe zusammen und …«

»Rühren Sie mich nicht an!«, kreischte ich, als er erneut die Hand nach mir ausstreckte.

»Sei kein Dummkopf«, redete er mir gut zu. »Es ist jetzt nicht der richtige Augenblick, bockig zu sein. Nimm endlich meine Hand und lass dich ans Ufer ziehen. Niemand tut dir was, versprochen.«

»Auf Ihre Versprechungen pfeife ich«, schnaubte ich. »Die sind doch nur heiße Luft. Sie sind ein Lügner und Verräter. Ihnen würde ich nicht mal glauben, dass die Erde rund ist.«

»Glaub von mir aus, was du willst«, entgegnete er gereizt, »aber ich bin nun mal der Einzige, der dich in diesem Moment noch von einem nassen Grab trennt. Du kannst es dir nicht leisten, wählerisch zu sein. Nimm jetzt endlich meine Hand und hör auf, dich wie ein trotziges Kleinkind zu benehmen.«

»Klar, dass Sie das nicht nachvollziehen können«, sagte ich angewidert. »Für Sie sind Ehrgefühl und Kameradschaft doch nur leere Worte. Lieber sterbe ich, als dass ich mir selbst untreu und so ein Schuft werde wie Sie.«

»Nun sei aber nicht …«, setzte Kurda an, doch bevor er weitersprechen konnte, ließ ich den Felsen los, stieß mich mit

den Füßen ab und ließ mich rückwärts in den Fluss fallen.
»Darren! Nein!«, schrie Kurda und streckte ein letztes Mal vergeblich die Hand nach mir aus. Aber es war zu spät. Seine Finger griffen ins Leere.
Die Strömung trieb mich rasch in die Mitte des Flusses, außerhalb der Reichweite von Kurda und seinen Vampyrkomplizen. Einen Augenblick lang verspürte ich einen sonderbaren Frieden, als die Wellen mich auf und nieder schaukelten. Den Blick fest auf den jungen Vampir gerichtet, lächelte ich flüchtig, legte die Mittelfinger der rechten Hand auf Stirn und Augenlider und vollführte den Todesgruß.
Dann riss mich die Strömung mit ihrem unwiderstehlichen Sog davon, weg von Kurda, hinein in die Finsternis, in den mahlenden, gierigen Schlund des Berges.

Der Fürst der Vampire

Für:
Martha und Bill, die einen hungrigen
Halbvampir durchfütterten

OBEs (Orden der Blutigen Eingeweide)
erhalten diesmal:

Katherine »die Meuchelmörderin« Tyacke
Stella »die Klinge« Paskins

meine herausragenden Herausgeber
Gillie Russell und Zoë Clarke

sowie mein Agent provocateur
Christopher Little

1 Dunkelheit … Kälte … schäumende Wellen … Donnern wie Löwengebrüll … ich wirble herum wie ein Kreisel … schlage gegen Uferfelsen … die Arme schützend vors Gesicht gepresst … die Beine angezogen, um mich so klein wie möglich zu machen.

Ich kriege ein paar Wurzeln zu fassen … klammere mich fest … sie sind glitschig wie Leichenfinger … zwischen Wasseroberfläche und Tunneldecke ist noch Platz … ich schnappe gierig nach Luft … wieder zerrt die Strömung an mir … ich kämpfe dagegen an … die Wurzeln brechen ab … ich werde fortgerissen.

Ich überschlage mich mehrmals … pralle mit dem Kopf gegen einen Felsen … sehe Sternchen … werde beinahe ohnmächtig … versuche, den Kopf über Wasser zu halten … huste und spucke, doch immer wieder dringt mir Wasser in den Mund … es kommt mir vor, als hätte ich inzwischen den halben Fluss geschluckt.

Wieder schleudert mich die Strömung gegen eine Felswand … scharfkantiges Gestein schneidet mir in Beine und Hüften … das eiskalte Wasser betäubt den Schmerz … stoppt die Blutung … plötzlich falle ich … stürze in einen Abgrund … tiefer, immer tiefer … der Wasserschwall drückt mich unter die Oberfläche … ich gerate in Panik … schaffe es nicht, wieder aufzutauchen … ich ertrinke … wenn ich nicht bald wieder an die Oberfläche komme, dann …

Meine Füße berühren festen Grund ... ich stoße mich ab ... steige langsam in die Höhe ... die Strömung ist hier schwächer ... reichlich Platz zwischen Wasseroberfläche und Tunneldecke ... ich lasse mich treiben und atme tief ein und aus ... die kalte Luft sticht in meinen Lungen, doch ich sauge sie dankbar ein.

So wie es sich anhört, ergießt sich der Fluss an dieser Stelle in eine große Höhle. Am gegenüberliegenden Ende tost es wie ein Wasserfall. Aber bevor ich mich dieser Herausforderung stelle, muss ich mich ausruhen und wieder zu Atem kommen. Es ist stockdunkel. Ich trete in der Nähe der Felswand Wasser, als etwas meinen kahlen Kopf berührt. Es fühlt sich an wie Zweige. Erfreut strecke ich die Hand aus, um mich daran festzuhalten, doch es sind gar keine Zweige – es sind Knochen!

Zu erschöpft, um Ekel zu empfinden, greife ich danach wie nach einem Rettungsring. Ich versuche immer noch, gleichmäßig zu atmen, und betaste die Knochen prüfend. Ich fühle ein Handgelenk ... einen Arm ... Körper und Schädel: ein vollständiges Skelett. Früher einmal diente der Fluss dazu, sich verstorbener Vampire zu entledigen. Diese Leiche hier ist offenbar an einem Felsvorsprung hängen geblieben und im Lauf der Zeit bis auf die Knochen verwest. Ich taste suchend umher, doch es scheint das einzige Gerippe zu sein. Wer mag der Tote wohl gewesen sein? Wann hat er gelebt, wie lange sitzt er schon hier fest? Scheußlich, in einer Höhle wie dieser zu enden, ohne ordentliche Bestattung, ohne eine anständige letzte Ruhestätte.

Mit einem kräftigen Ruck ziehe ich an dem Gerippe, um es frei zu bekommen. Plötzlich hallt das Gewölbe von Geflatter und spitzen Schreien wider. Flügel! Dutzende, vielleicht Hunderte Flügelpaare! Etwas prallt gegen mein Gesicht und verhakt

sich an meinem linken Ohr. Es kratzt und zwickt. Entsetzt schreie ich auf, zerre es weg und schlage wild um mich.
Ich kann überhaupt nichts sehen, aber ich spüre, wie ein Schwarm fliegender Geschöpfe um mich herumschwirrt. Wieder flattert eins gegen meinen Kopf. Diesmal bekomme ich es zu fassen und betaste es – eine Fledermaus! Die Höhle wimmelt von Fledermäusen. Wahrscheinlich hausen sie unter der Decke. Als ich das Gerippe schüttelte, habe ich sie aufgescheucht.
Ich beruhige mich wieder. Die Fledermäuse wollen mir nichts tun. Sie haben bloß Angst bekommen, bestimmt ziehen sie sich bald wieder unter die Höhlendecke zurück. Als ich meiner Gefangenen die Freiheit schenke, gesellt sie sich sofort zu ihren aufgeregten Artgenossen. Nach ein paar Minuten ist der Spuk vorbei, und die Fledermäuse kehren auf ihre Plätze zurück. Stille.
Wie kommen sie wohl in die Höhle hinein und wieder ins Freie? Irgendwo in der Felsendecke muss ein Spalt sein. Einen Moment lang gebe ich mich der tröstlichen Vorstellung hin, die Öffnung zu finden und mich hindurchzuzwängen, aber die Taubheit in meinen Fingern und Zehen setzt diesem Wunschtraum ein jähes Ende. Selbst wenn der Durchschlupf ausreichend breit für mich wäre, in meinem Zustand könnte ich niemals an der steilen Höhlenwand emporklettern.
Meine Gedanken kehren wieder zu dem Gerippe zurück. Es widerstrebt mir, es einfach hier zurückzulassen. Erneut ziehe ich daran, diesmal behutsamer. Zuerst rührt sich nichts: Es ist fest verkeilt. Also packe ich fester zu und zerre noch einmal. Diesmal gibt es nach, fällt mir jedoch als Ganzes auf den Kopf und drückt mich unter Wasser. Jetzt verliere ich die Nerven! Nicht zu fassen, wie schwer so ein Knochenhaufen ist. Ich ertrinke! Ich ertrinke! Ich …

Nein! Ganz ruhig! Denk nach, Darren. Ich schlinge die Arme um das Gerippe und wälze mich mühsam herum. Es klappt! Jetzt ist das Gerippe unten, und ich liege oben. Die Luft schmeckt köstlich. Mein hämmernder Puls beruhigt sich. Zwar kreisen ein paar Fledermäuse aufgeschreckt um meinen Kopf, doch die meisten sind offenbar sitzen geblieben.
Ich lasse das Knochenbündel los und dirigiere es mit den Füßen in die Mitte des Sees. Die Strömung ergreift es und schwemmt es fort. Ich trete Wasser, halte mich in der Nähe der Wand und warte, bis das Gerippe einen Vorsprung hat. Dabei gerate ich ins Grübeln: War es wirklich eine gute Idee, das Skelett loszumachen? Klar, ich habe es nur gut gemeint, aber wenn es sich nun weiter vorn wieder an einem Felsen verfängt und mir den Weg versperrt?
Zu spät. Das hätte ich mir vorher überlegen müssen.
Meine Lage ist genauso verzweifelt wie zuvor. Zu glauben, ich könnte lebendig hier rauskommen, ist heller Wahnsinn. Aber ich zwinge mich dazu, positiv zu denken: Immerhin habe ich es bis hierher geschafft, und irgendwo muss der Fluss ja ins Freie führen. Wieso sollte ich das letzte Stück nicht auch noch bewältigen? Nur Mut, Darren, nur Mut.
Am liebsten würde ich einfach hier bleiben und mich so lange am Ufer festhalten, bis ich im eisigen Wasser erfriere, doch ich darf jetzt nicht aufgeben. Widerstrebend löse ich die Finger von der Uferböschung und lasse mich in die Mitte der Wasserfläche treiben. Erneut packt mich die Strömung und reißt mich mit atemberaubender Geschwindigkeit mit. Das Tosen wird ohrenbetäubend … plötzlich geht es steil nach unten … ich falle …

2 Danach wird alles nur noch schlimmer. Verglichen mit dem, was jetzt kommt, war der erste Teil der Unternehmung der reinste Badeausflug. Mir wird ganz übel von den vielen Stromschnellen und Flussbiegungen ... zerklüftete, schroffe Felswände ... schäumende Gischt ... ich bin ein Spielball der Wellen ... ihnen wehrlos ausgeliefert ... keine Zeit zum Luftholen ... gleich platzen meine Lungen ... schützend schlinge ich die Arme um den Kopf ... ziehe die Beine so eng wie möglich unter mich ... muss Sauerstoff sparen ... mein Kopf kracht gegen den Felsen ... mein Rücken ... meine Beine ... mein Bauch ... Rücken ... Kopf ... Schultern ... Kopf ...

Ich gebe es auf, die Zusammenstöße zu zählen ... spüre keine Schmerzen mehr ... meine Augen spielen mir einen Streich ... die Felsdecke über mir scheint durchsichtig zu werden ... ich glaube Himmel, Sterne, den Mond zu sehen ... das ist der Anfang vom Ende ... der Geist verwirrt sich, das Gehirn versagt ... es hat keinen Zweck mehr ... mit mir ist es aus ...

Ich öffne den Mund, will den endgültig letzten Schluck Wasser einatmen ... werde wieder gegen die Wand geschleudert ... mir bleibt die Luft weg ... durch die Wucht des Aufpralls schieße ich empor ... lande in einer Luftblase unter der Tunneldecke ... atme instinktiv gierig ein.

Einen Moment lang werde ich japsend gegen die Wand gedrückt ... dann erfasst mich der Sog erneut und zieht mich in die Tiefe ... in einen engen Tunnel ... in rasendem Tempo ... wie ein Pfeil sause ich durch die Flut ... der Tunnel wird immer schmaler ... mein Rücken schürft an der Wand entlang ... zum Glück ist der Felsen glatt, sonst würde ich zu Brei zermalmt ... es ist fast wie auf einer Wasserrutschbahn ... beinahe genieße ich diesen Abschnitt des Albtraums, in den ich da geraten bin.

Der Tunnel fällt sanfter ab ... der Sauerstoff wird wieder knapp ... ich versuche, den Kopf über Wasser zu heben ... Luft zu schnappen ... schaffe es nicht ... habe keine Kraft mehr zu kämpfen.
Wasser läuft mir in die Nase ... ich huste ... Wasser rinnt mir die Kehle hinunter ... ich gebe auf ... drehe mich mit dem Gesicht nach unten ... das ist das Ende ... meine Lungen füllen sich mit Wasser ... ich kann den Mund nicht mehr schließen ... warte auf den Tod ... urplötzlich ist kein Wasser mehr da ... ich fliege ... (fliege?) ... der Wind pfeift mir um die Ohren ... unter mir ein Tal ... ein gewundener Fluss ... ich schwebe wie ein Vogel oder eine Fledermaus ... der Fluss kommt näher und näher ... halten mich meine Augen schon wieder zum Narren?
Mitten im Flug drehe ich mich auf den Rücken ... über mir ist Himmel ... richtiger Himmel ... mit funkelnden Sternen übersät ... ein prachtvoller Anblick ... ich bin draußen! ... Endlich draußen! ... Ich hab's geschafft! ... Ich kriege wieder Luft! Ich lebe noch! Ich ...
Der Sturzflug ist zu Ende ... hart schlage ich auf dem Wasser auf ... ich zerspringe ... wieder wird alles dunkel, doch diesmal in meinem Kopf.

3 Ganz allmählich komme ich wieder zu mir. Zuerst nehme ich die Geräusche wahr: das Brausen des Wassers, viel leiser als im Bergesinneren, fast melodisch. Zögernd öffne ich die Augen. Ich treibe auf dem Rücken und blicke zu den Sternen empor. Habe ich einfach nur Glück gehabt, oder bin ich doch zäher, als ich dachte? Ich weiß es nicht. Es ist mir auch egal. Hauptsache, ich lebe noch!

Hier ist die Strömung deutlich schwächer. Ich könnte ans Ufer paddeln, aus dem Wasser klettern und zum Vampirberg zurückkehren, dessen Umriss ich ganz in der Nähe ausmache. Aber mein Körper spielt nicht mit. Ich will mich zum Schwimmen auf den Bauch drehen. Vergeblich. Meine Arme und Beine fühlen sich wie leblose Holzklötze an. Zwar bin ich aus dem Berg entkommen, doch der Preis war hoch: Nun bin ich so schwach und hilflos wie ein Kleinkind.

Während mich der Fluss immer weiter vom Berg der Vampire wegträgt, betrachte ich meine Umgebung. Die Landschaft ist unwirtlich und keineswegs Aufsehen erregend, aber nach der Reise durch die Finsternis kommt sie mir wie das Paradies vor. In meiner Verfassung käme mir wohl jede Gegend wie das Paradies vor. Nie wieder wird mir eine Landschaft gleichgültig sein.

Liege ich etwa im Sterben? Schon möglich ... betäubt und entkräftet, dem Fluss auf Gedeih und Verderb ausgeliefert ... Vielleicht bin ich ja längst tot und habe es bloß noch nicht gemerkt. Nein! Ich bin nicht tot. Wasser spritzt mir in die Nase, und ich schnaube: Eindeutig ein Beweis, dass ich noch lebe. Nach allem, was ich durchgemacht habe, werde ich doch jetzt nicht aufgeben! Ich muss mich zusammenreißen und ans Ufer schwimmen. Allerdings kann ich mich nicht ewig so treiben lassen: Je länger ich den Versuch hinauszögere, desto anstrengender wird es.

Mit aller Macht konzentriere ich mich auf meine erschöpften Gliedmaßen. Ich rufe mir ins Gedächtnis, wie jung ich noch bin und wie schade es wäre, so früh zu sterben, doch es hilft alles nichts. Ich denke an die Vampire und den Verräter Kurda mit seinen Vampyrverbündeten, aber auch das funktioniert nicht. Erst eine uralte Vampirlegende, die mir plötzlich in den Sinn kommt, rüttelt mich auf: Sie besagt, dass Vampire,

die in fließenden Gewässern sterben, keine Ruhe finden und als Geister umgehen müssen. Wer in einem Bach oder Fluss ertrinkt, kommt nicht ins Vampirparadies.
Seltsamerweise (denn eigentlich glaube ich nicht an solche alten Geschichten) reißt mich dieser Gedanke aus meiner Erstarrung. Ich hebe einen bleischweren Arm und vollführe ein paar kraftlose Paddelschläge in Richtung Ufer. Zwar passiert nicht viel, abgesehen davon, dass ich mich ein wenig im Kreis drehe, die Tatsache jedoch, dass ich mich überhaupt bewegen kann, lässt mich neue Hoffnung schöpfen.
Mit zusammengebissenen Zähnen fixiere ich das Ufer und zwinge meine Beine, auf- und abzuschlagen. Sie gehorchen nur zögernd, aber sie gehorchen. Ich versuche es mit Kraulen – vergebens. Schließlich drehe ich mich wieder auf den Rücken, schlage kraftlos mit den Füßen und steuere meinen Kurs mit schwachen Handbewegungen. Ganz langsam nähere ich mich dem Ufer. Es dauert eine kleine Ewigkeit, und ich entferne mich währenddessen immer weiter vom Berg der Vampire, aber schließlich bin ich im flachen Wasser, wo sich die Strömung kaum noch auswirkt.
Ich richte mich auf den Knien auf, sacke jedoch sofort wieder zusammen und lande auf dem Gesicht. Mühsam wende ich den Kopf zur Seite, pruste und spucke und richte mich erneut auf. Dann robbe ich aus dem Wasser und breche auf dem schneebedeckten Ufer zusammen. Mit geschlossenen Augen weine ich leise in den Schnee.
Am liebsten möchte ich hier liegen bleiben und erfrieren: Das wäre so viel einfacher, als weiterzukriechen. Doch meine Füße hängen immer noch im Wasser, und das stört mich, deshalb ziehe ich sie nach. Der Erfolg spornt mich an. Ächzend stütze ich mich auf die Hände, dann komme ich langsam und unter Schmerzen auf die Füße.

Als ich endlich stehe, blicke ich um mich wie ein Raumfahrer auf einem fremden Planeten. Alles sieht so anders aus. Obwohl der Morgen dämmert, leuchten Mond und Sterne unvermindert hell am Himmel. Ich war so lange im Berg der Vampire, dass ich ganz vergessen habe, wie die Welt bei Tag aussieht. Es ist wunderbar. Ich könnte einfach nur stehen bleiben und schauen, aber das würde dazu führen, dass ich nach kurzer Zeit entweder in den Schnee oder in den Fluss fallen und erfrieren würde.

Seufzend gehorche ich meinem Instinkt, mache ein paar schlurfende Schritte, bleibe wieder stehen, schüttle den Kopf, richte mich gerade auf und entferne mich taumelnd vom Fluss, der hinter mir zornig braust und schäumt, voller Wut, dass ihm sein Opfer entkommen ist.

4

Schon bald wurde mir klar, dass ich in diesem Zustand nicht weit kommen würde. Ich war nass bis auf die Haut. Die triefenden Kleider hingen mir schwer am Leib, und der Wind war bitterkalt. Mr. Crepsley hatte mir seinerzeit eingeschärft, was in solchen Fällen zu tun war: nämlich die nassen Klamotten so schnell wie möglich auszuziehen, wenn man sich nicht in einen Eiszapfen verwandeln wollte.

Die Kleider loszuwerden war gar nicht so einfach. Meine Finger waren steif und gefühllos vor Kälte, so dass ich schließlich die Zähne zu Hilfe nehmen musste. Nackt fühlte ich mich tatsächlich besser. Ich war buchstäblich von einer schweren Last befreit, und obwohl der Frost unbarmherzig durch meine ungeschützte Haut kroch, legte ich ein zügiges Tempo vor. Es machte mir nichts aus, unbekleidet wie ein Wilder herumzulaufen. Es war ja niemand da, der mich sehen konnte. Und wenn schon: Ich war dem Tod mit knapper Not entronnen und hatte wahrhaftig andere Probleme als übertriebenes Schamgefühl.

Allerdings konnte ich mein Tempo nicht lange durchhalten. Erst nach einer Weile dämmerte mir, wie ernst meine Lage tatsächlich war. Ich befand mich mitten in der Wildnis, ohne wärmende Kleidung, ohne etwas zu essen, am ganzen Leib zerschunden, körperlich und seelisch total erschöpft. Ich schaffte es kaum noch, einen Fuß vor den anderen zu setzen. Es konnte nicht mehr lange dauern, bis meine letzten Kraftreserven verbraucht waren und ich zusammenklappte. Dann war ich der Kälte wehrlos ausgeliefert, und erste Erfrierungen und eine Unterkühlung würden meinem Leben ein rasches Ende bereiten.

Ich strengte mich an, schneller zu laufen, doch es war zwecklos. Die Beine versagten mir den Dienst. Alles, was über ein mühsames Schlurfen hinausging, war zu viel für sie. Ein Wunder, dass sie mich überhaupt noch trugen.

Schließlich blieb ich stehen und drehte mich auf der Suche nach irgendeinem Orientierungspunkt einmal um die eigene Achse. Vielleicht war ja zufällig eine der so genannten »Zwischenstationen« in der Nähe; das waren Rastplätze, an denen sich die Vampire bei der An- und Abreise zum Konzil ausruhten. Dort hätte ich mich verkriechen, ein oder zwei Tage schlafen und wieder neue Kräfte sammeln können. Kein schlechter Plan, doch er hatte einen entscheidenden Fehler: Ich hatte keinen blassen Schimmer, wo ich mich befand und ob sich überhaupt irgendwo in dieser Eiswüste eine Zwischenstation verbarg.

Es gab mehrere Möglichkeiten. Einfach stehen bleiben brachte überhaupt nichts. Gezielt nach einer Zwischenstation suchen kam ebenfalls nicht in Frage: Das dauerte in meinem geschwächten Zustand viel zu lange. Erst einmal ging es darum, einen Unterschlupf zu finden, wo ich wieder zu Kräften kommen konnte. Nahrung, Wärme und die Rückkehr zum Berg der Vampire waren zweitrangig – falls ich überhaupt am Leben blieb.

Zu meiner Linken, etwa einen Kilometer entfernt, erstreckte sich ein Waldgebiet. Das war mein Ziel, denn dort konnte ich mich unter einem Baum zusammenrollen und mit Zweigen zudecken. Vielleicht fand ich sogar ein paar Insekten oder andere essbare Kleintiere. Das war zwar alles nicht gerade ideal, aber immer noch besser, als in der Kälte herumzustehen oder auf der Suche nach irgendwelchen Höhlen über vereiste Felsen zu klettern.

Auf dem Weg zum Wald fiel ich andauernd hin, was nicht weiter überraschend war. Ich staunte eher, dass ich überhaupt so weit gekommen war. Jedes Mal blieb ich ein paar Minuten liegen und verschnaufte, rappelte mich dann auf und stolperte weiter.

Inzwischen hatte der Wald für mich eine geradezu magische Bedeutung angenommen. Wenn ich es bis zu den ersten Bäumen schaffte, würde alles in Ordnung kommen, davon war ich fest überzeugt. Im Grunde meines Herzens wusste ich zwar, dass das Unsinn war, doch diese Fantasievorstellung hielt mich in Gang. Ohne sie hätte ich aufgegeben.

Etwa hundert Meter oder noch weniger vor den ersten Bäumen brach ich endgültig zusammen. Keuchend lag ich im Schnee, am Ende meiner Kräfte. Zwar versuchte ich nach ein paar Minuten tapfer aufzustehen, doch ohne Erfolg. Ich schaffte es gerade noch, mich auf den Knien aufzurichten, dann ging gar nichts mehr. Nach einer langen Pause unternahm ich einen zweiten Versuch. Erneut fiel ich hin, diesmal vornüber mit dem Gesicht in den Schnee. So blieb ich zitternd liegen, unfähig, mich umzudrehen.

Es war unerträglich kalt. Ein Mensch an meiner Stelle wäre längst erfroren. Doch auch eine zähe Vampirnatur hat ihre Grenzen, und die meinen hatte ich eindeutig erreicht.
Ich war am Ende.
Selbstmitleid überwältigte mich, und ich schluchzte bitterlich. Die Tränen gefroren auf meinen Wangen sofort zu Eis. Schneeflocken landeten auf meinen Wimpern. Ich wollte die Hand heben, um sie wegzuwischen, doch selbst diese kleine Bewegung war zu viel. »Was für ein erbärmlicher Tod«, wimmerte ich leise. Nur noch hundert Meter trennten mich von den rettenden Bäumen. Ich war schon fast am Ziel. Vielleicht hätte ich mich in der unterirdischen Höhle länger ausruhen sollen, dann hätte ich jetzt noch Reserven. Oder ich hätte …
Ein lautes Kläffen ließ mich aufschrecken.
Ohne es zu merken, waren mir die Augen zugefallen, und ich war in den Schlaf, besser gesagt in den Tod hinübergeglitten. Jetzt riss ich sie weit auf. Ich konnte den Kopf nicht bewegen, und durch das Schneetreiben sah ich alles nur verschwommen, doch mein Blick war direkt auf den Wald gerichtet, wo ich eine vierbeinige Gestalt unbeholfen auf mich zurennen sah. Na, großartig, dachte ich sarkastisch. Als wäre ich nicht schon übel genug dran! Jetzt erwischte mich auch noch ein wildes Tier und fraß mich auf, bevor ich sanft wegdämmerte. Musste es denn immer noch schlimmer kommen? Nach meinen jüngsten Erlebnissen zu urteilen anscheinend schon!
Die Gestalt hatte mich fast erreicht. Ich schloss erneut die Augen und hoffte, dass ich zu betäubt war, um die scharfen Klauen und Zähne zu spüren. Mich zu wehren, zog ich gar nicht erst in Betracht. Sogar ein Eichhörnchen wäre mir in diesem Zustand überlegen gewesen.

Heißer Atem streifte mein Gesicht. Eine lange Zunge schleckte mir quer über die Nase. Ich zitterte. Die Zunge fuhr mir über Wangen und Ohren. Dann leckte sie die Schneeflocken von meinen Wimpern.
Ich blinzelte verblüfft. Was sollte das denn? Wollte mich die Bestie etwa erst einer Grundreinigung unterziehen, bevor sie mich verspeiste? Unwahrscheinlich. Was dann? Während ich mich noch bemühte, klar und deutlich zu sehen, wich das Tier ein Stück zurück und nahm langsam Form an. Mir fiel die Kinnlade herunter. Meine Lippen bebten. Mit gequälter, zitternder Stimme murmelte ich ungläubig: »Rudi?«

5 Rudi war das Wolfsjunge, das Mr. Crepsley, Harkat, Gavner und mir auf der Anreise zum Berg der Vampire ein Stück weit gefolgt war. Es gehörte zu einem kleinen Rudel, das außer ihm noch aus zwei Weibchen und einem großen Rüden bestand, den ich »Blitz« genannt hatte. Kurz vor dem Vampirberg hatten sie uns verlassen, um sich mit anderen Wolfsrudeln zu treffen.
Aufgeregt bellend sprang Rudi um mich herum. Seit ich ihn zuletzt gesehen hatte, war er ganz schön gewachsen: Seine Fangzähne waren länger und sein Pelz dichter als damals. Ich schaffte es, den Kopf zu heben und ihn flüchtig anzulächeln. »Ich bin in Schwierigkeiten, Rudi«, brachte ich heraus, als er mir die Hände leckte. Der junge Wolf spitzte die Ohren und blickte mich aufmerksam an, als verstünde er jedes Wort. »In großen Schwierigkeiten«, wiederholte ich mühsam, dann brach ich wieder zusammen.
Rudi rieb seine feuchte, warme Nase an meiner linken Wange. Noch einmal fuhr er mir mit der Zunge über Augen und

Ohren, dann schmiegte er sich eng an mich, um mich zu wärmen. Als er merkte, wie schlecht es um mich stand, trat er ein Stück zurück und heulte. Im nächsten Augenblick erschien ein zweiter Wolf zwischen den Bäumen, größer, geschmeidiger, aber mir ebenso vertraut wie Rudi.
»Blitz«, flüsterte ich, als sich der Rüde zögernd näherte. Beim Klang meiner Stimme stellte er die Ohren auf und machte einen Satz auf mich zu. Rudi jaulte unbeirrt weiter, bis Blitz schließlich gereizt nach ihm schnappte. Der ausgewachsene Wolf beschnüffelte mich erst von Kopf bis Fuß, dann bellte er Rudi auffordernd an. Die beiden Tiere streckten sich so dicht neben mir aus, Blitz hinten, Rudi vorn, dass mich ihr zottiges Fell fast vollständig bedeckte.
Bald durchströmte mich wohltuende Wärme. Ich ballte und streckte Finger und Zehen, bis sie wieder halbwegs beweglich waren. Dann rollte ich mich zu einer Kugel zusammen, damit sich die Wölfe noch enger an mich schmiegen konnten, und vergrub mein Gesicht zwischen Rudis pelzigen Schulterblättern. So lagen wir lange Zeit einfach da, nur die Wölfe veränderten ab und zu ihre Stellung, um sich warm zu halten. Schließlich erhob sich Blitz und bellte.
Ich versuchte aufzustehen. Fiel hin. Schüttelte stöhnend den Kopf. »Es hat keinen Sinn. Ich kann nicht mehr.« Der ausgewachsene Wolf betrachtete mich prüfend, dann schnellte sein Kopf unvermittelt vor, und er biss mich in den Hintern! Ich jaulte auf und rollte mich instinktiv außer Reichweite. Blitz kam hinterher, und ich rappelte mich unbeholfen auf. »Hau ab, du verflixter ...«, setzte ich ärgerlich an, unterbrach mich jedoch, als ich seinen Gesichtsausdruck sah.
Erst blickte ich an mir herunter, dann sah ich wieder Blitz an und grinste einfältig. »Ich ... stehe ja«, flüsterte ich ungläubig. Das Tier heulte leise, zwickte mich sanft in die linke

Wade und deutete mit der Schnauze in Richtung Wald. Ich nickte und setzte mich gehorsam in Bewegung; die beiden Wölfe trabten neben mir her.

Das Gehen fiel mir schwer. Ich war durchgefroren und geschwächt und fiel so oft hin, dass ich nicht mehr mitzählen konnte. Doch Blitz und Rudi sorgten dafür, dass ich nicht schlappmachte. Wenn ich nicht gleich wieder aufstand, drängten sie sich an mich, bliesen mich mit ihrem warmen Atem an oder schnappten so lange nach mir, bis ich wieder auf die Füße kam. Einmal durfte ich mich sogar an Blitz' langem, dickem Nackenfell festhalten, und er schleifte mich ein Stück mit.

Ich wurde nicht ganz schlau daraus, warum sie sich so viel Mühe mit mir gaben. Normalerweise lassen wilde Tiere ihre verletzten Artgenossen im Stich, wenn diese nicht mehr mit dem Rudel Schritt halten können. Womöglich wollten die Wölfe es sich nicht mit den Vampiren verscherzen, die auf ihrer Reise zum Konzil immer jede Menge Abfälle für sie liegen ließen. Vielleicht spürten sie aber auch, dass ich noch immer verborgene Reserven hatte und kein ganz hoffnungsloser Fall war.

Nach langem, beschwerlichem Marsch erreichten wir eine Lichtung, auf der sich ein großes Wolfsrudel versammelt hatte. Etwa zwanzig oder dreißig dieser zottigen Räuber lagerten im Schnee, fraßen, spielten oder widmeten sich der Fellpflege. Die Tiere waren von ganz unterschiedlicher Färbung und Statur und schienen aus verschiedenen Sippen zu stammen. Sie musterten mich ausgesprochen misstrauisch. Einer von ihnen, ein massiger Rüde mit dunklem Fell, trottete zu mir herüber, beschnüffelte mich und knurrte mich mit gesträubtem Nackenfell an. Blitz nahm die Herausforderung sofort an und knurrte zurück. So standen sich die beiden

Rüden einen Augenblick lang gegenüber, bis uns der schlecht gelaunte fremde Wolf schließlich den Rücken zuwandte und sich davonmachte.

Rudi rannte ihm kläffend nach, doch Blitz bellte ärgerlich, und der Kleine machte mit eingekniffenem Schwanz kehrt. Ich stierte derweil vor Erschöpfung nur benommen in die Runde. Da dirigierte mich Blitz mit sanften Püffen zu einer Wölfin hin, die drei Junge säugte. Als wir näher kamen, legte sie beschützend die Pfote über die Welpen und knurrte, aber Blitz winselte und ließ sich auf den Bauch fallen, um ihr zu zeigen, dass wir keine feindlichen Absichten hegten.

Sobald sich die Wölfin wieder beruhigt hatte, stand mein Retter auf und heftete den Blick fest auf sie. Die Alte gab ein dumpfes Grollen von sich. Blitz entblößte die Fänge und antwortete, scharrte vor ihr im Schnee und blickte sie unverwandt an. Diesmal senkte sie stumm den Kopf. Blitz stieß mich mit der Schnauze sanft in die Waden, und ich plumpste auf den Boden. Er drängte mich weiter, und ich kapierte endlich, was er von mir wollte. Mir drehte sich der Magen um.

»Nein!«, weigerte ich mich entsetzt. »Ich kann nicht!«

Blitz knurrte und schubste mich unnachgiebig weiter. Ich war zu schwach, um Widerstand zu leisten. Außerdem hatte er ja Recht: Ich war zwar durchgefroren und ausgehungert, aber zu entkräftet, um etwas Richtiges zu essen. Ich brauchte etwas Warmes, Nahrhaftes, das man nicht kauen musste.

Deshalb gehorchte ich schließlich, robbte langsam auf die kleine Familie zu und schob die drei Welpen behutsam zur Seite. Erst kläfften sie empört, doch dann scharten sie sich um mich, beschnüffelten mich von oben bis unten und akzeptierten mich zu guter Letzt als einen der ihren. Als mein Gesicht dicht vor dem Bauch der Wölfin war, holte ich tief

Luft, schloss nach kurzem Zögern die Lippen um eine prall gefüllte Zitze und trank.

6 Von diesem Moment an behandelte mich die Wölfin wie eins ihrer eigenen Jungen, passte auf, dass ich genug Milch abbekam, deckte mich mit den Pfoten zu, um mich zu wärmen, leckte mich hinter den Ohren und quer übers Gesicht, um mich zu säubern (wenn ich ein dringendes Bedürfnis verspürte, kroch ich ins Gebüsch!). Auf diese Weise vergingen mehrere Tage, in denen ich ganz allmählich wieder zu Kräften kam, indem ich mich an sie und meine »Geschwister« kuschelte, um nicht zu frieren, und mich von ihrer warmen Milch ernährte. Es schmeckte zwar nicht gerade berauschend, aber ich konnte es mir nicht leisten, allzu wählerisch zu sein. Eine unangenehme Begleiterscheinung meiner Genesung war allerdings, dass ich Tag für Tag mehr von Schmerzen gepeinigt wurde. Mein ganzer Körper war mit Prellungen und Schürfwunden übersät. Die tieferen Wunden bluteten kaum, da die Kälte das Blut stocken ließ, brannten aber so höllisch, dass ich mir Sebas heilende Spinnennetze herbeiwünschte.
Je öfter ich über mein Abenteuer in dem unterirdischen Fluss nachdachte, desto unwahrscheinlicher kam mir alles vor. Hatte ich das wirklich erlebt, oder war es nur ein wahnwitziger Alptraum? Ohne die Schmerzen hätte ich Letzteres angenommen, aber im Traum tut man sich für gewöhnlich nicht weh, also musste es wohl Wirklichkeit gewesen sein.
Noch unglaublicher war allerdings, dass ich mir dabei keine schlimmeren Knochenbrüche zugezogen hatte. Zwar waren drei Finger meiner linken Hand gebrochen, der rechte Dau-

men stand merkwürdig verdreht ab, und mein linker Knöchel war so geschwollen, dass er wie ein roter Luftballon aussah, aber abgesehen davon schien alles in Ordnung zu sein. Ich konnte Arme und Beine ohne Schwierigkeiten bewegen; mein Schädel war noch heil; das Rückgrat unverletzt. Im Großen und Ganzen war ich in erstaunlich guter Verfassung.
Schon nach ein paar Tagen fing ich vorsichtig zu trainieren an. Ich schlief und trank zwar noch bei meiner Wolfsmutter, unternahm jedoch humpelnd kurze Spaziergänge rund um die Lichtung. Dabei schmerzte mein linker Knöchel zuerst scheußlich, nach und nach ging die Schwellung jedoch zurück, und irgendwann sah der Fuß wieder normal aus.
Sobald ich kräftiger geworden war, brachte mir Blitz zusätzlich Fleisch und wild wachsende Beeren. Zuerst bekam ich nicht viel feste Nahrung herunter, dafür saugte ich das Blut aus den kleinen Beutetieren, die er anschleppte, und entwickelte wieder einen gesunden Appetit.
Rudi leistete mir oft Gesellschaft. Mein kahler Kopf schien ihn zu faszinieren (ich hatte mir die Haare abrasieren lassen, nachdem sie bei einer der Einweihungsprüfungen im Berg der Vampire Feuer gefangen hatten), er konnte gar nicht genug davon kriegen, ihn abzulecken und Kinn und Nase daran zu reiben.
Ungefähr nach vier Tagen (wahrscheinlich waren es eher fünf oder sechs – ich hatte inzwischen jegliches Zeitgefühl verloren) suchten sich die Wölfe einen neuen Lagerplatz. Bis dorthin war es ziemlich weit, mindestens sieben oder acht Kilometer, und das Rudel hatte mich schon bald abgehängt, doch Blitz, Rudi und die Wölfin, die mich gesäugt hatte, passten auf, dass ich hinterherkam. (Die Wölfin schien mich mittlerweile als ihr eigenes Kind zu betrachten und kümmerte sich genauso fürsorglich um mich wie um ihre Welpen.)

Der Marsch war zwar anstrengend, tat mir aber offenbar gut, denn als ich in der folgenden Nacht nach langem, traumlosem Schlaf erwachte, fühlte ich mich fast so fit wie vor meinem Sturz in den Fluss. Die schlimmsten Prellungen waren verheilt, die Schnittwunden verschorft, mein Knöchel machte mir kaum noch Probleme, und richtig essen konnte ich auch wieder.

In dieser Nacht ging ich zum ersten Mal mit dem Rudel auf die Jagd. Ich konnte zwar noch nicht besonders schnell rennen, blieb aber auch nicht zurück und beteiligte mich sogar daran, ein älteres Rentier zu hetzen und schließlich zur Strecke zu bringen. Den Wölfen zu helfen, nachdem sie so viel für mich getan hatten, war ein gutes Gefühl, und ich trat meinen Anteil an der Beute fast vollständig an meine Ziehmutter und ihre Jungen ab.

Am nächsten Tag kam es zu einer unerfreulichen Szene. Der große Rüde mit dem dunklen Fell, der schon ganz zu Anfang dagegen gewesen war, dass mich Blitz in das Rudel einführte, hatte mich nie richtig akzeptiert. Jedes Mal, wenn ich nur in seine Nähe kam, knurrte und bellte er mich an und riss mir oft das Essen aus der Hand. Nach Möglichkeit ging ich ihm aus dem Weg, aber als er mich an jenem Tag mit den Welpen herumbalgen und ihnen Fleischbrocken zuwerfen sah, schnappte er nach mir. Dann stürzte er sich unter rasendem Gebell auf mich und wollte mich verjagen. Ohne mir meine Furcht anmerken zu lassen, ging ich langsam rückwärts, ließ mich jedoch nicht vom Lagerplatz verdrängen; hätte ich das auch nur ein einziges Mal zugelassen, hätte ich von da an keine ruhige Minute mehr gehabt. Ich ging immer um den Platz herum, in der Hoffnung, er würde irgendwann das Interesse an mir verlieren, doch er folgte mir unbeirrt mit wütendem Knurren.

Gerade als ich mich innerlich schon auf einen Kampf einstellte, sprang Blitz zwischen uns und stellte sich schützend vor mich. Dabei sträubte er das Nackenfell, um größer zu wirken, und grollte tief und kehlig. Erst sah es so aus, als ließe sich der andere davon beeindrucken, doch dann senkte er den Kopf, entblößte seine scharfen Fänge und sprang Blitz mit gespreizten Klauen an.

Das ließ sich mein Retter nicht gefallen, und die beiden Rüden kugelten beißend und kratzend über den Boden. Die Rudelmitglieder in ihrer unmittelbaren Nähe machten ihnen eilig Platz. Ein paar Jungtiere kläfften aufgeregt, doch die meisten älteren Tiere ignorierten den Tumult oder blickten nur ab und zu mit flüchtigem Interesse zu den beiden Rivalen hinüber. Rangkämpfe wie dieser waren für sie nichts Besonderes.

Für mich sah es dagegen aus, als wollten sich die Tiere gegenseitig in Stücke reißen. Zuerst rannte ich besorgt um sie herum und hoffte auf eine Gelegenheit, sie auseinander bringen zu können. Bald merkte ich jedoch, dass sie einander trotz des wilden Bellens, Schnappens und Kratzens keinen ernsthaften Schaden zufügten. Blitz' Schnauze war ein wenig zerschrammt, und der Dunkle blutete aus mehreren Bisswunden, aber sie wollten den Gegner offenbar nicht richtig verletzen. Es war eher eine Art Schaukampf.

Je länger er dauerte, desto offensichtlicher wurde es, dass Blitz dem anderen Rüden überlegen war. Er war zwar nicht so kräftig gebaut wie dieser, dafür aber wendiger, und für jeden Pfotenhieb auf den Kopf, den er einstecken musste, teilte er zwei oder drei aus.

Urplötzlich gab der Dunkle klein bei, ließ sich in den Schnee fallen, wälzte sich herum und entblößte unterwürfig Kehle und Bauch. Blitz riss das Maul auf und schloss die Fänge um die Kehle des Wehrlosen, ließ ihn sodann behutsam wieder los und trat zurück. Der Besiegte rappelte sich auf und schlich mit eingekniffenem Schwanz davon.

Ich dachte, das Rudel würde ihn nach dieser Niederlage vielleicht verstoßen, aber dem war nicht so. Der Dunkle schlief zwar in dieser Nacht ein wenig abseits, doch niemand machte Anstalten, ihn zu verjagen, und als die Tiere das nächste Mal zur Jagd aufbrachen, nahm er seinen gewohnten Platz in der Meute ein.

In den nächsten Tagen dachte ich oft über diesen Vorfall nach. Ich verglich die Art und Weise, wie die Wölfe mit Verlierern umgingen, mit den unbarmherzigen Gesetzen der Vampire. Für einen Vampir war jede Niederlage eine unauslöschliche Schande, die häufig den Tod des Besiegten zur Folge hatte. Die Wölfe waren da feinfühliger. Auch sie kannten so etwas wie Ehre, dennoch würden sie niemals einen Artgenossen töten oder aus dem Rudel ausschließen, bloß weil er im Kampf unterlegen war. Ihre Jungtiere mussten ähnliche Reifeprüfungen bestehen wie ich seinerzeit bei den Vampiren, aber wenn eines versagte, wurde es deswegen nicht gleich totgebissen.

Natürlich war ich kein Experte auf diesem Gebiet, doch mir schien, dass die Vampire einiges von den Wölfen lernen könnten, wenn sie sich nur die Zeit nähmen, ihre vierbeinigen Verwandten eingehend zu beobachten. Es war durchaus möglich, Ehrgefühl und praktische Erwägungen miteinander zu verbinden. Da hatte der Verräter Kurda ausnahmsweise Recht.

7 So verging die Zeit. Ich war so froh, noch am Leben zu sein, dass ich jede einzelne Minute genoss. Körperlich hatte ich mich fast völlig erholt, bis auf ein paar blaue Flecken hier und dort war nichts mehr zu sehen. Ich fühlte mich wieder kräftig und fit wie ein Turnschuh (eine Redensart von meinem Papa, von der ich nie herausgefunden habe, was sie eigentlich bedeuten sollte).
Die Kälte machte mir kaum noch etwas aus. Ich hatte mich an den eisigen Wind und den schneidenden Frost gewöhnt. Eine besonders heftige Bö ließ mich zwar noch bibbern, aber die meiste Zeit kam es mir ganz selbstverständlich vor, nackt zwischen den Wölfen herumzulaufen.
Seit meiner Genesung hatten mich die struppigen Raubtiere als ebenbürtiges Mitglied akzeptiert, und ich ging jede Nacht mit ihnen auf die Jagd (ich lief sogar wieder schneller als sie, und meine Mithilfe war ausgesprochen erwünscht). Inzwischen war ich auch in der Lage, ihr Verhalten und ihre Verständigung untereinander ganz gut zu deuten. Zwar konnte ich nicht Gedanken lesen, aber meistens begriff ich auf Anhieb, was in ihnen vorging. Die Art, wie sie die Schultern hochzogen, die Augen aufrissen oder zu Schlitzen verengten, Ohren und Schwanz aufstellten oder hängen ließen, knurrten, bellten oder winselten, verriet mir genug. Wollte Blitz oder ein anderer Wolf mich bei der Jagd nach rechts oder links schicken, brauchte er mich nur anzusehen und den Kopf in die betreffende Richtung zu drehen. Wollte dagegen eine Wölfin, dass ich mit ihren Jungen spielte, gab sie ein besonderes leises Winseln von sich, und ich wusste, dass sie mich rief.
Im Gegenzug schienen auch die Wölfe alles zu verstehen, was ich sagte. Ich hatte zwar wenig Anlass zum Reden, aber wenn ich mich gelegentlich äußerte, legten die Tiere den Kopf

schief, lauschten gespannt und antworteten mit kurzem Kläffen oder einer entsprechenden Bewegung.
Wie bei Wölfen üblich, wechselten wir oft den Standort. Stets hielt ich Ausschau nach dem Berg der Vampire, konnte ihn jedoch nirgends entdecken. Das verwirrte mich: Die Wölfe kamen doch extra in der Nähe des Berges zusammen, weil sie scharf auf die Leckerbissen von den Vampiren waren. Schließlich beschloss ich, Blitz danach zu fragen, obwohl ich nicht annahm, dass er mich verstehen, geschweige denn mir antworten würde. Doch kaum hatte ich die Worte »Berg der Vampire« ausgesprochen, fing er zu meiner Überraschung mit aufgestelltem Nackenfell zu knurren an.
»Du willst nicht dorthin?«, fragte ich erstaunt. »Wieso nicht?« Aber als Antwort knurrte er nur noch lauter. Die einzige Erklärung war, dass sich Blitz' ablehnendes Verhalten auf die Vampyre bezog. Entweder hatten die Wölfe die blutrünstigen Eindringlinge bemerkt, oder sie spürten, dass etwas in der Luft lag, und machten instinktiv einen großen Bogen um den Berg.
Zwar fühlte ich mich immer noch verpflichtet, wegen der Vampyre etwas zu unternehmen, doch der Gedanke, in den Berg zurückzukehren, machte mir Angst. Ich fürchtete, die Vampire würden mich töten, ehe ich sie vor den Angreifern warnen konnte. Vielleicht hielten sie mich auch für einen Lügner und glaubten Kurda mehr als mir. Trotzdem musste ich irgendwann dorthin zurück, aber ich zögerte diesen Tag so lange wie möglich heraus, indem ich mir einredete, ich müsse mich noch erholen und sei noch nicht kräftig genug für den Rückweg.
Meine drei gebrochenen Finger waren inzwischen wieder verheilt. Ich hatte die Knochen so gut es ging gerichtet (eine verdammt schmerzhafte Angelegenheit!) und mit Blättern

und langen Gräsern aneinander gebunden. Mein rechter Daumen war zwar immer noch schief und schmerzte bei jeder Bewegung, aber das störte mich nicht weiter.

Wenn ich gerade nicht auf der Jagd war oder mich mit den Wolfsjungen beschäftigte, kam mir oft Gavner in den Sinn. Zwar hatte ich jedes Mal, wenn mir sein Tod wieder vor Augen stand, ein komisches Gefühl im Bauch, dennoch musste ich immer wieder an ihn denken.

Einen guten Freund zu verlieren ist schrecklich und tragisch, vor allem wenn sein Tod ganz plötzlich und ohne jede Vorwarnung eintritt.

Besonders fertig machte mich bei dem Gedanken an Gavner jedoch, dass sein Tod hätte vermieden werden können. Wäre ich nicht vor meiner Verurteilung geflohen, hätte ich Kurda nicht blind vertraut oder wäre statt seiner dageblieben, um Seite an Seite mit Gavner gegen die Vampyre zu kämpfen, könnte mein Freund noch am Leben sein. Es war einfach ungerecht. Einen solchen Tod hatte er nicht verdient. Er war ein tapferer, ehrlicher, freundlicher Vampir gewesen, den alle gemocht hatten.

Manchmal wallte bei dieser Vorstellung auch Hass in mir auf, und ich wünschte, ich hätte damals das Messer des Toten ergriffen und es Kurda zwischen die Rippen gestoßen, auch wenn das wiederum bedeutet hätte, dass sich die Vampyre anschließend auf mich gestürzt hätten. Bei anderen Gelegenheiten überwältigte mich der Kummer. Dann vergrub ich das Gesicht in den Händen und weinte, weil ich immer noch nicht fassen konnte, dass Kurda zu einer derart abscheulichen Tat fähig gewesen war.

Die Wölfe konnten mit meinem Verhalten nichts anfangen. Sie trauerten nicht lange um ihre Toten. Wenn sie einen Gefährten oder ein Junges verloren, heulten sie zwar eine Zeit

lang erbärmlich, nahmen aber ihr normales Leben bald wieder auf. Meine Stimmungsschwankungen waren ihnen fremd.
Um mich aufzuheitern, nahm mich Blitz eines späten Abends mit auf die Jagd. Für gewöhnlich jagten wir nur im Rudel, doch die anderen Wölfe ließen sich bereits zum Schlafen nieder.
Es war eine angenehme Abwechslung, nur zu zweit unterwegs zu sein. Ein Nachteil an der Jagd im Rudel ist, dass man dauernd auf die anderen achten muss. Eine falsche Bewegung kann die ganze Jagd verpatzen, und hinterher lassen alle ihren Ärger an einem aus. Jetzt dagegen konnten Blitz und ich müßig dahintraben und so viele Umwege machen, wie es uns beliebte. Es war egal, ob wir etwas erbeuteten oder nicht. Wir wollten einfach nur ein bisschen Spaß haben.
Zufällig spürten wir ein paar junge, ausgelassene Rentiere auf. Wir legten es nicht darauf an, sie zu töten; wir rannten aus purer Freude an der Bewegung hinter ihnen her. Ich glaube, sie merkten, dass wir es nicht wirklich auf sie abgesehen hatten, denn sie machten ab und zu kehrt und liefen ein Stück auf uns zu, um dann wieder mit zurückgeworfenen Köpfen zu fliehen. Auf diese Weise hatten wir uns etwa eine Viertelstunde lang amüsiert, als die beiden Paarhufer auf einer kleinen Anhöhe Halt machten und witternd die Nasen in den Wind reckten. Ich wollte ihnen schon nachsetzen, da brachte mich Blitz mit einem scharfen Knurren zum Stehen.
Ich gehorchte und fragte mich, was den Wolf wohl irritierte. Blitz und die Rentiere standen regungslos da. Schließlich kehrten die beiden Gejagten um und rasten auf uns zu. Mein Retter dirigierte mich mit der Schnauze an meiner Wade hinter ein Gebüsch. Ich vertraute auf seinen untrüglichen Instinkt und beeilte mich. Hinter einem dichten Strauch, der uns trotzdem einen guten Ausblick auf die Anhöhe gestattete, legten wir uns nebeneinander und warteten ab.

Eine Minute verstrich. Zwei. Dann erschien eine Gestalt auf der Hügelkuppe. Meine Augen waren so scharf wie immer, und so erkannte ich den Vampir trotz der Entfernung sofort. Es war Mr. Crepsley!

Hocherfreut wollte ich aufspringen und hatte schon den Mund zu einem Begrüßungsschrei geöffnet, als mich Blitz' dumpfes Grollen unterbrach. Er ließ den Schwanz hängen, wie immer, wenn er Angst hatte. Ich wollte nichts lieber, als zu meinem alten Freund und Meister laufen und ihn umarmen, wusste jedoch, dass sich der Wolf nicht ohne Grund so aufführte.

Deshalb legte ich mich wieder neben meinen treuen Gefährten auf den Bauch, den Blick auf den Hügel geheftet. Die Erklärung für Blitz' Verhalten ließ nicht lange auf sich warten: Hinter Mr. Crepsley tauchten fünf weitere Vampire auf, und der vorderste, in dessen Hand ein geschliffenes Schwert blitzte, war der zukünftige Fürst und Verräter – Kurda Smahlt!

8 Hinter dem Busch flach auf den Boden gepresst, entgegen der Windrichtung, damit sie mich nicht riechen konnten, wartete ich, bis die Vampire an uns vorbeigezogen waren. Kaum waren sie außer Hörweite, wandte ich mich Blitz zu. »Wir müssen hinterher«, raunte ich. Der Wolf sah mich einen Moment lang aus großen gelben Augen an, dann erhob er sich und schlängelte sich in der entgegengesetzten Richtung geschmeidig durchs Unterholz. Ich ging ihm nach, im Vertrauen darauf, dass er mich nicht in die Irre führen würde. Nach einer Weile bog er seitlich ab. Wir hatten die Vampire wieder im Blick und folgten ihnen in sicherem Abstand.

Ich musterte die vier Vampire in Mr. Crepsleys und Kurdas Gefolge. Drei davon kannte ich nicht, der vierte war Arra Sails. Als ich sie zuletzt gesehen hatte, trug sie den rechten Arm noch in der Schlinge, jetzt dagegen ließ sie ihn locker herabhängen. Mir fiel auf, dass zwei der unbekannten Vampire ähnliche Schwerter dabeihatten wie Kurda und ein Stück hinter Arra und dem dritten, unbewaffneten Mitglied der Truppe zurückblieben.

Langsam dämmerte es mir. Mr. Crepsley hatte sich auf die Suche nach mir gemacht, und Arra und der andere Vampir hatten angeboten, ihn zu begleiten. Kurda fürchtete insgeheim, dass ich den Sturz in den Bergfluss irgendwie überlebt hatte, und hatte deshalb zwei Bewaffnete mitgenommen. Wenn sie mich entdeckten, würden sie meinem Leben mit einem raschen Schwertstreich ein blutiges Ende setzen – und nicht nur meinem, sondern auch dem von Mr. Crepsley, Arra und ihrem unbewaffneten Kameraden. Kurda würde ganz sichergehen, dass die Kunde von seinem Verrat niemals bis zu den Obervampiren und Fürsten drang.

Sein heimtückischer Plan überraschte mich nicht besonders, doch dass er offenkundig Verbündete gefunden hatte, besorgte mich. Die beiden Bewaffneten mussten über ihn und die Vampyre Bescheid wissen, sonst hätte er sie gar nicht erst aufgefordert, sich dem Suchtrupp anzuschließen. Zwar hatte ich seit meiner Flucht die Hüter des Blutes (das war eine sonderbare Sippe, die ebenfalls im Berg der Vampire hauste und ihr Blut gegen die inneren Organe verstorbener Vampire eintauschte) im Verdacht gehabt, an der Verschwörung beteiligt zu sein, aber bis jetzt hatte ich angenommen, unter den Vampiren selbst sei Kurda der einzige Verräter. Offenbar hatte ich mich getäuscht.

Wären mein Meister und Arra nicht so sehr mit der Suche

nach mir beschäftigt gewesen, hätte ihnen eigentlich auffallen müssen, dass sich ihre Begleiter reichlich merkwürdig benahmen: Kurdas Männer waren entsetzlich nervös; dauernd drehten sie sich um und fingerten an ihren Waffen herum. Am liebsten wäre ich aufgesprungen und hätte dem Anführer einen ordentlichen Schrecken eingejagt (er war nämlich der Nervöseste von allen), aber meine Vernunft siegte über diesen Impuls. Das hätte lediglich dazu geführt, dass er und seine Leute mich und die drei ahnungslosen Vampire einen Kopf kürzer gemacht hätten. Solange die Verschwörer annahmen, ich sei tot, würden sie nichts tun, womit sie sich verraten könnten.

Ich betrachtete die Gesichter von Kurdas Spießgesellen eingehend und kramte in meinem Gedächtnis, konnte mich jedoch beim besten Willen nicht an sie erinnern. Wie viele Vampire mochte Kurda noch heimlich auf seine Seite gebracht haben? Nicht sehr viele, schätzte ich. Seine beiden Begleiter waren ziemlich jung. Wahrscheinlich hatte der Obervampir sie selbst angeworben und einer Gehirnwäsche unterzogen, bevor sie mit dem Rest des Clans in Berührung gekommen waren. Erfahrenere Vampire, denen Ehre und Loyalität heilig waren, hätten sich niemals mit einem Verräter verbündet.

Nach einer Weile machte der Trupp auf einer kleinen Lichtung Halt, hockte sich in den Schnee und ruhte sich aus. Nur Mr. Crepsley ging unruhig auf und ab. Ich berührte Blitz' Schulter und zeigte auf die Lichtung: Ich wollte dichter heran. Der Wolf zögerte, hob witternd die Schnauze und schlich schließlich voraus. Mit äußerster Vorsicht näherten wir uns der Lichtung bis auf sieben oder acht Meter. Dann versteckten wir uns hinter einem abgestorbenen Baumstumpf. Dank meines überdurchschnittlich guten Gehörs konnte ich von dort aus jedes Wort verstehen.

Zunächst schwiegen die Vampire, hauchten in die gewölbten Handflächen und zogen die Jacken enger um sich. Sie schlotterten vor Kälte. Ich grinste, als ich mir vorstellte, wie unwohl sie sich erst an meiner statt gefühlt hätten.
Dann stand Kurda auf und schlenderte zu Mr. Crepsley hinüber. »Glaubst du, wir finden ihn?«, fragte der Verräter mit gespielter Besorgnis.
Mein Meister seufzte. »Wahrscheinlich nicht. Aber ich möchte noch nicht umkehren. Ich will wenigstens seine Leiche anständig bestatten.«
»Vielleicht ist er ja noch am Leben«, bemerkte Kurda.
Mr. Crepsley lachte bitter. »Wir sind seiner Spur kreuz und quer durch die Gänge gefolgt. Dabei haben wir herausgefunden, dass er in den Fluss gefallen und nicht wieder herausgeklettert ist. Hältst du es wirklich für möglich, dass er das überlebt hat?«
Der Verräter schüttelte langsam den Kopf, als sei er tief betrübt. Dieser verfluchte Schweinehund! Vielleicht hielt er mich tatsächlich für tot, aber er wollte anscheinend trotzdem kein Risiko eingehen. Wäre er unbewaffnet gewesen, hätte ich ihn …
Ich beherrschte mich und spitzte wieder die Ohren. Inzwischen hatte sich auch Arra zu den beiden gesellt und beteiligte sich an der Unterhaltung. »… vorhin Wolfsspuren gesehen. Vielleicht haben sie seine Leiche aufgespürt und zerfleischt. Das sollten wir auf jeden Fall noch überprüfen.«
»Ich glaube nicht, dass sie ihn gefressen haben«, widersprach mein Meister. »Wölfe respektieren uns Vampire, genau wie wir sie. Außerdem hätte sein Blut sie vergiftet, und wir hätten ihr irres Geheul hören müssen.«
Stille trat ein, dann sagte die Vampirin leise: »Ich wüsste zu gern, was dort unten vorgefallen ist. Wäre Darren allein

unterwegs gewesen und in den Fluss gefallen, könnte ich das ja noch verstehen, aber Gavner ist ebenfalls verschwunden.«
Es gab mir einen Stich, als sie den Namen meines toten Freundes aussprach.
»Entweder ist er bei dem Versuch, Darren herauszuziehen, in den Fluss gestürzt, oder der Junge wollte umgekehrt ihn retten und ist dabei umgekommen«, erwiderte Kurda rasch. »Das ist die einzige Erklärung.«
Doch damit gab sich Arra nicht zufrieden. »Aber wieso sind die beiden überhaupt hineingefallen?«, beharrte sie. »Der Fluss ist an dieser Stelle nicht besonders breit. Sie hätten leicht hinüberspringen können. Und wenn er ihnen tatsächlich zu breit war, warum haben sie ihn dann nicht an einer anderen Stelle überquert? Das ergibt doch alles keinen Sinn.«
Kurda zuckte die Achseln und blickte ebenso ratlos drein wie die anderen.
»Wenigstens können wir mit Sicherheit sagen, dass Gavner tot ist«, nahm Mr. Crepsley den Faden wieder auf. »Zwar haben wir auch seine Leiche bis jetzt nicht gefunden, aber dass wir keine mentalen Signale mehr von ihm empfangen, kann nur heißen, dass er nicht mehr unter den Lebenden weilt. Sein Tod ist erschütternd, aber die Ungewissheit über Darrens Schicksal quält mich fast noch mehr. Alle Umstände sprechen dagegen, dass er noch unter uns ist, doch bevor wir keinen eindeutigen Beweis haben, habe ich keine Ruhe.«
Seltsamerweise fand ich es tröstlich, dass sich mein Lehrmeister trotz seiner Sorgen noch genauso geschraubt ausdrückte wie früher.
»Dann suchen wir eben weiter«, meinte Kurda. »Wenn er hier irgendwo ist, stöbern wir ihn bestimmt auf.«
Mr. Crepsley schüttelte den Kopf. »Nein«, seufzte er. »Wenn wir heute Abend keine Spur von ihm entdeckt haben, bre-

chen wir die Suche ab. Du musst dich auf deine Ordination vorbereiten.«

»Zum Kuckuck mit der Ordination«, schnaubte Kurda.

»O nein«, widersprach mein Meister. »Übermorgen Nacht wirst du zum Fürsten ernannt. Das hat oberste Priorität.«

»Aber …«, fing der Verräter wieder an.

»Schluss jetzt«, blaffte der Ältere. »Deine Ordination zum Fürsten ist wichtiger als der Verlust von Gavner und Darren. Dass du den Berg überhaupt so kurz vor der Zeremonie verlassen hast, war bereits ein ernster Verstoß gegen die Tradition. Denk nicht mehr an Darren. Als Fürst ist es deine Pflicht, die Wünsche anderer über deine eigenen zu stellen. Deine Anhänger erwarten von dir, dass du morgen fastest und dich vorbereitest. Du darfst sie nicht enttäuschen.«

»Na schön«, brummte Kurda. »Aber das letzte Wort in dieser Angelegenheit ist noch nicht gesprochen. Ich bin genauso betroffen über das, was passiert ist, wie du. Auch ich werde nicht ruhen, bevor wir nicht zweifelsfrei wissen, ob Darren tot oder noch am Leben ist.«

Dieser Heuchler! Da drüben stand er mit Unschuldsmiene und tat genauso erschüttert wie meine alten Freunde. Hätte ich bloß ein Gewehr oder eine Armbrust gehabt! Dann hätte ich ihn auf der Stelle erschossen, und wenn es unter Vampiren noch so streng verboten war, Schusswaffen zu benutzen!

Schließlich brach der Suchtrupp wieder auf. Ich blieb, wo ich war, und dachte fieberhaft nach. Die Erwähnung von Kurdas bevorstehender Ordination beunruhigte mich. Ich hatte ganz vergessen, dass er ja zum Fürsten gewählt worden war. Aber je länger ich darüber nachdachte, desto klarer wurde mir das Ausmaß der Bedrohung. Bisher hatte ich angenommen, die Vampyre wollten einfach so viele Vampire wie möglich umbringen und den Berg erobern, aber das erschien mir immer unlogischer. Weshalb sollten sie sich wegen ein paar muffiger Höhlen, mit denen sie nichts Vernünftiges anfangen konnten, auf ein solches Wagnis einlassen? Selbst wenn sie die Bewohner des Berges bis zum letzten Mann abmurksten, lebten draußen in der Welt noch genug Vampire, die versuchen könnten, ihren Fürstensitz zurückzuerobern.

Es musste einen anderen Grund geben, weshalb sie hier waren, und ich glaubte auch zu wissen, welchen: der Stein des Blutes. Der Stein des Blutes war ein magischer Gegenstand, mit dessen Hilfe Vampire oder auch Vampyre den Aufenthaltsort fast jedes anderen Sippenmitglieds auf diesem Planeten ermitteln konnten. Mit diesem Stein konnten die Vampyre alle außerhalb des Berges befindlichen Vampire aufspüren und abschlachten.

Außerdem sagte man dem Stein des Blutes nach, er sei die einzige Waffe, die den Vampirclan davor bewahren konnte, von dem legendären Lord der Vampyre vernichtet zu werden. Angeblich sollte der Lord eines Nachts erscheinen und die Vampyre in eine siegreiche Schlacht gegen die Vampire führen. Wenn dieser gefürchtete Held tatsächlich existierte – was immerhin der prophetische Meister Schick vorhergesagt hatte –, wären die Vampyre natürlich darauf erpicht, das einzige Objekt in ihre Gewalt zu bringen, das noch zwischen ihnen und dem endgültigen Sieg stand!

Der Stein des Blutes wurde jedoch im Inneren des Vampirberges in der mit magischen Pforten ausgestatteten Fürstenhalle aufbewahrt. Ganz gleich, wie viele Vampire die Vampyre niedermetzelten oder wie tief sie in den Berg vordrangen, sie würden es nicht schaffen, die Fürstenhalle zu betreten und den Stein des Blutes an sich zu bringen, denn nur ein Vampirfürst konnte die Türen der Halle öffnen.

Nur ... ein ... Vampirfürst.

Zum Beispiel Paris Skyle, Mika Ver Leth, Pfeilspitze oder Vancha March. Oder – ab übernächste Nacht – Kurda Smahlt.

So sah also Kurdas teuflischer Plan aus! War er erst einmal ordiniert, konnte er die Türen der Fürstenhalle nach Belieben bedienen. Er würde die Vampyre aus den Gängen und Höhlen in den unteren Regionen des Berges heimlich nach oben führen (er kannte mehrere geheime Zugänge zu den Hallen) und in die Fürstenhalle einlassen, wo sie sämtliche dort versammelten Vampire umbringen würden. Anschließend konnte sich Kurda ungehindert des Steins bemächtigen. Hatte er den zauberkräftigen Gegenstand erst einmal in seinen Besitz gebracht, mussten ihm alle Vampire auf der ganzen Welt gehorchen, oder es würde ihnen schlecht bekommen.

Und das alles würde in weniger als achtundvierzig Stunden passieren. Niemand ahnte, dass Kurda ein Verräter war, deshalb konnte ihn auch niemand aufhalten. Niemand außer mir. Ganz egal, wie sehr ich mich vor den Vampirfürsten fürchtete, die immerhin meine Hinrichtung beschlossen hatten: Es war höchste Zeit, in den Berg der Vampire zurückzukehren. Ich musste die Obervampire und Fürsten warnen, bevor Kurda zuschlug. Auch wenn das vielleicht meinen Tod bedeutete ...

9 Kaum waren wir wieder am Lagerplatz des Rudels angekommen, erklärte ich Blitz, ich müsse mich unverzüglich auf den Rückweg machen. Der Wolf knurrte kehlig und nahm behutsam meinen rechten Knöchel zwischen die Fänge, um mir klarzumachen, dass ich dableiben sollte. »Ich

muss gehen!«, protestierte ich. »Es ist meine Pflicht, die Vampyre aufzuhalten!«
Kaum hatte ich die Eindringlinge erwähnt, ließ mich Blitz leise grollend los. »Sie wollen die Vampire überfallen«, erklärte ich im Flüsterton. »Wenn ich sie nicht rechtzeitig warne, müssen sie alle sterben.«
Mein vierbeiniger Freund starrte mich hechelnd an, dann scharrte er im Schnee, schnüffelte an seinen eigenen Pfotenabdrücken und heulte auf. Offenbar wollte er mir etwas Wichtiges mitteilen, doch ich konnte sein sonderbares Verhalten nicht deuten.
»Ich verstehe dich nicht«, sagte ich bedauernd und zuckte mit den Schultern.
Wieder knurrte der Wolf, schnupperte noch einmal an seinen eigenen Spuren, drehte sich um und trottete davon.
Verwundert folgte ich ihm. Er führte mich zu einer ziemlich mitgenommen aussehenden Wölfin, die sich etwas abseits vom Rest des Rudels niedergelassen hatte. Sie war mir zwar schon früher aufgefallen, doch ich hatte nicht weiter auf sie geachtet. Sie war recht alt und hatte nicht mehr lange zu leben; deshalb hielt sie sich von den anderen Tieren fern und ernährte sich von dem, was sie übrig ließen.
Als die Wölfin uns kommen sah, rappelte sie sich auf und wollte das Feld räumen, aber Blitz wälzte sich auf den Rücken und präsentierte ihr zum Beweis unserer friedlichen Gesinnung den Bauch. Ich ahmte ihn nach, und das Tier beruhigte sich wieder. Blitz hockte sich dicht vor der kurzsichtigen Alten auf die Hinterläufe und blickte sie unter leisem Knurren eindringlich an. Wieder scharrte er im Schnee und kläffte. Die Wölfin beäugte erst die Spuren, dann mich und winselte. Auf Blitz' neuerliches Bellen antwortete sie mit einem lang gezogenen Heulen.

Zuerst beobachtete ich die beiden Tiere erstaunt, doch plötzlich begriff ich, dass Blitz die Alte (ich beschloss, sie Magda zu nennen, so hieß nämlich meine Großmutter) aufforderte, mich zum Berg der Vampire zu bringen.
Aber wussten denn nicht alle Wölfe, wo sich der Berg befand? Warum bat mein Retter ausgerechnet diese gebrechliche, Mitleid erregende Artgenossin, mir zu helfen? Verwirrt runzelte ich die Stirn. Dann ging mir ein Licht auf. Die einzige Erklärung war, dass Magda nicht nur den Rückweg zum Berg kannte, sondern auch den Aufstieg zum Eingang!
»Du weißt, wie man reinkommt, stimmt's?«, japste ich und kroch vor lauter Aufregung ein Stück auf die Wölfin zu.
Magdas Blick war unergründlich, doch ich spürte, dass ich richtig geraten hatte. Natürlich hätte ich den üblichen Weg zum Eingang benutzen können, aber dann hätten mich die Vampyre bald entdeckt. Wenn Magda jedoch einen Geheimpfad kannte, gelang es mir vielleicht, mich unbemerkt hineinzuschleichen!
Ich wandte mich nach Blitz um.
»Bringt sie mich hin? Ist sie einverstanden?«, fragte ich gespannt.
Mein Freund ignorierte mich und versetzte Magda einen sanften Stups mit dem Kopf, wobei er gleichzeitig in den Spuren scharrte, die er im Schnee hinterlassen hatte. Die Wölfin jaulte noch einmal kurz, dann senkte sie ergeben den Kopf. Es gefiel mir zwar nicht, dass Blitz sie offenbar nur durch Einschüchterung dazu bringen konnte, ihm zu gehorchen, aber mein Wunsch, die Vampirfürsten so rasch wie möglich zu warnen, war stärker als alle Bedenken. Wenn ein bisschen Nachdruck erforderlich war, damit ich mich unbemerkt an den Vampyren vorbeistehlen konnte, dann sollte es mir recht sein.

»Wie weit bringt sie mich?«, fragte ich dann. »Bis ganz nach oben, zur Fürstenhalle?« Doch diese Frage überstieg das Begriffsvermögen der Tiere. Ich musste mich Magda einfach anvertrauen und, wenn sie mich verließ, den Rest des Weges allein zurücklegen.

»Gehen wir gleich los?« Ich konnte es kaum erwarten aufzubrechen, denn ich hatte keine Ahnung, wie lange wir brauchen würden – und jede Stunde zählte.

Magda erhob sich mühsam und wollte mir folgen, aber Blitz knurrte mich missbilligend an und bedeutete der Alten mit einer Kopfbewegung, ihm über den Lagerplatz zu folgen, um sich vor dem Aufbruch noch einmal richtig an frischem Fleisch satt zu fressen. Angesichts ihres schlechten Zustands sicher eine kluge Entscheidung.

Während sich die Wölfin den Bauch voll schlug, trat ich ungeduldig von einem Fuß auf den anderen und dachte darüber nach, ob wir wohl noch rechtzeitig eintreffen würden, um dem Verräter Kurda zuvorzukommen. Selbst wenn sich Magda tatsächlich in dem Tunnellabyrinth auskannte und es mir gelang, ungesehen die Fürstenhalle zu erreichen, wie sollte ich mich dann den Fürsten bemerkbar machen, bevor mich ein übereifriger Wachposten oder einer von Kurdas Handlangern entdeckte und zum Schweigen brachte?

Schließlich war Magda gesättigt, und wir brachen auf. Blitz und zwei jüngere Rüden begleiteten uns. Offenbar wollten sie sich unserer abenteuerlichen Unternehmung anschließen! Auch Rudi folgte uns aufgeregt kläffend ein ganzes Stück, bis mein Retter nach ihm schnappte und ihn verjagte. Der drollige Welpe würde mir fehlen, aber wir konnten ihn unmöglich mitnehmen, deshalb schickte ich ihm und den übrigen Rudelmitgliedern nur einen stummen Abschiedsgruß nach.

Anfangs kamen wir gut voran. Wölfe sind zwar keine beson-

ders schnellen Läufer, dafür aber unglaublich ausdauernd, sie können stundenlang dasselbe zügige Tempo beibehalten. Wir trabten durch den Wald, über Schneefelder und Felsgestein und hatten bald eine beachtliche Strecke zurückgelegt.
Schließlich wurde Magda müde. Die Wölfin war es nicht gewöhnt, mit jungen, kräftigen Männchen Schritt zu halten, und fiel immer weiter zurück. Die Rüden wären einfach weitergelaufen und hätten es der Alten überlassen, ob sie uns irgendwann wieder einholte, aber das wollte ich nicht. Als die anderen Tiere merkten, dass ich mein Tempo absichtlich verlangsamte, bis ich Seite an Seite mit Magda dahintrottete, blieben sie stehen und kamen zu uns zurück.
Ungefähr jede Stunde legten wir eine kurze Pause ein. Als es allmählich heller wurde, erkannte ich auch die Umgebung wieder. Nach meiner Schätzung mussten wir den Eingang zum Berg ein paar Stunden vor Sonnenuntergang erreichen. Tatsächlich dauerte es etwas länger. Sobald es bergauf ging, kam die Wölfin noch langsamer voran. Dennoch erreichten wir den Eingang etwa eine Stunde vor Einbruch der Dämmerung, allerdings sah ich angesichts von Magdas Verfassung ziemlich schwarz. Wenn die Alte schon nach dem ersten Abschnitt des Weges nach Atem rang und vor Erschöpfung zitterte, wie sollte sie dann die lange, anstrengende Kletterpartie im Bergesinneren bewältigen? Ich erklärte ihr, ich käme von hier aus auch ohne ihre Hilfe zurecht, doch sie knurrte nur eigensinnig. Mir kam der Verdacht, dass sie nicht allein um meinetwillen mitgekommen war, sondern ihre eigenen Ziele verfolgte. Betagte Wölfe haben nur selten Gelegenheit, sich vor ihren Gefährten hervorzutun. Magda genoss ihre Anführerrolle und würde lieber während des Aufstiegs tot zusammenbrechen, als aufzugeben. Als Halbvampir konnte ich das gut verstehen, deshalb bedrängte ich sie nicht weiter, ob-

wohl es mir leidtat, dass sie mir den letzten Rest ihrer Kraft opferte.

Die Nacht verbrachten wir in dem Tunnel am Fuß des Berges. Die jungen Rüden waren ungeduldig und hätten am liebsten überhaupt nicht gerastet, doch ich wusste, dass sowohl Vampire als auch Vampyre nachts am umtriebigsten waren, deshalb weigerte ich mich standhaft, auch nur einen einzigen Schritt zu tun, und die Wölfe mussten wohl oder übel bei mir bleiben. Erst als draußen die Sonne aufging, erhob ich mich und forderte meine Begleiter mit einem Nicken zum Weitermarschieren auf.

Die Gänge, durch die uns Magda führte, waren größtenteils ziemlich eng und wurden so gut wie nie benutzt. Die meisten waren auf natürliche Weise entstanden, anders als die vielen von Vampirhand geschaffenen Tunnel, welche die Hallen miteinander verbanden. Immer wieder mussten wir kriechen oder sogar auf dem Bauch rutschen. Es war ziemlich anstrengend (und gelegentlich recht schmerzhaft für jemanden, der keine Kleider trug!), doch ich beschwerte mich nicht. Solange weder Vampire noch Vampyre diese unbequemen Tunnel betraten, blieben wir wenigstens unbemerkt!

Auch auf diesem Abschnitt legten wir regelmäßig Ruhepausen ein. Das Klettern machte der alten Wölfin sehr zu schaffen. Sie sah aus, als könnte sie jeden Augenblick tot umfallen, aber sie war nicht die Einzige, die Probleme hatte. Auch wir anderen schwitzten und schnauften. Uns taten sämtliche Muskeln weh.

Bei einer Rast in einer von Schimmerschimmel fahl erleuchteten Höhle überlegte ich, wieso sich Magda so gut in diesem unterirdischen Labyrinth zurechtfand. Wahrscheinlich hatte sie diesen Ort in jüngeren Jahren ganz zufällig entdeckt. Vielleicht hatte sie irgendwann einmal den Anschluss an das

Rudel verloren, und der Hunger hatte sie in den Berg getrieben. Dort war sie so lange in den Gängen umhergeirrt, bis sie schließlich in den bewohnten Teil des Berges vorgedrungen war, wo sie Wärme und Nahrung vorgefunden hatte. Wenn meine Theorie stimmte, musste sie, wie übrigens viele Tiere, ein bewundernswertes Gedächtnis haben. Während ich noch darüber nachdachte, hob Blitz auf einmal abrupt den Kopf. Er reckte witternd die Schnauze, stand dann auf und tappte zur Mündung eines der Tunnel, die von der Höhle abgingen. Die jüngeren Rüden schlossen sich ihm an, und alle drei entblößten leise knurrend die Fänge.

Meine Aufmerksamkeit war sofort geweckt. Vorsichtshalber hob ich einen scharfkantigen Stein auf und schlich zu den Tieren, um herauszufinden, was sie so beunruhigte. Doch als ich die Höhle durchquerte, ganz auf die Wölfe und ihr rätselhaftes Verhalten konzentriert, ließ sich plötzlich eine schlanke Gestalt aus dem schattigen Dunkel über mir fallen, warf mich zu Boden, rammte mir unsanft einen großen Knochen zwischen die Zähne und erstickte damit meinen Schreckensschrei!

10
Ich riss abwehrend die Hände hoch, und im selben Moment fingen die drei Rüden zu bellen an. Doch ihre Aufmerksamkeit galt nicht etwa meinem Angreifer, sondern richtete sich offensichtlich auf eine andere Gefahr, weiter hinten im Gang. Sie bekamen gar nicht mit, dass ich in Bedrängnis war. Nicht einmal Magda reagierte. Sie blieb einfach liegen und schaute neugierig, aber gelassen zu mir herüber. Bevor ich zuschlagen konnte, sagte der Angreifer etwas, das wie »Gurlabashta!« klang. Ich wollte antworten, aber da ich

immer noch den Knochen im Mund hatte, brachte ich nur ein dumpfes Grunzen zu Wege. »Gurlabashta!«, zischte der Fremde erneut, zog den Knochen heraus und verschloss mir den Mund mit seinen trockenen Fingern.
Da ich anscheinend nicht in unmittelbarer Lebensgefahr schwebte, beruhigte ich mich wieder und betrachtete den Mann genauer. Zu meiner Verblüffung erkannte ich einen der bleichen, weißäugigen Hüter des Blutes. Er war klapperdürr und wirkte verängstigt. Jetzt legte er den Finger auf die eigenen Lippen, deutete erst auf die Wölfe, die inzwischen ohrenbetäubend kläfften, und dann auf die Höhlendecke, von der aus er mich angesprungen hatte. Schließlich zog er mich zur Wand hinüber, zeigte auf einige Vertiefungen im Gestein, kletterte wieselflink empor und verschwand im Dunkeln. Nach kurzem Zögern und einem letzten Blick auf die aufgebrachten Wölfe folgte ich ihm.
Dicht unter der Decke wies der Hüter auf einen breiten Felsspalt, in dem ich mich verstecken sollte. Er selbst verbarg sich in einer nahe gelegenen kleinen Nische. Ich wartete mit pochendem Herzen. Schließlich ertönte eine raue Stimme: »Ruhe!«, befahl sie den tobenden Wölfen. »Schnauze, ihr räudigen Köter!«
Die Tiere hörten zu heulen auf, knurrten aber immer noch drohend. Sie wichen von der Tunnelöffnung zurück, und im nächsten Moment kam ein dunkelrotes Gesicht zum Vorschein: ein Vampyr!
»Wölfe!«, brummte der Vampyr abfällig und spuckte verächtlich auf den Boden. »Zum Teufel mit ihnen!«
»Kümmer dich nicht drum«, sagte eine zweite Stimme hinter ihm. »Wenn wir sie in Ruhe lassen, tun sie uns nichts. Sie haben bloß Hunger.«
»Wenn sie weiter so rumkläffen, locken sie noch neugierige

Vampire an«, brummte der erste Vampyr schlecht gelaunt, und ich sah ein scharfes Messer aufblitzen.
»Sie bellen nur wegen uns«, beschwichtigte ihn sein Kamerad. »Sie hören bestimmt auf, wenn wir …«
Die Stimmen entfernten sich, und ich konnte nichts mehr verstehen.
Als ich mich davon überzeugt hatte, dass die Luft rein war, drehte ich mich nach meinem Retter um, weil ich mich bei ihm bedanken wollte, doch er war nicht mehr da. Er musste sich lautlos aus dem Staub gemacht haben, als meine Aufmerksamkeit abgelenkt worden war. Verwundert schüttelte ich den Kopf. Ich war fest davon überzeugt gewesen, dass die Hüter des Blutes mit den Vampyren im Bunde standen. Auf meiner Flucht vor Kurda und seinen Komplizen hatte nämlich einer von ihnen meine verzweifelten Rufe ignoriert und mich einfach meinem Schicksal überlassen. Wieso kam mir jetzt ein anderer zu Hilfe?
Grübelnd kletterte ich wieder nach unten zu meinen vierbeinigen Gefährten. Sie standen noch immer witternd da, waren aber ruhig. Nach einer Weile erhob sich Magda und übernahm wieder die Führung. Sie schlurfte noch langsamer bergauf als zuvor, und ich überlegte, ob das eher an ihrer Erschöpfung oder ihrer Angst vor den Vampyren lag.

Stunden später erreichten wir endlich die ersten Hallen im oberen Teil des Berges, machten aber einen weiten Bogen um sie. Trotzdem kamen wir an einer Stelle den Lagerräumen bedenklich nahe. Auf der anderen Seite der Felswand hörte ich die Vampire bei der Arbeit reden. Offenbar bereiteten sie das große Festmahl vor, das sich an Kurdas Ernennung zum Fürsten anschloss. Mit angehaltenem Atem lauschte ich eine Weile, doch ihre Stimmen waren zu gedämpft, um etwas zu verstehen, deshalb ging ich aus Angst, entdeckt zu werden, weiter.

Ich rechnete fest damit, dass Magda jeden Augenblick eine Verschnaufpause einlegen würde, doch die greise Wölfin führte uns immer weiter bergauf. Ich hatte den Berg nicht so hoch in Erinnerung und nahm an, dass wir uns bereits dicht unter dem Gipfel befanden, als wir an einen Tunnel kamen, der besonders steil nach oben führte. Magda schnupperte prüfend hinein, dann drehte sie sich nach mir um und schaute mich an. Ihr Blick verriet mir, dass sie mich so weit gebracht hatte, wie sie konnte. Neugierig spähte ich in den Gang, um festzustellen, wohin er führte, als die Alte auf einmal kehrtmachte und davontrottete.

»Wo willst du hin?«, rief ich ihr nach. Sie blieb stehen und sah über die Schulter zurück. Ihr Blick war müde und resigniert; sie war am Ende ihrer Kräfte. »Warte hier. Wir holen dich nachher wieder ab«, forderte ich sie auf. Sie knurrte, scharrte mit den Vorderpfoten und sträubte das Fell. Ich begriff, dass sie sich zum Sterben zurückziehen wollte. »Nein«, sagte ich leise. »Leg dich einfach hin und ruh dich ein wenig aus. Bestimmt kannst du dann ...«

Magda unterbrach mich mit einem kurzen Kopfschütteln. Ihre Augen blickten tieftraurig, und ich verstand auf einmal, dass sie diesen Ausgang unserer Expedition von Anfang an vorhergesehen hatte. Sie hatte gewusst, dass die Anstrengung zu viel für sie sein würde, aber sie hatte sich lieber vor ihrem Tod noch einmal nützlich machen wollen, als sich weitere ein, zwei Jahre hinter dem Rudel herzuschleppen und langsam zugrunde zu gehen. Sie hatte ihr Schicksal selbst gewählt und sah ihrem Ende gelassen entgegen.

Ich kniete mich hin, streichelte ihr den Kopf und krault das dünne Fell hinter ihren Ohren. »Danke«, sagte ich schlicht.

Magda schleckte mir die Hände, rieb die Nase an meiner linken Wange und hinkte davon, um sich ein ungestörtes Plätzchen zu suchen, an dem sie sich niederlegen und in aller Stille aus dem Leben scheiden konnte.

Bevor ich weiterging, hielt ich kurz inne und dachte über den Tod nach. Wie selbstverständlich nahm die Wölfin ihn hin, ganz im Gegensatz zu mir seinerzeit! Dann schüttelte ich die trüben Gedanken entschlossen ab, betrat den Tunnel und machte mich an den Aufstieg.

Das letzte Stück des Weges fiel meinen Begleitern schwerer als mir. Sie waren zwar gute Kletterer, doch der Felsboden war zu glatt für ihre scharfen Krallen, und sie rutschten immer wieder zurück. Irgendwann hatte ich es satt, auf sie zu warten. Ich ließ sie vorangehen und fing sie mit Kopf und Schultern ab, wenn sie den Halt verloren.

Der steile Gang endete in einer kleinen, dunklen Höhle mit ebenem Boden. Es roch modrig, und die strengen Ausdünstungen der Wölfe machten die Luft noch stickiger. »Ihr drei wartet hier«, befahl ich im Flüsterton. Ich hatte Angst, dass uns eventuell in der Nähe befindliche Vampire riechen könnten. Also tastete ich mich weiter voran und kam vor einer bröckeligen Felswand zum Stehen. Trübes Licht fiel durch zahlreiche kleine Löcher und Risse. Ich versuchte hindurchzuspähen, doch dafür waren die Öffnungen zu klein. Deshalb steckte ich den Nagel meines rechten kleinen Fingers in einen etwas größeren Spalt und kratzte so lange an dem porösen Gestein herum, bis der Zwischenraum groß genug war. Wenn ich jetzt ein Auge dicht an die Öffnung drückte, konnte ich etwas sehen. Zu meinem Erstaunen blickte ich auf die hintere Wand der Fürstenhalle!

Nachdem ich mich von meiner Verblüffung erholt hatte (ich hatte immer gehört, es gebe nur einen einzigen Weg zur

Fürstenhalle!), überlegte ich, was ich als Nächstes tun sollte. Bisher war alles geradezu unwahrscheinlich glatt gegangen. Jetzt lag es an mir, die günstigen Umstände so gut wie möglich zu nutzen. Mein erster Gedanke war, die dünne Trennwand einfach zu zertrümmern und laut nach den Fürsten zu rufen, aber die Gefahr, dass mir die Wachposten an der Pforte der Halle oder einer der Verräter die Kehle durchschnitten, bevor ich meine Botschaft losgeworden war, schien mir zu groß.
Unschlüssig kehrte ich zu meinen Gefährten zurück, und wir schlitterten den abschüssigen Gang wieder hinab, dorthin, wo es mehr Platz und bessere Luft gab. Unten angekommen, legte ich mich flach auf den Boden und dachte mit geschlossenen Augen angestrengt darüber nach, wie ich mich am besten mit den Fürsten in Verbindung setzen konnte, ohne von den Speeren und Schwertern pflichteifriger Wachposten und heimtückischer Verräter niedergemacht zu werden.

11 Am liebsten hätte ich ganz ohne einen Vermittler mit den Fürsten persönlich gesprochen, aber natürlich konnte ich nicht einfach zum Eingang der Halle spazieren und die Wachen bitten, mich durchzulassen! Die Alternative war, so lange zu warten, bis einer der Fürsten die Halle verließ, was jedoch nur sehr selten geschah. Das Risiko, dass mir Kurda zuvorkam, war zu groß. Ich erwog, mich zur Pforte zu schleichen und rasch hindurchzuschlüpfen, sobald sie sich öffnete, aber die Wachposten hätten mich bestimmt entdeckt. Falls Kurda schon drinnen war und mich erblickte, murksten er oder seine Leute mich womöglich ab, bevor ich den Mund aufmachen konnte.

Das war meine größte Befürchtung: dass ich getötet wurde, bevor ich die Fürsten warnen konnte. Deshalb kam ich zu dem Schluss, dass ich mich zuvor jemandem anvertrauen musste, der meine Botschaft notfalls auch nach meinem Tod ausrichten konnte.

Aber wer kam dafür in Frage? Als Erstes fielen mir natürlich Mr. Crepsley und Harkat ein, doch ihre Schlafkammern konnte ich nicht unbemerkt erreichen. Auch Arra Sails' und Vanez Blanes Wohnräume waren zu zentral gelegen.

Blieb noch Seba Nile, der altehrwürdige Quartiermeister des Berges. Er wohnte ziemlich weit unten, in der Nähe der Lagerräume. Das war zwar riskant, aber machbar. Doch konnte ich ihm trauen? Kurda und er waren eng befreundet. Seba hatte dem Verräter sogar dabei geholfen, Karten von bislang unerforschten Tunneln zu zeichnen, Karten, mit deren Hilfe die Vampyre vielleicht in ebendiesem Augenblick zur Fürstenhalle vordrangen. War Seba etwa einer von Kurdas Verbündeten?

Kaum hatte ich mir diese Frage gestellt, wusste ich auch schon, dass sie unsinnig war. Seba war ein Vampir der alten Schule, dem Loyalität und Tradition über alles gingen. Außerdem war er Mr. Crepsleys ehemaliger Lehrmeister. Wenn ich Seba nicht vertrauen konnte, wem dann?

Entschlossen stand ich auf, und die Wölfe taten es mir sofort nach. Ich beugte mich zu ihnen hinunter und befahl ihnen dazubleiben. Blitz schüttelte knurrend den Kopf, doch ich ließ mich nicht erweichen. »Ihr bleibt da!«, wiederholte ich streng. »Wartet hier auf mich. Falls ich nicht wiederkomme, kehrt ihr zu eurem Rudel zurück. Das hier ist meine Angelegenheit. Ihr könnt nichts mehr für mich tun.«

Ich wusste nicht genau, ob Blitz alles verstanden hatte, jedenfalls hockte er sich hechelnd auf die Hinterläufe und blickte mir bis zur nächsten Biegung nach.

Ich ging denselben Weg zurück, den wir gekommen waren, und hatte die Lagerräume bald erreicht. Dort war alles still, aber ich spähte sicherheitshalber erst durch das Loch in der Wand, durch das ich seinerzeit mit Kurda geflohen war. Da niemand zu sehen war, schlüpfte ich hindurch und ging mit raschem Schritt zur Tür, die zu den Korridoren führte, doch plötzlich fiel mir etwas ein. Abrupt blieb ich stehen und sah an mir herunter. Ich hatte mich inzwischen so an meine Nacktheit gewöhnt, dass mir erst jetzt klar wurde, wie seltsam ich mich in den Augen der Vampire ausnehmen musste. Wenn ich unbekleidet, verwildert und verdreckt in Sebas Schlafraum hineinplatzte, hielt er mich womöglich für ein Gespenst!

Leider wurde in diesem Lagerraum keine Kleidung aufbewahrt, deshalb zerriss ich notgedrungen einen alten Sack und schlang mir einen breiten Streifen Stoff um den Bauch. Das war immerhin besser als nichts. Um meine Schritte zu dämpfen, wickelte ich mir noch ein paar schmalere Stoffstreifen um die Füße, dann öffnete ich einen Mehlsack und bestäubte mich von oben bis unten mit dem weißen Puder, in der Hoffnung, auf diese Weise den schlimmsten Wolfsgeruch zu überdecken. Schließlich war ich zufrieden, öffnete die Tür und schlüpfte in den dahinter liegenden Korridor.

Bis zu Sebas Gemächern waren es normalerweise zwei, drei Minuten, aber ich brauchte etwa viermal so lange. Immer wieder hielt ich an, beobachtete den vor mir liegenden Tunnelabschnitt und überlegte mir, wo ich mich am besten versteckte, falls ich überraschend einem Vampir begegnete.

Als ich endlich vor Sebas Tür angelangt war, zitterte ich vor Anspannung so heftig, dass ich kurz stehen bleiben musste, bis ich mich wieder beruhigt hatte. Erst dann klopfte ich leise. »Herein!«, rief der Quartiermeister. Ich folgte seiner Aufforderung. Der alte Mann kramte mit dem Rücken zu

mir in einer Truhe.»Nun komm schon her, Thomas«, sagte
er ungeduldig.»Ich habe dir doch gesagt, dass du nicht anzu-
klopfen brauchst. Es sind nur noch zwei Stunden bis zur Or-
dination, und wir haben jetzt keine Zeit, um ...«
Er drehte sich um, und als er mich erblickte, fiel ihm buch-
stäblich die Kinnlade herunter.
»Hallo, Seba«, grinste ich nervös.
Seba blinzelte, schüttelte den Kopf und blinzelte wieder.
»Darren?«, japste er.
»Höchstpersönlich«, lächelte ich.
Seba klappte die Truhe zu und ließ sich schwer auf den Deckel
fallen. »Bist du eine Erscheinung?«, keuchte er.
»Sehe ich etwa so aus?«
»Allerdings.«
Ich lachte und machte ein paar Schritte auf ihn zu.»Ich bin
keine Erscheinung, Seba. Ich bin's wirklich.«
Nun blieb ich stehen.»Sie können mich gern anfassen, wenn
Sie es nicht glauben.«
Seba streckte einen zitternden Finger aus und berührte vor-
sichtig meinen linken Arm. Als er merkte, dass ich tatsächlich
aus Fleisch und Blut bestand, breitete sich ein strahlendes
Lächeln auf seinem Gesicht aus, und er machte Anstalten
aufzustehen.
Doch dann verdüsterten sich seine Züge schlagartig, und er
ließ sich wieder zurücksinken.»Man hat dich zum Tode ver-
urteilt«, seufzte er bekümmert.
Ich nickte.»Das habe ich mir schon gedacht.«
»Du bist geflohen.«
»Das war ein Fehler. Es tut mir Leid.«
»Wir dachten, du wärst ertrunken. Deine Spur führte bis zum
Fluss und hörte dort auf. Wie bist du wieder herausge-
kommen?

»Ich bin geschwommen.«

»Geschwommen? Wohin?«

»Den Fluss entlang.«

»Du meinst … den ganzen Fluss … quer durch den Berg? Das ist unmöglich!«

»Unwahrscheinlich«, berichtigte ich ihn. »Nicht unmöglich. Sonst wäre ich ja jetzt nicht hier.«

»Und Gavner?«, fragte der Alte hoffnungsvoll. »Ist er etwa auch noch am Leben?«

Ich schüttelte traurig den Kopf. »Gavner ist tot. Er wurde ermordet.«

»Das hatte ich befürchtet«, seufzte Seba. »Aber als ich dich sah, dachte ich …« Er unterbrach sich und runzelte die Stirn. »Ermordet?«, polterte er.

»Bleiben Sie lieber sitzen«, sagte ich hastig. Dann berichtete ich ihm in aller Kürze von unserem Zusammenstoß mit den Vampyren, Kurdas Verrat und allem, was danach passiert war.

Als ich fertig war, bebte der alte Mann vor Zorn. »Ich hätte nie geglaubt, dass ein Vampir seine eigenen Brüder hintergehen könnte«, knurrte er. »Noch dazu ein so angesehener Vampir! Das ist eine Schande für unseren ganzen Clan. Wenn ich mir vorstelle, dass ich mit diesem Heuchler auf seine Gesundheit angestoßen und den Segen der Götter für ihn herbeigefleht habe, wird mir ganz schlecht! Bei Charnas Eingeweiden!«

»Sie glauben mir also?«, vergewisserte ich mich erleichtert.

»Ich mag wohl auf einen derartig geschickt getarnten Verräter hereinfallen«, erwiderte Seba, »aber deswegen erkenne ich immer noch die Wahrheit, wenn sie so klar auf der Hand liegt. Ich glaube dir. Und die Fürsten werden dir ebenfalls glauben.« Er stand auf und ging zur Tür. »Wir müssen sie so schnell wie möglich warnen. Je eher wir …« Er blieb stehen. »Nein. Vor der Ordinationsfeier sind die Fürsten nicht mehr zu sprechen. Sie bleiben in ihrer Halle und öffnen erst bei Einbruch der Dämmerung die Pforten, wenn Kurda Einzug hält. So ist es nun mal üblich. Sogar ich würde wieder weggeschickt, wenn ich jetzt um eine Audienz bäte.«

»Können Sie denn überhaupt noch rechtzeitig mit ihnen reden?«, fragte ich besorgt.

Der Quartiermeister nickte. »Vor der eigentlichen Ordination findet eine langwierige Zeremonie statt. Mir bleibt genug Zeit, ihnen die traurige Wahrheit über unseren angeblichen Bundesgenossen Kurda Smahlt zu enthüllen.« Wieder schäumte der Alte vor Wut. »Wenn ich nur dran denke, dass der Schurke jetzt allein in seinem Zimmer sitzt«, zischte er mit schmalen Augen. »Am liebsten würde ich hingehen und ihm die Gurgel durchschneiden, bevor er …«

»Nein«, fiel ich ihm hastig ins Wort. »Die Fürsten wollen ihn bestimmt verhören. Schließlich wissen wir nicht, wer sonst noch alles mit ihm unter einer Decke steckt oder weshalb er das Ganze überhaupt angezettelt hat.«

»Da hast du leider Recht.« Der alte Vampir ließ die Schultern hängen. »Außerdem wäre das für so jemanden ein viel zu gnädiger Tod. Für das, was er Gavner angetan hat, verdient er die schlimmsten Folterqualen.«

»Es gibt noch einen Grund, weshalb ich nicht möchte, dass Sie ihn jetzt schon töten«, sagte ich zögernd. »Ich möchte ihm selbst den Schleier vom Gesicht reißen. Ich war bei Gavner, als er starb. Nur meinetwegen hat er die Hallen überhaupt verlassen. Ich möchte Kurda ins Gesicht sehen, wenn ich ihn öffentlich überführe.«

»Um ihm zu zeigen, wie sehr du ihn hasst?«

»Nein. Um ihm zu zeigen, wie weh er mir getan hat.« Ich hatte Tränen in den Augen. »Ich hasse ihn, Seba, aber er ist trotzdem noch mein Freund. Er hat mir das Leben gerettet. Hätte er damals nicht eingegriffen, wäre ich jetzt tot. Er soll wissen, wie sehr er mich verletzt hat. Es klingt vielleicht merkwürdig, doch er soll begreifen, dass ich ihn nicht aus Rache entlarve.«
Seba nickte bedächtig. »Das leuchtet mir ein«, murmelte er und strich sich nachdenklich übers Kinn. »Aber es ist gewagt. Ich glaube zwar nicht, dass dich die Wachen sofort töten, aber Kurdas Verbündete sind womöglich schneller mit dem Messer bei der Hand.«
»Das Risiko muss ich eben eingehen. Was habe ich denn schon zu verlieren? Hinterher werde ich sowieso hingerichtet, weil ich die Einweihungsprüfungen nicht bestanden habe. Da sterbe ich doch lieber aufrecht und tue dabei noch ein gutes Werk, als elend in der Todeshalle zu verbluten.«
Der alte Quartiermeister lächelte anerkennend. »Du besitzt den Mut eines echten Vampirs, Darren Shan«, sagte er leise.
»Nein«, wehrte ich ab. »Nachdem ich damals wie ein Feigling abgehauen bin, versuche ich nur, diesmal das Richtige zu tun.«
»Larten ist gewiss sehr stolz auf dich«, bemerkte der Alte.
Da mir darauf keine passende Erwiderung einfiel, zuckte ich bloß errötend die Schultern. Dann steckten wir die Köpfe zusammen und schmiedeten Pläne für die heraufziehende, folgenschwere Nacht.

12

Eigentlich hätte ich die Wölfe in das, was kommen sollte, lieber nicht mit hineingezogen, denn ich fürchtete um ihr Leben; aber als ich sie wegscheuchen wollte, blieben sie mit heraushängenden Zungen stur sitzen. »Verschwindet!«, schnauzte ich sie an und versetzte jedem einen kräftigen Klaps auf die Flanke. »Marsch, nach Hause!« Doch anders als Hunde dachten sie gar nicht daran zu gehorchen. Offenbar waren sie fest entschlossen, nicht von meiner Seite zu weichen. Die jungen Rüden sahen sogar aus, als freuten sie sich schon auf eine ordentliche Rauferei! Irgendwann gab ich es auf, hockte mich neben sie und wartete darauf, dass mir meine innere Uhr sagte, wann es Abend wurde.

Kurz vor Einbruch der Dämmerung kraxelten wir den steilen Tunnel abermals empor und begaben uns erneut zu der morschen Rückwand der Höhle, in der die Fürstenhalle angesiedelt war. Dort machte ich mich unverzüglich daran, die Öffnung in dem mürben Gestein so zu vergrößern, dass wir uns hindurchzwängen konnten. Seltsam, dass diese Schwachstelle in der unmittelbaren Umgebung der Fürstenhalle noch niemandem aufgefallen war. Allerdings befand sie sich ziemlich weit oben, und von gegenüber sah die Wand anscheinend massiv aus.

Noch einmal machte ich mir klar, was ich bisher für unverschämtes Glück gehabt hatte. Erst hatte ich den Sturz in den reißenden Bergfluss überlebt; dann hatten mich Rudi und Blitz gefunden, als ich nur noch ein Häufchen Elend war; zu guter Letzt hatte mich Magda auf einem Geheimpfad zur Fürstenhalle geführt. In gewissem Sinne war es sogar von Vorteil gewesen, dass ich seinerzeit die Prüfungen nicht bestanden hatte. Wäre ich im Kampf gegen die Rasenden Eber nicht unterlegen, hätte ich niemals herausgefunden, dass Vampyre in den Berg eingedrungen waren.

War das alles einfach nur Vampirglück, oder war es mehr – so etwas wie Schicksal? Ich hatte nie an Fügung geglaubt, aber man konnte ja nie wissen …

Die Schritte der herannahenden Prozession rissen mich aus meinen Überlegungen. Kurdas Ordination stand unmittelbar bevor. Ich musste handeln. Mühsam quetschte ich mich durch die Maueröffnung, sprang auf den Boden, drehte mich um und fing die Wölfe auf, die einer nach dem anderen hindurchschlüpften. Eng an die gewölbte Höhlenwand gedrückt, schlichen wir näher heran.

Zuerst erblickten wir die Obervampire, die bis zur Pforte der Fürstenhalle ein Ehrenspalier gebildet hatten. Sie waren fast ausnahmslos bewaffnet, ebenso wie die übrigen Anwesenden. Eine Ordination war die einzige Gelegenheit, bei der das Tragen von Waffen in der Fürstenhalle gestattet war. Jeder Bewaffnete konnte ein Verschwörer sein, der Anweisung hatte, mich auf der Stelle zu töten. Um mich nicht verunsichern zu lassen, verdrängte ich diesen Gedanken so rasch wie möglich.

Die drei prächtig gekleideten Fürsten warteten an den geöffneten Flügeltüren. Später würden sie ihr Blut mit Kurda tauschen und ihn auf diese Weise in ihren erlauchten Kreis aufnehmen. Nicht weit davon entfernt erspähte ich Mr. Crepsley und Seba. Der Blick meines Meisters war wie der aller anderen Vampire erwartungsvoll auf den zur Höhle führenden Gang gerichtet, einzig Seba linste aus dem Augenwinkel zu mir herüber. Als er mich sah, nickte er mir unmerklich zu. Das bedeutete, dass er einige seiner Untergebenen in unseren Plan eingeweiht und in der Nähe platziert hatte, damit sie rasch eingreifen konnten, falls während der Zeremonie jemand plötzlich von seiner Waffe Gebrauch machte. Der Quartiermeister hatte seinen Leuten allerdings nichts von meiner Rückkehr erzählt (wir waren übereingekommen, dass dies besser unter uns blieb), und ich hoffte bloß, mein unerwartetes Auftauchen brachte sie nicht so sehr aus dem Konzept, dass sich Kurdas Männer auf mich stürzen konnten.

Inzwischen hatte die Spitze des Festzuges den Eingang der Höhle erreicht. Sechs Vampire schritten dem zukünftigen Fürsten paarweise voran. Sie präsentierten die Gewänder, die Kurda nach der Ordination anlegen sollte. Ihnen folgten zwei Vampire mit besonders tiefen, klangvollen Stimmen, die im Sprechgesang Gedichte und Erzählungen zum Ruhme Kurdas und der übrigen Fürsten vortrugen. Weiter hinten kam ein ganzer Sprechchor, dessen lautstarke Lobpreisungen im Gang und in der Höhle widerhallten.

Erst nach dieser achtköpfigen Vorhut erschien die eigentliche Hauptperson, Kurda Smahlt. Er stand hoch über den Köpfen der Prozession auf einem kleinen, von vier Obervampiren geschulterten Podest. Er war in ein weites weißes Gewand gekleidet, hielt den Kopf mit den blonden Locken gesenkt, die Augen geschlossen. Ich wartete, bis er etwa die halbe Strecke bis an die Pforte zur Fürstenhalle zurückgelegt hatte. Dann löste ich mich von der Wand, trat, dicht gefolgt von den Wölfen, vor und brüllte, so laut ich konnte: »HALT!«

Alle Köpfe fuhren herum, und der Sprechgesang verstummte schlagartig. Zuerst erkannte mich niemand – die Vampire sahen nur einen schmutzigen, halb nackten, mit Mehl bestäubten Jungen – doch als ich näher kam, ging ihnen ein Licht auf, und überraschte Ausrufe ertönten.

»Darren!« Mein Meister stieß einen Freudenschrei aus und lief mit ausgebreiteten Armen auf mich zu. Ich ließ mich nicht ablenken und konzentrierte mich ganz auf die übrigen Anwesenden, um rechtzeitig reagieren zu können, falls einer von ihnen sein Messer zückte.

Die Verschwörer verloren keine Sekunde. Zwei grün uniformierte Wachposten rissen sofort die Speere hoch, ein dritter zog zwei Messer und strebte durch die Menge auf mich zu. Doch auch Sebas Leute schliefen nicht. Trotz der allgemeinen Verwirrung griffen sie sofort ein, warfen die beiden Speerträger zu Boden, bevor sie Unheil anrichten konnten, entwaffneten sie und hinderten sie am Aufstehen. Der Uniformierte mit den Messern war jedoch zu weit von Sebas Gehilfen entfernt. Er brach durch die Reihen der Wachposten, stieß Mr. Crepsley unsanft beiseite und kam direkt auf mich zugerannt. Das eine Messer schleuderte er schon im Laufen, doch ich duckte mich instinktiv. Bevor er das zweite werfen oder damit auf mich einstechen konnte, sprangen ihn die beiden jungen Wölfe an, und er verlor das Gleichgewicht. Vor Aufregung und Wut heulten sie auf und attackierten ihn mit Klauen und Zähnen. Der Bursche schrie aus Leibeskräften und versuchte, sie abzuschütteln, aber die Vierbeiner waren stärker.

Schließlich grub der eine Wolf seine Fänge tief in die Kehle des Verschwörers und beförderte ihn ohne viel Federlesens ins Jenseits. Ich hielt das Tier nicht zurück. Schließlich wollte ich nur verhindern, dass Unschuldige zu Schaden kamen. So schnell, wie dieser Mann zu den Waffen gegriffen hatte, und so entschlossen, wie er auf mich losgegangen war, gehörte er ohne Zweifel zu Kurdas Komplizen.

Die übrigen Anwesenden waren vor Schreck wie gelähmt. Sogar Mr. Crepsley hielt mitten in der Bewegung inne, die Augen weit aufgerissen. »Darren?«, keuchte er mit schwankender Stimme. »Was geht hier vor? Wie bist ...«

»Nicht jetzt!«, schnitt ich ihm barsch das Wort ab und ließ die Augen auf der Suche nach weiteren Verschwörern über die Menge schweifen. Ich entdeckte keine, aber richtig sicher durfte ich mich erst fühlen, nachdem ich mein Anliegen vorgebracht hatte. »Ich erzähl's Ihnen später«, versprach ich meinem Meister, dann ging ich ohne Hast an ihm vorbei auf Kurda und die Fürsten zu. Blitz hielt sich dicht neben mir. Er knurrte warnend.

Kurda hatte beim ersten Lärm zwar den Kopf gehoben und die Augen geöffnet, jedoch nicht versucht, sein Podest oder gar den Raum zu verlassen. Der Blick, den er auf mich richtete, war schwer zu deuten, eher wehmütig als angsterfüllt. Er rieb sich die drei kleinen Narben auf der linken Wange (die Vampyre hatten ihn gezeichnet, als er vor einigen Jahren mit ihnen über die Bedingungen für einen Friedensschluss verhandelt hatte) und seufzte tief.

»Was zum Teufel ist hier los?«, polterte Mika Ver Leth. Seine Miene war genauso finster wie seine ganze Erscheinung. »Warum haben diese Vampire da drüben Streit angefangen? Werft sie sofort hinaus!«

»Euer Gnaden!«, meldete sich Seba eilig zu Wort, bevor der Befehl ausgeführt werden konnte. »Diese Männer sind Abtrünnige, und diejenigen, die sie aufgehalten haben, handelten in meinem Auftrag. Ich rate Euch dringend ab, die beiden freizulassen, bevor Ihr Darren zu Ende angehört habt.«

Mika blickte den alten Quartiermeister scharf an. »Hast du etwas mit diesem Durcheinander zu schaffen, Seba?«

»Jawohl, Euer Gnaden«, erwiderte der Alte. »Und ich bin stolz darauf.«

»Der Junge hat sich dem Urteil der Fürsten durch Flucht entzogen«, knurrte Pfeilspitze. Die angeschwollenen Adern auf seinem kahlen Schädel pulsierten. »Was hat er hier zu suchen?«

»Das wird er Euch gleich selbst erklären, Euer Gnaden«, beharrte Seba.

»Das ist wirklich ungeheuerlich«, sagte Paris Skyle stirnrunzelnd. »Noch nie zuvor hat es jemand gewagt, eine Ordination zu stören. Ich weiß zwar nicht, warum du den Jungen in Schutz nimmst, Seba, aber ich halte es für besser, euch beide aus der Halle zu entfernen, bis wir …«

»Nein!«, schrie ich, zwängte mich zwischen den Wachen hindurch und trat direkt vor das Podium der Fürsten. Ich blickte einem nach dem anderen in die Augen und sprach so laut, dass es alle hören konnten: »Ihr habt gesagt, dass noch nie jemand eine Ordination unterbrochen hat, und das mag stimmen. Aber ich behaupte, dass auch noch nie ein Verräter ordiniert werden sollte, und daher …«

Die Zuhörer brachen in erregte Zwischenrufe aus. Man war allgemein empört, dass ich Kurda als Verräter bezeichnete (sogar jene Vampire, die gegen seine Ordination gestimmt hatten, waren aufgebracht), und bevor ich mich noch wehren konnte, hatte sich ein wütender Mob um mich geschart, der an mir zerrte, mich schlug und mit Füßen trat. Die Wölfe wollten mir zu Hilfe eilen, blieben jedoch im Gewühl stecken.

»Aufhören!«, brüllten die Fürsten immer wieder. »Sofort aufhören!«

Schließlich konnten sie sich Gehör verschaffen. Meine Peiniger ließen von mir ab und wichen fluchend und mit zornfunkelnden Augen zurück. Sie hatten mich nicht ernstlich verletzt. Das Gedränge war so dicht gewesen, dass keiner von ihnen richtig zum Schlag hatte ausholen können.

»Was für eine Nacht!«, brummte Mika Ver Leth. »Schlimm genug, dass ein halbes Kind unsere Bräuche und Gesetze verletzt, aber dass ausgewachsene Vampire, die es wahrhaftig besser wissen sollten, sich in Anwesenheit ihrer Herrscher wie eine Horde Barbaren aufführen …« Er schüttelte fassungslos den Kopf.

»Er hat Kurda einen Verräter genannt!«, rief jemand dazwischen. Der Zorn der Menge flammte erneut auf und machte sich in heftigen Beschimpfungen meiner Person Luft.
»Genug!«, bellte Mika. Als wieder Ruhe eingekehrt war, blickte er mich durchbohrend an. Ich hatte fast den Eindruck, als hätte er selbst nicht übel Lust, tätlich zu werden. »Wenn es nach mir ginge«, erklärte er in schneidendem Ton, »würde ich dich fesseln und knebeln lassen, bevor du noch ein einziges Wort sprichst. Anschließend würden dich die Wachen in die Todeshalle schleppen, damit du endlich deine verdiente Strafe erhältst.«
Er machte eine Pause und ließ den Blick über die Zuschauer schweifen, die zustimmend nickten und murmelten.
Dann musterte er Seba eingehend und runzelte die Stirn. »Aber jemand, den wir alle kennen, schätzen und bewundern, hat sich für dich eingesetzt. Ich verachte feige Halbvampire zutiefst, die einfach weglaufen, statt sich ihrem Urteil zu stellen. Doch Seba Nile ist nun mal der Meinung, wir sollten dich anhören, und ich persönlich möchte gern wissen, wie er dazu kommt.«
»Ich ebenfalls«, brummte Paris Skyle.
Pfeilspitze wirkte verwirrt. »Auch ich schätze Seba durchaus«, begann er, »aber ein solcher Verstoß gegen die Tradition ist unverzeihlich. Ich finde …« Doch nach einem zweiten Blick auf den Quartiermeister änderte er seine Meinung und nickte widerstrebend. »Na schön. Ich schließe mich Paris und Mika an. Aber nur deinetwegen, Seba.«
Nun wandte sich Paris wieder mir zu und bat mich so freundlich, wie es ihm unter den gegebenen Umständen möglich war: »Also – was hast du uns so Dringendes zu sagen, Darren? Fass dich bitte kurz.«
»Okay.« Ich sah zu Kurda hoch, der mich stumm aus weit

geöffneten Augen anblickte. »Ich kann es sogar ganz kurz machen: Kurda Smahlt hat Gavner Purl umgebracht.« Die Vampire schnappten entsetzt nach Luft, und die soeben noch hasserfüllten Blicke wichen fragenden Mienen. »In diesem Moment warten Dutzende von Vampyren in den Gängen unter uns auf das Signal zum Angriff«, fuhr ich fort. Erstauntes Schweigen. »Dieser Vampir hier hat sie herbeigerufen!« Ich zeigte auf Kurda, und diesmal erhob niemand Einspruch. »Er ist ein Verräter«, schloss ich flüsternd, und während sich alle Augen auf Kurda richteten, tropften aus den meinen dicke Tränen auf den staubigen Fußboden.

13 Lange war es totenstill. Niemand schien so recht zu wissen, was er sagen oder denken sollte. Hätte Kurda die gegen ihn erhobenen Vorwürfe sofort mit Nachdruck zurückgewiesen, hätte er die Obervampire damit vielleicht noch auf seine Seite ziehen können. Aber er stand einfach nur da, starrte niedergeschlagen vor sich hin und ertrug ihre fragenden Blicke.

Paris Skyle räusperte sich. »Was Darren da behauptet, wäre wohl für jeden Vampir eine schwer wiegende Beschuldigung«, sagte er. »Aber für einen zukünftigen Fürsten, dessen Ordination unmittelbar bevorsteht ...« Er schüttelte den Kopf. »Du weißt, was es für Konsequenzen hat, wenn du lügst, Darren?«

»Warum sollte ich lügen?«, gab ich zurück. Ich drehte mich zu den Zuhörern um. »Alle hier wissen, dass ich meine Einweihungsprüfungen nicht bestanden habe und vor meinem Todesurteil geflohen bin. Durch meine Rückkehr habe ich mein Leben endgültig verwirkt. Glaubt denn wirklich jemand, ich wäre ohne guten Grund zurückgekommen?«

Niemand antwortete.

»Kurda hat euch verraten! Er steht mit den Vampyren im Bunde. Nach seiner Ordination will er ihnen die Tore der Fürstenhalle öffnen, um den Stein des Blutes in seinen Besitz zu bringen.«

Überraschte Ausrufe wurden laut.

»Woher willst du das wissen?«, übertönte Pfeilspitze das Stimmengewirr. Der kahlköpfige Fürst hasste die Vampyre noch erbitterter als die meisten anderen Vampire, denn seine Frau war vor vielen Jahren von einem Vampyr ermordet worden.

»Was den Stein betrifft, handelt es sich um eine Vermutung«, räumte ich ein, »aber die Vampyre habe ich mit eigenen Augen gesehen. Gavner übrigens auch. Deshalb hat ihn Kurda ja umgebracht. Mich hätte er vielleicht verschont, doch ich bin in der Halle der Letzten Reise in den Fluss gesprungen. Ich hatte fest damit gerechnet zu ertrinken, aber erstaunlicherweise habe ich überlebt. Nachdem ich mich von den Strapazen erholt hatte, bin ich unverzüglich zurückgekehrt, um euch alle zu warnen.«

»Wie viele Vampyre befinden sich bereits im Berg?«, hakte Pfeilspitze nach und funkelte mich durchdringend an.

»Mindestens dreißig, vielleicht auch mehr.«

Die drei Fürsten wechselten besorgte Blicke. »Das kann ich nicht glauben«, brummte Mika schließlich.

»Ich auch nicht«, stimmte Pfeilspitze zu. »Aber eine derart ausgefallene Lüge ist unschwer zu überprüfen. Wenn Darren uns wirklich hereinlegen wollte, hätte er sich etwas Glaubwürdigeres ausgedacht.«

»Seht dem Jungen doch in die Augen«, warf der alte Paris in diesem Moment seufzend ein. »Er sagt die Wahrheit.«

Plötzlich entstand in einer Ecke des Raumes erneut Unruhe. Einer von Kurdas Komplizen hatte sich losgerissen und wollte

fliehen. Doch bevor er den Ausgang erreichte, hatten ihn die Wachen schon umzingelt. Der Kerl zog sein Messer und schien zum Äußersten entschlossen.
»Nicht, Cyrus!«, brüllte Kurda. Es war das erste Mal seit der Unterbrechung der Zeremonie, dass er den Mund aufmachte. Der Angesprochene ließ die Waffe sinken und blickte seinen Anführer abwartend an.
»Das Spiel ist aus«, sagte Kurda leise. »Wir wollten doch nicht unnötig Blut vergießen.«
Cyrus nickte gehorsam. Doch bevor ihn die Wachen abführen konnten, setzte er sich selbst das Messer auf die Brust und stach zu. Tot sank er zu Boden. Wieder richteten sich alle Blicke auf Kurda, aber diesmal waren die Gesichter der Vampire finster.
»Was hast du zu deiner Verteidigung vorzubringen?«, fragte Mika mit belegter Stimme.
»Im Augenblick – nichts«, erwiderte Kurda gelassen.
»Du gibst also alles zu?«
»Ja.«
Bei diesem Geständnis ging ein entsetztes Raunen durch die Reihen.
»Tötet ihn!«, knurrte Pfeilspitze. Der Vorschlag rief lauten Beifall hervor.
»Mit Verlaub, Euer Gnaden«, mischte sich Seba ein, »sollten wir uns nicht lieber mit den Vampyren befassen statt mit einem der Unsrigen? Kurda kann warten. Wir müssen zuerst überlegen, wie wir den Überfall verhindern.«
Paris nickte zustimmend. »Seba hat Recht. Zuerst müssen wir die Vampyre in die Flucht schlagen. Um die Verräter kümmern wir uns später.«
Er befahl einigen Wachposten, Kurda und seinen überlebenden Komplizen fortzuschaffen und strengstens zu bewachen.

»Sie dürfen sich dem Verhör auf keinen Fall durch Selbstmord entziehen«, warnte er die Männer eindringlich.
Dann winkte er mich heran und wandte sich erneut an die Versammelten. »Meine Kollegen und ich ziehen uns jetzt mit Darren in die Halle zurück, kommen aber bald wieder. Ihr bleibt bitte alle hier, während wir beraten, was angesichts dieser bestürzenden Wendung der Ereignisse zu tun ist. Sobald wir uns für eine Taktik entschieden haben, setzen wir euch unverzüglich davon in Kenntnis. Später, wenn die unmittelbare Gefahr abgewendet ist, findet sich gewiss Zeit für ausführlichere Gespräche.«
»Passt vor allem höllisch auf, dass sich niemand unbemerkt aus dem Staub macht«, blaffte Mika scharf. »Wir wissen nicht, wer noch alles in dieses Komplott verwickelt ist. Auf keinen Fall darf irgendetwas davon an die Ohren derer gelangen, die hinterrücks den Untergang unserer Sippe herbeiführen wollen.«
Damit betraten wir die Halle, gefolgt von einigen altgedienten Obervampiren sowie Seba, Arra Sails und Mr. Crepsley.
Als sich die Türen hinter uns geschlossen hatten, ließ die Anspannung merklich nach. Paris eilte sofort zum Stein des Blutes, um nachzusehen, ob er unversehrt war; Mika und Pfeilspitze schlurften bedrückt zu ihren Thronsesseln. Seba reichte mir ein paar Kleidungsstücke, die ich überziehen sollte. Anschließend geleitete mich der ehrwürdige Quartiermeister zum Podium der Fürsten.
Ich hatte immer noch keine Gelegenheit gefunden, ein Wort mit meinem Meister zu wechseln, deshalb lächelte ich ihn im Vorbeigehen an, um ihm zu zeigen, dass ich ihn nicht vergessen hatte.
Zunächst berichtete ich den Fürsten, wie Kurda und ich geflohen waren, wie Gavner uns gefolgt war, wie wir einen

anderen Gang als den von Kurda vorgesehenen benutzt hatten und auf die Vampyre gestoßen waren, wie Gavner uns verteidigt und Kurda ihn schließlich niedergestochen hatte.
Als ich zu meinem Abenteuer im Fluss kam, breitete sich ein Grinsen auf Paris' Gesicht aus, und er klatschte geräuschvoll Beifall.
»So was hätte ich nie für möglich gehalten«, gluckste der einohrige Fürst bewundernd. »Ganz früher haben sich besonders übereifrige junge Vampire in Fässern durch den Berg tragen lassen, aber noch nie hat jemand versucht …«
»Paris, bitte«, unterbrach ihn Mika genervt. »Heb dir deine Anekdoten für später auf.«
»Natürlich, natürlich«, hüstelte der Alte verlegen. »Erzähl bitte weiter, Darren.«
Also schilderte ich, wie ich weit weg vom Vampirberg ans Ufer gespült worden war, wo mich die Wölfe fanden und wieder aufpäppelten.
»Dergleichen kommt gar nicht so selten vor«, warf Mr. Crepsley ein. »Wölfe haben schon oft ausgesetzte Säuglinge an Kindes statt angenommen.«
Ich berichtete, wie ich ihn und Arra bei der Suche nach mir beobachtet hatte, es aber angesichts von Kurda und seinen Schwert schwingenden Kumpanen vorgezogen hatte, mich nicht bemerkbar zu machen.
»Diese beiden Verschwörer«, unterbrach mich Mika grimmig. »Hast du sie vorhin wieder erkannt?«
»Ja«, erwiderte ich. »Sie gehörten zu den dreien, die mich mundtot machen wollten. Einen davon haben ja die Wölfe erledigt. Der andere wurde zusammen mit Kurda abgeführt.«
»Wie viele unserer Leute mögen wohl noch an der Verschwörung beteiligt sein?«, überlegte Mika laut.
»Ich schätze mal, das waren alle«, meinte Paris.

»Du glaubst, es waren insgesamt nur vier?«
Der betagte Fürst nickte. »Es ist nicht so einfach, einen Vampir zum Verrat zu überreden. Kurdas drei Mitverschworene waren ziemlich jung und, falls ich mich recht entsinne, alle drei von ihm persönlich angezapft. Die einzigen Mitglieder übrigens, die er jemals in unsere Gemeinschaft eingeführt hat. Außerdem bin ich überzeugt, dass er allen seinen Komplizen Anweisung erteilt hat, sich bei der Ordinationsfeier unters Publikum zu mischen. Das heißt, sie wären ebenfalls aufgesprungen, um Darren mit Gewalt am Reden zu hindern.
Wir sollten zwar die Möglichkeit nicht außer Acht lassen, dass sich noch zwei oder drei Verräter unerkannt in unseren Reihen befinden«, schloss der Alte, »aber anzunehmen, dass womöglich jeder Zweite von uns ein Schurke ist, bringt uns nicht weiter. Wir müssen jetzt fest zusammenhalten und dürfen nicht zu einer unkontrollierten Hexenjagd aufrufen.«
»Ich bin ganz Paris' Meinung«, bestätigte Pfeilspitze. »Das Misstrauen muss im Keim erstickt werden, bevor es sich wie ein Flächenbrand ausbreitet. Wenn wir das gegenseitige Vertrauen innerhalb unseres Clans nicht so schnell wie möglich wiederherstellen, bricht blankes Chaos aus.«
Den Rest der Geschichte bis zu meiner Rückkehr kürzte ich ab. Ich erwähnte Magda, die Kletterpartie im Bergesinneren und meinen Besuch bei Seba, dem ich mich vorsichtshalber anvertraut hatte, um im Falle meines Todes einen Mitwisser zu haben, der Kurda statt meiner entlarven konnte. Ich ließ auch die Hüter des Blutes nicht aus, von denen mich einer damals in der Halle der Letzten Reise so schmählich im Stich gelassen, ein anderer mich dagegen bei meiner Rückkehr in den Berg davor bewahrt hatte, von den Vampyren entdeckt zu werden.

»Die Hüter halten ihre eigenen Ratsversammlungen ab«, erläuterte Seba (der alte Quartiermeister wusste mehr über die Lebensgewohnheiten dieser seltsamen Geschöpfe als die übrigen Vampire). »Sie mischen sich ungern in unsere Angelegenheiten, was wiederum erklärt, warum sie uns nicht sofort gewarnt haben. Eine indirekte Einmischung jedoch, wie zum Beispiel Darren zu verstecken, wenn Gefahr im Verzug ist, scheint gestattet. Ihre übertriebene Neutralität ist zwar ärgerlich, aber ein fester Bestandteil ihrer Sitten und Bräuche. Wir dürfen ihnen daraus keinen Vorwurf machen.«
Als Seba und ich geendet hatten, schwiegen die Anwesenden nachdenklich.
Mika Ver Leth war der Erste, der wieder den Mund aufmachte: »Das Wohl des Clans war dir wichtiger, als deine eigene Haut zu retten«, brummte er mit schiefem Lächeln. »Natürlich können wir dein Versagen bei den Prüfungen oder die Tatsache, dass du dich deinem Urteil durch Flucht entzogen hast, nicht einfach auf sich beruhen lassen, dein guter Ruf jedoch ist aufgrund deiner selbstlosen Tat wiederhergestellt. Du bist ein echter Vampir, Darren Shan, ein wahres Geschöpf der Nacht, das diesen Namen verdient hat.«
Ich wandte den Kopf ab, um mein verlegenes Grinsen zu verbergen.
»Genug der schönen Worte«, grunzte Pfeilspitze. »Der Feind ruht nicht. Ich kann erst wieder ruhig schlafen, wenn der letzte Vampyr in der Todeshalle ein Dutzend Mal in die Pfähle gestürzt ist. Lasst uns endlich runtergehen und …«
»Langsam, mein Freund«, unterbrach ihn Paris und legte seinem Kollegen beschwichtigend die Hand auf den Arm.
»Wir dürfen nichts überstürzen. Die Fährtensucher haben Darrens Route durch die Tunnel verfolgt und sind dabei ganz

dicht an den Höhlen vorbeigekommen, in denen die Vampyre ihr Lager aufgeschlagen haben. Das hat Kurda zweifellos einkalkuliert und ihnen befohlen umzuziehen. Demnach müssen wir sie zuerst einmal finden. Und selbst dann müssen wir uns mit größter Vorsicht anpirschen, damit sie uns nicht hören und erneut entwischen.«
»Meinetwegen«, brummelte Pfeilspitze. »Aber nur, wenn ich den ersten Angriff leiten darf!«
»Dagegen ist von meiner Seite nichts einzuwenden«, nickte Paris. »Mika?«
»Geht für mich in Ordnung, wenn ich den zweiten Vorstoß befehlige und er mir genug Feinde übrig lässt, um meine Klinge zu wetzen.«
»Abgemacht«, lachte der andere mit vor Kampfeslust funkelnden Augen.
»So jung und schon so blutdürstig«, seufzte Paris. »Ich nehme an, das bedeutet, ich soll hier bleiben und die Halle hüten.«
»Einer von uns löst dich kurz vor Schluss ab«, versicherte Mika. »Dann kannst du dich noch mit den Nachzüglern amüsieren.«
»Wirklich sehr aufmerksam von euch«, grinste der weißhaarige Fürst. Dann wurde er wieder ernst. »Noch ist es nicht so weit. Zuerst müssen wir unsere besten Fährtensucher zusammenrufen. Darren soll sie zu den betreffenden Höhlen führen. Wenn wir erst …«
»Euer Gnaden«, unterbrach ihn Seba erneut. »Seit Darren das Wolfsrudel verlassen hat, hat er noch nichts gegessen, und obendrein hat er seit seiner Flucht aus unserem Berg keinen Tropfen Menschenblut mehr zu sich genommen. Bitte gestattet mir, ihm erst einmal etwas Essbares zu verschaffen, bevor er sich auf eine derart gefährliche Mission begibt.«

»Selbstverständlich«, nickte Paris zustimmend. »Geh mit ihm in die Khledon-Lurt-Halle und lass ihm alles auftischen, was sein Herz begehrt. Wir rufen ihn dann.«
Ich wäre zwar lieber dageblieben und hätte weiter mit den Fürsten Pläne geschmiedet, doch mir knurrte tatsächlich der Magen. Deshalb schloss ich mich dem Quartiermeister ohne Widerworte an. Neugierige Blicke folgten uns durch den Vorraum. In der Khledon-Lurt-Halle verschlang ich eine der köstlichsten Mahlzeiten meines Lebens, nicht ohne zuvor ein kurzes Dankgebet an die Vampirgötter zu richten, die mich während meines Eingreifens in Kurdas Ordinationszeremonie nicht im Stich gelassen hatten und hoffentlich auch in einer ungewissen Zukunft schützend ihre Hand über uns alle halten würden.

14 Während ich noch speiste, holte mein Meister Harkat herbei. Man hatte dem Kleinen Kerl nicht erlaubt, an den Ordinationsfeierlichkeiten teilzunehmen (das war ausschließlich Vampiren gestattet). Daher ahnte er nichts von meiner Rückkehr und war völlig baff, als er mich am Tisch sitzen und herzhaft spachteln sah. »Darren!«, rief er laut und lief freudig auf mich zu.
»...lo, Harkat«, nuschelte ich, beide Backen voller Rattenbraten.
»Wie ... kommst du ... hierher? Haben sie ... dich ... gefangen?«
»Nicht direkt. Ich habe mich gestellt.«
»Wieso?«
»Bitte nicht jetzt«, flehte ich. »Ich habe die ganze Story gerade eben den Fürsten erzählt. Du erfährst es noch früh genug.

Verrat mir lieber, was während meiner Abwesenheit alles passiert ist.«

»Nichts Besonderes«, erwiderte Harkat. »Die Vampire waren ... stinkwütend, als sie ... merkten, dass du ... abgehauen bist. Ich habe behauptet ... ich wüsste von nichts. Sie haben ... mir nicht geglaubt, aber ich ... hab einfach immer dasselbe ... gesagt. Da konnten ... sie nichts machen.«

»Noch nicht einmal mich hat er ins Vertrauen gezogen«, warf mein Meister ein.

Ich blickte den Vampir beschämt an. »Tut mir echt Leid, dass ich einfach weggerannt bin«, murmelte ich.

»Das gehört sich auch«, knurrte er. »So was sieht dir gar nicht ähnlich, Darren.«

Ich ließ den Kopf hängen. »Ich weiß. Ich könnte ja jetzt die ganze Schuld auf Kurda schieben, denn hätte er mich nicht überredet wegzulaufen, wäre ich vielleicht dageblieben. Aber in Wirklichkeit hatte ich solche Angst, dass ich jede Gelegenheit zur Flucht ergriffen hätte. Ich habe mich nicht nur vor dem Sterben gefürchtet, sondern auch vor den Begleitumständen: dem Gang in die Todeshalle, in einem Käfig über den Pfählen zu baumeln und ...« Ich schauderte.

»Geh nicht zu hart mit dir selbst ins Gericht«, unterbrach mich mein Meister nachsichtig. »Ich mache mir viel größere Vorwürfe, weil ich seinerzeit überhaupt zugelassen habe, dass man dich unter diesen Bedingungen den Prüfungen überantwortet. Ich hätte auf einer angemessenen Zeitspanne bestehen müssen, in der du dich vorbereiten und auf ein eventuelles Scheitern hättest einstellen können. Der Fehler liegt bei uns, nicht bei dir. So wie du hätte jeder gehandelt, der noch nicht lange mit den Grundsätzen unserer Sippe vertraut ist.«

»Ich würde eher sagen, es war Schicksal«, mischte sich Seba ein. »Wäre Darren nicht geflohen, hätten wir doch niemals

rechtzeitig von Kurdas heimtückischem Verrat oder der Anwesenheit der Vampyre in unserer Festung erfahren.«
»Die Zeiger des Schicksals kreisen auf einer herzförmigen Uhr«, murmelte Harkat vor sich hin. Wir drehten uns verblüfft nach ihm um.
»Was bedeutet das?«, fragte ich.
Der Kleine Kerl zuckte die Achseln. »Weiß ich … nicht so genau. Ist mir … nur grade eingefallen. War … so eine Redensart von … Meister Schick.«
Wir wechselten bange Blicke, als wir uns vorstellten, wie Meister Schick mit seiner herzförmigen Uhr herumspielte.
»Glaubt ihr, dass Salvatore Schick in die Sache verwickelt ist?«, fragte Seba schließlich.
»Ich wüsste nicht, wie«, entgegnete Mr. Crepsley. »Ich glaube eher, dass Darren unverschämtes Vampirglück hatte. Andererseits – bei diesem Finsterling Schick ist alles möglich …«
Schweigend grübelten wir darüber nach, ob bei den jüngsten Ereignissen das Schicksal seine Hand im Spiel gehabt hatte oder ob alles nur eine Aneinanderreihung von Zufällen gewesen war. Dann trat der Bote der Fürsten ein. Er brachte mich in die unteren Regionen des Berges, wo mich die Fährtensucher bereits erwarteten. Die Suche nach den Vampyren nahm ihren Lauf.
Insgesamt waren fünf Fährtensucher beteiligt, darunter auch Vanez Blane, der während der Prüfungen mein Tutor und Trainer gewesen war. Der einäugige Wettkampfaufseher ergriff meine Hände und drückte sie so fest, dass es wehtat.
»Ich habe immer gewusst, dass du irgendwann wiederkommst«, sagte er zufrieden. »Die anderen haben dich beschimpft, aber ich war überzeugt, dass du bloß in Ruhe über alles nachdenken musstest. Deshalb habe ich dich verteidigt

und erklärt, dass du deinen übereilten Entschluss schon bald bereuen und in den Berg zurückkehren würdest.«

»Aber drauf gesetzt haben Sie trotzdem nicht – wetten?«, neckte ich ihn.

»Wenn du mich so fragst – nein«, gab er lachend zu. Dann inspizierte er meine Füße, um sich zu vergewissern, dass meine Schritte kein Geräusch machten. Die offiziellen Fährtensucher trugen besonders weiches Schuhwerk. Vanez bot mir an, ein Paar in meiner Größe aufzutreiben, doch ich zog meine Streifen aus Sackleinen vor.

»Äußerste Vorsicht ist geboten«, schärfte er uns ein. »Keine hastigen Bewegungen, kein Licht, nicht reden. Verständigt euch durch Handzeichen. Und du nimm das hier, Darren.« Er reichte mir ein langes, scharfes Messer. »Zögere nicht, es zu benutzen, wenn du bedroht wirst.«

»Bestimmt nicht«, versprach ich und dachte an jenes Messer, dessen scharfe Klinge meinen Freund Gavner Purl das Leben gekostet hatte.

Solchermaßen ausgerüstet, marschierten wir los. Ich weiß nicht, ob ich die Höhle der Vampyre ohne Hilfe wieder gefunden hätte (seinerzeit war ich so verstört gewesen, dass ich mir den Weg nicht eingeprägt hatte), doch die Fährtensucher waren meiner Spur bereits einmal gefolgt und kannten die Richtung.

Erneut benutzten wir den Tunnel, der unter dem Bergfluss entlangführte. Diesmal fand ich ihn nur halb so schrecklich, denn seit dem letzten Mal hatte ich noch viel schlimmere Ängste ausgestanden als die, dass die Decke einstürzen und der Gang überflutet werden könnte. In der vorderen Höhle machten wir Halt, und ich deutete wortlos auf den Verbindungstunnel zur zweiten, größeren Höhle. Zwei Fährtensucher wurden als Kundschafter vorausgeschickt. Gespannt

horchte ich, ob irgendwelcher Kampflärm zu vernehmen war, doch alles blieb ruhig. Da kehrte auch schon einer der Männer zurück und schüttelte verneinend den Kopf. Wir anderen folgten ihm in die große Höhle.
Als ich sah, dass sie vollkommen leer war, schnürte sich mir die Kehle zusammen. Das Gewölbe machte den Eindruck, als sei es noch nie betreten worden.
Ich hatte das dumpfe Gefühl, als würden wir die Vampyre vielleicht nie aufspüren, so dass mich die Vampire am Ende doch noch für einen Lügner halten mussten. Vanez spürte offenbar meine Bedenken, denn er stieß mich freundschaftlich in die Rippen und zwinkerte mir beruhigend zu. Er formte die Worte »Wir kriegen sie« mit den Lippen, dann schloss er sich den übrigen Fährtensuchern an, die jeden Winkel der Höhle unter die Lupe nahmen.
Schon nach kurzer Zeit hatten sie mehrere Beweise für den Aufenthalt der Vampyre entdeckt, und meine Befürchtungen lösten sich in Luft auf. Einer hielt einen Stofffetzen hoch, ein Zweiter eine halb volle Konservenbüchse mit Bohnen, ein Dritter deutete auf eine kleine Speichelpfütze, wo einer der Eindringlinge offenbar kräftig auf den Boden gespuckt hatte. Nachdem jeder Zweifel ausgeschlossen war, kehrten wir in die vordere Höhle zurück und beratschlagten im Flüsterton. Wir fürchteten keine Lauscher, denn das Rauschen des Wassers übertönte unsere Stimmen.
»Eindeutig Vampyre«, brummte einer der Fährtensucher. »Mindestens ein Dutzend.«
»Sie haben sich große Mühe gegeben, ihre Spuren zu verwischen«, knurrte ein anderer. »Wir haben sie nur entdeckt, weil wir genau wussten, wonach wir Ausschau halten sollten. Hätten wir die Höhle nur flüchtig durchsucht, wäre uns bestimmt nichts aufgefallen.«

»Was glaubt ihr, wo sie hingegangen sind?«, fragte ich.
»Schwer zu sagen«, erwiderte Vanez nachdenklich und kratzte sich am Lid seines blinden Auges. »In der unmittelbaren Nähe gibt es kaum Höhlen, die so groß sind, dass sich eine Horde Vampyre einigermaßen bequem darin verkriechen kann. Aber vielleicht haben sie sich ja in kleinere Gruppen aufgespalten und lauern überall verstreut.«
»Glaub ich nicht«, widersprach einer der Fährtensucher. »Wenn ich den Oberbefehl über diese Kerle hätte, würde ich darauf bestehen, dass alle zusammenbleiben, für den Fall, dass wir entdeckt würden. Ich glaube, wir finden die ganze Bande auf einem Haufen, wahrscheinlich in der Nähe eines Ausgangs, damit sie im Notfall alle auf einmal fliehen können.«
»Hoffen wir's«, sagte Vanez. »Wenn sie sich wirklich aufgeteilt haben, kann es ewig dauern, bis wir auch den Letzten aufgestöbert haben. Findest du allein zu den Hallen zurück?«, wandte er sich dann an mich.
»Ja«, erwiderte ich. »Aber ich möchte dabei sein.«
Mein ehemaliger Tutor schüttelte den Kopf. »Wir haben dich mitgenommen, damit du uns diese Höhle zeigst. Aber jetzt können wir dich hier nicht mehr gebrauchen. Ohne dich geht es schneller voran. Geh zu den anderen zurück und berichte ihnen, was wir entdeckt haben. Sobald wir das Versteck der Vampyre gefunden haben, kommen wir nach.«
An der Pforte zu den Hallen wurde ich bereits von Seba erwartet und zur Fürstenhalle geleitet. Weitere Obervampire waren eingetroffen und diskutierten eifrig über den bevorstehenden Angriff, aber abgesehen von denjenigen, die von den Fürsten mit Spezialaufträgen losgeschickt worden waren, hatte tatsächlich niemand die unmittelbare Umgebung der Halle verlassen. Die meisten Vampire saßen oder standen vor der Tür und warteten gespannt auf Neuigkeiten.

Mr. Crepsley und Harkat waren schon drinnen. Der Vampir sprach gerade mit den Fürsten. Harkat stand etwas abseits. Er hatte Madame Octas Käfig unter dem Arm. (Madame Octa war die dressierte Spinne meines Meisters, mit der er früher einmal im Cirque du Freak aufgetreten war.) Als der Kleine Kerl mich kommen sah, hielt er den Käfig voller Stolz hoch. »Ich dachte … du freust dich bestimmt … sie zu sehen«, stammelte er.

Das war zwar nicht unbedingt der Fall, aber ich wollte ihm den Spaß nicht verderben. »Echt nett von dir, Harkat«, lächelte ich. »Danke, dass du dran gedacht hast. Ich habe sie schon richtig vermisst.«

»Harkat hat sich vorbildlich um deine Spinne gekümmert«, lobte Seba. »Nach deiner Flucht wollte er mir ihre Pflege übertragen, aber ich habe ihn gebeten, sie erst mal zu behalten. Man weiß ja nie, was noch alles kommt, und ich hatte so eine Ahnung, dass wir dich nicht zum letzten Mal gesehen hatten.«

»Ich fürchte, du musst diese Pflicht noch länger übernehmen«, murmelte ich düster, an Harkat gewandt. »Anscheinend habe ich zwar meinen guten Ruf wiederhergestellt, aber dadurch ist mein Versagen in der Prüfung natürlich nicht aus der Welt.«

»Jetzt wirst du … doch bestimmt … begnadigt, oder?«, meinte Harkat.

Ich schielte zu Seba hinüber. Seine Miene blieb streng, und er sagte nichts.

Einige Stunden später kehrte Vanez Blane mit guten Nachrichten zurück: Der Suchtrupp hatte den Aufenthaltsort der Vampyre ausfindig gemacht. »Sie haben sich in einer lang gestreckten, engen Höhle ganz in der Nähe des Ausgangs verschanzt«, erläuterte Vanez den Fürsten, ohne sich lange mit umständlichen Grußformeln aufzuhalten. »Es gibt nur einen

Tunnel hinein und einen hinaus. Letzterer führt direkt ins Freie, so dass sie rasch fliehen können, wenn es brenzlig wird.«

»Dann postieren wir davor eben ein paar von unseren Leuten«, warf Mika ein.

»Das wird schwierig«, seufzte Vanez. »Hinter dem Ausgang fällt der Berg steil ab, und die Vampyre haben bestimmt ihrerseits Wachposten aufgestellt. Ich glaube nicht, dass sich die Unsrigen unbemerkt an ihnen vorbeistehlen könnten. Wir sollten lieber versuchen, die Vampyre innerhalb des Berges in ein Gefecht zu verwickeln.«

»Wieso versuchen?«, fragte Paris scharf, offenbar durch Vanez' besorgten Tonfall alarmiert.

»Wie wir es auch anstellen, es ist in jedem Falle riskant«, sagte der Wettkampfaufseher ernst. »Ganz gleich, wie umsichtig wir vorgehen, es wird uns nicht gelingen, sie zu überrumpeln. Wenn sie uns einmal bemerkt haben, befehlen sie vermutlich einigen ihrer Leute, uns so lange den Weg zu versperren, bis der größte Teil der Truppe ins Freie entwischt ist.«

»Könnten wir ihnen den Weg nach draußen nicht von der anderen Seite abschneiden?«, schlug Pfeilspitze vor. »Vielleicht indem wir eine Lawine auslösen oder etwas in der Art. Dann müssten sie sich uns stellen.«

»Das wäre natürlich eine Möglichkeit«, stimmte Vanez zu, »doch den Ausgang zu versperren, könnte sich auch für uns negativ auswirken. Außerdem würden sie dann merken, dass wir da sind und was wir vorhaben, und wären in der Lage, sich darauf vorzubereiten. Ich fände es besser, ihnen eine Falle zu stellen.«

»Willst du damit etwa andeuten, sie wären uns in einem fairen Kampf überlegen?«, schnaubte Pfeilspitze verächtlich.

Vanez schüttelte den Kopf. »Nein. Wir kamen zwar nicht dicht genug heran, um ihre genaue Zahl festzustellen, aber es sind höchstens vierzig Mann, vielleicht auch weniger. Ich bin fest davon überzeugt, dass wir sie besiegen werden.« Diese Behauptung quittierten die Vampire mit freudigem Kampfgeschrei. »Um den Sieg mache ich mir wie gesagt keine Sorgen«, übertönte der Einäugige den Lärm. »Eher um die Verluste in unseren eigenen Reihen.«

»Zur Hölle mit den Verlusten«, knurrte Pfeilspitze. »Wir haben uns schon früher blutige Gefechte mit den Vampyren geliefert. Oder ist hier etwa jemand, der um sein Leben fürchtet?« Am kriegerischen Gebrüll der Menge war zu erkennen, dass die Antwort »Nein« lautete.

»Das sagt sich so leicht«, meinte Vanez bekümmert, als sich der Aufruhr wieder gelegt hatte. »Aber wenn wir die Höhle einfach stürmen, ohne die drinnen vorher abzulenken, riskieren wir mindestens dreißig oder vierzig Vampirleben. Die Vampyre haben nichts zu verlieren. Sie werden bis zum bitteren Ende weiterkämpfen. Könnt Ihr das wirklich verantworten, Pfeilspitze?«

Die Freudenrufe verstummten. Sogar dem Vampyrhasser Pfeilspitze schienen Bedenken zu kommen. »Meinst du wirklich, unsere Verluste wären so hoch?«, fragte er leise.

»Wenn wir nur dreißig oder vierzig Mann einbüßen, haben wir noch Glück gehabt«, erwiderte Vanez offen. »Die Vampyre haben sich genau überlegt, wo sie sich am besten verbarrikadieren. Diese Höhle können wir unmöglich im Sturm nehmen und alle Insassen auf einmal niedermetzeln. Wir müssen in kleinen Gruppen angreifen und sie einen nach dem anderen erledigen. Zwar sind wir ihnen in jedem Fall zahlenmäßig überlegen, aber leicht wird es trotzdem nicht sein. Sie werden uns schwer zusetzen – sehr schwer.«

Die Vampirfürsten blickten einander beklommen an.
»Dieser Preis ist zu hoch«, konstatierte Paris dann.
»Vielleicht ist es wirklich zu riskant«, pflichtete ihm Mika widerstrebend bei.
»Wie wäre es, wenn wir Verwirrung stiften?«, warf Mr. Crepsley ein. »Zum Beispiel, indem wir sie ausräuchern oder die Höhle fluten.«
»Das habe ich auch schon überlegt«, nickte Vanez. »Aber ich wüsste nicht, wie wir genug Wasser dort hineinpumpen könnten. Feuer wäre ideal, aber leider ist die Höhle gut belüftet. Die Decke ist hoch und zudem voller kleiner Risse und Löcher. Um ausreichend Qualm zu erzeugen, müssten wir schon mitten in der Höhle ein riesiges Feuer entfachen.«
»Demnach läuft es doch auf einen Frontalangriff hinaus«, meldete sich Paris wieder zu Wort. »Wir schicken unsere besten Speerkämpfer vor, die so viele Vampyre wie möglich niederstechen sollen, bevor wir Mann gegen Mann weiterkämpfen. Auf diese Weise könnten wir unsere Verluste begrenzen.«
»Sie wären immer noch erheblich«, hielt der Wettkampfaufseher dagegen. »Für den wirkungsvollen Einsatz von Speeren gibt es nicht genug Platz. Vielleicht gelänge es einer Vorhut, die Wachen am Höhleneingang zu durchbohren, aber dann …«
»Was schlägst du denn vor?«, brauste Pfeilspitze auf. »Sollen wir etwa mit einer weißen Fahne ankommen und mit diesen Schurken verhandeln?«
»Brüllt mich nicht so an!«, erwiderte Vanez scharf. »Ich kann es ebenso wenig abwarten wie Ihr, es ihnen heimzuzahlen. Aber es wird ein Pyrrhussieg, wenn wir auf den Nahkampf setzen.«
»Wenn das nun mal die einzige Möglichkeit ist, einen Sieg davonzutragen, haben wir keine andere Wahl«, murmelte der greise Paris niedergeschlagen.

In der Stille, die auf diese Worte folgte, fragte ich Seba leise, was ein Pyrrhussieg sei. »Ein Sieg, der zu teuer erkauft wurde«, raunte er. »Wenn wir die Vampyre vernichten, dabei jedoch sechzig oder siebzig unserer eigenen Leute einbüßen, ist der Sieg wertlos. Es ist das oberste Gebot jeder guten Kriegsführung, die eigene Armee unter keinen Umständen so zu schwächen, dass sie sich nicht mehr davon erholt.«
»Mir ist da noch etwas eingefallen«, ergriff Paris abermals das Wort. »Wie wäre es, wenn wir die Eindringlinge einfach verjagen? Wenn wir beim Anmarsch möglichst viel Lärm machen, nehmen sie bestimmt die Beine unter die Arme. Die Vampyre sind zwar keine Feiglinge, aber Dummköpfe sind sie auch nicht. Sie würden sich nicht auf eine Schlacht einlassen, die sie ihrer Meinung nach nicht gewinnen können.«
Protestgemurmel erhob sich. Die meisten Vampire schienen solche Tricks für feige zu halten. Sie zogen einen offenen, ehrlichen Kampf vor.
»Ich gebe ja zu, es ist nicht die ehrenvollste Lösung«, übertönte Paris die Menge. »Aber es wäre immer noch möglich, im Freien weiterzukämpfen. Zwar würden die meisten wahrscheinlich entkommen, doch wir könnten genug gefangen nehmen und töten, um ihnen eine Lektion zu erteilen, die sie nicht so bald vergessen.«
»Da ist was dran«, brummte Mika, und die Zuhörer beruhigten sich wieder. »Mir geht Paris' Vorschlag zwar auch gegen den Strich, aber wenn es nur die beiden Möglichkeiten gibt, entweder die meisten Vampyre laufen zu lassen oder vierzig bis fünfzig der Unsrigen zu opfern …«
Die ersten Zuhörer nickten, wenn auch widerwillig. Paris bat Pfeilspitze um seine Meinung. »Die Sache hat einen Haken«, schnarrte der kahlköpfige Fürst. »Die Vampyre halten sich nicht an unsere Gesetze. Wenn sie erst einmal im Freien sind,

können sie huschen, und dann schnappen wir keinen Einzigen von ihnen.« (»Huschen« nennen die Vampire ihre spezielle, superschnelle Art der Fortbewegung. Es ist von alters her streng verboten, auf der Anreise zum Vampirberg oder bei der Heimreise zu huschen.)

»Wenn ich noch Obervampir wäre«, fuhr Pfeilspitze fort, »würde ich mich niemals auf einen Plan einlassen, bei dem eine so große Anzahl Feinde ungeschoren davonkommt. Lieber würde ich kämpfen und sterben, als dem Feind einen billigen Triumph zu gönnen.« Er seufzte resigniert. »Aber als Fürst muss ich das Wohl der Sippe über mein eigenes Bedürfnis nach Vergeltung stellen. Wenn niemandem sonst etwas einfällt, wie wir die Vampyre ablenken und damit den Boden für einen Frontalangriff bereiten können, bin ich damit einverstanden, sie zu täuschen und zu verjagen.«

Da kein Gegenvorschlag laut wurde, riefen die Fürsten die ranghöchsten Obervampire zu sich und besprachen mit ihnen, wie man die Vampyre am besten vertrieb und wo sie ihre Leute draußen vor dem Ausgang am günstigsten postierten. Es herrschte eine bedrückte Stimmung, die meisten Vampire saßen zusammengesunken in ihren Bänken und ließen enttäuscht die Köpfe hängen.

»Der Plan gefällt ihnen nicht«, raunte ich Seba zu.

»Mir auch nicht«, erwiderte er, »aber unter derartig heiklen Umständen müssen wir unseren Stolz zurückstellen. Wir können es uns nicht leisten, so viele Leute zu verlieren. Manchmal muss man auf die Stimme der Vernunft hören, so bitter das auch sein mag.«

Ich war genauso schlechter Laune wie die anderen Vampire. Für den Mord an meinem Freund Gavner Purl verlangte es mich nach blutiger Rache. Den Vampyren lediglich einen kleinen Denkzettel zu verpassen befriedigte mich nicht. Zwar

hatte ich ihren ursprünglichen Plan vereitelt, die Fürstenhalle zu erobern, doch das allein war nicht genug. Ich sah schon Kurdas grinsendes Gesicht vor mir, wenn er von unserer diplomatischen Entscheidung erfuhr.
Als ich so dastand und vor mich hin schmollte, sah ich aus dem Augenwinkel, wie ein kleines Insekt in Madame Octas Käfig schwirrte und sich in einem Netz verfing, das die Spinne in einer Ecke gewebt hatte. Mein Schützling reagierte augenblicklich. Sie näherte sich dem zappelnden Opfer und machte ihm ohne viel Federlesens den Garaus. Geistesabwesend beobachtete ich das Geschehen. Da kam mir plötzlich eine verrückte Idee.
Während ich den Blick noch auf die schmausende Spinne gerichtet hielt, liefen meine grauen Zellen zu Höchstform auf und entwarfen in Sekundenschnelle einen Plan. Er war simpel, aber wirkungsvoll, wie jeder richtig gute Plan.
Ich musste mich auf die Zehenspitzen stellen und dreimal räuspern, bevor es mir gelang, Mr. Crepsleys Aufmerksamkeit zu erregen. »Ja, Darren?«, fragte er müde.
»Entschuldigung«, sagte ich laut, »aber ich glaube, ich weiß, wie wir die Vampyre in Angst und Schrecken versetzen können.«
Die Unterhaltung verebbte, und alles drehte sich nach mir um. Unaufgefordert ging ich nach vorn und fing ziemlich nervös zu sprechen an.
Während ich meinen Einfall darlegte, breitete sich auf den Gesichtern der Vampire ein Grinsen aus. Als ich fertig war, lachten die meisten laut und jubelten schadenfroh über meine raffinierte Strategie.
Die Abstimmung ging rasch über die Bühne. Die Anwesenden wurden aufgefordert, ihre Meinung zu äußern, und brüllten ihre Zustimmung heraus. Daraufhin begannen die Fürsten und Obervampire unverzüglich damit, den Trupp

der Angreifer einzuteilen. Seba, Mr. Crepsley und ich verließen den Raum, um unsere eigene Armee zu sammeln und auf ihren ersten Einsatz vorzubereiten, der in einem Kriegsfilm zweifellos »Operation Spinne« geheißen hätte!

15

Unser erstes Ziel war die Höhle der Ba'Halens-Spinnen, in die mich Seba nach der Prüfung auf dem Nadelpfad gebracht hatte, um meine juckenden Wunden zu kurieren. Der alte Quartiermeister betrat das Gewölbe als Erster; Madame Octa hockte auf seinem linken Handteller. Als er wieder herauskam, war seine Hand leer, seine Miene grimmig und seine Augen halb geschlossen.
»Hat es geklappt?«, wollte ich wissen. »Ist es Ihnen gelungen …«
Mit einer schroffen Handbewegung brachte mich der alte Vampir zum Schweigen. Er schloss die Augen ganz und konzentrierte sich angestrengt. Kurz darauf krabbelte Madame Octa aus der Höhle, gefolgt von einer fremden Spinne mit hellgrau geflecktem Rücken. Ich erkannte sie sofort wieder: Bei unserem ersten Besuch in der Höhle hatte sie sich nur höchst unwillig von meinem Schützling getrennt.
Der Graugefleckten folgten weitere Exemplare der nur leicht giftigen, wild lebenden Spinnen, die in dieser Höhle ihr Stammquartier hatten. Bald strömte ein dichtes Gewusel von Achtfüßlern aus dem Gewölbe und scharte sich um unsere Füße. Seba dirigierte sie, indem er ihnen mittels Gedankenübertragung Befehle erteilte.
»Nun übergebe ich euch beiden das Kommando«, verkündete der Alte kurz darauf. »Larten, du übernimmst die Spinnen rechts von mir, Darren, du die zu meiner Linken.«

Wir nickten gehorsam und betrachteten unsere jeweiligen Truppen. Mr. Crepsley konnte sich genau wie Seba mit seinen Untergebenen ohne technische Hilfsmittel verständigen; ich dagegen benötigte meine Flöte, um mit den Tieren Verbindung aufzunehmen. Probehalber setzte ich das Instrument an die Lippen und blies ein paarmal hinein. Es fiel mir schwerer als früher, da mein rechter Daumen immer noch schief war, aber ich lernte rasch, diese kleine Behinderung auszugleichen.

Dann blickte ich wieder Seba an und wartete auf seine Anweisungen.

»Jetzt«, sagte er leise.

Ich spielte eine liebliche Melodie und übermittelte den Spinnen dabei immer wieder dieselbe Botschaft: »Bleibt, wo ihr seid. So ist's gut, meine Lieben, so ist's gut.«

Als Seba mit seiner Gedankenübertragung aufhörte, wurde der Schwarm unruhig, war jedoch kurz darauf bereit, nunmehr meine Befehle und die meines Meisters zu empfangen. Bald hatten sich die Tiere auf unsere Gehirnströme eingestellt und beruhigten sich wieder.

»Ausgezeichnet«, lobte der ehrwürdige Quartiermeister. Er setzte sich in Bewegung, wobei er Acht gab, nicht aus Versehen eine Spinne zu zertreten. »Ich lasse euch jetzt mit ihnen allein und mache mich auf die Suche nach weiteren Exemplaren. Ihr bringt diesen Schwarm zum vereinbarten Treffpunkt und wartet dort auf mich. Falls sich welche von ihnen aus dem Staub machen wollen, braucht ihr nur Madame Octa zu bitten, sie wieder einzufangen. Ihr gehorchen sie garantiert.«

Seba entschwand unseren Blicken, und Mr. Crepsley und ich sahen einander skeptisch an. »Du brauchst nicht die ganze Zeit zu spielen«, meinte mein Meister dann. »Ab und zu ein paar Töne und Befehle reichen völlig. Sie werden uns ganz von selbst folgen. Heb dir die Flöte lieber für Nachzügler oder Unruhestifter auf.«

Ich setzte das Instrument ab und befeuchtete meine Lippen mit der Zunge. »Gehen wir vorneweg oder hinterher?«, erkundigte ich mich.

»Vorneweg«, beschied mich mein Lehrmeister. »Aber behalte die Tiere im Auge und stell dich darauf ein, dass ein paar auszureißen versuchen. Dann musst du sie eventuell doch an dir vorbeiziehen lassen und hinterhergehen, und zwar möglichst, ohne dabei den ganzen Schwarm aufzuhalten.«

»Ich werde mich anstrengen«, nickte ich und begann wieder zu spielen. Und so zogen wir los: Mr. Crepsley ging neben mir, die Spinnen krabbelten hinter uns her. Sobald die Tunnel geräumiger wurden, legten wir mehr Abstand zwischen uns, damit die Spinnen zwei voneinander getrennte Heeresgruppen bildeten.

Unter den Achtfüßlern für Disziplin zu sorgen war längst nicht so schwierig, wie ich befürchtet hatte. Zwar machten einige von ihnen ab und zu Ärger, gingen auf ihre Artgenossen los oder versuchten auszubüxen, aber Madame Octa schaffte es jedes Mal, sie wieder zur Ordnung zu rufen. Sie schien ihre Rolle als meine Assistentin regelrecht zu genießen und patrouillierte sogar unaufgefordert an den Reihen entlang. Sie hätte einen prima Obervampir abgegeben!

Als wir in der großen Höhle angekommen waren, die wir zu unserem Stützpunkt erkoren hatten, ließen wir die Spinnen einen Kreis bilden, hockten uns in die Mitte und warteten auf Seba.

Der alte Quartiermeister traf mit einem weiteren Spinnenheer ein, das noch einmal fast halb so groß war wie unseres. »Wo haben Sie die denn alle aufgetrieben?«, erkundigte ich mich neugierig.

»Dieser Berg wimmelt nur so von Spinnen«, erklärte der betagte Vampir lächelnd. »Man muss nur wissen, wo man suchen soll.« Er setzte sich zu uns. »Übrigens muss ich zugeben, dass selbst ich noch nie so viele auf einmal gesehen habe. Das bringt sogar einen hartgesottenen Spinnenliebhaber wie mich ein bisschen aus der Fassung.«
»Geht mir nicht anders«, gestand Mr. Crepsley. Dann lachte er: »Wenn die Viecher schon uns drei so nervös machen, wie werden dann erst die überraschten Vampyre reagieren?«
»Das dürfte sich bald herausstellen«, kicherte Seba hämisch.
Während wir so herumsaßen und auf weitere Anweisungen der Fürsten warteten, borgte sich mein Lehrmeister die Flöte aus und hantierte daran herum. Als er sie mir wieder aushändigte, gab sie keinen Ton mehr von sich. Auf diese Weise war die Gefahr gebannt, dass mein Spiel die Vampyre warnte; die Spinnen wiederum vermissten die Musik nicht. Nach den unzähligen Auftritten mit Madame Octa im Cirque du Freak benutzte ich die Flöte rein aus Gewohnheit.
Nach endlosem Warten in der ungemütlichen Höhle hörten wir endlich einen Trupp Vampire vorübereilen. Kurz darauf erschien Pfeilspitze und näherte sich zögernd dem wogenden Meer von Vielbeinern. Bei ihrem Anblick schien er sich gar nicht wohl in seiner Haut zu fühlen. In jeder Hand trug er einen schweren Bumerang mit geschliffenen Enden, drei weitere baumelten an seinem Gürtel. Bumerangs waren seine Lieblingswaffen. »Wir sind so weit«, zischte er. »Die Vampyre lungern noch immer in der Höhle herum. Unsere Leute haben Stellung bezogen. Draußen herrscht strahlender Sonnenschein. Es kann losgehen.«
Gehorsam standen wir auf.
»Du weißt, was du zu tun hast?«, vergewisserte sich mein Meister ein letztes Mal.

»Ich gehe mit meinen Spinnen ins Freie«, wiederholte ich. »Dort nähere ich mich dem Tunnelausgang, wobei ich aufpasse, dass mich niemand sieht. Sie und Seba postieren derweil Ihre Spinnen in den Ritzen und Löchern in Wänden und Decke der Vampyrhöhle, halten sie aber so lange zurück, bis ich meinen das Signal zum Angriff gegeben habe. Ich hetze meinen Schwarm auf die Wachen am Ausgang. Sobald Sie den Tumult hören, schicken Sie Ihren Trupp in die Höhle hinein – und dann wird's lustig!«

»Du musst unbedingt so lange warten, bis unsere Spinnen ihre Plätze eingenommen haben«, schärfte mir Seba ein. »Es wird viel Zeit und Mühe kosten, sie zu dirigieren, wenn wir sie nicht mehr sehen können.«

»Ich hab's nicht eilig«, versicherte ich. »Sind drei Stunden genug?«

»Das müsste reichen«, erwiderte der Quartiermeister, und auch Mr. Crepsley nickte bestätigend.

Wir gaben uns die Hand und wünschten einander viel Glück, dann scharte ich meine Untergebenen um mich (es war die kleinste der drei Armeen, da sie am wenigsten zu tun hatte) und strebte in Richtung Ausgang.

Am wolkenlosen Himmel schien blendend hell die Sonne. Das war günstig: Aus Angst vor den tödlichen Strahlen würden sich die Vampyrposten nicht ins Freie trauen.

Etwa vierzig Meter vor dem Tunnelausgang machte ich Halt. Ich wartete ab, bis sich meine achtbeinigen Krieger um mich versammelt hatten, dann ließ ich sie weiterkrabbeln. Im Schneckentempo bewegten wir uns bergab, bis wir ungefähr zehn Meter oberhalb der Tunnelöffnung angelangt waren. Dort versteckten wir uns hinter einem großen Felsvorsprung, der perfekten Sichtschutz bot. Näher wagte ich mich nicht heran.

Ich legte mich auf den Rücken und blickte in den Himmel. Zum einen hatte man mir den Außeneinsatz übertragen, weil er weniger kompliziert war als der Angriff im Bergesinneren, zum anderen machte mir, anders als den vollwertigen Vampiren, die Sonne nichts aus. Bei Tag anzugreifen war eine wichtige Voraussetzung für das Gelingen der Aktion. Aus Furcht vor der Helligkeit würden die Vampyre zögern, den Berg zu verlassen; doch für die angreifenden Vampire war das gleißende Gestirn genauso gefährlich wie für ihre Erzfeinde. Ich war der Einzige, der sich ungestraft längere Zeit im Freien aufhalten konnte.

Nach etwas über drei Stunden blies ich schließlich tonlos in meine Flöte und befahl den Spinnen, sich zunächst über das Gelände zu verteilen, bevor ich das Signal zum Angriff gab. Genau genommen nahmen nur die Spinnen den Kampf auf, ich selbst blieb hinter dem Felsen verborgen. Ich ließ die Tiere sich im Halbkreis um den Tunnelausgang aufstellen. Hier draußen sahen sie ziemlich unscheinbar aus, doch wenn sie erst massenweise in die Höhle der Vampyre strömten, würden sie zahlreicher und bedrohlicher erscheinen. Es ist eine Tatsache, dass beengte Räumlichkeiten natürliche Ängste noch verstärken. Mit etwas Glück würden sich die Vampyre umzingelt wähnen und entsprechend in Panik geraten.

Ich wartete einen Augenblick, bis alle Krabbler ihre Plätze eingenommen hatten. Dann blies ich wieder in die verstummte Flöte. Der Spinnenschwarm ergoss sich geräuschlos in den Tunnel. Es waren so viele, dass sie nicht nur den Boden, sondern auch Wände und Decke des Ganges bevölkerten. Wenn alles wie geplant verlief, würden die Vampyre glauben, der ganze Tunnel sei plötzlich lebendig geworden.

Obwohl ich strikten Befehl hatte, mich nicht von der Stelle zu rühren, erlag ich der Versuchung, mich näher heranzuschleichen und zu überprüfen, ob der Trick funktionierte. Ich legte mich flach auf den steinigen Boden, robbte bäuchlings bis über die Tunnelöffnung und lauschte.

Zuerst hörte ich nur das schnaufende, gleichmäßige Atmen der Vampyrposten, die sich offenbar tiefer in den Berg zurückgezogen hatten als angenommen. Gerade fragte ich mich, ob meine Hilfstruppen womöglich die Gelegenheit genutzt hatten, sich unbeobachtet aus dem Staub zu machen und in ihre ureigensten Gefilde zurückzukehren, da grunzte eine Vampyrstimme: »He! Hab ich was mit den Augen, oder bewegen sich die Wände?«

Seine Kameraden lachten. »So'n Blöd…«, fing einer an, doch dann unterbrach er sich. »Bei den Göttern …«, keuchte er.

»Was ist das?«, rief ein anderer entsetzt aus. »Was geht hier vor?«

»Sieht aus wie Spinnen«, brummte ein Gelassenerer.

»Das sind ja Tausende!«, quiekte ein Vierter ungläubig.

»Ob die giftig sind?«, fragte der Nächste.

»Ach Quatsch«, entgegnete wieder derjenige, der sich nicht aus der Ruhe bringen ließ. »Das sind bloß gewöhnliche Bergspinnen. Die tun …«

In diesem Moment blies ich kräftig in die stumme Flöte und befahl den Spinnen: »Jetzt!«

Aus dem Tunnel ertönten Schreie.

»Die lassen sich fallen!«, heulte jemand auf.

»Sie sind überall auf mir drauf! Mach sie weg! Mach sie weg! Mach sie …«

»Reiß dich zusammen«, brüllte der Besonnene. »Streif sie einfach ab und … Aaahhhh!« Er jaulte auf, als mehrere Spinnen gleichzeitig zubissen.

Einzelne Exemplare dieser Spinnenart waren tatsächlich ziemlich harmlos, und ihre Bisse hatten nur eine schwache

Wirkung. Aber wenn Hunderte von ihnen gleichzeitig ihr Gift verspritzten ... dann sah die Sache schon ganz anders aus!

Vor Angst und Schmerz brüllend, flohen die Vampyrposten in Richtung Ausgang, wobei sie wie verrückt nach den Spinnen schlugen und traten. Ihnen folgten andere, die sich in der Höhle aufgehalten hatten und nachsehen wollten, was da auf einmal im Gang los war. Ich sprang von meinem Beobachtungsposten, schlich geduckt in den Tunnel und befahl dabei meinen vielbeinigen Kriegern weiterzukrabbeln. Sie gehorchten unverzüglich und scheuchten die Vampyre in die Höhle zurück. Innerhalb kürzester Zeit hallte die Höhle vom Geschrei und Getrampel der zusammengepferchten Vampyre wider, als sich nunmehr auch Sebas und Mr. Crepsleys Truppen von Wänden und Decke herabließen und an ihr tödliches Werk machten.

Die Schlacht hatte begonnen.

16

Eigentlich hatte ich mich ja nicht in den Kampf einmischen sollen, doch die Raserei der entsetzten Vampyre reizte meine Neugier so sehr, dass ich, ohne groß zu überlegen, weiterschlich, um zu beobachten, was dort in der Höhle vor sich ging.

Das Schauspiel, das sich mir bot, war geradezu unglaublich. Der Höhlenboden, sämtliche Wände und vor allen Dingen die außer Rand und Band geratenen Vampyre waren über und über mit Spinnen bedeckt. Wie Zeichentrickfiguren hüpften die rotgesichtigen Kerle schreiend und kreischend auf und ab und versuchten verzweifelt, sich gegen den Überfall zur Wehr zu setzen. Einige von ihnen griffen zu ihren

Schwertern und Speeren, die zu diesem Zweck jedoch denkbar ungeeignet waren; die kleinen Angreifer duckten sich mühelos unter den wütenden Hieben weg und sprangen auf jedes freie Stück Haut, das sie entdeckten, um sofort ihre Giftzähne hineinzubohren. Die tobenden Vampyre richteten mit ihren Waffen fast ebenso viel Schaden an wie die Spinnen. Da sie blind um sich schlugen, erwischten sie auch immer wieder ihre Kameraden, von denen sie mehrere verwundeten und einige sogar töteten.

Ein paar Umsichtigere unter ihnen bemühten sich darum, die Situation unter Kontrolle zu bekommen, und forderten die anderen brüllend auf, den Spinnen in geordneter Formation entgegenzutreten. Doch ihre Anstrengungen gingen im allgemeinen Tohuwabohu hoffnungslos unter. Ihre Mitstreiter hörten ihnen nicht einmal zu und stießen sie manchmal einfach zur Seite, wenn sie einzuschreiten versuchten.

Als die Panik ihren Höhepunkt erreicht hatte, sprangen Blitz und die beiden jüngeren Wölfe unter möglichst lautem Kläffen, Heulen und Knurren von der anderen Seite in die Höhle. Ich glaube nicht, dass sie jemand dazu aufgefordert hatte; sie kamen aus eigenem Antrieb, begierig darauf, an dem Gemetzel teilzuhaben.

Als die Vampyre nun auch noch die Wölfe sahen, drehten sich etliche von ihnen um und rannten auf den Ausgang zu. Sie waren dermaßen bedient, dass ihnen im Vergleich zu den Schrecknissen der Höhle selbst das tödliche Sonnenlicht als das kleinere Übel vorkam! Mein erster Gedanke war, ihnen auszuweichen und sie vorbeizulassen, aber inzwischen war meine eigene Kampfeslust entbrannt, das Adrenalin pulsierte durch meinen Körper. Ich wollte sie, falls das möglich war, zurückschlagen oder wenigstens aufhalten, damit sie mit dem Rest ihrer verabscheuungswürdigen Sippe elendiglich zu

Grunde gingen. Zu jenem Zeitpunkt konnte ich nur noch an Rache denken. Alles andere spielte keine Rolle mehr.
Ich sah mich um und erblickte einen Speer, den einer der Wachposten bei der überstürzten Flucht fallen gelassen hatte. Rasch hob ich ihn auf, klemmte das Schaftende in einen Spalt im Boden und richtete die Spitze auf die heranstürmenden Vampyre. Als mich der Anführer erblickte, versuchte er noch, dem Speer auszuweichen, doch die Nachdrängenden schoben ihn unweigerlich weiter, so dass er mit kaum gebremster Wucht in die Waffe hineinrannte und sich ohne mein weiteres Zutun selbst aufspießte.
Ich sprang auf, stieß den Vampyr mit einer groben Bewegung zur Seite, zog den Speer aus seiner Brust und brüllte die Nachfolgenden grimmig an. Sie glaubten wohl, dieser Fluchtweg sei von einer ganzen Horde wütender Vampire versperrt, denn sie machten auf der Stelle kehrt und rasten wieder zurück. Mit triumphierendem Lachen wollte ich sofort hinter ihnen hersetzen, um meiner Trophäensammlung weitere Skalpe hinzuzufügen. Doch als mein Blick den Vampyr streifte, der in meinen Speer gerannt war, erstarrte ich mitten im Lauf.
Der Kerl war noch jung, sein Gesicht erst hellrot getönt. Er weinte und gab ein leises Wimmern von sich. Ich konnte nicht anders, ich musste mich neben ihn knien. »Es ... tut so weh!«, keuchte er, die von Blut roten Hände auf das tiefe Loch in seinem Bauch gepresst. Ich wusste, dass der Fall hoffnungslos war.
»Es ist nicht so schlimm«, log ich ihn an. »Nur eine Fleischwunde. Du kannst bald wieder auf ...« Bevor ich weiterreden konnte, fing er an zu husten. Ein gewaltiger Schwall Blut schoss aus seinem Mund. Seine Augen weiteten sich, dann schlossen sich die Lider. Er stöhnte leise, sackte nach hinten, zitterte und starb.

Ich hatte ihn getötet.
Diese Erkenntnis erschütterte mich bis ins Mark. Noch nie zuvor hatte ich jemanden getötet. Obwohl ich darauf gebrannt hatte, die Vampyre für das, was sie Gavner angetan hatten, zu bestrafen, machte ich mir erst jetzt Gedanken über die Konsequenzen meiner Handlungen. Dieser Vampyr – dieses Lebewesen – war tot. Ich hatte ihm das Leben genommen und konnte es nicht wieder zurückgeben.
Vielleicht hatte er den Tod verdient. Womöglich war er durch und durch böse und musste dringend vernichtet werden. Andererseits war er vielleicht ein ganz normaler Kerl, so wie ich oder einer der Vampire, und nur hier, weil er seine Befehle befolgt hatte. Aber ob er den Tod nun verdient hatte oder nicht – wie kam ich dazu, darüber zu entscheiden? Ich hatte kein Recht, ein Urteil über andere zu fällen und sie zu töten. Trotzdem hatte ich es getan. Aufgeputscht von der Angst vor den Vampyren und nach Rache dürstend, hatte ich mein Herz über meinen Verstand siegen lassen, hatte meine Waffe gegen diesen Mann erhoben und ihn umgebracht.
Jetzt verabscheute ich mich für das, was ich getan hatte. Ich wollte mich auf der Stelle umdrehen und davonlaufen, so weit weg wie möglich, und so tun, als wäre es nie geschehen. Ich kam mir schändlich, schmutzig und böse vor. Schließlich versuchte ich mich mit dem Gedanken zu trösten, dass ich das Richtige getan hatte, aber wie soll man zwischen richtig und falsch unterscheiden, wenn es ums Töten geht? Bestimmt war auch Kurda davon überzeugt gewesen, das Richtige zu tun, als er Gavner erstach. Die Vampyre wiederum glaubten, das Richtige zu tun, wenn sie die Menschen, von deren Blut sie sich ernährten, bis auf den letzten Tropfen aussaugten. Von welcher Warte aus ich es auch betrachtete, mich beschlich der schreckliche Verdacht, dass ich nun nicht besser war als

jeder andere Mörder, ein Mitglied einer üblen, heimtückischen, abscheulichen Brut.
Nur mein Pflichtgefühl ließ mich an Ort und Stelle verharren. Ich wusste, dass die Vampire jeden Augenblick angreifen würden. Meine Aufgabe bestand darin, die Spinnen bis dahin in Bewegung zu halten, damit sich unsere Gegner nicht neu formieren und der Attacke geschlossen entgegentreten konnten. Wenn ich meinen Posten jetzt verließ, würden die Vampire ebenso große Verluste wie die Vampyre erleiden. Ganz gleich, wie elend ich mich auch fühlte, ich musste den größeren Zusammenhang im Auge behalten.
Deshalb schob ich mir wieder die Flöte zwischen die Lippen, spielte unhörbar und feuerte die Spinnen an, damit sie erneut über die Vampyre herfielen. Die ganze Szenerie sah jetzt, da ich ein Leben ausgelöscht hatte, völlig anders aus. Es bereitete mir kein Vergnügen mehr, die Vampyre kreischen und wild um sich schlagen zu sehen, ja, ich betrachtete sie nicht einmal mehr als die schurkischen Bösewichter, die endlich ihre verdiente Strafe bekamen. Stattdessen sah ich entsetzte und gedemütigte Krieger vor mir, weit entfernt von ihrer Heimat und ihren Verbündeten – Kämpfer, die kurz davor standen, unbarmherzig abgeschlachtet zu werden.
Auf dem Höhepunkt der Hysterie griffen die Vampire an, angeführt von dem laut brüllenden Pfeilspitze, der seine scharfkantigen Bumerangs einen nach dem anderen gegen die Vampyre schleuderte. Jeder Einzelne davon riss eine klaffende Wunde. Neben und hinter ihm stürmten Speerträger heran, und auch ihre treffsicher geschleuderten Waffen richteten großen Schaden an und forderten viele Vampyrleben.
Als immer mehr Vampire in die Höhle drängten, zogen sich die Spinnen auf Anweisung von Mr. Crepsley und Seba zurück, die beide nach wie vor unsichtbar blieben. Ich ließ

meine Spinnen noch eine Weile länger vor Ort und hielt die Panik auf meiner Seite der Höhle aufrecht.

Binnen kürzester Zeit waren die Vampire bis in die Höhlenmitte vorgedrungen, und die mit Schwertern und Messern Bewaffneten nahmen den Platz der Speerwerfer ein. Sie waren nicht besonders zahlreich, denn allzu viele hätten sich auf dem begrenzten Raum nur gegenseitig im Weg gestanden; doch die ungefähr dreißig Kämpfer, die eingedrungen waren, wirkten im Vergleich zu den vom Grauen gepackten Vampyren weitaus in der Überzahl. Es schien, als kämen auf jeden Feind fünf Vampire.

Pfeilspitze steckte mitten im ärgsten Getümmel und schlug mit seinen Schwertern ebenso gnadenlos und gründlich dazwischen wie vorher mit seinen Bumerangs. Vanez Blane hielt sich in unmittelbarer Nähe des Fürsten auf und gab ihm mit aufblitzenden Messern Rückendeckung. So aufgeschreckt sie von den Spinnen und Wölfen auch waren, so rasch erkannten die Vampyre, woher ihnen die größte Gefahr drohte, und zogen sich eilig von dem nüchtern und wirkungsvoll mordenden Kämpferduo zurück.

Auch Arra Sails gehörte zur ersten Angriffswelle. Sie war ganz in ihrem Element, griff die Vampyre mit einem kurzen Schwert in der einen und einer mit Dornen bewehrten Kette in der anderen an, und jedes Mal, wenn einer ihrer Gegner zu Boden ging, lachte sie wild. Noch wenige Minuten zuvor hätte ich ihr Verhalten rückhaltlos gebilligt, doch inzwischen verspürte ich angesichts des Entzückens, das sie und die anderen Vampire bei ihrem Vernichtungswerk empfanden, nur noch blankes Entsetzen.

»Das ist nicht richtig«, murmelte ich vor mich hin. Die Vampyre zu töten war eine Sache, die nun mal erledigt werden musste, aber sich an ihrem Untergang zu ergötzen war falsch.

Es lag etwas zutiefst Beunruhigendes darin, die Vampire dabei zu beobachten, welch makabre Befriedigung sie aus dem Massaker zogen.

Verwirrt, wie ich war, kam ich zu dem Schluss, dass ich mich am besten ins Getümmel stürzte und mitkämpfte. Je früher wir den Vampyren den Garaus machten, desto eher konnte ich diesem Grauen den Rücken kehren. Also nahm ich dem Mann, den ich getötet hatte, seinen scharfen Dolch ab, pfiff meine Spinnen zurück, ließ die Flöte fallen und warf mich in das Hauen und Stechen.

Dabei hielt ich mich eher am Rande der Schlacht und zielte nach den Füßen oder Beinen der Vampyre, lenkte sie ab und erleichterte meinen Mitstreitern die Arbeit, unsere Feinde zu entwaffnen und zu töten. Der Erfolg meines Tuns verschaffte mir keine Befriedigung, aber ich kämpfte trotzdem immer weiter, fest entschlossen, die Sache so rasch wie möglich zu beenden.

Ich sah, wie Mr. Crepsley und Seba Nile mit wallenden roten Umhängen die Höhle betraten, voller Ungeduld, endlich selbst an dem großen Blutvergießen teilnehmen zu dürfen. Ich machte ihnen wegen ihrer Mordlust keine Vorwürfe. Keinem der Vampire. Ich fand einfach nur, dass sie fehl am Platz und ungebührlich war.

Nachdem sich Mr. Crepsley und Seba Nile eingemischt hatten, nahm der Kampf an Heftigkeit zu. Nur die stärksten und besonnensten Vampyre hatten die erste, völlig planlose Abwehr des Überraschungsangriffs überlebt und fochten nun verbissen bis zum bitteren Ende, hielten ihre Stellung, so gut es ging, manche allein, andere zu zweit, und nahmen so viele Vampire mit in den Tod wie möglich.

Ich betrachtete, wie die ersten Vampire zu Boden gingen, mit aufgeschlitzten Bäuchen oder eingeschlagenen Schädeln,

blutend und stöhnend, vor Schmerzen brüllend. Ich beobachtete, wie sie sterbend und blutüberströmt auf dem Boden lagen, und sie sahen dabei nicht anders aus als die Vampyre.
Als die ersten Kämpfer der zweiten Angriffswelle der Vampire in die Höhle stürmten, klopfte Vanez Pfeilspitze auf den Rücken und forderte ihn auf, die Höhle zu verlassen. »Was, ich soll schon gehen?«, fuhr ihn der Fürst an. »Jetzt wird's doch erst richtig interessant!«
»Ihr müsst weg!«, fuhr ihn Vanez an und zerrte den sich sträubenden Pfeilspitze aus dem Kampfgetümmel. »Jetzt ist Mika an der Reihe, seine Klinge mit Blut zu benetzen. Ihr geht zurück in die Fürstenhalle und löst Paris ab, wie Ihr es versprochen habt. Ihr hattet mehr als Euren Anteil an der Schlacht. Seid nicht so maßlos.«
Widerwillig entfernte sich Pfeilspitze. Unterwegs kam er an Mika vorbei, und die beiden klopften sich gegenseitig auf den Rücken, als käme der eine gerade von der Ersatzbank am Rande des Fußballplatzes, um für den anderen ins Spiel zu gehen.
»Ziemlich widerwärtig, was?«, knurrte Vanez, der plötzlich neben mir stand. Er schwitzte heftig und machte eine kleine Pause, um sich die Hände an seinem Wams abzuwischen, während die Schlacht rings um uns weitertobte.
»Es ist grauenhaft«, murmelte ich und hielt mein Messer wie ein Kreuz vor mich.
»Du dürftest gar nicht dabei sein«, erwiderte Vanez. »Larten wäre bestimmt nicht damit einverstanden, wenn er es wüsste.«
»Ich mache es ja nicht zum Spaß«, sagte ich.
Er schaute mir tief in die Augen und seufzte. »Das sehe ich. Du lernst schnell, Darren.«
»Wie meinen Sie das?«

Er deutete auf die kämpfenden, johlenden Vampire. »Für die ist das alles eine Art Sport«, lachte er bitter. »Sie vergessen, dass die Vampyre einst unsere Brüder waren, dass wir, wenn wir sie vernichten, eigentlich einen Teil von uns selbst vernichten. Die meisten Vampire begreifen nicht einmal, wie sinnlos und brutal Krieg eigentlich ist. Du warst klug genug, die Wahrheit zu erkennen. Vergiss sie nie.«
Ein sterbender Vampyr kam direkt auf uns zugetaumelt. Man hatte ihm brutal beide Augen aus den Höhlen geschnitten, und er stöhnte ganz erbärmlich.
Vanez schnappte ihn sich, drückte ihn zu Boden und bereitete ihm ein rasches, gnädiges Ende. Als er sich wieder aufrichtete, glich sein Gesicht einer zornigen Maske. »Aber so schrecklich der Krieg auch ist«, sagte er, »manchmal lässt er sich nicht vermeiden. Wir haben diese Auseinandersetzung nicht gesucht. Erinnere dich später daran und wirf uns unser brutales Vorgehen nicht vor. Wir wurden dazu gezwungen.«
»Das weiß ich ja«, seufzte ich. »Es wäre mir nur lieber, es gäbe einen anderen Weg, die Vampyre zu bestrafen, anstatt sie in Stücke zu hauen.«
»Du gehst jetzt besser«, schlug Vanez vor. »Jetzt fängt nämlich die wirklich schmutzige Arbeit an. Zieh dich in die Hallen zurück und betrink dich, bis du alles hier vergessen hast.«
»Vielleicht mache ich das sogar«, stimmte ich ihm zu und wandte mich zum Gehen, ließ Vanez und die anderen zurück, damit sie die letzten widerspenstigen Vampyre niedermachten. Da erblickte ich ein bekanntes Gesicht in der Menge – einen Vampyr mit einem dunkelroten Muttermal auf der linken Wange. Es dauerte einen Augenblick, bis mir sein Name wieder einfiel: Es war Glalda, derjenige, der mit Kurda im Tunnel gesprochen hatte, als Gavner ermordet wurde. Er hatte mich ebenso wie Gavner umbringen wollen. Hass

flammte in meiner Brust auf, und ich musste dem Drang widerstehen, mich sofort wieder in die Schlacht zu werfen.
Nachdem ich das Gemetzel ein Stück hinter mir gelassen hatte, hätte ich eigentlich unbemerkt entwischen können, doch plötzlich verstellte mir eine Horde Vampire den Weg. Sie standen um einen verwundeten Vampyr herum und verhöhnten ihn, bevor sie über ihn herfielen, um ihn zu töten.
Angewidert von ihrem Treiben, sah ich mich nach einem anderen Ausweg aus der Höhle um. Dabei fiel mein Blick auf Arra Sails, die sich gerade vordrängte, um den Vampyr namens Glalda zu stellen. Obwohl bereits zwei Vampire tot zu seinen Füßen lagen, schob sich Arra unbeirrt auf ihn zu.
»Mach dich zum Sterben bereit, du Wurm!«, gellte sie und ließ ihre Kette nach seinem Arm schnellen.
Glalda wischte das Kettenende mit einem Lachen beiseite. »Müssen die Vampire jetzt schon Weiber in den Kampf schicken?«, spottete er.
»Den Vampyren gebührt nichts anderes, als von Frauen abgeschlachtet zu werden«, gab Arra zurück. »Ihr seid es nicht wert, gegen Männer anzutreten und ehrenvoll zu sterben. Stell dir nur die Schande vor, wenn sich herumspricht, dass du von der Hand einer Frau niedergestreckt wurdest!«
»Das wäre allerdings schändlich«, pflichtete ihr Glalda bei, »aber es wird nicht geschehen!«
Die beiden hatten genug Worte gewechselt und fingen nun an, gewaltige Hiebe auszutauschen. Mich hatte es ohnehin erstaunt, dass sie sich so viel Zeit für Beschimpfungen genommen hatten, denn die anderen Kämpfer waren viel zu sehr damit beschäftigt, am Leben zu bleiben, als herumzustehen und einander wie Filmhelden mit Worten zu bekriegen. Arra und der Vampyr umkreisten einander vorsichtig, ließen ihre Waffen hin und wieder vorzucken, um die

Schwachpunkte des Gegners zu erkunden. Glalda mochte wohl überrascht gewesen sein, sich einer Frau gegenüberzusehen, doch er behandelte seine Widersacherin mit vorsichtigem Respekt. Arra hingegen verhielt sich leichtsinniger. Sie hatte gleich zu Beginn der Attacke auf die Höhle mehrere in Panik geratene Vampyre niedergestreckt und glaubte wohl, dass alle so leicht zu bezwingen seien wie ihre ersten Opfer. Sie ließ leichthin Lücken in ihrer Verteidigung klaffen und ging unnötige Risiken ein.

Eigentlich hatte ich der Beengtheit der Höhle so schnell wie möglich entkommen wollen, konnte mich jedoch nicht zum Gehen durchringen, bevor ich diesen Zweikampf nicht bis zum bittern Ende mit angesehen hatte. Arra war mir eine gute Freundin gewesen und hatte mich überall gesucht, als ich plötzlich verschwunden war. Ich wollte mich nicht davonstehlen, bevor ich nicht wusste, dass sie wohlauf war.

Auch Mr. Crepsley hielt inne, um Arra kämpfen zu sehen. Er stand ein Stück weit entfernt und war durch eine Meute ineinander verkeilter Vampyre und Vampire von ihr getrennt.

»Arra!«, rief er laut. »Brauchst du Hilfe?«

»Ich doch nicht!«, lachte sie und ließ ihre Kette auf das Gesicht des Vampyrs zuschnellen. »Ich mache mit diesem Narren hier kurzen Prozess, bevor du ...«

Welche Prahlerei sie auch hatte äußern wollen, das Wort wurde ihr buchstäblich abgeschnitten. Glalda hatte sich unter ihrer Kette weggeduckt, lenkte ihren Abwehrschlag zur Seite und bohrte sein Schwert tief in ihren Bauch, wo er es brutal umdrehte. Arra schrie vor Schmerzen laut auf und ging zu Boden.

»Und jetzt, Weib«, höhnte der Vampyr und stellte sich mit erhobenem Schwert breitbeinig über sie, »pass gut auf. Ich zeige dir, wie wir Vampyre mit deinesgleichen verfahren!«

Dann zielte er mit der Schwertspitze auf ihre Augen und senkte die Waffe langsam. Arra blieb nichts anderes übrig, als ihn hasserfüllt anzufunkeln und den Tod zu erwarten.

17 Ich konnte nicht einfach tatenlos zusehen, wie Glalda Arra umbrachte. Mit einem Satz warf ich mich gegen den Vampyr und brachte ihn aus dem Gleichgewicht. Fluchend kam er zu Fall und drehte sich zur Seite, um mit mir abzurechnen. Doch mit meinem leichten Dolch war ich schneller als er mit seinem klobigen Schwert. Ich sprang auf seine Brust, rammte ihm die Klinge zwischen die Rippen und erwischte eher zufällig genau sein Herz.

Dieser Vampyr starb nicht so leise wie der erste, den ich getötet hatte. Er zuckte und gab unverständliches, geradezu irres Gefasel von sich, dann wälzte er sich jäh auf die Seite und riss mich mit. Noch einmal versuchte er, auf die Beine zu kommen. Es war hoffnungslos, und ihm muss klar gewesen sein, dass er sterben musste. Trotzdem unternahm er einen letzten Versuch.

Als seine Beine nachgaben, brach er über mir zusammen und hätte mich beinahe mit dem Griff meines eigenen Dolches aufgespießt. Zuckend und stöhnend lag er auf mir, und ich rang verzweifelt nach Luft, bis es mir schließlich gelang, ihn von mir herunterzuwälzen und unter ihm hervorzukriechen. Ich richtete mich auf, sah, wie sich seine Züge entspannten und das Leben aus seinem Körper wich. Dann hielt ich inne und betrachtete ihn genau. Sein Gesichtsausdruck war dem von Gavner sehr ähnlich – verblüfft ... ärgerlich ... angstvoll. Ich drückte dem toten Krieger sanft die Augen zu und machte mit der Hand den Todesgruß, indem ich ihm meine drei

mittleren Finger auf Stirn und Augen drückte und dabei Daumen und kleinen Finger weit abspreizte. »Sei siegreich noch im Tod«, flüsterte ich.
Dann eilte ich zu Arra hinüber. Es ging ihr sehr schlecht. Sie versuchte aufzustehen, doch ich hinderte sie daran und befahl ihr, die Hände auf den Bauch zu pressen, um den Blutstrom zu unterbinden.
»Muss ich ... sterben?«, keuchte Arra mit vor Schmerz zusammengepressten, schmalen Lippen.
»Natürlich nicht«, sagte ich besänftigend, woraufhin sie meine Hände ergriff und mich anfunkelte.
»Muss ich sterben?«, blaffte sie mich an.
»Ich weiß nicht«, antwortete ich diesmal ehrlich. »Vielleicht.«
Sie seufzte und ließ sich zurücksinken. »Zumindest sterbe ich nicht ungerächt. Du bist ein tapferer Krieger, Darren Shan. Ein richtiger Vampir.«
»Vielen Dank«, sagte ich dumpf.
Nun war auch Mr. Crepsley heran. Voller Sorge untersuchte er Arra und rieb die Wundränder mit Speichel ein, um die Blutung zu stillen, doch seine Bemühungen schienen keine große Wirkung zu zeigen. »Tut es weh?«, fragte er.
»Wenn wir gerade beim Thema ... blöde Fragen sind ...«, gurgelte sie.
»Du hast immer gesagt, ich hätte ein echtes Talent für Fettnäpfchen aller Art«, lächelte er und wischte ihr zärtlich das Blut aus den Mundwinkeln.
»Was die blöden Fragen angeht: Ich würde dich eigentlich gern darum bitten, mich zu küssen«, stöhnte sie, »nur bin ich ... momentan ... nicht unbedingt in ... der richtigen Verfassung dafür.«
»Wir haben später noch mehr als genug Zeit zum Küssen«, versprach er ihr.

»Schon möglich«, ächzte Arra. »Schon möglich.«
Während sich Mr. Crepsley um die Vampirin kümmerte, setzte ich mich auf und sah benommen zu, wie die Schlacht ihrem blutigen Ende entgegenging. Nicht mehr als sechs oder sieben Vampyre waren noch auf den Beinen, jeder von ihnen von mehreren meiner Mitstreiter umzingelt. Eigentlich hätten sie sich ergeben müssen, aber ich wusste, dass sie das nicht tun würden. Sowohl für Vampire als auch für Vampyre gab es nur zwei Möglichkeiten: siegen oder sterben. Die stolzen Legionen der Untoten kannten keine Kompromisse.
Plötzlich wagten zwei Vampyre, die Rücken an Rücken gekämpft hatten, einen Ausfall in Richtung Ausgang. Sofort machte sich eine Horde Vampire, unter ihnen Vanez Blane, daran, ihnen den Weg abzuschneiden. Sie verhinderten den Ausbruch, doch einem der Vampyre gelang es, voller hasserfüllter Verzweiflung seinen Dolch zu schleudern, bevor die Vampire über ihm waren und ihn töteten. Der Dolch sauste wie eine ferngelenkte Rakete auf sein wehrloses Ziel zu – Vanez!
Der Wettkampfaufseher riss den Kopf zurück und hätte es auch fast geschafft, dem Dolch auszuweichen, war jedoch nicht schnell genug, so fuhr die Spitze der Klinge ausgerechnet in sein heiles Auge. Blut spritzte auf, Vanez stieß ein lautes Heulen aus und schlug die Hände vors Gesicht, während Seba Nile auch schon zu ihm eilte, um ihn in Sicherheit zu bringen.
So wie er geschrien hatte, wusste ich sofort, dass Vanez, sollte er die Verwundung überleben, nie wieder das Licht des Mondes oder das Funkeln der Sterne sehen würde. Der Vampyr hatte das Werk zu Ende gebracht, das einst ein Löwe begonnen hatte. Nun war Vanez völlig blind.

Traurig blickte ich mich um. Ich sah, wie Blitz am Kopf eines noch lebenden Vampyrs kaute. Einer der jüngeren Wölfe half ihm dabei. Ich hielt nach dem anderen heißblütigen Tier Ausschau und entdeckte ihn mit aufgerissenem Bauch tot vor einer Felswand, die Fänge zu einem starren, bösartigen Grinsen gebleckt.

Paris Skyle erschien auf dem Schlachtfeld und nahm Mikas Platz ein. Der schon recht betagte Fürst schwenkte einen dicken Knüppel, dessen beide Enden wie Holzpfähle zugespitzt waren. Er schien weniger Gefallen an dem Gemetzel zu finden als seine jüngeren Gefährten, beteiligte sich aber trotzdem am allgemeinen Blutvergießen und ging auf einen der letzten Vampyre zu. Weder forderte er die Gegner auf, sich zu ergeben, noch seine eigenen Leute, die verbliebenen tapferen Kämpfer lebendig gefangen zu nehmen. Vielleicht war es ja besser so. Wer von den Vampyren noch einigermaßen unversehrt in Gefangenschaft geriet – es gab immerhin einige –, dem blieb ohnehin nur die Aussicht auf die Todeshalle, wo man ihn zur Belustigung der Menge johlender Vampire auf Pfähle spießen würde. Vor diese Wahl gestellt, zogen es die Vampyre vor, ehrenvoll im Kampf zu sterben.

Schließlich neigte sich die Schlacht ihrem grausigen Ende zu. Der letzte Gegner wurde niedergemacht und starb mit dem donnernden Fluch »Die Dämonen sollen euch holen!« auf den Lippen. Anschließend machten sich die Sieger daran, das Schlachtfeld aufzuräumen. Die Vampire gingen mit routinemäßiger Gründlichkeit vor. Obervampire, die noch vor wenigen Augenblicken Äxte und Schwerter geschwungen hatten, halfen nun verletzten Mitstreitern auf die Beine und führten sie weg, damit sie versorgt wurden, wobei sie unterwegs scherzten, über die Schlacht redeten und die Verwundeten von

ihren Schmerzen ablenkten. Andere trugen die Toten zusammen, zuerst die gefallenen Vampire, dann die Vampyre. Sie legten sie auf unterschiedliche Haufen, von wo sie von den unheimlichen Hütern des Blutes (die bereits während der Schlacht draußen vor der Höhle gewartet haben mussten) weggebracht und für die Einäscherung vorbereitet wurden.
Alle diese Arbeiten wurden gut gelaunt verrichtet. Es machte den Oberen überhaupt nichts aus, dass wir selbst neun oder zehn Gefährten verloren hatten (die genaue Zahl der Verluste belief sich später, nachdem auch noch einige der Schwerverletzten gestorben waren, auf insgesamt zwölf). Die Schlacht war gewonnen, die Vampyre besiegt und der Berg wieder sicher. Nach Meinung der Vampire hatten sie das Problem gelöst und die Gefahr abgewendet.
Für Arra musste eine Trage geholt werden; sie konnte unmöglich auf eigenen Füßen gehen. Beim Warten war sie immer stiller geworden und starrte an die Höhlendecke, als betrachtete sie ein Gemälde. »Darren«, flüsterte sie.
»Ja?«
»Weißt du noch ... wie ich dich ... auf den Planken besiegt habe?«
»Aber klar«, lächelte ich.
»Du hast ... dich damals ... wacker geschlagen.«
»Nicht wacker genug«, gluckste ich matt.
Hustend wandte sie sich an Mr. Crepsley. »Pass auf, dass sie ihn nicht umbringen, Larten!«, zischte sie. »Ich selbst war ... eine von denen, die ... die seinen Tod gefordert haben ... als er bei den Prüfungen versagt hat. Aber du musst ihnen sagen, dass sie ... ihn verschonen sollen. Er ist ... ein trefflicher Vampir. Er hat sich ... seine Begnadigung verdient. Sag ihnen das!«
»Das kannst du ihnen persönlich sagen«, antwortete Mr. Crepsley, wobei ihm Tränen über die Wangen liefen – eine

Gefühlsregung, die ich bei ihm meines Wissens noch nie gesehen hatte. »Du wirst wieder gesund. Ich bringe dich in die Fürstenhalle, dort kannst du selbst für ihn sprechen.«
»Vielleicht«, seufzte Arra. »Aber wenn nicht ... dann tust du es für mich, ja? Du musst ihnen ausrichten ... was ich eben gesagt habe. Versprich mir, dass du ihn beschützt!«
Mr. Crepsley nickte stumm.
Die Trage kam, und Arra wurde von zwei Vampiren darauf gehoben. Mr. Crepsley ging neben ihr her, hielt ihre Hand und versuchte sie zu trösten. Mit der freien Hand winkte sie mir mit dem Todesgruß, dann zwinkerte sie mir zu und lachte auf, wobei ihr Blut aus dem Mund sprühte.
Einige Stunden später, kurz bevor die Sonne am winterlichen Himmel unterging, schloss Arra Sails trotz aller Bemühungen der Sanitäter die Augen, machte ihren Frieden mit den Göttern der Vampire, tat ihren letzten Atemzug ... und starb.

18

Am Abend, nachdem mich die Nachricht vom Tode Arras erreicht hatte, ging ich noch einmal in die Höhle zurück und versuchte, die ganze Sache auf die Reihe zu kriegen. Sämtliche Vampire waren weg. Die gruseligen Hüter des Blutes hatten alle Leichen weggeschafft. Sogar die vielen zertrampelten Spinnen waren entfernt worden. Nur das Blut war noch da, große, hässliche Pfützen Blut. Blut, das in den Bodenritzen versickerte, an den Wänden trocknete und von der Decke tropfte.
Ich kratzte mir die von Staub, getrocknetem Blut und Tränen verkrusteten Wangen, betrachtete die Zufallsmuster, die das Blut beim Gerinnen auf dem Boden und an den Wänden ge-

bildet hatte, und dachte noch einmal über die Schlacht und die Toten nach, die ich zu verantworten hatte. Während ich dem Geräusch des tropfenden Blutes lauschte, hörte ich noch einmal die Schreie der Vampyre und Vampire und das Stöhnen der Sterbenden, sah noch einmal, wie Seba den blinden Vanez wegführte, hatte die Begeisterung vor Augen, mit der die Kämpfer aufeinander losgegangen waren, erinnerte mich an Gladas Gesichtsausdruck, als ich ihn tötete, und an Arra, wie sie mir beim Wegtragen zuzwinkerte.

»Was dagegen, wenn ich dir Gesellschaft leiste?«, fragte jemand.

Ich blickte auf und sah den betagten Quartiermeister des Vampirberges. Seba Nile humpelte, denn auch er hatte im Kampf etwas abbekommen. »Keineswegs«, erwiderte ich dumpf, und er hockte sich neben mich.

Eine Weile schauten wir uns einfach nur schweigend in der rot gesprenkelten Höhle um. Schließlich erkundigte ich mich bei Seba, ob er schon von Arras Tod erfahren habe.

»Ja«, erwiderte er leise und legte mir tröstend eine Hand aufs Knie. »Du darfst nicht zu sehr um sie trauern, Darren. Sie ist stolz gestorben, so wie sie es sich gewünscht hätte.«

»Sie ist auf dumme, blödsinnige Weise gestorben!«, erwiderte ich unwirsch.

»So darfst du nicht reden«, wies mich Seba sanft zurecht.

»Warum nicht?«, rief ich. »Es ist die Wahrheit! Dieser ganze Kampf war Blödsinn, ausgeführt von dummen Leuten!«

»Arra hat das ganz anders gesehen«, meinte Seba. »Sie hat ihr Leben für diesen ›dummen Kampf‹ gegeben, ebenso wie viele andere.«

»Genau deshalb ist das alles ja so dumm«, stöhnte ich. »Wir hätten die Vampyre verjagen können. Wir hätten nicht hier herunterkommen und sie in Stücke hauen müssen.«

»Wenn ich mich nicht total irre«, gab Seba zu bedenken, »war es deine großartige Idee mit den Spinnen, die überhaupt erst den Boden für unseren Angriff bereitet hat.«
»Vielen Dank, dass Sie mich daran erinnern«, sagte ich sarkastisch und verfiel wieder in Schweigen.
»Du darfst dir das nicht so zu Herzen nehmen«, redete Seba weiter. »Kämpfen gehört nun mal zu unserer Wesensart. Es ist unsere Methode, miteinander abzurechnen. Für Uneingeweihte mag es wie ein barbarisches Blutbad aussehen, aber wir haben richtig gehandelt. Die Vampyre hatten unseren Untergang geplant. Es hieß: entweder sie oder wir. Aber das weißt du wohl besser als jeder andere – schließlich warst du dabei, als sie Gavner Purl umbrachten.«
»Schon«, seufzte ich. »Ich behaupte auch nicht, dass sie es nicht verdient hätten. Aber was hat sie überhaupt hergeführt? Warum sind sie in den Berg eingedrungen?«
Seba zuckte die Achseln. »Wenn wir die Überlebenden verhört haben, sind wir bestimmt schlauer.«
»Sie meinen: gefoltert«, schnaubte ich verächtlich.
»Wenn du es unbedingt so ausdrücken willst …«
»Na prima«, fuhr ich dann ironisch fort. »Wir foltern sie und erfahren dabei vielleicht, dass sie uns einfach nur so überfallen haben, um uns zu überrumpeln und den Berg zu übernehmen. Dann ist alles wieder in Ordnung, und wir können erhobenen Hauptes umherstolzieren und uns gegenseitig auf die Schulter klopfen. Wenn sie uns aber nicht deswegen angegriffen haben – was dann?«, bohrte ich weiter. »Was, wenn sie einen ganz anderen Grund hatten?«
»Zum Beispiel?«
»Keine Ahnung. Ich habe keinen blassen Schimmer, wie die Vampyre denken und was sie zu ihrem Tun veranlasst. Der Punkt ist jedoch der: Auch Sie und die anderen Vampire

kennen die Antwort nicht. Dieser Angriff kam für alle völlig überraschend, oder etwa nicht?«

»Er kam unerwartet«, nickte Seba zustimmend. »Die Vampyre haben uns noch nie zuvor so hinterrücks überfallen. Selbst damals, als sie abtrünnig wurden, kümmerten sie sich nur darum, ihre eigene Gesellschaftsordnung aufzubauen, und nicht darum, die unsere zu untergraben.«

»Warum also haben sie es jetzt getan?«, fragte ich abermals. »Wissen Sie es?«

»Nein.«

»Sehen Sie!«, rief ich. »Sie wissen es nicht, ich weiß es nicht, und die Fürsten wissen es auch nicht.«

Ich richtete mich auf den Knien auf und sah ihm direkt in die Augen.

»Finden Sie nicht, dass jemand diese Frage hätte stellen müssen? Wir sind einfach hier heruntergestürmt und haben sie niedergemetzelt, und keiner von uns ist auf den Gedanken gekommen, sie nach ihren Absichten zu fragen. Wir haben uns wie wilde Tiere aufgeführt.«

»Für Fragen war keine Zeit«, meinte Seba hartnäckig, aber ich sah genau, dass ihn meine Worte beunruhigten.

»Das mag wohl sein«, erwiderte ich. »Jetzt vielleicht nicht. Aber was war vor sechs Monaten? Vor einem Jahr? Vor zehn Jahren? Vor hundert Jahren? Kurda war der Einzige, der Kontakt zu den Vampyren aufgenommen und versucht hat, sie zu verstehen. Warum hat ihn niemand unterstützt? Warum wurden keine Versuche unternommen, sich mit ihnen zu versöhnen, um Vorfälle wie diesen zu verhindern?«

»Du verteidigst Kurda Smahlt?«, fragte Seba angewidert.

»Nein. Er hat uns verraten. Dafür gibt es keine Entschuldigung. Ich behaupte nur, wenn wir uns die Mühe gemacht hätten, die Vampyre besser kennen zu lernen, hätte Kurda

womöglich keinen Grund gehabt, uns zu verraten. Vielleicht haben wir ihn erst dazu getrieben.«
»Deine Art zu denken verwirrt mich«, sagte Seba. »Das liegt wahrscheinlich daran, dass du noch mehr Mensch als Vampir bist. Mit der Zeit wirst du die Dinge so wie wir sehen, und dann ...«
»Nein!« Empört sprang ich auf. »Ich will die Dinge nicht so wie ihr sehen. Weil ihr sie falsch seht. Ich bewundere die Tapferkeit, die Ehrenhaftigkeit und die Treue der Vampire, und ich möchte gern einer der euren werden. Aber nicht, wenn das einer Preisgabe an die Dummheit gleichkommt, nicht, wenn es bedeutet, Verstand und gesundem Urteilsvermögen den Rücken zuzukehren, nicht, wenn es bedeutet, ein Blutbad wie das von heute in Kauf zu nehmen, nur weil meine Anführer zu stolz dazu sind, sich mit den Vampyren an einen Tisch zu setzen und ihre Meinungsverschiedenheiten aus dem Weg zu räumen.«
»Vielleicht ist es ja unmöglich, diese Art ›Meinungsverschiedenheiten aus dem Weg zu räumen‹«, warf Seba ein.
»Trotzdem hätte man wenigstens den Versuch unternehmen müssen. Die Fürsten hätten es zumindest probieren müssen.«
Seba schüttelte müde den Kopf. »Vielleicht hast du Recht. Ich bin alt und der Vergangenheit verhaftet. Ich erinnere mich noch an die Zeiten, als uns Vampiren keine Wahl blieb: töten oder getötet werden, kämpfen oder untergehen. Von meinem Standpunkt aus war die heutige Schlacht brutal und grausam, aber nicht schlimmer als zahllose andere, deren Zeuge ich im Lauf der Jahrhunderte geworden bin.«
Nach einer kurzen Pause fuhr er fort: »Trotzdem muss auch ich zugeben, dass sich die Zeiten geändert haben. Vielleicht ist es angebracht, dass auch wir uns ändern.« Er lächelte.

»Wer aber soll uns einen Weg aus unserer finsteren Vergangenheit aufzeigen? Kurda verkörperte unsere Zukunft. Vielleicht hätte er unsere Denkungsart, unsere ganze Natur verändern können. Doch jetzt, nachdem er sich so schändlich benommen hat ... wer soll nun das Wort für eine neue Welt und ihre Anforderungen ergreifen?«

»Das weiß ich auch nicht«, erwiderte ich. »Aber irgendjemand sollte es tun. Andernfalls wird sich nie etwas ändern, und Vorfälle wie dieser werden sich immer und immer wieder wiederholen, bis die Vampire die Vampyre ausgelöscht haben – oder umgekehrt.«

»Das sind schwergewichtige Überlegungen.« Seba erhob sich seufzend und massierte sich den verletzten linken Oberschenkel. »Wie auch immer, ich bin nicht hergekommen, um mit dir über die Zukunft zu reden. Wir müssen eine dringlichere und weniger problematische Entscheidung fällen.«

»Wovon reden Sie?«

Er zeigte auf den Boden, und erst jetzt sah ich, dass Madame Octa und die Spinne mit den hellgrauen Flecken auf dem Rücken direkt hinter uns kauerten. »Der Kampf hat viele unserer achtbeinigen Freunde das Leben gekostet«, sagte Seba. »Die beiden hier gehören zu den Überlebenden. Sie hätten mit den anderen davonhuschen können, doch sie sind dageblieben, als warteten sie auf weitere Anweisungen.«

»Glauben Sie, der Bursche da ist in sie verknallt?« Ich zeigte auf die grau getupfte Spinne und vergaß einen Augenblick lang meine düsteren Gedanken.

»Sieht ganz so aus«, grinste Seba. »Ich glaube nicht, dass es bei Spinnen so etwas wie Liebe in unserem Sinne gibt. Aber er ist während der ganzen Schlacht nicht von ihrer Seite gewichen und auch danach nicht, als sie sich zum Bleiben entschlossen hat. Ich glaube, die beiden wollen sich paaren.«

Bei der absurden Vorstellung, wie Madame Octa in einem kleinen weißen Brautkleid den Mittelgang einer Kirche entlangschritt und Mr. Crepsley am anderen Ende auf sie wartete, um sie zu vermählen, musste ich unwillkürlich grinsen.
»Meinen Sie, ich sollte ihn in ihren Käfig setzen?«, fragte ich.
»Eigentlich dachte ich eher daran, sie freizulassen, damit sie sich irgendwo mit ihm ein Nest bauen kann. Ich bin prinzipiell dagegen, wilde Tiere in Gefangenschaft zu halten, es sei denn, es ist dringend notwendig.«
»Ich soll sie freilassen?« Ich kaute an meiner Oberlippe und dachte nach. »Und wenn sie nun jemanden beißt?«
»Ich glaube nicht, dass sie das tut«, meinte der alte Vampir. »Hier im Berg mit seinen unzähligen Gängen und Höhlen findet sie mehr als genug zu fressen. Warum sollte sie sich freiwillig dort hinbegeben, wo sie Menschen oder Vampiren gefährlich werden könnte?«
»Was ist mit den Nachkommen? Wenn sie sich vermehrt, könnte sie die Urmutter einer wahren Armee von Giftspinnen werden.«
»Das bezweifle ich«, lächelte Seba. »Selbst wenn sie mit den Ba'Halens-Spinnen Nachwuchs bekommen sollte, wären ihre Kinder wahrscheinlich nicht giftiger als deren Väter.«
Ich dachte noch eine Weile darüber nach. Seba hatte schon einmal vorgeschlagen, Madame Octa freizulassen. Damals hatte ich ihm widersprochen. Doch nach allem, was die Spinne inzwischen durchgemacht hatte, erschien es mir durchaus angebracht, ihr die Freiheit zu schenken. »Na schön«, brummte ich. »Sie haben mich überzeugt.«
»Willst du dich nicht erst bei Larten rückversichern?«
»Ich glaube, der hat jetzt andere Probleme«, erwiderte ich und dachte an Arra.

»Also gut«, nickte Seba. »Willst du ihr die gute Nachricht überbringen, oder soll ich das übernehmen?«
»Das mache ich selbst. Einen Augenblick noch. Ich hole nur rasch meine Flöte.«
Ich fand die Flöte dort, wo ich sie fallen gelassen hatte, dann eilte ich zurück, schob sie mir zwischen die Lippen, blies einige stumme Töne und übermittelte Madame Octa gedanklich: »Lauf. Du bist frei. Du kannst gehen.«
Die Spinne zögerte, dann krabbelte sie davon, und die grau gefleckte Bergspinne folgte ihr sofort. Seba und ich sahen den beiden nach, bis sie in einem Spalt in der Höhlenwand verschwunden waren. Ohne Madame Octa hätte ich niemals Mr. Crepsleys Bekanntschaft gemacht. Sie war dafür verantwortlich, dass sich damals mein ganzes Leben so radikal veränderte. Obwohl ich die Spinne, nachdem sie meinen besten Freund Steve Leopard gebissen hatte, nie mehr so richtig hatte leiden können, kam ich mir mit einem Mal merkwürdig einsam vor, jetzt, nachdem sie für immer aus meinem Leben gekrabbelt war. Es war fast so, als hätte ich einen lieben Freund verloren.
Ich schüttelte meine eigenartige Stimmung ab, legte die Flöte auf den Boden – jetzt brauchte ich sie ja nicht mehr – und teilte Seba mit, dass ich wieder zu den Hallen zurückwollte. Ohne ein weiteres Wort zu wechseln, drehten wir dem Schauplatz der verheerenden Schlacht den Rücken zu und verließen die Höhle wie zwei Gespenster. Zurück blieben nur die blutigen Pfützen, die mit der Zeit gerinnen und schließlich trocknen würden.

19 In meiner Schlafkammer angekommen, ließ ich mich in meinen blutverkrusteten Kleidern in die Hängematte fallen. Nachdem ich so lange auf hartem Untergrund geschlafen hatte, erschien sie mir geradezu paradiesisch, und es dauerte nicht lange, bis ich tief und fest eingeschlummert war. Ich schlief die ganze Nacht hindurch und wachte erst am nächsten Morgen auf. Draußen in den Korridoren war alles ruhig. Harkat war schon munter und wartete darauf, dass ich endlich aufstand.

»Hab gehört ... du hast ... zwei Vampyre ... erledigt«, begrüßte er mich, reichte mir einen Eimer kaltes Wasser, ein kratziges Handtuch und einen Satz frische Kleider. Statt einer Antwort grunzte ich nur, zog mich aus und wusch mir das angetrocknete, schuppige Blut ab.

»Die Vampire ... wollten mich ... nicht dabeihaben. War mir ... eigentlich auch lieber so. Die Vorstellung ... andere zu töten ... gefällt mir nicht.«

»Da gibt's auch nichts, was einem gefallen könnte«, stimmte ich ihm zu.

»War's ... sehr schlimm?«, erkundigte er sich vorsichtig.

»Ich möchte lieber nicht darüber reden.«

»Gut. Ich werd ... nicht mehr danach ... fragen.«

Dankbar lächelte ich ihn an, tauchte meinen kahl rasierten Schädel in den Eimer, zog ihn wieder heraus, schüttelte mich wie ein nasser Hund, schrubbte mich gründlich hinter den Ohren und erkundigte mich dann nach Mr. Crepsley. Das grüne Leuchten in Harkats runden Augen glomm auf. »Er ist immer noch ... bei Arra. Weigert sich ... von ihrer Seite ... zu weichen. Seba ist bei ... ihm und versucht ... ihn zu trösten.«

»Meinst du, ich sollte zu ihm gehen und mit ihm reden?«

Harkat schüttelte den Kopf. »Nein ... noch nicht. Später ...

braucht er dich … bestimmt. Aber jetzt … lass ihn lieber … alleine trauern.«

Ich trocknete mich ab und erkundigte mich nach Vanez und den anderen Vampiren, doch über sie konnte mir Harkat kaum Auskunft geben. Er wusste nur, dass mindestens zehn Vampire gestorben und noch mehr schwer verwundet waren, aber um wen es sich dabei handelte, hatte sich noch nicht bis zu ihm herumgesprochen.

Sobald ich mich angezogen hatte, begleitete ich Harkat in die Khledon-Lurt-Halle, wo ich einen Happen frühstückte, dann spazierten wir wieder in unsere Kammer und hielten uns den Rest des Tages dort auf. Wir hätten uns auch unter die Vampire in der Halle mischen können, die in laute Jubelrufe ausgebrochen waren, als sie uns kommen sahen, aber ich hatte keine Lust, mir ihre wilden Geschichten über die Schlacht und die Vernichtung der Vampyre anzuhören.

Es war schon gegen Abend, als Mr. Crepsley in unsere Kammer wankte. Sein Gesicht war noch bleicher als sonst. Er ließ sich auf meine Hängematte sinken, schlug die Hände vors Gesicht und stöhnte laut. »Hast du es schon gehört?«, flüsterte er.

»Ja«, erwiderte ich und fügte nach einer kurzen Pause hinzu: »Herzliches Beileid.«

»Ich dachte, sie kommt durch«, seufzte er. »Mir war klar, dass die Wunde eigentlich tödlich war, aber sie hat entgegen aller Wahrscheinlichkeit so lange durchgehalten, dass ich dachte, sie schafft es.«

»Ist sie …« Ich räusperte mich. »Ist sie schon eingeäschert?«

Mein Lehrmeister schüttelte den Kopf. »Keiner von ihnen. Die Hüter des Blutes halten die Leichname mindestens zwei Nächte und Tage zurück, so ist es bei uns Brauch. Die Vampyre dagegen …« Er ließ die Hände sinken. Sein Gesichtsausdruck konnte einem Angst einjagen. »Die werden in

diesem Augenblick den Flammen übergeben. Wir haben sie den Hütern weggenommen und in kleine Stücke zerhackt, damit ihre Seelen für immer an die Erde gefesselt bleiben. Auf diese Weise erreichen sie niemals das Paradies. Ich hoffe, dass sie bis in alle Ewigkeit hier unten verrotten.«
Ich spürte, dass dies nicht der richtige Zeitpunkt war, von dem Ekel zu erzählen, der mich in der Höhle befallen hatte, oder von meiner Überzeugung, dass die Vampire lernen müssten, Mitgefühl zu empfinden, also hielt ich meine Zunge im Zaum und nickte nur.
»Was ist … mit Kurda und den … anderen Überlebenden?«, wollte Harkat wissen.
»Mit denen rechnen wir später ab«, knurrte Mr. Crepsley. Seine Augen verengten sich zu schmalen Schlitzen. »Zuerst werden sie verhört, dann hingerichtet. Und ich werde dabei zusehen. Möchte von euch einer mitkommen?«
»Zum Verhör schon«, antwortete ich. »Was die Hinrichtung betrifft, bin ich mir nicht so sicher.«
»Ich verzichte … auf beides«, winkte Harkat ab. »Ich finde … ich wäre da … fehl am Platz. Diese Angelegenheit geht … nur Vampire … etwas an.«
»Wie du willst«, sagte Mr. Crepsley. »Was ist mit den Bestattungen? Möchtet ihr euch noch von Arra verabschieden?«
»Selbstverständlich«, antwortete ich leise.
»Ich … auch«, nickte Harkat.
Mr. Crepsleys Gesichtsausdruck wurde weicher, als er den Namen seiner ehemaligen Gefährtin aussprach. »Nachdem wir aus der Höhle heraus waren, hat sie nicht mehr viel gesagt«, flüsterte er, mehr zu sich selbst als zu Harkat oder mir. »Das Sprechen bereitete ihr große Schmerzen. Sie hat sich ihre Kraft aufgespart. Hat tapfer gekämpft. Sie hat sich so lange wie möglich an das Leben geklammert.«

Er nickte versonnen. »Die Sanitäter rechneten jeden Moment mit ihrem Tod. Jedes Mal, wenn ihr der Atem stockte, kamen sie gleich angerannt, um ihren Platz für andere Verwundete freizumachen. Aber sie hat nicht aufgegeben. Allmählich gewöhnten sie sich so an den falschen Alarm, dass sie kaum noch reagierten, als sie dann wirklich starb. Zwanzig Minuten lag sie ganz friedlich in meinen Armen und lächelte mich einfach nur erstaunt an.«

Seine Augen füllten sich mit dicken Tränen. Als sie ihm über die Wangen kullerten, reichte ich ihm einen Stofffetzen, aber er nahm ihn nicht. »Ihre letzten Worte habe ich nicht mehr richtig verstanden«, krächzte er mit brüchiger Stimme. »Sie hat so leise geredet. Ich glaube, es ging irgendwie um die Planken.«

»Haben Sie denn schon etwas Schlaf bekommen?«, fragte ich und fing dabei ebenfalls zu weinen an.

»Wie könnte ich schlafen?«, seufzte er. »Jetzt müssen wir uns auf das Verhör der Ketzer vorbereiten. Kurdas Verurteilung möchte ich auf keinen Fall verpassen, und wenn ich dafür nie wieder schlafen dürfte.«

»Das ist doch lächerlich«, schalt ich ihn sanft. »Wann soll mit den Verhören begonnen werden?«

»Um Mitternacht«, schniefte er.

»Dann haben Sie ja noch jede Menge Zeit. Schlafen Sie ein bisschen. Ich wecke Sie rechtzeitig, und dann gehen wir zusammen hin.«

»Versprochen?«

»In so einer wichtigen Angelegenheit würde ich Sie niemals anlügen«, erwiderte ich.

Mr. Crepsley nickte, stand auf und ging zur Tür. Dort blieb er stehen und drehte sich noch einmal um. »Du hast dich unten in der Höhle wacker geschlagen, Darren. Und du hast großen Mut bewiesen. Ich bin sehr stolz auf dich.«

»Vielen Dank«, sagte ich und erstickte fast an meinen Tränen, die mir jetzt ungehemmt über das Gesicht liefen.
»Richtig stolz«, murmelte er noch einmal, dann verschwand er im Korridor und schlurfte wie ein alter, müder, gebrochener Mann in seine Kammer.

Später in der Nacht begann Kurda Smahlts Prozess.
Die Fürstenhalle war, ebenso wie die Höhle davor, mit aufgebrachten, erbitterten Vampiren restlos überfüllt. Praktisch jeder Vampir im Berg wollte an der Verhandlung teilnehmen, um den Verräter zu beschimpfen, ihn anzuspucken und letztlich seine Verurteilung zu bejubeln. Ich war mit Mr. Crepsley und Seba Nile hingegangen. Man wies uns Plätze in der ersten Reihe zu. Eigentlich hatten wir nicht damit gerechnet, so weit nach vorn zu kommen, denn wir waren ein wenig spät dran, doch ich erkannte schon bald, dass dieser Umstand kein Zufall war. Die Vampire schrieben einen Großteil ihres Sieges über die Vampyre meinem Einsatz zu. Kaum hatten sie mich erblickt, brachen sie in unverhohlenes Freudengebrüll aus, schoben mich und mit mir Mr. Crepsley und Seba bis nach ganz vorn und bestanden darauf, dass ich diesen Ehrenplatz annahm. Ich hätte mich lieber im Hintergrund aufgehalten und von dort aus das Geschehen verfolgt, doch mein Meister war geradezu versessen darauf, so nah wie möglich am Podium zu sitzen, und ich brachte es nicht übers Herz, ihn zu enttäuschen; nicht nach alledem, was er mit Arra durchgemacht hatte.
Die Verschwörer sollten einer nach dem anderen vorgeführt, einzeln verhört und verurteilt werden. Wenn sie offen Auskunft gaben und die Fürsten mit ihren Antworten zufrieden waren, wollte man sie direkt in die Todeshalle führen und dort hinrichten. Verweigerten sie dagegen die Zusammen-

arbeit, würden sie weggebracht und gefoltert werden, in der Hoffnung, dass sie auf diese Weise ihre Geheimnisse preisgaben. Selbstverständlich wussten alle, dass Vampyre ebenso wie Vampire gewaltige Schmerzen aushalten können und ihr Wille so gut wie unmöglich zu brechen ist.

Der Erste, der sich dem Verhör stellen musste, war Kurda. Der in Ungnade gefallene Obervampir wurde in Ketten hereingeschleppt, vorbei an den Reihen höhnisch zischender und Verwünschungen ausstoßender Vampire. Manche schoben sogar seine Bewacher beiseite und schlugen oder traten ihn. Andere zogen brutal an seinen blonden Haaren und rissen ihm ganze Büschel davon aus. Als er das Podium erreicht hatte, bot er einen jammervollen Anblick: Seine weißen Gewänder waren völlig zerfetzt, und er blutete aus zahlreichen Wunden am ganzen Körper. Trotzdem hielt er den Kopf immer noch stolz gereckt und reagierte nicht auf die Beschimpfungen.

Auf dem Podium warteten die Fürsten auf ihn, flankiert von vier Wachen mit langen, spitzen Speeren. Er wurde bis vor das Triumvirat geführt, dessen Angehörige ihn einer nach dem anderen verächtlich anspuckten. Dann wurde er auf die Seite gebracht und umgedreht, damit auch die versammelten Vampire sein Gesicht sehen konnten. Zuerst konnte ich mich nicht überwinden, ihm in die Augen zu blicken, doch als ich schließlich den Mut dazu aufbrachte, merkte ich, dass er mit traurigem Lächeln zu mir herabschaute.

»Ruhe bitte!«, rief Mika Ver Leth und brachte die ungehalten buhenden Vampire zum Verstummen. »Wir haben eine lange Nacht vor uns. Wir wollen jeden einzelnen Fall möglichst rasch und problemlos abklären. Ich verstehe eure Entrüstung, aber ich lasse jeden, der das Verhör von Kurda Smahlt oder eines der anderen Angeklagten unterbricht, sofort des Saales verweisen. Habe ich mich klar genug ausgedrückt?«

Die Vampire murmelten dumpf und machten es sich in ihren Bänken bequem. Als wieder überall Ruhe eingekehrt war, erhob sich Paris Skyle und richtete das Wort an die Versammlung: »Wir alle wissen, weshalb wir hier sind«, sagte er leise. »Man hat uns verraten und unser Leben bedroht. Ich kann es ebenso wenig wie ihr erwarten, dass diese elenden Hunde für ihre Untaten büßen, aber zuerst wollen wir erfahren, warum sie uns überhaupt angegriffen haben und ob wir uns auf weitere solcher Überfälle gefasst machen müssen.« Seine Züge erstarrten zu einer unerbittlichen Maske, als er sich nun an Kurda wandte. »Warst du mit den Vampyren, die wir gestern getötet haben, im Bunde?«, fragte er.
Es folgte eine lange Pause. Schließlich nickte Kurda und antwortete: »Ja, so ist es.«
Mehrere Vampire brüllten unbeherrscht »Verfluchter Mörder!« und wurden sofort aus der Halle eskortiert. Die anderen saßen zitternd und mit bleichen Gesichtern auf ihren Plätzen und starrten Kurda hasserfüllt an.
»Auf wessen Befehl hast du das getan?«, fragte Paris.
»Auf meinen eigenen«, antwortete der Angeklagte.
»Lügner!«, polterte Pfeilspitze. »Sag uns sofort, wer dich dazu angestiftet hat, oder so wahr ich hier sitze werden wir …«
»Ich weiß genau, was Ihr dann tun werdet«, unterbrach ihn Kurda. »Keine Bange – ich habe keine Lust, mich der peinlichen Befragung durch Eure professionellen Folterer zu unterwerfen. Ich werde hier nichts als die Wahrheit sagen.«
»Das möchte ich dir auch geraten haben«, knurrte Pfeilspitze und ließ sich wieder auf seinen Thron sinken.
»Auf wessen Befehl hast du gehandelt?«, fragte Paris zum zweiten Mal.
»Auf meinen eigenen«, wiederholte Kurda. »Die ganze Sache war allein von mir geplant. Die Vampyre waren auf mein Ge-

heiß hier. Ihr könnt mich foltern, so viel Ihr wollt, meine Antwort bleibt dieselbe, denn eine andere gibt es nicht. Das ist die Wahrheit.«

»Du hast dir diese Freveltat ausgedacht?«

Kurda nickte. »Ja. Ich habe dafür gesorgt, dass die Vampyre herkommen. Ich habe ihnen Kopien meiner Karten zugespielt, damit sie unbemerkt hier eindringen konnten. Ich …«

»Verräter!«, heulte ein Vampir und versuchte, sich auf das Podium zu schwingen, wurde jedoch von zwei Wachen abgefangen und schreiend und wild um sich tretend weggeschleppt.

»Ich könnte es schaffen«, zischte Mr. Crepsley, den Blick fest auf Kurda geheftet. »Ich wäre mit einem Satz bei ihm und hätte ihn erledigt, bevor mich jemand daran hindern könnte.«

Sobald das Gezeter der Protestierenden verstummt war, nahm Paris das Verhör wieder auf. »Entspricht es der Wahrheit, dass du vorhattest, die Vampyre nach deiner Ordination in die Fürstenhalle einzulassen, um die Kontrolle über den Stein des Blutes zu erlangen?«

»So ist es«, bestätigte Kurda ohne Umschweife. »Wir hätten die Abschlusszeremonie abgewartet. Während ihr euch bis zur Besinnungslosigkeit betrunken, über das Konzil schwadroniert und euch auf das nächste gefreut hättet, wäre ich mit ihnen durch geheime Gänge und Tunnel heraufgestiegen, hätte mit den Wachen kurzen Prozess gemacht und die Halle in meine Gewalt gebracht.«

»Aber du hättest sie niemals verteidigen können«, hielt ihm Paris entgegen. »Du musst doch gewusst haben, dass Mika, Pfeilspitze und ich in jedem Fall die Türen aufgebrochen und euch letztendlich überwältigt hätten.«

»So weit wäre es gar nicht gekommen«, widersprach Kurda. »Zu diesem Zeitpunkt wärt ihr schon nicht mehr am Leben

gewesen. Ich hätte euch nämlich alle drei vergiftet. Dazu hatte ich bereits sechs Flaschen eines besonders edlen Weins bereitgestellt, die alle mit einem tödlichen Gift präpariert sind. Die hätte ich euch dreien kurz vor der Zeremonie überreicht. Ihr hättet auf meine Gesundheit angestoßen, wärt ein oder zwei Stunden später krepiert, und die Halle wäre mein gewesen.«
»Und dann hättet ihr euch daran gemacht, den Rest des Clans auch noch aus dem Weg zu schaffen«, knurrte Pfeilspitze.
»Nein«, erwiderte Kurda. »Ich hätte mich daran gemacht, ihn zu retten.«
»Was soll denn das nun wieder heißen?«, fragte Paris überrascht.
»Hat sich denn keiner der hier Anwesenden gewundert, dass ich mir einen so ungeeigneten Moment für einen Angriff ausgesucht habe?« Kurda richtete die Frage an alle Anwesenden. »Kommt es euch nicht eigenartig vor, dass ich mich dazu entschlossen habe, ausgerechnet während eines Konzils eine Horde Vampyre in den Berg einzuschleusen – zu einer Zeit, da es in diesen Hallen und Gängen von Vampiren nur so wimmelt und die Chance, entdeckt zu werden, wesentlich größer ist als zwei oder drei Monate später?«
Paris sah ihn verwirrt an. »Ich habe angenommen, du wolltest zuschlagen, solange wir hier alle an einem Ort versammelt sind«, murmelte er.
»Weshalb denn?«, bohrte Kurda nach. »Der Plan bestand darin, sich in die Halle zu schleichen und den Stein in unsere Gewalt zu bringen, nicht aber, sich in eine Schlacht mit einer Armee von Vampiren zu verwickeln. Je mehr von euch sich im Berg aufhielten, desto schwieriger war die Durchführung unseres Plans.«
»Aha. Du wolltest es uns also mal richtig zeigen«, schnaubte Pfeilspitze. »Du wolltest auftrumpfen, um hinterher damit

zu prahlen, dass du die Hallen während eines Konzils erobert hast.«

»Haltet ihr mich wirklich für so eitel?«, lachte Kurda. »Glaubt ihr, ich würde mein Leben aufs Spiel setzen, nur um hinterher besonders schneidig dazustehen? Ihr solltet nicht vergessen, dass ich anders als die meisten Vampire bin. Bei allem, was ich tue, behalte ich stets das Ergebnis im Auge; mir geht es nicht um einen eindrucksvollen Auftritt. Ich bin ein kaltblütiger Verschwörer, kein hitzköpfiger Aufschneider. Auch in dieser Angelegenheit war ich ausschließlich am Gelingen meines Vorhabens interessiert, nicht an einer möglichst effektvollen Darbietung.«

»Warum also hast du uns gerade zu diesem Zeitpunkt angegriffen?«, fragte Mika aufgebracht.

»Weil uns nicht mehr viel Zeit blieb«, seufzte Kurda. »Es hieß: jetzt oder nie. Wie schon gesagt, wollte ich unsere Sippe keinesfalls auslöschen, sondern vor dem drohenden Untergang retten. Unsere einzige Hoffnung lag in einem sofortigen Präventivschlag. Da mir und meinen Mitstreitern das nicht geglückt ist, fürchte ich, dass wir Vampire unwiderruflich dem Untergang geweiht sind.«

»Präventivschlag? Was soll dieser Unsinn?«, fuhr ihn Pfeilspitze giftig an. »Wir hatten nicht vor, die Vampyre zu überfallen.«

»Ich wollte keinem Überfall der Vampire auf die Vampyre zuvorkommen«, erklärte Kurda. »Es ging um einen Angriff der Vampyre gegen die Vampire.«

»Er spricht in Rätseln!« Pfeilspitze hielt es kaum noch auf seinem Sitz. »Er hat sich mit den Vampyren zusammengetan und uns angegriffen, um einen Angriff der Vampyre abzuwenden? So ein Schwachsinn!«

»Vielleicht ist er tatsächlich verrückt«, murmelte Mika ernst.

»Wenn es nur so wäre«, lachte Kurda bitter.

»So kommen wir nicht weiter«, knurrte Pfeilspitze. »Ich bin dafür, ihn nach unten zu bringen und die Wahrheit aus ihm herauszuquetschen, Tröpfchen für Tröpfchen. Er hält uns hier doch nur zum Narren. Wir sollten …«

»Meister Schick hat die Vampyre aufgesucht«, fiel ihm Kurda ins Wort. Obwohl er die Stimme kaum erhoben hatte, kam es allen so vor, als hätte er aus Leibeskräften gebrüllt. Pfeilspitze und die anderen Vampire verstummten sofort und warteten nervös und gespannt darauf, dass der Angeklagte weitersprach.

»Er kam vor drei Jahren zu ihnen«, fuhr Kurda in einem ruhigen Ton fort, der Schlimmes ahnen ließ. »Er erzählte ihnen, der Lord der Vampyre ginge durchs Land, und sie sollten nach ihm suchen. Als ich davon erfuhr, fasste ich den Entschluss, die Vampire wieder mit den Vampyren zu vereinen. Ich hoffte, die schrecklichen Konsequenzen von Meister Schicks Prophezeiung abwenden zu können, indem wir uns mit unseren Gegnern verbünden, bevor sie ihren sagenumwobenen Anführer finden.«

»Ich dachte, du glaubst nicht an das Märchen vom Lord der Vampyre«, warf Paris ein.

»Ich habe auch nicht daran geglaubt«, nickte Kurda. »Bis ich sah, wie ernst die Vampyre die Geschichte nahmen. Vorher hatten sie nie erwogen, einen Krieg gegen uns zu führen, doch nach Meister Schicks Besuch haben sie ihre Waffenlager eilig aufgefüllt und rekrutierten energisch immer mehr Kämpfer. Sie haben sich auf die Ankunft ihres legendären Anführers vorbereitet. Und jetzt ist er da.«

Diese Aussage traf die Anwesenden wie ein körperlicher Schlag. Die Vampire zuckten regelrecht zusammen, ihre Gesichter wurden aschfahl.

»Vor sechs Monaten ist der Lord der Vampyre gefunden worden«, sagte Kurda und senkte den Blick. »Er ist noch nicht angezapft, aber er hat schon seinen Platz zwischen ihnen eingenommen und ist dabei, sich an ihre Lebensweise zu gewöhnen. Mein Akt des Verrats war ein letzter, verzweifelter Versuch, das Schicksal abzuwenden. Hätte ich den Stein des Blutes in meine Gewalt gebracht, wäre es mir vielleicht gelungen, die Vampyre auf meine Seite zu ziehen, denn nicht alle unsere Blutsverwandten sind scharf darauf, einen Krieg mit uns anzuzetteln. Doch jetzt, da ich versagt habe, hat er freie Bahn. Sie werden ihn anzapfen, er wird die Herrschaft über die Vampyre übernehmen und sie gegen uns in den Kampf führen. Und er wird siegen.«

Mit gedämpfter Stimme murmelte Kurda ironisch: »Herzlichen Glückwunsch, meine Herren. Nach dem heutigen großartigen Sieg steht nichts mehr zwischen uns und einem Vernichtungskrieg. Ihr habt alles getan, damit Meister Schicks Prophezeiung in Erfüllung geht.«

Finster fuhr er fort: »Genießt euer Fest. Vielleicht ist es das letzte Mal, dass ihr ordentlich auf die Pauke hauen und mit euren Heldentaten prahlen könnt. Seit heute Abend tickt die Uhr. Wenn sie stehen bleibt, ist unsere Zeit abgelaufen. Dann ist jeder Vampir in dieser Halle – jeder Vampir auf der ganzen Welt – dem Untergang geweiht.«

Mit einem bitteren Lächeln riss Kurda die Ketten um seine rechte Hand ab, legte die Finger auf Stirn und Augen und vollführte, zu den Fürsten gewandt, den Todesgruß. Dann sah er mich an und wiederholte die Geste. »Sei siegreich noch im Tod«, krächzte er sarkastisch, während Tränen der Wut und der Verzweiflung in seinen traurigen blauen Augen schimmerten.

20 Die furchtbare Stille, die auf Kurdas Verkündung folgte, schien eine Ewigkeit zu dauern. Schließlich erhob sich Seba Nile mühsam, zeigte mit zitterndem Finger auf den Angeklagten und zischte: »Du lügst!«
Kurda schüttelte unbeugsam den Kopf. »Nein. Ich lüge nicht.«
»Hast du den Lord der Vampyre selbst gesehen?«, wollte Seba wissen.
»Nein«, antwortete der Gefragte. »Sonst hätte ich ihn auf der Stelle getötet.«
»Woher willst du dann wissen, dass er tatsächlich existiert?«
Kurdas Antwort bestand in einem Achselzucken.
»Antworte!«, polterte Paris.
»Die Vampyre besitzen einen besonderen, einzigartigen Sarg«, sagte Kurda. »Sie nennen ihn den Feuersarg. Meister Schick hat ihn den Vampyren vor vielen hundert Jahren überlassen, ungefähr zur gleichen Zeit, als er uns diese magische Kuppel schenkte, in der wir uns hier befinden. Seither wurde der Sarg von einer Gruppe Vampyre bewacht, die sich die Bewahrer des Schicksals nennen.
Dieser Sarg unterscheidet sich in nichts von anderen Särgen – bis sich jemand hineinlegt und der Deckel geschlossen wird. Dann füllt sich das Ding mit einem schrecklichen, verzehrenden Feuer. Derjenige, der dazu auserkoren ist, die Vampyre anzuführen, wird ihm unversehrt entsteigen. Jeder andere verglüht zu Asche.
Im Lauf der Zeit haben sich viele Vampyre dem Feuersarg ausgesetzt und sind in ihm verbrannt. Doch vor sechs Monaten legte sich ein Mensch hinein und entstieg den Flammen ohne die kleinste Brandblase. Demnach ist er der Lord der Vampyre, und sobald sie ihn zu einem der Ihren gemacht haben, wird ihm jeder Einzelne des Clans gehorchen und folgen – wenn es sein muss, auch in den Tod.«

Die Fürsten starrten Kurda verunsichert, ja sogar ängstlich an, bis Paris flüsternd fragte: »Warst du dabei, als dieser Mensch auf die Probe gestellt wurde?«

»Nein«, antwortete Kurda. »Nur die Bewahrer des Schicksals waren dabei.«

»Dann könnte die ganze Geschichte lediglich ein Gerücht sein«, sagte Paris hoffnungsvoll. »Eine geschickt konstruierte Lüge.«

»Vampyre lügen nicht«, rief ihm Kurda in Erinnerung.

»Vielleicht haben sie sich geändert«, sinnierte Mika. »Der Stein des Blutes wäre schon ein paar Lügen wert. Gut möglich, dass sie dich hereingelegt haben, Kurda.«

Doch der Angeklagte schüttelte abermals den Kopf. »Viele Vampyre sind von der Ankunft ihres Lords ebenso beunruhigt wie wir. Sie sind nicht auf Krieg aus. Sie fürchten die Verluste, die ein solches Vorhaben mit sich bringt. Deshalb haben sich achtunddreißig von ihnen bereit erklärt, mich auf diese Mission zu begleiten. Sie hofften, dadurch einen umfassenden, alles vernichtenden Konflikt abwenden zu können und ihre Kameraden und Freunde zu retten.«

»Du redest die ganze Zeit darüber, dass du einen Krieg verhindern und uns retten wolltest«, warf Paris ein. »Ich verstehe nicht, wie du auf die Idee kommst, dass ein Verrat an unserer Sache dabei von Nutzen sein könnte.«

»Ich habe versucht, eine Vereinigung zu erzwingen«, erklärte Kurda. »Doch als ich hörte, dass der Lord der Vampyre gefunden war, wusste ich, dass es für faire Friedensverhandlungen zu spät war. Ich wog die wenigen mir verbliebenen Möglichkeiten gegeneinander ab und beschloss, einen Putsch zu wagen. Hätte ich es geschafft, wären sämtliche Vampire der Gnade der Vampyre ausgeliefert gewesen. Die Eindringlinge hätten sich in der Fürstenhalle mit ihren Artgenossen in

Verbindung setzen und ihnen über den Stein des Blutes den genauen Aufenthaltsort fast aller existierenden Vampire übermitteln können. Unser Volk hätte keine andere Wahl gehabt, als meinen Bedingungen zuzustimmen.«

»Und wie genau hätten deine Bedingungen gelautet?«, fragte Paris verächtlich.

»Dass wir uns mit den Vampyren zusammentun«, antwortete Kurda. »Ich hatte auf einen Zusammenschluss Gleichberechtigter gehofft, bei dem Vampire und Vampyre gleichermaßen Zugeständnisse machen. Den veränderten Umständen entsprechend wäre das möglich gewesen. Wir hätten die Sitten und Gebräuche der Vampyre übernehmen müssen. Aber das wäre immer noch besser gewesen als die völlige Vernichtung.«

»Nicht für mich«, knurrte Pfeilspitze. »Ich wäre lieber gestorben.«

»Mit dieser Meinung wärt Ihr sicher nicht allein gewesen«, nickte Kurda. »Doch ich bin überzeugt, dass die meisten von uns ihrem Verstand gefolgt wären. Und selbst wenn nicht, wenn ihr euch alle dafür entschieden hättet, bis zum letzten Atemzug zu kämpfen, so hätte ich es doch wenigstens versucht.«

»Was war für dich drin, Kurda?«, fragte Mika. »Haben dir die Vampyre einen Ehrentitel versprochen? Hätte es in dem neuen Regime auch Fürsten gegeben?«

»Die Vampyre haben mir gar nichts versprochen«, gab Kurda knapp zurück. »Die meisten möchten einen Krieg verhindern, deshalb hatten sich ein paar Dutzend Freiwillige entschlossen, ihr Leben aufs Spiel zu setzen und mir zu helfen – tapfere Männer, die ihr wie Ungeziefer getötet habt. Andere Beweggründe hatten wir nicht. Wir haben es für euer Wohl getan, nicht für unseres.«

»Wie überaus edel von dir, Kurda«, höhnte Mika.
»Edler, als Ihr Euch jemals vorstellen könnt!«, fuhr ihn der Angeklagte an, der plötzlich die Beherrschung verlor. »Besitzt Ihr denn gar keinen Funken Verstand? Begreift Ihr denn nicht, was für ein Opfer ich euch allen gebracht habe?«
»Ein Opfer?«, fragte Mika verdutzt.
»Ob ich nun gesiegt oder verloren hätte«, erwiderte Kurda, »mein Lohn wäre in jedem Fall der Tod gewesen. Die Vampyre verachten Verräter sogar noch mehr als wir. Hätte mein Plan Erfolg gehabt, wäre ich zunächst in der Fürstenhalle geblieben, um die Vereinigung der beiden Sippen zu überwachen. Sobald die Zukunft unseres Volkes gesichert gewesen wäre, hätte ich mich meiner Verurteilung gestellt und das gleiche Schicksal erlitten, das mich auch jetzt erwartet.«
»Du verlangst von uns, dass wir dir glauben, die Vampyre hätten den Mann hingerichtet, der ihnen ihre Erzfeinde ans Messer geliefert hat?« Mika musste lachen.
»Ihr werdet es schon noch glauben, denn es entspricht der Wahrheit«, konterte Kurda. »Weder Vampire noch Vampyre lassen Verräter am Leben. Dieses Gesetz ist tief in das Herz jedes einzelnen Mitglieds der beiden Clans eingebrannt. Die Vampyre, die mich begleitet haben, wären zu Helden geworden, denn abgesehen davon, dass sie Vampirboden betreten mussten, haben sie gegen keines ihrer Gesetze verstoßen – aber ich, der ich meine eigenen Leute verraten und verkauft habe?« Kurda schüttelte den Kopf. »Da ist für mich nichts zu holen gewesen, Mika, und wenn Ihr etwas anderes glaubt, seid Ihr dümmer, als ich dachte.«
Die Worte des Angeklagten verstörten die Vampire. Ich sah, wie sie sich umschauten, die Blicke der anderen suchten, bemerkte die angstvollen Fragen in ihren Augen und auf ihren Lippen. »Vielleicht will er ja, dass wir ihn belohnen, statt ihn

auf die Pfähle zu werfen«, kicherte jemand, aber außer dem Redner selbst lachte niemand.

»Ich erwarte keine Gnade und werde auch nicht darum betteln«, erwiderte Kurda. »Ich wünsche mir nur, dass ihr euch in den kommenden schweren Jahren an das erinnert, was ich zu tun versucht habe. Mir ging es ausschließlich um das Wohl des Clans. Und ich hoffe, dass ihr das eines Nachts erkennt und zu schätzen wisst.«

»Wenn alles, was du uns hier erzählt hast, wahr ist«, meinte Paris Skyle, »warum bist du mit dieser Wahrheit nicht gleich zu uns gekommen? Hätten wir vom Erscheinen des Lords der Vampyre gewusst, hätten wir Schritte zu seiner Vernichtung unternehmen können.«

»Indem ihr die Vampyre mit Stumpf und Stiel ausgerottet hättet?«, fragte Kurda verbittert.

Paris nickte. »Falls das nötig gewesen wäre.«

»Genau das wollte ich ja verhindern«, seufzte der Angeklagte. »Mir war daran gelegen, Leben zu retten, nicht, es zu vernichten. Krieg ist keine Lösung für die Vampire – jedenfalls nicht, wenn sich Meister Schicks Prophezeiung bewahrheitet. Eine Vereinigung hingegen – bevor die Bedrohung überhaupt Gestalt annehmen kann – hätte unsere Rettung bedeuten können.

Natürlich bin ich nicht in der Lage, mit absoluter Sicherheit zu sagen, ob ich richtig gehandelt habe«, fuhr Kurda fort. »Denn nach allem, was ich jetzt weiß, lieferten meine Bemühungen leider nur mehr den Funken, der die Lunte zu Krieg und Vernichtung in Brand setzt. Aber ich musste es wenigstens versuchen. Ich war überzeugt davon, dass es in meiner Hand lag, in den Lauf des Schicksals einzugreifen. So oder so, jedenfalls konnte ich nicht tatenlos zusehen, wie sich mein Volk Meister Schicks schrecklicher Prophezeiung unterwirft.«

Kurda richtete den Blick auf mich. »Ich bedaure so gut wie nichts«, sagte er. »Ich habe meine Chance genutzt, aber es hat nicht geklappt. So geht es nun mal im Leben. Nur dass ich Gavner Purl töten musste, macht mir schwer zu schaffen. Es lag nicht in meiner Absicht, Blut zu vergießen. Doch der Plan hatte Vorrang. Die Zukunft unseres Volkes wog mehr als das Leben eines Einzelnen. Im Notfall hätte ich ein ganzes Dutzend Gavners getötet – sogar hundert von ihnen, wenn ich dadurch das Leben der Übrigen hätte retten können.«

Damit beschloss Kurda seine Verteidigungsrede und weigerte sich, weitere Erklärungen abzugeben. Die Fürsten fragten ihn, ob er wisse, wo sich der Lord der Vampyre derzeit aufhalte oder was die Vampyre vorhätten, doch er schüttelte bloß stumm den Kopf.

Daraufhin stellten es die Fürsten den Anwesenden frei, den abtrünnigen Obervampir ihrerseits zu befragen, doch keiner der Vampire nutzte die Gelegenheit. Alle hielten den Blick gesenkt und starrten beschämt zu Boden. Keiner von ihnen mochte Kurda, und keiner von ihnen hieß gut, was er getan hatte, aber jetzt zollten sie ihm Respekt und bereuten, dass sie ihn früher so schäbig behandelt hatten.

Nach einer angemessenen Zeit des Schweigens nickte Paris den Wachen auf dem Podium zu, woraufhin sie den Verhörten wieder packten und so herumdrehten, dass er den Fürsten direkt gegenüberstand. Paris sammelte sich einen Augenblick, bevor er abermals das Wort ergriff: »Was du da gesagt hast, Kurda, beunruhigt mich zutiefst. Es wäre mir lieber, du wärst ein schändlicher Verräter, der aus Habgier oder anderen persönlichen Motiven gehandelt hat. In diesem Falle hätte ich dich mit reinem Gewissen und ohne zu zögern zum Tode verurteilen können.

Jetzt hingegen bin ich davon überzeugt, dass du in gutem Glauben gehandelt hast. Es könnte sogar so sein, wie du behauptest, nämlich dass wir, indem wir deine Pläne vereitelten, unsere Vernichtung durch die Vampyre selbst eingeleitet haben. Vielleicht wäre es besser gewesen, Darren wäre auf seiner Flucht nicht auf deine Verbündeten gestoßen, oder er wäre nicht mehr dazu gekommen, uns diese Nachricht zu überbringen.
So aber wurdet ihr entdeckt, euer Plan flog auf, und die meisten von euch haben ihr Vorhaben auf blutige Weise mit dem Leben bezahlt. Diese Vorfälle lassen sich nicht mehr rückgängig machen, selbst wenn wir das wollten. Die Zukunft mag schlimm für uns aussehen, aber wir werden uns ihr mutig stellen, zum Kampf bereit, wie echte Vampire, tapferen Herzens und unbeugsamen Willens, wie es unsere Art ist.
Ich empfinde durchaus Mitgefühl für dich, Kurda«, fuhr er fort. »Du hast gehandelt, wie es dir dein Gewissen vorschrieb, ohne Rücksicht auf deine eigene Person, und dafür musst du geradestehen. Du hast aber auch ohne Rücksicht auf unsere Gesetze und Sitten gehandelt, und dafür musst du zur Rechenschaft gezogen werden. Für das Verbrechen, das du begangen hast, gibt es nur eine angemessene Strafe – die Hinrichtung.«
Ein tiefes Seufzen wogte durch die Halle. »Wenn ich die Wahl hätte«, sprach Paris weiter, »würde ich dir das Recht zubilligen, aufrecht und ehrenvoll aus dem Leben zu scheiden, wie es einem Vampir geziemt. Du hast es nicht verdient, in Schimpf und Schande zu sterben, gefesselt und mit verbundenen Augen rücklings von Pfählen durchbohrt. Ich hätte dir eine Reihe harter Prüfungen auferlegt, eine nach der anderen, bis du irgendwann tapfer dein Leben ausgehaucht hättest. Und ich hätte einen Trinkspruch auf dich ausgebracht, wenn man deinen Leichnam im Ganzen eingeäschert hätte.

Als Fürst jedoch habe ich diese Wahl nicht. Was du auch für Beweggründe gehabt haben magst, du hast den Clan verraten, und diese unumstößliche Tatsache hat Vorrang vor meinen persönlichen Wünschen.« Paris erhob sich, zeigte mit ausgestrecktem Arm auf Kurda und sagte: »Ich bestimme, dass er in die Todeshalle gebracht und möglichst rasch hingerichtet wird. Anschließend soll er vor der Einäscherung zerstückelt werden, damit seine Seele das Paradies niemals erreicht.«

Nach einer kurzen Pause erhob sich Mika Ver Leth und richtete den Zeigefinger auf die gleiche Weise auf Kurda wie Paris vor ihm. »Ich weiß nicht, ob es gerecht ist oder nicht«, seufzte er, »aber wir müssen unsere Gepflogenheiten befolgen, die uns leiten und stärken. Auch ich stimme für die Todeshalle und eine unehrenhafte Einäscherung.«

Pfeilspitze stand auf und streckte die Hand aus. »Die Todeshalle«, sagte er einfach.

»Möchte jemand zu Gunsten des Verräters das Wort ergreifen?«, fragte Paris in die Runde. Die Antwort war tiefes Schweigen. »Eventuelle Einwände könnten uns dazu bringen, unser Urteil noch einmal zu überdenken«, fügte er an. Immer noch meldete sich niemand zu Wort.

Ich betrachtete die bemitleidenswerte Gestalt vor mir und musste daran denken, wie Kurda mich unter seine Fittiche genommen hatte, als ich im Berg der Vampire ankam, wie er mich als Freund behandelt hatte, mit mir gescherzt und sein Wissen und seine jahrelange Erfahrung mit mir geteilt hatte. Ich erinnerte mich daran, wie er Arra Sails von den Planken gestoßen und ihr anschließend die Hand gereicht hatte, an seinen verletzten Gesichtsausdruck, als sie seine Hilfe verschmähte. Ich erinnerte mich daran, wie er mir das Leben gerettet und sich meinetwegen in Gefahr gebracht hatte, wie er sogar den Erfolg seiner Mission aufs Spiel gesetzt hatte, nur um mir aus der Klemme zu helfen. Ohne Kurda Smahlt würde ich jetzt nicht hier sitzen, wäre ich längst nicht mehr am Leben.

Ich wollte mich schon erheben, das Wort zu seinen Gunsten ergreifen und um eine weniger grauenhafte Bestrafung bitten. Doch dann blitzte Gavners Gesicht wieder vor mir auf, ebenso das von Arra, und ich dachte daran, was Kurda getan hätte, wenn Mr. Crepsley, Seba oder irgendjemand sonst sich ihm in den Weg gestellt hätte. Er hätte sie unweigerlich getötet. Es hätte ihm zwar kein Vergnügen bereitet, doch er hätte nicht eine Sekunde gezögert. Er hätte das getan, was er als notwendig erachtete, so wie jeder aufrichtige Vampir.

Deshalb blieb ich sitzen, schüttelte kläglich den Kopf und hielt meine Zunge im Zaum. Ich fühlte mich der ganzen Angelegenheit überhaupt nicht gewachsen, es war nicht an mir, eine Entscheidung zu fällen. Kurda hatte seinen Untergang selbst verschuldet und musste nun die Konsequenzen tragen. Ich kam mir erbärmlich vor, weil ich nicht für ihn eintrat, aber wenn ich es getan hätte, wäre ich mir ebenso erbärmlich vorgekommen.

Als klar war, dass niemand etwas gegen den Richterspruch der Fürsten einzuwenden hatte, gab Paris den Wachen auf dem Podium ein Zeichen, woraufhin sie Kurda umringten und ihm sämtliche Kleider vom Leib rissen. Der Obervampir sagte nichts, während sie ihn seiner Kleider und seines Stolzes beraubten, sondern richtete den Blick starr zur Hallendecke empor.

Sobald Kurda nackt vor ihm stand, legte Paris die Finger fest zusammen, tauchte sie in eine Schüssel Schlangenblut, die hinter seinem Thron versteckt gestanden hatte, und fuhr mit der Hand über die Brust des Verurteilten. Mika und Pfeil-

spitze taten es ihm gleich, was drei hässliche rote Streifen hinterließ – das Vampirzeichen für einen Verräter oder ein anderes unehrenhaftes Mitglied der Gemeinschaft.
Kaum war Kurda gezeichnet, führten ihn die Wachen auch schon hinaus. Niemand sprach, kein Laut war zu vernehmen. Der Gefangene hielt den Kopf gesenkt, aber als er an mir vorbeikam, sah ich, dass ihm Tränen über die Wangen liefen. Er war von allen verlassen, und er hatte Angst. Ich hätte ihn am liebsten getröstet, doch dafür war es jetzt zu spät. Es war besser, ihn ohne weitere Verzögerungen gehen zu lassen.
Als er diesmal an den versammelten Vampiren vorübergeführt wurde, verhöhnte ihn niemand, und keiner versuchte, ihm etwas anzutun. Es gab eine kurze Unterbrechung, als er die offene Tür erreichte und sich einen Weg durch die Menge dahinter bahnen musste; dann wurde er aus der Halle und in den Gang zur Todeshalle eskortiert, wo er in einen Käfig gesteckt, mit verbundenen Augen hoch über die Grube mit den Pfählen gezogen und auf brutale und schmerzhafte Weise hingerichtet werden würde. Das war das Ende des Verräters Kurda Smahlt … meines Freundes.

21

Ich sah nicht zu, wie Kurda hingerichtet wurde. Auch die Prozesse der anderen Vampyre ersparte ich mir. Stattdessen kehrte ich in meine Kammer zurück, wo ich den Einbruch der nächsten Nacht abwartete, bis es Zeit für die Bestattungen von Arra Sails, Gavner Purl und den anderen war, die bei der Verteidigung des Berges gefallen waren. Gavners Leichnam war nach der Schlacht aus dem Tunnel geborgen worden. Kurda hatte seine Wachen darüber informiert, wo er sich befand, und aufgrund seiner Angaben fand ihn ein

Suchtrupp schon bald in einer tiefen Felsspalte ganz unten im Berg.

Blitz und sein Gefährte hatten sich unmittelbar nach der Schlacht ohne viel Aufhebens davongemacht, ihren toten Mitstreiter zurückgelassen und sich wieder ihrem Rudel angeschlossen. Ich hatte nicht einmal Gelegenheit, mich von ihnen zu verabschieden oder bei ihnen zu bedanken.

Ich fragte mich, ob ich wohl jemals wieder mit dem Rudel laufen würde. Es erschien mir sehr unwahrscheinlich, selbst wenn die Fürsten mein Leben verschonen sollten. Da das Konzil ohnehin so gut wie beendet war, kehrten auch die Wölfe wieder in ihre angestammten Jagdgründe zurück. Wahrscheinlich hatte ich Blitz, Rudi und die anderen zum letzten Mal gesehen.

Die Zeit zwischen den Verhandlungen und den Bestattungen widmete ich meinem Tagebuch. Seit wir im Berg der Vampire eingetroffen waren, hatte ich es nicht mehr angerührt. Ich las noch einmal alles durch, was ich davor geschrieben hatte, und schilderte dann, was geschehen war, seit ich den Cirque du Freak verlassen und mich mit Mr. Crepsley auf den Weg zum Berg gemacht hatte. Bald war ich so in meine Eintragungen vertieft, dass die Zeit wie im Flug verging. Normalerweise machte ich mir nicht sehr viel aus dem Schreiben, denn es erinnerte mich zu sehr an die Hausaufgaben damals in der Schule, aber sobald ich einmal angefangen hatte, purzelten die Worte nur so aus mir heraus, ohne dass ich mich groß anstrengen musste. Mein Stift ruhte nur dann, wenn ich mir rasch etwas zu essen holte oder mich ein oder zwei Stündchen aufs Ohr legte.

Eigentlich hoffte ich, das Schreiben würde mir dabei helfen, meine Gedanken zu sortieren, insbesondere was Kurda betraf, doch am Ende war ich auch nicht schlauer als zuvor. Wie ich es auch drehte und wendete, ich kam immer wieder zu dem Schluss, dass Kurda sowohl ein Held als auch ein Schurke war. Es wäre alles viel einfacher gewesen, wenn er entweder das eine oder das andere gewesen wäre, aber ich konnte ihn in keine Schublade stecken. Die ganze Angelegenheit war viel komplizierter.

Kurda hatte die Vernichtung der Vampire verhindern wollen. Deshalb hatte er seine eigenen Brüder verraten. Aber war er deshalb böse? Oder wäre es schlimmer gewesen, wenn er sich ehrenhaft verhalten und zugelassen hätte, dass sein Volk ausgelöscht wurde? Musste man stets treu zu seinen Freunden halten, egal welche Folgen das hatte? Das zu beurteilen war mir unmöglich. Einerseits hasste ich den Obervampir und war davon überzeugt, dass er den Tod verdient hatte; andererseits erinnerte ich mich an seine guten Absichten und sein freundliches Wesen und wünschte mir, es hätte eine andere Möglichkeit gegeben, ihn angemessen zu bestrafen.

Bevor ich mit meinen Eintragungen fertig war, kam Mr. Crepsley, um mich und Harkat abzuholen. Ich hatte fast alles niedergeschrieben, was ich festhalten wollte. Trotzdem fehlte noch ein bisschen, deshalb steckte ich meinen Stift zwischen zwei Seiten, um die Stelle zu markieren, legte das Buch beiseite und begleitete den bekümmerten Vampir in die Einäscherungshalle, um mich von unseren lieben verstorbenen Freunden und Sippenmitgliedern zu verabschieden.

Gavner Purl wurde als Erster eingeäschert, da er als Erster gefallen war. Man hatte ihm ein einfaches weißes Gewand angezogen und ihn auf einer schmalen Trage in die Einäscherungsgrube hinuntergelassen. Wie er so dalag, sah er sehr friedlich aus, mit den geschlossenen Augen, dem sorgfältig gekämmten, kurzen braunen Haar und den von den Hütern des Blutes, die seinen Leichnam zurechtgemacht hatten, zu einem Lächeln modellierten Lippen. Obwohl ich wusste, dass die Hüter seinem Körper das gesamte Blut entzogen und fast alle seine inneren Organe und das Gehirn entfernt hatten, war von ihrem makabren Werk äußerlich nichts zu erkennen.

Ich setzte an, um Mr. Crepsley Gavners letzte Worte mitzuteilen, doch kaum hatte ich angefangen, da brach ich auch schon in Tränen aus. Mein Meister nahm mich in den Arm und tätschelte mir beruhigend den Rücken, während ich an seiner Brust hemmungslos schluchzte. »Möchtest du lieber gehen?«, fragte er leise.

»Nein«, stöhnte ich. »Ich will hier bleiben. Es ist … einfach nur … so schwer, wissen Sie?«

»Ja, ich weiß«, sagte mein Lehrmeister, und als ich Tränen in seinen Augen sah, wusste ich, dass er es auch so meinte.

Eine große Trauergemeinde hatte sich eingefunden, um sich von Gavner zu verabschieden. Normalerweise nahmen an Bestattungen nur die engsten Freunde und Gefährten teil. Auch darin unterscheiden sich die Vampire von den Menschen: Sie halten nicht viel davon, in großer Anzahl aufzulaufen und ihr Beileid zu bekunden. Doch Gavner war sehr beliebt gewesen, und er war gestorben, um anderen das Leben zu retten, deshalb war die Höhle brechend voll. Sogar Paris Skyle und Pfeilspitze waren anwesend. Auch Mika wäre gekommen, doch er musste zum Schutz der Fürstenhalle zurückbleiben.

Vampir-Priester oder so etwas in der Art gab es nicht. Obwohl Vampire ihre eigenen Götter haben, existiert keinerlei organisierte Religion. Als ältester anwesender Vampir führte Paris durch die kurze, schlichte Zeremonie. »Sein Name war Gavner Purl«, intonierte er, und alle wiederholten die Worte des Fürsten. »Er starb ehrenvoll.« Wieder sprachen wir seine

Worte nach. »Möge seine Seele ins Paradies eingehen«, schloss er, und sobald wir seinen Wunsch wiederholt hatten, zündeten zwei Hüter die Zweige und Blätter unter Gavners Leichnam an. Danach vollführten sie rituelle Gesten über dem Toten und zogen sich zurück.

Innerhalb kürzester Zeit hatten die Flammen den Obervampir verzehrt. Die Hüter verstanden ihr Geschäft und hatten alles so arrangiert, dass das Feuer rasch auflodert und kurzen Prozess mit Gavner machte. Ich hatte noch nie an einer Einäscherung teilgenommen. Zu meiner Überraschung fand ich den Vorgang nicht halb so eklig wie erwartet. Es lag etwas eigenartig Tröstliches darin, den Flammen zuzusehen, wie sie Gavner einhüllten, wie der Rauch aufstieg und in den Ritzen und Spalten der Decke verschwand, fast so, als enteilte Gavners Seele mit ihm.

Ich war froh, mitgekommen zu sein, obwohl ich auch erleichtert war, dass man uns aufforderte, die Halle zu verlassen, als es an der Zeit war, Gavners Knochen aus der Asche zu klauben und in den Gefäßen, die rings um die Grube standen, zu Staub zu zermahlen. Ich glaube, ich hätte es nicht ertragen, den Hütern auch noch bei dieser Verrichtung zuzusehen.

Bevor Arra Sails an die Reihe kam, wurden noch drei andere Vampire verbrannt. Während Mr. Crepsley, Harkat und ich draußen warteten, stießen Seba Nile und Vanez Blane zu uns. Der hinkende Quartiermeister führte den blinden Wettkampfaufseher. Das merkwürdige Gespann grüßte uns und blieb stehen, um ein paar Worte mit uns zu wechseln. Sie entschuldigten sich dafür, nicht an Gavners Einäscherung teilgenommen zu haben, da Vanez in Behandlung gewesen war und erst wegkonnte, nachdem der Verband über seinem schlimmen Auge gewechselt worden war.

»Und – was macht das Auge?«, erkundigte sich Mr. Crepsley.

»Es ist hinüber«, antwortete Vanez fast heiter, als wäre das keine große Sache. »Jetzt bin ich blind wie eine Fledermaus.«

»Ich dachte, wo du es behandeln lässt ...«

»Die Behandlung soll nur verhindern, dass sich die Wunde entzündet und auch noch das Gehirn angreift«, erklärte Vanez.

»Sie kommen mir nicht sehr niedergeschlagen vor«, sprach ich ihn an, musterte den dicken Verband über seiner rechten Gesichtshälfte und dachte daran, wie schrecklich es sein musste, das Augenlicht zu verlieren.

Vanez zuckte die Achseln. »Ich hätte das Auge lieber behalten, aber andererseits geht davon die Welt nicht unter. Ich kann immer noch hören, riechen und meinen Weg ertasten. Es dauert gewiss eine Weile, bis ich mich daran gewöhnt habe, aber ich habe mich auch daran gewöhnt, als ich mein erstes Auge eingebüßt habe, und ich bin sicher, dass ich auch ohne das zweite irgendwie zurechtkomme.«

»Hast du vor, den Berg der Vampire demnächst zu verlassen?«, fragte Mr. Crepsley diplomatisch.

»Nein«, antwortete Vanez. »Zu jedem anderen Zeitpunkt wäre ich in die Welt hinausgezogen und meinem ehrenhaften Schicksal entgegengestolpert, wie es sich für einen blinden Vampir gehört. Leider ist durch den Lord der Vampyre alles anders geworden. Paris hat mich gebeten zu bleiben. Ich kann mich hier nützlich machen, und wenn ich nur in den Lagerräumen oder in den Küchen aushelfe. In diesen schweren Zeiten wird jeder Einzelne gebraucht. Meine Anwesenheit erlaubt es einigen jüngeren, gesünderen Vampiren, ihre Energie anderen Bereichen zuzuwenden und den Krieg gegen die Vampyre vorzubereiten.«

»Ich bleibe ebenfalls hier«, teilte uns Seba mit. »Mein Ruhestand ist aufgeschoben worden. Die Welt und ihre Abenteuer müssen wohl noch eine Weile auf mich warten. Auch die Alten und Versehrten sind jetzt gefragt. Privatinteressen nachzugehen ist jetzt nicht angebracht.«

Dieser Satz versetzte mir einen Schlag. Zu Beginn meines Aufenthalts im Vampirberg hatte Kurda ähnliche Gedanken geäußert. Seiner Meinung nach war es falsch, dass verkrüppelte oder alte Vampire von ihren Gefährten verstoßen wurden. Es war eine grauenhafte Ironie des Schicksals, dass ausgerechnet sein Verrat und sein Tod dazu geführt hatten, dass sich andere Vampire seine Art zu denken zu Eigen machten.

»Soll das heißen, dass du dein Angebot zurückziehst?«, erkundigte sich Mr. Crepsley. Seba hatte ihn nämlich gefragt, ob er sein Nachfolger werden und den Posten des Quartiermeisters übernehmen wolle.

»So ungefähr«, erwiderte Seba. »Aber ich zweifle nicht daran, dass die Fürsten anderweitig Verwendung für dich finden.« Ein flüchtiges Lächeln huschte über sein Gesicht. »Vielleicht als Putzkraft?«

»Gut möglich.« Auch Mr. Crepsley brachte ein flüchtiges Lächeln zu Stande. »Mika hat mich bereits gefragt, ob ich nicht hier bleiben und mein Amt als Obervampir wieder antreten möchte, aber ich habe ihm geantwortet, dass ich momentan an so etwas nicht denken kann. Ich entscheide später darüber, sobald ich es mir in aller Ruhe noch einmal durch den Kopf habe gehen lassen.«

»Was geschieht mit Darren?«, fragte Vanez. »Haben die Fürsten schon über sein Schicksal entschieden?«

Mein Lehrmeister schüttelte den Kopf. »Mika hat mir versprochen, die Verhandlung zu eröffnen, sobald die Bestattungszeremonien vorüber sind. Ich bin aber sicher, dass er begnadigt wird.«

»Das will ich hoffen«, erwiderte Vanez, klang jedoch nicht restlos überzeugt. »Du weißt, dass bisher noch nie eine Todesstrafe aufgehoben wurde? Um Darrens Leben zu retten, müssten die Fürsten die Gesetze abändern.«

»Dann müssen sie sie eben abändern!«, knurrte Mr. Crepsley bissig und trat wütend einen Schritt vor.

»Immer mit der Ruhe, Larten«, mischte sich Seba ein. »Vanez meint es nur gut. Es ist nun mal ein ungewöhnlicher Fall, der reifliche Überlegung erfordert, bevor eine endgültige Entscheidung gefällt werden kann – so oder so.«

»Es gibt kein ›so oder so‹«, beharrte mein Meister. »Ich habe Arra versprochen, nicht zuzulassen, dass Darren hingerichtet wird. Sie sagte, er habe sich das Recht erworben weiterzuleben, und jeder, der ihren letzten Wunsch in Frage stellt, kriegt es mit mir zu tun. Wir haben schon genug Tote zu beklagen. Ich dulde keinen weiteren.«

»Hoffentlich nicht«, seufzte Seba zustimmend. »Ich denke, dass die Fürsten deiner Meinung sind. Auch wenn sie das Gesetz ungern beugen – in diesem Fall werden sie es wohl tun.«

»Das will ich ihnen auch geraten haben«, brummte Mr. Crepsley und hätte vielleicht noch mehr gesagt, doch in diesem Augenblick wurde Arra auf einer Trage an uns vorbei in die Einäscherungshalle gebracht. Mr. Crepsley versteifte sich und blickte ihr sehnsüchtig nach. Ich legte einen Arm um ihn, und Seba tat das Gleiche.

»Jetzt heißt es tapfer sein, Larten«, sagte Seba. »Arra hätte keine unkontrollierten Gefühlsausbrüche gebilligt.«

»Ich werde mich so verhalten, wie es die Schicklichkeit erfordert«, erwiderte Mr. Crepsley schwülstig und fügte leiser hinzu: »Aber ich vermisse sie so sehr. Ich vermisse sie von ganzem Herzen und aus ganzer Seele.«

Sobald Arras Leichnam an seinem Platz war, öffneten sich die Türen, und wir traten ein. Zuerst mein Lehrmeister, dann folgten Seba, Vanez, Harkat und ich, um Arra die letzte Ehre zu erweisen. Mr. Crepsley war so gefasst, wie er versprochen hatte. Nicht einmal als der Scheiterhaufen angezündet wurde, vergoss er eine Träne. Erst später, als er allein in seiner Kammer war, weinte er so laut, dass seine Klagerufe bis spät in die kalte, einsame Morgendämmerung durch die Gänge und Tunnel des Vampirberges hallten.

22 Die lange Wartezeit zwischen den Einäscherungen und meinem Prozess war grässlich. Obwohl Mr. Crepsley immer wieder beteuerte, man werde mir mein Versagen bei den Einweihungsprüfungen und mein Davonlaufen bestimmt nachsehen und mich begnadigen, war ich mir längst nicht so sicher. Die Beschäftigung mit meinem Tagebuch lenkte mich etwas von der bevorstehenden Verhandlung ab, doch nachdem ich es auf den neuesten Stand gebracht und überprüft hatte, dass ich nichts ausgelassen hatte, konnte ich nur noch herumsitzen und Däumchen drehen.

Endlich kamen zwei Wachen und richteten mir aus, die Fürsten seien bereit, mich zu empfangen. Ich erbat mir ein paar Minuten, um mich zu sammeln. Sie warteten vor der Tür, während ich mit Harkat sprach: »Hier«, sagte ich und händigte ihm einen Rucksack aus, der einmal Sam Grest, einem Freund von mir, gehört hatte und in dem ich jetzt mein Tagebuch und andere persönliche Dinge aufbewahrte. »Falls man beschließt, mich hinzurichten, sollen diese Sachen dir gehören.«

Harkat nickte feierlich und folgte mir, als ich aus der Schlafkammer trat und mich von den Wachen zur Fürstenhalle bringen ließ. Mr. Crepsley, der von einem dritten Uniformierten benachrichtigt worden war, schloss sich uns an.
Vor der Pforte zur Halle hielt unser kleiner Trupp inne. Mein Magen grummelte vor Angst, und ich zitterte am ganzen Leib. »Reiß dich zusammen«, flüsterte Mr. Crepsley. »Die Fürsten werden dich fair behandeln. Falls nicht, komme ich dir zu Hilfe.«
»Ich auch«, versicherte Harkat. »Ich lasse nicht … zu, dass sie … dir etwas Verrücktes … antun.«
»Vielen Dank.« Ich musste grinsen. »Aber ich möchte nicht, dass ihr beide euch da einmischt. Es ist auch so schon schlimm genug. Es hat keinen Sinn, dass wir am Ende alle drei in der Todeshalle landen!«
Die Türen gingen auf, und wir traten ein.
Die Vampire machten einen feierlichen Eindruck, und ihre ernsten Blicke trugen nicht dazu bei, meine Beklemmung aufzuheben. Niemand sagte etwas, als wir zum Podium marschierten, wo die Fürsten mit strengen Mienen und verschränkten Armen auf uns warteten. Die Luft kam mir plötzlich sehr dünn vor, und ich rang heftig nach Atem.
Mr. Crepsley und Harkat setzten sich direkt vor dem Podium neben Seba Nile und Vanez Blane. Ich wurde die Stufen hinauf bis vor die Vampirfürsten geführt.
Nach kurzem Schweigen ergriff Paris Skyle das Wort. »Wir leben in einer merkwürdigen Zeit«, seufzte er. »Seit Jahrhunderten haben wir Vampire uns nach den alten Gesetzen und Traditionen gerichtet und mit einer gewissen Belustigung zugesehen, wie sich die Menschen verändert und weiterentwickelt und dabei immer mehr aufgesplittert haben. Im Gegensatz zu den Menschen, die ihre Ziele und Absichten

aus den Augen verloren haben, sind wir niemals von unseren ursprünglichen Überzeugungen abgewichen – jedenfalls bis vor kurzem.

Es ist bezeichnend für unsere Zeit, dass ein Vampir, ungeachtet seiner guten Absichten, die Hand gegen seine Brüder erhebt. Verrat ist der Menschheit nicht neu, doch wir Vampire haben zum ersten Mal davon gekostet, und der Geschmack brennt uns bitter auf der Zunge. Es wäre ein Leichtes, den Verrätern gegenüber ein Auge zuzudrücken und sie damit aus unserem Bewusstsein zu streichen. Das jedoch würde bedeuten, die Wurzel des Problems zu ignorieren und weiteren Schandtaten Tür und Tor zu öffnen. In Wahrheit hat der Wandel der Zeiten letztendlich sogar bei uns seine Spuren hinterlassen, und auch wir müssen uns wandeln, wenn wir überdauern wollen.

Obgleich wir nicht vorhaben, völlig auf unsere Sitten und Gebräuche zu verzichten, so müssen wir uns der Zukunft dennoch stellen und die erforderlichen Anpassungen vornehmen. Wir haben in einer Welt der Absolutheiten gelebt, doch das ist nicht mehr zeitgemäß. Wir müssen unsere Augen, Ohren und Herzen neuen Wegen des Denkens und Lebens öffnen.

Deshalb sind wir heute Nacht hier zusammengekommen. Normalerweise wäre es überflüssig gewesen, eine Versammlung einzuberufen, um über Darren Shans Schicksal zu befinden. Er hat die Einweihungsprüfungen nicht bestanden, und darauf steht der Tod. Er wäre gepfählt worden, und niemand hätte sich für ihn verwendet.

Doch die Zeiten haben sich geändert, und Darren hat eine wichtige Rolle dabei gespielt, uns die Augen für die Notwendigkeit einer solchen Veränderung zu öffnen. Er hat große Schmerzen gelitten und dem Wohlergehen des Clans

seine Freiheit geopfert. Er hat mutig gekämpft und seinen Wert unter Beweis gestellt. Früher wäre er dafür mit einem ehrenvollen Tod belohnt worden. Doch nun sind Stimmen laut geworden, die sich für sein Recht zu leben einsetzen.«
Paris räusperte sich und nippte an einem Glas Blut. Die Luft in der Halle vibrierte vor Spannung. Ich konnte die Gesichter der Vampire hinter mir nicht sehen, aber ich spürte, wie sich ihre Blicke in meinen Rücken bohrten.
»Wir haben lang und breit über diesen Fall beraten«, fuhr Paris fort. »In der Menschenwelt wäre man wohl recht schnell und unkompliziert zu einer Lösung gekommen, und Darren wäre öffentlich und offiziell begnadigt worden. Wir jedoch sehen die Gerechtigkeit mit anderen Augen. Deinen guten Ruf wiederherzustellen und dich freizusprechen würde bedeuten, dass wir die gesamte Struktur unserer Gesetze verändern müssten. Einige von uns waren der Meinung, es sei an der Zeit, die Gesetze nachzubessern. Sie haben sich auf überzeugende Weise zu deinen Gunsten eingesetzt. Sie argumentierten, Gesetze seien dazu da, um gebrochen zu werden – eine Ansicht, der ich mich ganz und gar nicht anschließen kann, die ich aber allmählich zu verstehen beginne. Andere wollten die Gesetze hinsichtlich der Einweihungsprüfungen zeitweilig außer Kraft setzen. In diesem Falle wärst du entlastet worden, und die Gesetze wären anschließend wieder in Kraft getreten. Wieder andere verlangten dauerhafte, grundlegende Veränderungen. Ihrer Meinung nach sind die Gesetze unfair und – wenn man an die akute Bedrohung denkt, die nun vom Lord der Vampyre ausgeht – sinnlos, denn sie taugen eher dazu, die Rekrutierung neuer Anhänger zu verhindern und unsere Kampfkraft zu schwächen.«
Paris zögerte und fuhr sich durch den langen grauen Bart. »Nach langen, mitunter sehr heftigen Auseinandersetzungen,

entschieden wir uns dagegen, die Gesetze zu ändern. Es mag einmal eine Zeit kommen, die uns dazu zwingt, aber …«

»Bei Charnas Eingeweiden!«, brauste Mr. Crepsley lautstark auf, und ehe ich mich's versah, war er auf das Podium gesprungen und stellte sich mit erhobenen Fäusten vor mich. Nur wenig später stand Harkat neben ihm, und die beiden funkelten die Fürsten zornig an. »Das lasse ich nicht zu!«, rief mein Lehrmeister. »Darren hat sein Leben für Euch aufs Spiel gesetzt, und Ihr wollt ihn dafür zum Tode verurteilen? Niemals! So eine blutrünstige Undankbarkeit werde ich nicht zulassen. Jeder, der Hand an meinen Gehilfen legen will, muss zuerst Hand an mich legen, und ich schwöre bei allem, was mir heilig ist, dass ich Darren bis zu meinem letzten verzweifelten Atemzug verteidigen werde!«

»Das Gleiche … gilt für … mich«, knurrte Harkat und riss sich die Maske vom Mund. Sein vernarbtes graues Gesicht sah noch Furcht einflößender aus als sonst.

»Ich hätte mehr Selbstdisziplin von dir erwartet, Larten«, winkte Paris ab. Er schien nicht im Mindesten beeindruckt. »So kenne ich dich gar nicht.«

»Ungewöhnliche Zeiten verlangen ungewöhnliche Maßnahmen«, konterte Mr. Crepsley. »Die Tradition hat ihre Zeit, und der handfeste Verstand auch. Ich erlaube nicht, dass Ihr …«

»Larten!«, rief Seba aus den Reihen der Zuschauer. Beim Klang der Stimme seines Mentors drehte sich Mr. Crepsley ein Stück zur Seite. »Lass Paris doch erst mal ausreden«, schlug Seba vor.

»Bist du etwa auch ihrer Meinung?«, schrie Mr. Crepsley fassungslos.

»Wenn du es genau wissen willst«, erwiderte Seba, »ich habe mich jedenfalls für eine Gesetzesänderung ausgesprochen.

Aber nachdem die Eingabe abgewiesen war, habe ich mich gefügt, wie es jeder gesetzestreue Vampir tun würde.«
»Zur Hölle mit Treue und Ergebenheit!«, bellte mein Verteidiger. »Wenn das der Preis dafür ist, dann hatte Kurda vielleicht doch Recht. Vielleicht wäre es das Beste gewesen, diesen Berg den Vampyren zu überlassen.«
»Das meinst du nicht im Ernst«, lächelte Seba. »Komm runter, setz dich wieder hin und lass Paris ausreden. Du machst dich bloß lächerlich.«
»Aber …«, fing Mr. Crepsley wieder an.
»Larten!«, blaffte Seba ihn ungehalten an. »Runter mit dir!«
Mein Meister ließ den Kopf hängen. »Na gut«, seufzte er. »Ich beuge mich deinem Willen und höre mir an, was Paris zu sagen hat. Aber ich weiche nicht von Darrens Seite, und jeder, der versucht, mich von diesem Podium zu holen, wird es bitter bereuen.«
»Ist schon gut, Seba«, sagte Paris, als der Quartiermeister etwas erwidern wollte. »Larten und der Kleine Kerl dürfen oben bleiben.«
Nachdem das geklärt war, fuhr Paris mit seinen Ausführungen fort. »Wie bereits erwähnt, haben wir uns darauf geeinigt, unsere Gesetze nicht abzuändern. Es mag dereinst eine Zeit kommen, da wir dazu gezwungen sind, doch momentan möchten wir dem nicht unnötig vorgreifen. Veränderungen sollten sich stufenweise vollziehen. Es gilt, Aufruhr und Chaos zu vermeiden.
Nachdem wir uns für die Beibehaltung der Gesetze entschieden hatten, suchten wir nach einem Schlupfloch für Darren. Niemand in dieser Halle wünscht seinen Tod. Selbst diejenigen, die am hartnäckigsten an der Tradition festhalten, zerbrachen sich die Köpfe darüber, in der Hoffnung, einen befriedigenden Ausweg zu finden.

Wir zogen die Möglichkeit in Betracht, Darren ein zweites Mal ›entkommen‹ zu lassen, seine Bewachung zu lockern und ihm damit Gelegenheit zu geben, mit unserer unausgesprochenen Duldung zu entwischen. Doch eine derartige Strategie wäre feige und würdelos. Darren hätte fortan in Schande leben müssen, und auch für uns, die wir diesem Kompromiss zugestimmt hätten, wäre es eine Beleidigung gewesen.

Deshalb haben wir uns schließlich doch dagegen entschieden.«

Mr. Crepsley fuhr hoch, wandte sich dann jedoch in scharfem Flüsterton an die Fürsten: »Arra hat mir auf ihrem Totenbett das Versprechen abgenommen, dass ich Darren nicht sterben lasse. Ich bitte Euch – zwingt mich nicht, zwischen diesem Schwur und meiner Ergebenheit Euch gegenüber zu wählen.«

»Dazu besteht überhaupt kein Anlass«, erwiderte Paris lächelnd. »Unsere Interessen sind gar nicht so verschieden, wie sich herausstellen wird, sobald du endlich den Mund hältst und mich zu Ende reden lässt.« Mit wieder erhobener Stimme wandte er sich an die Versammelten: »Wie diejenigen, die an der Debatte teilgenommen haben, wissen, war Pfeilspitze der Erste, der sich für einen ehrenhaften Ausweg aus dieser Zwickmühle eingesetzt hat.«

»Ich kann selbst nicht erklären, wie ich darauf gekommen bin«, grunzte Pfeilspitze, schnitt eine Grimasse und fuhr sich mit der Hand über den kahlen Kopf. »Ich war noch nie als großer Denker bekannt. Normalerweise handle ich erst und denke hinterher nach, wenn überhaupt, aber bei dieser Diskussion flitzte ein Gedanke wie ein Fisch im Ozean meines Verstandes herum. Zunächst in trüber Tiefe, aber dann, ganz plötzlich, kam er an die Oberfläche.«

»Die Lösung«, sagte Paris, »ist verblüffend einfach. Um Darren zu helfen, müssen wir die Gesetze weder beugen noch verändern. Wir müssen ihn lediglich über sie stellen.«
»Das verstehe ich nicht«, knurrte Mr. Crepsley mit gerunzelter Stirn.
»Denk doch mal nach, Larten«, forderte ihn Paris auf. »Wer unter uns ist über jede Strafe erhaben? Wer darf ein Dutzend Mal bei den Prüfungen versagen und kommt trotzdem ungeschoren davon?«
»Ihr meint doch nicht etwa …« Mr. Crepsleys Augen weiteten sich ungläubig.
»O doch«, grinste Paris.
»Aber … das ist unmöglich! Dazu ist er noch viel zu jung! Er ist kein Obervampir! Er ist nicht mal ein vollwertiger Vampir!«
»Na und?«, fiel ihm Mika Ver Leth grinsend ins Wort. »Das Kleingedruckte interessiert uns nicht. Er hat sich diesen Titel redlich verdient. Vielleicht mehr als jeder andere der hier Anwesenden hat er sich seiner als würdig erwiesen.«
»Das ist Wahnsinn«, sagte Mr. Crepsley, doch dann breitete sich ein Grinsen auf seinem Gesicht aus.
»Gut möglich«, pflichtete ihm Paris bei. »Aber wir haben darüber abgestimmt, und alle waren dafür.«
»Alle?« Mein Lehrmeister blinzelte.
»Ausnahmslos jeder Vampir in der Halle«, nickte Mika.
»Entschuldigen Sie«, flüsterte ich Mr. Crepsley zu, »aber was geht hier vor? Worüber reden Sie da eigentlich?«
»Sei still«, beschied er mich. »Ich erklär's dir gleich.« Er dachte über den Vorschlag der Fürsten nach, wie auch immer dieser lauten mochte, und sein Grinsen wurde noch breiter.
»Es ist irgendwie schlüssig, so verrückt es auch klingt«, murmelte er. »Aber der Titel ist doch wohl nur ehrenhalber?

Er weiß so wenig über unsere Sitten und Gebräuche, und er ist noch so jung und unerfahren.«

»Wir erwarten nicht, dass er die regulären Pflichten übernimmt«, sagte Paris. »Er muss noch viel lernen, und wir möchten seine Entwicklung nicht überstürzen. Wir machen ihn nicht einmal zum vollwertigen Vampir. Natürlich müssen wir unser Blut mit seinem mischen, aber wir begrenzen die Menge so, dass er weiterhin ein Halbvampir bleibt. Die Ordination selbst ist jedoch voll gültig. Er dient uns nicht nur als Aushängeschild. Er wird mit allen Rechten und Pflichten in sein Amt eingesetzt.«

»Hören Sie bitte«, brummte ich ärgerlich, »sagen Sie mir endlich, was hier los ist, sonst ...« Mr. Crepsley beugte sich zu mir herunter und flüsterte mir etwas ins Ohr. »Was?«, fuhr ich auf, und er flüsterte weiter. »Das kann doch nicht Ihr Ernst sein!«, keuchte ich und spürte, wie mir das Blut ins Gesicht schoss. »Sie wollen mich wohl auf den Arm nehmen!«

»Nur so können wir uns ehrenhaft aus der Affäre ziehen«, erwiderte er.

»Aber ... ich kann doch nicht ... ich bin kein ... niemals wäre ich in der Lage ...« Ich schüttelte den Kopf und ließ den Blick über die voll besetzten Sitzreihen wandern. Alle Vampire lächelten und nickten mir wohlwollend zu. Seba sah besonders zufrieden aus. »Und die haben alle zugestimmt?«, fragte ich mit schwacher Stimme.

»Ohne Ausnahme«, antwortete Paris. »Sie respektieren dich, Darren. Sie bewundern dich sogar. Was du für uns getan hast, wird niemals vergessen werden, solange Vampire auf dieser Erde wandeln. Wir möchten dir unsere Anerkennung zollen, und eine andere Lösung ist uns nicht eingefallen.«

»Ich bin ... sprachlos«, murmelte ich. »Ich weiß nicht, was ich sagen soll.«

»Sag einfach Ja«, lachte Pfeilspitze, »sonst bringen wir dich in die Todeshalle und bohren dir ein paar Löcher in den Rücken!«

Blinzelnd schaute ich zu Mr. Crepsley hoch, dann lächelte ich. »Wenn ich da mitmache, müssten Sie mir auch gehorchen, oder?«, fragte ich.

»Selbstverständlich«, grinste er. »So wie alle anderen auch.«

»Sie müssten alles tun, was ich sage?«

»Allerdings.«

Er senkte die Stimme. »Aber glaub bloß nicht, dass ich mich von dir herumschubsen lasse. Ich werde deinen Rang respektieren, aber ich werde nicht zulassen, dass du übermütig wirst. Du bleibst nach wie vor mein Gehilfe, und ich werde dich jederzeit in deine Schranken verweisen!«

»Das glaube ich Ihnen gern«, kicherte ich. Dann wandte ich mich Paris zu und richtete mich hoch auf. Ich stand vor einer monumentalen Entscheidung, die mein ganzes Leben dramatisch und unwiderruflich verändern würde. Ich hätte zwar lieber erst ein paar Nächte darüber nachgedacht und versucht, mir über die Konsequenzen klar zu werden, doch dazu war keine Zeit. Entweder ich nahm an … oder mir winkte die Todeshalle. Alles war besser, als auf diese ekelhaft spitzen Pfähle aufgespießt zu werden! »Was muss ich tun?«, fragte ich.

»Es gibt eine langwierige, komplizierte Zeremonie«, erwiderte Paris, »aber die können wir auf später verschieben. Hier und jetzt musst du lediglich unser Blut akzeptieren und dem Stein des Blutes ein bisschen von deinem opfern. Sobald dich der Stein anerkannt hat, ist die Handlung vollbracht und kann nicht mehr rückgängig gemacht werden.«

»In Ordnung«, sagte ich nervös.

»Dann tritt vor«, forderte mich Paris auf, »und lass uns den Pakt besiegeln.«

Während ich auf ihn zuschritt, hörte ich, wie Mr. Crepsley Harkat erklärte, was nun vor sich ging. »Unmöglich!«, stieß der Kleine Kerl hervor. Ich selbst konnte die ganze Zeremonie über ein Grinsen nicht unterdrücken, obwohl alle anderen in der Halle ernste Mienen zur Schau trugen.

Zuerst musste ich das Hemd ausziehen. Dann stellte ich mich mit Pfeilspitze und Mika um den Stein des Blutes auf (für die Zeremonie waren nur zwei Fürsten erforderlich). Mit Hilfe meiner scharfen Nägel schnitt ich mir in die fleischigen Kuppen meiner zehn Finger, bis das Blut hervorquoll. Pfeilspitze und Mika taten das Gleiche.

Sobald wir alle so weit waren, presste Pfeilspitze seine blutigen Fingerspitzen einer Hand auf meine, und Mika tat das Gleiche auf der anderen Seite. Die freien Hände legten beide auf den Stein des Blutes, der daraufhin rot aufglühte und ein tiefes Brummen von sich gab.

Ich spürte, wie das Blut der Fürsten auf mich überging und wie meines in sie hineinfloss. Es war ein unangenehmes Gefühl, aber es tat nicht so weh wie damals vor vielen Jahren, als Mr. Crepsley mich angezapft hatte.

Je länger wir mit dem Stein des Blutes verbunden blieben, desto heller leuchtete er, bis seine äußere Hülle durchsichtig wurde und wir in ihn hineinschauen und dabei zusehen konnten, wie mein Blut sich mit dem Blut unzähliger anderer Geschöpfe der Nacht vermengte.

Wirre Gedankenfetzen schossen mir durch den Kopf.

Ich erinnerte mich an die Nacht, in der mich Mr. Crepsley angezapft hatte; an meine erste richtige Blutmahlzeit, als Sam Grest sterbend in meinen Armen gelegen hatte; an den Vampyr, den ich in der Höhle getötet hatte; an Murlough, den wahnsinnigen Vampyr; an Steve Leopard, meinen besten Freund, als ich noch ein Mensch war – Steve, der geschworen hatte, mich aufzuspüren und zu töten, sobald er erwachsen war; ich dachte an Debbie Schierling und daran, wie weich ihre Lippen gewesen waren, als wir uns küssten; an Gavners dröhnendes Lachen; an Meister Riesig, wie er seine Artisten im Cirque du Freak ankündigte; an Harkat, wie er mir nach dem Kampf mit dem tollwütigen Bären seinen Namen verriet.

Ich dachte an Truska, die Bärtige Dame, wie sie mir das Piratenkostüm schenkte, und an Arra, wie sie mir zublinzelte. Ich dachte an Meister Schick mit seiner herzförmigen Uhr und den kalten, lieblosen Augen; an Kurda im Angesicht der Todeshalle.

Ich dachte an meine Schwester Annie und daran, wie sie mich immer geärgert hatte, wie ich mit Mama Briefmarken in Alben eingeordnet und wie ich draußen im Garten mit Papa Unkraut gejätet hatte. Ich dachte daran, wie Gavner, Arra und Sam Grest gestorben waren ...

Mir wurde schwarz vor Augen, doch sofort stand Paris hinter mir und stützte mich.

Das Blut floss nun sehr schnell, genau wie die Bilder: Gesichter aus der Vergangenheit, Freunde und Widersacher, die erst so eilig vorüberhuschten wie Einzelbilder auf einem Filmstreifen und dann immer schneller wurden.

Gerade als ich dachte, ich könnte es nicht länger aushalten, nahmen Pfeilspitze und Mika ihre Hände vom Stein des Blutes und unterbrachen den Kontakt mit mir. Damit war die Zeremonie beendet. Ich taumelte rückwärts, und Paris rieb mir schnell ein wenig Speichel auf die Fingerkuppen, um die Blutungen zu stoppen. »Wie fühlst du dich?«, fragte er und sah mir forschend in die Augen.

»Furchtbar schwach«, murmelte ich.

»Das vergeht in ein paar Stunden«, tröstete er mich. »Sobald die Wirkung des Blutes einsetzt, fühlst du dich wie ein junger Panther!«

Der aufbrandende Jubel drang an meine Ohren, und erst jetzt bemerkte ich, dass sämtliche in der Halle versammelten Vampire aus Leibeskräften brüllten. »Was schreien die da?«, erkundigte ich mich.

»Sie wollen, dass du zu ihnen kommst«, antwortete Paris lächelnd. »Sie wollen dir ihre Zustimmung bekunden.«

»Kann das nicht warten?«, ächzte ich. »Ich bin schrecklich erschöpft.«

»Wir tragen dich«, meinte Paris. »Es geziemt sich nicht, seine Untertanen warten zu lassen, Euer Gnaden.«

»Euer Gnaden«, wiederholte ich und musste bei dem ungewohnten Klang dieser Anrede grinsen.

Die drei Fürsten hoben mich hoch und hievten mich der Länge nach auf ihre Schultern. Ich lachte und blickte, noch immer von dieser bizarren Wendung des Schicksals wie betäubt, an die Decke, während sie sich in Bewegung setzten. Ich fragte mich, was die Zukunft wohl noch alles bringen und ob sich irgendwann einmal noch etwas Vergleichbares ereignen würde.

Als die drei mich absetzten, damit ich die Huldigung der Vampire auf eigenen Füßen entgegennehmen konnte, schaute ich mich um und blickte in die strahlenden Gesichter von Mr. Crepsley, Harkat, Seba Nile, Vanez Blane und vielen anderen.

Ganz weit im Hintergrund glaubte ich die geisterhaften Gestalten von Gavner und Arra zu erspähen, und direkt hinter ihnen Kurda, der geräuschlos applaudierte. Aber das muss wohl an meiner durch die Beimengung des Fürstenblutes hervorgerufenen Benommenheit gelegen haben.

Dann verschwammen die Gesichter, und ich starrte in ein

Meer gellend schreiender Vampire. Auf wackligen Beinen stand ich vor ihnen, die Augenlider fielen mir zu, ich wankte unter den Erschütterungen ihres donnernden Gebrülls, stolz wie ein Pfau, hörte sie wie durch Watte meinen Namen rufen, hörte, wie sie mir ein ums andere Mal zujubelten – mir ... Darren Shan ... dem Vampirfürsten!

Achtung, Suchtgefahr!
Die dunkle Saga um den Halbvampir Darren Shan geht weiter!

Derzeit in Vorbereitung:

Mitternachtszirkus 3 – Das Blut der Vampire
enthält Band 7–9 der Reihe:
Die Prophezeiungen der Dunkelheit
Die Verbündeten der Nacht
Die Flammen der Verdammnis

Mitternachtszirkus 4 – Das Schicksal der Vampire
enthält Band 10–12 der Reihe:
Der See der Seelen
Der Herr der Schatten
Die Söhne des Schicksals

»Fesselnde Bücher voller überraschender Wendungen, die hungrig machen auf mehr!«
J. K. Rowling

Nähere Informationen finden Sie auf unserer Homepage www.pan-verlag.de, wo Sie auch unseren PAN-Newsletter abonnieren können, um immer über neue, spannende Bücher informiert zu sein.

PS: Wer nicht so lange warten möchte – die Bücher der Vampirreihe um Darren Shan sind auch noch einzeln erhältlich. Wenn Sie mehr darüber erfahren möchten, schreiben Sie einfach eine Mail mit dem Stichwort »Vampirsaga Darren Shan« an mail@pan-verlag.de

DÄMONICON

Die höllische Serie von Darren Shan

Grubbs Grady hat eine Schwester, die ein bisschen nervt, Eltern, mit denen er gut zurechtkommt, und eigentlich keine ernsten Probleme – bis er eines Tages entdecken muss, dass auf seiner Familie ein uralter Fluch lastet. Diesen kann Grubbs nur abwenden, wenn er sich einem Turnier auf Leben und Tod stellt. Nicht anders geht es dem schüchternen Einzelgänger Kernel Fleck und Bec, einem Waisenmädchen mit magischen Kräften. Sie alle müssen gegen Dämonen kämpfen – und verhindern, dass Lord Loss, der Fürst der Schatten, sein grausames Ziel erreicht …

Die Serie mit Gänsehautgarantie:
Fürst der Schatten – Höllenkind – Dämonenspiel
Blutige Nächte – Höhle des Todes
Ewige Verdammnis

Weitere Bände sind in Vorbereitung.

Hochspannung garantiert!

Knaur Taschenbuch Verlag

Eine atemberaubende Jagd auf Leben und Tod –
Hochspannung garantiert!

Joseph Nassise

Die Hunt-Chroniken:
Der Schattenseher

Ein magischer Thriller

Wer ihm auf der Straße begegnet, hält Jeremiah Hunt für einen Blinden. Doch der Eindruck trügt: Hunt hat bei einem geheimnisvollen Ritual zwar sein Augenlicht geopfert, doch nun kann er sehen, was den Menschen verborgen bleibt: die Geister der Toten, die sich nicht von der Welt der Lebenden trennen können, und die magischen Geschöpfe, die unerkannt unter uns leben. Endlich findet Hunt so auch eine Spur, die ihn vielleicht zu seiner Tochter führt – oder in den Tod …